Hans Leister

Der Tunnel

Hans Leister

Der Tunnel

Thriller

BENEVENTO

FSC
www.fsc.org
MIX
Papier aus verantwortungsvollen Quellen
FSC® C020353

Die Rechte für die Grafiken auf S. 90 und 112 liegen bei Peter Palm, Berlin (S. 90 nach einer Vorlage der AlpTransit Gotthard AG in Luzern). Das Foto auf S. 373 stammt vom Autor.

1. Auflage

Medieninhaber, Verleger und Herausgeber:
Red Bull Media House GmbH
Oberst-Lepperdinger-Straße 11–15
5071 Wals bei Salzburg, Österreich

Lektorat: Antje Steinhäuser, München
Satz: MEDIA DESIGN: RIZNER.AT
Gesetzt aus der Minion Pro
Umschlaggestaltung: b3K design, Andrea Schneider, diceindustries
Umschlagmotiv: Hans Leister
Printed in Slovakia
ISBN 978-3-7109-0053-2

1 Steppach – Rädchen im Uhrwerk

Es war ein Samstag im Mai, alles war wie immer.

Ich kam nachmittags mit dem Auto von zu Hause, in Lörrach, zum Basler Bahnhof, genauer gesagt zum Schweizer Bahnhof, Basel SBB. Nicht zu verwechseln mit dem Badischen Bahnhof in Basel, der von der Deutschen Bahn betrieben wird. Spätabends sollte mein Dienst zu Ende gehen, da würde kein Zug mehr nach Lörrach fahren.

Meine berufliche Heimat, die Schweiz, war ein Land, in dem alles exakt und pünktlich verlief, insbesondere der Verkehr der Eisenbahn. Und ich war stolz darauf, Teil des Fahrplan-Räderwerks zu sein.

Zu meinem Beruf als Lokführer, genauer gesagt Triebfahrzeugführer, war ich eher zufällig gekommen, weil es in Lörrach wenig Aussicht auf einen interessanten und anständig bezahlten Job gab. Vorher war ich Bauingenieur bei einer Tiefbaufirma gewesen, die machte allerdings 1999 den Laden dicht, und meine Frau wollte in Lörrach bleiben. Das Arbeitsamt gab mir damals den Tipp mit der Schweizer Bahn.

In den vielen Berufsjahren seit Anfang 2001, als ich zum ersten Mal selbstständig am Fahrerpult saß, hatte ich mich trotz fehlender weiterer Aufstiegsmöglichkeiten mit dem Beruf angefreundet. Das Arbeiten als Lokführer hatten schon Volljuristen, Statiker und Architekten für sich entdeckt, die den geradezu autistischen Ablauf der stereotypen, oft langweiligen und dennoch beständig hohe Aufmerksamkeit erfordernden Stunden im Führerstand etwas abgewinnen konnten und eine spezielle Eignung dafür an den Tag legten. Man war sein eigener Herr im Führerstand, man musste immer aufmerksam sein, konnte aber gleichzeitig seinen Gedanken nachhängen und musste nicht viele Worte verlieren. Wenn ich hörte »Zug 504 in Basel

SBB heute abweichend Gleis 8«, musste ich wiederholen »Hier 504, verstanden, Basel SBB heute abweichend Gleis 8«, und das war schon einer der längeren Sätze. Schreiben fällt mir nicht schwer, aber Konversation und viele Worte liegen mir nicht, deshalb habe ich es auch vorgezogen, eine Niederschrift zu erstellen, statt dem Chronisten ein Interview zu geben.

Im Führerstand der Lokomotiven und Triebwagen wurde ich zum Naturbeobachter. Für mich war es aufregend, zu allen Jahres- und Tageszeiten das Leben in der Landschaft zu beobachten. Ich wusste, wo entlang der Strecke Wildschweine oder Rehe zu erwarten waren und wo im Morgendunst oder im letzten Abendlicht am Bahndamm spielende Jungfüchse im Bau verschwinden würden, wenn ich mit dem Zug näher kam. Neben den Förstern hatten wahrscheinlich Lokführer die beste Kenntnis der heimischen Natur.

Natürlich gab es auch unschöne Erlebnisse für Lokführer, so hatte ich schon etliche Tiere überfahren. Moderne Züge waren leise, und junge Rehböcke oder Fasanhähne meinten schon mal, sich auf den Gleisen besonders imposant darstellen zu müssen. Ich habe immer das Makrofon, die durchdringend laute Zweiklanghupe, betätigt, wenn Tiere auf den Gleisen waren, aber nicht immer konnte ich verhindern, dass ein Tierleben mit einem hässlichen Rumpeln in Sekundenbruchteilen zu Ende ging. Besondere Vorschriften gab es für den Fall von Tieren auf den Gleisen nicht, nur bei Menschen auf den Bahngleisen war vorgeschrieben, was zu tun war: Schnellbremse, Signalhorn betätigen und – wegschauen, um die eigene Psyche nicht dauerhaft zu belasten, wenn es zum Aufprall kam. Selbstmörder auf dem Gleis – das war mir in all den Jahren erspart geblieben, damit war ich aber inzwischen schon eine Ausnahme unter den Kollegen.

Zu meiner letzten Schicht als Lokführer musste ich mich an jenem Tag, am 19. Mai 2018, um 16 Uhr 30 in der Meldestelle einfinden. Natürlich war ich schon früher da, ich hatte immer reichlich Reservezeit eingeplant. Im Aufenthaltsraum steckte ich mein Tablet in das Basisgerät, um die neuesten Strecken- und Fahrplandaten überspielt zu bekommen. Michael Oppliger, der Disponent, quittierte die Dienstaufnahme und gab mir ein »Gute Fahrt. Kann sein, dass du heute später abfährst. Anschlussaufnahme, vom ICE« mit auf den Weg. Einer der aus Deutschland kommenden ICE-Züge war wieder mal zu spät. Nur in seltenen Ausnahmefällen entschied die Betriebsleitung, dass ein Schweizer Zug auf Züge mit Fahrgästen aus dem »großen Kanton«, wie die Schweizer Deutschland scherzhaft nannten, warten sollte.

Mehr als drei oder vier Minuten wurde meist aber nicht gewartet, sonst wäre der gesamte Schweizer Fahrplan in Unordnung gekommen. Vier Minuten war die Reserve bis zum nächsten Knotenbahnhof im Netz, und das war in aller Regel die längste Wartezeit, und das auch nur per Sondergenehmigung.

Ich zog die orangefarbene Weste mit der Aufschrift »Zugpersonal« an und ging zum Gleis 7, wo der Intercity-Triebwagen aus Lugano einfahren und von wo aus er, nach knapp zehn Minuten, wieder dorthin zurückfahren sollte. Die Fahrt geht dabei 57 Kilometer lang durch den Gotthard-Basistunnel, den längsten Tunnel der Welt. Bisher wurde dieser Dienst von Luzerner Kollegen gefahren, neuerdings wurden auch Basler Lokführer für die Tunnelbefähigung geschult.

Ich hatte die Strecken-Berechtigung für den neuen Gotthard-Basistunnel noch nicht ganz. Die heutige Fahrt durch den Tunnel sollte in Begleitung eines Luzerner Lokführers erfolgen. Einen Kurs über den Betrieb des Tunnels hatte ich schon absolviert, samt Aufenthalt in den Nothaltestellen im Tunnel, zweimal hatte ich das Gotthard-Massiv auf dem Bildschirm mit dem Fahrsimulator im neuen Tunnel durchquert. In zwei Wochen stand eine abschließende Prüfung an, dann würde ich sie bekommen, die »GBT-Befähigung«, die Erlaubnis, als Lokführer Züge im Gotthard-Basistunnel zu fahren.

Ich fand es großartig, den Tunnel in meine Streckenzulassungen aufzunehmen. Es gab unter Lokführern immer einen Wettbewerb um die meisten Berechtigungen für Strecken und Fahrzeugtypen. Ich lag da bisher nur im Mittelfeld, der Tunnel würde ein Highlight auf meiner Liste sein.

Abends sollte es laut Dienstplan nach einer kurzen Pause in Lugano wieder zurück über Luzern nach Basel gehen, zuerst die zweite Fahrt im Tunnel durch die andere Röhre von Süd nach Nord in Begleitung, ab Luzern sollte ich wieder allein bis Basel fahren, Ankunft dort 1 Uhr 02. Dann musste ich nur noch den Zug in die Serviceanlage fahren, für die Leerung der Toiletten, die Reinigung der Wagen und die Inspektion der Technik. Dienstende gegen 2 Uhr.

Dieser Tag im neuen zwanzigtägigen Dienstplan für die Basler Lokführer, in dem ich heute eingesetzt war, sagte mir zu: neun Stunden unterwegs, acht Stunden bezahlt, sieben Stunden reine Fahrzeit, eine Stunde Pause in Lugano, zugebracht im Pausenraum im Bahnhof oder im Sommer bei einem Spaziergang zur Eisdiele am See. Der Wechsel der Fahrtrichtung jeweils in Luzern bot willkommene Abwechslung und Gelegenheit zu einem Toilettengang.

So der Plan.

Aber den Basler Bahnhof, meine Familie und meine Wohnung habe ich nie wiedergesehen.

Pünktlich fuhr der Zug um 16 Uhr 55 aus Lugano ein. Es war ein ICN, ein Neigetechnik-Intercity mit der Nummer RABDe 500 009, also die Nummer neun dieser Baureihe. Beim Halt des letzten Wagens musterte ich das Aufschriftfeld für die Sonderzulassungen, wo das Kürzel »GBT« vermerkt war, also die Zulassung für den Gotthard-Basistunnel. Nur ein Teil dieser Zug-Baureihe war für den neuen Tunnel besonders ausgerüstet worden, mit Brandmeldern und Sprinkleranlagen, die Nummer neun gehörte also dazu; den Punkt konnte ich auf der Checkliste abhaken.

Es gab ein Gedränge an der letzten Einstiegstür, die bei Abfahrt ganz vorn am Zug sein würde. Der ankommende Zug war gut besetzt, und es dauerte lange, bis alle Aussteigenden die drei Stufen bewältigt hatten, ungeduldige Pendler, trödelnde Kinder, kurznervige Mütter, unbeholfene ältere Leute und schwer bepackte Rucksacktouristen. Ich wartete an der Flanke der eleganten Zugspitze. »Friedrich Dürrenmatt«, der Name des Zuges, war dort angeschrieben.

Danach ging es ans Einsteigen, in der Schlange waren viele Pendler, es ging daher deutlich schneller. Ich stieg als Letzter ein, ging nach rechts durch das kleine Fahrradabteil und schloss die Tür zum Führerstand auf.

Die Jacke links auf den Kleiderhaken der Führerstandsrückwand, den Tablet-Computer in die Halterung links am Fahrerpult, das dienstliche Mobiltelefon bereitgelegt, mit dem Schlüssel das Bedienpult eingeschaltet, die Tasche in die vordere linke Ecke des Fußraums geschoben. Danach auf dem Fahrersitz Platz genommen, die heutige Zugnummer und alle weiteren Daten in den Bordrechner und in das Display des Signalsystems eingegeben. Alles Routine, jeder Handgriff und jede Bewegung wie immer, die Systeme piepten zur Bestätigung, genau so, wie sie es zu tun hatten.

Krächzend meldete sich der Lautsprecher, es war der Kollege vom anderen Ende des Zuges, der seinen Dienst eben beendete. »Im Buffetwagen ist die Kaffeemaschine defekt, die Toilette in Wagen 5 meldet Störung, das Zugpersonal hat sie schon gesperrt. Sonst alles okay.« Ich kann mich nicht erinnern, dass er mehr gesagt hätte als noch einen kurzen Gruß, er war sicher müde nach der langen Frühschicht und wollte nach Hause.

Die Abfahrtszeit 17 Uhr 04 rückte näher. Im Führerraum war es angenehm warm, erneut blätterte ich auf dem Bildschirm des Bordcomputers durch das Menü mit dem Zustand der wichtigsten Komponenten des Zuges. Energieversorgung, Antriebsanlage, Bremsen, alles schien so weit in Ordnung, der Zug war vorgestern gerade aus der planmäßigen Instandhaltung gekommen. Dass wieder einmal die Kaffeemaschine kaputt war, war ärgerlich, aber nicht weiter schlimm. Die Störung der Toilette war bestimmt wieder durch den

Einwurf einer Windel oder eine ähnliche Fehlbedienung verursacht, wahrscheinlich war es kein echter technischer Defekt. Und nicht weiter tragisch, der Zug hatte genug andere Toiletten, dachte ich, nicht ahnend, dass sich noch am gleichen Tag das Toilettenproblem im Zug kritisch zuspitzen würde.

Lokführer waren darauf trainiert, etliche Stunden ohne Toilette auszukommen, von den Fahrgästen hinten im Zug konnte man das hingegen schlecht verlangen.

17 Uhr 04, Abfahrtszeit, das Signal zeigte mit dem hell leuchtenden roten Licht allerdings weiterhin »Halt«, und im Rückspiegel war noch viel Bewegung auf dem Bahnsteig und an den Einstiegen zu sehen. Jugendliche schleppten Koffer und Taschen die Treppe herab, schleiften sie über den Bahnsteig und luden sie in einen Wagen im vorderen Teil. Um 17 Uhr 07 sprang das Signallicht auf die Signalkombination Grün/Gelb, eine Kette der kleinen Rangiersignale am Gleis markierte mit jeweils zwei schräg stehenden weißen Lichtern den Weg aus dem Bahnhof.

Weiterhin machten sich zwei oder drei Personen auf dem Bahnsteig an ihren Koffern zu schaffen oder waren an den Türen zugange, aber schließlich waren alle im Zug, der Perron fast leer, wie ich im Rückspiegel sehen konnte. Der Zugbegleiter gab Handzeichen, ein scharfer Pfiff, der durch die geschlossenen Fenster zu hören war, das Abfahrauftragssignal leuchtete auf. Das Schließen der Türen war Routine, und nachdem die Türkontrollleuchte auf dem Führerpult Grün zeigte, löste ich die Bremse und schob den kleinen Fahrthebel in der rechten Armlehne locker und vorsichtig mit dem Handballen nach vorn. Ein letzter Kontrollblick im Rückspiegel am Zug entlang. Die Uhr vor mir auf dem Pult zeigte 17 Uhr 09 und 30 Sekunden, und ich trug »17:09« in mein Fahrtprotokoll ein. Die Leistungselektronik begann vieltönig elektronisch zu singen und zu summen und setzte den Zug in Bewegung, ich nahm gleich die Zugkraft wieder zurück. Der Rückspiegel klappte zischend ein, wir waren unterwegs, zunächst mit verhaltener Geschwindigkeit. Nach der letzten Weiche musste gewartet werden, bis auch der letzte Wagen sie genommen haben musste, dann schob ich mit dem rechten Daumen den Fahrthebel ganz nach vorn.

Wie befreit legte der Zug los. Die Geschwindigkeitsanzeige lief hoch, bei 145 Stundenkilometern nahm ich den Hebel etwas zurück, bei 155 noch ein bisschen mehr, um sanft die 160 zu erreichen, mit der wir durch den Adlertunnel rauschten.

Nach einigen Minuten hatten wir die »Agglomeration Basel«, die Großstadt mit ihren Industrieanlagen, Wohnblöcken, stark gewachsenen Vororten und den Bahnanlagen, hinter uns gelassen und glitten durch die grünen Wiesen mit Obstbäumen hinter Liestal ins Hügelland. Trotz der stabilen Glasscheiben war das Windgeräusch bei Tempo 160 deutlich zu hören, der Fahrersitz federte bei jeder kleinen Unebenheit im Gleis.

Die Strecke war frei, die Vorsignale und Signale leuchteten schon von weitem Grün. Die vier Minuten Verspätung ab Basel waren fast eine Garantie für freie Fahrt: Unser Rädchen als Teil des Uhrwerks Eisenbahn war im Verzug, überall auf den Unterwegs-Bahnhöfen wurde auf unseren Zug gewartet. Die Kollegen der Güterzüge oder Regionalzüge, die auf dem Nebengleis überholt wurden oder nach unserer Durchfahrt die Strecke kreuzen sollten, warteten wahrscheinlich schon ungeduldig vor einem Halt gebietenden Signal. Ich ließ den Zug nicht wie sonst den einen oder anderen Kilometer mit abgeschaltetem Antrieb rollen, um Energie zu sparen, sondern hielt die Geschwindigkeit immer am Limit des Zulässigen, mal 120, mal 135, um die Verspätung aufzuholen. Nach dem kurzen Zwischenhalt in Olten hatte sich bis Luzern die Verspätung auf eine Minute reduziert.

In Luzern fuhr ich den Zug in den Kopfbahnhof, kam wie vorgesehen fünf Meter vor dem Prellbock zum Stehen, bremste den Zug fest und schaltete den Führerstand ab. In Luzern waren planmäßig fünfzehn Minuten Standzeit. Ich nahm meinen Lokführer-Rucksack, stieg aus und ging am Bahnsteig an »meinem« Zug entlang bis zum Buffetwagen, um einen Kaffee mitzunehmen. Dienst hatte Marawi, ein asiatisch aussehender Kollege aus Lugano. Es war zwar nur Basler Filterkaffee aus Thermosbehältern, die Kaffeemaschine war ja kaputt, aber besser als nichts.

Vom Buffetwagen aus ging ich durch den Zug zu dem anderen, jetzt vorn befindlichen Führerstand, wo ich den Kollegen aus Luzern treffen würde. Die zweite Klasse war gut besetzt, der Gang in Wagen 2 war durch das viele Gepäck, meist Taschen, Rucksäcke und knallbunte Koffer, kaum passierbar. Sie gehörten einer Gruppe von Jugendlichen, vor allem Mädchen, es waren die, die ich schon in Basel beim Einsteigen beobachtet hatte. Sie unterhielten sich laut und aufgedreht, die Stimmung war gut, in eine Zweiersitzbank hatten sich drei Mädchen gequetscht und kicherten. Offenbar waren sie mit dem verspäteten Zug aus Deutschland gekommen, ihretwegen hatten wir gewartet, und jetzt waren sie gut drauf, auf dem Weg in die Südschweiz. Ich wunderte mich nur, warum wir wegen einer Gruppe Jugendlicher unseren Zug verspäten mussten.

Vorn im Führerstand angekommen, wartete schon der Lokführerkollege, der mich begleiten sollte. Duber Hans, so stellte er sich vor. Ich quetschte mich wieder in den Fahrersitz, der Kollege setzte sich schräg hinter mir auf den Klappsitz. Es war ausreichend Zeit für einen Plausch. Das System wieder hochzufahren war reine Routine.

Eines musste jetzt bedacht werden: Welcher der Stromabnehmer lag an der Fahrleitung an, der vordere oder der hintere? Im Gotthard-Basistunnel musste es bei dieser Baureihe entgegen üblicher Regel der vordere sein, wegen der besonderen Luftströmungen. Ich fragte zur Sicherheit Duber, der nickte nur, alles richtig gemacht.

Wieder kamen wir nicht pünktlich aus dem Bahnhof, diesmal waren die Einfahrgleise, wo Strecken aus drei Richtungen zusammenlaufen, noch durch andere Züge belegt. Drei Minuten zu spät leuchtete endlich das grüne Ausfahrtsignal, und wir verließen Luzern in

Richtung auf die für mein Empfinden schönste Strecke der Schweiz. Sie ist nicht gerade eine der schnellsten, wegen der vielen Kurven, aber sie zeigt immer wieder neue Ausblicke in die Landschaft.

Hinter Rotkreuz lag linker Hand das dunkle Wasser des Zugersees, ruhig und ohne Wellen, kein Boot war unterwegs. Dann der Halt in Arth-Goldau, eine Menge Umsteiger vom InterRegio, hinter Arth-Goldau rechter Hand der Lauerzersee, silbern schimmernd, umgeben von Moorflächen und Schilf. Duber machte mich auf ein Gestell neben und über den Gleisen aufmerksam, auf dem verschiedenste Geräte montiert waren: »Hier werden die Güterzüge auf den Zustand der Wagen und der Ladung kontrolliert; lose Planen, heiße Räder, alles wird rechtzeitig vor dem Tunnel entdeckt. Kein Zug darf in den Tunnel, der ein Problem hat.« Ich nutzte eine S-förmige Kurve, um die Rückspiegel auszuklappen und beide Seiten unseres Zuges auf Auffälligkeiten zu kontrollieren. Alles in Ordnung, die Wagenschlange bewegte sich normal durch die Kurven. Zischend fuhren die Rückspiegel wieder ein.

Durch den Bahnhof Schwyz, dann neben den Gleisen eine Industrieanlage, ein gewaltiger Betonklotz, das ehemalige Zementwerk von Brunnen, das gerade Stück für Stück abgerissen wurde.

Jetzt aktivierte ich das neue moderne Leitsystem, die Funkverbindung kam zustande, ab hier gab es keine Signale mehr. Alle Leuchten im Führerstandsdisplay waren weiß und grün, die Geschwindigkeitsanzeige gelb.

Dann der fast unwirkliche Blick auf das Ende des Vierwaldstättersees, dunkle Felswände im Schatten, darüber Wolkengebirge, beschienen von der Abendsonne; ein kurzer Blick zwischen zwei Tunneln. Wenn es ein Innerstes der Schweiz gab, hier musste es liegen, im Kanton Uri. Nach dem nächsten Tunnel: Lichtstrahlen fielen aus einer Wolkenlücke auf den glitzernden See. Ein Museumsdampfschiff zeichnete mit seiner Bugwelle ein Muster in den See, eine große Schweizer Fahne wehte am Heck. Ich erinnerte mich: Mit einem solchen Schiff war ich mit Ulrike letzten Sommer unterwegs gewesen, Punkt 18 Uhr ab Flüelen, zweieinhalb Stunden später in Luzern, dort Anschluss nach Basel. Auch Teil des Schweizer Fahrplan-Räderwerks.

Dunkle Wolken hingen direkt über der Rütli-Wiese auf dem anderen Seeufer, dem Ursprungsort der Schweiz, der Überlieferung nach. Ein Schweiz-Gemälde, zwischen zwei Tunneln.

In Flüelen war das Spektakel mit den vielen Kurven und kurzen Tunneln zu Ende, es ging auf gerader Strecke auf eine dunkle Wand aus wolkenverhangenen Bergen zu, mit dem rechten Daumen schob ich den Regler ganz nach vorn, wir konnten endlich wieder schneller werden. Erste Tropfen klatschten gegen die Scheibe, der Scheibenwischer begann widerwillig schrubbend seiner Aufgabe nachzukommen, verschmierte aber mehr, als dass er für klare Sicht sorgte.

Bald würde sich die Strecke aufteilen, zur alten Gotthard-Bergstrecke oder durch den Basistunnel. Ich war gespannt: Simulator schön und gut, aber es war trotzdem etwas vollkommen anderes, den Zug auf der Strecke, auf der ich noch nicht selbst gefahren war, wirklich zu spüren. Ich hatte mein Exemplar der »BB GBT« auf dem Pult bereitgelegt, die »Besondere Betriebsanleitung Gotthard-Basistunnel«, um unterwegs notfalls die Vorschriften für den Betrieb und die Sicherheit im Tunnel nachschlagen zu können.

»Jetzt wäre Sand recht«, meinte Duber. Am dissonant singenden Ton, am leichten Ruckeln des Zuges und am nervösen Flattern der Zugkraftanzeige war zu spüren, dass die Räder wegen des beginnenden Regens nicht den Halt fanden, um die elektrische Kraft voll auf die Schienen zu bringen. Auf eine Besandungsanlage hatte man beim ICN verzichtet, das war den Konstrukteuren damals wohl allzu traditionell für einen Hightech-Zug, jetzt wäre es allerdings hilfreich gewesen. Wir hatten immer noch zwei Verspätungsminuten aufzuholen, und Duber meinte: »Sieh zu, dass du so schnell wie möglich bist am Tunnelportal, ein einzeln fahrender ICN beschleunigt im Tunnel bis Sedrun schlecht. Es geht bergauf und gibt einen hohen Luftwiderstand im Tunnel.« Die Strecke stieg im Tunnel bis zur Multifunktionsstelle Sedrun, wie einer der beiden Notbahnhöfe hieß, leicht an, danach ging es ebenso leicht bergab bis zur Ausfahrt im Tessin.

Die kleine Verspätung würde uns den willkommenen Anlass geben, heute im Tunnel nicht auf den Stromverbrauch zu achten, sondern den Zug mit den vollen 200 Stundenkilometern durchzujagen, die dort für unseren Zug zugelassen waren. War ein Zug planmäßig unterwegs, konnte die Geschwindigkeit im Tunnel auf Tempo 180 begrenzt bleiben, das war ausreichend, um den Fahrplan zu halten, und sparte eine Menge Energie. Eine sanfte seitliche Ablenkung, die lang gestreckte Weiche in der Abzweigung von alter Strecke und der Zufahrt zum Basistunnel schob uns in die richtige Richtung, schon tauchten die kastenförmigen Tunnelportale auf.

Als der Zug durch das Betonbauwerk der Tunnelöffnung in die linke der beiden einspurigen Tunnelröhren einfuhr, gab es einen spürbaren Ruck durch den schlagartig höheren Luftwiderstand. Es war, als hielte eine unsichtbare Riesenfaust den Zug fest. Das Fahrtgeräusch wechselte in ein intensiveres Rauschen und Röhren, die Ohren knackten. Der Tachometer zeigte knapp 190 Stundenkilometer und kletterte nur noch sehr langsam weiter auf den Zielwert 200, obwohl die Zugkraftanzeige der Fahrmotoren am oberen Limit war. Selbst ein stark motorisierter Intercity-Zug musste sich anstrengen, im Tunnel gegen den Luftwiderstand und die leichte Steigung bis zur Tunnelmitte die Sollgeschwindigkeit zu erreichen. Fuhren zwei ICN gekuppelt, ging es leichter: Nur der erste musste den vollen Windwiderstand überwinden und die lange Luftsäule im Tunnel in Bewegung setzen, bei doppelter Antriebsleistung. Die Schienenhaftung war dagegen jetzt im Tunnel kein Problem mehr, die Schienen waren trocken und glänzten sauber.

Die Scheinwerfer des Zuges leuchteten den runden Tunnel aus, hinter den Seitenfenstern war es dunkel, die Tunnelbeleuchtung war ausgeschaltet. Normalzustand. Es war anstrengend, nach vorn zu blicken, das immer gleichbleibende runde Tunnelbild, das trotzdem rasend schnell vorbeizog, ermüdete die Augen. Einzige Abwechslung war der Fahrleitungsdraht an der Tunneldecke, der im leichten Zickzack verlegt war und im Takt von links nach rechts pendelte. Ab und zu tauchte im Scheinwerferlicht eine unbeleuchtete blau-gelbe Signalscheibe auf und sauste vorbei, kein beleuchtetes Signal, denn wir waren vom Leitsystem über Funk überwacht, »ETCS Level 2 ohne Signale« hieß das auf Eisenbahner-Deutsch. Alle 325 Meter leuchtete auf der rechten Seite kurz der grüne Rahmen eines Notdurchgangs auf. Diese Türen führten jeweils zu einem Querstollen in die andere Tunnelröhre der Gegenrichtung, mussten aber im Betrieb druckdicht verschlossen bleiben, wegen der enormen Sog- und Druckwirkung, die die Zugfahrten in den Tunnelröhren entstehen ließen.

Was wir jetzt hatten, war Tunnelblick, zwanzig Minuten lang. Die einzige kleine Abwechslung würden die beiden beleuchteten Nothaltestellen unterwegs sein, wo es auch eine durch Tore verschlossene Gleisverbindung zur anderen Röhre gab.

Doch plötzlich hatten wir mehr Abwechslung, als uns lieb war. Es begann mit einer Durchsage über Zugfunk, von einer Mitarbeiterin der Leitstelle, die mit gepresster und leicht zitternder Stimme sprach: »An alle Personenzüge, an alle Personenzüge, bitte reduzieren Sie die Geschwindigkeit wegen eines Unwetters auf 100 km/h und halten Sie am nächsten Bahnhof oder Haltepunkt an. Ich wiederhole: an alle Personenzü…« Dann brach die Durchsage ab.

Ich konnte mich nicht erinnern, solch eine Durchsage schon einmal gehört zu haben. In Deutschland, ja, da wuchsen hohe Bäume bis an die Gleise, da musste bei jedem stärkeren Wind der Zugverkehr eingestellt werden, aber doch nicht in der Schweiz, wo die Ränder der Strecken sorgfältig von Bewuchs frei gehalten wurden. Unwetter, damit waren wir im Tunnel ja wohl sowieso nicht gemeint, trotzdem: Anhalten am nächsten Bahnhof oder Haltepunkt, galt das auch für uns? An den Nothaltestellen im Tunnel? Ich griff gerade zum Funk, als ein

Warnton schrillte und ein Ruck meinen Oberkörper leicht nach vorn kippen ließ. Der Blick auf den Bildschirm zeigte: Die Spannungsanzeige war auf null gefallen, die Zugkraftanzeiger der Motoren ebenfalls.

»Was soll das denn?«, kommentierte mein Kollege.

Die Fahrstromversorgung war offenbar ausgefallen. Wir waren immer noch in der Steigung in Richtung auf den Tunnel-Scheitelpunkt im Bereich Sedrun. Die Steigung und der Luftwiderstand ließen die Geschwindigkeit langsam, aber deutlich sinken.

Ich griff nach dem Heft mit den »Besonderen Betriebsvorschriften GBT« und blätterte hektisch, eigentlich ohne klares Ziel, was ich in dieser Situation suchen sollte. Jetzt war der vor uns liegende Tunnel plötzlich hell, im Seitenfenster leuchtete es im schnellen Rhythmus der Lampen auf. Mir fiel sofort ein, was im Lehrgang erwähnt worden war: Bei einer überraschenden Geschwindigkeitsverminderung eines Zuges schaltet sich automatisch die volle Tunnelbeleuchtung ein, weil das Sicherheitssystem eine Unregelmäßigkeit erkennt. Jetzt waren wir die Unregelmäßigkeit, jeden Moment musste der Anruf von der Betriebszentrale kommen, warum wir langsamer fuhren. Aber es kam kein Anruf.

Das Signalsystem gab uns immer noch freie Durchfahrt durch den Tunnel, trotz der Durchsage. Ich fragte den tunnelerfahrenen Kollegen Duber: »Was meinst du, sollen wir anhalten in Sedrun?« Ein Halt von Zügen sollte im Tunnel möglichst nicht irgendwo erfolgen, sondern nur an einer der Nothaltestellen, genannt »Multifunktionsstellen«, so war das vorgesehen.

»Wenn wir in Sedrun durchfahren, kommen wir in das Gefälle und können notfalls ohne Strom aus dem Tunnel kommen«, gab Duber zu bedenken. Der Zug wurde langsamer, aber mit abnehmender Geschwindigkeit war der Windwiderstand geringer, und wir würden es trotz der leichten Steigung schaffen bis zur Nothaltestelle, deren hellere Lampen jetzt schon zu sehen waren.

Der Kollege versuchte, über Funk mit der Betriebszentrale Kontakt aufzunehmen, um die Ursache des Stromausfalls zu erfahren und weitere Anweisungen einzuholen. Es kam jedoch keine Sprechverbindung zustande. Das beunruhigte mich mehr als der Stromausfall. Wieso ging der Funk nicht mehr? Dieser war gemäß Sicherheitskonzept extra doppelt oder dreifach unabhängig ausgeführt, um unter allen Umständen die Kommunikation mit den Zügen im Tunnel aufrechtzuerhalten. Überhaupt keine Kommunikation, so etwas war nicht vorgesehen. Oder war es ein Problem unseres Funksystems an Bord? Aber das Gerät zeigte normal an. In dem Moment meldete sich das Bordgerät des ETCS-Signalsystems, es hatte den Funkkontakt mit dem RBC, der Basisstation an der Strecke, verloren.

Anhalten oder nicht, die Frage war jetzt entschieden. Es würden uns nur noch wenige Augenblicke bleiben, dann veranlasste das ETCS-Bordgerät einen »Trip«, eine automatische Schnellbremsung, die nicht aufzuheben war vor dem Stillstand. Zum Glück waren wir aber schon auf wenige Hundert Meter an die Multifunktionsstelle herangekommen, unser Zug war 70 Stundenkilometer schnell. Ich bremste noch nicht, um die Zeit bis zum Auslösen der automatischen Bremsung nicht zu vergeuden und dem Zug die Chance zu geben, auf jeden Fall bis zur Nothaltestelle zu kommen. Erst als wir schon fast den Anfang der Nothaltestelle erreicht hatten, zog ich den Bremshebel durch und löste eine Schnellbremsung aus, fast im gleichen Moment öffnete auch das ETCS das Notbremsventil, wie es mit einem lauten Hupton meldete.

Quietschende Scheibenbremsen waren ungewohnt, sonst bremste der ICN fast nur elektrisch, dann hielten wir mit einem scharfen Ruck an, wie man ihn sonst als Lokführer zu vermeiden versucht.

Kaum hatten wir gehalten, erlosch die Tunnelbeleuchtung. Die Bahnhofsnotbeleuchtung, kleine Diodenlampen am tunnelseitigen Handlauf des Bahnsteigs, gaben einen Ansatz von Licht und Orientierung.

Duber und ich sahen uns an und dachten wohl das Gleiche: Ausfall des Fahrstroms, eine unklare Durchsage der Betriebsleitung an alle Züge wegen eines Unwetters, Ausfall der Kommunikation im Tunnel, Ausfall des Signalsystems, jetzt sogar Ausfall der Beleuchtung im Tunnel trotz einer Unregelmäßigkeit, all das gab es eigentlich gar nicht, all das war in den »Besonderen Betriebsvorschriften« nicht vorgesehen.

Es war streng verboten, im Führerstand zum privaten Mobiltelefon zu greifen. Ich tat es trotzdem, um vielleicht damit eine Verbindung zur Betriebszentrale über das normale Mobiltelefonnetz herzustellen. Es dauerte ewig, bis sich das Telefon hochgefahren hatte, ich fingerte den Code auf den Bildschirm, erst beim zweiten Mal gelang es mir, meine Finger zitterten. Nach einer weiteren Ewigkeit erschien das Startmenü, ganz klein oben die Anzeige »Kein Netz«. Ich holte das Menü auf den Bildschirm, drückte auf »Übersicht Netzwerke«, es kam »Kein Netzwerk verfügbar«. Mir fiel die Jubel-Pressemeldung der SBB ein, in der für den Tunnel das stabile Mobilfunknetz »in besserer Qualität als außerhalb des Tunnels« angepriesen wird. Von wegen, heute jedenfalls nicht.

Nur vorn, wohin unsere Scheinwerfer noch strahlten, war es hell, im Rückspiegel, der sich jetzt ausgeklappt hatte, sahen wir dort, wo der erleuchtete Notbahnsteig sein sollte, nichts als das Band der mickrigen Notbeleuchtung.

Knarzend meldete sich der Lautsprecher, endlich, die Betriebsleitung? Nein, es war der Kundenbetreuer hinten im Zug, er klang ärgerlich: »Kollegen, was ist los bei euch da vorne? Macht ihr mal den Fahrgästen eine Durchsage, oder soll ich was sagen? Wieso halten wir im Notbahnhof? Und wieso ist es auf dem Bahnsteig dunkel?«

Auf all diese Fragen hatten wir auch keine Antwort.

Duber sah mich fragend an, dann griff er zum Mikrofon. Im Tunnel-Lehrgang hatten wir gelernt und geübt, in allen Situationen, die für die Fahrgäste beunruhigend sein könnten, besonders langsam, also beruhigend, und mit möglichst tiefer Stimme zu sprechen. Genauso machte er es jetzt. »Geschätzte Fahrgäste, hier spricht der

Lokführer. Wir haben eine technische Störung am Zug. Die Stromversorgung ist kurzzeitig unterbrochen. Wir haben daher in einer Haltestelle im Tunnel angehalten, wie es für diesen Fall als Routinemaßnahme vorgesehen ist. Wir werden bei der Betriebsleitung erfragen, wann es weitergeht, bitte haben Sie noch etwas Geduld. Für die entstehende Verspätung bitten wir schon jetzt um Verständnis. Über Ihre Anschlusszüge in Bellinzona und Lugano werden wir Sie rechtzeitig informieren.« Weil wir auf dem Weg ins Tessin waren, musste die Durchsage auf Italienisch wiederholt werden, was dem Kollegen aus Luzern nicht ganz leichtfiel. In Erinnerung blieb mir nur der Begriff *interruzione della alimentazione.* Wäre mir auf die Schnelle nicht eingefallen, trotz meines Italienischkurses für die Fahrtberechtigung ins Tessin. Ob es richtiges Italienisch war, weiß ich nicht.

Nachdem inzwischen unsere Kommunikationsversuche per Funk weiter ergebnislos geblieben waren, schlug ich vor, die ortsfeste Kommunikationsstelle auf dem Notbahnsteig zu suchen und von dort aus die Betriebszentrale zu rufen. Vom Besuch in der Tunnelstation während des Lehrgangs wusste ich, dass es dafür überall die orangeroten Kästchen gab. Duber nickte nur. Ich griff mir die gelbe Warnweste und die Batterie-Handlampe aus dem Schrank in der Führerstandsrückwand und entriegelte die Tür des Führerstands ins Zuginnere.

Ein Blick in das Zweite-Klasse-Großraumabteil: Die Gesichter der Reisenden wirkten normal, nicht ängstlich, nicht wirklich erstaunt, eher leicht verärgert wegen der zu erwartenden Verzögerung. Es war merkwürdig ruhig, weil die Klimaanlage ihr beständiges Rauschen eingestellt hatte. Vom Stromausfall war im Fahrgastraum sonst nicht viel zu merken, nur erfahrenen Reisenden konnte aufgefallen sein, dass jede zweite Beleuchtungseinheit ausgeschaltet war, die automatische Sparschaltung bei Stromausfall.

Es war also gelungen, mit der Durchsage den gewünschten Effekt zu erreichen: Alles Routine, nur eine kurze Fahrtunterbrechung. Als ich aber die Außentür über den Notöffnungsschalter entriegelte, zischend die Druckluft entwich und ich die Tür mit viel Kraft aufschieben musste, blickten die ersten Fahrgäste gleich hinter der Tür doch erstaunt auf. Ein Lokführer, der sich mit der Handlampe zu Fuß auf den Weg in den Tunnel machte, das gab es nicht alle Tage.

Die Luft draußen war heiß. Es regte sich kein Lufthauch, das überraschte mich. Von meinem früheren Besuch während des Lehrgangs im Tunnel wusste ich: Eine Gefahr im Tunnel und auf dem Bahnsteig der Nothaltestellen war der Sog, waren enorme Luftströmungen durch die Züge, die den Aufenthalt dort nicht nur ungemütlich, sondern sogar regelrecht gefährlich machten. Jetzt herrschte Stille und kein Lufthauch, und ich spürte kribbelnd im Nacken, wie sich meine Schweißdrüsen meldeten.

Entlang der Reling mit den LED-Leuchten auf der Unterseite ging ich zu dem orangeroten Kasten. Der Bahnsteig war auch durch das Licht aus dem Zuginnern erleuchtet, dadurch war die Bedienungsanleitung im Dämmerlicht zu lesen, in vier Sprachen stand da über einem einzigen schwarzen Knopf: »Kurz drücken. Warten«. Ich tat genau das. Nichts passierte. Ich drückte etwas fester und etwas länger, wartete ungeduldig, nichts. Dann entgegen der Anweisung lange und hart, bis mein Daumen schmerzte, wieder ohne Ergebnis. Am Rücken spürte ich kalten Schweiß, und das war nicht wegen der Hitze.

Ich ging zurück in den Führerstand, berichtete Duber. Der holte den Teamchef der Zugbegleiter ans Bordtelefon. »Na endlich«, meinte der Teamchef, »was sagt die Betriebsleitung?«

»Wir bekommen niemand an die Leitung, weder über Funk noch über das Streckentelefon.«

Nach einigen hastigen Atemzügen: »Und was machen wir jetzt?«

Darauf bekam der Teamchef keine Antwort.

Wir blieben einfach sitzen im Führerstand, wie gelähmt. Es war völlig still geworden, das elektrische Innenleben des Triebwagens gab keinen Laut mehr von sich. Von Zeit zu Zeit ein erneuter Versuch anzurufen, irgendwann musste das System doch wieder laufen, tat es aber nicht. »Wann sind wir zum Halten gekommen?« Mein Kollege hatte das Formblatt des Berichtbogens über »Besondere Vorkommnisse während der Fahrt« in der Hand und wollte offenbar die genaue Zeit schriftlich festhalten.

Ich rechnete kurz die Fahrzeit nach und teilte ihm meine Vermutung mit, er notierte diese Zeit ohne Kommentar. Niemand von der SBB würde uns jemals einen Bericht, ob mit oder ohne Formblatt, abverlangen, aber das konnten wir zu dem Zeitpunkt noch nicht wissen.

»Schau mal in den BB GBT, ob es nicht doch eine Anweisung gibt«.

Die BB GBT gaben für diesen Fall keinen Rat. Ausfall absolut aller Systeme, das war nicht vorgesehen, das gab es nicht.

»Wir haben nichts falsch gemacht, wir haben im Notbahnhof gehalten, es gibt hier einen Schutzraum, den Durchgang zur Gegenrichtung, wo hoffentlich bald ein Evakuierungszug kommt, und ein Telefon, das hoffentlich bald wieder funktionieren wird.«

Evakuierung, Schutzraum – das waren Wörter, die plötzlich nicht mehr nur theoretische Notfall-Szenarien beschrieben.

Hunderte Reisende zum Verlassen des immer noch angenehm temperierten und beleuchteten Zuges zu bringen, dabei das Gepäck zurückzulassen, das geht nur, wenn man die Lage schonungslos schildert, um den notwendigen Handlungsdruck aufzubauen, so hatten wir es gelernt. Die Fahrgäste auf einem gut beschilderten und ausgeleuchteten Weg über anderthalb Kilometer Fußmarsch durch das Stollensystem zum Notbahnsteig der anderen Tunnelröhre zu schicken, und mit einem hoffentlich dort bald haltenden Zug alle aus dem Tunnel zu schaffen: Das wäre die für diesen Fall vorgesehene Lösung.

Aber noch hatten wir keine Information, ob und wann ein anderer Zug oder der Evakuierungszug eintreffen sollte. Geübt hatte das auch der Kollege nie, wir kannten den Übergang zum anderen Tunnel nur aus dem Lehrgang, da war es mehr wie ein unterirdischer Wandertag gewesen, kein Ernstfall. Vor der Eröffnung des Tunnels hatte es sogar Sonderzüge dorthin gegeben, die Bahn-Fans hatten damals viel Geld bezahlt, um im Wartebereich des Notbahnhofs eine Weile schwitzend in der Hitze herumzulaufen.

»Ich schaue mich mal im Wartebereich um und gehe auf die andere Seite, vielleicht funktioniert dort die Kommunikation. Oder es ist auf dem Gleis in Gegenrichtung schon Hilfe zu uns unterwegs. Und dann können wir uns ja mit dem Übergang vertraut machen, wenn in unserer Röhre nicht doch die Fahrdrahtspannung wiederkommt.«

»Ja, mach das, ich bleibe hier.«

Beim Blick in den Fahrgastraum las ich in den Mienen der Reisenden außer Erstaunen erstmals auch so etwas wie Beunruhigung. Ein älterer Herr, dreiteiliger Anzug, Krawatte, der gleich neben der Ausgangstür saß, sah mich, klappte ärgerlich seinen Laptop zu und schob die Innentür zum Großraumabteil auf. Er machte mich darauf aufmerksam, dass die Netzverbindung schon länger unterbrochen sei. Ich erklärte ihm, dass wir das Problem bald lösen würden, öffnete wieder die Außentür und war froh, den Blicken der Fahrgäste nicht länger ausgesetzt zu sein.

Ich ging zu einer von grüner Notbeleuchtung gekennzeichneten Tür und stellte den Hebel auf das grüne Feld »Öffnen«; nichts passierte, was ich bereits befürchtet hatte. Rot gekennzeichnet gab es auch die Hebelstellung »Notöffnung«, also versuchte ich es damit. Und tatsächlich: In dieser Stellung ließ sich die Tür mit einiger Kraftanstrengung aufschieben. Auch dahinter schimmerte nur die matte blassblaue Dioden-Notbeleuchtung, die gerade so viel Licht absonderte, dass man die Umrisse des Gangs mehr ahnen als sehen konnte. Trotz der Dunkelheit ließ ich beim Gang durch diese Röhre die Handlampe ausgeschaltet, in der Vorahnung, dass wir die Batterien besser schonen sollten, weil wir sie vielleicht noch gut gebrauchen konnten.

Der Sicherheits- und Wartebereich war ebenso schlecht beleuchtet. Als ich im Lehrgang hier war, war es hell und durch das Gebläse fast luftig, jetzt aber stickig und heiß und ziemlich dunkel. Wieder ein orangeroter Kasten mit Sprechtaste und der viersprachigen Aufschrift »Kurz drücken. Warten«. Ohne große Hoffnung drückte ich kurz, wartete, drückte länger, aber auch hier brachte Drücken und Warten nichts.

Nicht nur die Beleuchtung fehlte, auch die grünen Notausstiegsrichtungsanzeigen mit der Entfernungsangabe zum anderen Bahnsteig, die im Lehrgang den Weg gewiesen hatten, waren nicht zu sehen. Ich konnte zwar einen der Bildschirme ausmachen, aber er war dunkel. Ich glaubte mich zu erinnern, dass ich in Fahrtrichtung weitergehen musste, um zur anderen Seite zu kommen. Gut, dass wir hier unten im Lehrgang gewesen waren, auch wenn ich mir das noch besser hätte einprägen sollen.

Ich begann zu laufen, ja zu rennen, denn ich konnte mich an die Fluchtwegmarkierung mit der eindrucksvollen Entfernungsangabe »1450 Meter« und dem Fluchtweg-Symbol erinnern, die damals hier auf einem der Bildschirme zu lesen war; ich hatte die absurd weit erscheinende Entfernungsangabe sogar fotografiert. Jetzt waren alle Monitore dunkel und kaum zu erkennen. Hinter mir warteten mehr als dreihundert Passagiere und meine Kollegen, ich musste schnell herausfinden, was eigentlich los war, ob schon Hilfe unterwegs war.

Der Tunnelrettungszug fährt mit Diesel, fiel mir ein. Selbst wenn der Strom auf längere Zeit ausfallen sollte, kann einer der Tunnelrettungszüge trotzdem kommen, entweder aus Süden, aus Biasca, oder aus Norden, aus Altdorf, das war näher. Ein Problem könnten höchstens andere Züge sein, die im Tunnel vor und hinter uns oder im anderen Tunnel standen, ebenfalls ohne Strom und Signalsystem, und den Weg versperrten. Das würde dauern, bis die anderen Züge herausgeschleppt waren, aber irgendwann musste es der Rettungszug zu uns schaffen, auch ohne Fahrstrom. Nur: Warum gab es überhaupt gar keine Funkverbindung?

Hastig ging ich vorbei an einem containerartigen Gebäude mit einer riesigen Schiebetür, dann an einem runden Gitterkasten, der bis zur Decke reichte, das musste der Aufzug nach Sedrun sein, dachte ich. Ich glaubte, einen etwas kühleren Lufthauch zu spüren, aber vielleicht war das lediglich Einbildung wegen des Bewusstseins, dass es hier nach oben ins Freie ging. Ich schaltete die Lampe ein und leuchtete nach oben: Dort, wo das Gitter an die Decke reichte, war ein schwarzes Loch. Es war wohl tatsächlich der Schacht nach oben, achthundert Meter lang, oder besser: hoch. Unheimlich.

Ich ging weiter, der Weg durch die Röhre stieg an, eine, zwei Kurven, fiel nun wieder ab, zum Glück war der Boden eben und glatt. Einen Kilometer musste ich schon hinter mir haben. Es war eigenartig, im Laufschritt ohne genaue Sicht auf den Boden vorwärtszuhasten. Der Schweiß lief mir den Rücken herunter, ich begann heftiger zu atmen, es war wieder heiß. Ja, jetzt war ich drüben auf der anderen Seite des Notbahnhofs, beim Gleis in der anderen Richtung. Hoffentlich, hoffentlich war da inzwischen Hilfe eingetroffen, oder wenigstens etwas zu erfahren. Ich konnte nicht mehr rennen, es ging auch nicht mehr abwärts. Ich spürte wieder das flaue Gefühl im Bauch, riss mich aber zusammen, hastete weiter.

Da, endlich, neben einigen Klappsitzen, einer Reihe von Rollstühlen und einer Palette mit Mineralwasserflaschen die erste Möglichkeit, durch einen Querstollen zum Bahnsteig des Gleises in der anderen Richtung zu kommen. Die grüne Schiebetür zum Bahnsteig war geschlossen, diesmal versuchte ich es gar nicht erst lange mit der Hebelstellung »Öffnen«, sondern ging gleich auf »Notöffnung« und stemmte die Tür auf. Dahinter war es genauso schlecht beleuchtet wie überall, aber was vor mir im Dämmerlicht stand, erkannte ich sogleich: Auf dem Transportwagen eines Güterzuges ein Lastwagen-Auflieger mit der Aufschrift »TransEuroSped« auf der blauen Plane.

Ich sah nach links und rechts und konnte im Dämmerlicht eine lange Reihe von Güterwagen mit Containern und Lastwagen-Trailern ausmachen. Vorn am Zug ein Lichtschein von der Lokomotive. Es gab auch hier keine Tunnelbeleuchtung, nur die LED-Notbeleuchtung an der Reling entlang der Tunnelwand am Bahnsteig.

Die Lok war leblos, vom elektrischen Innenleben war kein Laut zu hören. Die Güterwagen gaben ein leises Knacken von sich, die Kupplungen der Bremsleitungen von einem Wagen zum anderen zischten leise, der Geruch der Bremsbeläge lag noch in der Luft, und die lange Wagenschlange schien sich zu strecken.

Ich ging nach vorn bis zum Lichtschein des Führerstands, hämmerte an die Außenwand der Lok. Im Schein der Handlampe sah ich: Die Lok hatte ein weiß-blaues Alpenpanorama an der Seite aufgemalt und hellgrüne Streifen, also ein Zug der BLS-Bahn, die sich am Gotthard einen Konkurrenzkampf mit der SBB um den Gütertransport lieferte. Das Fenster ging auf, ein Kopf erschien. »Endlich, Kollege«, meinte der Lokführer, offenbar erleichtert über mein Erscheinen. »Schon gedacht, bin vergessen. Warum kein Funk, kein Strom? Wann geht's weiter?« Der Kopf verschwand, innen hörte man eine Tür, dann ging die Außentür auf, und der Kopf tauchte dort wieder auf.

Mir wurde noch heißer: Der italienischsprachige Lokführer des Güterzuges dachte offenbar, ich sei die Rettung! Das hieß, dass er auch keine Verbindung hatte. Ich klärte das Missverständnis auf und kletterte nach oben, ging hinter ihm her in den Führerstand. Aus den Lüftungsgittern hinter den Frontscheiben strömte kühle Luft in das angenehm temperierte Lok-Cockpit. Ich schwitzte am ganzen Körper, atmete schwer. Der kalte Luftzug der Klimaanlage ließ mich frösteln.

In seinem italienisch gefärbten Deutsch wollte der Lokführer von mir wissen, wie lange so eine Energie-Unterbrechung dauern könne, eine Frage, die ich ihm natürlich auch nicht beantworten konnte.

Ich erklärte ihm unser Problem mit den dreihundert Fahrgästen, die wahrscheinlich langsam unruhig wurden. Da lachte der italienische Lokführer nur und meinte, das sei eben das Problem der feinen Intercity-Kollegen. Er jedenfalls fahre lieber all die Container und

Frachtstücke, die beschwerten sich wenigstens nicht. Jetzt müsse er sich wohl erst einmal ausruhen, um dann, wenn es weitergehe, fahrfähig zu sein. Im Übrigen habe er noch zwei Flaschen Wasser, er zeigte auf den kleinen Kühlschrank hinter dem Führersitz. Außerdem habe er für solche Fälle immer eine Packung Kekse dabei, er sei nicht auf unseren Speisewagen angewiesen.

Wieso er denn die Klimaanlage aufdrehen könne, wenn die Lok gar keine Stromversorgung habe, fragte ich ihn. »Ist Last-Mile-Lok, ganz neu, geholt letzte Woche aus Deutschland, direkt von Fabrik.« Er erklärte mir begeistert, dass dies eine E-Lok mit zusätzlicher Batterie und einem kleinen Hilfsdiesel sei, mit der man auch auf Gleisen ohne Oberleitung fahren könne, eben auf der »letzten Meile« im Gleisnetz. Er könne es sich daher leisten, auch ohne Stromversorgung die Führerstandsklimatisierung aufzudrehen, mit einer großen Batterie und einem Dieselgenerator zum Nachladen im Rücken.

»Was machen wir jetzt?«, fragte ich ihn, meine Ratlosigkeit schien ihn aber nicht zu beeindrucken. Der Privatbahn-Kollege konnte und wollte sich nicht ernsthaft mit unserem Intercity-Problem beschäftigen, er müsse einfach hier warten, und solange das Warten so angenehm bliebe, sah er wohl keinen Grund, etwas zu unternehmen.

Hier wurde ich nicht schlauer. Ich ließ den Kollegen allein und stolperte und hastete den ganzen Weg zum anderen Bahnsteig mit unserem Zug zurück, grübelte weiter, kam aber zu keinem Ergebnis, was zu tun sei.

Bei unserem Zug angekommen, machte ich einen Fehler. Ich ging nicht zum ersten Wagen und stieg dort beim Führerstand ein, sondern zwei Wagen dahinter, um durch den Zug zu gehen. Dort war die Stimmung inzwischen explosiv, die Fahrgäste in Aufregung. »Wann geht es weiter?«

»Wieso ist die Klimaanlage ausgefallen?«

»Können Sie nicht das Licht wieder voll aufdrehen, man kann ja gar nicht lesen.«

»Ich brauche einen Anschluss nach Locarno, wird der letzte Zug warten?«

Nicht nur die Stimmung hatte sich verändert, auch die Luft im Wagen war jetzt anders. Es war stickig geworden. Es roch. Es roch nach Menschen, die zusammengepfercht waren, und die Temperatur war deutlich gestiegen, es war fast so heiß wie draußen im Tunnel, nur miefiger.

Vorn angekommen, fand ich auch den Kundenbetreuer vor. Er war in Aufregung. »So geht das nicht. Wir müssen den Leuten etwas sagen. Wann geht es weiter? Was ist eigentlich los? Habt Ihr endlich die Betriebszentrale bekommen?«

Das Display zum Betriebszustand des Zuges blinkte, im Buffetwagen war die Stromversorgung ganz ausgefallen, die Batterie dort offenbar am Ende. Dieser Wagen war nun wahrscheinlich ganz dunkel. Die beiden angrenzenden Wagen hatten allerdings noch Licht.

»Geh mal den Buffetwagen räumen, dort ist es jetzt dunkel, und erklär das Marawi, dem Service-Kollegen«, sagte ich zum Kundenbetreuer. »Wann wir wieder Strom haben, wissen wir nicht. Wir haben noch keine Verbindung zur Betriebszentrale.«

»Wie lange halten denn die Batterien der anderen Wagen?« Der Teamchef stellte die Frage, die ich nicht auszusprechen gewagt hatte.

»Wenn wir sparen, etwas länger.«

»Was können wir denn sparen?«

Auch darauf erhielt der Teamchef wieder keine Antwort.

In dem Moment klopfte es an der Führerstandstür, nicht zaghaft, sondern drängend. Draußen war eine Frau, vielleicht Ende dreißig, mit strubbeligen Haaren, aufgeregt, mühsam kontrolliert, die sich hereindrängte. Eine hysterische Deutsche, schoss es mir in den Kopf; als angepasster Deutscher in der Schweiz schämt man sich oft wegen des peinlichen Verhaltens der Landsleute. Es sprudelte aus ihr heraus. »Was machen Sie da eigentlich? Heute hat uns die Deutsche Bahn schon übel mitgespielt, ich bin mit einer Schulklasse mit 22 Jugendlichen unterwegs, wir kamen schon zu spät nach Basel. Da hatten wir noch gehofft, dass es wenigstens in der Schweiz schnell weitergeht. Wir halten inzwischen schon über eine Stunde hier, in unserem Wagen ist gerade die Toilette kaputtgegangen und läuft über. Meine Schülerinnen und Schüler sind fix und fertig, ich muss sie beruhigen. Der Schaffner hinten im Zug hat keine Ahnung, jetzt frage ich Sie: Was ist eigentlich los?«

Die Kollegen sahen betreten drein. Ich nahm das Wort an mich und rang mich dazu durch, ehrlich zu sein. »Wir wissen selbst nicht, was los ist, klar ist nur: Es gibt keinen Strom. Das ist für sich genommen kein großes Problem, es gibt ja eine zweite Röhre mit völlig unabhängiger Stromversorgung. Aber da war ich gerade, dort ist auch kein Strom, am anderen Bahnsteig steht ein Güterzug, der auch nicht wegkommt. Leider ist das immer noch nicht alles: Wir haben auch keine Verbindung zur Betriebszentrale und damit keine Ahnung, wann wir mit einer Wiederherstellung der Stromversorgung rechnen können oder mit Hilfe, die zu uns kommen könnte. Weder der Funk noch die Telefone funktionieren, so etwas ist in keinem Notfallkonzept für den Tunnel vorgesehen.«

Die Lehrerin reagierte überraschend, nicht als Reisende, die sich aufregte, Entschädigung forderte, die SBB und das Zugpersonal beschimpfte. Sie reagierte als Leiterin für ihre Schützlinge, denen sie jetzt etwas erzählen musste: »Also, wenn das so ist … dann müssen wir uns doch fragen: Wie beruhigen wir die Menschen dahinten, wie bringen wir sie dazu, nicht in Panik zu geraten, sondern ruhig weiter abzuwarten, sich zu beschäftigen oder was auch immer, bis Sie das Problem in den Griff gekriegt haben oder Hilfe kommt. Und wir müssen das Toilettenproblem irgendwie lösen.«

Wir drei Eisenbahner blieben stumm, jeder wartete darauf, dass der andere etwas erwiderte. Die Lehrerin atmete tief durch und ergriff die Initiative: »Jetzt schildern Sie mir erst einmal ehrlich und genau, wo wir hier eigentlich sind, wie wir das überstehen oder im schlimmsten Fall hier herauskommen. Dann überlegen wir, *was* wir davon meinen Schülern und den anderen Leuten hinten in den Wagen sagen, und *wie* wir es ihnen beibringen.«

Genau genommen war das der Moment, in dem die Lehrerin die Führung übernahm.

2 Zarah – Männer ohne Peilung

Frau Abramovicz war unsere Klassenlehrerin in der 10c an der Fontane-Schule in Berlin-Wedding. Wedding, das ist nicht gerade der beste Teil von Berlin, viele kaputte Typen leben da zwischen ganz normalen Familien.

Unsere Schule war okay, und »die Abram«, wie sie bei uns hieß, war für mich so was wie ein Vorbild. Geduzt haben wir sie nie; sie ist nicht der Typ Lehrer, der die Schüler wie Kumpel behandelt. Eine Frau, die sich nichts bieten ließ, die uns beibrachte, wie man mit Macho-Typen klarkam, und die immer wusste, was zu tun war. Wir Mädchen in der 10c fanden sie okay, die Jungs, na ja, die meisten respektierten sie. Jetzt müssten ihr die »Tunnelratten«, wie wir uns später manchmal nannten, und sogar die Soldaten eigentlich jeden Tag »Danke« sagen. Aber dazu später.

Damals hat sie einfach die Anführerin gemacht, und das war gut so. Die Männer im Zug, später die Soldaten, waren damals ganz schön im Stress und haben nicht schnell genug kapiert, was zu tun war. Sie waren einfach überfordert.

Frau Abramovicz hat dann oft die Richtung vorgegeben, so wie sie uns schon vorher in Berlin eine Richtung zu geben versucht hat. Andere dazu bringen, das Richtige zu tun, das kann sie.

Wir Schülerinnen haben das nicht gleich mitbekommen, sie hat uns damals nicht alles gleich gesagt. Wer weiß, ob die eine oder andere nicht ausgeflippt wäre, wenn wir unsere beschissene und zugleich glückliche Lage gleich voll gepeilt hätten. Vieles habe ich auch erst hinterher von ihr erfahren, so wie es wirklich war.

Es war erst mal ein Wahnsinns-Glücksfall, dass wir uns in dem Tunnel befanden, als es passierte. Das haben wir aber erst später verstanden. Einige andere Zufälle haben so zusammengespielt, dass wir eine Chance hatten.

Der erste Zufall war, dass unsere 10c zu dieser Reise in die Schweiz überhaupt aufgefordert wurde. Irgend so eine Initiative für Menschenrechte, Flüchtlingshilfe und Integrations-Tralala in der Schweiz kam auf die Idee, eine Schulklasse aus einer Problemschule in Berlin mit möglichst vielen Migranten und Flüchtlingskindern ins Tessin einzuladen – offiziell, um uns etwas Gutes zu tun. Wahrscheinlich war der Hauptgrund, den Schweizern zu zeigen, wie toll das die Deutschen angeblich alles hinbekommen, und mehr Geld für ihre Integrationsprojekte von der Schweizer Regierung zu bekommen, oder so ähnlich, meinte jedenfalls Frau Abramovicz später. Fragen können wir die Leute von der Initiative nicht mehr, warum genau sie uns eigentlich eingeladen haben, aber trotzdem: Nochmals danke für die Einladung! Hat uns das Leben gerettet.

Jedenfalls bekam unsere Frau Abramovicz plötzlich den Auftrag von der Schuldirektorin, diese Reise zu organisieren. Unsere 10c und damit Frau Abramovicz traf es wahrscheinlich, weil wir einige Flüchtlinge in der Klasse hatten und weil wir, na ja, noch einigermaßen vorzeigbar waren. Keine von uns Mädchen war richtig voll daneben, und die Jungs haben wir schon hinbekommen, bis auf einen, Hamid, der durfte dann auch nicht mitfahren, weil er wieder mal ausgeflippt war.

Frau Abramovicz hatte der Direktorin erst gesagt: »Können Sie komplett vergessen, ich habe niemanden, der sich eine Woche lang um meine Tochter Sophie kümmert, und allein lassen kann ich eine Zwölfjährige nicht.«

Die Direktorin sofort: »Nehmen Sie sie doch einfach mit!«

Da war Frau Abramovicz erst mal platt, hatte sie wohl nicht erwartet. Schien ja wirklich wichtig zu sein, dass die 10c dorthin fährt, hatten wohl keine andere brauchbare Klasse, und sich die Blamage zu geben, dass eine von den anderen Schulen einspringen muss, weil wir es nicht auf die Reihe kriegen, wollte die Direktorin wohl nicht.

Der Abramovicz war mulmig dabei, Sophie mit uns von der 10c eine Woche lang zusammen zu wissen. Ein bisschen kann ich es heute verstehen, Sechzehnjährige können ganz schön viel Blödsinn machen und Quatsch erzählen. Ich erinnere mich, dass die Abramovicz uns reinen Wein eingeschenkt hat: »Also, wir haben eine Riesenchance für eine Klassenreise, die nix kostet und die ihr nie vergessen werdet …« Jubel in der Klasse, den sie mit einer Geste abschnitt. »Der Direktorin habe ich gesagt, das geht nicht. Wie ihr wisst, habe ich eine Tochter. Die kann ich nicht eine Woche allein lassen. Die Schulverwaltung will aber unbedingt unsere Klasse, und die Direktorin hat angeboten, dass ich meine Tochter mitnehmen kann und dass sie zudem eine Referendarin mitschicken.« Und sie stellte uns die wichtige Frage: »Könnt ihr euch vorstellen, mir hier und jetzt zu versprechen, auf meine Tochter aufzupassen, keinen Blödsinn zu machen und euch auch sonst zu benehmen? Dann fahren wir alle zusammen.« Wir jubelten und riefen: »Ja!« Die Abramovicz aber schüttelte den Kopf, stoppte wieder unseren Jubel und sah dann einem nach dem anderen, den Mädchen und den Jungs, in die Augen: »Versprochen?«, und jede und jeder Einzelne sagte zu, dass wir uns benehmen würden.

Von vielen Problemen war das erste das Klamotten-Problem. Die einen wollten ihre Markenklamotten ausführen, zwei bekamen von den Eltern nur graubraune Umhänge mit, die sogar den meisten Moschee-Besucherinnen zu altmodisch gewesen wären. Die Lösung von Frau Abramovicz: Jede und jeder von uns bekam zwei T-Shirts mit dem Aufdruck »Fontane-Gesamtschule« aus der Reisekasse spendiert; damit hatten wir eine Art »Uniform«, und keiner musste sich schämen, weil er nichts oder was Falsches anzuziehen hatte, und es gab keinen Klamottenkrieg. Im Mai sollte es in Lugano schon warm genug sein für T-Shirts.

Hauptproblem war aber bei vielen Mädchen, die Zustimmung der Eltern zu bekommen. Frau Abramovicz hat da eine ganze Reihe intensive Gespräche führen müssen, bis wir alle bis auf Dana die Erlaubnis hatten.

Fast wäre die Reise aber dann doch gescheitert. Was die Direktorin und auch Frau Abramovicz zuerst nicht bedacht hatten: Die Kinder der Flüchtlinge oder Asylbewerber sollten mit, konnten aber ja nicht einfach ins Ausland fahren, noch dazu in die Schweiz, die lag ja nicht in EU-Europa. Jedenfalls ging das nicht so einfach, wenn die Eltern noch nicht anerkannt oder nur geduldet waren oder noch nicht einmal geduldet. Zwei aus unserer Klasse waren als »umF« nach Deutschland gekommen, als unbegleitete minderjährige Flüchtlinge, Klassenreise ging nur mit Zustimmung des Vormunds und des Jugendamts, einer hatte bisher nicht einmal einen Vormund zugewiesen bekommen. Diese ganzen Probleme waren wohl niemandem vorher bewusst, in der Klasse haben wir über so was auch nicht viel geredet.

Frau Abramovicz hatte mir gestanden, dass sie – hätte sie den ganzen bürokratischen Aufwand geahnt, der nötig war, um die Genehmigungen vom Ausländeramt, von den Beamten im LAF, so hieß das Flüchtlings-Landesamt, und von der Schweizer Botschaft zu bekommen – die Finger von der Klassenfahrt in die Schweiz gelassen hätte. Dann würden wir jetzt wahrscheinlich alle nicht mehr leben.

Zufall Nummer zwei war also, dass die Reise trotz dieser Hürden und obwohl die Berliner Behörden bescheuert waren, zustande kam.

Zufall Nummer drei: Die Deutsche Bahn hatte Verspätung. War jetzt kein besonders origineller Zufall. Aber es war eine heftige Verspätung, und dann haben wir doch noch genau den richtigen Anschlusszug erwischt, zwar keine reservierten Plätze, aber ein Ticket für ein zweites Leben, das war schon ein Hauptgewinn, oder eben Zufall Nummer drei.

Dadurch waren wir in dem Zug, der bald kein funktionierendes Klo mehr haben sollte.

Aber zurück zur Fahrt im deutschen ICE nach Basel. Umleitung wegen »Notarzteinsatz am Gleis«, Herumstehen wegen »leider noch belegter Bahnhofsgleise« oder wegen eines »besetzten Gleisabschnitts«, solche Ansagen hatten Frau Abramovicz zermürbt. Wir

Schülerinnen haben das langsame Zunehmen der Verspätung nicht so tragisch genommen, wir unterhielten uns, daddelten mit Zug-WLAN und waren gut gelaunt. Die Kopftücher waren – wie so oft, wenn wir im sicheren Abstand zum Wedding waren – bei den meisten von uns verschwunden, deshalb war jetzt aber auch Fotografieren tabu. Ging die zu Hause nichts an, dass die meisten von uns lieber ohne Kopftuch in der Welt herumfuhren.

Frau Abramovicz aber war echt sauer auf die Bahn. Sie redete auf den Schaffner ein, er sei »persönlich dafür verantwortlich«, dass wir ab Basel einen Anschluss nach Lugano bekommen würden. Der wollte sie erst hinhalten, versprach dann aber doch, einen Anruf zu machen, was sogar funktioniert hat, zum Glück.

Ein Stück vor Freiburg hatte der deutsche Schaffner noch Zettel mit einem grauen Briefumschlag verteilt, irgendwas von »Fahrgastrechten« stand da, »Angaben zur Reise« waren zu machen, und ein Stempel vom Schaffner war schon drauf. Frau Abramovicz sammelte die wieder von uns ein, wollte sich drum kümmern. Wir würden den Fahrpreis, den wir gar nicht bezahlt hatten, teilweise zurückbekommen, meinte sie.

Die Formulare haben wir später weggeworfen.

In Freiburg stiegen ein Trupp grimmig schauender Schweizer Grenzpolizisten und eine Polizistin ein und gingen langsam durch den Zug, alle Fahrgäste musternd. In dem Moment musste Jihad (der heißt mit Vornamen wirklich so) irgendeinen blöden Scherz machen, jedenfalls wurde die Polizistin aufmerksam und wollten seine Papiere sehen. Als sie die »Staatenlos«-Dokumente von Jihad bemerkte, einem der beiden »umF«, der als Kind von Palästinensern in Syrien gelebt hatte, und dann noch seinen blöden Namen in den Papieren las, winkte sie die anderen her, und die Kerle hatten endlich Abwechslung in ihrem langweiligen Kontrolljob: Sie musterten jede Seite seiner Papiere und tippten alles in ein Elektronikteil ein. Die beiden anderen wandten sich uns zu, die wir wohl auch irgendwie arabisch und gefährlich aussahen, auch wenn gut die Hälfte von uns in Berlin auf die Welt gekommen war.

Frau Abramovicz ging auf die Polizisten zu und erklärte ihnen unsere Reise und dass alle Teilnehmer der Gruppe von der Schweizer Botschaft überprüft seien, auch Jihad. Sie nestelte aus ihrer Handtasche einige Papiere mit dem Schweizer Kreuz im Briefkopf, die die Grenzer gründlich studierten. So wurde nur Jihad über den Polizei-Computer überprüft, uns andere ließ man unkontrolliert in die Schweiz einreisen. Was ein paar Zettel mit Schweizer Kreuz drauf bei Amtspersonen bewirken können!

Nach dem Schreck waren wir ganz aufgeregt, der Zug hielt, draußen stand ein Schild »Basel«. Die Ersten von uns wollten schon aussteigen, da rief der Schaffner: »Hier noch nicht aussteigen, das ist noch nicht der Schweizer Bahnhof!« Da ihn Frau Abramovicz mit dem Anschluss nach Lugano genervt hatte, wusste er, wo wir hinwollten.

Endlich kamen wir zum richtigen Bahnhof in Basel. Frau Abramovicz drückte hektisch auf die Türöffnungstaste, mit einem Zischen ging die Tür auf. Unsere Gruppe aus zwanzig Schülerinnen und drei Schülern stürzte so schnell es ging aus dem ICE, zur Treppe, Frau Abramovicz rief: »Alle zum Gleis 7, schnell, schnell!«

Am Gleis 7, so hatte es der deutsche Schaffner versprochen, sollte es einen Zug nach Lugano geben.

Der Zug nach Lugano stand tatsächlich noch am Gleis 7. Wir kletterten in den ersten Wagen gleich bei der Treppe, und als die Letzte von uns drin war, schlossen sich auch schon die Türen. Wir fühlten uns gerettet. Dass es wirklich eine Rettung war, wurde uns erst viel später klar.

Frau Abramovicz war erleichtert, als Claudia, die Referendarin, nach dem Abzählen meldete: »Alle drin, keiner verloren!« Wäre sowieso zu spät gewesen, der Zug fuhr schon los. Im Gang des engen Großraumwagens standen lauter lärmende Teenager, Koffer und Taschen, die anderen Fahrgäste sahen uns abschätzig und genervt an.

Als Frau Abramovicz gerade überlegte, wie sie jetzt die Bande im Zug auf die wenigen freien Sitze verteilen sollten, kam eine Durchsage des Schweizer Schaffners mit einer strengen Ermahnung an die

»geschätzten Fahrgäste«, dass wegen der »hohen Auslastung des Zuges« bitte die Taschen von den Sitzen zu verschwinden hätten, um allen Fahrgästen einen Platz zu verschaffen. Klasse, so eine Durchsage hätte ich mir in der Berliner S-Bahn auch manchmal gewünscht, wo oft Kerle mit ihrem Fahrrad gleich mehrere Sitze blockierten und die Füße von sich streckten, während Frauen und Kindern eine Stange zum Festhalten blieb, wenn sie Glück hatten.

Noch toller war: Die Schweizer Bahnfahrer hielten sich brav an die Anweisung per Ansage, die Taschen verschwanden von den Sitzen, wurden in die oberen Gepäckablagen befördert, etliche aus der Klasse hatten schon einen Platz gefunden, andere saßen am Wagenende auf Klappsitzen, zwei waren im Nachbarwagen untergekommen. Die Schweiz gefiel mir.

So fuhren wir bis Luzern, dort stiegen viele Leute aus. Die »Ausgewanderten« aus dem anderen Wagen konnten sich danach auch zu uns setzen. Den meisten war jetzt langweilig: Sie hatten keinen Roaming-Vertrag in der Schweiz, ein WLAN gab es im Schweizer Zug auch nicht, die Mobilteile hatten nichts Neues mehr zu melden, nur zwei oder drei hatten sich einen Zugang gekauft oder schon vorher die Schweiz mit im Vertrag gehabt.

Es wurde ruhiger im Zug, einige waren müde und nickten weg. Ich hatte die Schweiz auf meinem Handy und sandte noch eine Meldung an meinen Bruder, das Foto machte ich so, dass keines der muslimischen Mädchen ohne Kopftuch drauf war.

Ziemlich lange stand der Zug in Luzern, bis er weiterfuhr. Ich kann mich daran gar nicht mehr genau erinnern, Frau Abramovicz hatte mir erzählt, sie hätte Bilder der unberührten schönen Schweizer Landschaft vor Augen, einen Blick auf einen See, dann sei sie auch müde geworden und muss kurz eingenickt sein. Und plötzlich war »kein Netz«. Auch sonst war irgendetwas anders.

Die Beleuchtung war dunkler geworden, das Gebläse der Klimaanlage verstummte, und der Zug fuhr erst langsamer, bremste ab und hielt mit einem Ruck, in einem Tunnel offenbar. Jetzt war es vollkommen still in dem nur noch teilweise beleuchteten Wagen. Wir standen, draußen im Tunnel waren nur einzelne ganz kleine Lampen zu sehen. Es dauerte einige Zeit, dann gab eine Durchsage, irgendetwas von »außerplanmäßig zum Halten gekommen« und »bitten um etwas Geduld«.

Frau Abramovicz erinnerte sich, dass sie nicht weiter beunruhigt gewesen war, allenfalls enttäuscht darüber, dass die Schweizer Bahn auch nicht besser war als die DB. Aber jetzt musste kein Anschluss mehr erreicht werden, sie sei doch wieder eingenickt, vielleicht nur für einige Minuten.

»Mama, wann sind wir da?« Sophie hatte ihre Mutter aufgeweckt. Wir standen da bestimmt schon länger als eine halbe Stunde, vielleicht auch eine Stunde, wir hatten ja nicht auf die Uhr gesehen, wann der Zug stehen geblieben war. Die Luft wurde langsam stickig in dem Wagen, denn die Lüftung lief nicht mehr. Ein Schaffner lief durch den Wagen, aber bevor wir ihn ansprechen konnten, war er am anderen Ende wieder verschwunden.

Tarik hatte sich an einem Fenster zu schaffen gemacht, das man teilweise aufklappen konnte. Er hielt die Hand hinaus und meinte: »Alter, da draußen ist es ja noch wärmer als hier drin!« Zwei andere von meiner Bande drängten sich zum Fenster. »Lass auch mal.«

»Boah, krass, wir halten in einer Sauna!«

»Hamam heißt das, nicht Sauna!«

»Egal, jedenfalls genau richtig, superheiß. Dürfen wir rausgehen?«

»Ich hab kein Handtuch dabei, und mit Klamotten bringt das nichts.«

»Blödmann.«

»Jetzt mach die Klappe wieder zu, mit der Luft von draußen wird es nicht besser.«

»Nee, lieber frischer Dampf als dein abgestandener Mief!«

Diesmal ging Frau Abramovicz dazwischen, aber eigentlich nur, weil sie selbst neugierig war und auch die Hand raushalten wollte. Es stimmte: Draußen war es nicht warm, sondern eindeutig heiß, bestimmt 35 Grad. Schönes Wetter hatten wir uns ja erhofft, aber nachts und in einem Tunnel so heiß, da stimmte was nicht. Unauffällig schnupperte Frau Abramovicz, ob es vielleicht einen Brand geben könnte. Aber die Luft roch warm, muffig und staubig, jedenfalls nicht verbrannt.

»Wo sind wir hier eigentlich?« Eine Schweizer Passagierin am Wagenende klärte uns auf: »Das ist der neue Gotthard-Tunnel. Der längste der Welt. Deshalb ist es auch so warm, über uns sind hohe Berge, fast zweieinhalbtausend Meter Granit haben wir über uns.« Sie schien ziemlich stolz auf die Schweizer Berge und den Tunnel zu sein, so als hätte sie die Berge selbst aufgestellt und den Tunnel gebaut. Frau Abramovicz fand es eher beunruhigend, wir haben uns nicht viel Gedanken gemacht.

»Ihr bleibt jetzt alle ganz ruhig hier sitzen. Ich gehe mal nach vorne und suche den Schaffner, vielleicht können wir in einen anderen Wagen wechseln, wo die Klimaanlage funktioniert.« Tarik hüpfte immer noch vor dem inzwischen geschlossenen Fenster herum und trampelte dabei den anderen, die dort saßen, auf die Füße. »Ja, auch du, Tarik, bleib sitzen und mach keinen Unfug. Ich sag euch gleich Bescheid.«

Dürfen wir mitkommen?«

»Ja, wir kommen alle mit!«

»Ihr bleibt ein paar Minuten einfach nur sitzen. Nehmt doch wieder eure Telefone und daddelt weiter.«

»Geht nix, kein Empfang mehr.«

Wir waren abgeschnitten von der Welt, im Tunnel, unter den Bergen. Was war hier los? Najla ließ sich nicht aus der Ruhe bringen, schminkte ihren Lidschatten ab, der vom Schweiß zerlaufen war.

Elif kam vom Klo und schimpfte: »Marina, du Schlampe, du warst vor mir auf dem Klo. Jetzt alles verstopft, hast du wieder Tampon rein oder so? Du bist einfach ekel. Da kann ich nicht gehen, wo soll ich jetzt?«

Ich ging nachschauen, es war schon vor der Tür zu riechen. Die Schüssel war randvoll, und … na ja, kann sich jeder auch so vorstellen.

Frau Abramovicz war da schon echt beunruhigt, wie sie mir später gestand, ließ sich uns gegenüber aber nichts anmerken. »Claudia, bleib du hier, ich gehe mit Zarah zum Chef im Zug.«

Die automatischen Türen zwischen den Wagen gingen nicht mehr automatisch, aber mit etwas Ziehen und Zerren kam man trotzdem durch. In den Wagen, die sie durchquerte, waren die Fahrgäste apathisch bis genervt. Es war genauso stickig wie in unserem Wagen.

Am Ende des Zuges, nein, es war wohl eigentlich die Spitze, da war ein kleines Fahrradabteil, und dann nur noch eine Tür, ohne Griff. »Ist da jemand drin?«, fragte Frau Abramovicz einen schwitzenden Herrn, der herumstand. »Ja, die Schaffner sind vorhin da rein.«

Sie hämmerte an die Tür, bis sie aufging. Drei Mann vom Zugpersonal standen zusammen im Cockpit oder Fahrerstand, oder wie man da sagt. Frau Abramovicz muss die ziemlich barsch angegangen haben, was ihr sofort leidtat. So etwas waren die von ihren höflichen Schweizer Fahrgästen wohl nicht gewohnt. Aber sie wollte halt wissen, was los war.

Die Eisenbahner aber hatten keine Ahnung und überhaupt keine Peilung, was sie nun tun sollten. Ein Zug voller Menschen mitten im Tunnel, mit Personal, das nicht weiterwusste. Na toll. Aber wenigstens unsere Frau Abramovicz, die ist schon mit den schlimmsten Rabauken, na ja, mit den fast schlimmsten, fertiggeworden, die konnte nichts erschüttern.

Aber als Erstes musste sie von den apathisch herumsitzenden Männern, deren Notfallpläne nicht funktionierten, herausfinden, was los war und wo wir eigentlich feststeckten.

Was sie von den Eisenbahnern erfuhr, war ein Schock: Kein Strom, keine Verbindung, niemand von außerhalb gekommen, nichts lief, wie es für Notfälle vorgesehen war. Die Beleuchtung dürfte innerhalb kurzer Zeit endgültig ausgehen, weil die Batterien fast leer waren. Die Klos würden nicht mehr funktionieren, so wie schon in unserem Wagen, bei 30 Grad. Und wo ist ein Ausweg? »Wir müssen hier in der Multifunktionsstelle auf Hilfe warten, das ist die Notfallplanung.«

Positiv: Die Fahrer waren wenigstens so schlau gewesen, den Zug in einer Nothaltestelle anzuhalten, wo es eine Art Bahnsteig und etwas mehr Platz und auch Wasser-Notrationen gab, wie die Eisenbahner erklärten.

»Und warum holen wir die Wasserflaschen nicht sofort und verteilen sie?«

»Vorher müssen wir das Toilettenproblem lösen.«

Die Abramovicz, praktisch, wie sie war, meinte: »Wieso Problem? Der Zug hat zwei Enden: Vorne die Männer, hinten die Frauen, was soll schon passieren, wenn man vom Bahnsteig aus … na ja, das verläuft sich doch da irgendwie, oder?«

»Es gibt eine Tunnelwasser-Drainage, an die kommen wir nicht heran, und eine Schmutzwasser-Drainage, für ausgelaufene Tanks oder Löschwasser, da gibt es Einlässe.«

»Na also, das ist die Lösung, dann nehmen sie so einen Einlass an jedem Ende und nennen es Toilette.«

Nach einiger interner Diskussion auf Schweizerdeutsch, der Frau Abramovicz nicht im Detail folgen konnte, fanden die Männer die Klo-Idee doch gar nicht so schlecht, falls wirklich weiter niemand von außen zu Hilfe kommen würde. Unter der Führung eines Eisenbahners würde Frau Abramovicz also mit zehn Mädchen unserer Klasse dreißig Kartons Wasserflaschen holen. Dann in jedem Wagen des Zuges einzeln von einer von uns die Flaschen verteilen lassen, dabei gleichzeitig die heikle Lage erklären, die Toilettenlösung mitteilen und ankündigen, dass das Licht im Wagen ausgeschaltet würde, weil es in Kürze wegen der schwachen Batterie ohnehin ausgehen würde.

Als Erstes weihte Frau Abramovicz uns ein und erklärte, dass wir sofort alle das gelbe T-Shirt mit dem Logo der Fontane-Schule anziehen sollten und uns dann um die Passagiere kümmern und verhindern müssten, dass eine Panik ausbricht. Sie beruhigte uns gleichzeitig und meinte, dass wir halt die Zeit, bis Hilfe kommt, in Ruhe zubringen sollten. Der Tunnel hätte mindestens acht Ausgänge in verschiedenen Richtungen, nur seien diese ziemlich weit weg, wie ihr die Eisenbahner erklärt hätten. Etliche kramten in ihrem Gepäck, um die gelben T-Shirts mit der Aufschrift »Fontane-Gesamtschule, Berlin Wedding« herauszuholen.

Ich war bei der Gruppe, die zum Wasserholen geschickt wurde. Der Lokführer stieg mit uns aus dem Zug und schob am Bahnsteig eine Tür auf. Das wenige Licht war so eingestellt, dass es auf diese grüne Tür strahlte. Dahinter ein tunnelartiger Durchgang, bis man in einer ziemlich großen Höhle war. Dort war es auch fast ganz dunkel, aber der Lokführer ging zielgerichtet mit seiner Taschenlampe voran bis zu einer vollen Palette von Plastikwasserflaschen, wie bei Aldi oder Netto. Er lud jeder von uns zwei in Folie verpackte Packs auf. Eigentlich fanden wir das alles sehr spannend, bei der Versorgung eines ganzen Zuges mitzuhelfen. Angst hatten wir eigentlich nicht, auch wenn das Gequatsche aufgehört hatte. Wir liefen im Gänsemarsch mit Wasserflaschen beladen zum Zug zurück.

Dort hatten die Eisenbahner das Toilettenproblem tatsächlich gelöst: An beiden Enden des Zuges hatten sie am Rand des Gleises einige Platten hochgehoben, darunter war eine Art Graben, eine Entwässerung. Dorthinein sollte man jetzt zielen, was nicht allen immer gut gelang. Die beiden Ränder der Rinne waren vielleicht vierzig Zentimeter voneinander entfernt, man musste also eine ziemliche Grätsche machen. Es stank bald, und dieser Latrinengeruch sollte uns so schnell nicht mehr loslassen.

Wagen für Wagen erklärten die Eisenbahner und Frau Abramovicz nun den Leuten im Zug, was wir über unsere Lage wussten, also nicht viel (vor allem nicht, wann endlich Hilfe kommen würde). Es sei vorerst genug zu trinken da (für jeden für den Anfang eine Plastikflasche, und damit war der Vorrat so gut wie aufgebraucht, aber das haben wir nicht gesagt) und dass sich alle im Zug, auf dem Bahnsteig und im dahinterliegenden Sicherheitsraum bewegen dürften. Schließlich wie das mit der Toilette ab sofort funktionierte. »Jungs vorne am Zug, Mädchen hinten, kapiert?« Genauso hatte es Frau Abramovicz formuliert und dabei im Taschenlampenlicht der Eisenbahner nach vorn und hinten gedeutet.

Beim ersten Wagen kam das als ziemliches Gestotter von den Eisenbahnern nur mühsam rüber, deshalb übernahm Frau Abramovicz das Erklären in den weiteren Wagen, knapp und klar, das ging schneller und gab weniger sinnloses Murren und Beschweren der Fahrgäste, was ja keinem weiterhalf. Wer die 10c in der Fontane-Schule in den Griff bekommt, kann auch einen ganzen Eisenbahnzug dirigieren. Die Abram riet dazu, die Telefone, deren Akku noch nicht leer war, jetzt ganz auszuschalten, den restlichen Strom könnte man später vielleicht besser brauchen, um die Dinger als Taschenlampen zu nutzen. Brav drückten die meisten Leute die Aus-Taste.

Die Passagiere waren inzwischen zum Glück eher apathisch als panisch. Die Hitze trug dazu bei; das schwere Atmen in stickiger Luft führte zu einer Art Schicksalsergebenheit. Einen Pullover hatte niemand mehr an. Einige Männer hatten sich bis aufs Unterhemd ausgezogen, einer saß sogar in Boxershorts herum. Die Temperatur war nahe Sauna, oder Strand am Mittag, nein, zum Strand gehört Sonne, und es war dunkel. Einige lagen längs am Bahnsteig, hatten ihre Kleidung als Kissen unter dem Kopf und dösten. Es war ja inzwischen auch schon später Abend geworden, die kleinen Kinder schliefen sowieso.

Letzter Ansagepunkt von Frau Abramovicz in jedem Wagen war gewesen: Wenn irgendjemand Hilfe braucht, bitte im ersten Wagen vorn melden. Und dabei hatte sie uns erwähnt: Wenn keiner der

Eisenbahner und auch sie nicht ansprechbar sein sollte, bitte an die Träger dieser gelben T-Shirts mit der Fontane-Aufschrift halten! Damit meinte sie uns, die Schülerinnen und drei Schüler der 10c. Wir würden uns drum kümmern. Wir fühlten uns echt wichtig, aber was sollten wir eigentlich tun, wenn jemand wirklich Probleme hatte?

Ich habe Frau Abramovicz im Interview gefragt, woher sie wusste, wie man in einem solchen Fall genau vorgehen muss. Sie meinte nur, dass sie es sich vorher auch nicht hätte vorstellen können, aber dass sie sich über die Hilflosigkeit der Eisenbahner so geärgert hatte, dass sich der Plan eigentlich ganz von allein ergab. Außerdem, meinte sie lachend: Mit nicht funktionierenden Toiletten hatte sie Erfahrung, in Berliner Schulen waren die Klos auch oft verstopft.

Für die Hilflosigkeit der eigentlich Zuständigen hatte sie damals kein Verständnis, sie meinte aber später, dass sie das inzwischen besser verstehen würde. Die Eisenbahner hätten ihr erklärt, dass sie klare Anweisungen hatten, was alles zu tun sein. Dazu hätte aber immer gehört, dass es Strom und Licht und Kommunikation mit der Außenwelt gab.

3 Zumtobel – Fünfzig Tonnen Schokoriegel, versteckt im Berg

Die anderen S-Bahn-Pendler aus Bubikon kannten ihn vom Sehen, kaum jemand mit Namen: Paul Ernst Zumtobel fuhr fast jeden Werktag mit der S-Bahn vom Bahnhof Bubikon zur Arbeit in die Zürcher Bahnhofstraße, meist mit dem Zug um 8 Uhr 24. An diesem Montag kam Zumtobel erst zehn Minuten später zum Bahnhof in Bubikon, allerdings verriet seine Aufmachung sofort, dass er nicht auf dem Weg zur Bank war. Er war diesmal nicht zu Fuß zum Bahnhof gekommen, Annegret, seine Frau, hatte ihn mit dem großen Familienauto gebracht.

Zumtobel trug seine Armee-Uniform, die ihn als Hauptmann der rückwärtigen Dienste des Heeres auswies, und zwar nicht die Ausgehuniform, sondern die Gefechtsuniform, im Armee-Reglement als »Arbeitsanzug Tenu C mit Kälte- und Witterungsschutz« bezeichnet. Schwere Stiefel an den Füßen und die Last eines großen Rucksacks ließen ihn etwas unbeholfen wirken, als er den Schritt vom Bahnsteig in den Doppelstockwagen der Zürcher S-Bahn machte.

In der Schweizer Bahn waren Soldaten in voller Montur, sogar mit Waffen, nichts Besonderes, vor allem am Freitagnachmittag oder Sonntagabend waren viele junge Männer in martialischer Aufmachung unterwegs. Ein schon etwas älterer Mann in Tarnanzug und Kampfstiefeln in der S-Bahn fiel aber sogar in der Schweiz auf.

Zumtobel nahm heute, an diesem grauen Montagmorgen, auch nicht wie sonst die S-Bahn in Richtung Zürich, sondern stieg in entgegengesetzter Richtung ein, in den Zug nach Rapperswil. Anders als auf der täglichen Fahrt ins Büro saß Zumtobel auf einem Klappsitz im Mehrzweckabteil, den Rucksack vor sich zwischen den Knien. Seine Militär-Dienstfahrkarte erster Klasse für Offiziere nutzte wenig, weil er in der ersten Klasse keinen Platz für seinen Rucksack hatte; es widerstrebte ihm, seinen Rucksack auf einen der Sitze zu stellen, es war nicht gern gesehen in der Schweizer Bahn, Sitze mit Gepäck zu blockieren. Deshalb ging er lieber freiwillig in den für sperriges Gepäck geeigneten Mehrzweckraum neben der großen Behindertentoilette.

In Rapperswil schulterte Zumtobel seinen Rucksack und verließ den fast leeren S-Bahn-Zug, um am gleichen Bahnsteig auf den Voralpen-Express nach Arth-Goldau zu warten.

Zumtobel war als Hauptmann der Reserve der Schweizer Armee zu regelmäßigem Dienst verpflichtet, für den ihn die Bank freistellen musste. Für Zumtobel war dieser Dienst keineswegs nur eine lästige Pflicht; er schätzte die Abwechslung und meldete sich alle Jahre dazu, obwohl er die Pflichtdienstzeit längst abgeleistet hatte. Mit der frühzeitigen Meldung wollte er sicherstellen, dass er, obwohl er Logistiker war, zu einem Dienst mit Bewegung an der frischen Luft eingeteilt wurde. Schreibstube und rückwärtigen Dienst hatte er in der Bank auch.

Bisher gelang es ihm aber meist, den Stuben- und Computerdienst mit Marschtouren in den Bergen zu kombinieren. Andere zahlen für Wander- und Abenteuertouren und müssen dafür Urlaub nehmen, er konnte von der Bank freigestellt werden, vom Alltag entspannen, sich körperlich betätigen und erhielt zudem sein entgangenes Gehalt von der Armee erstattet.

Nachdem der Voralpen-Express in Rapperswil eingefahren war, stieg er diesmal in den Wagen der ersten Klasse, verstaute seinen Rucksack im Gepäckregal und schlug die Mappe mit seinem Marschbefehl auf. In Arth-Goldau, in Erstfeld und noch einmal in Göschenen sollte er erneut umsteigen bis Andermatt, um sich dort in der großen Kaserne ganz in der Nähe des Bahnhofs bei der Kommandantur einzufinden. Seit der Inbetriebnahme des neuen Tunnels war es einmal Umsteigen mehr. Was hatten die bei der Bahn sich dabei gedacht, alle Fahrgäste nach Andermatt mehrfach umsteigen zu lassen? Der Voralpen-Express fuhr in schwungvoller Fahrt in die merkliche Steigung hinauf nach Biberbrugg, es drückte ihn in die weichen Polster, er las weiter.

Der Übungsplan sah vor, mit einem anderen ortskundigen Hauptmann zusammen einen Trupp von zweihundert Mann, oder besser: Männern und Frauen, zu übernehmen, drei Tage Vorbereitung in Andermatt, dann ein zweitägiger Marsch zu einem im Marschbefehl nur als »Objekt« benannten Ziel. Er wusste, es war das »Depot Verena«, ein weitverzweigtes geheimes Bunkersystem in den Urner Bergen. Während des Marschs im Gelände hatte der Hauptmannkollege, ein ausgebildeter Bergführer, das Kommando. Im Depot Verena würde er, Zumtobel, wieder die Führung übernehmen. Der Bergführerkollege hatte hoffentlich einen Plan für den Anmarsch vorbereitet, als schöne Tour im Bergfrühling.

Der weitere Auftrag lautete, das sonst von nur einigen wenigen Zivilangestellten, aber nicht von Militärangehörigen bemannte »Depot Verena« vorübergehend militärisch in Betrieb zu nehmen und zu sichern, in den Lagerabteilungen Waffen, Geräte und Nachschub aller Art zu kontrollieren sowie nach einem festgelegten Plan überlagerte Waren aus dem »zivilen Bestand« auszusondern und mit seiner Mannschaft aus dem Bunker zu schaffen. Für die ausgesonderten Bestände mussten neue Bestände in das Bunkerlager aufgenommen und eingelagert werden. Dieser Teil der Übung war seine Zuständigkeit, und es war eine Riesenaufgabe. Der »zivile Bestand«, das war das Codewort für die geheime Bundes-Nahrungsmittelreserve für den Notstandsfall, mit der man Hunderttausende Menschen etwa ein Jahr lang würde ernähren können.

Während dieser Arbeiten im »Depot Verena« sollte eine Übung durchgeführt werden, bei der eine Bedrohungslage durch eine fremde Macht und die Gefahr eines Angriffs auf das »Depot Verena« durch »irreguläre Einheiten« angenommen wurde. Gegen Ende der ganzen Reserveübung sollte das Depot ordnungsgemäß in den militärisch unbesetzten Ruhezustand gebracht, der Zivilbewachung übergeben und die militärisch wichtigen Bereiche gesichert werden. Der Rückmarsch würde schneller gehen, von Erstfeld mit der Bahn zurück nach Andermatt, wo die fast dreiwöchige Übung beendet werden sollte.

Das meiste davon stand aber nicht in den Unterlagen, die er dabeihatte. Viele Einzelheiten zu dem Auftrag waren »Streng geheim« gestempelt, eine Ausfertigung der geheimen Unterlagen würde er in Andermatt von der Registratur ausgehändigt bekommen. Zumtobel nahm sein Mobiltelefon, um sich den aktuellen Wetterbericht für Andermatt für die nächste Woche anzuschauen. Auch das Wetter schien mitzuspielen. Es sollte eine schöne Übung werden, vielleicht ein würdiger Abschluss seiner Militärzeit. Nie mehr Militärübung, das konnte er sich eigentlich gar nicht vorstellen. Zumtobel versuchte, den Gedanken zu verdrängen, dass es vielleicht seine letzte Übung sein würde.

In Arth-Goldau war der Bahnhof eine einzige Baustelle, er musste den Bahnsteig wechseln durch einen engen Tunnel, der durch Bauzäune noch enger geworden war. Am anderen Bahnsteig fuhr gerade sein Anschlusszug, der Interregio nach Erstfeld, ein, laut Computerstimme »mit Halt in Schwyz, Brunnen und Flüelen«.

Der Interregio war fast leer, offenbar wollte niemand werktags um diese Zeit nach Schwyz, Brunnen, Flüelen oder Erstfeld. Er nahm den erstbesten Wagen, es war einer der zweiten Klasse, für die paar Minuten. Drüben beim Voralpen-Express kam ein Intercity-Zug, offenbar aus Basel, »nach Lugano ohne Halt bis Bellinzona«, wie die laute Stimme warnend verkündete. Zumtobel machte es sich bequem, der Intercity fuhr zuerst, der war ja auch schneller und würde durch den neuen Basistunnel in einer guten halben Stunde schon drüben im Tessin ankommen.

Beim Aussteigen in Erstfeld sah er Reto, im gleichen Armee-Anzug. Reto Breitenbacher ging auf ihn zu und umarmte ihn, was in dem Tarnanzug und mit dem schweren Rucksack etwas unbeholfen wirkte.

»Haben dich deine Frau und deine Bank gehen lassen? Super, dass du dabei bist!«, freute sich Reto, Paul bei dieser Übung zu treffen.

Gemeinsam stiegen sie in den Nahverkehrstriebwagen, der seit der Eröffnung des Basistunnels die alte Gotthard-Bergstrecke bediente; alle hochrangigen Züge fuhren jetzt durch den neuen Basistunnel.

Reto war Ausbilder und Berufssoldat, deutlich jünger, ein erfahrener Bergführer, ein prima Kumpel. Mit ihm würde er keinen Ärger bekommen, und Reto würde die Truppe gut über die Berge bringen.

Die weitere Fahrt verging schnell. Kannst du dich erinnern, damals am Wildstrubel? Wie geht es eigentlich dem Töbi? Hast du was von Eric gehört? So ging es hin und her, beim Umstieg in den Schmalspurzug, auf der kurzen Fahrt durch die Schöllenen-Schlucht, bevor der Zug in die breite Talebene von Andermatt fuhr, vorbei an der Kaserne mit der großen Schweizer Fahne. Im Bahnhof Andermatt stand gerade der Glacier-Express mit seinen riesigen Panoramafenstern, er sah asiatische Gesichter hinter den Scheiben.

Eine junge Chinesin stand hinter der Scheibe und fotografierte mit dem Tablet die beiden Offiziere, die in der Sonne mit ihrem Marschgepäck ein schönes Motiv abgaben. Reto salutierte, als er die junge Frau im Zug bemerkte; das Licht der Kamera des Tablets leuchtete kurz auf, die Frau lachte, nahm das Tablet mit einer Hand und winkte ihnen mit der anderen Hand zu, wie es nur Asiatinnen taten: die Hand in Brusthöhe, die Finger geschlossen nach oben gestreckt und dic Hand waagrecht hin und her bewegend. Paul musste sich eingestehen: Sie winkte wohl eher Reto zu, der war nicht viel älter als dreißig und »Typ Bergführer«; er, Paul, ging ja schon auf die fünfzig zu und war eher »Typ Bankbeamter«. Egal.

Auf dem Marsch zur Kaserne waren sich die beiden einig: Die nächsten zweieinhalb Wochen sollten gut laufen.

»Für mich wird es vielleicht das letzte Mal sein, die Bank will mich nicht mehr freistellen für den Dienst, ich werde quittieren müssen.«

Diese Neuigkeit war für Reto Breitenbacher ein Schock. »Was? Die müssen dich doch üben lassen, oder?«

»Hat sich viel verändert. Ganz früher war es klar, dass jeder Kader, der etwas werden wollte in der Bank, Offizier sein musste und auch Dienst leisten sollte jedes Jahr, solange es von der Gesundheit her ging. Das ist jetzt ganz anders geworden. Im Vorstand sitzen Ausländer, Investmentbanker, die sind beim Zocken in London groß geworden, mit windigen Derivate-Geschäften. Sein Land notfalls mit der Waffe in der Hand zu verteidigen, das ist für die Folklore aus dem letzten Jahrhundert, lächerlich und sinnlos.«

»Das heißt, du musst wegen der Karriere den Dienst quittieren?«

»Die haben mir diesmal schon auszureden versucht, mich zu melden. Es geht nicht um Karriere, die mache ich bei denen sowieso nicht mehr, es geht darum, dass ich absteige, wenn ich weiter aktiv bleibe und jedes Jahr zum Dienst gehe. Mein Chef ist ein Deutscher, für den zählt nur Effizienz. Wenn ich zwei oder drei Wochen weg bin, dann ist das für ihn nichts anderes als Zeitverschwendung. Er nimmt es mir persönlich übel, dass ich bei so einem ›Klamauk‹, wie er es nennt, mitmache. Diesmal habe ich es ihm noch abgehandelt, aber der schiebt mich endgültig aufs Abstellgleis, wenn ich das erneut versuche. So weit ist es mit Schweizer Banken gekommen.«

»Was soll aus der Schweizer Armee werden, wenn Leute wie du nicht mehr mitmachen?«

»Ihr werdet ohne mich klarkommen. Aber für mich ist es schon hart. War doch immer so etwas wie Jugendzeit, mit Kameraden zwei Wochen zusammen sein, einmal im Jahr. Mir fällt der Abschied schwer. Irgendwie fühle ich mich damit alt und abgeschoben.«

Reto Breitenbacher erwiderte nichts mehr. Gemeinsam gingen sie durch die große Einfahrt der Kaserne in Andermatt, dem Schild »Logistik« nach.

Zwei Stunden später stand Paul Ernst Zumtobel mit durchgestrecktem Rücken, dahinter die Hände verschränkt, in einem Raum ohne Fenster vor zwölf Unteroffizieren und Leutnants. Auf den Tischen waren Plastikwasserflaschen aufgereiht, außerdem Teller mit Schokoriegeln, als »Chocolat Militaire« und »Armee-Schokolade« rot verpackt, mit großem Schweizerkreuz neben der Aufschrift.

Alle hatten im Vorraum ihre Mobiltelefone und alle anderen Elektronikgeräte in ein Fach in einem Metallregal legen müssen. Zwei besonders schwere Türen schirmten den Raum ab. Zumtobel sprach als Erster.

»Meine Herren, wir haben in den nächsten zweieinhalb Wochen einen Auftrag, der nur von besonders verpflichteten Personen durchgeführt werden darf. Wir sind hier in einem abhörsicheren Raum. Sie haben Ihre Mobiltelefone und sonstigen elektronischen Kram draußen abgegeben, und Sie machen sich bitte keine Notizen. Niemand von Ihnen hat eine Uhr oder ein anderes Gerät mit Internet-Verbindung, auch kein Fitness-Armband, ist das richtig?«

Zumtobel blickte in die Runde, alle hatten verstanden.

»Einige Stichworte werden wir Ihnen aushändigen, damit Sie Ihre Untergebenen in der gebotenen Form anhand dessen, was wir Ihnen hier vermitteln, zu gegebener Zeit informieren können. Sie sind ebenso wie Ihre Untergebenen für dieses Kommando ausgewählt worden wegen Ihrer Zuverlässigkeit. Sie sind auf die Stufe gesetzt worden, mit der Sie über Geheimunterlagen der höchsten Geheimhaltungsstufe in Kenntnis gesetzt werden können. Sie sind darüber belehrt worden, welch hohe Verantwortung das bedeutet. Leib und Leben von vielen Kameraden und vielen Schweizer Bürgern kann in einer schweren Krise oder einem Kriegsfall davon abhängen, dass die Ihnen jetzt bekannt werdenden Details weiter geheim bleiben. Das schärfen Sie bitte auch Ihren Untergebenen ein.«

Zumtobel beobachtete seine Zuhörer. Einige merkten jetzt auf. Da schienen besondere Geheimnisse auf sie zu warten.

»Sie alle wissen, dass viele militärische Installationen wie Bunker und Festungsanlagen, die in der Vergangenheit als geheim eingestuft und getarnt waren, aus der Geheimhaltung und aus der militärischen Nutzung entlassen wurden. Andere wurden von Journalisten und sogenannten Kriegsdienstgegnern enttarnt. Das Objekt, das wir im Zuge dieser Übung in Betrieb nehmen werden, ist seit Langem bekannt, wird als heute unbedeutender Militärstandort angesehen. Die eigentliche Bestimmung, der besondere Charakter der Anlage und deren Bedeutung sind nicht bekannt, diese müssen unbedingt geheim bleiben. Wenn Sie Ihren Angehörigen von der Übung, die wir in den nächsten gut zwei Wochen durchführen, berichten, können Sie gerne den Anmarschweg erwähnen, aber ohne die Zweckbestimmung und Bedeutung des Ziels zu nennen.«

Nach einer Pause fuhr er eindringlich fort: »Machen Sie keinerlei Andeutungen, dass es sich um ein hoch geheimes Objekt gehandelt hat, sondern stellen Sie ganz allgemein auf die vorübergehende Bemannung eines Objekts von eher geringer militärischer Bedeutung und eine Routineübung ab. Bevor ich die Einzelheiten zu unserem Auftrag nenne, wird Hauptmann Reto Breitenbacher zu unserem Anmarsch die nötigen Erläuterungen geben.«

Reto Breitenbacher, der es sich auf einem der primitiven Stühle aus Stahlrohr mit hölzerner Sitzfläche einigermaßen bequem gemacht hatte, schob den Stuhl scheppernd nach hinten, richtete sich kerzengerade auf und fuhr fort:

»Wir verbinden die übungsmäßige Inbetriebnahme des Objekts, das Hauptmann Zumtobel noch näher beschreiben wird, mit einem Anmarsch unter Gefechtsbedingungen in gebirgigem Gelände. Morgen stellen wir zunächst unsere Ausrüstung zusammen und erledigen allen Papierkram. Mittwoch und Donnerstag weisen wir die Mannschaften ein. Am Freitag werden wir die erste Etappe im Zug unternehmen, in vier Sonderwagen nach Disentis, und über den Oberalppass nach Rueras fahren. Von dort gehen wir durch das

Milatal zu einer Passhöhe mit der Bezeichnung Mittelplatten, mit dem Marschgepäck werden wir dafür etwa vier bis fünf Stunden brauchen, es sind an die tausend Höhenmeter. Kurz unterhalb der Mittelplatten richten wir einen Rastplatz ein. Es besteht für diejenigen, die daran interessiert sind, die Möglichkeit, in einem Abstecher von ein bis zwei Stunden mit leichter Ausrüstung den Gipfel des Chrüzlistock zu besteigen, Schwierigkeit mittel, unter günstigen Verhältnissen. Sollten sehr viele an der Gipfelbesteigung Interesse haben, stellen Sie bitte sicher, dass von jeder Einheit jeweils mindestens zwei Mann beim Gepäck bleiben. Von den Mittelplatten steigen wir dann ab in die Nähe der Etzlihütte, wo wir im Freien biwakieren. Ein strammes Programm mit sieben Stunden, mit Gipfelbesteigung auch acht oder neun Stunden Gehzeit.

Am nächsten Tag steigen wir ab nach Bristen und weiter nach Amsteg, das sind immerhin 1500 Höhenmeter. In Amsteg werden wir aus Geheimhaltungsgründen einen Bustransfer in Anspruch nehmen, zu dem von uns zu nutzenden Eingang zu unserem Zielobjekt.«

An dieser Stelle übernahm wieder Zumtobel.

»Sie haben sicher von dem Regierungsbunker in Amsteg gehört, der schon vor Jahren verkauft wurde und heute privat betrieben wird, als Lager für Wertsachen und Standort für Datensicherungsanlagen. Weiterhin haben Sie vielleicht bereits von dem Standort Schattdorf gehört.«

Zumtobel entrollte ein Blatt Papier, fast in Plakatgröße, »Logistikbasis Othmarsingen« war groß drauf zu lesen, darunter auf einer Karte neben einem großen roten Punkt, als Othmarsingen groß markiert, viele kleine grüne Punkte. Breitenbacher deutete auf den südlichsten der grünen Punkte: »Das ist das Depot in Schattdorf, und es ist bei Weitem nicht so unbedeutend wie hier dargestellt. Es ist sozusagen die geheime Speisekammer der Schweiz für den Notfall. Eigentlich hieß es ›Depot Ver‹, für ›Versorgung‹, aber irgendjemand hat daraus ›Verena‹ gemacht, das klingt viel schöner als die Abkürzung, deshalb ist es heute das Depot Verena.«

Er entrollte eine Landkarte und fuhr fort: »Sie müssen wissen, dass es ein durchgehendes Bunkersystem gibt, von Schattdorf, das liegt hier, bis hier, bis kurz vor Amsteg mit seinem früheren Regierungsbunker. Die Ausdehnung dieses Bunkers beträgt etwa sieben Kilometer – wenn man den Zugang nach Amsteg mitzählt, sogar zehn Kilometer. Von diesem durchgehenden System ist bis heute öffentlich nichts bekannt geworden, auch fremde Mächte wissen bis heute nichts von Ausdehnung und Bedeutung der Anlage.« Er ergänzte: »Jedenfalls nicht genau, hoffentlich.«

»Öffentlich bekannt ist natürlich der Logistikstandort in Schattdorf. Dass dort ein Tor in den Berg führt, ist nicht zu verheimlichen. Im Außengelände wird Pioniergerät gelagert, unter anderem auch die Stacheldraht-Reserve der Schweiz, etwa fünfhundert Kilometer Barrieren, aufgewickelt in vielen Tausend Rollen und weithin sichtbar gelagert, aber das ist eher als Ablenkung gedacht. Die wesentlich wichtigere Anlage ist im Berg und nicht zu sehen, und das ist das Depot Verena, ein Lager für alle Arten von Armeevorräten und die eiserne Reserve der Schweiz an Nahrungsmitteln.« Mit Nachdruck setzte er hinzu: »Was ich Ihnen so locker erzähle, unterliegt der allerhöchsten Geheimhaltung!«

Da alle Zuhörer schwiegen, fuhr Zumtobel fort: »Dieser Vorratsbunker, das Depot Verena, bietet Platz für genügend Nachschub, um die ganze Schweizer Armee fast ein Jahr lang unter Kriegsbedingungen mit dem Nötigsten zu versorgen, und – was Sanitätsmaterial oder Nahrungsmittel betrifft – viele Zivilisten noch mit.«

Zumtobel ließ seinen Blick schweifen. »Und nun zum Zweck unseres Einsatzes dort. Dazu muss ich Ihnen das Belieferungs- und Austauschkonzept dieses Lagers erläutern. Das öffentlich bekannte Logistiklager in Schattdorf wird auch von normalen privaten Lastwagen der Lieferanten angefahren und mit Güterwaggons auf der Schiene beliefert. Auch das lässt sich nicht geheim halten. Von dort werden viele Standorte in der Schweiz beliefert, es hat den Anschein eines ganz normalen Logistiklagers.

Der Trick dabei ist, dass ein wesentlicher Teil der Lieferungen nicht wie bei anderen Logistiklagern alsbald wieder ausgeliefert wird. Was geliefert wird, verschwindet erst einmal für viele Jahre als Notvorrat im Berg, und was ausgeliefert wird, war dort viele Jahre lang vorher gelagert. Auf diese Art und Weise haben wir nach außen hin ein Logistiklager mit einem für die Versorgung der Truppe in der Schweiz normalen Ein- und Ausgang, auf der anderen Seite aber einen riesigen Vorrat für alle Fälle. Können Sie mir folgen?«

Die Offiziere und Unteroffiziere blickten erstaunt. Einer fragte: »Dann ist das Kantinenessen so schlecht, weil das Zeug eigentlich uralt ist?«

Zumtobel lachte: »Also, wenn die Kantine Zutaten wie Reis, Kartoffelpulver oder Mehl verwendet, die zehn Jahre gelagert wurden, fällt das niemandem auf, Frischwaren kommen ohnehin nicht aus Schattdorf. Aber die Feldverpflegung aus Dosen und Einmannpackungen, die sind tatsächlich etliche Jahre gelagert und schmecken wirklich nicht besonders, wenn man ehrlich ist.«

Der Unteroffizier, der gefragt hatte, nahm sich einen Schokoriegel von dem auf dem Tisch bereitstehenden Teller mit Süßigkeiten. Er drehte und wendete die Packung »Armee-Schokolade« und meinte: »Ist die Schoggi auch aus dem Depot Verena? Wie viel ist davon dort gelagert?«

Zumtobel neigte den Kopf und meinte: »Müsste ich nachsehen, aber ich schätze, etwa fünfzig Tonnen davon haben wir in der Verena. Zwei Güterwagen oder Lastwagen. Das sind eine Million Riegel à fünfzig Gramm. Klingt viel, sind aber nur fünf Stück, wenn sie an zweihunderttausend Menschen verteilt werden müssten.«

Zumtobel machte die Rechnung mit den Schokoriegeln so schnell und souverän auf, dass die Zuhörer beeindruckt waren: Der Chef rechnete nicht nur in der Bank routiniert mit großen Zahlen.

»Und wie alt ist das Ding hier jetzt?« Der Unteroffizier hob den Schokoriegel hoch.

»Müsste ich auch nachsehen, schätze, drei Jahre.«

Der Unteroffizier riss die Verpackung des Riegels auf und biss hinein. »Na ja, für eine Antiquität ganz brauchbar.«

»Wichtig ist die Art der Lagerung, also Verpackung, Feuchtigkeit, Temperatur. Luftdicht verpackt bei gleichbleibend niedriger Temperatur ist natürlich zum Beispiel für Schokolade viel günstiger als ein Aufbewahren ohne perfekte Verpackung im Schrank zu Hause, wo es mal warm, mal kalt, mal feuchter und mal trockener ist. Oder denken Sie an die Äpfel, die Sie jetzt im Supermarkt kaufen, die im September geerntet wurden: Die Lagerung macht den Unterschied, bei den Äpfeln verwendet man dafür Klimakammern mit einer anderen Gaszusammensetzung als die normale Luft. So modern wie die Apfelbauern sind wir noch nicht, aber mit schonender Lagerung haben auch wir viel Erfahrung.«

Zumtobel fuhr mit der Einweisung fort und faltete einen Übersichtsplan des »Logistikstandorts Schattdorf« auseinander: »Danke, dass Sie das Beispiel mit dem Schokoriegel aufgebracht haben, daran kann ich Ihnen das ganze Prinzip gut erklären. Also, stellen Sie sich vor, ein Waggon Schokoriegel, im Werk bereits luftdicht verpackt, kommt in Schattdorf an, nehmen wir an, ein Waggon, zwanzig Tonnen. Diese Schokoriegel, die werden hier …« Zumtobel deutete auf die Zufahrt, »… angeliefert. Dann werden diese zwanzig Tonnen auf vielleicht vierzig Paletten von der zivilen Mannschaft des Logistikstandorts mit Gabelstaplern in diese Halle gebracht.«

Zumtobel deutete auf ein schlichtes Gebäude. »Für die Mannschaft und für die Außenwelt bleibt die Schokolade dort zwei oder drei Wochen, dann wird die gleiche Menge palettenweise mit der normalen Nachschublieferung an die einzelnen Standorte ausgeliefert. In Wirklichkeit wird sie ausgetauscht mit Ware aus dem Depot, die schon viele Jahre alt ist.«

Zumtobel kam zum Abschluss: »Die eigentliche Stärke der Schweizer Armee ist nicht ihre Feuerkraft, da sind andere uns sicher überlegen. Unsere Stärke ist die Ausdauer. Und deshalb ist Logistik nicht eine Hilfsfunktion, sondern ein entscheidendes Element unserer Landesverteidigung.«

Zumtobel betrachtete seine Zuhörer, sie schienen noch aufnahmebereit.

»Da das Logistiklager Schattdorf bekannt ist, würde es im Kriegsfall natürlich angegriffen werden. Daher ist im Kriegsfall die Auslieferung der in der Verena befindlichen Vorräte nicht über Schattdorf vorgesehen, sondern durch zwei andere Eingänge, oder eigentlich: Ausgänge. Einer davon ist in Erstfeld. Dieser Ausgang ist so gut getarnt, dass er selbst den Einwohnern von Erstfeld nicht bekannt ist, er ist von außen auch nicht ohne Weiteres zugänglich und wird nur im Ernstfall genutzt. Sie müssen aber alle Ausgänge kennen, weil jeder in der Verena Diensttuende über alle im Notfall benutzbaren Ausgänge informiert sein muss.«

»Außerdem führt ein weiterer Notausgang in einen Seitenstutzen des Gotthard-Basistunnels der Bahn. Von dort gelangt man entweder über den Tunnelzugang Amsteg oder über das Nordportal des Tunnels ins Freie.«

Zumtobel fuhr fort: »Jetzt kennen Sie also eines der größten Geheimnisse der Schweizer Eidgenossenschaft und ihrer Armee, über das ich Sie hiermit in Kenntnis gesetzt habe. Ich verlasse mich auf Sie, dass Sie dieses Geheimnis unter allen Umständen wahren und auch Ihre Untergebenen in diesem Sinne belehren werden. Sie müssen die nummerierten Unterlagen über die Struktur des Bunkers und die Notausgänge, die ich verteilen werde, innerhalb einer Stunde so gut studieren, dass Sie die wesentlichen Dinge auswendig kennen. Notizen sind dazu nicht zu machen.«

Zumtobel machte diese Belehrung nicht zum ersten Mal – als Logistiker war er bereits drei-, nein: viermal im Depot Verena eingesetzt gewesen, die letzten beiden Male als Befehlshaber. Alle Zuhörer, ausnahmslos besonders überprüfte und besonders zuverlässige Soldaten, waren immer gleich ehrfürchtig erstaunt gewesen. Jetzt lasen seine Offiziere und Unteroffiziere die Papiere mit den Notfall-Anweisungen für den Bunkerbetrieb und studierten die Lagepläne der Notausgänge.

»Wir werden übermorgen einen kleinen Test zu den Notfallmaßnahmen und der Lage der Notausgänge hier im Raum machen. Wer nicht besteht, muss die Unterlagen nochmals studieren und einen zweiten Versuch unternehmen. Diese Unterlagen sind nur in diesem Raum zu studieren; der Raum ist Ihnen morgen zu bestimmten Stunden zugänglich.«

Zumtobel und Breitenbacher verließen den abhörsicheren Raum, Raunen und Gemurmel war zu hören.

4 Zarah – Gelbe T-Shirts im Einsatz

Frau Abramovicz hatte uns, die Trägerinnen und Träger eines T-Shirts der Fontane-Gesamtschule und damit »inoffizielles Hilfs-Zugpersonal«, zusammengerufen. Wir sollten, so instruierte sie uns, eine Liste der Passagiere erstellen, um einen Überblick zu bekommen, wer an Bord und damit im Tunnel ist und wer irgendwelche Probleme hat, gesundheitliche oder kleine Kinder oder so. Außerdem sollten wir uns umhören, ob ein Arzt oder Leute mit anderer medizinischer Ausbildung an Bord waren.

Frau Abramovicz gab jedem Zweierteam fünf Blatt Papier mit, die sie von einem karierten DIN-A4-Block abgerissen hatte, der oben einen Werbeaufdruck der Firma »k+b Druck, Müllerstraße, Berlin-Wedding« hatte. Die Sammlung mit der Liste aller Passagiere hieß deshalb später bei uns nur noch die »k-und-b-Liste«.

Für die Blätter, die wir quer in möglichst kleiner Schrift beschreiben sollten, hatte sie uns eine Einteilung vorgegeben: Wagennummer, Platznummer, Name, Alter, Zielort, Heimatort, Gepäck, Besonderheiten. Unter Besonderheiten sollten wir alles notieren, was uns wichtig schien, was für alle wichtig werden konnte. Wenn es beim Fragen Ärger gab, sollten wir uns an die Schaffner wenden oder an Frau Abramovicz.

Ich hatte zusammen mit Jasmin den Wagen 6 zugewiesen bekommen, das war ein Wagen der zweiten Klasse mit ziemlich vielen Sitzen und ebenso vielen Passagieren. Wir stiegen in den miefigen Wagen ein, die Türen standen längst alle offen. Ich brachte zunächst nichts heraus, Jasmin war da forscher. In der ersten Reihe saßen zwei Männer, sie wandte sich an den ersten, der auf dem einzelnen Sitz saß und sie teilnahmslos ansah: »Sorry, wir machen für die Schaffner eine Liste der Fahrgäste. Dürfen wir Sie was fragen?«

Ich hatte inzwischen unter »Wagen« die »6«, unter »Platz« die »11« auf die Liste geschrieben und sah verlegen auf mein Blatt Papier; mein Reisetagebuch nutzte ich als Unterlage, auf der ich die Zettel hin und her schob.

»Wann geht es endlich weiter? So eine dumme Eisenbahnfirma ...« Das lustig klingende Deutsch, das er sprach, passte gar nicht zu seinem unangenehmen Ton.

Jasmin nahm ihren Mut zusammen: »Wissen wir auch nicht. Wir sind wie Sie in diese Situation geraten, haben jetzt den Auftrag, eine Liste zu erstellen. Wie heißen Sie?«

Ich versuchte, mir den Mann im schlechten Licht genauer anzusehen, er war nicht mehr ganz jung, vielleicht dreißig, lange Haare, wahrscheinlich blond, so genau war das im Dämmerlicht nicht auszumachen, pickelige Haut, Tattoos an den Unterarmen.

»Wir sollen hier den Namen aufschreiben, verstehen Sie? Wie heißen Sie, wie alt sind Sie?«

Ich erschrak, würde der Mann auf diese Fragen ungehalten reagieren?

»Pieter van der Beek, Pieter wie Peter, nur ein i dazu, dann drei Wörter, van und der und Beek, B, e, e, k. Und ich habe 28 Jahre.«

»Wohin reisen Sie?«

»Ich?« Er stockte. »Nach ... Locarno, und von da weiter.« Er schien etwas zu verbergen, aber es ging leichter als gedacht, die Leute waren uns gegenüber nicht so unfreundlich und aggressiv wie gegenüber dem Schaffner.

»Und wo sind Sie zu Hause, in Locarno?«

»Nein, bin von Nederland. Amsterdam.«

»Haben Sie Gepäck dabei?« Jetzt kam doch noch die aggressive Reaktion: »Das geht euch nix an ...« Er suchte nach einem Wort, meinte dann aber nur: »Sagen Sie Kondukteur, soll endlich fahren.«

Er hatte dabei seinen Arm um einen großen Koffer gelegt und schwieg; unter dem Sitz sah ich noch einen Karton. Ich schrieb auf die Liste »2 große Gepäckstücke«.

Jasmin wandte sich dem Herrn gegenüber zu, der trotz der Hitze sein weißes Hemd trug und uns deutlich freundlicher ansah. Allein unser beider Blick brachte ihn zum Reden, in Hochdeutsch, aber erkennbar mit Schweizer Klang. Ich notierte in der Spalte »Platz« die Nummer 18.

»Ich bin Berthold Winter, 48 Jahre, will nach Bellinzona und bin aus Zürich.«

»Und das ist ihr Gepäck?«, fragte Jasmin und deutete auf die Tasche.

»Ja.«

Ich fasste mir ein Herz und fragte beide auf einmal, denn es fehlten noch die Angaben unter »Besonderheiten«: »Haben Sie eine medizinische Ausbildung, oder haben Sie Gesundheitsprobleme, die der Zugchef wissen sollte?«

Der ältere Herr antwortete zuerst: »Leider bin kein Arzt, habe auch keine gesundheitlichen Probleme, außer Durst, aber den haben wir alle, oder?«

Der Holländer mit den Tattoos meinte nur: »Nix«, und wandte sich ab.

Mir erschien er eigenartig. Ich machte einen Strich in der Zeile, in der ich Herrn Winter erfasst hatte, und ein Fragezeichen bei van der Beek.

Die nächste Sitzreihe mit vier Plätzen war von zwei Frauen belegt, dem Gepäck nach schien dort aber noch jemand zu sitzen. Die erste der beiden Damen, eine ältere Frau mit feinen Gesichtszügen, einer spitzen Nase, eher klein und zierlich, mit Rock und einem Pullover, meinte gleich: »Die Dame hier neben mir ist gerade draußen, sie wollte sich das mal ansehen, wir haben sie vorgeschickt, zu der Ersatztoilette, denn wenn es nicht bald weitergeht, müssen wir auch ans Ende des Zuges. Es ist ja unerhört, dass es keine Toilette mehr gibt im Zug oder hier im Bahnhof. Was denken die sich eigentlich? Geben so viel Geld aus für den Tunnel, und dann gibt es nicht einmal ein Klo im Tunnelbahnhof.«

Wir stellten unsere Fragen und erfuhren, dass die Dame bereits siebzig war (hätte sie jünger geschätzt) und ihren Sohn in Lugano besuchen wollte, der lebte in einem Ort namens Paradiso (offenbar gab es so einen Ort tatsächlich). Sie habe zwei Enkel, »einen Buben und ein Maidli«. Das notierte ich nicht, war egal. Die andere Frau war deutlich jünger, 33, unscheinbar. Wie sich herausstellte, kam sie aus einem Ort namens Gelterkinden – ich musste nachfragen, wie man das schreibt – und war auf dem Weg nach Italien. Sie sprach mit starkem italienischen Akzent.

Ich ließ eine Zeile frei, in die ich nur die Platznummer der gerade austretenden Frau schrieb. Die Frage nach gesundheitlichen Problemen verneinten beide, die alte Dame gab sich als frühere Hebamme zu erkennen. »Habe aber seit zehn Jahren keinen Kreißsaal mehr von innen gesehen!« Ich notierte trotzdem »medizinische Kenntnisse, früher Hebamme«.

Wir gingen eine Sitzreihe weiter. »Entschuldigen Sie, dürfen wir Sie auch befragen?« Jasmin übernahm weiter die Führung, ich notierte.

Diese Fragerei ließ uns in Kontakt kommen mit sehr unterschiedlichen Leuten: Eine junge farbige Brasilianerin, die nur Englisch sprach, gleich ihren Pass zückte und das Visum zeigen wollte; sie sollte in Locarno in einem Nachtlokal auftreten. Ein älterer Mann aus Österreich, der als Tunnelbauer an einem anderen, noch im Bau befindlichen Tunnel an der Strecke beschäftigt war und vorher am Gotthard-Tunnel mitgebaut hatte (notierte ich unter »Besonderheiten«). Ein vierzehnjähriger Schüler, der als Scheidungskind allein zu seinem Vater unterwegs war (Besonderheit). Ein Student, der eine Ausbildung als Rettungssanitäter hatte (Besonderheit, Ausrufezeichen). Eine Mutter mit Tochter und Sohn, sieben und vier, der Sohn beschäftigt mit Kletterübungen auf dem Sitz, hoch zum Gepäckfach. Wir fragten sie, ob sie mehr Wasser für die Kinder brauchte. Ein Soldat, der einen großen Rucksack und ein Gewehr mitführte; ich war überrascht, ein Gewehr hatte ich in Berlin noch nie in einem Zug gesehen. Besonderheit: Gewehr dabei.

Ein junges Ehepaar mit einem bei der Mutter im Brustsack schlafenden Säugling, dem der Vater Kühlung zufächelte (Besonderheit: Säugling). Drei oder vier Tessinerinnen und Tessiner, die in der »Deutschschweiz«, so nannten sie es, arbeiteten und zum Wochenende nach Hause fuhren. Eine asiatisch aussehende Schweizerin aus Olten, mit tamilischen Wurzeln, wie sie uns auf Schweizerdeutsch erklärte. Keine Ahnung, wo Tamilen leben, im Wedding hatte ich noch keine getroffen. Sie wollte Verwandte in Bellinzona besuchen. Eine ältere Geschäftsfrau aus Lugano, die auf die Frage nach gesundheitlichen Problemen erklärte, sie habe gerade ihre letzte Herztablette eingenommen (Besonderheit).

Unterstrichen als Besonderheit: ein Mann mittleren Alters, der einen Hund dabeihatte und sehr schwer sehbehindert war, wie er uns erklärte. Er trug ein altmodisch gemustertes Hemd, ein verschlissenes Sakko und eine graubraune Hose. Sein Blick schweifte in die Ferne, und gleichzeitig schien er uns zu mustern, obwohl er ja eigentlich nicht viel sehen konnte. Er sollte in Bellinzona von Verwandten abgeholt werden, es war ihm besonders unangenehm, seine Verwandten am Bahnhof warten zu lassen, so als sei es seine Schuld, dass wir hier herumstanden.

Unsere k-und-b-Liste bestand am Schluss aus vier eng beschriebenen Blättern, insgesamt 54 Personen hatten wir in unserem Wagen 6. Damit gingen wir zu Frau Abramovicz und lieferten die Zettel ab. Sie ging mit uns die Liste durch und sagte: »Kümmert euch um das Baby und die Frau mit den Kindern und um die Dame mit den Herzproblemen. Fragt, ob etwas fehlt, was wir vielleicht von anderen Fahrgästen besorgen können.«

Wir gingen also noch mal durch unseren Wagen 6. Die Leute waren von Stunde zu Stunde genervter, aber uns lächelten einige trotzdem freundlich zu. Viele versuchten zu schlafen. Wir fragten auch andere, ob wir was tun oder etwas besorgen könnten. Jasmin und ich, wir kamen uns megawichtig vor.

Langsam wurde unser Wagen leerer, weil sich die meisten lieber auf den schmalen Bahnsteig oder in die Gänge verzogen, wo sich einige auf den Boden setzten und an die Tunnelwand lehnten. Die Luft war dort weniger drückend als im Wagen. Wir verloren langsam den Überblick, wo sich »unsere« Passagiere aus Wagen 6 aufhielten.

5 Zumtobel – Alarm! Das ist keine Übung

Der Regionalzug mit den Extrawagen erhielt fast fünf Minuten Verspätung am kleinen Haltepunkt Rueras, eine Station vor Sedrun, ziemlich weit oben im Graubündner Vorderrheintal und seinen Bergflanken. Geduldig wartete der Schaffner am Zug, der Lokführer sah von seinem Fenster dem Aussteigen der Soldaten und dem Ausladen der Rucksäcke und Traglasten zu. Endlich hob einer der Offiziere die Hand und bedeutete dem Schaffner, dass alles ausgeladen sei. Auf dem schmalen Bahnsteig drängelten sich die vielen Soldaten, darunter einige wenige weibliche Dienstgrade, mit ihrer Ausrüstung, im Zug waren nur noch wenige andere Fahrgäste, die Extrawagen waren leer.

Ein kurzer, heller Pfiff, der Schmalspurzug der Matterhorn-Gotthard-Bahn setzte sich rumpelnd wieder in Bewegung und verschwand hinter der lang gezogenen Kurve in Richtung Sedrun, noch zwei- oder dreimal gedehnt pfeifend. »Mir nach!«, rief Reto Breitenbacher und ging zur Straße hinunter und durch die Bahnunterführung zu einem Fahrweg, der mäßig steil, aber stetig in Kurven bergauf führte.

Nach zehn Minuten war eine Feldweg-Abzweigung mit einem einigermaßen ebenen Wiesenstück erreicht, wo genug Platz war, um alle Mann Aufstellung nehmen zu lassen und die Marschordnung festzulegen.

Es war früh am Morgen, gegen halb neun Uhr, sie hatten einen Aufstieg von mehr als tausend Höhenmetern bis zum Pass Mittelplatten vor sich, mit vollem Marschgepäck, Zelten, Vorräten, Kochausrüstung und Waffen. Das wollte bewältigt sein. Zum Glück spielte das Wetter mit, es war kühl, aber die Sonne räumte gerade die letzten Nebelfetzen aus dem Tal, und außer einigen sehr hohen und lichten

Wolken war es klar. Reto Breitenbacher teilte die Nachhut ein, schärfte ihr noch einmal ein, keinesfalls jemand oder etwas zurückzulassen. So setzte sich der Tross in Bewegung.

Paul Zumtobel reihte sich in der vorderen Gruppe ein. Es war schön, dass er heute nicht die Verantwortung hatte, sondern sich voll auf Breitenbacher verlassen konnte. Als der Weg anstieg, spürte er die intensivere Atmung, die Lungen weiteten sich in der klaren Bergluft, er spürte, wie sein Körper sich auf die Dauerbelastung einstellte, und öffnete den Reißverschluss des Kampfanzugs. Die Truppe schien gut motiviert zu sein; das angenehme Wetter half sicher dabei. Er blieb kurz stehen und blickte zurück: Eine olivgrüne Schlange von Soldatinnen und Soldaten bewegte sich langsam bergan durch das offene Tal, die meisten schauten nach unten auf den Weg, der inzwischen nur noch ein steiniger Pfad war, wenige wagten gelegentlich einen Rundblick.

Zumtobel warf einen Blick nach vorn, nach oben: In der Ferne war der Talschluss zu sehen, das musste der Pass sein, der Übergang von Graubünden in den Kanton Uri. Eine Hochspannungsleitung führte über den Pass, die Masten führten ebenso bergan wie der Pfad, der aber von unten kaum auszumachen war. Breitenbacher spürte, wie die körperliche Anstrengung zu einer inneren Ruhe führte, die er am Bergsteigen am meisten schätzte. Er ließ seinen Gedanken freien Lauf, der Beruf und die Bank mit ihren Zumutungen waren weit, weit weg. Warum war er nicht auch Bergführer geworden wie Reto?

Alle Mobiltelefone waren in Andermatt geblieben, die Lieben daheim informiert: Bin auf Militärübung und nicht mobil, sondern nur über die Dienststelle und nur im Notfall erreichbar. Es war ein Gefühl der wiedergewonnenen Freiheit, es konnte jedem egal sein, wie viele E-Mails sich sammelten, wie viele Nachrichten aufgelaufen waren. Jedenfalls empfand es Zumtobel so. Im Bunker würden sie ein paar Festnetz-Computer haben, mit denen sie ihre E-Mails checken konnten, aber die ständige Bereitschaft war vorbei. Zumtobel hatte in seiner Abwesenheitsmitteilung im E-Mail-Server der Bank bewusst

»military exercise« als Grund erwähnt. Sollten die jungen Typen in der Londoner City ruhig mitbekommen, dass er bei der Schweizer Armee noch nicht zum alten Eisen gehörte.

Unterhalb des Passes war Mittagspause. Die Männer und zwei Soldatinnen, die mit Reto Breitenbacher den nahe gelegenen Chrüzlistock besteigen wollten, hatten ihre Marschverpflegung schnell vertilgt und waren schon unterwegs. Die Tour schien anspruchsvoll: zwar übersichtlich, aber über wegloses grobes Blockwerk aus Granit, manche Blöcke hatten Ausmaße wie Lieferwagen, mit Schneeverwehungen dazwischen, im Wechselspiel von Wind, Sonne und Frost bizarr verformt. Die anderen Mannschaften, Leutnante und Unteroffiziere gönnten sich statt der Extra-Anstrengung eine Mittagspause. Die meisten hatten es sich zwischen den Felsbrocken im Windschatten gemütlich gemacht und genossen die Sonnenstrahlen.

»Da, da oben«, flüsterte ein Soldat Paul Zumtobel zu und deutete hinauf zum Grat, wo sich etwas bewegte. Zumtobel richtete sich auf, sah jetzt auch die Bewegung zwischen Felsen und Schnee, griff nach dem Fernglas: ein Rudel Steinböcke, mit mächtigen Hörnern. Sie sahen den Soldaten, die dem Chrüzlistock zustrebten, eher belustigt als beunruhigt zu, zogen langsam in die andere Richtung und weiter nach oben im weglosen Gelände, schauten sich indessen immer wieder um.

Zumtobel nickte dem Soldaten zu: »Schön hier, was?«

»Besser als im Büro sitzen.«

Zumtobel nickte versonnen, drehte sich wieder in die Sonne und schloss die Augen, das Fernglas noch in der Hand.

Nach einiger Zeit waren auf dem Chrüzlistock einige schwarze Punkte auszumachen. Die kleine ehrgeizige Bergsteigertruppe von Reto Breitenbacher hatte den Gipfel erreicht. Die Swiss-Topo-Karte auf seinem Dienstgerät zeigte: Sie standen auf den Punkt genau über dem neuen Gotthard-Basistunnel, 2200 Meter höher als die Gleise.

Die Sonne war schon hinter den dunkelgrauen felsigen Bergen mit hellgrauen Schneeflecken verschwunden, als endlich die Zelte auf einer Ebene unterhalb der Etzlihütte aufgestellt waren. Vom Pass hinunter zu dieser Ebene war der schwierigste und trotz des Abstiegs auch anstrengendste Abschnitt, weil hier auf der Nordseite noch Schnee lag und die weglos gewordene Route viel steiler war als auf der sanfteren Südseite. So waren alle müde und erschöpft, als es kühl und dunkel wurde. In den Zelten war Gemurmel und Geraschel zu hören. Als das Tageslicht endgültig schwand, spannte sich ein überwältigender Sternenhimmel, ungetrübt durch andere Lichtquellen, wenn man von dem mattgrünlich schimmernden Lichtschein einiger Stirnlampen im Innern der Zelte absah.

Zumtobel und Breitenbacher standen beieinander. »Erste Etappe gut geschafft, morgen sollte das ein Spaziergang werden, da hinunter nach Bristen.«

»Ja, keine Zwischenfälle, so soll das sein.«

Am frühen Nachmittag des nächsten Tages kamen sie zum Hinteretzliboden, wo schon zwei olivgrüne hochbeinige Gelände-Lastwagen warteten. Die gesamte schwere Ausrüstung wurde verladen. Jetzt ging es nur mit leichtem Marschgepäck den Fahrweg entlang nach Bristen, weiter auf einem Waldweg und unter der Bahn hindurch, steil hinunter zum mächtigen Gebäude des Kraftwerks Amsteg.

Schon von Weitem war die Autobahn zu hören. Wenn gerade kein laut bergwärts dröhnender Lastwagen auf der Autobahn den Ton überdeckte, war aus dem Kraftwerk ein tiefes Brummen zu hören, die Leitungen der haushohen Schaltanlagen vor dem Kraftwerk knisterten. Zumtobel erklärte Reto Breitenbacher: »Das ist ein Bahnstromwerk, schon fast hundert Jahre alt, aus der Anfangszeit der elektrischen Züge auf dem Gotthard. Heute gibt es von hier aus auch einen Stollen für die Stromversorgung des neuen Gotthard-Tunnels schräg hinunter in den Tunnel. Und wir haben im Tunnel nicht weit von hier einen Hinterausgang aus der Verena.«

Auf der alten Gotthard-Strecke oberhalb des Kraftwerks fuhr fast lautlos ein kurzer Triebwagenzug vorbei. Die Zeit von zwei oder drei altertümlichen Loks, die lange Güterzüge den Berg hinaufschleppten, und von internationalen Schnellzügen, die in mäßiger Geschwindigkeit die engen Kurven und Kehren bewältigten, war hier vorbei, seit der neue flache, gerade und tief gelegene Tunnel eröffnet war.

An der alten Gotthardstraße vor dem Kraftwerk angekommen, ging es noch einige Hundert Meter zu Fuß Richtung Talausgang, dann kam linker Hand ein Bus-Depot. Drei der Tore standen offen, die Busse waren so weit herausgefahren, dass die vordere Tür im Freien stand, ein weiterer Bus stand wartend auf der Straße bereit. Wie vor dem Marsch besprochen, verteilten sich die Soldaten auf die vier Busse, in wenigen Minuten war der ganze Fußtrupp von der Straße verschwunden.

Im ersten Bus saß Zumtobel mit Breitenbacher gleich in der ersten Sitzreihe; zwar konnte man dort die schmerzenden Beine nicht ausstrecken, aber Zumtobel hatte sich trotzdem dorthin gesetzt, um Breitenbacher die Umgebung zu erklären. Erst kam eine scharfe Kurve um einen Felsvorsprung herum. Direkt von der Straße führte ein Tunneleingang in den Berg. »Das ist der Eingang zur Kaverne des Bahnstromkraftwerks«, erklärte Zumtobel. Danach tauchte an den Berg geschmiegt ein schlichtes modernes zweistöckiges Gebäude auf. »Dahinter ist der Eingang in den früheren Bundesratsbunker, inzwischen an Private verkauft, da kann man Wertsachen verwahren lassen, gegen hohe Gebühren versteht sich, absolut sicher vor Diebstahl, Feuer, Krieg und Anschlägen. Und da vorne«, Zumtobel zeigte auf einen viereckigen Betoneingang, der unterhalb der Straße mündete, »ist der Eingang zum Stollen in den Gotthard-Basistunnel. Von hier aus wurde ein Stück des Tunnels gebaut. Vor zehn Jahren war vor dem Eingang eine gewaltige Baustelle und eine ganze kleine Stadt für die Tunnelarbeiter.«

Jetzt war nur noch eine magere Wiese zu sehen.

Der Bus fuhr weiter, durch das Dorf Silenen, durch Erstfeld. Bei der Durchfahrt in Erstfeld deutete Zumtobel nur auf eine unscheinbare Scheune in einem kleinen Wiesengrundstück mit einer erstaunlich gut ausgebauten Straßenzufahrt, Breitenbacher nickte verstehend:

Die Scheune ist keine Scheune, sondern der getarnte rückwärtige Ausgang des Depots Verena, des Bunkers, in dem sie für die nächsten zwölf Tage eingesperrt sein würden.

Danach waren auf der rechten Seite die beiden viereckigen kastenartigen Mäuler zu sehen, durch die jeweils ein Gleis in den Berg führte, das Nordportal des Gotthard-Basistunnels. Gerade kam ein Zug heraus. Hinter der Lärmschutzwand waren die Oberteile zweier roter Loks zu sehen, dahinter eine lange Reihe von bunten Containern mit Namen von koreanischen oder chinesischen Reedereien. Die Straße führte unter den Bahnanlagen hindurch und weiter am steil aufragenden Fels entlang. Der Bus musste wegen eines vorausfahrenden Landwirtschaftsfahrzeugs sehr langsam fahren, linker Hand war ein riesiges Lager von Stacheldrahtrollen zu sehen. Immer dreißig, vierzig Rollen hintereinander, in drei Lagen übereinander, zwanzig Reihen nebeneinander, vielleicht hundert Meter lang war der Lagerplatz.

»Wie viele Kilometer kann man damit wohl absperren? Das ist ja gewaltig.«

Zumtobel antwortete zuerst nichts, schien nur nachdenklich abzuschätzen und nachzurechnen. »Fünfhundert Kilometer mindestens. Wenn man Bodensee, Genfer See und Hochgebirge abzieht, einmal um die Schweiz, dafür müsste es knapp reichen.«

Breitenbacher lachte auf.

Auf der Bergseite tauchten unterhalb der fast senkrecht aufragenden Felswand Militärgebäude auf, ein Gleis mit einer Rangierlok. Zumtobel deutete nach vorn, auf einen Punkt hinter einem der großen, langen Gebäude, und meinte dann nur »Jetzt«.

Breitenbacher erhaschte einen kurzen Blick auf einen Eingang in den Berg, durch den auch das Gleis zu führen schien. Er verstand: Es handelte sich um den Eingang zum Depot Verena, von der Straße aus fast nicht zu sehen, auch von oben durch Dächer dem Blick entzogen.

Der Bus fuhr noch ein Stück weiter, bis er zu einer Einfahrt mit einer Schranke kam. In einem Wachhäuschen ein Posten, daneben Werbetafeln für die Firma »RUAG Umwelttechnik«; RUAG, das war der staatliche Schweizer Rüstungskonzern, der neuerdings auch zivile wirtschaftliche Betätigung suchte. Ob das mit der Umwelttechnik hier ernst gemeint war oder nur Tarnung, hatte Zumtobel nie ganz verstanden.

Die Schranke am Eingang hob sich für den Bus, der nicht einmal zu stoppen brauchte. Er wendete nach rechts und fuhr die kurze Strecke zurück bis zum Bunkereingang, rangierte so, dass das Aussteigen nicht von der Straße her beobachtet werden konnte. »Na, dann wollen wir mal«, meinte Zumtobel und stieg als Erster aus. Die drei weiteren Busse würden jeweils im Fünf-Minuten-Abstand folgen, damit nicht so auffiel, wie viele Mannschaften einquartiert wurden.

Das mächtige Blechtor, durch das sogar ein Gleis in den Berg führte, war geschlossen, doch eine Luke im Tor stand einen Spalt offen. Diese Tür öffnete sich nun ganz, und heraus trat ein kleiner älterer Mann in blauer Arbeitskleidung, ein grauer spärlicher Haarkranz betonte seine Kahlheit eher, als sie zu verdecken.

»Grüezi, wir haben Sie schon erwartet, Herr Hauptmann, willkommen im Depot!«, begrüßte er Zumtobel, der sich nicht mehr an den Namen erinnern konnte, aber er kannte ihn von seinen früheren Depot-Verena-Aufenthalten. Es war der Vorarbeiter der Zivilangestellten, die die Bunkeranlagen funktionsfähig hielten. Der freundliche ältere Herr hielt die Tür auf und machte eine einladende Handbewegung. Jetzt sah Zumtobel den Namen des Zivilangestellten, Odermatt, auf dessen Arbeitsjacke, er dankte ihm und nannte ihn dabei beim Namen. Dann rief er in den Bus: »Einrücken!«

Das Tor war groß genug für die Durchfahrt von Eisenbahn-Güterwagen, die Tür im Tor war aber so klein, dass die meisten der Männer, die jetzt einer nach dem anderen in das Depot kamen, beim Durchgehen den Kopf einziehen mussten. Hinter der Tür war es schlagartig kühl.

Innen setzte sich die Krümmung, mit der das Gleis in den Berg führte, zunächst fort, bevor es in eine größere Kaverne mündete, die offenbar zum Aus- und Umladen bestimmt war. Kräne an der Decke dürften auch mit größeren Lasten fertigwerden. Erstaunt und interessiert blickten sich diejenigen Soldaten, die zum ersten Mal in der Verena waren, in der von einzelnen Lampen schummrig beleuchteten Szenerie um. Am Ende der Kaverne markierte ein Prellbock das Ende des Gleises, nach rechts ging es weiter. Im Inneren machte der Stollen nach fünfzig Metern wieder eine Neunzig-Grad-Kurve, diesmal nach links, und hier kam erst der eigentliche Eingang zum Bunker: zwei massive Torflügel aus Stahl und Beton, fast zwei Meter dick, an gewaltigen Scharnieren im Innern aufgehängt.

Diese Torflügel öffneten sich jetzt wie von Geisterhand, als Herr Odermatt sich an einem Schaltkasten zu schaffen machte.

Dumpfes Stiefelscharren erfüllte den tunnelartigen Gang, als die Truppe durch die entstandene breite Öffnung ging, die – wenn auch knapp – einem Lastwagen eine ausreichende Öffnung bieten sollte.

Nur spärlich war die Szenerie beleuchtet von Neonlampen hinter Schutzgittern. Als die letzten Soldaten durch die massiven Tore gegangen waren und die Nachhut die Vollständigkeit der Truppe bestätigte, schlossen sich die großen Tore wieder, die Elektromotoren des Antriebs der Türtechnik surrten leise. Mit einem dumpf klackenden Geräusch rasteten die massiven Bolzen ein, die die Tore sicherten, und dann war es ruhig. Die Geräusche der Außenwelt, das Rauschen der Autobahn auf der anderen Seite des Tals, die Vorbeifahrt eines Busses auf der Kantonstraße oder das Zwitschern der Vögel im Gebüsch vor dem Eingang, alle diese Geräusche waren vor drei Minuten noch zu hören, in der Kaverne durch das Blechtor gedämpft zu ahnen gewesen. Jetzt, im Innern des Bunkers, war es vollkommen still. Keinerlei Luftzug ging, es war kühl, es roch nach, ja, wonach roch es eigentlich? Zumtobel hatte die Assoziation »technisches Museum«, eine Mischung aus Staub, alten Gerätschaften und Resten von Öl; es könnte auch der Geruch eines Schiffsmaschinenraums oder einer Werkstatt sein.

Die Soldaten standen schweigend in der großen Tunnelkammer, an den Wänden Feuerlöschgerät, Atemschutzmasken, Schaltschränke, weitere Gerätschaften, deren Zweck nicht direkt ersichtlich war. Jeder leise Ton führte zu einem Hall von der Bunkerdecke aus Beton, die vielleicht vier, fünf Meter über ihnen war. Fels war nicht zu sehen, Wände und Decken waren betoniert.

Unterwegs auf dem Marsch sollte über das Ziel nicht geredet werden; obwohl mit dem Schließen des Eingangs die Außenwelt und unbefugte Mithörer ausgesperrt waren, standen die Männer und die wenigen Frauen noch immer schweigend da, beeindruckt von den Dimensionen der Anlage, nur gelegentliches Atmen und das Scharren des einen oder anderen Stiefels war zu hören.

Jetzt hatte Zumtobel das Kommando und nahm es mit starker Stimme wahr, die den Raum füllte und von den Wänden und der Decke hallte. »Soldatinnen und Soldaten, willkommen in der Verena. Bis zu den Unterkunftsräumen haben wir etwa zehn Minuten zu laufen. Dort werden wir als Erstes die Küche in Betrieb nehmen. Vorher aber einige Hinweise.«

Zumtobel begann – wie vorgeschrieben – mit der ersten Sicherheitseinweisung: »Wir sind durch das Tor 1, das für die Zulieferung im Frieden vorgesehen ist, in das Depot Verena gelangt. Neben diesem Tor und Ausgang, der Nummer 1, gibt es weitere Ausgänge im Notfall, die mit ›2‹, ›3‹ und ›GBT‹ bezeichnet sind, wie Sie hier sehen.« Zumtobel deutete auf eine fluoreszierende grüne Tafel, die »1« mit einem Pfeil in die Richtung auf das massive Tor anzeigte, durch das sie eben gekommen waren, und »2« in die andere Richtung.

Er erklärte weiter die Beschriftung der Notausgangswegweiser. »Wichtig ist, dass Sie sich jederzeit im Innern des Depots im Klaren sind, wo welche Wege zu den Ausgängen führen. Weiter im Innern werden Sie später auch Hinweisschilder zum Auslieferungsportal sehen, die mit ›3‹ gekennzeichnet sind, sowie zu einem weiteren Notausgang ›GBT‹ für den Ausgang in einen Seitenstollen des Gotthard-Basistunnels.«

»Alles klar? Wer zum ersten Mal in einem Bunker ist und wegen starker Beklemmungsgefühle glaubt, es doch nicht aushalten zu können, sollte es jetzt sagen, das ist die beste und letzte Gelegenheit.«

Zumtobel wartete einige Augenblicke, niemand antwortete. »Dann werden wir jetzt weiter in Richtung unserer Unterkunft gehen.«

Odermatt, der Zivilangestellte, der sie in das Depot gelassen hatte, wandte sich an Zumtobel: »Brauchen Sie mich noch? Sie kennen sich ja aus, und die Bereitschaft am Haupteingang ist für Sie jederzeit erreichbar.«

»Ich denke, wir kommen klar. Haben Sie die Küche wie bestellt aufgefüllt?«, antwortete Zumtobel.

»Selbstverständlich, Herr Hauptmann, alles wie bestellt.« Odermatt verabschiedete sich, schwang sich auf ein Fahrrad, das neben der Zugmaschine abgestellt war, ein Elektrorad, wie Zumtobel am Ton überrascht hören konnte, und fuhr klingelnd an der Truppe vorbei in Richtung der Notausgangsrichtung »1«, zu dem Eingang, durch den sie gerade gekommen waren. Sicher hatte er jetzt Dienstschluss und fuhr nach Hause, zum Nachtessen. Eben verschwand das rote Rücklicht des Elektrorads hinter dem massiven Tor, das sich zu schließen begann. Es war das Letzte, was er von Odermatt zu sehen bekam.

Nach einigen Minuten erreichten sie eine Stelle, an der zwei Seitenstollen abgingen und sich eine größere Kaverne öffnete. Dort standen auf kleinen Rollwagen die Aufbauten der Lastwagen, auf die sie heute Nachmittag ihr Gepäck auf der Albwiese am Ende der Fahrstraße verladen hatten, und eine Zugmaschine, offenbar batteriegetrieben, denn sie hing an einem Ladekabel.

Das Scharren der Stiefel begann wieder, jetzt unterlegt mit Stimmen derjenigen, denen es bisher die Sprache verschlagen hatte. »Größer, als ich dachte …« und »Komisches Gefühl hier drin!« und »Ein bisschen heizen hätten sie ja können, wenn wir kommen« war zu hören.

Die Truppe begab sich auf den Marsch. Der Weg führte durch einen tunnelartigen Gang, der in regelmäßigen Abständen kleine

Nischen und größere Erweiterungen hatte, offenbar um ein Ausweichen von Personen und Fahrzeugen bei Gegenverkehr zu ermöglichen. Da das Laufen jetzt etwas schwerer ging, konnte man vermuten, dass der Gang leicht aufwärtsführte; zu sehen war das nicht, da der Bezug zur Außenwelt fehlte. An den Wänden waren neben den grün fluoreszierenden Notausgang-Richtungsschildern auch Schilder mit weiteren Anschriften und Ziffern zu sehen; in den Nischen waren Wandtelefone befestigt, neben Glühbirnen mit Drahtkäfigen.

Der Bereich, der als »Unterkunft« bezeichnet war, war ein großer Seitenstollen, mit einer Blechtür abgetrennt, der wiederum seitliche Abzweigungen in einzelne Räume hatte und in dem es deutlich wärmer war als in dem Tunnelgang.

Gleich der erste dieser Räume war der Speise- und Aufenthaltsraum, wie Zumtobel jetzt der Spitze der Marschkolonne erklärte, dort sei in dreißig Minuten Essensausgabe und anschließend die letzte Einweisung für heute. »Bis dahin beziehen Sie Ihre jeweilige Unterkunft, die Nummer Ihres Schlafraums haben Sie gestern erhalten, Sie können die jeweiligen Nummern hier sehen.« Zumtobel deutete auf die erste der Türen mit der Aufschrift »Unterkunft 1«. »Wir belegen die Unterkünfte nur mit der Hälfte der vollen Besetzung, jeder kann also zwei Liegen beanspruchen.«

Er befahl einem der Feldwebel, die Einteilung auf die einzelnen Räume zu begleiten, bis alle untergebracht waren.

Zumtobel zwängte sich zurück in den Haupttunnel, wo er Breitenbacher und zwei, drei andere Offiziere in eine andere Richtung dirigierte, zu einem Seitenstollen, der mit »Kommando« gekennzeichnet war. »Hier ist unser Arbeitsplatz und auch unsere Unterkunft«, erklärte Zumtobel den anderen Offizieren und ging voran.

Bei der Einrichtung der Offiziersunterkunft waren die Erbauer des Bunkers bemüht gewesen, durch holzvertäfelte Wände in den Aufenthaltsräumen den Eindruck eines gediegenen Komforts zu verbreiten, sogar Gemälde mit Heimatmotiven hingen an den Wänden, Wasserfälle über Berghütten mit Schweizer Fahne. Im Kommandoraum waren Computerbildschirme, Schemapläne der Lagerstollen und Verbindungstunnel, eine große Wand mit zwei Dutzend kleineren Bildschirmen, offenbar für Kameras in den einzelnen Tunnelabschnitten. Einige Arbeitstische waren mit Glasplatten belegt, es gab Konferenztische. Dann der Arbeitsraum des Bunkerkommandanten mit einem Schlaf-Nebenraum, zuletzt ein Offiziersessraum und Zwei-Mann-Offiziersunterkünfte, dahinter ein großer Waschraum mit Duschen sowie ein Toilettenbereich, ein kleiner Waschraum mit Toilette für die weiblichen Offiziere, der würde allerdings unbenutzt bleiben, da unter den Offizieren diesmal keine Frauen waren, die ranghöchste Frau war Fachoffizier und bei den Unteroffizieren untergebracht.

Zumtobel stellte bei den Offizieren klar: »Zum Essen nutzen wir den Speiseraum für alle!« Besonderer Ordonanzdienst für die Offiziersversorgung war im Bunker nicht angesagt, im Aufenthaltsraum für die Offiziere wurde nicht fürs Essen gedeckt. Die bequemeren Zwei-Mann-Unterkünfte sollten das einzige Privileg für die Offiziere bleiben, um die Stimmung bei der Mannschaft für die kommenden zwölf Tage im Bunker nicht zu gefährden. Reto Breitenbacher erhielt eine Zweierstube zur alleinigen Nutzung, damit er sich als Hauptmann gegenüber Zumtobel, dem als Kommandeur der Einheit das Kommandantenzimmer vorbehalten blieb, nicht zurückgestuft fühlen musste.

Eine halbe Stunde später stellte sich Zumtobel an der Essensausgabe an. Alessandro, der Koch der Truppe, hatte das Kunststück fertiggebracht, aus den eingelagerten Vorräten in der Küche in Rekordzeit einen duftenden Erbseneintopf mit Würstchen und frisch aufgebackenen Brötchen bereitzustellen. Alle hatten nach dem langen Marsch herunter vom Berg und durch den Stollen gehörigen Appetit entwickelt. Als Nachtisch lagen wieder rote Schokoladenriegel mit Schweizer Kreuz und der Aufschrift »Armee-Schokolade« bereit, in großen Karaffen stand Trinkwasser auf den Tischen. Trinkbecher, Essgeschirr und Besteck nahm sich jeder aus der Wandverkleidung, wo alles in flachen Schränken platzsparend aufgehängt und einsortiert war. Zumtobel nahm eine Papierserviette und wischte sein Besteck ab, bevor er mit Bedacht die Würstchen in Stücke schnitt und zusammen mit der Suppe zu löffeln begann.

Nachdem alle Essen gefasst hatten, der große Speiseraum fast bis zum letzten Platz gefüllt war und die Ersten mit dem Essen fertig waren, ergriff Zumtobel noch einmal das Wort: »Frauen und Männer, Anerkennung für die reibungslose Überschreitung des Alpenhauptkamms und den Marsch zu unserem Depot Verena. Unsere eigentliche Aufgabe beginnt morgen. Für die Nacht sind sechs Mann eingeteilt, die in der Zentrale abwechselnd Wache schieben. Diese sechs Mann sind ausgenommen, wenn ich jetzt für alle anderen ansage: Eine Flasche Bier pro Kopf wird heute ausnahmsweise genehmigt. Alessandro hat zufällig ein paar Kisten Feldschlösschen gefunden.«

Die ganze Mannschaft klopfte mit dem Besteck gegen das Essgeschirr, um ihren Beifall zu bekunden. Die Ersten standen auf, um an der Essenausgabe, wo Alessandro tatsächlich Bierflaschen in einer Reihe aufstellte, danach zu greifen. Die Soldaten griffen in ihre Taschen, zogen das grau-grüne Schweizer Armeetaschenmesser heraus, klappten den Flaschenöffner aus und öffneten die Verschlüsse.

Zumtobel nahm sich kein Bier, sondern füllte seinen Becher noch einmal mit Wasser und ging wieder hinüber in seinen Kommandanten-Arbeitsraum. Ohne die Tür zu schließen, saß er an seinem Schreibtisch und blätterte in den Unterlagen für die morgigen Aufgaben. Nach einigen Minuten kam Breitenbacher mit seiner Bierflasche hinterher; Zumtobel machte eine einladende Handbewegung.

In dem Moment, als sich Breitenbacher hinsetzte, gab es ein dumpfes Geräusch, ein leichter Stoß erschütterte den Tisch. Zumtobel war irritiert, dachte zuerst, Breitenbacher sei gegen den Tisch gestoßen. Breitenbacher aber schaute aufmerksam an die Bunkerwand, griff zu dem dort hängenden Bild der früheren Bundespräsidentin, rückte es gerade und meinte: »Hat sich angefühlt wie ein leichtes Erdbeben, kenne ich aus Chile, da gibt es das recht oft. Das Bild sollte man vielleicht auch mal austauschen.«

»Du meinst im Ernst, das war ein Erdbeben?«

»Nichts anderes kann den ganzen Berg erschüttern. Stärke eins bis zwei, würde ich sagen. Passiert Hunderte Male auf der Erde jeden Tag, ab und zu auch bei uns in den Alpen.«

Zumtobel schaute zweifelnd, sagte nichts. Erst später ging ihm auf, welche Bedeutung dieser Moment hatte.

Er schlug seine Unterlagen zu. »Für heute reicht es, denke ich. Ich habe genug, das strengt doch an, so ein Marsch, auch wenn es heute nur abwärtsging.«

Breitenbacher pflichtete Zumtobel nickend bei und nahm den letzten Schluck aus seiner Flasche. »Machen wir uns fertig für die Nacht. Unsere Wachhabenden sind ja eingeteilt, auch wenn nichts gestohlen wird.«

»Die große Gefahr im Bunker ist Feuer; ein Schwelbrand, und die ganze Mannschaft ist in Gefahr, wenn sie nicht geweckt wird.«

Wie alle Soldaten kannte Breitenbacher etliche Geschichten von pflichtvergessenen Bunkerwachen und schlafenden Soldaten, die um ein Haar erstickt wären.

Zumtobel fuhr fort: »Wir haben ja zwei Mann pro Wache eingeteilt, wie vorgeschrieben. Die werden schon aufpassen.«

Breitenbacher war kritischer: »Vertrauen ist gut, Kontrolle ist besser. Ich werde mir den Wecker stellen und um 2 Uhr früh mal nachsehen, ob die Kerle wirklich wach geblieben sind.«

»Wenn du meinst – schaden kann es nicht.«

Zumtobel ging in den Waschraum, wusch sich den Schweiß der Bergtour unter der Dusche ab, zog eine frische lange Unterhose und ein T-Shirt an, beides olivgrün, und ging danach wieder in seinen Raum. Diesmal schloss er die Tür, putzte sich noch die Zähne an seinem privaten Waschbecken, nahm eines der drei Bücher, die er sich vorgenommen hatte, schaltete das Leselicht am Bett ein, löschte die

Deckenbeleuchtung. Im Bett schaffte er aber nur wenige Seiten, dann brannten ihm die Augen. Er löschte das Leselicht, streckte sich in seinem Leinenschlafsack, zog die Armeedecke zurecht und griff so um die Decke, wie er sonst seinen Arm um seine Frau legte. Recht schnell muss er eingeschlafen sein.

Eine zögerliche Hand berührte seine Schulter. Der erste Gedanke: Die Hand von Annegret, seiner Frau, er seufzte. Doch dann drang die Stimme eines verlegenen jungen Mannes in sein Bewusstsein: »Herr Hauptmann, ich soll Sie wecken. Die Lüftung hat sich auf ABC-Alarm und Filterbetrieb gestellt und ist nicht mehr auf Normalbetrieb zu schalten.«

Zumtobel fuhr hoch, wusste einen Moment nicht, wo er war. Der junge Soldat, einer der Wachhabenden, machte es dringend. »Wir sollten ja Bescheid sagen, wenn mit der Lüftung etwas nicht stimmt. Ich weiß nicht, ob das etwas zu bedeuten hat.«

Zumtobel richtete sich angestrengt auf. »Wie viel Uhr?«

»Ein Uhr zweiundfünfzig.«

»Was sagt der Diensthabende der zivilen Bereitschaft, haben Sie die 10 angerufen?«

»Die Leitung ist tot.«

»Haben Sie beim Stab angerufen, ob es irgendetwas Besonderes gibt?«

»Wir bekommen keine Verbindung zum Stab.«

Jetzt schreckte Zumtobel endgültig hoch und stieß fahrig die Decke weg. »Ich komme gleich.«

Der junge Soldat verließ den Kommandanten-Schlafraum, während Zumtobel zum Waschbecken ging, sich den Mund ausspülte, kaltes Wasser ins Gesicht klatschte und versuchte, die Lage zu erfassen. Der Rekrut hatte gesagt, die Lüftung sei auf ABC-Alarm und Filterbetrieb gesprungen und lasse sich nicht mehr zurückstellen. Das hatte er zwar noch nicht erlebt, aber er wusste, dass es »Reflex-Systeme« gab, die automatisch diese Funktionen auslösten, zum Beispiel wenn außergewöhnliche Belastungen der Außenluft festgestellt wurden. Dafür reichte vielleicht schon eine Rauchwolke vor dem Bunker draußen, wenn ein Nachbar Laub verbrannte. Aber nachts um kurz vor zwei Uhr? Und wieso gab es keine Verbindung zur Bereitschaft der Wachmannschaft? Und zum Stab?

Zumtobel zog die Uniformjacke über das T-Shirt, die Uniformhose über die lange Unterhose, schlüpfte barfuß in die Schuhe und ging in den Kommandoraum, wo die beiden jungen Rekruten ratlos vor den Bildschirmen saßen. Zumtobel griff zu einem der Telefonhörer des internen Bunkernetzes, drückte die 1 und die 0. Nichts, kein Ton, keine Bereitschaft ging dran. Dann ging er zum Kommunikationspult und drückte den Kurzwahlknopf für den Stab in Bern. Auch hier: nichts. Ein rotes Licht blinkte rechts oben am Kommunikationspult. Offenbar eine größere Störung.

Zumtobel drehte sich um, ging zum Kontrollpanel der Belüftungsanlage. Ein rot ausgeleuchtetes Schriftfeld zeigte »Auslösung Alarm«, gelb wurde »Filterbetrieb« angezeigt.

»Seit wann ist das so?«

»Wir haben es vor einer halben Stunde bemerkt. Kann aber schon länger sein.«

»Das Zurücksetzen haben Sie schon probiert?«, fragte Zumtobel die beiden Rekruten.

»Ja, Herr Hauptmann, aber die Anlage springt wieder auf Filterbetrieb.«

»Dann lassen wir sie halt filtern. Dass wir keinen ans Telefon bekommen, macht mir jetzt erst mal größere Sorgen …« Zumtobel wandte sich wieder um. »Wieso haben wir keine Verbindung nach draußen …«, sprach Zumtobel mehr zu sich selbst als zu den beiden Rekruten. »Haben Sie schon die Vorräume der Bunkereingänge mit den Kameras kontrolliert?«

»Nein, Herr Hauptmann, äh, wie geht das?«

»Die Kameras der Vorräume müssen hier dabei sein.« Zumtobel

zeigte auf das Panel mit den vielen Bildschirmen mit einem eindrucksvollen Bedienpult. Nach dem Einschalten waren graue, eintönige Bilder von Stollenteilen zu sehen, mit Ziffern zur Orientierung. Er drückte die Knöpfe und wechselte die Kameras, schließlich hatte er den Eingangsbereich des Haupteingangs vor sich, also den Stollenteil zwischen dem Blechtor und dem eigentlichen massiven Bunkertor. Erst fiel ihm dort nichts Besonderes auf, doch dann sah er genauer hin und runzelte die Stirn.

»Was ist denn hier los?« Breitenbacher betrat den Raum. »Ich hatte schon befürchtet, dass alles schläft, dabei seid ihr gleich zu dritt beim Computerspielen. Was macht ihr eigentlich?«

Zumtobel sagte nichts und wies nur auf den Bildschirm mit dem Eingangsbereich. Dort war das Blechtor zu sehen, das sich stark nach innen verbogen hatte. »Schau dir das an! Ist da einer mit einem Lastwagen dagegengefahren?«

Breitenbacher musterte das Bild. Zumtobel setzte ihn kurz über die anderen Störmeldungen in Kenntnis. »Die Belüftung hat sich auf ABC-Alarm und Filterbetrieb umgestellt. Das ist wahrscheinlich als automatischer Reflex auf irgendetwas draußen passiert. Wir haben keine Telefonverbindung mehr nach draußen, und jetzt das da.« Zumtobel musterte noch einmal das Bild des nach innen verbogenen Blechtors des äußeren Eingangs.

Breitenbacher war auch nachts um zwei Uhr zum Scherzen aufgelegt: »Haben wir den Kriegsausbruch verschlafen?«

»Mach keine Witze, bei einem Angriff auf den Bunker sähe es wohl tatsächlich genau so aus.«

»Schau doch mal dic anderen Eingangs-Vorraume an.«

Zumtobel drückte wieder auf den Knöpfen und Wählscheiben herum. Es gab zwar einige Bildschirme, aber es gelang ihm nicht, einen der anderen Vorräume einzublenden. Die Bilder von den Kameras, bei denen er einen Blick auf die Vorräume der anderen Eingänge erwartet hätte, blieben dunkel oder zeigten nur ein unruhiges Streifenmuster.

Zumtobel richtete sich auf und schaute Breitenbacher an. »Wir müssen die Offiziere wecken, und ich brauche einen, der sich mit dem Belüftungssystem besser auskennt, vielleicht kann man herausfinden, welcher Reflex ausgelöst wurde. Oder unsere ABC-Fachfrau, Korporal Moseri, weckt mir die mal, die kommt vielleicht mit der Belüftungsanlage klar.«

»Jawohl, Herr Hauptmann, Korporal Moseri wecken.« Einer der Rekruten ging hinaus und zur Unterkunft, um in dem für die Handvoll weiblicher Mannschaften reservierten Unterkunftsraum Annabarbara Moseri zu suchen. ABC, das stand für Abwehr von atomaren, biologischen und chemischen Kampfmitteln.

Annabarbara Moseri stand kurz darauf vor Zumtobel, mit ordentlich zusammengebundenen Haaren und erstaunlich frisch, dafür, dass sie auch aus dem Schlaf gerissen worden war. »Korporal Moseri, wir haben eine unklare Lage. Keine Verbindung mehr nach draußen, ein merkwürdiges Bild von der Überwachungskamera des Haupteinfahrttores, durch das wir heute gekommen sind. Haben Sie Ihre ABC-Schnelltest-Ausrüstung bereit?«

»Selbstverständlich, Herr Hauptmann.«

»Dann nehmen Sie zwei Mann, die den ABC-Grundkurs haben, und erkunden, was am Tor genau los ist. Wir sollten auf Nummer sicher gehen. Bevor wir da hinausmarschieren, will ich wissen, ob alles koscher ist.«

Zumtobel stand herum, sah sich noch mehrfach das Bild mit dem eingedrückten Tor an, versuchte ein weiteres Mal, die Bilder der anderen Eingangsräume auf einen der Bildschirme zu bekommen. Seine Finger machten sich selbstständig; er erwischte sich, wie er unkontrolliert und sinnlos auf Tasten einhämmerte und mit den Fingern schnippte. Er holte tief Luft und ließ wieder das Bild von der Kamera im Eingangsraum kommen. Das Bild hatte sich nicht verändert.

Zumtobel brannten die Augen, er rieb sie mit den Handballen. Dann rief einer der Soldaten: »Da!« Auf dem Bildschirm sah Zumtobel nun, wie Korporal Moseri mit zwei Soldaten, alle in Schutzkleidung mit Gasmasken, auf das verbogene Tor zuging. Zu dritt hantierten sie dort mit ihrer Ausrüstung und machten sich am Tor zu schaffen, rüttelten daran, versuchten offenbar auch, durch Ritzen hinauszuschauen, und steckten einen Mess-Sensor hinein. Schließlich packten sie ihre Ausrüstung wieder ein und verschwanden unter dem Sichtbereich der Überwachungskamera.

Reto Breitenbacher hatte ebenso gebannt auf den Bildschirm gestarrt, hielt es jetzt nicht mehr aus, verließ den Kommandoraum und ging Korporal Moseri und den beiden Soldaten entgegen. Zumtobel blieb in der Zentrale sitzen.

Der Bericht von Korporal Moseri fiel kurz aus: »Keine Strahlung, kein Nachweis von Kampfstoffen, alle Werte normal. Massive Gewalteinwirkung von außen auf das äußere Blechtor, vor dem Tor offenbar Trümmer und Schutt, das Tor scheint völlig blockiert. Das innere Bunkertor unbeschädigt und normal beweglich.«

Niemand sagte mehr etwas. Trümmer und Schutt. Zumtobel wurde schlagartig bewusst: Sie waren im Bunker eingesperrt, zumindest was den Haupteingang anging. Das Haupttor unpassierbar, verschüttet oder was auch immer. Die Schulung über die Notausgangs-Möglichkeiten konnte er auswendig aufsagen, es war Routine, doch nun waren die Notausgänge plötzlich die einzige Möglichkeit, wieder aus dem Berg herauszukommen, falls das Tor nicht von außen wieder freigelegt werden konnte.

»Lasst uns alle Systeme kontrollieren!« Lüftung, Stromversorgung intern, alle Systeme funktionierten normal, wenn auch im Betriebsfall »ABC-Alarm und Filterbetrieb«. Zumtobel lauschte dem Rauschen der Lüftung. »Wie steht es mit der Stromversorgung extern?«

»Da liegt keine Spannung an, wir sind im autarken Modus.«

Zumtobel dachte nach. Er wusste, dass der Bunker eine selbstständige Energieversorgung durch ein kleines Wasserkraftwerk im

Berg hatte, aber im Normalbetrieb arbeitete das im Verbund mit der externen Stromversorgung, lieferte sogar Strom nach draußen, wenn drin nicht genug elektrische Abnehmer eingeschaltet waren. Dass die externe Stromversorgung, die über den Haupteingang geführt war, keine Spannung lieferte, war außergewöhnlich, allerdings bei der Gewalteinwirkung auf das Tor auch zu erwarten.

»Das kann ein lokales Problem in Schattdorf sein, zum Beispiel eine Havarie bei der RUAG-Anlage vor dem Bunkereingang, der zum Einsturz des Gebäudes dort geführt hat. Wenn wir nur eine Verbindung hätten! Wieso sind alle Leitungen tot?«

Zumtobel bekam keine Antwort. Es wurde von ihm erwartet, dass er als Kommandant irgendetwas tat. Aber was konnte er tun, was sollte er tun? Er fasste einen Entschluss.

»Wir geben Alarm, wir wecken alle und informieren über die Situation. Und bilden zwei Trupps, die die Lage an den anderen Ausgängen kontrollieren. Die technische Zentrale wird ab sofort immer von zwei Mann besetzt.«

»Alarm geben?«, fragte der junge Füglistaler, ein Mann von gerade zwanzig Jahren, frisch von der Berufsunteroffiziersschule, die Hand schon an dem roten Knopf.

»Ja, geben Sie Alarm, Durchsage: In fünf Minuten alle abkömmlichen Kräfte in den Speiseraum zur Einweisung.«

Schnarrend trötete die Alarmhupe in allen Räumen in unangenehmer Lautstärke. Dann die Durchsage von Füglistaler, laut und klar, so klar, dass man das leichte Zittern in seiner Stimme hörte. Fünf Minuten später im Speiseraum, der bis auf den letzten Platz von missmutig dreinschauenden Soldaten und einigen Soldatinnen gefüllt war. Genervte Blicke, offenbar hielten seine Leute das Ganze für eine von ihm als Schikane angesetzte Übung, und das in der ersten Nacht. Für so einen verrückten Hund hatten sie Zumtobel gar nicht gehalten.

»Frauen und Männer, das ist keine Übung. Wir haben eine unklare Situation, über die ich Sie sofort informieren will.« Zumtobel erntete ungläubige Blicke. Das ist keine Übung, solche Sprüche kennt man sonst aus amerikanischen Katastrophenfilmen.

Zumtobel fuhr fort: »Der Haupteingang ist durch eine Gewalteinwirkung unbekannter Art von außen unpassierbar geworden. Wir haben derzeit keine Kommunikation mit dem Hauptquartier oder mit Schattdorf. Die Lüftung hat sich automatisch auf Filterbetrieb umgestellt. Wir werden die anderen Ausgänge erkunden. Bis auf Weiteres bleiben alle, die nicht für besondere Aufgaben eingeteilt sind, in Bereitschaft in den Unterkünften. Bereitschaft heißt, bereit für sofortigen Abmarsch. Sie können sich also gerne wieder hinlegen, aber bitte voll bekleidet und sofort einsatzbereit. Noch Fragen?«

Alle waren jetzt hellwach geworden. Der Haupteingang unpassierbar, was sollte das denn heißen? Aber es waren ja alle möglichen Notausgänge aufgezählt worden. Dann wird die ganze Übung schnell beendet sein, wenn der Haupteingang nicht passierbar ist, darauf hoffte vielleicht der eine oder andere. Bereit für den Abmarsch, das klang gut.

Zumtobel bat die Offiziere zur Besprechung in den Kommandoraum. »Was sollen wir tun, außer warten und weiterversuchen, wieder Verbindung zu bekommen? Haben Sie Vorschläge?«

»Am schnellsten bekommen wir Verbindung, wenn wir den Notausgang zum Tunnel nutzen. Wenn wir dort die Tür öffnen, wird sofort automatisch der Bahnbetrieb unterbrochen, und wir bekommen sehr schnell Verbindung, schon weil die SBB wissen will, warum wir den Ausgang genutzt haben.«

»Wir sollten eher den Ausgang 3, über die Treppe nach oben zur Belüftungsanlage auf dem Berg, nutzen, dort haben wir zwar nicht sofort eine Verbindung, können aber erst einmal sehen, was draußen vor sich geht.«

Zumtobel traf eine Entscheidung: »Der Tunnelausgang ist eine gute Idee. Wir können mit der Tunnelkommunikation mehr herausfinden.«

Ein Offizier gab zu bedenken: »Die Geheimhaltung wird aber damit durchbrochen.«

»In jeder Schicht der SBB-Betriebsleitung ist mindestens einer, der sowieso Bescheid weiß, dass es im Tunnel einen Ausgang von einer Militäreinrichtung gibt. Welche Bedeutung das Depot genau hat, müssen die ja nicht mitbekommen. Und selbst wenn: Wir sind in einem Alarmfall, vielleicht einem Notfall, der Hauptausgang ist unpassierbar, da muss die Geheimhaltung zurückstehen.«

Zumtobel gab die nötigen Befehle: Hauptmann Breitenbacher und Korporal Moseri mit zwei Mann in den Tunnel, fünf Mann sollten sie bis zum Übergang in den Tunnel begleiten und diesen Übergang sichern. Dazu sind leichte Waffen mitzuführen, scharfe Munition ist auszugeben.

Die Wachhabenden merkten auf: Waffen, scharfe Munition. »Das ist keine Übung« war ernst gemeint.

6 Steppach – Fahrradsturz im Gotthard-Basistunnel

Gut, die Passagiere waren informiert darüber, dass wir nichts wussten, und mit Wasser versorgt, eine Flasche pro Kopf, bei mehr als 30 Grad. Genauer gesagt, Frau Abramovicz hatte die Fahrgäste informiert, und wir Eisenbahner hatten die meiste Zeit nur danebengestanden. Jetzt saßen wir wieder im engen Führerstand zusammen, wo es genauso dunkel war wie überall, die Anzeigen und Bildschirme blind und tot. Frau Abramovicz kam durch die Tür, die nur angelehnt war.

»Und jetzt, was ist Ihr Vorschlag?«, forderte sie uns, die wir noch immer ratlos waren, heraus.

»Wir müssen warten und diese Zeit bestmöglich überstehen«, meinte Kollege Duber.

»Warten, worauf genau?«

»Auf Hilfe von außen, oder wenigstens Kommunikation.«

Frau Abramovicz gab sich damit nicht zufrieden. Sie wollte wissen, wo wir eigentlich genau waren, und ließ sich von uns erklären, wo sich die nächsten Tunnelausgänge befanden: ungefähr 22 Kilometer entfernt die Einfahrt, durch die wir gekommen waren, dazwischen, so an die vierzehn Kilometer entfernt, der Seitenstollen hinaus nach Amsteg, mehr als einen Kilometer lang. Nach Süden, in die andere Richtung, etwa neunzehn Kilometer entfernt, eine weitere Nothaltestelle mit einem Ausgang nach Faido und über 35 Kilometer entfernt die südliche Tunnelausfahrt. Ich zeigte ihr die einzelnen Stellen auf dem Plan des Tunnels, der in den BB GBT, den »Besonderen Betriebsvorschriften Gotthard-Basistunnel«, abgedruckt war, und erklärte ihr: »Zu Fuß bedeuten zwanzig Kilometer für eine Gruppe von Hunderten von Menschen unterschiedlicher gesundheitlicher Verfassung mindestens acht bis zehn Stunden Fußmarsch.

Und selbst das werden nicht alle schaffen, ohne Wasser, in der Hitze. Wir müssen hier auf Hilfe warten, nicht nur weil es Vorschrift ist, sondern weil es gar nicht anders geht. Wir werden hier herausgeholt, so ist das Konzept. Darauf müssen wir warten.«

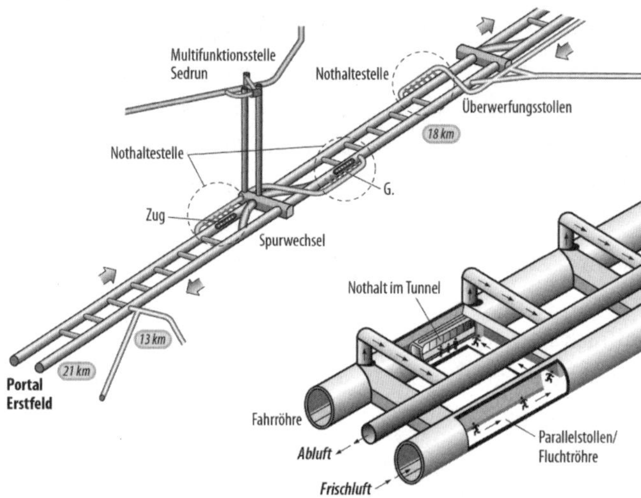

Frau Abramovicz schaute sich alles genau an. Sie fragte: »Wo sind wir denn genau?«

Ich markierte die ungefähre Stelle mit dem Stift und schrieb »Zug« dazu.

»In welcher Richtung sind wir gefahren?«

Ich markierte die Fahrtrichtungen mit Pfeilen, dann verstand ich erst, warum sie verwirrt war. »Wir fahren links bei der Schweizer Bahn.«

»Ach so.«

Dann deutete sie auf ein Detail, das ich nicht erwähnt hatte: »Was ist das da, nach oben?« Frau Abramovicz deutete auf unsere Nothaltestelle, die Multifunktionsstelle Sedrun, und zwei senkrechte Striche nach oben, die dort eingezeichnet waren.

»Das sind zwei achthundert Meter lange senkrechte Schächte, die nach oben führen, und oben ein seitlicher Zugang nach Sedrun, über einen Kilometer lang. Die Schächte wurden früher zum Bau des Tunnels genutzt. Einer ist jetzt leer und ist nur Lüftungsschacht, im anderen verlaufen Kabel.«

»Wenn da Kabel sind, gibt es doch sicher auch eine Treppe, oder wie kommt man da sonst dran?«

Duber und ich sahen uns an und versuchten, uns zu erinnern. Duber war sich sicher: »Da ist keine Treppe, das sind ja achthundert Meter, da wäre man ja stundenlang unterwegs, aber so eine Art Aufzug.«

Abramovicz hakte nach: »Und warum nutzen wir diesen Aufzug nicht, der führt doch da ...«, sie deutete auf den Seitenstollen oben, »... ins Freie, oder?«

»Der Aufzug ist nicht vorgesehen zur Evakuierung, wir können ihn nicht bedienen, es ist nur eine Wartungseinrichtung. Die Evakuierung erfolgt im Notfall nur mit anderen Zügen, nie über die Ausgänge, schon gar nicht mit dem Aufzug. Das normale Verfahren, wenn unser Zug nicht weiterfahren kann, wäre, mit den Passagieren auf die andere Seite zu gehen, nach hier«, ich markierte die Nothaltestelle. »Aber dort steht ein Güterzug, der das gleiche Problem hat wie wir: kein Strom, keine Kommunikation.« Ich fügte ein »G.« dazu, um den Standort des Güterzugs zu markieren.

Es entwickelte sich eine heftige Diskussion: Was sollen wir tun? Das Ergebnis fasste Frau Abramovicz am Ende zusammen, wie sie es wohl auch am Ende ihrer Schulstunden tat.

»Erstens: Wir werden tatsächlich, wie von Ihnen vorgeschlagen, mit den Passagieren hier erst einmal auf Hilfe von außen warten. Zweitens: Sie, die Eisenbahner und Fachleute, werden erkunden, ob der Aufzug eine Möglichkeit darstellt, mit der Außenwelt Kontakt aufzunehmen, oder ob einer der anderen Stollen einen Ausweg bietet, für den Fall, dass weiter keine Hilfe zu uns kommt. Drittens werden wir, das heißt meine Klasse, uns zu Ihrer Entlastung um die Passagiere kümmern und den Leuten das Gefühl geben, dass etwas getan wird, und zudem die Liste der Passagiere vervollständigen. So bekommen wir auch eine Übersicht, wie viele Leute wir eigentlich haben und ob es Fälle darunter gibt mit irgendwelchen akuten Problemen. Dabei fragen wir jetzt auch nach, ob jemand etwas dabeihat, das andere dringend benötigen. Und viertens werden wir noch mal mit dem Güterzug Kontakt aufnehmen, um zu sehen, ob er uns nicht doch irgendwie helfen kann. Habe ich das richtig zusammengefasst?«

Ein müdes Nicken von uns drei Eisenbahnern; ehrlich gestanden waren wir erleichtert, dass Frau Abramovicz uns das alles abnahm.

»Sie«, Frau Abramovicz deutete auf mich, »gehen noch mal zum Güterzug. Der Fahrer dort soll auch zu uns kommen, je mehr Fachleute wir haben, umso besser. Sein Zug kann allein warten. Sie«, Frau Abramovicz deutete auf Duber, »kümmern sich um den Aufzug, ob es dort irgendeine Möglichkeit gibt, Kontakt aufzunehmen oder nach oben zu fahren. Und Sie«, Frau Abramovicz wies auf den Kundenbetreuer, »kümmern sich um den Zug und die Leute, spannen Sie dabei ruhig meine Schülerinnen und Schüler ein. Wir treffen uns wieder hier in, sagen wir, dreißig Minuten.«

»Wird knapp, ich muss über drei Kilometer laufen zum Güterzug hin und zurück und dort den Kollegen erst überzeugen, zu uns zu kommen.«

»Also 45 Minuten. Bis dann!«

Wenn mir vor einem halben Tag jemand gesagt hätte, ich würde mir als gestandener Lokführer der Schweizer Bahn von einer Lehrerin aus dem Berliner Wedding Anweisungen zu meiner Dienstausübung geben lassen, hätte ich ihn für komplett verrückt erklärt. Jetzt ging ich brav los und führte meinen Auftrag aus, das erste Stück des Wegs zusammen mit Duber, durch den dunklen Stollen zum senkrechten Schacht.

Ich leuchtete an der Stelle, wo der Gitterkasten des Aufzugs im Dämmerlicht auszumachen war, nach oben. Hinter der runden Gitterkonstruktion, die offenbar der Führung des Lifts diente, war ein schwarzes Loch zu erkennen. Duber ging zu dem gelben Portal, das schien die Lifttür zu sein. Ich ließ ihn zurück bei dem Versuch, aus der Gerätschaft schlau zu werden, und ging schnell weiter den mir schon fast vertrauten Weg zur anderen Nothaltestelle, wo der Güterzug stand. Ziemlich außer Atem und schwitzend kam ich dort an, und es bedurfte keiner großen Überzeugungsarbeit, den Güterzugkollegen, der sich als Paolo vorstellte, dazu zu bringen, lieber die Gesellschaft bei uns zu suchen. Ihm waren inzwischen selbst Bedenken gekommen, ob einfaches Warten ohne jeden Kontakt zu irgendjemand das richtige Verhalten war, selbst wenn er es angenehm temperiert hatte in seinem klimatisierten Führerstand.

Wir diskutierten darüber, wie wir den Zug am besten zurücklassen sollten. Schließlich fanden wir die Lösung: Es war am besten, die Lok abzurüsten, alle Systeme herunterzufahren, den Zug einzubremsen, also die Luftleitung weitgehend zu entleeren, aber die Schlüssel der Lok auf dem Führerstand zu belassen und die Lok nicht abzuschließen. Da die Batterien vollgeladen waren, würden wir den Zug jederzeit wieder in Betrieb setzen können, oder jemand anders, wenn wir vielleicht bereits evakuiert waren.

Zusätzlich ließen wir noch einen Zettel auf dem Führerpult der Lok zurück, groß beschrieben mit »Lokführer 87323 bei Personenzug in Oströhre, dort Hilfeleistung notwendig«, damit möglicherweise hier eintreffende Hilfskräfte einen Hinweis auf unseren Zug fanden. Dann machten wir uns auf den Weg, zurück zu unserem Zug. Wieder die Steigung des Stollens hinauf, die leichte Kurve, wir näherten uns dem senkrechten Schacht.

Schon einige Hundert Meter vor dem Schacht hörten wir Stimmen, und es war helles Licht zu sehen. Ich lief schneller, Paolo stolperte in der Dunkelheit außer Atem hinter mir her und bat, langsamer zu machen. Mit wem war Duber da im Gespräch? War endlich Hilfe da?

Der Aufzugschacht war hell mit Neonröhren erleuchtet, zwei Mann in orangefarbenen Neonwesten mit Helm standen davor, das SBB-Logo prangte auf den Helmen, daneben Duber. Endlich, Rettung war eingetroffen!

Doch schnell kam die Enttäuschung. Duber sah mich kommen und sprudelte los: »Das sind nur Wartungsleute, die selbst hier eingesperrt sind, aber wenigstens ihren dritten Mann oben an die Liftsprechstelle bekommen haben. Jetzt haben wir Notstrom, und der Lift ist nach unten unterwegs. Oben scheint aber auch nicht viel zu funktionieren.«

Ich wandte mich an die beiden Helmträger und war wohl nicht besonders freundlich: »Wo kommt ihr denn jetzt her? Habt ihr nicht mitbekommen, dass wir einen Zug voller Leute haben, die wir irgendwie aus dem Tunnel bringen müssen?«

Die beiden erklärten mir, was sie Duber auch schon gesagt hatten: Sie hätten hier im Wartungscontainer gesessen, wo sie die Instandhaltungsarbeiten während der planmäßigen Streckensperrung einer der Tunnelröhren in der nächsten Nacht hätten vorbereiten sollen, und hatten darauf gewartet, dass Stromversorgung und Kommunikation wiederkommen. Zuletzt hätten sie versucht, von der Liftsprechstelle aus nach oben Kontakt aufzunehmen, dabei wären sie Duber begegnet. Sie hätten Verbindung zu ihrem dritten Mann, der oben war und jetzt den Wartungslift heruntergeschickt hätte.

Zu sehen oder zu hören war von dem Ding aber noch nichts. Zweifelnd blickte ich mit zurückgelegtem Kopf in die dunkle Röhre, die senkrecht nach oben führte.

»Woher kommt denn der Strom hier?« Ich deutete auf die Beleuchtung in dem Abschnitt, in dem wir standen.

»Wir haben ein kleines Wasserkraftwerk hier unten, damit können wir aber nur einen Teil versorgen.«

Mir kam eine Idee. »Dann können Sie doch auch den Notbahnsteig in der Oströhre, wo unser Zug steht, versorgen?«

»Jawohl, das geht, wir haben so um die 130 Kilowatt, den Schaltzugriff haben wir hier im Container.«

»Mensch, können Sie nicht wenigstens besseres Licht für unseren Zug organisieren!«

Die beiden schauten sich an, und einer fing an zu nicken. »Machen wir!« Der Wartungsmann in Orange ging zurück in das Containergebäude, kam nach kurzer Zeit zurück und meinte, jetzt sei die volle Beleuchtung in dem Abschnitt eingeschaltet.

Es dauerte noch einige lange Minuten, dann erschien mit einem schleifenden Geräusch eine Art runde Plattform im Neonlicht, keine Kabine, sondern offen, und schrammte behäbig nach unten, wo das Ding ganz langsam wurde und leicht auf und ab schwingend zum Stehen kam. Einer der Wartungsmänner lief hin und riss die Außentür auf, dann auch die innere Tür der Plattform. Im Lift war niemand.

»Und jetzt?«

»Jetzt fahren wir nach oben«, meinte der zweite der Männer in Orange.

»Ihr habt sie wohl nicht alle! Wir haben Hunderte Menschen in schwieriger Lage, jetzt wird erst einmal in Ruhe überlegt, was wir tun müssen. Wo ist die Sprechmöglichkeit mit eurem Kollegen da oben?«

Widerwillig zeigte mir der eine der orangefarbenen Kollegen, wo das Wechselsprechtelefon für die Liftbedienung war. Ich nahm den Hörer und rief aufgeregt hinein: »Bitte melden, hallo?« Es meldete sich eine Stimme in starkem Dialekt, selbst für mich als reichlich Schweiz-erfahrener Deutscher kaum verständlich. Ich winkte Duber heran, ließ ihn mithören. Dann antwortete ich langsam und deutlich: »Hören Sie: Wir sind in der Nothaltestelle in einer Notlage. Ein voll besetzter Reisezug, ohne Strom und ohne Licht. Kein Rettungszug bisher eingetroffen, keine Kommunikation mit der Leitstelle.«

Ich übergab Duber den Hörer, er konnte die Antwort besser verstehen. Die musste erschütternd sein, jedenfalls konnte ich im hellen Neonlicht sehen, dass Duber die Gesichtszüge entgleisten. Er lief rot an, wurde massiv, verfiel selbst in Dialekt, verwendete Schweizer Kraftausdrücke, die sich anhörten wie »Laueri«, »Loli« und »Glünggi« und neu für mich waren. Ich bekam mit, dass er dem Querkopf am anderen Ende schließlich bedeutete, er würde jetzt nach oben fahren und ihm persönlich Bescheid stoßen.

Der erste der Männer in Orange, die nichts mehr gesagt hatten, stieg in die Liftplattform, hielt die Tür auf, damit Duber nachfolgen konnte. Der zweite Helmträger wollte ihm folgen, ich hielt ihn aber an seiner grellen Weste fest und herrschte ihn an: »Einer von euch muss hierbleiben, sonst haben wir ja keine Kommunikation mit oben.« Duber nickte heftig und stimmte mir zu. Die beiden gaben sich geschlagen, der Zweite zuckte mit den Achseln und schien es zu bereuen, dass er nicht als Erster in den Lift gestiegen war.

Der Helmträger im Lift hantierte an der Bedienung, der Lift begann wieder leicht zu schwingen, setzte sich langsam in Bewegung und entschwand mit dem gleichen schleifenden Geräusch nach oben in dem dunklen Loch. Ein Lichtschein war durch den Gitterboden der Plattform noch einige Zeit auszumachen.

»Sie bleiben stehen, genau hier, und bewegen sich nicht weg. Ich gehe jetzt zum Zug zurück. Danach kommen wir wieder.« Ich ärgerte mich immer noch über den Hohlkopf am Telefon, der oben Dienst hatte, und ließ meinen Ärger an dem Mann hier unten aus. Ich gab Paolo, dem italienischen Kollegen, der staunend danebengestanden hatte, einen Wink, wir sollten weitergehen. Doch dann hielt ich inne und drehte mich um, trat erneut an den Wartungskollegen in Orange heran und sagte: »Bitte helfen Sie uns und den vielen Passagieren!«

»'s ist schon gut. Wie lange warten Sie schon auf den Rettungszug?«

»Der Stromausfall war kurz nach sieben Uhr, kurz darauf waren wir an der Nothaltestelle angekommen. Es wird wirklich langsam dramatisch mit den Passagieren.«

»Ich dachte, es ist ein lokales Problem. Da ist es ja gut, dass die Station oben ein eigenes Notstromaggregat hat für den Lift, und wir hier unser kleines Kraftwerk. Natürlich helfen wir euch, nur: Massen von Menschen kriegen wir mit dem Ding nicht heraus. Jede Fahrt dauert eine halbe Ewigkeit, und mehr als ein paar haben da nicht auf einmal Platz. Und wir fahren nur auf Notstrom. Wenn der ausfällt, hängt die Plattform irgendwo auf halber Höhe.«

»Wieso habt ihr hier eigentlich ein Kraftwerk?«

»Na, es gibt eine Wasserleitung von oben. Wir sind hier am höchsten Punkt im Tunnel, es muss immer etwas Wasser in die Abwasserleitungen in Richtung der beiden Portale in den Tunnelröhren fließen, zum Spülen. Das Wasser aus der Leitung von oben hat aber gewaltigen Druck durch die achthundert Meter Höhenunterschied, es muss sich erst in einem kleinen Kraftwerk austoben.«

Ein Kraftwerk als Lösung, um die Wasserzufuhr aus achthundert Meter Höhe abzufangen. Auf so etwas können nur Schweizer kommen. Nachdenklich ging ich los. Paolo, der italienische Lokführer, folgte mir. Das mit dem Wasser hatte er wohl nicht verstanden.

Wir waren schon ein Stück marschiert, als der orange gekleidete Helmträger uns nachrief: »Nehmt doch die Fahrräder!«

Ich drehte mich um. Mein erster Gedanke war: Jetzt ist er wohl übergeschnappt.

»Moment, ich hole sie.« Tatsächlich, kurze Zeit später kam er von dem containerartigen Gebäude, das in dem Stollen stand, und schob zwei Fahrräder. »Bei den Entfernungen hier unten ist das durchaus praktisch, wir haben auch ein Auto, aber das steht drüben auf der anderen Seite, im Gang zur Weströhre.«

»Ihr habt ein Auto hier unten? Habt ihr eigentlich auch noch irgendwo Trinkwasser für unsere Passagiere im Zug?«

»Auf beiden Seiten ist eine Palette mit Mineralwasser, für den Ereignisfall und die Wartezeit auf den Evakuierungszug.«

»Kannst du das Mineralwasser von der Weströhre mit dem Auto holen? Wir haben die Vorräte aus der Oströhre schon fast alle ausgegeben.«

»Jetzt musst du mir nur sagen: Soll ich Mineralwasser holen oder auf den Aufzug warten?«

»Hm. Aufzug ist erst mal wichtiger.«

Ich schwang mich aufs Fahrrad, Paolo tat es mir nach. Ich radelte voran, und ab ging es mit Fahrradlicht in den dunklen Stollen. Ich war schon etliche Meter gefahren, da drehte ich mich noch mal um und rief laut zurück: »Danke fürs Fahrrad!« Und ein »'s ist gut« war zu hören, ehe wir in dem dunklen Tunnel verschwanden. Hinter uns glühte der Stollen im Schein der roten Rücklichter der Räder, und der laue Fahrtwind tat gut in der Hitze.

Wir bogen in den kleinen Querstollen zum Bahnsteig mit unserem Zug, die Tunnelbeleuchtung war tatsächlich angeschaltet, wie es der Mann in Orange versprochen hatte. Ich ließ die Bremsen quietschen und stieg elegant ab. Das Rad schiebend hastete ich zum vorderen Zugende, durch die herumhockenden Passagiere, die mit großen Augen das Fahrrad musterten. Ich stellte mein Gefährt neben der Tür an der Zugspitze ab, bedeutete dem italienischen Kollegen, seines ebenfalls abzustellen, und winkte ihm, mir in den Führerstand zu folgen.

Frau Abramovicz war dort mit zwei Schülerinnen mit gelbem T-Shirt, Papiere in der Hand. »Wart ihr das, dass jetzt das Licht eingeschaltet ist? Habt ihr sonst was erreicht?«

»Duber ist auf dem Weg nach oben! In dem Schacht gibt es tatsächlich einen Aufzug.« Die Sensation war perfekt.

»Der Aufzug, wusste ich es doch«, triumphierte Frau Abramovicz.

Ich erklärte ihr, dass Duber auf dem Weg aufwärts sei. Noch sei aber nicht klar, wie es dann weitergehen könnte.

Abramovicz wandte sich an Paolo. »Und Sie sind der Lokführer des Güterzuges? Haben Sie schon etwas zu trinken? Das Herrenklo ist vorne an unserem Zug, hier vor dem Führerstand. Willkommen bei uns Tunnelratten.«

Diese Lehrerin hatte doch tatsächlich »unser Zug« zu unserem Zug gesagt, ganz so, als sei es jetzt ihr Zug. Na ja, irgendwie stimmte das ja auch.

Wir berichteten über unser Erlebnis mit den Männern in Orange. Danach setzte ich mich auf den Klappsitz in dem kleinen Raum zum Abstellen von Ski und Fahrrädern hinter dem Führerstand, durchgeschwitzt und müde, ja, mit einem Mal grenzenlos müde. Es war ja auch schon spätabends, ich schaute auf die Uhr und rechnete, schon sechs, nein sieben Stunden im Tunnel. Eigentlich sollte ich jetzt laut Dienstplan längst wieder in Basel sein und auf dem Weg nach Hause, stattdessen war ich gefangen im Tunnel. Vor mir am Schaltschrank war die Namensplakette des Zuges befestigt, »Friedrich Dürrenmatt – Schriftsteller, Dramatiker, Maler und kritischer Zeitgenosse, gewidmet zur Eröffnung des Centre Dürrenmatt«. Ich wusste, ich hatte mit Dürrenmatt schon mal zu tun gehabt, mir fiel aber nicht ein, in welchem Zusammenhang.

Ein dringendes Bedürfnis meldete sich, ich tat das, was die Lehrerin verfügt hatte: Jungs vorn. Danach setzte ich mich wieder auf den Klappsitz. Jetzt einfach wegdösen … Doch da war ein anderes Gefühl, der Magen schmerzte, ich hatte Hunger, in meiner Tasche war noch ein Schokoriegel, aber wer weiß, wann wir etwas bekommen würden. Erst mal den Notvorrat nicht angreifen. Aber trinken, das wäre gut. Ich wandte mich an ein Mädchen mit gelbem T-Shirt: »Kann ich auch etwas zu trinken haben, oder habt ihr schon alles ausgegeben?«

»Gerne, einen Moment.« Sie kam mit einer Halbliterflasche Mineralwasser wieder. »Sind Sie der Lokführer?«

Ich stritt es nicht ab.

»Wie kommen wir hier wieder heraus?«

Ich hob die Schultern und zwang mich dann doch, etwas Optimismus zu verbreiten: »Der Tunnel ist doppelt und dreifach sicher, das Merkwürdige ist nur, dass wir keine Verbindung zur Leitstelle haben und nicht längst ein anderer Zug zur Evakuierung eingetroffen ist.«

Ich zwang mich, wieder aufzustehen, und wandte mich an die Lehrerin, die immer noch mit zweien ihrer Schülerinnen im Führerstand Papiere sortierte. »Ich gehe wieder zum Aufzug, die Kollegen müssten bald kommen.« Ich stieg aus dem Zug, nahm das Fahrrad, diesmal ging es irgendwie schwerer, jetzt half auch der Fahrtwind nichts, es war heiß und jede Bewegung, jeder Tritt in die Pedale mühsam und zu viel.

Der Kollege mit der orangefarbenen Warnweste kauerte tatsächlich immer noch neben dem Telefon am Aufzug; er stand auf. »Die sind seit gut fünf Minuten auf dem Rückweg nach unten und müssten bald ankommen.«

»So lange dauert das?«

»Ja, das sind ja achthundert Meter.«

In dem Moment war ein Schrammen zu hören, eine Hupe ertönte, dann schwebte der beleuchtete Aufzug in der Käfigröhre herab und kam nachfedernd zum Halten. Die Gittertür ging auf, Duber kam heraus, danach der andere Typ in orangefarbener SBB-Kleidung. Er sah unsere gespannten Gesichter und meinte: »Keine guten Nachrichten.«

»Was ist denn los? Habt ihr jemand erreicht, wart ihr draußen in Sedrun?«

Duber schüttelte den Kopf: »Der Stolleneingang ist überschwemmt, und die Telefone oben sind genauso tot wie hier unten.«

»Überschwemmt?« Ich muss ein ziemlich dummes Gesicht gemacht haben. Duber berichtete, sie seien zusammen mit dem Aufzugwart, der oben seinen Arbeitsplatz hat, den Stollen in Richtung Ausgang gegangen, der Stollen sei ungefähr einen Kilometer lang und führe in die Nähe von Sedrun, dem Dorf, das der Nothaltestelle den Namen gegeben hatte. Nach ungefähr fünfhundert Metern aber habe Wasser im Tunnel gestanden, das immer tiefer wurde, weil der Stollen zum Ausgang hin ein Gefälle aufwies.

»Der Stollen hat ein Gefälle nach draußen, damit das Bergwasser abfließen kann. Offenbar gibt es am Stolleneingang eine Überschwemmung, und das Wasser steht im Stollen bis zur Hälfte.«

Ich fragte ziemlich verständnislos: »Was denn für Wasser? Wie kann es da am Stolleneingang eine Überschwemmung geben?«

»Das ist der Rhein.«

Der Rhein. Ich dachte an Basel, die Brücke, Weil am Rhein, Lörrach, zu Hause. »Der Rhein, was hat der denn damit zu tun?«

Der Wartungstechniker gab mir Nachhilfe: »Der kleine Fluss vor dem Stollen ist der Vorderrhein, kommt aus den Bergen und fließt weiter in den Bodensee.« Für den Mann in Orange war alles ganz klar, für mich war alles nur noch verworrener geworden.

»Also langsam: Rhein hin oder her, im Stollen steht Wasser, man kommt nicht heraus, richtig? Man kommt also von da oben nicht hinaus ins Freie? Und ihr habt niemand erreicht?«

»Keine Chance. Wenn das Wasser schon bis zur Hälfte des Stollens reicht, muss es am Eingang schätzungsweise drei Meter tief sein und damit bis zur Decke stehen.«

Eine niederschmetternde Nachricht: Es gab zwar einen Aufzug nach oben, aber dort war der Ausgang blockiert durch eine Überschwemmung, weil, wie auch immer das möglich war, der Fluss, der Vorderrhein, den Eingang überschwemmt hatte. Und schlimmer: Auch die Telefone oben gingen nicht.

»Und jetzt?«

Keiner sagte etwas.

»Wir müssen zurück zu unserem Zug.« Das flaue Gefühl im Bauch wurde stärker, war es eine Kolik, nein, es war – ich musste es vor mir selbst zugeben – es war aufsteigende Panik. Ich schluckte, was mit ausgetrocknetem Mund schwerfiel, drehte mich um und ging in Richtung auf den Bahnsteig. Nach ein paar Metern kam ich noch mal zurück, nahm das Fahrrad, rief den anderen zu: »Kommt nach. Ihr müsst das genauer erzählen.«

Angekommen am Bahnsteig, sah ich schlafende Menschen in dem hell erleuchteten Tunnel, einige unterhielten sich leise. Ich schob das Fahrrad den schmalen Bahnsteig entlang zum ersten Wagen, überwand einen Schwall von ekelhaftem Gestank nach überheiztem Männerklo und Fäkalien, von der Latrinenstelle vorn. Ich stieg ein, im Wagen, der nur von außen erleuchtet wurde, schlafende Passagiere, ein Kind ließ im Schlaf eine Hand vom Sitz herabhängen, ich ging weiter ins Fahrradabteil und suchte meine Flasche Mineralwasser, da musste ein Rest drin gewesen sein. Hatte wohl jemand anders Durst gehabt, die Flasche war weg. In der anderen Röhre und dem dortigen Notbahnhof, fast zwei Kilometer entfernt, war noch ein Mineralwasser-Depot, hatte der Wartungstechniker versprochen. Wir müssten das Wasser holen lassen, die Passagiere verdursteten uns sonst hier, und ich brauchte auch dringend etwas zu trinken.

Erst ging ich wieder in den Führerstand, die Lehrerin stand neben einer Schülerin im gelben T-Shirt, hatte einen Packen Papier in der Hand und sagte, als sie mich sah: »Wir haben jetzt einen Überblick über die Passagiere. Haben Sie endlich Verbindung bekommen?«

Ich überbrachte die niederschmetternden Nachrichten von dem überfluteten Ausgang und den toten Telefonen.

»Dann müssen wir uns fragen, wie lange wir warten wollen. Notfalls müssen wir aus dem Tunnel herauslaufen, wenn niemand zu uns kommt. Das hier geht nicht mehr lange gut, das Wasser ist aus, und die Hitze macht vielen Leute schwer zu schaffen. Unter den Passagieren sind bereits zwei, die Probleme mit dem Kreislauf haben.«

»Aber zwanzig Kilometer laufen geht erst recht nicht, bei der Hitze, ohne Wasser, ohne Beleuchtung. Nein, wir müssen Hilfe holen. So ist auch die Vorschrift, keiner läuft einfach so durch einen Tunnel, man muss in den Notbahnhöfen warten.«

»Dann radeln Sie doch zum Ausgang, zwanzig Kilometer, das ist in einer Stunde zu schaffen, und organisieren Hilfe. Ich habe gesehen, dass auf der einen Seite des Tunnels der Seitengang breit genug sein müsste, um mit dem Rad zu fahren.«

Der Vorschlag war gut, das musste ich zugeben. Mit dem Fahrrad war es tatsächlich möglich, schnell zum Tunnelende zu kommen und von dort Hilfe zu holen. Aber es war auch gegen alle Vorschriften, trotzdem … Ich hörte mich sagen: »Allein mache ich das nicht, aber ich nehme einen der Wartungstechniker mit, der kennt den Tunnel besser, und wir sind wenigstens zu zweit. Zwei Fahrräder haben wir ja.«

Inzwischen war Duber mit den beiden Wartungstechnikern zu Fuß angekommen und stand im Fahrradraum hinter dem Führerstand. Ich wandte mich an ihn: »Was hältst du davon: Ich fahre mit dem Fahrrad zusammen mit einem von den beiden …«, ich deutete auf die beiden Männer in Orange, »… in Richtung Nordportal, und wir versuchen, dort Verbindung aufzunehmen, um die Evakuierung zu organisieren oder herauszubekommen, was eigentlich los ist.«

Duber war einverstanden.

Ich meinte noch: »Ihr müsstet aber das Mineralwasser von der anderen Röhre holen. Wenn die Leute wach werden, sollen sie wieder etwas zu trinken haben. Nicht dass sie uns kollabieren, ohne Wasser.« Ich wandte mich an den älteren der Wartungstechniker: »Hatten Sie nicht gesagt, Sie hätten ein Auto hier unten? Können Sie das Mineralwasser damit von der anderen Röhre hierherschaffen?«

»Machen wir, klar! Jetzt gleich?«

Ich schüttelte den Kopf. »Nur Sie allein. Nehmen Sie zum Schleppen noch jemand aus dem Zug mit, wer gerade wach ist, am besten von denen mit den gelben T-Shirts. Ihren Kollegen brauche ich.« Ich erklärte den Plan, mit dem Fahrrad zum Tunneleingang zu fahren.

»Mit dem Fahrrad zum Tunnelportal?« Der von mir zur Begleitung bei der Radtour aufgeforderte Wartungstechniker sah mich entgeistert an.

»Fällt euch was Besseres ein?«, meinte ich nur.

Wenig später saß ich auf dem Fahrrad, hinter mir radelte Ruedi, der jüngere der beiden Wartungstechniker. Das Treten war trotz der Hitze kein Problem, der Fahrtwind angenehmer als die stehende

Hitze, es ging leicht bergab Richtung Tunnelportal. Konzentration erforderte der schmale Steg am Tunnelrand, nur auf dem konnte man mit dem Rad fahren, und der war dafür eigentlich zu schmal, sodass man ständig angestrengt die Richtung halten musste. Ich konnte mich nicht umsehen nach Ruedi, ohne Gefahr zu laufen, die Spur zu verlieren, aber am Schattenspiel, das mein Fahrrad im Lichtkegel seines Fahrradscheinwerfers warf, erkannte ich, dass er unmittelbar hinter mir sein musste.

Im Licht meines Scheinwerfers tauchten regelmäßig die Kilometermarkierungen an der Tunnelwand, alle 326 Meter die grünen Türen zum Fluchtweg in den anderen Stollen und gelegentlich eine gelb-blaue Signaltafel auf, ansonsten starrte ich immer auf den schmalen Steg, um nicht nach rechts ins Gleis oder nach links an die Reling entlang der Tunnelwand zu geraten. An den Kilometertafeln konnte ich erkennen, dass wir schnell vorankamen. Noch fünf Kilometer bis zum Ausgang, dem Tunnelportal. Das rhythmische blecherne Streifen der Pedale am Schutzblech hallte im Tunnel nach, doch plötzlich veränderte sich der Hall, so als hätte sich der Tunnel verändert. Ich bremste, Ruedi wäre fast aufgefahren, wir kamen zum Halten, ich hatte die Füße auf den Pedalen und hielt mich an der Reling links fest. Jetzt, im Stand, leuchteten nur die roten Rücklichter, es war sonst völlig dunkel.

Im roten Schummerlicht war eine Erweiterung des Tunnels auf der rechten Seite auszumachen, die Wand trat dort zurück.

»Was ist das?«, fragte ich Ruedi.

Der klärte mich auf: die Abzweigung zu einer später geplanten Fortsetzung des Tunnels, der Umfahrung von Altdorf. Der Abzweigtunnel endete jedoch nach wenigen Metern, lediglich eine Vorleistung für ein Zukunftsprojekt, jetzt schon mitgebaut, so erklärte er. Nur ein Schaltschrank war zu sehen.

Ich setzte die Fahrt auf dem Rad fort, es konnte nicht mehr weit sein bis zum Tunnelportal, denn es war nicht mehr so heiß, also waren die Berge über uns nicht mehr so hoch. Plötzlich erschrak ich und bremste scharf, Ruedi fuhr mit seinem Rad auf meins auf und wäre fast nach rechts ins Gleis gefallen. Vor uns stand eine E-Lok, unbeleuchtet. Ich ging weiter, mit dem Rad an der Hand, lehnte das Rad an die Tunnelwand. Der Führerstand der Lok war verschlossen, ich hämmerte an die Tür, das sollte der Lokführer, wenn er auf der Lok war, doch hören. Niemand meldete sich. Ich nahm das Rad wieder und ging an der Lok vorbei. Im schwachen Licht des Radscheinwerfers waren jetzt Güterwagen mit Containern auszumachen, aber nur drei, dann war der Zug schon zu Ende. Durch den Tunnel fuhren eigentlich nur voll ausgelastete Güterzüge; einer mit drei Wagen, das hatte ich noch nie gesehen auf der Gotthard-Strecke.

Also weiter Richtung Tunnelportal, ich schaute angestrengt, jetzt sollte bald der Lichtschein von außen zu sehen sein. Da war aber kein Lichtschein, obwohl doch eigentlich schon längst Tag sein sollte. Dann sah ich, warum: Das Drehgestell eines Güterwagens, abgerissen, lag auf dem Gleis, dahinter eine Wand aus verbogenen Metallteilen, Containern, und: Ein Stück der Oberleitung hing unmittelbar neben mir. Ich warf mich auf der linken Seite an die Reling, um von dem Stück Fahrdraht abzurücken. Diesmal hatte Ruedi aufgepasst und fuhr nicht auf. »Vorsichtig! Fahrleitung hängt herunter! Bleib stehen!«, rief ich ihm zu. Ich dachte nach: Herabhängende Leitungsteile waren äußerst gefährlich, oft war noch statische Spannung drauf, wenn sie herunterhingen. Was tun?

»Geh ein bisschen zurück und mach Licht mit deinem Rad, damit ich hier rückwärts herauskomme.«

Ruedi kapierte sofort, schob sein Fahrrad ein Stück nach hinten, hob dann das Vorderrad an und drehte daran, sodass ich wieder Licht hatte. Tatsächlich, der Fahrdraht hing herab, er schien aber Kontakt mit der Schiene zu haben, also wahrscheinlich keine Gefahr. Trotzdem ging ich ganz eng an der Reling entlang rückwärts und versuchte, das Fahrrad dabei aus der Gefahrenzone zu bringen. Nach etlichen Metern war ich weit genug von dem Oberleitungsdraht entfernt, tat es Ruedi gleich und leuchtete – in einen gigantischen Schrotthaufen. Verbeulte Container, schräg aufragende Waggonteile und Fahrwerke, vor mir ein einzelner abgerissener Puffer, es war ein unglaubliches Bild der Zerstörung.

Langsam reimte ich mir zusammen, was passiert sein musste: Der vierte Wagen war vor dem Tunnel entgleist und abgerissen, der ganze hintere Zug dann daraufgefahren. Der Zug musste unmittelbar vor dem Tunnel entgleist sein, und die entgleisten Wagen und die Ladung hatten sich zu einem monströsen Haufen aufgetürmt, der das Portal blockierte, die Lok war mit den ersten Wagen allein weitergefahren. Jetzt war auch klar, warum der Tunnelrettungszug nicht zu uns hatte kommen können.

Ruedi hörte auf, das Vorderrad zu drehen, und stand mit offenem Mund da, wie ich im roten Schein meines Rücklichts erkennen konnte. »Los, zurück zum nächsten Querschlag, wir gehen in die andere Röhre«, damit veranlasste ich ihn, sein Rad umständlich auf dem schmalen Steg zu wenden.

Wir hatten den Rest des Güterzugs, der nach der Trennung von den entgleisten Wagen automatisch gebremst hatte, wieder erreicht; auf Höhe des dritten Wagens war ein Querschlag, das heißt eine der grünen Türen, mit denen man in den Schutzraum und von dort in die andere Röhre gelangen konnte. Den Hebel auf »Notöffnen« und mit aller Kraft aufschieben, das kannte ich schon von den Türen im Notbahnhof Sedrun.

Im Querschlag war es ebenso finster wie im Tunnel, allerdings viel enger. Wir mussten die Fahrräder mitnehmen, nur damit hatten wir Licht. Im Flackern der Fahrradscheinwerfer bewegten wir uns zur nächsten Tür, vollbrachten wieder eine Notöffnung. Die andere Tunnelröhre war dunkel und offenbar leer. Wir radelten weiter in Richtung Tunnelportal. Jetzt war die Reling rechts, die Kante zum Gleis links, auch nicht breiter, fast wäre ich ins Gleis gefallen, weil ich nach vorn starrte, damit ich nicht wieder unvorbereitet in ein Hindernis fahren konnte. Ich stieg doch lieber ab, ging ganz an der Kante und schob das Rad neben mir, hob ab und zu das Vorderrad und drehte es mit der Hand schneller, um das Licht heller leuchten zu lassen.

Und dann waren auch auf dieser Seite verbogene Metallteile, Wagenrahmen, Drehgestelle und ein einzelner Radsatz zu sehen. Der Güterzug hatte gründliche Arbeit geleistet und beim Entgleisen gleich beide Tunnelportale blockiert. Durch die Stahlteile und die verbogenen Containergehäuse war ein ganz leichter Lichtschein von draußen zu sehen, kaum erkennbar – wenn es im Tunnel nicht total dunkel gewesen wäre, hätte man es überhaupt nicht als Licht wahrgenommen. Der Boden im Tunnel war voller schwarzem Staub, der unter den Schuhen knirschte.

Plötzlich eine Bewegung, ein Rascheln.

»Hier … Hilfe!« Ich war zu Tode erschrocken; neben dem gigantischen Schrotthaufen bewegte sich ein Mensch. Er krächzte mehr, als dass er sprach.

Mit zitternden Beinen ging ich vorsichtig auf den Schatten zu und fragte: »Was ist passiert, wer sind Sie? Sind Sie verletzt?«

»Ich bin der Lokführer vom 23213, ich weiß nicht, was passiert ist. Kurz vor der Einfahrt in den Tunnel war da eine schwarze Wolkenwand, ein Schwanken der Lok, dann … ich dachte schon, gut, dass wir im Tunnel sind, plötzlich ein Ruck, Schnellbremsung, ich kam nach ein paar Hundert Metern zum Halten, und da waren nur drei Wagen von meinem Zug übrig. Die anderen müssen vor dem Tunnel entgleist sein, und der Schrott blockiert jetzt beide Portale. Ich hab mich hier gerade umzuschen versucht.«

»Haben Sie Kontakt zur Betriebsleitung?«

Er sagte nichts, schüttelte im Scheinwerferlicht von Ruedis Fahrrad nur den Kopf. »Es gab noch eine Unwetterwarnung und den Hinweis, Reisezüge sollten im nächsten Bahnhof anhalten, dann nichts mehr, kein Ton. Sind Sie vom Rettungszug?«

Wir erklärten ihm unsere Situation mit dem Zug im Notbahnhof Sedrun. »War hier irgendjemand von außen zu hören oder zu sehen?«

Der Lokführer des Unfallzuges schüttelte den Kopf.

Ich horchte. Es war vollkommen ruhig. Bei einem solch kapitalen Unfall müsste draußen längst intensive Tätigkeit von Einsatzkräften zu hören sein, Lärm von Stromgeneratoren, Lautsprecher, Sirenen, Hubschrauber. Stattdessen herrschte absolute Stille, bis auf ein leises, aber beunruhigendes Tropfen und Plätschern, vielleicht ein auslaufender Tankcontainer, es roch lediglich nach Tunnel und Stahl, ich schnupperte, konnte aber keinen Öl- oder Chemiegeruch ausmachen. Dennoch, da war etwas, es roch irgendwie säuerlich, eher nach Joghurt als nach etwas Gefährlichem. Ein Milchcontainer? Milch wurde oft per Tankcontainer nach Italien gefahren.

Der Stolleneingang oben in Sedrun stand unter Wasser, das Tunnelportal in Erstfeld war durch einen entgleisten Güterzug blockiert, es bestand keine Verbindung zu niemand, ich verstand das alles nicht.

Ich wandte mich an Ruedi, der den Tunnel ja von der Instandhaltung her gut kannte: »Hier kommen wir nicht durch. Sagten Sie nicht, dass es in der Nähe einen Ausgang gibt? Wo ist das genau?«

Ruedi meinte, dass es in Amsteg eine Tür zu einem Seitenstollen gab, auf halbem Weg zurück zur Nothaltestelle Sedrun. Der werde zur Stromversorgung genutzt, es gebe auch ein Fenster, an das manchmal Touristen bei Stollenführungen geführt werden, um die vorbeifahrenden Züge zu sehen. Der Stollen in Amsteg sei ein früherer »Zwischenangriff« gewesen, also eine Baustelle, mit der man quasi von der Mitte heraus den Tunnel in beide Richtungen gebohrt hatte.

Ich unterbrach ihn und wandte mich wieder an den Lokführer des Unfallzuges, Bertschi, Andreas, wie er sich vorgestellt hatte: »Auf was wartest du hier? Komm mit zu uns, zu unserem Zug. Wir haben Fahrräder, du musst zu Fuß laufen. Geh mit deiner Taschenlampe in der anderen Röhre, wo deine Lok steht, und dann einfach Richtung Sedrun, drei Stunden Fußmarsch, und du bist nicht mehr allein. Wir müssen schnell los, einen Ausgang erkunden, und danach zurück zu unseren Passagieren. Wir können nicht auf dich warten. Du musst dich allein auf den Weg machen.«

Andreas Bertschi zögerte. Soll er machen, was er will, dachte ich.

Wir gingen zusammen zur anderen Röhre, zu der Lok mit den übrig gebliebenen Wagen, dann verabschiedeten wir uns, rieten ihm dringend, sich schnell auf den Weg zu machen, und fuhren mit dem Rad zurück.

Nun ging es wieder bergauf, das war schnell zu spüren. Wir waren deutlich langsamer und traten in die Pedale. Ich spürte ein unangenehmes Stechen in der Brust und im Magen ein plötzlich auftretendes massives Hungergefühl. Es wurde von Kilometerschild zu Kilometerschild wieder heißer. Auf einmal ein zuckender Lichtschein im Tunnel vor uns. Ich trat schneller in die Pedale, es waren drei, nein, vier Lampen, die da ihre Lichtfinger im Tunnel ausstreckten, die Lampen richteten sich nun in unsere Richtung und blendeten uns. »Nicht blenden!«, rief ich noch, da passierte es bereits, mein Vorderrad geriet zu nah an die Kante. Ich stürzte hinunter ins Gleis, knallte auf die Stegkante und schürfte mir das Schienbein auf. »Scheiße!«, rief ich und biss die Zähne zusammen, um nicht wie ein kleiner Junge laut aufzuheulen. Mein Schienbein schmerzte höllisch. Nicht jetzt auch noch verletzt im Tunnel liegen! Ich tastete meine Hände ab, leckte mit der Zunge über die brennende Abschürfung am Handballen. Es schmeckte metallisch. Ruedi fragte besorgt: »Was passiert?« Ich stand auf, mein rechtes Bein schmerzte, aber ich konnte stehen, machte einen Schritt, ja, Gehen ging auch. »Nein, alles klar, geht schon.«

Ich schaute auf die Taschenlampen und bewegte mich in deren Richtung. »Wer seid ihr? Kommt ihr uns zu Hilfe?«

Jetzt waren die vier Taschenlampen auf die Tunneldecke gerichtet, sodass man im indirekten Licht etwas sehen konnte. Die vier Personen standen an der Stelle, wo der Tunnel sich erweiterte, es war die vorsorglich gebaute Abzweigung zu einer Verlängerung des Tunnels, wie Ruedi vorher erklärt hatte. Ich sah sofort: Die Leute waren nicht in Orange gekleidet, wie es bei Hilfskräften der Fall gewesen wäre, sondern sie waren in grünen Tarnanzügen unterwegs, es waren offenbar vier Soldaten, mit Rucksäcken, Armeestiefeln, am Gürtel Gasmaskenbehälter, die Helme auf den Rucksack gebunden, einer hatte ein Gewehr umhängen.

Die vier sagten nichts, starrten uns nur an, dabei sahen sie selbst aus wie Außerirdische. Ich herrschte sie an: »Wo kommt ihr her? Von draußen, von Amsteg?«

Wieder nichts, endlich sagte einer: »Wieso sind Sie hier unterwegs im Tunnel, sind Sie Eisenbahner?«

»Was denn sonst, wir stehen mit einem Zug in der Multifunktionsstelle Sedrun und warten schon ewig auf Hilfe. Wir haben keinerlei Verbindung über Telefon oder Funk, an die dreihundert Passagiere haben kein Wasser mehr, keine Nahrungsmittel. Das Tunnelportal ist durch einen entgleisten Güterzug blockiert … Was machen Sie eigentlich im Tunnel, wie und warum sind Sie hereingekommen, wenn Sie nicht auf der Suche nach uns sind?«

Wieder betretendes Schweigen der vier. Dann antwortete der offenbar Ranghöchste: »Wir sind hier auf einer Militärübung. Es gibt einen Zugang zum Tunnel, aus einer Militäreinrichtung. Wir haben keinen Kontakt nach draußen.«

»Ach so, aus einem Bunker, ja, so was soll es am Gotthard ja geben. Wusste gar nicht, dass es da eine Verbindung in den Tunnel gibt. Aber wenn Sie hier hereingekommen sind, kommen wir doch auch heraus, durch Ihr Mauseloch oder Ihre ›Militäreinrichtung‹.«

»Das geht leider nicht. Die Militäreinrichtung unterliegt der Geheimhaltung. Sie dürfen das gar nicht wissen. Wir suchen im Übrigen einen Weg nach draußen, genau wie Sie. Wir müssen erkunden, was draußen passiert ist. Das ist unser Auftrag.«

»Na, sehen Sie, da haben wir ja ein gemeinsames Interesse. Der Kollege hier glaubt zu wissen, dass es in der Nähe einen Ausgang gibt. Ruedi, erklär es mal.«

Der Anführer hörte sich alles an und meinte zu Ruedi: »Das stimmt mit unseren Informationen überein. Aber wenn Sie den Ausgang kennen, gehen Sie voran und zeigen Sie den Weg nach draußen.«

Ruedi wollte das Fahrrad schieben, aber der Anführer der Soldaten meinte: »Fahren Sie ruhig, damit es schneller geht, aber nicht allzu schnell, wir laufen ihnen hinterher.«

Die vier Soldaten schafften es tatsächlich, im Laufschritt mit der Ausrüstung hinter uns herzutraben, am gleichmäßig lauten Scheppern hörte ich, dass sie in konstantem Abstand blieben. Das sind offenbar harte Typen, dachte ich mir.

Wir radelten aber auch nicht allzu schnell, wir waren langsam ziemlich fertig, es ging leicht aufwärts, an meinem Fahrrad funktionierte nach dem Sturz nur noch ein Gang, ich konnte nicht mehr hochschalten, und mein Bein tat weh. Die Taschenlampen der Soldaten hinter uns zuckten auf und ab.

Eine ganze Zeit später wurde Ruedi langsamer, dann hielt er an einer der grün gekennzeichneten Türen zu einem der Querschläge. »Hier müsste es sein.« Hebel auf »Notöffnung«, die Tür aufstemmen, inzwischen hatten wir schon fast Routine darin. Die Räder konnten wir in der Oströhre lassen, die Soldaten mit den Taschenlampen folgten uns. Nach dem Öffnen der Tür in die Weströhre schaute Ruedi nach vorn, ließ sich die Taschenlampe geben, leuchtete auf die Kilometertafel. »Müssten zweihundert Meter sein«, dann ging er weiter, schließlich kam tatsächlich eine Tür, auch hier wollte ich den Hebel fürs Notöffnen bedienen, als der Anführer der Soldaten dazwischenging: »Halt! Wenn es da nach draußen geht, nicht einfach so öffnen. Treten Sie zurück.« Ich gehorchte.

Der Soldat nahm seinen Rucksack ab, wühlte darin herum und hielt schließlich ein Stück Papier in der Hand. »Bitte malen Sie hier auf, wo wir uns eigentlich befinden«, bat er Ruedi.

Ich hatte mich auf die Kante des Seitenwegs gesetzt und ließ das verletzte Bein nach unten baumeln, um den Schmerz zu lindern.

Ruedi setzte sich neben mich und fertigte im Licht einer der Handlampen eine grobe Skizze an, aus dem Gedächtnis, ich sagte ihm die ungefähren Kilometerangaben. Dann stand er auf und erklärte den Soldaten den Plan.

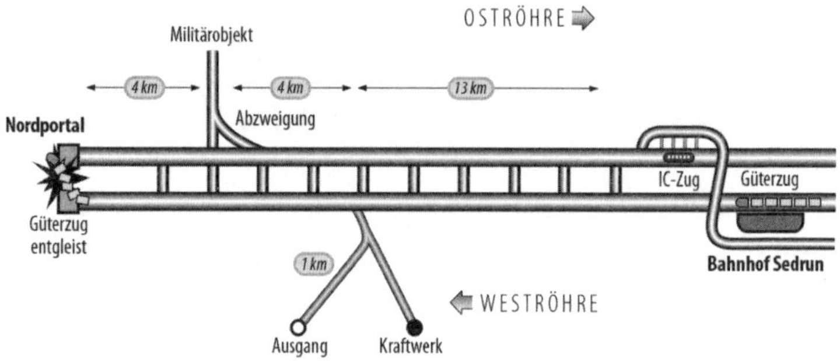

Der Chef der Soldaten wandte sich ab und beriet sich anhand der Skizze mit einem der Soldaten, erst jetzt sah ich, dass es eine Frau war. Einer der Soldaten schnallte den Gasmaskenbehälter und den Helm ab. Einer der anderen Soldaten tat es ihm gleich. Die beiden packten aus dem Rucksack einen Gummi-Umhang aus, schlüpften von unten hinein, banden ihn an Füßen und Armen zu, zogen Handschuhe an, schließlich setzten sie die Gasmaske und den Helm auf, die Lampe auf dem Helm war jetzt angeschaltet. Die Soldatin hatte inzwischen einen schwarzen Kasten aus dem Rucksack geholt. Mit einer Handbewegung scheuchten uns die beiden Gasmasken-Männer einige Meter zurück, öffneten die Tür und gingen mit dem schwarzen Koffer hindurch, ließen die Tür angelehnt.

»Was soll das?«, fragte ich die Soldatin.

»Wir sind nicht sicher, was uns draußen erwartet« meinte sie. »Die beiden kommen gleich wieder, und dann wissen wir, ob wir weiter nach draußen gehen können.«

Es dauerte aber eine ganze Zeit, bis die Tür sich wieder bewegte und die beiden Gasmasken-Männer zurückkamen und die Tür hinter sich schlossen. Die Soldatin ging zu den beiden Männern, wir blieben an der Stelle stehen, zu der sie uns gescheucht hatten. Die drei beugten sich über den schwarzen Kasten, der Anführer sah ihnen über die Schulter, die Soldatin hantierte daran.

»Entwarnung«, meinte sie schließlich.

Wir blieben immer noch stehen.

»Der folgende Bereich ist sicher, wir können erst einmal weiter in den Stollen.«

»Sicher? Wovor haben Sie Angst?«, fragte ich.

»Reine Vorsichtsmaßnahme, wir mussten erst einmal feststellen, ob unmittelbare Gefahr im Stollen besteht, jetzt rücken wir in die Nähe des Stollenausgangs vor und werden dort wieder messen.«

Mir platzte der Kragen, und ich wandte mich an den Chef: »Hören Sie, wir haben dreihundert Passagiere ohne Wasser, ohne Nahrung, ohne Licht im Zug. Wir haben keine Zeit für Ihre Militärspielchen, wir müssen schnell feststellen, ob hier der Ausgang passierbar ist, und dann heraus mit den Passagieren, bevor die uns alle umkippen.«

Der meinte zu mir: »Das ist keine Übung. Wir haben Anlass, einen Angriff auf die Militäranlagen zu vermuten, und müssen feststellen, ob es ein Angriff mit ABC-Waffen war oder eine andere Auswirkung von irgendetwas natürlicher oder kriegerischer Art.«

Das geschwollene Zeug verstand ich nicht, ich verstand nur, dass die vier einer ziemlich geheimen Militäreinheit anzugehören schienen und dass es irgendwie Grund zu Besorgnis gab. Die Soldatin unterbrach: »Gehen wir weiter, aber ich muss Sie bitten, hinter den beiden zu bleiben.« Wieder musste ich mir von einer Frau sagen lassen, wo es langging.

Also ging unser Trupp weiter, die beiden Gasmasken voran, die Soldatin, der Anführer der Einheit und wir in respektvollem Abstand. Der Stollen war zwar hoch und breit, aber neben einer Art

Trafogebäude, das fast den ganzen Raum einnahm, war nur ein enger Durchgang. Die Gasmasken-Männer waren schon an einer Art Stollenkreuzung angekommen, an der in drei andere Richtungen zwei große und ein kleiner Stollen weiterführten.

»Da geht es hinaus nach Amsteg!« Ruedi deutete auf die Abzweigung nach rechts, auf einen der großen Stollen. Die Gasmasken-Männer hoben die Arme und bedeuteten uns anzuhalten, fünfzig Meter hinter ihnen. Nachdem sie an ihrem schwarzen Kasten hantiert hatten, machten sie eine Armbewegung, die wohl »Weitergehen« signalisierte.

Dann setzten die beiden ihren Weg in dem leicht abwärtsführenden Stollen fort. Ruedi meinte, dass man nach einem Kilometer draußen sei. Nach einigen Hundert Metern knirschte es unter den Schuhsohlen. Die zwei Gasmasken fuchtelten herum, das sollte wohl »Stopp« heißen. Sie gingen langsam und vorsichtig weiter, jetzt blinkte eine rote Lampe zweimal kurz auf. Die Soldatin meinte: »Warten wir hier.«

Die Gasmasken waren kaum mehr zu sehen. »Hören Sie, wenn es hier hinausgeht, dann sollten wir jetzt schnellstens zum Zug zurück und die Evakuierung durch diesen Ausgang organisieren.«

»Sie sehen doch, dass schon Staub von draußen eingedrungen ist. Ich sagte bereits, wir haben Grund zur Vermutung, dass ein Angriff auf die Militäreinrichtung, auf den Tunnel oder vielleicht auf die ganze Schweiz erfolgt ist.«

Mir brannten die Augen, ich lehnte mich in der Hocke kauernd an die Stollenwand. Mit den Händen berührte ich den Staub, ein sehr feiner Sand, aber irgendwie auch glitzernd, wie ich sehen konnte, als die Soldatin mit ihrer Taschenlampe daraufleuchtete. »Besser nicht mit den Fingern berühren«, meinte sie. Waren die jetzt völlig übergeschnappt, oder gab es tatsächlich einen militärischen Angriff auf die Schweizer Alpen?

Nach einer Ewigkeit, die mindestens zwanzig Minuten gedauert hatte, kamen die beiden Gasmasken-Männer wieder und bedeuteten uns zurückzugehen. Ich wollte protestieren, doch die Soldatin und der Anführer scheuchten uns wieder bis in den Tunnel. Die Tür wurde per »Notschließen« wieder geschlossen, dann zogen die beiden Gasmasken-Männer ihre Gruselverkleidung aus und setzten sich erschöpft auf den Rand des Steges am Gleis, sie waren völlig durchgeschwitzt, die Haare klebten ihnen am Kopf. Die Soldatin begann, an den Messgeräten, die die Gasmasken-Männer hatten, herumzuhantieren und sie an ein anderes Gerät anzuschließen.

»Also«, begann die Soldatin nach einer Pause, und wir hörten zu wie der Krebspatient bei der Diagnose des Arztes, »nicht so schlimm wie befürchtet, keine Radioaktivität, keine bekannten chemischen Kampfmittel. Aber massive großflächige Explosionswirkung, Folgen einer Druckwelle, wie sie eigentlich nur von Kernwaffen ausgelöst werden kann. Sehr eigenartig.«

»Ja, ist nun der Ausgang dort möglich oder nicht?«

Der Chef der Soldatentruppe schaltete sich ein, er schüttelte den Kopf: »Da können Sie nicht hinaus, da kann niemand hinaus, jedenfalls nicht, bevor wir sichergegangen sind, welche Art von Angriff erfolgt ist, und ausschließen können, dass ein weiterer Angriff erfolgt. Die Luft ist voll von feinem Staub, auch das ist nicht ungefährlich.«

»Und uns lassen Sie einfach hier vertrocknen wie die Tunnelratten?«

Der Anführer machte eine beschwichtigende Geste mit der Hand und wand sich: »Lassen Sie uns zu unserer Einheit zurückkehren, wir müssen da Befehle einholen.«

Ich wurde laut: »Hören Sie mal gut zu. Nicht mehr lange können die dreihundert Menschen überhaupt noch so weit laufen, dass sie hinauskommen. Jetzt führen Sie mich auf der Stelle zu Ihrem Vorgesetzten, dann werde ich ihm das persönlich erklären.«

Einer der Soldaten mit den Gasmasken knipste das Licht an seinem Helm aus, band den Helm wieder an seinen Rucksack, verstaute die Schutzkleidung wieder darin, ohne etwas zu sagen.

Der Anführer schien sich entschieden zu haben: »Wir können niemanden mitnehmen zurück in unsere militärische Einrichtung.

Aber ich verspreche Ihnen: Ich werde mich bei unserem Kommandeur dafür einsetzen, dass wir uns um Sie kümmern und notfalls bei der Evakuierung mithelfen. Mehr kann und darf ich nicht tun.«

»Gut, ich zähle auf Sie und Ihren Kommandeur. Von hier aus sind es ziemlich genau zehn Kilometer bis zur Multifunktionsstelle Sedrun, Sie kommen und helfen uns, wir verlassen uns auf Ihre Truppe! Sie kommen auf jeden Fall; sagen wir, Sie machen sich in zwei oder drei Stunden auf den Weg, dann sind Sie in vier oder fünf Stunden da. So lange halten wir es noch aus, aber nicht mehr viel länger. Und wir brauchen eine Lösung, wo und wie wir die Leute rausbringen und wie wir sie versorgen.«

Ich nötigte ihm einen Händedruck auf, was ihm etwas unangenehm war, es war ihm wohl zu verbindlich, das Versprechen mit einem Händedruck zu besiegeln.

Wir stiegen auf die Fahrräder und wollten uns auf den Weg zurück machen. Die junge Soldatin kam zu mir, reichte mir eine würfelförmige Schachtel, Ruedi zwei rote Schokoriegel mit Schweizerkreuz darauf. »Notration. Damit Sie durchhalten.« Ich bedankte mich, wir steckten die Verpflegung ein.

Es war tatsächlich anstrengend, heiß, die Beinmuskeln schmerzten. Plötzlich stand da eine Person auf dem Gleis: Andreas, der Güterzug-Lokführer, zu Fuß unterwegs nach Sedrun, eine Lampe in der Hand. Wir hielten kurz an, nur die Rücklichter brannten noch. Wir berieten kurz, wie weit es war. Ruedi holte seine beiden Schokoriegel heraus und reichte einen weiter an den Güterzug-Lokführer. Ich fingerte den Würfel aus der Tasche und öffnete die Schachtel und die Plastikverpackung, es war undefinierbare Masse, die schlecht zu teilen war. Schließlich hatte ich einen Brocken abgetrennt und reichte ihn ebenfalls an Andreas, der die Szene mit seiner Taschenlampe beleuchtete. Die Masse war schwarz, ich probierte, es schmeckte nach Kakao und Zucker, und verschlang den Rest.

Andreas bedankte sich und meinte: »Fahrt weiter. Hoffentlich kommen die bald von der anderen Seite, um uns herauszuholen.«

Mit dem Klumpen im Magen hatte ich den Hunger erst richtig geweckt, aber das Treten in die Pedale ging jetzt plötzlich leichter, und mein Schienbein spürte ich nicht mehr ganz so schmerzhaft. Wer weiß, was in dieser militärischen Notration noch alles drin war, um letzte Kräfte zu mobilisieren.

Schon von Weitem sahen wir Licht am Ende des Tunnels, den erleuchteten Notbahnsteig von Sedrun mit dem dunklen Zug. Die Passagiere waren alle wieder wach, es war ja eigentlich Tag draußen. Wir drängten uns den Bahnsteig entlang nach vorn, wo wir Duber und Frau Abramovicz vermuteten. Der Führerstand des Zuges lag jetzt im hellen Licht der Tunnelbeleuchtung. Die Aufschrift »Friedrich Dürrenmatt« an der Zugflanke war wieder gut zu lesen.

Duber war tatsächlich da und schaute deprimiert. »Na, habt ihr einen Ausgang gefunden?« Er hustete fürchterlich, schob uns in den Führerstand, wo Frau Abramovicz saß, holte den zweiten Servicemann dazu und berichtete mir und Ruedi: »Wir waren mit zwei anderen Fahrrädern in der Multifunktionsstelle Faido. Dort haben wird das Gittertor nach draußen nicht aufbekommen, nichts zu machen ohne schweres Werkzeug. Von draußen kommt unheimlich feiner Staub herein, es ist draußen dunkel, obwohl heller Tag sein müsste. Ich glaube, der Staub ist unangenehm, vielleicht sogar gesundheitsschädlich, jedenfalls habe ich seitdem diesen Husten. Und bei euch?«

Ich berichtete kurz von dem Tunnelportal, das durch den entgleisten Güterzug blockiert war, das Zusammentreffen mit den Soldaten, die mit Gasmasken den Ausgang in Amsteg inspiziert und uns nicht hinausgelassen hatten, und deren Vermutung eines militärischen Angriffs. Die einzige Hoffnung: Es gab mit der Militäreinheit andere Menschen, die offenbar hier im Berg waren, bestens ausgerüstet, und denen hatte ich das Versprechen abgenötigt, uns zu helfen.

In dem Moment, als ich das erzählte, sah ich die skeptischen Blicke. Ob die Soldaten wirklich kommen würden, um uns zu retten? Was war draußen los? Ein Angriff auf die Schweiz, auf die Alpen? Es war wie in einem Horrorfilm, und gleich müsste eine Schauspielerin schreien: »Oh mein Gott!« Ich verließ den Führerstand wieder. Ich rechnete nach: Es würde noch Stunden dauern, bis die Soldaten zu uns kommen würden, falls sie wirklich Wort hielten. Deprimiert saß ich auf dem Klappsitz des Fahrradabteils, lehnte mich an die Wand, die Widmungstafel »Friedrich Dürrenmatt« wieder vor mir, und ich muss eingenickt sein.

In dem Zustand zwischen Traum und Erwachen, den man gern hinauszögert, sah ich es vor mir, das Klassenzimmer meiner Schule in Lörrach. Frau Rust, die Deutschlehrerin, schüttelte den Kopf über mein Referat, das ich ziemlich stotternd gehalten hatte.

Über eine Geschichte von Friedrich Dürrenmatt sollte ich sprechen. Sie hieß »Der Tunnel«, ich sah den schmalen Band vor mir. Ich hatte die Geschichte kurz nacherzählt und danach ehrlich zugegeben, der spannende Anfang mit dem Beginn der planmäßigen Zugfahrt und die nicht enden wollende Tunnelpassage passten so gar nicht zu dem absurden Schluss, mit dem ich nichts anfangen konnte.

Frau Rust hatte mir dann genau erklärt, was sie von mir erwartet hätte: Der absurde Schluss steht als Metapher für das menschliche Leben, das scheinbar in geordneten Bahnen verläuft, bis es unentrinnbar auf ein katastrophales Ende hinausläuft, oder irgend so ein abgehobenes Zeug. War mir damals nicht eingefallen, obwohl ich die Geschichte eigentlich gut fand, ich erinnerte mich noch genau an die Handlung, denn ich hatte sie bestimmt drei oder vier Mal gelesen:

Ein Student fährt wie jeden Sonntagabend mit dem Schnellzug zur Universitätsstadt, der Zug fährt wie immer in einen nicht allzu langen Tunnel auf der Strecke, aber an diesem Tag will die Fahrt durch den Tunnel nicht mehr enden, obwohl der Zug sogar schneller wird. Beunruhigt fragt der Student den Schaffner, wann der Tunnel denn endlich zu Ende sei, der Schaffner kann aber nichts Auffälliges bemerken. Er geht durch den überfüllten Zug nach vorn, wo er den Zugführer im Gepäckwagen trifft, und schließlich mit dem Zugführer nach vorn zum Führerstand, der war aber leer, der Lokführer offenbar abgesprungen. Der Zug raste in dem nicht enden wollenden Tunnel immer schneller werdend auf eine Katastrophe zu – und das war das Ende der Geschichte, zu dem mir die von Frau Rust gewünschte Interpretation damals nicht eingefallen war.

Jetzt war ich wieder hellwach, erinnerte mich, sah den ganzen Film mit dem missglückten Referat und der Tunnel-Kurzgeschichte, die ich seither verdrängt hatte, vor mir, und mir wurde bewusst: Ausgerechnet den Zug mit dem Namen »Friedrich Dürrenmatt« hatte ich selbst in den längsten Tunnel der Welt gefahren und war damit in diese ungewisse Lage geraten.

Ich war empört: Was hatte sich die SBB dabei gedacht, einem Zug den Namen »Friedrich Dürrenmatt« zu geben und ihn ausgerechnet für die Fahrt in den längsten Tunnel der Welt einzusetzen? Wut stieg in mir hoch, als hätte der Name des Zuges unser Problem verursacht. Wollte man damit zeigen, dass man die Sicherheit im Tunnel derart im Griff hatte, dass man mit der Tunnel-Kurzgeschichte spielen konnte? Oder gab es unter den heutigen SBB-Managern sowieso niemand mehr, der neben Excel und PowerPoint und dem anderen Managementkram auch schon mal Literatur gelesen hatte?

Ich schüttelte die Dürrenmatt-Gedanken ab, die sicher auch eine Folge meiner Unausgeschlafenheit waren. Ich warf einen Blick auf die Uhr; versuchte nachzurechnen, es kamen nicht mehr als gut zwei Stunden Schlaf heraus. Draußen auf dem Bahnsteig schlief Frau Abramovicz, halb zur Seite gesackt, an die Tunnelwand gelehnt. Von Duber und den orangefarbenen Tunnel-Serviceleuten war nichts zu sehen. Die Passagiere, sofern sie wach waren, saßen und lagen apathisch da, am Bahnsteig und im Zug. Leere Mineralwasserflaschen lagen herum.

Ob die Soldaten Hilfe holen konnten? Ob sie kommen würden? Was konnten wir tun außer warten? Mir fiel nichts ein.

7 Zarah – Wohin mit einem Toten?

Für mich war es das erste Mal, dass ich den Tod eines Menschen direkt mitbekam. Ich war gerade vor »unserem« Wagen 6, in dem ich mit Jasmin die Liste der Passagiere ausgefüllt hatte, als Ela aufgeregt vom anderen Zugende angelaufen kam. »Da geht es einem Mann nicht gut! Ich glaube, er hat ein Problem mit dem Herz oder Kreislauf!«

Ich ging mit ihr zurück und stieg in den Wagen 2. Ziemlich in der Mitte des Wagens war ein älterer Herr auf seinem Platz in sich zusammengesunken und röchelte mehr, als dass er atmete, seine Augen waren verdreht. Ich machte sofort kehrt, rief noch Ela zu »Bleib bei ihm« und drängelte mich durch die auf dem Bahnsteig sitzenden und liegenden Menschen in Richtung des Zugendes, wo Frau Abramovicz und die Lokführer vorher überlegt hatten, wie es weitergeht. Frau Abramovicz schlief vor dem ersten Wagen, so wandte ich mich an den Schaffner, der gerade da war, und schilderte ihm den Zustand des älteren Herrn.

Er ging zurück in den Führerstand, kam gleich danach wieder und meinte nur: »In Wagen 6 ist einer, der ist Sanitäter.« Dann lief er los, ich hinterher. Hätte ich ja wissen müssen mit dem Sanitäter, wir hatten den ja selbst erfasst. Ich war total durcheinander.

Der Schaffner stolperte so schnell es ging über die vor den Wagen herumsitzenden Menschen hinweg zum Wagen 6, ich hinterher, dort rief er: »Herr Röller, Herr Röller, wer ist Herr Röller?« Endlich meldete sich dieser Röller, ich erkannte ihn gleich wieder, der Schaffner schilderte ihm das Problem, und ich führte die beiden zurück zu dem Wagen von Ela.

Inzwischen war der ältere Herr auf dem Sitz von Ela und anderen Passagieren halb hingelegt worden, seine Beine hingen schräg herunter. Er röchelte nicht mehr.

Herr Röller ließ uns dabei mithelfen, ihn im Mittelgang auf den Boden zu legen, riss ihm das Hemd auf und begann mit beiden Fäusten rhythmisch auf den Brustkorb zu drücken.

Ich konnte nicht länger zusehen, fühlte eine Übelkeit aufsteigen und lief zurück zum Wagenende, so als hätte ich da was zu tun. Dort hielt es mich aber auch nicht lange, ich ging wieder zurück. Herr Röller hatte aufgehört, schaute betroffen und meinte: »Nichts mehr zu machen.« Der ältere Herr sah schlimm aus, aufgerissene Augen, halb offener Mund.

Ich rief noch: »Ich wecke Frau Abramovicz«, drehte mich schnell um und lief davon, eigentlich suchte ich nur einen Vorwand, um wieder wegzulaufen.

Als Frau Abramovicz in den Wagen kam, hatten der Sanitäter und einige Fahrgäste den toten Mann schon hochgehoben, die Füße hingen herab, der Kopf auch, und waren dabei, ihn zur Tür des Wagens zu schleppen. Seine Augen waren geschlossen.

»Was jetzt?«, fragte Herr Röller.

Der Schaffner wusste Rat und meinte: »Hier lang, zum Wagen 3.«

Im Wagen nebenan war ein kleines Gepäckabteil, Röller und der Schaffner schleppten die Leiche des Mannes hin und legten ihn dort in die Ecke. Frau Abramovicz meinte zu mir: »Geh zu seinem Platz und hol seinen Mantel oder irgendetwas von ihm, womit wir ihn wenigstens zudecken können.«

Ich lief wieder nach hinten, an seinem Platz war ein Mantel, ich fragte die anderen Fahrgäste, die aufgeregt herumstanden, ob es der Mantel des älteren Herrn sei. »Ja, ja, wir haben ja nicht geahnt, dass es ihm so schlecht ging. Ich habe ihn doch gefragt, ob er Hilfe braucht, da wollte er keine, dann saß er lange still da, bis er plötzlich nach Luft schnappte.«

»Sie haben nichts falsch gemacht«, sagte ich schnell, nahm den Mantel und lief zurück. Der Schaffner wartete an der Tür, Frau Abramovicz war im Gepäckabteil. Ich gab ihr den Mantel; sie breitete ihn über dem Toten aus und deckte sein Gesicht zu. Bevor der Mantel darüberfiel, hatte ich gesehen, dass seine Hose im Schritt nass war.

Dann bekreuzigte sich Frau Abramovicz; ich hatte das noch nie bei Christen direkt gesehen, nur im Fernsehen. Frau Abramovicz sah mich an: »Was macht ihr denn bei einem Toten, um für ihn zu beten?« Das wusste ich nicht so genau. Um aber etwas zu tun, hielt ich die Hände vor die Brust, Handflächen nach oben, senkte den Kopf und tat so, als würde ich ein Gebet murmeln, ich kannte aber gar keins. Ich richtete mich wieder auf und ließ die Hände sinken. Frau Abramovicz schob mich aus dem Gepäckabteil, der Schaffner machte die Tür zu. Er holte aus seiner Hosentasche eine Art großen Metallschlüssel und sperrte die Tür damit ab.

Ich habe nicht mitgekommen, was sie später mit der Leiche des älteren Herrn gemacht haben. Ich hoffe nur, dass er nicht im Gepäckabteil liegen bleiben musste. Vielleicht wissen die Soldaten, was man macht, wenn man einen Toten im Bunker hat.

Frau Abramovicz meinte, ich solle mich weiter um die Fahrgäste aus dem Wagen 6 kümmern, wo ich mit Jasmin die Liste ausgefüllt hatte. Im Wagen war nur der merkwürdige Holländer mit seinen beiden großen Koffern, er schien zu schlafen.

Er schreckte hoch, als ich an seinem Platz vorbeiging, und meinte dann: »Ach, du bist es.« Er richtete sich auf. »Ich habe eine Bitte an dich.«

»Worum geht's denn?«

»Ich muss auf Toilette. Kannst du schnell auf meine Koffer aufpassen?«

Ich nickte. Er holte Feuerzeug und Zigarettenschachtel aus seiner Manteltasche und meinte: »Wenigstens ein paar Züge, bei dem Toilettenloch wird das keiner merken. Du verrätst mich nicht, oder?«

Nach fünf oder zehn Minuten kam er zurück und schien froh, dass ich noch da saß und wartete. »Danke.«

»Was haben Sie eigentlich Wichtiges in Ihren Koffern? Hier stiehlt doch niemand einen Koffer.«

Er ignorierte erst die Frage, setzte sich umständlich wieder auf seinen Platz, sah sich um, ob wir allein waren. »Da sind nur Lampen drin.«

»Lampen?«

»Spezielle Lampen, um Pflanzen wachsen zu lassen.«

»Und die sind so wertvoll?«

»Nein, aber solche Lampen braucht man, um spezielle Pflanzen im Haus wachsen zu lassen.« Dann sagte er nichts mehr.

Ich war so schlau wie zuvor. Lampen, um Pflanzen wachsen zu lassen? Holland, Pflanzen, hm, jetzt ging mir ein Licht auf. Ich fragte nach: »Und hinterher kann man daraus etwas machen, zum Rauchen?«

Der Holländer legte den Finger auf den Mund und grinste verschwörerisch. »Dir trau ich, du verrätst mich nicht. Geht keinen was an von den Kontrolleuren.«

»Nein, nein, ich sag niemandem was.«

»Wie heißt du?«

»Zarah.«

»Pieter, aber das weißt du ja.«

Ich stand auf und ging, um weiter hinten im Wagen nach den wenigen anderen, die im Wagen geblieben waren, zu sehen. Das junge Paar mit dem Baby war noch im Wagen. Das Baby schlief im Tragesack auf dem Bauch der Mutter. Der Vater sah mich sorgenvoll an. »Kann meine Frau vielleicht etwas mehr Wasser bekommen? Sie muss ja für zwei trinken. Und irgendetwas, das wir als Windeln verwenden können, brauchen wir auch.«

»Ja, ich kümmere mich darum.«

Ich ging zum ersten Wagen, wo ich Frau Abramovicz vermutete. Wasser war knapp, aber für die stillende Mutter musste irgendwo welches aufzutreiben sein. Windeln könnte jemand anders mit kleinen Kindern dabeihaben, oder wir mussten etwas anderes finden, als Ersatz.

Am Bahnsteig gab es Streit. Eine ältere Dame beschwerte sich über das flegelhafte Benehmen der beiden Kinder aus meinem Wagen, die Mutter war offenbar auch überfordert. Der ungefähr vierjährige Junge rannte den Bahnsteig auf und ab und stolperte dabei ziemlich absichtlich über die Füße der an der Wand lehnenden Menschen, seine etwas ältere Schwester machte es ihm nach. Die Mutter der beiden Kinder konnte sie nicht mehr dazu bringen, weiter im Sitzen zu warten.

»Wollt ihr mitkommen, ein Stück nach vorne?«

Der Junge schaute zu seiner Mutter: »Mama, dürfen wir?«

Die Mutter nickte hilflos.

Ich ging mit den beiden durch den Querstollen in den Seitenstollen und dort weiter nach vorn, dann wieder zurück zum Bahnsteig. Die Kinder waren jetzt interessiert. »Wart ihr schon mal in einem Tunnel?« Ich musste die Frage zweimal wiederholen, sie verstanden mich anfangs nicht, sie sprachen starken Dialekt und verstanden kein richtiges Deutsch. Sie schüttelten den Kopf, schauten sich um. Tarik lief uns über den Weg. Ich bat ihn, dem Jungen weiter den Quergang in den Tunnel zu zeigen, wo wir uns bewegen durften. Das Mädchen blieb bei mir.

Am ersten Wagen angekommen, fand ich schnell Frau Abramovicz. Sie sah meine Begleiter und meinte: »Gut so, kümmert euch um die Kleinen.«

»In Wagen 2 ist eine Mutter mit Baby, die stillt, sie braucht mehr Wasser.«

»Wir haben keins mehr. Wir müssen uns was einfallen lassen. Vielleicht im Barwagen. Wagen 6, sagtest du? Ich schau mal, irgendjemand wird noch Wasser haben.«

»Windeln oder etwas, das man als Windeln benutzen kann, wäre auch wichtig.«

»Da muss der Schaffner aus dem Cafeteria-Wagen dafür sorgen, der hat bestimmt Servietten.«

Schließlich kam einer der Schaffner auf mich zu. »Du brauchst Windeln, stimmt's? Dann komm mit.« Er ging zu dem Wagen mit der Bar, schloss auf und kam mit einem riesigen Packen Servietten und drei Flaschen wieder, auf denen »Rivella« stand.

»Da ist aber kein Alkohol drin, oder? Ist für eine stillende Mutter.«

»Nein, nein, das ist genau das Richtige.«

Mit der Beute, offenbar die allerletzte Reserve aus dem Restaurantwagen, gingen wir, das Mädchen und ich, zurück zu unserem Wagen 6. Zwei der Flaschen und die Servietten brachte ich zu den jungen Eltern, die andere Flasche bekam das Mädchen, das sich wieder zu seiner Mutter setzte und jetzt ruhiger war. Die schien erleichtert.

Ich ging danach in den Seitenstollen. Einer der Eisenbahner kam mit einem Fahrrad vorbei, und einer der Passagiere, ein Herr mittleren Alters, begann sich fürchterlich aufzuregen. »Was soll das denn, wieso müssen wir hier ewig warten? Was fahren Sie denn mit dem Rad herum, kümmern Sie sich doch, dass wir hier herauskommen!«

Der Eisenbahner verteidigte sich: »Aber das tun wir die ganze Zeit!«

»Und warum holt uns dann niemand ab? Was ist bloß aus der Schweizer Bahn geworden!«

»Wir tun, was wir können.«

Der Passagier schimpfte weiter auf die Bahnmanager, die die Schweizer Bahn wohl kaputt gespart hätten. Der Eisenbahner schob sein Fahrrad weiter.

Minuten später gab es die nächste Aufregung. Eine Dame war in sich zusammengesackt und kaum ansprechbar. »Sie ist Diabetikerin, sie bräuchte dringend etwas zu essen, sie ist im Unterzucker«, meinte ihr Begleiter.

Zu essen hätte hier jeder gern etwas, aller Proviant war längst aufgebraucht. Ob sich im Restaurantwagen noch eine letzte Reserve befand? Ich ging zu dem Schaffner und fragte ihn danach, zeigte Richtung Tunnel-Querstollen, wo der Aufruhr um die Diabetikerin war. Er werde sich auch darum kümmern, meinte er. Es klang so, als hätte er tatsächlich eine letzte Reserve.

Hunger hatte ich inzwischen auch. Aber die Frau hatte es sicher nötiger.

8 Steppach – Auf so was kommen nur Berliner

Die Passagiere saßen oder lagen apathisch herum, die meisten auf dem Bahnsteig, manche im Zug, eine leere Mineralwasserflasche kullerte vom Bahnsteig in den Gleisbereich. Meine Zunge klebte am Gaumen, die Augen brannten, ein dumpfer Kopfschmerz breitete sich aus. Die provisorischen Toiletten an den Zugenden waren kaum mehr besucht, die Leute waren ausgetrocknet. Umso heftiger stank es dort.

Paolo, der italienische Güterzug-Lokführer, stürmte auf mich zu und wollte mir aufgeregt etwas mitteilen, nur mühsam machte er sich auf Deutsch verständlich. Ich verstand nur immer wieder »Pellegrino«, ja, eine Flasche Pellegrino, das wäre schon was. Dann dämmerte mir, was er mir sagen wollte: Unter den Lastwagen-Aufliegern, die sein Zug geladen hatte, waren auch welche, die aus Pellegrino angefahren seien, da sei bestimmt Mineralwasser drin. Jetzt fiel mir ein, einen Artikel gelesen zu haben: Pellegrino-Wasser wurde von dem Lebensmittelkonzern, dem Pellegrino gehörte, per Bahn nach Deutschland transportiert, um der Kritik an dem umweltfeindlichen Wassertransport quer durch Europa zu begegnen. Wir gingen zu Ruedi, den wir hinter dem Führerstand am Männer-Ende des Zuges trafen. »Wir brauchen noch mal euer Auto, der Kollege Paolo vermutet, er hat auch Lastwagen mit Mineralwasser geladen. Da sollten wir uns was holen.«

»Das fällt ihm erst jetzt ein?«, meinte Ruedi.

Duber, der immer noch von dem unheimlichen Staub, den er bei der Erkundung des Ausgangs eingeatmet hatte, schrecklich hustete, hatte andere Bedenken: »Wir können nicht einfach einen Güterzug plündern.«

»Das ist eindeutig ein Notfall, die SBB kann das ja später bezahlen, Hauptsache, die Leute verdursten nicht.«

»Aber dann müsst ihr euch wenigstens notieren, was ihr da alles beschädigt und wegnehmt, sonst gibt das Ärger hinterher.«

Frau Abramovicz kam dazu, wir schilderten aufgeregt, wie wir das Durstproblem lösen könnten, wenn es stimmte, was der italienische Lokführerkollege vermutete. Für Dubers Bedenken hatte sie kein Verständnis. »Ohne Wasser sterben noch mehr, für Kinder und alte Leute besteht jetzt schon Lebensgefahr. Holen Sie Wasser, wenn es dort welches gibt, egal woher.«

Ruedi und Paolo liefen durch den Quergang zu der Kaverne, wo das Auto stand, ich rief Ruedi nach: »Nehmt Werkzeug mit, sonst bekommt ihr die Lastwagen vielleicht nicht auf.«

Es musste über eine Stunde vergangen sein, als sie zurückkamen. Das Öffnen der Lastwagenplane und das Heraushieven der Getränkekartons, die turmhoch aufgeladen waren, war keineswegs einfach gewesen, wie Ruedi meinte. Jedenfalls kamen sie durch den Querstollen zurück, jeder mit einem Pellegrino-Karton voller Glasflaschen, und riefen: »Unser ganzes Auto ist voll davon!«

Frau Abramovicz teilte sofort wieder drei ihrer Schüler ein: »Los, vom Auto holen und verteilen«, und zu Ruedi: »Ist genug da, oder?«

»Ja, ein ganzer Lastwagen-Auflieger voll, sogar mehrere davon, glaube ich. Wir fahren gleich noch mal hin.«

Ich griff mir auch eine Flasche, drehte den Schraubverschluss auf, trank und setzte sie erst ab, als sie fast leer war, danach rülpste ich und erschrak darüber, mich in Gegenwart von Frau Abramovicz derart gehen zu lassen. Sie lachte aber einfach nur.

Mit der dritten Flasche Wasser in der Hand hätte es mir eigentlich besser gehen müssen, aber ich wurde erst recht unruhig. Inzwischen sollten doch endlich die Soldaten kommen, um uns hier herauszuholen, oder hatten die uns nur loswerden wollen mit ihrem Versprechen? Ich ging unauffällig Richtung Damen-Ende des Zuges, wartete etwas, um sicherzugehen, dass ich nicht eine der Frauen in peinlicher Situation überraschte, lief dann einige Meter weiter in den Tunnel und schaute und lauschte angestrengt ins Dunkle. Würden sie uns holen kommen? Wie sollten wir die Passagiere befördern? Ich setzte mich auf die Kante des Laufgangs entlang der Tunnelwand und ließ die Beine ins Gleis hängen. Mein Bein schmerzte inzwischen sehr stark von dem Fahrradsturz. Ich betastete es vorsichtig und dachte nach.

Wie kamen wir hier heraus? Was war da draußen los, wo kamen dieser Staub und die Dunkelheit her? Den Gedanken an einen Angriff, an den die Soldaten offenbar glaubten, fand ich absurd. Wer sollte einen Gotthard-Bunker und den Tunnel angreifen? Nordkorea? Der Iran? Putin? Alles Blödsinn.

Ein scheppernder Ton hallte von ferne durch den Tunnel, ich versuchte, in dem schwarzen Dunkel etwas auszumachen, da, es war keine Täuschung: Da waren Lichtblitze zu sehen, vielleicht von Lampen, ganz winzig und noch weit weg. Ich fühlte ein warmes Gefühl vom Nacken heraufsteigen, und ehe ich es überhaupt richtig mitbekam, rannen mir Tränen über die Wangen. Die Soldaten hatten Wort gehalten! Es gab Menschen, die uns helfen kommen würden! Ich schüttelte die aufwallenden Gefühle ab, sprang auf, was einen stechenden Schmerz in meinem Bein zur Folge hatte, und humpelte weiter hinein in den dunklen Tunnel, wo keiner sehen konnte, dass mir jetzt noch mehr Tränen das Gesicht herunterliefen. Dann wartete ich im Dunkeln und sah den im Schrittrhythmus pulsierend aufleuchtenden Lampen zu.

Nach zehn Minuten kam ein Schatten mit Licht am Kopfende heran, ein Soldat, so viel konnte ich erkennen. »Danke, danke, dass Sie kommen. Es ist höchste Zeit.« Der Schatten bewegte sich weiter, dann erkannte ich ihn an der Stimme, es war der Anführer des Trupps, dem ich den Händedruck aufgenötigt hatte.

»Ich kann nichts versprechen. Zuerst will ich mir einen Überblick verschaffen.« Wir gingen schräg hintereinander dem hellen Ende des Tunnels mit dem Notbahnhof und dem Zug entgegen. Als wir ins Helle traten, blieb der Offizier stehen. Hinter ihm schlossen vier weitere Mann auf. Auf seinem Kampfanzug war der Name »R. Breitenbacher« aufgestickt.

Ich erklärte diesem Breitenbacher die Situation: Am vorderen Ende des Zuges, im Führerstand, sei so etwas wie das Krisenzentrum. Wir hätten eine Liste der Passagiere, mehrere waren in kritischem Zustand, aber inzwischen hätten wir wenigstens Wasser organisiert. Alles Weitere könnten wir dort besprechen.

Der Offizier mit dem »Breitenbacher«-Namensschild zögerte. »Offen gestanden, sollten wir nicht zu früh Hoffnungen bei den Fahrgästen wecken. Haben Sie einen Ausgang gefunden, der frei ist?«

Ich schilderte ihm, was Duber an dem Tunnelausgang in Faido widerfahren war, ein verschlossener und vergitterter Ausgang, durch den offenbar auch dieser gefährliche feine Staub eindrang, jedenfalls hustete Duber immer noch.

»Das haben wir befürchtet, offenbar handelt es sich nicht nur um ein Problem auf der Nordseite des Gotthard.«

»Wo sind Sie denn mit Ihren Soldaten? Sie sind ja offenbar in Sicherheit? Wie viel Platz haben Sie da?«

Der Offizier namens Breitenbacher blieb erst stumm, meinte dann: »Ich will mir einen Überblick verschaffen. Sie sagen, am anderen Ende des Zuges ist so eine Art Krisenzentrum der Zugmannschaft? Wie kommt man da hin, ohne an allen Fahrgästen vorbeigehen zu müssen? Das möchte ich nicht, um nicht vorschnell Hoffnungen zu wecken.«

Ich war geradezu schockiert. Warum dieses Zögern? Was gab es jetzt Wichtigeres, als die dreihundert Menschen aus dem Tunnel herauszuholen? Aber wenn dieser Offizier Breitenbacher unbedingt meinte, ungesehen nach vorn zum Zug gehen zu wollen, sollte sich ein Weg finden.

»Wir könnten auf der inneren Tunnelseite weitergehen, also nicht auf der Bahnsteigseite. Dort ist es dunkel, und dort sind meist keine Fahrgäste. Stopp, warten wir kurz.«

Eben hatte sich eine Frau am Damen-Ende des Zuges zu dem Abwasser-Einlass begeben. Ich rief laut: »Bitte lassen Sie uns erst vorbeigehen.« Die Frau, es war eine der Schülerinnen mit den gelben T-Shirts, wie ich jetzt sah, drehte sich erschrocken um und hielt ihre Hose fest. »Moment, wir sind gleich weg.« Die Schülerin sah uns und lief weg.

Wir bewegten uns auf der Hinterseite des Zuges, auf der dem Bahnsteig abgewandten Seite, nach vorn zum ersten Wagen, ich voraus, der Offizier Breitenbacher folgte mir, dahinter die fünf weiteren Soldaten. Es standen dort Geräte im Weg, es war nicht viel Platz hinter dem Zug, es war umständlich und zeitraubend, sich zwischen den Abspannungen der Fahrleitung und dem Zug durchzuzwängen.

Als wir ungefähr die Mitte des Zuges erreicht hatten, stand plötzlich Frau Abramovicz, die Lehrerin, vor uns. »Großartig, dass Sie uns retten kommen!«, begrüßte Sie den Offizier. »Hier muss ich Ihnen etwas zeigen, Herr Offizier! Ihre Kollegen können schnell mal warten.« Sie winkte ihn und mich näher heran und ging voraus in den Zug, durch den Seitengang, und ließ mich mit dem Universalschlüssel das Gepäckabteil öffnen. Im dämmrigen Licht, das durch die kleinen Fenster in das Abteil drang, sah man einen Mantel der Länge nach an der Wand des Laderaums im Gepäckraum abgelegt, der Mantel deckte die Leiche des toten Fahrgastes zu. Die stickige Luft im Gepäckabteil roch nach Tod. »Hier haben wir den ersten Toten hingelegt. Hitze, Wassermangel, kein Essen, Panik. Wenn wir länger im Tunnel bleiben müssen, wird es noch mehr Tote geben. Sie müssen uns helfen.«

Ich verschloss das Gepäckabteil wieder, und wir gingen wieder auf den Seitengang auf der dem Bahnsteig abgewandten Seite des Zuges. An der Zugspitze angekommen, sahen wir im Zug Duber, er saß in sich zusammengesunken auf einem der Klappsitze unter dem Fahrradhalter. Paolo lehnte neben der Tür zum Führerstand, sah abgekämpft aus, und Ruedi, der Tunnel-Wartungstechniker, stand in der Tür nach draußen, einen Fuß unten auf der Stufe, die Hand auf dem Knie abgestützt, Erschöpfung ins Gesicht geschrieben. Der Offizier, Frau Abramovicz und ich kamen dazu. So begann in dem kleinen Fahrradabteil vor dem Führerstand unsere Krisensitzung.

»Im Süden ist kein Weg hinaus aus dem Tunnel, dort ist es offenbar gefährlich, und das Tor lässt sich nicht öffnen. Das Südportal ist zu weit. Nach oben geht nicht, wegen des überschwemmten Zugangsstollens. Der Tunnelausgang im Norden ist durch den entgleisten Güterzug blockiert. Der einzige Weg aus dieser Situation (ich wies in Richtung der anderen Wagen des Zuges) ist der Weg, durch den Sie in den Tunnel gekommen sind. Sie haben es ja hoffentlich komfortabel, oder? Wie viel Platz ist denn da in Ihrer ›militärischen Einrichtung‹?«

Der Offizier Breitenbacher schwieg zunächst, meinte dann schwerfällig: »Ich soll mir zunächst ein Bild der Lage machen. Die Evakuierung ist Sache der SBB.«

Jetzt wurde Frau Abramovicz laut: »Und wo ist die SBB? Wo ist überhaupt irgendjemand für uns? Hören Sie: Das hier geht nicht mehr lange gut. Einer ist schon tot, in einem oder zwei Tagen haben wir reihenweise Tote. Wir müssen nur überlegen, wie wir die dreihundert Leute wegbekommen, dorthin, wo Sie sind.«

Breitenbacher meinte verlegen: »Wenn Ihre Leute schon dermaßen schwach sind, können wir mit denen sowieso keinen Gewaltmarsch von fünfzehn oder zwanzig Kilometern im dunklen Tunnel machen. Sie müssen auf die SBB warten.«

»Sie können uns helfen, und Sie werden uns helfen, da bin ich mir sicher«, stellte Frau Abramovicz klar.

Breitenbacher meinte verlegen: »Ich fürchte, Sie müssen weiterhin hier warten, auf Hilfe der SBB. Viele der Passagiere können den weiten Weg gar nicht schaffen.«

Jetzt schaltete sich Paolo ein, gleich wieder mit einem Wortschwall, dessen Sinn sich nicht auf Anhieb erschloss. Er erklärte noch mal, er habe eine Last-Mile-Lok, die auch ohne Stromversorgung fahren könne, und die Strecke sei ja durch den entgleisten Güterzug sowieso blockiert, da könne er doch mit seiner Lok fahren und die Leute befördern.

Alle schauten ihn erst entgeistert an, dann rief Frau Abramovicz: »Ja! Das ist es! Sie werfen Ihre Lok an, und wir fahren alle zusammen zu dem Übergang, wo es in diese ›militärische Einrichtung‹ geht!«

Ich hatte Bedenken: »Das ist ein Güterzug. Auf der Lok können höchstens zehn oder fünfzehn Leute mitfahren, mehr passen beim besten Willen nicht rein. Und auf den Tragwagen für Container kann man nicht mitfahren, das ist zu gefährlich.«

»Woanders in der Welt fahren die Menschen auch in Güterzügen mit.«

»Da passiert aber auch genug, viel zu gefährlich.«

In das Schweigen hinein meldete sich Duber zu Wort, nicht ohne durch einen Hustenanfall unterbrochen zu werden. »Das Gleis auf unserer Seite ist tatsächlich frei bis zu dem Tunneleingang mit dem entgleisten Güterzug, ihr seid ja mit dem Rad durchgefahren. Warum fahren wir nicht mit unserem Zug zurück? Wir stehen hier auf ebenem Gleis, aber unmittelbar hinter dem Bahnsteig beginnt ein Vier-Promille-Gefälle, da rollt der Zug von selbst. Bis dorthin können wir ihn schieben, wenn wir die Bremsen gelöst kriegen und an jedem Wagen vier oder fünf Leute anpacken, das geht.«

Frau Abramovicz fragte ungläubig: »Einen solchen Zug kann man anschieben?«

Da musste ich was klarstellen: »Ja, in Bewegung bekommen wir den Zug, das kann man in der Ebene schaffen, nur mit Schieben. Ist der Zug erst einmal in Bewegung, kommen wir in das Gefälle, da geht es von selbst weiter. Aber: Der Zug ist elektrisch tot, die Druckluft ist weg. Wir kriegen den Zug nicht mehr gebremst, bei vier Promille Gefälle auf so langer Strecke werden wir ganz schön schnell, die Reibung auf der Schiene ist sehr gering. Das Risiko: Wir rauschen an der Abzweigung vorbei, wo der Übergang zu der ›militärischen Einrichtung‹ ist, und krachen gegen die Güterzuglok, die dort im Tunnel kurz vor dem Tunnelausgang steht.«

Zuerst herrschte wieder Schweigen, doch Paolo war mit seiner Kreativität noch nicht am Ende: Hier gebe es einen Gleiswechsel, also eine Weichenverbindung von dem Gleis mit dem Güterzug zu dem Gleis mit unserem Zug. Er wandte sich an den Wartungstechniker Ruedi: »Kannst du Tor aufmachen, oder?«

Ruedi schaute erschrocken, meinte dann aber: »Ja, das Tor der Weichenverbindung öffnen, das geht auch mit einer Kurbel von Hand.«

Frau Abramovicz unterbrach: »Mal langsam: Wovon redet ihr da eigentlich?«

Jetzt ging ich in den Führerstand, suchte in der Dunkelheit die Mappe »Besondere Betriebsvorschriften GBT« und holte noch einmal die Skizze der »Multifunktionsstelle Sedrun« heraus.

»Wir sind hier in der Nothaltestelle in der Oströhre, die Güterzuglok steht in der Nothaltestelle in der Weströhre. Dazwischen gibt es Gleise jeweils von einer Seite zur anderen. Diese Verbindungsgleise sind im normalen Betrieb jeweils durch ein druckdichtes Tor verschlossen.« Und Ruedi zugewandt fuhr ich fort: »Habe ich das richtig verstanden: Du kannst das Drucktor auch ohne Strom öffnen?«

»Ja, wir haben Kurbeln dazu. Ausprobiert haben wir es noch nicht, aber es geht auch von Hand.«

»Wenn wir das schaffen, die Güterzuglok vorne an unseren Zug zu bringen, und den Zug damit anschieben, dann müssen wir aber die Lok richtig ankuppeln, um auch bremsen zu können.«

»Der ICN hat gar keine Kupplung, oder?«

»Doch, es gibt eine automatische Kupplung hinter der Verkleidung, und eine Übergangskupplung, an der die Lok angehängt werden könnte, haben wir auch dabei.«

»Das Ganze geht aber gar nicht, weil die Weichen ja beide in Geradeausstellung sind, wir können die Weichen nicht stellen, oder?«

Jetzt kam die Stunde von Ruedi. Weichen, das war seine Spezialität. »Doch, das geht. Ich kann den Weichenantrieb ausbauen und die Weiche umstellen, allerdings ist die Weiche dann defekt und der Zugverkehr automatisch unterbrochen.«

Ich musste lachen. »Siehst du hier Zugverkehr, Kollege? Schön wär's ja. Am Tunneleingang ist ein Güterzug entgleist, defekte Weichen sind da vorerst das geringste Problem.«

Frau Abramovicz schaltete sich wieder ein und fasste den Plan zusammen, wiederholte die einzelnen Schritte, die dazu zu tun waren. Dann wandte sie sich an den Offizier Breitenbacher: »Bleibt nur, dass Sie wieder in den Bunker zurückgehen und die Evakuierung des Zuges am Übergang in Ihren Bunker vorbereiten. Damit es schneller geht, nehmen Sie am besten die Fahrräder.«

Breitenbacher schaute betreten. »Ich gebe ja zu …«, setzte er an. »Aber ich kann nichts versprechen. Ich habe zwar den gleichen Rang wie der Befehlshaber, aber er hat das Kommando. Ich muss ihn erst überzeugen …« Er schien hin- und hergerissen. »Also gut, wir haben wahrscheinlich keine Wahl. Ich muss den Kollegen irgendwie herumkriegen. Drei meiner Leute lasse ich hier im Zug, mit einem fahre ich zurück zum Bunkereingang, mit den beiden Fahrrädern, das ist eine gute Idee. Dann hoffen wir, dass ich den Empfang dort vorbereiten kann und der Kommandant gestattet, dass Sie den Bunker betreten dürfen. Alternative: Wenn wir herausfinden, dass es draußen in Amsteg sicher ist und Sie dorthin evakuiert werden können, bringen wir Sie dorthin.«

Jetzt wurde es mir zu bunt. »Ihre Leute haben doch gesagt, da ist es nicht sicher, niemand kann hinaus. Die waren da nur mit Gasmasken unterwegs. Aber Frauen und Kinder wollen Sie da hinschicken?«

»Nein, ich sagte, ich werde versuchen, meinen Hauptmannkollegen, der das Depot befehligt, zu überzeugen, es ist nur die Notfallvariante und nur, wenn es draußen sicher ist!«

»Herr Breitenbacher, Sie müssen uns helfen!«

»Werde ich versuchen, ich verspreche es. Wie lange werden denn Ihre Vorbereitung und Ihre Fahrt dauern? Wann können Sie losfahren?«

Breitenbacher schaute im Licht der Taschenlampe auf seine Uhr. Ich schaute auch auf die Uhr und kam durcheinander, war es jetzt 10 Uhr 23 oder 22 Uhr 23. Ich konnte nicht mehr klar denken. Breitenbacher half mir.

»Es ist 22 Uhr 23, wann fahren Sie los?«

Ruedi meinte: »Das Aufkurbeln des Tores dauert vielleicht zehn Minuten, für jede der beiden Weichen brauchen wir eine halbe Stunde, dann sind wir gegen 23 Uhr 30 so weit fertig, dass die Lok herüberfahren kann. Könnt ihr die Kupplung bis dahin klarmachen?«

Die Frage ging an mich und Duber. Die Hilfskupplung war am anderen Ende des Zuges. Wir mussten sie herschleppen und anbringen, dazu wären zwei oder drei starke Männer zusätzlich gefragt. Aber in einer Stunde müsste das eigentlich zu schaffen sein.

»Mit etwas Reserve sagen wir mal: Wir fahren um Mitternacht los, für die siebzehn Kilometer brauchen wir bei um die 30 Stundenkilometern noch mal eine gute halbe Stunde, dann sind wir um halb eins vor dem Eingang von eurem Bunker.«

»Das geht mir zu schnell. Ihr könnt erst um 3 Uhr kommen.« Breitenbacher fuhr fort: »Ich muss jetzt erst eine halbe Stunde im Tunnel rechnen, auch mit dem Fahrrad geht es nicht schneller, danach eine halbe Stunde durch den Bunker laufen, später den Kommandanten überzeugen. Wir müssen alles vorbereiten, und dazu müssen erst Leute von uns wieder zurück zu dem Eingang in den Tunnel. Wir müssen für Licht sorgen beim Aussteigen, die Leute müssen ja alle über das Gleis gehen, um in den Abzweigstollen zu kommen, wo der Eingang liegt. Wenn es nicht klappt, müssen wir auf Höhe Amsteg den Zug stoppen, da müssen wir erst hinlaufen, also etwas mehr Zeit brauchen wir.«

Frau Abramovicz hielt fest: »Gut, 3 Uhr, besser 3 Uhr als hier bleiben.«

Ich fügte hinzu: »Können Sie ein Lichtzeichen geben? Wir sind nicht sicher, ob wir am hinteren Zugende, das dann vorne ist, so viel Strom haben, dass wir das Licht einschalten können. Wenn wir kein Licht haben, sehen wir die Kilometertafeln nicht und wissen nicht, wo wir sind. Sie müssen uns die Stelle markieren und Lichtzeichen geben, wenn Sie den Zug näher kommen hören und wenn wir halten sollen.«

Ruedi hatte noch Bedenken: »Reicht denn die Bremse der Lok allein, um den Zug im Gefälle nicht beschleunigen zu lassen und später auch anzuhalten?«

Paolo meldete sich mit einem Wortschwall: »Bremse den Zug mit der Lok hinten, fahre höchstens 30, in vier Promille kein Problem. Lok wiegt 84 Tonnen, euer Zug hat vielleicht vierhundert Tonnen, das geht in Ordnung. Ich schaue links hinaus, da müsst ihr Zeichen mit Licht geben, mindestens dreihundert Meter vorher, dann bremse ich überall, wo ihr wollt, auch wenn Zug nicht mitbremst.«

Frau Abramovicz fasste alles zusammen: »Also, Sie«, sie deutete auf Ruedi, »machen das mit dem Tor und den Weichen, danach können Sie«, sie deutete auf Paolo, »mit Ihrer Lok hier herüberkommen. Hier habt ihr«, sie deutete auf Duber und mich, »den Zug vorbereitet, dass die Lok ankuppeln kann. Wir fahren dann um 2 Uhr 30 los, damit Sie«, jetzt war Offizier Breitenbacher dran, »ab 2 Uhr 45 bereit sind, um auf der linken Tunnelseite Lichtzeichen zu geben und um unsere Passagiere dann um 3 Uhr aussteigen zu lassen. Das ist doch ein guter Plan, und wir kommen hier endlich heraus. Meine Schülerinnen und Schüler kümmern sich weiter, mindestens zwei sind in jedem Wagen, aber wir müssen erst alle wieder einsteigen lassen.«

»Um zwei Uhr einsteigen, nicht vorher, sonst halten es die Leute in den Wagen nicht aus, das wird zu warm da drin.«

Frau Abramovicz hatte wieder mal eine Idee. »Können wir in jedem Wagen ein Fenster auf jeder Seite aufmachen, damit es etwas Luft gibt?«

»Nein, Fenster zum Öffnen gibt es nicht.«

»Aber man kann in jedem Wagen zwei der Notausstiegsfenster einschlagen?«

Duber und ich schauten uns an. Einem der schönen eleganten ICN-Triebwagen die Scheiben einzuschlagen, auf die Idee kann auch nur jemand aus Berlin kommen. Aber warum sollte das eigentlich nicht gehen, es musste wohl sein. Eigentlich gab es dafür sogar eine Vorschrift: Bei Ausfall der Klimaanlage und sommerlichen Temperaturen durften bei einem liegen gebliebenen Zug im äußersten Notfall Scheiben zertrümmert werden, das war nach einem Zwischenfall in Deutschland mit defekten Klimaanlagen und Passagieren mit Hitzschlag neu in die Vorschriften aufgenommen worden.

»Sollen wir mitfahren? Was machen wir mit unserem Mann oben?« Ruedi hatte sich zu Wort gemeldet. Schweigen war die Antwort. An die Wartungstechniker und den Liftbediener oben im Schacht hatte keiner gedacht.

»Also, wir sollten den Lift nicht einfach aufgeben. Immerhin gibt es Licht und Strom hier. Wenn wir den Mann herunterholen, bekommen wir dann später den Lift wieder in Gang?«

»Haben wir nie probiert. Ich fürchte, wenn der oben die Kontrollwarte verlässt, kommt er nicht einmal selbst noch nach unten.«

Frau Abramovicz meldete sich: »Also, allein lassen, in einem Stollen, der halb voll Wasser steht, das geht nicht. Fahren Sie nach oben und versuchen sie, mit ihm zusammen herunterzukommen. Und die Station hier brauchen wir dann nicht mehr, oder?«

»Ruedi und ich könnten aber schon abwechselnd hier nach dem Rechten sehen und alles in Betrieb halten. Man weiß ja nicht, was eigentlich los ist.«

»Können Sie ...«, Frau Abramovicz deutete auf Paolo, »... eigentlich auch noch mal zurückfahren in den Tunnelbahnhof hier, wenn es nötig sein sollte?«

Paolo verstand die Frage nicht gleich, war dann aber ganz sicher: »Diesel reicht für Strom für viele Fahrten.«

»Also wäre alles klar, oder? Jeder weiß, was er zu tun hat.« Zu Breitenbacher meinte Frau Abramovicz: »Fahren Sie gleich los mit den Fahrrädern, damit Sie Ihren Kommandanten überzeugt bekommen.«

Breitenbacher nickte, deutete sogar einen Gruß mit der Hand an. Er ging zu seinen vier Männern und erklärte ihnen, offenbar ohne dass wir mithören sollten, was jetzt passieren sollte. Danach kam er noch mal wieder: »Geben Sie mir zwei Fahrräder, ich fahre mit einem meiner Männer los.« Ich führte ihn zu den Fahrrädern, und er machte sich auf den Weg. Die drei anderen Soldaten blieben bei uns, sie blickten unsicher in die Runde, zurückgelassen ohne ihren Vorgesetzten.

»Welchen Auftrag hat euch euer Chef gegeben?«, fragte ich den jungen Kerl, der mit seinem geschulterten Gewehr und dem vor dem Bauch geschnallten Helm dastand. »Wir sollen den Passagieren beim Aussteigen helfen und eine geordnete Evakuierung sicherstellen.«

Ich dankte ihm für die Hilfe. Es beruhigte mich, dass der Offizier es mit dem Versprechen der Rettung offenbar ernst gemeint hatte.

9 Zarah – Reden hilft

»Redet mit den Leuten, wer redet, macht nicht so schnell was Dummes. Das Wichtigste ist, dass keiner durchdreht«, hatte Frau Abramovicz uns instruiert.

Ich setzte mich zu dem älteren Mann mit den gefurchten Gesichtszügen, dem Österreicher, der im Tunnelbau arbeitete. Er war der Ruhigste von allen in Wagen 6, saß einfach bequem da, hatte die Augen die meiste Zeit geschlossen und schien zu dösen. Es machte ihm offenbar nichts aus, zu warten. Er hatte inzwischen nur noch ein graublaues T-Shirt an, seine Oberarme waren muskulös, obwohl er sonst eher schmal gebaut zu sein schien. Seine Haare waren überwiegend schon grau und frisch geschnitten.

Er sah mich an und meinte: »Gut macht ihr das. Wenn ihr Hilfe braucht, sagt es einfach.«

»Sie sind so ruhig? Brauchen Sie gar nichts?«

Der Mann atmete tief ein und meinte dann: »Ach, Mädchen, ich hab den Tunnel mitgebaut. Ziemlich genau da, wo wir gerade stehen, da stand ich an der Anlage, wo die kleinen Schienenwagen mit dem Ausbruchmaterial ankamen und nacheinander zum Aufzug gebracht werden mussten. Es war damals noch heißer, mit Schutzkleidung und Helm, Staub, Dreck und Schlamm, ein Riesenlärm rundum, harte Arbeit, acht oder zehn oder zwölf Stunden. Dagegen ist das jetzt ja fast komfortabel. Drei Wochen lang am Stück ging das so, dann zwei Wochen nach Hause.«

»Mussten Sie hier unten auch schlafen?«

»Nein, nein, wir fuhren mit dem Schachtaufzug nach oben. Genau über uns«, er deutete nach oben, »gab es eine ganze Stadt für die Mineure, mit Schlafcontainern, Kantinen, Geschäften. Oft gingen wir in das Dorf Sedrun auf ein Feierabendbier, da waren aber auch meist nur Tunnelarbeiter im Wirtshaus.«

»Und jetzt bauen Sie an einem anderen Tunnel?«

»Ja, am Monte Ceneri zwischen Bellinzona und Lugano, da fehlt noch ein Stück der neuen Strecke, mit einem Tunnel. Der wird aber nicht so lang wie der hier. Er ist fast fertig, dann ist auch für mich Schluss. Dreißig Jahre Tunnelbau sind genug, einerseits. Andererseits: Immer daheim in Tirol, das kann ich mir auch noch nicht vorstellen.«

Der Mann verstand etwas von Tunneln, deswegen fragte ich: »Ist das gefährlich, dass wir hier mit dem Zug stehen?«

Er lachte. »Gefährlich war es früher, es gab mehrere Tote beim Bau. Man wusste nie so genau, ob man beim Bohren oder Sprengen nicht auf lockeres Gestein oder Wasseradern stößt und Teile des Tunnels einstürzen, bevor sie ausgebaut sind. Bei einem solchen Unfall war ich in der Nähe, es hatte einen Kollegen aus der Steiermark getroffen, wir brauchten Stunden, bis wir ihn ausgegraben hatten, er kam im Sarg nach Hause. Jetzt ist es ganz anders, jetzt kann nichts mehr passieren, der Tunnel ist absolut sicher, eher stürzt alles andere draußen zusammen als der Tunnel. Wir müssen nur warten, bis sie uns hier herausholen.«

Das beruhigte mich.

Der allein reisende Junge (vierzehn Jahre alt, laut k-und-b-Liste, wie ich mich erinnerte) hatte bei den letzten Sätzen gespannt zugehört. Er kam näher und stand neben uns. Er wollte mehr zum Tunnelbau hören, ich stand auf und ließ die beiden allein. Gut, dass auch der Junge jemand zum Reden hatte.

Ich ging erst mal ans Damen-Ende des Zuges. Es war niemand da, ich stieg hinunter und wollte gerade meine Hose ausziehen, als ein Mann, es war einer der Eisenbahner, mir zurief, ich solle warten, er müsse hier vorbei. Er machte sich daran, auf der Hinterseite des Zuges entlangzugehen.

Hinter ihm kamen andere Männer, die ich im Zug noch nicht gesehen hatte, es waren Soldaten. War das Hilfe für uns? Ich stieg schnell wieder hoch zum Bahnsteig und rannte am Zug entlang in Richtung des anderen Zugendes, um Frau Abramovicz zu informieren. Die sah ich schon in der Mitte des Zugs und erzählte ihr in Kurzfassung, was ich gerade gesehen hatte. Danach ging ich wieder zum Damen-Ende.

Später, zurück in »unserem« Wagen 6, traf ich Jasmin wieder. Sie hatte sich um den fast blinden Herrn gekümmert, dessen Hund inzwischen Freundschaft mit ihr geschlossen hatte, vielleicht war er ihr aber einfach nur dankbar, weil er von ihr zu trinken bekommen hatte. Sie streichelte ihn, während sie mit dem Mann sprach.

Verzweifelt waren die jungen Eltern mit ihrem Baby. Das ließ sich kaum mehr beruhigen und schlief nicht oder schreckte sofort wieder auf, wenn es mal einen Augenblick eingenickt war. Eltern und Baby waren gleichermaßen übermüdet und gestresst, das Geschrei des Babys war nervenaufreibend, die Mutter ging draußen hektisch auf und ab, um das Kind zu beruhigen, was es aber umso mehr in Rage brachte. Ich bot an, das Kind ein Weilchen auf und ab zu tragen, damit die Mutter sich einfach mal ausruhen konnte, aber sie wollte das Kind nicht hergeben. Der Vater stand hilflos dabei. Da fiel mir auch nichts mehr ein.

Eine Frau aus dem Nachbarwagen verlor als Erste die Nerven: »Das Geschrei ist ja nicht auszuhalten! Bringen Sie doch mal Ihr Kind zur Ruhe!« Sie zeterte weiter, sie wäre extra in den »Ruhewagen« gestiegen, jetzt komme zu den zig Stunden Verspätung solcher Lärm dazu.

Ich dachte: Die sollte mal in Berlin S-Bahn fahren. Da gab es keinen Ruhewagen, jede zweite Station stieg ein abgerissener Typ mit Blechtrompete ein und trötete den Wagen voll, unterstützt vom Ghettoblaster im Einkaufstrolley.

Entspannt schien dagegen der Soldat aus unserem Wagen 6, der sein Gewehr inzwischen in der Gepäckablage deponiert hatte. Er meinte, die Wartezeit gehe von seiner Dienstzeit ab, daher sei es ihm egal, wie lange das noch dauere. Bloß Hunger hätte er langsam, seine Verpflegung hätte er aufgebraucht.

Hunger, ja, den hatte ich auch. Ob Frau Abramovicz auch dafür eine Lösung einfallen würde? Aber vielleicht kamen uns ja die Männer zu Hilfe, die mich am Klo gestört hatten.

10 Steppach – Gegen jede Vorschrift der SBB

Dieser Offizier Breitenbacher, würde er uns wirklich helfen? Er war immerhin gekommen und schien auch betroffen zu sein, aber seine Befehle deckten offenbar noch nicht die Hilfeleistung für die Passagiere ab. Er war mit einem seiner Soldaten mit unseren Fahrrädern weggefahren, drei der Soldaten standen herum, beobachteten die Situation, blieben beisammen und sprachen nur leise untereinander. Die beiden SBB-Wartungstechniker waren schon unterwegs, sie würden das Verbindungstor zwischen den Tunnelstollen öffnen und die Weichen stellen. Paolo machte sich auf den Weg zu seiner Lok. Den Güterzug festbremsen, die Lok abhängen und vorsichtig bis zur Weiche vorfahren, das würde er allein schaffen, war ja sein Alltagsgeschäft. Alle Passagiere saßen, lagen und standen meist schicksalergeben herum. Die Mädchen und die zwei Jungs aus der Schulklasse liefen gelegentlich von einem zum anderen, kümmerten sich um die Passagiere und sprachen mit ihnen.

Duber, dessen Husten allmählich etwas nachließ, und ich sollten unseren IC-Zug dafür vorbereiten, dass die Lok hinten ankuppeln und den Zug rückwärts aus dem Tunnel schieben konnte. Grübelnd standen wir vor der Zugspitze mit dem Schriftzug »Friedrich Dürrenmatt«. Der Dürrenmatt hatte es sich leicht gemacht, er ließ die Leser einfach im Tunnel zurück. Wir mussten die Geschichte irgendwie zu einem besseren Abschluss bringen, als einfach ins Verderben zu fahren.

Auf die Zugbremsen wollten wir uns nicht mehr verlassen, darüber waren wir uns schnell einig. Einmal gelöst, würden wir sie ohne Strom und Druckluft nicht mehr zuverlässig zum Bremsen bringen können. Und lösen mussten wir sie, sonst kamen wir ja nicht weg. Also musste die Lok nicht nur das Anschieben, sondern auch das Bremsen übernehmen.

»Bevor wir die Bremsen lösen, müssen wir Hemmschuhe vorne und hinten legen, dass uns der Zug nicht unkontrolliert abhaut, bevor die Lok da ist.«

Das Gleis am Bahnsteig sollte laut den Unterlagen zwar in der Ebene liegen, aber selbst dort konnte ein Zug sich durch einen Luftzug in Bewegung setzen, wenn alle Bremsen gelöst waren. Zwar gab es jetzt keinen Luftzug, aber wenn doch ein Rettungszug kommen sollte, würde das sofort die Luft in Bewegung setzen. Auch das Ankuppeln des ungebremsten Zuges wäre riskant. Wenn die Kupplung nicht gleich greifen sollte, bekam der Zug einen Schub und würde unkontrolliert und ungebremst in das Gefälle hineinrollen.

Hemmschuhe waren an Bord eines Intercity-Triebwagens, aber wo? Duber musste auch erst im Handbuch nachsehen, wir holten sie und legten die zwei Hemmschuhe gleich unter das erste Drehgestell, je eines in jeder Richtung, damit war der Zug erst einmal gesichert gegen das Wegrollen.

Dann ging es ans Lösen aller Bremsen. Dazu mussten wir Wagen für Wagen an die Bremsschaltungen, jeweils für die Druckluftbremse und die Feststellbremse. Es zischte jedes Mal, und die Bremsen waren entlüftet und damit abgestellt. Die Passagiere bekamen das natürlich mit und schöpften wieder Hoffnung, dass wir bald aus dem heißen Verlies herauskommen würden. Die Ersten stiegen schon in die Wagen ein, als die Bremsanlage ihren letzten Luftvorrat zischend aushauchte.

Jetzt galt es, am vorderen Führerstand, wo die Lok ankuppeln sollte, die Übergangskupplung bereitzuhalten. Die war am anderen Ende, wir baten die Soldaten, uns beim Schleppen des schweren Teils zu helfen. Duber hatte schon die schnittige Frontverkleidung mit viel Kraftaufwand geöffnet, sodass die automatische Kupplung freilag, und wir legten die Übergangskupplung bereit, wenn die Lok denn käme. Es war erst 1 Uhr, noch anderthalb Stunden bis zur geplanten Abfahrt. Warten war angesagt. Gegen 1 Uhr 30 kamen die beiden Wartungsleute und meldeten, sie hätten das Tor geöffnet und die Weichen gestellt; sie mussten jetzt in der Betriebszentrale als gestört angezeigt sein. Aber unsere ganze Zugfahrt musste ja als gestört angezeigt sein und hatte bisher auch noch niemand zur Rettung veranlasst.

»Hat der italienische Kollege mitbekommen, dass ihr fertig seid und dass er kommen kann?«

»Der wartet an der ersten Weiche. Wenn wir die zweite umgestellt haben, gehe ich zurück und überwache die Fahrt über die Weiche, nicht dass wir entgleisen …«

»Ja, macht mal, wir sind so weit!«

Ruedi ging in den Tunnel, der Lok entgegen. Nach ungefähr zwanzig Minuten, also ziemlich pünktlich zu der geplanten Zeit um 2 Uhr, hörte man zuerst ein metallisches Schrammen und Quietschen aus dem Tunnel, jetzt fuhr die Lok über die Weiche, dann sah man drei Lichter, schließlich tauchte die ganze Lok auf und näherte sich lautlos. Es bewegte sich wieder etwas auf den Schienen! Das war ein Gefühl, als seien wir schon so gut wie gerettet. Paolo ließ sein Signalhorn tönen, es war enorm laut und hallte im Tunnel nach. Jetzt hatte es jeder im Zug gehört: Es ging bald los!

Auf dem letzten Stück wurde die Lok ganz langsam. Von dem Dieselmotor war nichts zu hören, offenbar fuhr Paolo mit der Batterie. Zwei, drei Meter vor dem ICN hielt der Kollege mit leise quietschenden Scheibenbremsen an. Sein Kopf erschien im Seitenfenster: »Na, probiert es!«

Wir wuchteten das schwere Teil der Übergangskupplung auf den Kupplungshaken der Lok, was eine ziemliche Maßarbeit war, vier Mann, die durcheinanderschrien, »weiter links«, »höher«, »weiter rechts«, bis das Teil an Ort und Stelle eingerastet war. Paolo war ausgestiegen und musterte die Kupplung.

Er stieg zurück auf die Lok, wieder ein kurzes Achtung-Signal mit seinem Signalhorn, das in den Ohren schmerzte, dann ein Summen aus dem Bauch der Lok, die sich jetzt ganz langsam dem Zug näherte. Noch ein Meter, dreißig Zentimeter, da – ein lautes metallisches Klacken, es hatte geklappt! Ich atmete tief durch, endlich würden wir wegkommen.

»Wir sollten vor der Abfahrt noch mal kurz checken, ob die Bremsen auch wirklich gelöst sind.«

»Vor allem: Weg mit den Hemmschuhen!«, meinte Duber.

Die hatte ich glatt schon vergessen, das wäre ein toller Fehlstart geworden.

Es war aber erst kurz nach 2 Uhr. Wir sollten nicht vor 2 Uhr 30 losfahren. Außerdem sollten wir die weitere Fahrt absprechen. Dazu mussten wir erst einmal ausprobieren, ob unser Signalhorn am hinteren Führerstand, der jetzt vorn war, überhaupt funktionierte. Die Passagiere waren inzwischen eingestiegen, manche sahen aus den eingeschlagenen Fenstern, andere aus den Türen, wann es denn endlich losginge. Wir liefen am leeren Bahnsteig entlang zu dem anderen Führerstand, der bei der Ausfahrt vorn sein würde. Das Gehen fiel mir schwer, mein Bein schmerzte, und ich hinkte stark, Duber war schneller. Im Führerstand war das Bordnetz tot, der Fahrstand auch, das Signalhorn machte keinen Pieps.

»Es hilft nichts, der zweite Lokführer hinten, Andreas Bertschi, muss aus dem Fenster schauen, und wir müssen vorne ein Lichtsignal zum Anhalten nach hinten geben, wenn wir da sind oder etwas Unvorhergesehenes passiert.«

»Dreimal kurz, mehrmals hintereinander, und ihr haltet an. Vorher einmal lang, das heißt: Langsamer, bald kommt der Halteplatz. Okay?«

Inzwischen war es bereits 2 Uhr 20, Zeit, die Plätze wie verabredet einzunehmen. Duber und ich saßen im Führerstand des Intercity-Zuges, der jetzt vorn sein sollte. Endlich würden wir hier herauskommen und die Verantwortung für die dreihundert Passagiere hoffentlich bald los sein. Der ältere Mann sollte der einzige Tote bleiben, ging es mir durch den Kopf.

2 Uhr 30, Duber streckte den Kopf aus dem Seitenfenster und gab wie verabredet das lang gezogene Pfeifsignal mit der Signalpfeife, es

erinnerte an den normalen Bahnbetrieb. Dass wir Rangierbetrieb wie in der Frühzeit der Eisenbahn im modernsten Tunnel der Welt machten, war unglaublich. Von der Lok kam wieder ein lautes Signalhorn als Bestätigung. Es hallte durch den Tunnel. Dann ein leichter Ruck, der Zug setzte sich ganz langsam in Bewegung. Ich fühlte, wie sich die Dauerbeklemmung in meiner Brust löste, wir fuhren! Duber schaute links und ich rechts hinaus, wir horchten nach hinten. Die Wagen des Intercity-Zuges schienen alle leicht zu laufen, keine feste Bremse, soweit man das hören konnte. Wir verließen den Tunnelbahnhof und tauchten in den unbeleuchteten Tunnel ein, in das Gefälle. Es gab einen leichten Ruck, der Zug hatte sich gestreckt, hing jetzt an der hinten bremsenden Lok, wie man an federnden Bewegungen merken konnte. Es wurde stockdunkel bei uns im Führerstand. Es war derart finster, dass auch die Tafeln mit den Kilometerziffern draußen vollkommen unsichtbar waren. Es ruckelte wieder, die Lok bremste. Ein komisches Gefühl, in einem »toten« Führerstand ohne Strom in die Dunkelheit zu fahren, ich musste wieder an Friedrich Dürrenmatt und seine unheimliche Tunnelgeschichte denken.

Vorsichtig, ohne irgendetwas zu sehen, stand ich auf, mit den Händen auf die Armlehnen gestützt, um mein schmerzendes Bein nicht zu belasten, und suchte dann tastend das Seitenfenster, um einen Blick nach hinten zu werfen. Ganz am Ende unseres Zuges war sehr klein ein Lichtschimmer von der Lok zu sehen. Wenn der Kollege auf Fernlicht schaltete, würden wir wenigstens wieder Umrisse sehen bei uns vorn. Aber dann konnte er unsere Lichtsignale nicht mehr so gut wahrnehmen, deshalb verzichtete er wohl darauf, und das war vielleicht auch besser so. Es war dermaßen ungewohnt, sich untätig ins Blinde und Dunkle rollen zu lassen.

Ich tastete mich zurück auf den Fahrersitz, versuchte, die Belastung des verletzten rechten Beins zu vermeiden. In meinem Unterschenkel war jetzt ein hämmernder Schmerz, der nicht mehr nachließ.

Wir verloren jedes Zeit- und Raumgefühl, waren fünf Minuten vergangen, oder zehn oder zwanzig? Keine Uhr, nicht ein Schimmer Licht, der Zug fuhr ins Dunkle, gleichmäßig langsam und fast lautlos. Durch das offene Seitenfenster wehte der Fahrtwind, die Luft wurde kühler. Wir saßen nur da und schwiegen.

Eine Ewigkeit schien vergangen, dann rief Duber: »Da! Licht!« Es war keine Täuschung, in großer Entfernung tatsächlich ein schwacher Lichtpunkt, kurz darauf waren es sogar zwei oder drei. Die Soldaten hatten Wort gehalten!

Das musste der vereinbarte Halteplatz an dem künftigen Abzweig sein, wo es einen Übergang zu der »Militäreinrichtung« gab. Aber noch war es weit bis zu den Lichtern, wir waren ja auch nur langsam unterwegs. Schließlich waren die Punkte klarer auszumachen, eines der Lichter war auf der rechten Tunnelseite, zwei weitere links. Jetzt war es Zeit, den Lokführern hinten das Signal zum Verlangsamen und später dann zum Abbremsen zu geben. Ich tastete mich wieder zum Seitenfenster, hielt die Handlampe nach hinten, beugte mich hinaus und gab das vereinbarte Signal, einmal lang, als Befehl zum Langsamfahren. Die Lokführer hinten sahen es beim zweiten Mal und quittierten mit einem lauten Hupton, der durch den Tunnel schallte. Der Zug wurde langsamer und tastete sich nur mehr voran, wie wir jetzt auch sehen konnten.

Die Lampen kamen näher, und es wuchsen schattenhafte Gestalten aus dem Dunkel, Soldaten. Sie strahlten mit ihren Taschenlampen und Lampen auf den Helmen. Sie kamen näher und näher, unser Zug war nur im Schritttempo unterwegs. Den ersten der Männer hatten wir erreicht, er rief: »Haltet nach zehn Metern an!«

Ich gab dreimal kurz mit der Taschenlampe nach hinten, nichts passierte. Ich gab erneut dreimal kurz, wieder nichts. Ich rief den Männern draußen zu: »Wir hier vorne können nicht bremsen! Dreimal kurz nach hinten! Ihr blendet!« Wir fuhren langsam weiter, waren über die gekennzeichnete Stelle hinaus, einer der Soldaten ging neben unserem Führerstand her.

Entweder hatte Paolo mein Lichtzeichen doch noch gesehen, oder die Soldaten hatten verstanden und auch dreimal kurz nach hinten gegeben, jedenfalls hielten wir schließlich an. Am sanften Nachschwingen des Zuges war zu spüren, dass unser Zug ungebremst war und im Gefälle nur an der Lok hing.

Die Soldaten, an denen wir vorbeigefahren waren, kamen nach vorn und meinten, wir seien zu weit gefahren, aber nun müssten halt die Passagiere ein Stück zurückgehen auf der anderen Seite.

»Was habt ihr vor, wie sollen wir die Leute aussteigen lassen?«

Der erste Soldat meinte: »Auf dieser Seite aussteigen lassen, Wagen für Wagen nacheinander und dann über das Gleis, die paar Meter zurück und in die Tunnel-Ausbuchtung. Wir führen euch.«

»Am besten, ihr sagt das den Leuten im Zug direkt; in jedem Wagen ist ein Fenster offen, die hören euch.«

Duber verließ den Führerstand und öffnete die erste Tür. Ich blieb lieber sitzen, mein Bein schmerzte, ich vermied, es zu belasten. Ich schaute über meine Fahrersitzlehne nach hinten: Die Fahrgäste im ersten Wagen standen schon Schlange, es konnte ihnen nicht schnell genug gehen, die Soldaten draußen erleuchteten die Szene. Wir hörten sie Anweisungen geben, die Leute sollten Wagen für Wagen aussteigen und nach vorn gehen, nicht alle gleichzeitig.

Ich sackte in meinem Sitz zusammen. Wir verließen jetzt den ICN »Friedrich Dürrenmatt« und entkamen hoffentlich auch dem Verderben der Tunnelgeschichte.

11 Zumtobel – Rettung von Menschen vor Geheimhaltung

Zumtobel war jetzt schon fast zwanzig Stunden im Befehlsraum des Depots Verena auf den Beinen. Nun, meistens hing er in einem der unbequemen Bürostühle herum. Es handelte sich vermutlich um ausgediente Sitzmöbel aus dem Militärdepartement in Bern, so verschlissen waren sie. Er streckte sich, um seinen verkrampften Rücken zu lockern, Kopfschmerz meldete sich. Ihm fiel ein: Er hatte viel zu wenig getrunken heute, er griff sich eine der Mineralwasserflaschen, setzte sie an und leerte sie fast in einem Zug, was ihm ein unangenehmes Druckgefühl im Magen bescherte.

Es war ein Albtraum. Er wäre in diesem Moment gern in seinem Büro in der Bank, mit dem bequemen Sessel, würde am Computer seine Dispositionen machen, um 18 Uhr 10 mit der S-Bahn vom Bahnhof Stadelhofen nach Hause fahren, Frau und Kinder begrüßen und überlegen, ob er lieber Apfelmost oder Bier trinken würde. Er würde jetzt gern Annegret in den Arm nehmen und ihren Duft riechen, irgendwie hatte er immer die Assoziation »frisches Heu« dabei, wäre sogar ein schöner Name für ein Parfum, aber bei ihr war es kein Parfum, sondern echt. Er riss sich von dem Gedanken los.

Seine Untergebenen schauten auf ihn, sie wollten wissen, wie es weitergeht. Er hatte keine Ahnung, wie es weitergehen sollte, weil er ja gar nicht wusste, welche Lage überhaupt gegeben war. Vorsichtshalber sprach er seit Stunden kaum mehr etwas, aber das war auch keine gute Idee, die Leute schienen dadurch erst recht verunsichert zu werden. Er musste für sich erst einmal die vorhandenen Informationen sortieren und dann wieder Präsenz zeigen gegenüber seinen Leuten.

Er erinnerte sich an ihre Aufgabe hier in der Verena: Umwälzen des Bestandes einiger Warenpositionen, eine lange Auftragsliste aus der zentralen Bestandsverwaltung war abzuarbeiten. Überall standen die Terminals und Bildschirme des Lagerbestands-Verwaltungssystems, alle waren aber nur im Offline-Betrieb, die Datenverbindung zum Logistik-Zentralsystem in Othmarsingen konnte nicht aufgebaut werden.

Er ging alle Informationen zur Lage noch einmal durch und schrieb sie in Stichworten auf einen Notizzettel. Er würde darüber auch einen Bericht erstellen müssen.

Er machte den ersten Anstrich auf dem Notizzettel: Die Kommunikationsleitungen tot. Zweiter Anstrich: Der Haupteingang des Depots Verena war verschüttet. Dann weiter: Die Erkundung von Nebeneingängen erbrachte, dass es unmöglich war, sich draußen aufzuhalten, es herrschte Dunkelheit, ein feiner Staub wirbelte in der Luft und schien offenbar beim Einatmen gefährlich zu sein, so jedenfalls die Meinung von Korporal Moseri, seiner Fachfrau für ABC-Abwehr. Festzuhalten war außerdem, dass es offenbar auch radioaktive Strahlung gab, höher als normal, allerdings bei Weitem nicht so hoch, wie man bei einem Atomschlag hätte erwarten müssen.

Siebter Anstrich: Unklar war die Lage im Gotthard-Basistunnel, mit dem das Depot durch einen Notausstiegsschacht verbunden war. Dort war ein voll besetzter Intercity-Zug liegen geblieben, die Zugmannschaft hatte keinen Kontakt mit der SBB-Betriebsleitung oder sonst irgendjemandem.

Die konnten dort erst einmal bleiben, dachte Zumtobel, schrieb es aber nicht auf, trotz der Meldung von Breitenbacher von der Erkundung im Tunnel, der davon berichtete, dass die Leute dringend Hilfe bräuchten. Er konnte und durfte doch nicht den Bunker für SBB-Fahrgäste öffnen, einfach so. Einen der geheimsten Orte der Schweiz, wo die Notreserve für die gesamte Armee und wichtige Regierungsstellen gelagert waren, das war kein Platz, an dem bunt gemischte Leute aus einem Zug etwas zu suchen hatten.

Reto Breitenbacher hatte aber darauf gedrungen, den Kontakt zu dem Zug zu halten, er hätte es persönlich mit Ehrenwort versprochen, sonst hätten die ihn gar nicht gehen lassen, meinte er. Deshalb hatte er ihn auf eine zweite Erkundung geschickt, um die Lage im Zug zu sichten und sich ein Bild zu verschaffen. Der müsste jetzt eigentlich bald aus dem Tunnel zurückkommen, hoffentlich mit besseren Nachrichten.

Zumtobel widmete sich wieder der Liste. Auf der rechten Seite wollte er die Aktionen schreiben, die er jetzt veranlassen musste – oder überlegen könnte. Es fiel ihm nicht auf Anhieb ein, wie er das sinnvoll gliedern könnte. Er legte die Liste wieder beiseite.

Das Telefon auf seinem Kommandeursschreibtisch klingelte. *Das Telefon klingelte!* Mit einer blitzschnellen Bewegung riss er den Hörer von dem Apparat, »Depot Verena, Kommandeur«, bellte er hinein und hoffte inständig, dass der Stab in Bern oder das Logistikzentrum in Othmarsingen an der Leitung war.

Es war aber nur Reto Breitenbacher, vom Telefon am Tunneleingang des Depots. »Der Zug kommt gegen 3 Uhr bis vor unseren Eingang im Tunnel gefahren, wir müssen die Leute evakuieren, es besteht Lebensgefahr, die ersten sind schon gestorben.«

»Hast du denen das versprochen? Das ist Sache der SBB! Wieso kriegen die das nicht hin? Was haben wir mit der Evakuierung eines Zuges zu tun?«

»Komm runter, Martin. Da gibt es schon die ersten Toten, die haben nichts zu essen und zu trinken, es ist heiß dort, wo der Zug steht. Weit und breit keine SBB, die den Leuten hilft. Die müssen da raus. Wir haben doch Kavernen, die ganz leer sind, Platz genug. Die müssen ja nicht mitbekommen, was genau in unserem Bunker alles gelagert wird. Und interessieren wird das von denen auch keinen, die wollen ja eigentlich nur heraus aus dem Tunnel. Die werden jetzt mit ihrem Zug von Sedrun herfahren bis vor das Tor ins Depot, wo ich gerade stehe. Ankunft ist für 3 Uhr angekündigt. Es ist ein Notfall.«

Da hatte also Reto offen gegen seine Anweisung gehandelt und den SBB-Leuten gesagt, sie sollten den Zug vor unser Tor fahren. Zumtobel war zu müde, um sich zu ärgern. Vielleicht war er auch froh, dass ihm die Entscheidung abgenommen worden war. Jetzt würden die Leute also kommen, in zwei Stunden war es so weit. Aber er musste ein Rückzugsgefecht führen, durfte sich das nicht einfach so gefallen lassen.

»Wie stellst du dir das vor? Wie viele sind das eigentlich? Wir müssen die ja begleiten, wir können die doch nicht einfach so allein hereinmarschieren lassen!«

»Ich komme jetzt, überleg schon mal, in welchen Räumen wir die dreihundert Leute unterbekommen. Decken und Feldbetten müssen ja auch genug da sein. Wasser brauchen wir, und dringend auch etwas zu essen, wenigstens Dauerfutter fürs Erste, oder abgepackte Portionen, egal was, die haben seit anderthalb Tagen nichts gegessen, es sind auch Kinder dabei.«

Kinder, er dachte an seine Kinder. Wie mochte es denen gehen, wie weit ging das Katastrophengebiet? Bubikon war Luftlinie vielleicht hundert Kilometer entfernt. Dort wird doch nicht das Gleiche passiert sein wie draußen vor dem Eingang?

Zumtobel gab sich geschlagen. »Ja, ich werde alles vorbereiten lassen. Du bist ja auch gleich da, dann organisieren wir das.«

Die Leute im Raum hatten das Telefonat mitverfolgt. Verstohlen sahen sie zu Zumtobel hinüber. Jetzt musste er etwas sagen.

»Leute, alle mal herhören. Wir bekommen Besuch, schon in zwei Stunden. Der Zug aus dem Tunnel wird evakuiert, mangels eines anderen offenen Ausgangs aus dem Tunnel in unser Depot. Wir müssen die provisorische Unterbringung von bis zu dreihundert Leuten in zwei oder drei der leeren Kavernen vorbereiten. Sie, Keller, schauen Sie doch mal, welche Räume im südlichen Bereich geeignet sind, dass wir die Leute unterbringen. Für Familien und Kinder brauchen wir einen getrennten Raum für geschätzt fünfzig Leute, die anderen können wir in einem der großen Lagerräume unterbringen.«

Dominik Keller nahm Haltung an: »Herr Hauptmann, die Unterkunft fünf wäre gut geeignet als Familienunterkunft, nahe bei den

Toiletten, da gibt es vier Reihen mit je zwölf Liegen, also 48, das kommt hin. Das ist beheizt. Und für die anderen nehmen wir den Lagerraum F3, der ist leer, nicht beheizt, aber wenigstens beleuchtet, und er kann belüftet werden.«

»Weck jemand von der Küchenmannschaft, einen starken Kaffee für uns hier und eine erste einfache Verpflegung für unsere Gäste, die haben seit vorgestern Abend nichts gegessen, und Getränke. Die Toiletten und Waschräume auch vorbereiten, Klopapier, Wasserabsperrhähne öffnen und so.«

Als Reto Breitenbacher hereintrat, waren schon alle im Kommandeursraum beschäftigt mit den Vorbereitungen. Zumtobel sah Breitenbacher an und machte eine Bewegung mit dem Kopf, die wohl andeuten sollte, wir müssen uns nebenan unter vier Augen unterhalten.

»Du, ich hatte keine Wahl. Wir können so viele Leute, Frauen und Kinder, doch nicht einfach im Tunnel sich selbst überlassen. Die Ausgänge des Tunnels sind blockiert, vor dem Amsteg-Ausgang ist alles zerstört, die einzige Chance ist, sie zu uns zu holen.«

»Ist ja gut, Rettung von Menschen geht vor Geheimhaltung, du hast recht.«

Reto war erleichtert, Zumtobel ebenso. Er wusste, er wäre letztlich dafür verantwortlich, wenn den Leuten aus dem Zug etwas zustößt, er musste Reto dankbar sein. Zumtobel sah die Schlagzeile des »Blick« vor sich: »SBB-Passagiere in Not: Sturer Armee-Hauptmann verweigerte Hilfe«, so was in der Art, und dazu ein Bild von ihm. Dann schon besser helfen und gegen Geheimhaltung verstoßen, das konnte die Führung ja nicht aufbauschen, sonst würde man den Fall erst recht interessant machen und die Frage provozieren, was denn in dem geheimen Depot so alles gelagert werde. Und in zwei Monaten würde er sowieso den Dienst quittieren.

»Also, was brauchen wir alles, wenn deine Gäste kommen: Aufenthaltsräume mit Schlafmöglichkeiten, für Mütter mit Kindern vielleicht einen extra Raum, Essen, Trinken, Toiletten. Wenn es Probleme gibt: Hilfe durch Sanität, irgendwann dann auch Waschmöglichkeiten. Decken, weil es hier wahrscheinlich viel kälter ist als im Innern des Tunnels.«

»Richtig. Die laufen da alle im T-Shirt herum und schwitzen, hier werden sie frieren. Ich greife mir zehn oder zwanzig Leute und bereite alles einigermaßen vor, Material haben wir ja genug.«

»Ich habe schon die Hälfte wecken lassen, mach, was notwendig ist. Ich lasse der Küche Bescheid geben.« Reto Breitenbacher verließ den Kommandoraum.

Zehn Minuten später kam der Koch herein, Alessandro, er sah müde aus. »Chef, wie viele Leute aus dem Zug sind da zu verpflegen? Dreihundert, habe ich das richtig gehört? Und die sollen schon um 3 Uhr da sein?«

»Ja, so in etwa. Die haben seit vorgestern Abend nichts mehr gegessen.«

»Und wie stellen Sie sich das vor? Ich habe zwei Mann für die Küche. Um dreihundert einfachste Mahlzeiten, Eintopf oder Ravioli aus der Dose oder so, zuzubereiten, brauche ich mehr Zeit, davon abgesehen, dass wir so viel Geschirr gar nicht haben. Was ich auf die Schnelle anbieten kann, sind Fertigfutter und Notrationen.«

»Ja, genau, das reicht. Wer Hunger hat, isst auch das Dauerbrot, das sonst niemand mag.«

»Also, ich richte einfach Tische her, an denen die Leute vorbeigehen können und sich verpacktes Brot, Dauersalami, Dosen mit Käse, Armee-Kekse, Armee-Schokolade und Müsliriegel nehmen können. Dazu Flaschen mit Mineralwasser. Wäre das okay?«

»Reicht vollkommen, entweder haben sie Hunger, dann essen sie es, oder nicht, dann ist auch gut. Das Buffet können wir einfach stehen lassen.«

»Können Sie im Lagerbestands-Computer nachsehen, ob wir Pappteller im Bestand haben? Das wäre gut. Und ich brauche zwei Dutzend Müllsäcke, für den Verpackungsmüll.«

»Ja, da kümmert sich Füglistaler drum.« Zumtobel wandte sich an Füglistaler: »Helfen Sie dabei. Und schauen Sie gleich mal im Computer nach, wo Servietten und Klopapier lagern, da sollten wir auch für genug Nachschub sorgen. Und dann sollten da auch Bänke und Tische sein in den Aufenthaltsräumen, die Leute können nicht im Stehen oder Liegen essen. Holen Sie sich die Leute, die Sie dafür brauchen.« Er wandte sich um. »Die Energieversorgung ist stabil, oder?«

Der technisch versierte Unteroffizier, der auf die Systeme ein Auge hatte, meinte: »Alles bestens so weit. Wir laufen auf Wasserkraft intern Turbine 2, der Notstromdiesel meldet volle Bereitschaft, die Turbine 1 ist auch in Bereitschaft. Die externe Stromversorgung ist auf Störung; entweder ist das Kabel durch das Geschehnis vor dem Haupttor in Mitleidenschaft gezogen, oder die Stromversorgung draußen ist gestört. Wenn wir größere Bereiche heizen müssen, können wir immer noch Turbine 1 hochfahren und zuschalten, aber wenn dreihundert Leute hier sind, wird es von selbst wärmer. Jeder Mensch strahlt hundertfünfzig Watt ab, bei Stress noch mehr, und über den Luftwärmetauscher bleibt die Wärme trotz Lüftung drin.«

»Was macht das Abwasser?«

»Bisher alles in Ordnung. Mal sehen, was passiert, wenn die dreihundert alle hier sind und alle die Spülung betätigen. Fünfhundert Menschen, dafür ist das Depot eigentlich nicht vorgesehen.«

Zumtobel dachte nach. Wenn das so weiterging, war die ganze Truppe bald mehr oder weniger mit der Evakuierung und Betreuung der Zugpassagiere beschäftigt. Ihre eigentliche Aufgabe, die Betreuung des Depots, hatte Vorrang. Gerade wenn draußen irgendetwas Katastrophales passiert war, mussten sie bald die Vorräte im Depot für die Armee und die Regierung bereitstellen, das bedeutete: Er brauchte alle Kräfte dafür. Beladen der Fahrzeuge, Ausliefern durch die Lieferausgänge für den Kriegsfall, sie hatten keine Zeit für die Betreuung von Zivilisten. Auch wenn noch keine Kommunikation vorhanden war, bald kämen gewiss auf anderem Weg entsprechende Befehle. Dann musste alles funktionieren.

Los wurde er diese Leute aber erst, wenn es woanders sicher war. Es sah nicht danach aus.

Reto Breitenbacher kam wieder in den Raum. »Alles so weit durchorganisiert. Wir lassen uns nicht nachsagen, dass die Schweizer Armee nicht schnell und unkompliziert helfen kann.«

Zumtobel gab Reto Breitenbacher zu bedenken, dass die Truppe früher oder später eine andere Aufgabe haben würde, vielleicht schon bald, nämlich die Versorgung der Armee in einem Krisen- und Spannungsfall.

Doch Reto hatte in die gleiche Richtung gedacht: »Die Leute sind schon erstaunlich gut organisiert. Überleg mal: Die hatten schon alles erkundet, auch die Ausgänge, und haben auf eigene Faust ihren Zug ohne Hilfe von außen und ohne Strom vor unser Tor gefahren. Wir werden da die jungen Leute und die technisch versierten einweisen, und dann sollen die sich selbst helfen. Die stellen zwei der drei Schichten in der Küche, und dann machen wir 24-Stunden-Betrieb dort, anders geht es sowieso nicht, fünfhundert Leute hier zu versorgen. Außerdem: Wenn die länger hier sind, bekommen die einen Koller, wenn sie nichts zu tun haben, also beschäftigen wir sie am besten.«

Zumtobel runzelte die Stirn. Eine zufällig zusammengewürfelte Gruppe von Zugpassagieren als Hilfstruppe? Konnte das funktionieren?

Reto Breitenbacher sah seinen skeptischen Blick. »Du, die kriegen das hin. Die haben in jedem Wagen zwei Schüler, mit so gelben T-Shirts, die die Leute betreuen, die haben eine Liste von allen Leuten und wissen, wer krank oder behindert ist, die haben auch einen Sanitäter an Bord. Der kann doch bei uns in der Krankenstation aushelfen, oder? Die Schülerinnen können sich weiter um die Leute kümmern, andere können in der Küche aushelfen. Und, wie gesagt, es ist sowieso besser, die haben was zu tun, bis wir sie wieder loswerden.«

Da war was dran, das musste Zumtobel zugeben. Er stand auf, ging zu dem Regal mit den Vorschriften und Befehlsbehelfen. Da, es gab tatsächlich einen dicken Ordner zu »Zivilschutzanlagen im Kriegsfall«. Er holte den Ordner heraus, blätterte darin. »Psychologische Situation im Zivilschutzraum« hieß ein Kapitel, er schlug es auf. »Gefahr von Gerüchtebildung«, »Häufige Überforderungsreaktionen«, »Aktivität und Beschäftigung der Insassen sinnvoll«, »Eher geringe Gefahr von Panikreaktionen«, »Ordnung unbedingt aufrechterhalten, Störer sistieren« waren die Überschriften. Reto Breitenbacher schien recht zu haben, Beschäftigung war wichtig. Im Ordner wurde sogar die richtige Arbeitszeiteinteilung vorgeschlagen: »Am besten ist ein 8/8/8-Rhythmus, 8 Stunden Schlaf, 8 Stunden Arbeit, 8 Stunden Freizeit. Ein rollierendes System hat zwar den Vorteil, dass die Nachtschicht nicht immer von denselben Personen übernommen werden muss, führt aber zu anderen Unverträglichkeiten und entspricht nicht dem natürlichen Rhythmus.« Aha. Er legte den Ordner beiseite.

»Kann man das denn mit dem Zugpersonal besprechen? Gibt es jemand, der dort Autorität hat?«

»Auf dem Zug waren zwei Lokführer, die habe ich ja da in der Station erlebt, wie sie die Fahrt hierher organisiert haben. Einer ist verletzt, der liegt in der Krankenstation. Die Schulklasse ist auch gut organisiert, die Schülerinnen und Schüler waren wohl so etwas wie Hilfsschaffner.«

Zumtobel stützte den Kopf auf die Hände. Dann meinte er: »Wir müssen Klarheit über die Lage bekommen und Kontakt herstellen, und wir müssen uns auf mögliche Auslieferung vorbereiten. Dafür brauche ich jetzt den Großteil der Leute. Du musst die Selbstversorgung der Zugpassagiere organisieren und mir den Großteil der Truppe für unsere eigentliche Aufgabe freistellen.«

Unausgesprochen hatte Zumtobel damit klargestellt: Reto sollte sich um die Passagiere kümmern, er beanspruchte den eigentlichen Auftrag und benötigte dafür den Großteil der Truppe.

»Ich denke, es kann laufen mit der Selbstversorgung, vielleicht ab morgen brauche ich nur noch fünf von unseren Leuten tagsüber und einen nachts.«

»Wie ist denn die Stimmung bei den Leuten?«

»Na ja, gut wäre übertrieben. Aber sie haben verstanden, dass es im Moment nicht direkt nach draußen gehen kann, weil es da eine Katastrophe gegeben hat, und dass man besser hier im Bunker abwarten sollte, bis eine Evakuierung möglich ist. Ich bin ziemlich sicher, es gibt eine Bereitschaft mitzuhelfen. Ich kriege das hin.«

»Gut, dann ziehen wir die Leute von der Betreuung unserer Gäste ab, bis auf fünf in der Tagschicht und einen nachts. Die Küche wird das große Problem, oder? Die ist doch nicht für die Dauerverpflegung von über vierhundert Leuten ausgelegt.«

»Ich rede mit dem Koch. Die Hilfsarbeiten für die Küche, also das Auspacken und Vorbereiten, das Kartoffelschälen, das Sortieren von dreckigem Geschirr und so was, das könnten wir im Essraum machen, gegessen wird dafür in der Unterkunft. Für das Hin-und-her-Schleppen von Essen und Geschirr nehmen wir Freiwillige aus dem Zug.«

»Also, Reto, du hast das im Griff?« Zumtobel seufzte. »Hoffentlich gibt es keinen Ärger, weil wir all die Leute überhaupt hier hereingelassen haben.«

»Denk an die Presse. So geheim kann nichts sein, dass man deshalb Menschen nicht retten darf.«

»Ich hoffe, du hast recht. Ich kümmere mich jetzt darum, dass wir eine zweite Truppe losschicken. Ich hoffe bloß, dass da nicht noch ein Zug im Tunnel herumsteht.«

Breitenbacher hörte die Kritik heraus: Er hatte sich zu sehr um die Passagiere im Tunnel gekümmert, anstatt zu erkunden, was draußen eigentlich vor sich ging.

Eine halbe Stunde später saß Leutnant Rickenbach im Kommandoraum Zumtobel gegenüber, mit zweien seiner Unteroffiziere.

»Leutnant, Sie müssen einen Stoßtrupp nach draußen führen. Wir müssen wissen, was draußen vor sich geht, und wir müssen wieder Verbindung zum Stab bekommen. Nehmen Sie vier oder fünf Mann mit, scharfe Waffen, Schnelltester für radioaktive Strahlung und Kampfstoffe, etwas Sanitätsausrüstung, ein Funkgerät. Versuchen Sie erst einmal per Funk Kontakt mit irgendeiner anderen Einheit herzustellen, und falls das nicht gelingt, versuchen Sie bis zu einem Ort vorzudringen, wo Sie Kontakt mit anderen Kräften oder Kommunikation mit dem Stab herstellen können. Organisieren Sie, dass zu festgelegten Zeiten jemand an einem der Depot-Ausgänge Nachrichten von Ihnen für mich aufnehmen kann. Wir müssen möglichst schnell wissen, was los ist und was die Befehle aus Bern für uns sind.«

Sie besprachen eine Weile, wie Rickenbach genau vorgehen sollte. Jeweils alle drei Stunden tagsüber, also um 12 Uhr, 15 Uhr, 18 Uhr, 21 Uhr, und dann wieder um 6 Uhr würden zwei Mann am Bunkerausgang auf Funkempfang sein, oder man würde eine Antenne draußen verlegen und mit Kabel intern verbinden, das würde Zumtobel noch organisieren. Der Abmarsch würde von einem weiteren Trupp gesichert werden. Falls die Funkverbindung unterbrochen sei, würde jeweils alle drei Stunden am Eingang auf den Stoßtrupp gewartet werden. Spätestens am Abend des übernächsten Tages sollte er wieder zurückkommen.

»So weit alles klar? Suchen Sie sich die besten Leute aus, ausdauernd müssen Sie sein. Seien Sie vorsichtig, besser mit Atemschutzmaske draußen herumlaufen, solange wir nicht wissen, wie gefährlich der Staub ist. Wir zählen auf Sie und hoffen auf baldige Nachricht von Ihnen!«

Leutnant Rickenbach stand auf und salutierte. »Herr Hauptmann, verstanden, ich gebe mein Bestes!«

»Lassen Sie sich von Korporal Moseri in die Bedienung der Radioaktivitäts- und Kampfmittel-Test-Sets einweisen, Sie müssen auf

Nummer sicher gehen. Ich hoffe nur, dass es kein Angriff war, schon gar nicht einer, der auf das Depot abzielte. Wir müssen unbedingt Kontakt bekommen mit Bern!« Leutnant Rickenbach und die beiden anderen traten ab, Zumtobel blieb in seiner Kommandantenstube.

Was mochte dahinterstecken? War es wirklich ein Angriff? Zumtobels Gedanken gingen im Kreis, er fand keine Lösung. Jedenfalls hatte er jetzt etwas getan. Man sollte ihm nicht vorwerfen können, er als Kommandeur habe nicht alles unternommen, um sich Übersicht über die Lage zu verschaffen.

Jetzt zwang er sich dazu, etwas auszuruhen. Wie lange konnte man im Dienst sein? Das war wahrscheinlich nicht die Frage, aber er wusste, er musste einen kühlen Kopf bewahren. Wenigstens zu zwei, drei Stunden Schlaf musste er sich zwingen, sonst würde er falsche Entscheidungen treffen. Oder hatte er schon falsche Entscheidungen getroffen?

Jetzt, wo Leutnant Rickenbach mit seinem Erkundungstrupp unterwegs war, musste er dringend versuchen zu schlafen. Erst in einigen Stunden wäre mit neuen Nachrichten zu rechnen, wenn nicht doch plötzlich die Kommunikationsleitungen wieder zum Leben erwachten.

Zumtobel legte sich auf sein Bett, in voller Uniformbekleidung, drehte sich zur Seite. Es überraschte ihn selbst, dass sein überreiztes Bewusstsein schnell verdämmerte, er wollte an nichts mehr denken, die Augen fielen ihm zu. Er dachte an nichts.

12 Steppach – Notaufnahme im Bunker-Hospital

Ich saß noch im Führerstand des Zuges; Duber war nach draußen gegangen und half den Soldaten, Wagen für Wagen zu evakuieren, in die »militärische Einrichtung«, was immer das genau sein sollte.

Eigentlich vermied ich es einfach nur, aufzustehen. Genau genommen konnte ich eigentlich gar nicht mehr aufstehen, wie ich beim probeweisen Belasten meines Beins feststellen musste. Die Verletzung von dem Fahrradsturz tat höllisch weh. Ich hatte es einfach geleugnet, hatte gestern nur einmal das Hosenbein vorsichtig hochgekrempelt, es war verkrustetes Blut zu sehen, genauer schaute ich gar nicht hin. Abtasten konnte ich nur die obere Hälfte des Schienbeins, darunter vermied ich es. Nach dem brutalen Schmerz beim Sturz dachte ich ja danach, das wird schon wieder, ich konnte schließlich einigermaßen laufen.

Duber kam wieder in den Führerstand. »So, das ist der letzte Wagen, jetzt sind gleich alle draußen.«

Vor dem Zug überquerten die Passagiere immer noch einer nach dem anderen das Gleis, überwacht von zwei der Soldaten, die auch mal mithalfen bei älteren Leuten oder kleinen Kindern.

Ich stand auf, knickte aber gleich wieder ein. Ich hievte mich zum Fenster und blickte den Zug entlang nach hinten. Als Letzte kamen die beiden Güterzug-Lokführer Paolo und Andreas heran. »Gut gemacht habt ihr das!«

Die beiden waren im Halbdunkel, nur beleuchtet vom indirekten Licht der wenigen Taschenlampen, mehr zu erahnen als zu erkennen, ich glaubte aber, ein Nicken zu sehen. »Habt ihr die Lok so abgerüstet, dass wir sie im Falle eines Falles wieder in Betrieb nehmen können?«

»Alles wie vorher, klar, Schlüssel steckt.«

»Dann lass uns zudem talseitig die Hemmschuhe an den Zug anlegen, nicht dass einer die Lok abkuppelt und der Zug davonrauscht.«

Ich schloss das Fenster und machte mich daran, auszusteigen, ich hielt mich an den Griffen im Einstiegsbereich und humpelte los. An der Ausstiegstür musste ich mich an beiden Handläufen herablassen, ich konnte das Bein jetzt überhaupt nicht mehr belasten.

Duber wuchtete beide Hemmschuhe wieder aus dem Zug und vor die Räder. Ich hielt mich am Handlauf am Seitenweg des Tunnels fest.

Der Anführer der Soldaten stand dabei. »Sind Sie mit dem Zug fertig? Wir gehen am besten alle in unser Depot, dann können wir das Tor schließen. Ich habe den Befehl: Niemand außen zurücklassen, alle in das Depot.«

Paolo und Andreas machten sich daran, das Gleis zu überqueren und den Passagieren zu folgen, ich rief Duber und bat ihn, mir zu helfen. Beim Abstieg zum Gleis musste ich mich voll auf ihn stützen, das Bein tat jetzt höllisch weh, nicht nur bei Gehversuchen, sondern auch ohne Belastung.

»Du bist ja doch richtig verletzt, oder?« Er hakte mich unter. Ich humpelte an den Soldaten vorbei, und wir stiegen auf der anderen Seite wieder zum Seitenweg hoch und in die Tunnel-Abzweigung. Ich stieß einen Schmerzensschrei aus, als ich beim Hochsteigen aus dem Gleis doch das Bein belastete. Mir brach der Schweiß aus, obwohl es hier viel kälter war. Das war mir peinlich. Noch schwieriger war es für mich, hinter dem Bunkertor eine enge Wendeltreppe hinaufzugehen. Duber zog mich mehr hinauf, als dass ich selbst die Treppe laufen konnte. Die Soldaten schlossen das Tor, mit einem dumpfen Klang rastete es ein. Oben war ich fix und fertig. Ein Soldat meinte, ich solle mich hier hinsetzen und warten, es gebe eine Fahrmöglichkeit für Leute, die den Weg zur Unterkunft nicht schaffen würden, der Wagen käme sicher gleich wieder zurück.

Ich ließ mich an einer Reling herunter und kam hart auf mit dem Gesäß. Duber wartete mit mir, ebenso eine ältere Frau mit einer großen Reisetasche, die offenbar auch als nicht gehfähig eingestuft worden war.

Ich sah mich um. Es war ein Stollen zu sehen, mit Neonlampen in regelmäßigen Abständen, er schien sehr lang zu sein – was am Ende war, war nicht genau auszumachen. Es war kühl, aber trocken.

Einer der Soldaten ging zu einem Schaltkasten und telefonierte offenbar von dort, ich hörte: »… brauchen wir noch mal den Wagen.«

Es dauerte dann bestimmt mehr als zehn Minuten, bis endlich zwei Lichter am Ende des Stollens auftauchten. Zu hören war zunächst nichts, bis der Wagen näher kam, mit einem schmatzenden Reifengeräusch und dem Summen eines Elektromotors. Akkufahrzeuge nutzen die in dem Bunker, schau mal an, dachte ich noch.

Es war eine Art kleiner und kurzer Lastwagen, der erstaunlich leicht im engen Stollen wenden konnte, der Fahrer hatte das wohl auch nicht zum ersten Mal gemacht. Auf der Ladefläche waren Sitze heruntergeklappt. Ich musste erst nach oben, diesmal halfen mir aber gleich drei Mann, die mich oben dann nötigten, liegen zu bleiben. Ich hörte, wie einer der Soldaten zum Fahrer sagte: »… und danach weiter zur Krankenstation.« Das galt wohl mir.

Die Fahrt war lange, aber vielleicht lag es an meiner eingeschränkten Perspektive. Ich sah nur eine Seite der Stollendecke, wo in regelmäßigen Abständen eine der Neonlampen passiert wurde. An einigen Stellen machte der Wagen eine scharfe Kurve, offenbar war der Stollen nicht geradlinig oder in schlanker Kurve gebaut wie ein Tunnel, sondern gerade mit gelegentlichen Knickstellen. An diesen Stellen schienen auch Tore angebracht zu sein, offenbar konnte der Bunker in einzelne Segmente unterteilt werden. Da haben die ja ein ganzes Labyrinth in den Berg gebaut, dachte ich, hoffentlich haben sie auch einen Arzt hier, denn den brauchte ich jetzt.

Schließlich wurde es deutlich heller, der Stollen erweiterte sich, das Fahrzeug hielt. Ich versuchte etwas zu sehen, nur der Stollen und eine Gruppe Soldaten und Duber. Einer der Soldaten deutete auf mich und sagte: »Ich fahre mit ihm weiter zur Krankenstation.« Duber fragte: »Soll ich mitkommen?« Der Soldat meinte, das sei nicht nötig, er solle mich nachher besuchen und jetzt erst einmal die »Aufnahme« passieren. Aufnahme, also hatten die etwas organisiert. Wir mussten uns nicht mehr um die dreihundert Leute kümmern, waren die Verantwortung los. Ich legte meinen Kopf beruhigt wieder hin.

Das Fahrzeug fuhr ein, zwei Minuten weiter, dann hielt es wieder. »Einen Moment«, meinte der Soldat und verschwand. Er kam wieder mit zwei anderen in weißer Kleidung, die eine Trage dabeihatten. Sie kamen hoch auf die Ladefläche und verluden mich auf die Trage, wie einen Schwerverletzten. Ich versuchte abzuwinken und aufzustehen, aber sie ließen sich nicht beirren. Obwohl sie mich vorsichtig auf die Trage zu legen versuchten, tat es verdammt weh.

Auf der Trage hoben sie mich zu viert vom Fahrzeug, der Fahrer half auch mit, und sie brachten mich in den Raum, der als »Krankenstube« angekündigt worden war. Es war tatsächlich ein kleines Behandlungszimmer, sehr hell beleuchtet, wie in einem Krankenhaus, eng und klein, mit vielen weißen Regalen und kleinen Schubladen auf beiden Seiten, Glasschränken und allerhand medizinischen Gerätschaften, eine starke Lampe hing von der Decke über einer Liege mit weißem Plastiküberzug, dort hoben sie mich hinauf, was wieder ziemlich schmerzhaft war.

Der Soldat in Weiß, der hier das Sagen hatte, fragte mich, was denn passiert sei. »Sturz mit dem Fahrrad, rechtes Schienbein aufgeschürft, konnte aber noch ziemlich gut laufen am Anfang.« Der andere Soldat in Weiß zog mir die Schuhe aus, der erste holte eine große Schere und schnitt mir die Hose von unten auf, was bei dem Jeansstoff gar nicht so leicht war. Als er den unteren Teil des Hosenbeins ganz abschnitt, wozu er vorsichtig meinen Fuß anhob, ließ er das Stoffteil zu Boden fallen, es war eklig blutverschmiert. Hatte ich gar nicht gesehen im Dunkel des Tunnels, wie schlimm das offenbar doch war.

»Das sieht nicht gut aus, das müssen wir erst einmal sauber machen. Das wird wehtun.« Er schaute nachdenklich, dann meinte er: »Wir haben keinen Arzt hier, wir sind die Einzigen, die überhaupt etwas tun können. Sie müssen aber ausdrücklich zustimmen, dass ich die Notversorgung mache, die Wunde säubere und Ihnen Schmerzmittel und ein Medikament gebe gegen die Infektion, die hier eingesetzt hat. Sonst darf ich das nicht.«

Ich nickte und meinte: »Machen Sie, was notwendig ist, solange Sie mir nicht das Bein amputieren.«

»Ich will ganz offen sein: Wenn man da nicht schnell etwas macht, kann es genau darauf hinauslaufen, dass das Bein nicht mehr zu retten ist.«

Auf einem Zettel hatte er einen Satz aufgeschrieben: »Mit Notfallbehandlung im Krisenfall einverstanden.« Er hielt mir den Kugelschreiber hin, ich richtete mich halb auf und unterschrieb krakelig auf dem Oberschenkel des gesunden Beins. Mir wurde heiß und kalt.

Er nahm das Stück Papier, dann holte er aus seiner Tasche einen Schlüssel, ging zu einem der Schränke, hantierte dort herum und kam mit einem runden Teil wieder. »Das wird ziemlich piksen, aber danach wird es besser.«

Er hatte nicht zu viel versprochen, das Gerät gab ein Schnappgeräusch von sich, gleichzeitig ein wahnsinnig stechender Schmerz im Oberschenkel, ich biss die Zähne zusammen, jetzt taten beide Beine weh. Er ging wieder zum Schrank, ließ das runde Teil in einen Mülleimer fallen und suchte neue Gerätschaften heraus. Inzwischen wurde aus dem kalten Schweiß wieder ein wohligeres Gefühl, mir wurde schwindelig. Ich dachte noch daran, dass wir gerettet waren, die Passagiere in Sicherheit, in Obhut der Schweizer Armee, mein Bein auch. Ich schloss die Augen und sah schöne Landschaften.

Er rüttelte mich wieder auf, ließ mich noch einmal aufsitzen. Ich musste zwei Tabletten schlucken, mit einem Glas Wasser, legte mich wieder zurück, wollte nicht mehr sehen und hören.

Im Dämmerzustand bekam ich mit, dass sich die weißen Soldaten an meinem Bein zu schaffen machten, ich spürte es zwicken, es roch nach Desinfektionsmittel. Zuletzt verbanden sie den Fuß vom Knöchel bis zum Knie. Auf der Liege rollten sie mich in einen angrenzenden Raum und hoben mich dort auf ein Bett. »Haben Sie Durst?« Ich nickte. Die beiden richteten mich auf und gaben mir ein Glas Wasser. Danach kippten sie mich nach hinten, löschten das helle Licht, es blieb ein rötlich gelbes Dämmerlicht. Sie deckten mich zu, mit einer richtigen weißen Decke. »Sie sollten jetzt schlafen. Wenn Sie Hilfe brauchen, hier ist ein Rufknopf.«

Mein letzter Gedanke, bevor ich einschlief: Ein richtiges Krankenhaus. Im Gotthard-Gebirge. Was es alles gibt. Ich fühlte mich gut und geborgen, es war aber wohl eher ein Rausch von starken Opiaten, Schmerzmitteln oder eine Mixtur aus beidem, eben was Soldaten im Krieg so alles bekamen, wenn sie verletzt waren. Egal, der Gedanke beruhigte mich eher, als dass ich ihn alarmierend fand.

13 Zarah – Blind ins Überleben fahren

Ein beißender Parfumgeruch stieg mir in die Nase. Ich sah Ceyda die Parfumflasche wegstecken. »Spinnst du, uns hier mit deinem billigen Gestank einzunebeln?«

»Du kannst ja weiter vor dich hin stinken, ich will mich wieder riechen können.«

Zwischendurch hatten wir abwechselnd ein bisschen geschlafen. Die Apathie der Passagiere griff langsam auch auf uns über. Es passierte nichts mehr, außer dass Frau Abramovicz manchmal vorbeikam und uns lobte. Dann war sie einige Zeit nicht mehr zu sehen, und als sie wiederkam, war sie ganz aufgeregt.

»Also, noch nicht groß jubeln, aber um 2 Uhr werden wir in den Zug einsteigen, und danach wird der Zug von einer Lok rückwärts aus dem Tunnel herausgeschoben!« Ich schaute auf meine Uhr, das waren mehr als zwei Stunden. Endlich die Aussicht, aus dem Tunnel herauszukommen, ich atmete tief durch.

Danach schlug ein Eisenbahner mit einem Hammer in jedem Wagen ein Fenster auf jeder Seite heraus. Dabei gab es keine großen Scherben, nur kleine Glaskrümel, die auf dem Bahnsteig lagen und unter den Schuhen knirschten. Der kleine Junge aus Wagen 5 sah ganz schockiert zu.

Wir warteten eine Ewigkeit, dann setzte sich der Zug endlich in Bewegung, und es begann eine lange Fahrt durch totale Dunkelheit. Blinde Menschen mussten sich so fühlen. Ich traute mich nicht, mich zu bewegen: Wenn ich aufstand, würde ich nicht mehr zu meinem Platz zurückfinden, so dunkel war es. Aus dem offenen Fenster hörte man das Rollgeräusch, es kam etwas Fahrtwind durch die eingeschlagenen Fenster. Wir waren total aufmerksam, wir spürten jeden Meter

Fahrt, ohne etwas zu sehen, wir redeten gar nichts. Es war eine unheimlich lange Fahrt.

Dann laute Hupsignale, der Zug ruckte und wurde ganz langsam, Lichtfinger kamen von draußen und bewegten sich auf der Wagendecke. Draußen waren Stimmen zu hören, in diesem lustigen Schweizerdeutsch.

Die Taschenlampen entfernten sich wieder. Es war wieder fast so dunkel wie während der Fahrt. Dann hörten wir andere Stimmen, wahrscheinlich stiegen die Leute aus dem Wagen nebenan aus. »Nur kleines Gepäck mitnehmen«, war zu hören. Jetzt hielten es auch einige der Passagiere in unserem Wagen nicht mehr auf ihren Sitzen aus, sie suchten in der Dunkelheit nach ihrem Gepäck und begannen zu sortieren, was sie mitnehmen sollten.

Endlich, endlich kam ein Mann mit Helm in unseren Wagen, auf dem Helm eine grelle Lampe mit kaltem Licht. Er hielt eine andere Lampe in der Hand, der Helm war ein Armee-Stahlhelm, die Kleidung mit einem ziemlich coolen Camouflagemuster. »Grüezi miteinand«, das sollte wohl ein Gruß sein, »Sie sind jetzt dran mit Aussteigen. Bitte nehmen Sie nur Ihr kleines Gepäck mit, und gehen Sie am Zug entlang nach vorne. An der Zugspitze gehen Sie bitte auf Anweisung der dortigen Kräfte auf die andere Tunnelseite und folgen dem dort wartenden Kollegen, der Sie in die Unterkunft bringt.«

»Wohin bringen Sie uns?«

»Sie werden vorläufig in einer Unterkunft im Berg untergebracht, bis der Weg nach außen frei ist.«

»Warum können wir nicht einfach nach draußen?«

»Wann können wir endlich weiterfahren nach Lugano?«

»Meine Familie wartet auf mich in Bellinzona, kann man telefonieren?«

Das Gesicht des Soldaten unter der grellen Helmlampe war nicht zu sehen. Wenn er sprach, wackelte die Lampe, er wiederholte monoton: »Sie werden in eine Unterkunft gebracht, mehr erfahren Sie dort.

Bitte gehen Sie jetzt ruhig und langsam los, langsam, weil der Weg nicht gut beleuchtet ist. Bitte helfen Sie sich gegenseitig.«

Der Holländer nahm natürlich trotzdem seinen großen Koffer mit, und die große Tasche auch noch. Dem Soldaten schien es egal zu sein.

Ein Soldat fragte mich, ob ich die Letzte aus dem Wagen sei. »Soweit ich gesehen habe, ja. Soll ich den anderen nachgehen, ist es weit?«

»Ja, schon ein Stück zu laufen, aber es gibt bald Licht, wenn Sie aus dem Tunnel heraus und im Stollen sind.« Stollen? Ging das Maulwurfspiel weiter?

Ich fröstelte, ich hatte nur ein T-Shirt an. Es war kalt hier. Schnell holte ich einen Pulli aus meiner Tasche.

Der Soldat hatte nicht zu viel versprochen. Als wir ausgestiegen und am Zug entlang nach vorn gelaufen waren, gab es auf der anderen Tunnelseite eine große Einbuchtung im Tunnel, eine Art Abzweigung. Die Leute aus unserem Wagen waren offenbar vor mir schon in diesen Abzweigstollen gegangen, und die Letzten waren gerade dabei, in einem Tor zu verschwinden, das dort eingelassen war.

Ins Gleis herunter und auf der anderen Seite hinauf; als ich dann dran war, durch dieses Tor zu gehen, war ich echt gespannt, was dahinter eigentlich war, was es mit der versprochenen Unterkunft auf sich hatte, wo die anderen hingebracht worden waren.

Das Tor war eine Blechtür. Dahinter lag ein dunkler Gang, am Ende war helles Licht zu sehen. Vor dem beleuchteten Abschnitt war noch mal eine Tür, die war mindestens einen halben Meter dick und aus Stahl und Beton. Das Ganze war ein gruseliger Bunker, das war mir jetzt klar, deshalb das Militär. Egal, was es war, Hauptsache, wir waren heraus aus diesem heißen, stickigen und dunklen Tunnel. Und der Bunker würde ja sicher auch einen anderen Eingang haben, durch den wir hoffentlich bald ganz hinauskonnten.

Das beleuchtete Ende des Gangs war eine Art Treppenhaus. Dort ging eine Wendeltreppe aus Metall nach oben, mit Gitterstufen, durch die man nach unten sehen konnte. Dem vielfüßigen Klappern nach waren es mindestens drei Stockwerke, so viel wie in unserem Treppenhaus im Wedding zu Hause. Zu Hause. Wussten die, wo wir jetzt waren? Ich stellte mir die »Berliner Zeitung« vor: »Zug in Schweizer Alpen gefangen! Berliner Schüler müssen in Hitze und Dunkelheit ausharren.« Die Kerle in der 10a werden sich das Maul zerreißen. Geschieht ihnen gerade recht, den arroganten Zicken aus der 10c, dass sie mal ein bisschen schwitzen müssen, so werden die uns dissen.

Stufe für Stufe ging es im Kreis nach oben, ich sah nur die Schuhe des letzten Passagiers vor mir, der seine Tasche um die Dauerkurve herumbugsierte.

Endlich ging es aus der Wendeltreppe hinaus, ich stand da, und um mich her drehte sich der Gang. Ich atmete tief durch, bis der Schwindel vorbei war. Es kam noch eine Tür, und dann waren wir in einem größeren Stollen, der war mit Neonlichtern gut beleuchtet und sah sonst fast aus wie unser Eisenbahntunnel, mit einer sehr sauberen Betonfahrbahn. Ein Soldat stand vor der Gruppe von Leuten aus dem Zug.

»Wir müssen etwa drei Kilometer laufen bis zur Unterkunft. Wer nicht so weit laufen kann, der kann hier warten, in einigen Minuten wird das Fahrzeug zurückkommen. Aber wir können auf keinen Fall alle im Fahrzeug fahren, wer laufen kann, sollte es tun. Dominik Keller geht voraus!« Damit deutete er auf den anderen Soldaten, einen ziemlich jungen Typen, dem die Uniformjacke mit dem Aufdruck »D. Keller« irgendwie zu groß war.

Dieser Dominik ging auf mich zu: »Du gehst weiter als Letzte, lässt auf keinen Fall jemand zurück. Notfalls bleibst du bei Leuten, die nicht weiterkönnen, und wartest, bis unser Wagen vorbeikommt.«

Inzwischen machten drei oder vier der Fahrgäste deutlich, dass sie nicht laufen, sondern auf das Fahrzeug warten wollten. Darunter war Pieter, der Holländer mit den zwei großen Gepäckstücken. Der Soldat musterte den Mann und meinte dann, er solle laufen, er werde die Koffer auf das Fahrzeug laden. Doch Pieter wurde pampig. Er werde bei seinen Koffern bleiben, basta. Der Soldat antwortete etwas auf Schweizerdeutsch, es war dem Ton nach ungefähr »Dann läufst du eben und schleppst deinen Trödel«, aber sehr unfreundlich.

Wir machten uns auf den Weg. Dieser Dominik ging voraus, die Kolonne setzte sich in Bewegung, ich als Letzte. Ich trottete einfach den anderen hinterher, keiner blieb zurück, die wollten ja alle hier weg.

Niemand sagte etwas, das Trappeln und Schlurfen der Schuhe hallte in dem Gang, der kein Ende nahm. Dann kam Unruhe in die Gruppe, die sich auf die rechte Seite des Stollens stellte. Ich konnte schließlich sehen, warum: Uns kam ein Fahrzeug entgegen, das langsam und lautlos fuhr, nur mit einem kleinen Licht. Es war eine Art kleiner Laster, der mit einem Summen vorsichtig an der Gruppe vorbeifuhr, gesteuert von einem sehr jungen Typen mit Brille, glattem Gesicht und einem grünen Käppi, die linke Hand ließ er lässig aus dem Seitenfenster hängen. Beim Vorbeifahren schaute er mir in die Augen, winkte mir zu und beschleunigte sein komisches Fahrzeug ein bisschen zu rasant; das Quietschen der Gummireifen sollte uns wohl imponieren.

Inzwischen hatte unsere Gruppe vorn den Marsch wieder aufgenommen. Neonröhre für Neonröhre, dann eine Abwechslung: Eine der Neonröhren war kaputt und blinkte. Das Rollgeräusch des Koffers von Pieter und das Schnarren, Schleifen und Schmatzen von zwei Dutzend Paar Schuhen auf dem glatten Betonboden waren die einzigen Geräusche.

Ich hatte nicht auf die Uhr gesehen, aber ich denke, wir waren seit fast einer Stunde unterwegs, als wir endlich in einen breiten und hohen Stollen kamen. Dort warteten mehrere Soldaten und halfen den ersten Ankommenden, die inzwischen total erschöpft waren. Sie führten uns in einen angrenzenden fast ebenso großen Raum, dort die Überraschung: Auf Tischen standen große Blechkannen mit Wasser und Tee, Becher, große Stapel mit einer Art Knäckebrot, verpackte Dauerwürstchen, Kekse und Schokolade, auf der anderen Seite waren Tische und Bänke aufgebaut. Hinter den bereits offenen Lebensmitteln stapelten sich Berge von Packungen, in denen sich offenbar weiteres Dauerbrot, Kekse und Schokolade verbargen. Die Passagiere fielen über das Brot, die Kekse und die Schokolade her, die meisten hatten ja seit über zwei Tagen nichts gegessen.

Am Ende des »Buffets« stand Frau Abramovicz. Ich ging zu ihr und berichtete ihr, dass unser Wagen vollzählig angekommen war bis auf die vier oder fünf, die es vorgezogen hatten, mit dem Fahrzeug zu fahren, die müssten aber auch bald kommen. »Gut gemacht, Zarah! Ihr könnt bald in die Unterkunft und euch ausschlafen.«

»Aber wann können wir heraus aus dem Tunnel?«

»Da wird so schnell nichts draus. Die Eingänge von Bunker und Tunnel sind wohl teilweise unbenutzbar, und da, wo man hinauskann, ist draußen offenbar große Zerstörung. Irgendetwas Schreckliches muss hier passiert sein. Die Soldaten halten einen Krieg für möglich, aber es kann auch ein ganz, ganz schlimmes Unwetter sein. Jedenfalls ist es draußen angeblich gefährlich. Zum Glück sind die Kerle aber gut ausgerüstet, und inzwischen sind sie sogar recht freundlich.«

»Können wir denn weiterfahren nach Lugano? Oder zurück nach Berlin? Was meinen Sie?«

Frau Abramovicz zuckte mit den Schultern und meinte nur: »Die Soldaten haben selbst keine Ahnung, was eigentlich los ist. Ich glaube nicht, dass draußen gute Verkehrsbedingungen sind. Die Straßen dürften auch gesperrt sein, nicht nur die Bahnlinie hier im Tunnel.«

»Na ja, im Untergrund herumfahren, das hätten wir auch in Berlin in der U6 haben können, und da hätten wir nur nach Rehberge zum U-Bahnhof laufen müssen.«

Frau Abramovicz lachte. »Jetzt muss ich Sophie suchen, die habe ich schon seit zehn Minuten nicht mehr gesehen.«

Wir gingen in den Raum nebenan, eine Art Familienraum, dort waren vier Reihen mit zweistöckigen Betten, einige Mütter waren dort mit ihren Kindern, und ganz hinten sah man Ceyda, sie hielt die schlafende Sophie. Sie hatte sich in eine Decke gewickelt und den Kopf im Schoß von Ceyda, die es sich an der Stollenwand mit Decken bequem gemacht hatte. Ceyda machte mit dem Zeigefinger eine Geste auf den Mund; man sollte sie schlafen lassen. Frau Abramovicz streckte sich und strich ihr trotzdem übers Haar. »Ich pass schon auf sie auf«, flüsterte Ceyda.

Wir Mädchen von der 10c erhielten einen anderen Extraraum in dem weitläufigen Bunkersystem, er war vollkommen leer, nackter Betonboden, zwei Neonröhren als Beleuchtung und eine Belüftung, das war alles. Frau Abramovicz und ihre Tochter sollten auch dazukommen, mehr würden aber nicht Platz haben. Damit man auf dem nackten Boden schlafen konnte, sollten wir Decken erhalten, aber die mussten wir selbst holen, so viele, wie wir haben wollten.

»Drei oder vier Decken aufeinander, das ist so wie eine Matratze«, meinte der junge Soldat, der uns alles erklärte. Er stellte sich als Alexander vor. Er war der Fahrer des Elektroautos im Tunnel, der mich angesehen hatte. Jetzt konnte ich ihn genauer mustern, er hatte ein ziemlich glattes Gesicht, war offenbar sogar frisch rasiert, wie die meisten Soldaten. Die Männer aus dem Zug hatten inzwischen alle Bartstoppeln im Gesicht, wie man im Neonlicht in den Stollen hier sehen konnte. Er war eher schmächtig, seine feinen Hände fielen mir auf, die Soldatenuniform passte gar nicht zu ihm. Ich starrte ihn an, in der Hoffnung, er würde zurückschauen. Er bemerkte es wohl nicht.

Die ersten der Decken lagen schon da, hellgraue filzige Dinger, auf einem eingefärbten roten Streifen war ein Kreuz ausgespart. Alexander wollte uns zeigen, wo die Decken zu holen waren, ich meldete mich zu denen, die mitgehen sollten.

»Sagen Sie, wo haben Sie hier Toiletten?«, fragte Aylin.

Alexander zeigte in die Richtung, wo drei Räume weiter ein Wasch- und Toilettenraum für die Frauen reserviert sei. »Bitte nichts in die Toiletten werfen!«, ermahnte er uns. »Eigentlich gilt auch die Anweisung, das benutzte Toilettenpapier in den Plastiksack zu werfen, nicht ins Klo, aber das sieht ja keiner.«

Aylin schaute mich schockiert an, das war ja ekelhaft. Wir trauten uns aber nicht, zu widersprechen. Sie ging los.

Aylin wohnte in Berlin im Nachbarhaus, und sie war die Freundin meines Bruders. Alexander ging mit uns weiter auf dem langen Gang, durch den wir hereingekommen waren, vorbei an einem großen Nebenstollen, Alexander nannte das eine »Kaverne«, das Wort kannte ich nicht. In dem engen Tunnel waren außer uns noch andere Soldaten, teilweise in Begleitung von Zugpassagieren, unterwegs. Nach ungefähr fünf Minuten waren wir an der nächsten Höhle, oder Kaverne, dort gingen wir hinein. Von dort gingen weitere Räume nach links und rechts, durch ein geöffnetes Tor sah man einen langen Gang, der in den Raum mit Lagerregalen auf beiden Seiten führte. Am Eingang stand ein Gabelstapler, an einem Stromkabel angesteckt. Alexander steckte ihn ab, setzte sich auf den Fahrersitz und fuhr damit in den Lagerraum. Er hob einen großen Behälter aus dem Regal und fuhr damit zurück, das wiederholte er noch drei Mal, dann standen wir vor einem Berg von Decken, alle hellgrau mit rotem Streifen und Schweizerkreuz, sorgfältig zusammengelegt, vielleicht sogar neu.

»Und wie sollen wir die schleppen?«

Alexander meinte nur: »Moment«, und schloss den nächsten Raum auf. Dann kam er mit einem großen Handwagen zurück und fuhr ihn direkt vor die großen Behälter mit den Decken. Wir luden die Decken auf, zuerst schlampig, dann zeigte uns Alexander, wie man Decken so stapeln konnte, dass auch Stapel mit zwanzig Decken übereinander nicht umfallen konnten. »Findet ihr zurück? Ich komme gleich nach.« Alexander wollte, dass wir uns allein auf den Weg machten; fand ich toll, dass er uns das zutraute, hoffte aber, dass er wiederkommen würde. Ich war enttäuscht, weil er meine Blicke nicht erwiderte.

Den Handwagen zu fahren, ging schwerer als gedacht, und außerdem ging es in dem langen schmalen Tunnel nach oben. Zwei von uns schoben, zwei zogen, Alexander war damit beschäftigt, die Tore zu schließen und den Gabelstapler wieder abzustellen.

Zurück vor unserem Raum, luden wir die Decken wieder ab und trugen sie in unseren Schlafbereich, Aylin war wieder dabei. Ein Hupen draußen und Stimmen. »Die Fahrspur im Tunnel ist frei zu halten!« Eines der Elektrofahrzeuge stand da und wurde von unserem Handwagen blockiert. Wir sahen verdattert drein, zum Glück kam Alexander und meinte, wir sollten den Wagen zu der Ausweichstelle fahren, die ungefähr hundert Meter weiter zu erkennen war. »Oder ihr bringt am besten den Wagen gleich zurück, ihr findet ja noch die Kaverne, wo wir losgefahren sind, oder?«

Ich drückte mich darum, den leeren Wagen mit zurückzufahren.

Frau Abramovicz sprach Alexander an und fragte, wo denn die Jungs aus unserer Klasse untergebracht seien.

»In dem normalen Raum, wo auch die männlichen Passagiere sind.«

»Dann sind sie ja unter hundert Leuten oder so …« Frau Abramovicz schien erschrocken. »Das will ich mir ansehen. Notfalls müssen wir sie auch bei uns hier unterbringen.«

Frau Abramovicz und Alexander gingen los, die Jungs zu suchen.

Inzwischen hatten sich die Ersten von uns schon eingerichtet, hatten ihr Gepäck um die Decken, die auf den Boden als Unterlage gelegt waren, herumgestellt. Sofort begann Streit zwischen Aylin und Ronahi.

»Mach dich nicht so breit!«

»Stell deine blöde Riesentasche so hin, dass man noch durchkommt.«

»Ist wieder typisch, dass du meinst, es muss sich alles nach dir richten.«

Das Hantieren mit den Decken wirbelte eine Menge Staub auf, ich fühlte mich dreckiger als bisher schon. Ich fragte Aylin, ob es im

Waschraum auch Duschen gebe. »Klar gibt es Duschen, die sehen sogar ganz annehmbar aus!«

Ich packte auch meinen Waschbeutel, kramte frische Klamotten zum Anziehen heraus und wollte mich auf den Weg machen, den Aylin beschrieben hatte. Dort war ich allerdings die Nummer sieben oder so in der Schlange, andere waren schneller gewesen. Trotzdem war es eine Wohltat, wieder auf ein richtiges Klo zu gehen, das zwar muffig roch, aber wenigstens nicht so eklig wie die Latrine im Tunnel. Danach in den Waschraum, gleich nebenan, dort gab es zwei Duschen und mindestens zehn Waschbecken. Inzwischen war vor den beiden Duschen eine Schlange von mindestens zehn Frauen, trotzdem blieb ich und wartete. Die Frau vor mir kannte ich aus dem Wagen, in dem ich die Liste gemacht hatte. Es war die Frau, die auf dem Weg nach Paradiso zu ihren Enkeln war.

Endlich war ich dran. Die Dusche war durch einen Vorhang abgetrennt, für die Klamotten war vor dem Vorhang ein Hocker. Der Boden war nass, Handtücher gab es nicht, das Wasser kam nur als Rinnsal, trotzdem: Das Gefühl, warmes, sauberes Wasser an sich herabrinnen zu lassen, war einfach sagenhaft. Wenn nicht draußen noch viele Frauen gewartet hätten, wäre ich einfach drin geblieben. So musste ich mich mit dem getragenen Unterhemd abtrocknen, dann frische Sachen drüber anziehen und wieder raus aus dem primitiven Duschabteil. Ich zog auch mein gelbes Fontane-Schule-T-Shirt wieder drüber, erstens war mir sowieso kalt, zweitens wollte ja Frau Abramovicz, dass wir für die anderen Passagiere erkennbar waren.

Aus dem Waschraum heraus, ging es da nach links oder rechts? Zuerst ging ich falsch, weil ich an einer Ecke ein anderes gelbes T-Shirt sah. Es war Aylin; aber sie war nicht allein, sondern stand dort im Halbdunkel mit dem Soldaten, mit Alexander. Mein Bruder war ja der Freund von Aylin, ich musste immer als Alibi herhalten, wenn Aylin sich von ihrer strengen Familie abseilte und ein Date mit meinem Bruder hatte. Ausgerechnet sie machte sich an Alexander heran.

Böse schauen half nichts, sie hätte bei der Beleuchtung nichts gesehen, also ging ich einfach zurück, aber ich war wütend.

Einige Zeit später kam Aylin in unsere Unterkunft. Ich muss sie ziemlich angefahren haben: »Ich glaub es nicht! Du und der Soldatentyp! Da erzähle ich allen, dass du bei mir gewesen bist, wenn du dich mit meinem Bruder getroffen hast, und jetzt, keine drei Tage weg von Berlin, machst du mit einem anderen Kerl herum, du Schlampe.«

»Ich hab überhaupt nicht rumgemacht, Alexander hat mich was gefragt, und überhaupt: Du bist nur sauer, weil er nicht hinter dir her ist.«

Jetzt mischte sich Ronahi ein: »Ach, mit dem Bruder von Zarah gehst du, das ist doch der, den die Polizei letzte Woche mitgenommen hat, so richtig den Kopf in das Polizeiauto gedrückt, wie im Tatort. Hat mich ja gewundert, dass sie den wieder herausgelassen haben. Ich dachte, der ist noch auf Bewährung.«

Ich knallte Ronahi eine, voll mit der rechten Hand auf ihre Backe, sie schlug zurück, aber jetzt stand mir Aylin bei, gemeinsam drängten wir Ronahi zurück und gingen kreischend auf sie los, als Frau Abramovicz hereinkam. »Was ist denn hier los? Spinnt ihr komplett? Lasst das sofort bleiben, wieso fetzt ihr euch denn?«

Ronahi musste natürlich wieder alles auskotzen: »Aylin knutscht mit dem Soldaten, dabei hat sie eigentlich was mit Zarahs Bruder, und der kommt sowieso wieder in den Knast.«

Frau Abramovicz ging aber nicht darauf ein und sagte ganz langsam und deutlich: »Ihr benehmt euch auf der Stelle! Alles andere könnt ihr ausmachen, wenn wir wieder in Berlin sind. Jetzt sind wir alle in einer Situation, die ich nicht überschauen kann. Ich weiß nicht, was hier eigentlich los ist.« Nach einer Pause: »Und lasst mir die Finger von den Soldaten, die haben etwas anderes zu tun, als sich mit euch abzugeben.«

In diesem Moment knackte es aus einem Lautsprecher über der Tür in unserem Raum, es kam eine Durchsage. »Achtung, Achtung, an alle. In zehn Minuten folgt eine wichtige Durchsage unseres Kommandanten an alle Militärangehörigen und an die Gäste aus dem SBB-Zug. Ich wiederhole …«

Frau Abramovicz rief uns zu: »Holt alle her, auch unsere Jungs, ich möchte, dass wir zusammen sind, wenn wir das hören. Alle hierher, in diesen Raum. Los, du sammelst die Jungs ein, du schaust im Waschraum nach, du in der Küche und im Speiseraum. Ich will alle hier haben, wenn die Durchsage kommt.«

14 Zumtobel – Zerstörung und Dunkelheit

Zumtobel war tatsächlich in einen schweren Schlaf gesunken. Er schreckte hoch, wusste diesmal sofort, wo er war, ein Blick auf die Uhr: Er hatte immerhin fast drei Stunden geschlafen. Plötzlich war ihm klar: Seine Familie war in Gefahr. So eine katastrophale Lage hier draußen, in Uri, es war immer wahrscheinlicher, dass auch das Zürcher Land nicht verschont geblieben war. Er musste etwas tun, musste sie warnen, oder wenn Bubikon auch schon betroffen war, dort seine Familie in Sicherheit bringen. Der kleine Schutzraum, ein Bunker, den er wie die meisten Schweizer Hausbesitzer im Keller hatte, war mit alten Kinderspielsachen, Sportgeräten, Winterreifen und anderem Trödel vollgestellt. Hoffentlich hatte Annegret das Gerümpel schnell genug herausgeräumt, falls dort auch etwas passiert sein sollte. Er musste nach Bubikon kommen, so schnell wie möglich.

Zumtobel stand auf, lange vor 10 Uhr, dem Zeitpunkt, zu dem ihn der Wachhabende wecken sollte. Um 12 Uhr sollte sich der Stoßtrupp, den er am frühen Morgen losgeschickt hatte, erstmals per Funk melden. Zumtobel wollte mitgehen zur Funkstation am Bunkereingang Amsteg und um 12 Uhr direkt hören, was Leutnant Rickenbach berichtete. Von Reto Breitenbacher war nichts zu sehen, er gönnte ihm den Schlaf, der hatte ja die vielen »Gäste« am Hals und war genauso unausgeschlafen wie er.

Zumtobel ging zuerst in den Toiletten- und Waschraum für Männer, zog sich die Kampfmontur an, dann in den Aufenthalts- und Speiseraum, der aber jetzt als Erweiterung der Küche genutzt wurde. Dort waren schon mehrere der Freiwilligen aus dem Zug dabei, Kartons zu öffnen und die Ware für das »Morgenbuffet« bereitzustellen. Neben Dauerbrot gab es heute auch Dauerwurst und Dauerkäse und Marmelade, alles aus Verpackungen, die sich mittlerweile schon in großen Säcken ansammelten, dazu die Kartonagen. Natürlich hatten sie viele andere Lebensmittel verfügbar, um ein richtiges Essen zu kochen, aber organisatorisch war das so schnell für so viele Leute nun einmal nicht möglich.

»Habt ihr einen Kaffee?«, fragte Zumtobel.

Die Zivilisten schauten ihn freundlich und bedauernd an, offenbar ohne zu erkennen, dass er hier der Chef war. Das änderte sich, als ein Kopf aus der Küche auftauchte, Alessandro, der bereits aktiv war. »Jawohl, Herr Hauptmann, für Sie immer!«

Jetzt merkten die Zivilisten, er war der Chef. »Wann können wir heraus?«, »Wie geht es mit uns weiter?«, »Wann können wir unser Gepäck holen?«, lauteten die Fragen, die sie stellten.

Mit einem von Alessandro überreichten Metallbecher Kaffee in der Hand meinte Zumtobel nur: »Wir haben Leute nach draußen geschickt, ich erwarte bald Nachricht. Am wichtigsten ist, dass wir Kontakt zu den Einsatzkräften bekommen, die ja irgendwo sein müssen, um Ihnen allen endlich zu helfen.«

Dann steckte er eine Packung »Armee-Biskuit«, staubtrockenes Dauerbrot, ein und ging wieder auf den langen Tunnelgang nach draußen, zurück in den Kommandantenbereich. In der »Zentrale«, wie der Kommandanten-Befehlsraum genannt wurde, saßen schon drei seiner jungen Männer und taten – eigentlich nichts. Denn die Computer waren immer noch auf Lokalbetrieb, ohne Verbindung zu den zentralen Servern, die Bildschirme zeigten immer die gleichen Bilder, die Lüftung war auf »Filterbetrieb«, die interne Stromversorgung aus ihrem Wasserkraftwerk tief im Berg war normal im Regelbetrieb, die externe Versorgung zeigte bei der anliegenden Spannung null, wie er mit schnellen Blicken feststellte. Inzwischen wusste er, wo diese Anzeigen alle waren. »Ich gehe mit raus, wenn der Funktrupp auf Position geht. Wer führt den an?«

»Das sind Danzer und Imboden, die fahren 10 Uhr 30 los, also noch fünfzehn Minuten. Sie wollen den Elektrowagen 5 nehmen, der ist vollgeladen.«

»Wir nehmen auch Müll mit nach draußen, das stinkt hier sonst irgendwann.«

»Herr Hauptmann, das ist schon eine ganze Menge, viel zu viel für eine Fuhre, der Raum 14 ist das Zwischenlager für Müll.«

Zumtobel war um 10 Uhr 20 am Parkplatz der Elektrowagen, wo Nummer 5 noch am Stecker hing. Die beiden Funker und zwei weitere Soldaten beluden das Fahrzeug gerade, die Funker mit ihrem mobilen Gerät, die anderen beiden luden ihre Waffen auf. Sie sollten die Funker decken, für den Fall, dass Angreifer draußen lauerten. Die Idee mit dem Müll verwarf Zumtobel. Wenn er auch mitfahren wollte, war nicht mehr viel Platz im Wagen. Außerdem, was sollten sie draußen mit dem Müll machen, einfach in die Landschaft stellen? Eigentlich wäre es egal, war sowieso offenbar viel in Unordnung da. »Müllsortierung im Kriegsfall«, das wäre ein schönes Thema für eine Abschlussarbeit an der Akademie, kam ihm in den Sinn, er könnte da jetzt Tipps geben. Er schüttelte den blödsinnigen Gedanken sogleich wieder ab.

»Wenn Sie bereit sind, fahren wir los.«

»Aufsitzen!«, rief der Fahrer, und sie bestiegen die schmalen Sitze auf dem Fahrzeug, ein Mittelding zwischen Golfplatz-Caddie und einem richtigen Auto.

Summend stieß der Wagen zurück und wendete routiniert und schwungvoll, sie nahmen Fahrt auf, der Fahrtwind war angenehm und machte endgültig wach. In dem langen tunnelartigen Verbindungsstollen zu den Ausgängen und Hauptlagern tief im Berg war es wie sonst auch, etwas muffig, immer gleich temperiert, nicht wirklich feucht, das eindringende Wasser wurde ja in einer hinter der Tunnelwand liegenden Drainage-Schicht abgeführt in eine abgedeckte Rinne, die seitlich am Boden zu sehen war.

Sie kamen vorbei an dem Übergang zur großen Lager-Kaverne, an vielen Ausweichstellen, dann kam der Abzweig zum »Ausgang GBT«, durch den gestern die Passagiere des Zuges angekommen waren. Hier bogen sie ab und fuhren bis zum Ende des Stollens, wo eine Wendeltreppe nach oben führte. Sie saßen ab, alle setzten ihre Helme auf, die Funker schulterten die schweren Rucksäcke mit dem Funkgerät SE 240, die anderen beiden Soldaten ihre Waffen, alle schalteten ihre Kopflampen ein, klappernd und scheppernd bewegten sich die vier Soldaten, am Schluss Zumtobel, die Wendeltreppe nach unten.

Oben galt es, die schwere Bunkertür zu öffnen, dann noch eine Blechtür, schließlich standen sie in dem erweiterten Raum, der Teil des Bahntunnels war. Es war komplett dunkel, nur die zuckenden Lichter der Kopflampen erleuchteten den Tunnel und ertasteten den stehenden Zug. Zumtobel sah den leeren Zug, dessen Insassen jetzt seinen Bunker bevölkerten, zum ersten Mal. Tatsächlich, ein eleganter ICN-Zug, dessen Konturen er mit dem Licht seiner Kopflampe nachzeichnete.

»Herr Hauptmann, wir müssen auf der schmalen Seite entlang, dann hinter dem Zug auf die andere Seite und durch den Querschlag in die andere Tunnelröhre«, erläuterte Danzer, der Befehlshaber des kleinen Trupps.

»Sie haben das Kommando, Sie kennen sich hier aus«, antwortete Zumtobel.

Sie gingen den kleinen Durchgang zwischen Zug und Tunnelwand, den Kopf in Höhe der Fensterunterkante. Die Türen waren zu, der Zug war ebenso dunkel wie alles hier, wie ein totes Tier stand er ohne Licht und vollkommen lautlos da.

Die Tür zum Querschlag war offen, die Mühe, sie zu schließen, hatte man sich nicht mehr gemacht. Der Hebel stand noch auf »Notöffnung«.

»Die Knöpfe bringen nichts, oder?« Zumtobel wies auf den grünen Kasten mit der »Kurz drücken. Warten«-Markierung. Er drückte, nichts rührte sich. »Hätte ja sein können, in der SBB-Betriebsleitung sitzt wieder jemand …« Zumtobel wandte sich ab und ging weiter.

In der anderen Tunnelröhre war es genauso dunkel, aber es gab Platz, ohne Zug, sie nutzten die linke Seite mit dem breiteren Weg entlang des Gleises.

Einige Zeit später ging es wieder hinaus aus dem Bahntunnel, sie zwängten sich einen schmalen Gang an Geräten entlang, dann kamen sie zu einem Platz mit vier Stollen in verschiedene Richtungen, wie Zumtobel im Halbdunkel erkennen konnte. Sie nahmen den Stollen nach rechts.

In dem Stollen hallte es scheppernd, als sie weitergingen. Zumtobel spürte jetzt am rechten großen Zeh die Blase, die er sich vor drei Tagen bei dem Anmarsch über den Berg geholt hatte. Er hätte die Blase doch mit einem Pflaster abkleben sollen. Der Stollen zog sich mindestens einen Kilometer hin, nach einiger Zeit veränderte sich das Marschgeräusch. Es war jetzt ein Kratzen mit dabei, denn auf dem Boden war ein feiner Sand, der bei jedem Schritt unter den kräftigen Sohlen knirschte. Sie legten die Atemschutzmasken auf, das war so befohlen.

Sie kamen endlich an ein gitterartiges Metalltor. Draußen war es dunkel wie in einer mondhellen Nacht, jetzt, am Mittag. Zumtobel spürte ein dumpfes Gefühl im Bauch. Das waren nicht nur dunkle Wolken, das war viel schlimmer.

Die beiden Funker versuchten, das Tor zu öffnen, die anderen beiden Soldaten waren an der Tunnelwand links und rechts geduckt und hatten ihre Gewehre schussbereit angelegt, dabei hielten sie die Waffen schräg nach oben, sodass die eigenen Leute nicht im Zielbereich waren. Zumtobel war auf der rechten Seite hinter dem Waffenträger. Endlich hatten die Funker den linken, breiten Flügel des Tores geöffnet. Tastend traten sie hinaus, blickten sich um, ohne in der Dunkelheit viel zu sehen, prüften mit den Stiefeln die Beschaffenheit des Bodens, der von diesem knirschenden Sand bedeckt war. Sie nahmen die Rucksäcke ab und begannen die Funkstation aufzubauen.

Zumtobel ging durch das Tor auf die beiden zu, die Soldaten mit den Waffen blieben am Tunnelportal, die Waffen im Anschlag, und schauten misstrauisch in das Dunkel. Es war kühl, offenbar hatte es geregnet, der Staub war teilweise weggespült, woanders vom Wind zu einer Art dunkler Schneewehe aufgehäuft. Zumtobel nahm die Atemschutzmaske ab, schnupperte, die Luft schien jetzt einigermaßen rein zu sein, er war fast überrascht, dass es nicht nach Feuer oder Schwefel roch, sondern nach gar nichts.

»Was für ein Gerät steht Ihnen hier zur Verfügung?«

»Funkgerät SE 240, Standardware, der Aufklärungstrupp hat das gleiche Modell dabei«, erklärte einer der Funksoldaten.

»Auf welche Distanz funktioniert das?«

»So weit können die nicht laufen, dass wir sie nicht mehr bekommen, solange sie einigermaßen in dem Tal bleiben. In der Ebene reicht das Ding sogar Hunderte Kilometer weit.«

Inzwischen waren verschiedene Kabel eingestöpselt, der Funksoldat schaute auf die Uhr und sagte dann laut: »11 Uhr 55, hast du das auch?«

Der andere nickte, nachdem er sich vergewissert hatte. »Kannst schon versuchen, so wie ich die kenne, sind die schon auf Empfang.«

»Hier Verena Basis, Verena Basis, Verena Eins bitte kommen.« Sie hatten sich abgesprochen, »Verena« als Funknetzbezeichnung zu nehmen. »Hier Verena Basis, Verena Eins bitte kommen.«

Es rauschte, und dann war – überraschend klar – Leutnant Rickenbach zu hören. »Hier Verena Eins, höre Sie gut, Kommen.«

»Hier Verena Basis, übergebe an Kommandanten.« Danzer reichte das Mikrofon an Zumtobel.

»Hier Kommandant, wie geht es Ihnen, wo sind Sie, was haben Sie zu berichten?« Und auf ein Zeichen von Danzer ergänzte er: »Kommen.«

»Hier Verena Eins. Wir sin…« An der Stelle brach der Funk ab. Gespannt schauten sich Zumtobel und die Funker an. Nichts. Nach einiger Zeit nahm Danzer das Mikrofon wieder, drehte an ein paar Knöpfen und sprach dann abermals: »Hier Depot Verena Basis, Verena Eins bitte melden.«

»Hier Verena Eins, höre Sie klar. Was haben Sie von meinem Bericht gehört? Kommen.«

Zumtobel übernahm wieder. »Hier Verena Basis. Wir haben nichts gehört, bitte beginnen Sie am Anfang. Nach jeweils einigen Sätzen fragen Sie zurück, ob wir noch dran sind, verstanden? Kommen.«

»Verena Eins, wir berichten wie folgt: Grundsätzlich großräumig verbreitetes Zerstörungsmuster, durch Druckwelle umgelegte Vegetation, schwer beschädigte Häuser, ohne Glas und häufig ohne Dach. Wir sind jetzt vorgedrungen bis nach Flüelen, der Autobahn entlang. Dort verlassene Fahrzeuge, meist am Straßenrand und demoliert. Unterwegs nur in Schattdorf Überlebende gesehen. Es ist nicht erkennbar, was den Hergang der Katastrophe schlüssig erklären könnte. Nach den Berichten der Überlebenden in Schattdorf scheint es aber eine Sirenenwarnung gegeben zu haben, die nicht ernst genommen wurde. Beschrieben wurde eine gewaltige Druckwelle, die völlig überraschend gekommen sein muss. Bisher keine Hilfsmaßnahmen von anderer Seite festgestellt, keinen Kontakt bekommen. Hören Sie? Kommen.«

»Ja, wir hören Sie. Wie sieht es am rückwärtigen Eingang in Erstfeld aus? Kommen.«

»Das Gebäude mit dem Eingang ist unversehrt. Verena Basis, sind Sie noch dran? Kommen.«

»Hier Verena Basis, ja, wir verstehen Sie gut. Kommen.«

»Hier Verena Eins, ich fahre fort. Auch in Erstfeld großräumige Zerstörungen an den Häusern, wobei die Hauptstraße nur mit Mühe passierbar ist. Auch hier nur wenige Überlebende auf der Straße zu sehen, alle verletzt, in den Häusern haben wir befehlsgemäß nicht gesucht. Von Erstfeld aus sind wir die Straße weiter Richtung Rinächt, am Tunnelportal ein entgleister Güterzug, der durch herumliegende

Trümmer beide Tunneltrassen blockiert. Verena Basis, hören Sie noch? Kommen.«

»Ja, Verena Eins, berichten Sie weiter. Kommen.«

Ungeduldig wartete Zumtobel auf den Bericht zur Situation am Schattdorfer Haupteingang des Depots Verena.

»Hier Verena Eins. Das Gelände vor unserem Eingang bei Schattdorf ebenfalls schwer beschädigt. Das Betonvordach des Bunkereingangs wurde offenbar durch Felsbrocken zum Einsturz gebracht. Der Eingang ist nicht ohne schweres Gerät freizubekommen. Im RUAG-Gelände ansonsten dasselbe Schadensbild wie überall. Personen haben wir draußen im Militärgelände nicht feststellen können. Kommen.«

Zumtobel rief in das Mikrofon: »Hier Verena Basis, was haben Sie in der Ortslage von Schattdorf festgestellt? Kommen.«

»Hier Verena Eins. Wir sind weiter vorgerückt nach Schattdorf hinein, dasselbe Schadensbild überall, inzwischen konnten wir mehr sehen, der Regen hat nachgelassen und ist inzwischen vorbei. Auch Schattdorf ist großflächig komplett zerstört. Wir sind zum Militärspital in Schattdorf. Dort sind die Eingänge geschlossen, aber – soweit wir sehen konnten – unbeschädigt. Wir konnten nicht feststellen, dass das Militärspital besetzt ist. Verena Basis, hören Sie noch? Kommen.«

Zumtobel wusste: Das Militärspital Schattdorf war eine unterirdische Anlage aus dem Krieg, ein komplettes Krankenhaus für den Kriegsfall. Normalerweise war es abgeschlossen und unbesetzt, und das war offenbar auch jetzt der Status. Unglaublich: Niemand war gekommen, um das Krankenhaus in Betrieb zu nehmen, trotz all der Verletzten. Er antwortete schnell: »Verena Eins, hier Verena Basis, wir hören Sie. Wo sind Sie?«

»Hier Verena Eins. Vor dem Krankenhaus waren einige wenige Verletzte, die dachten, dort gäbe es Hilfe. Wir haben Verbandmaterial dagelassen, sind befehlsgemäß weitermarschiert. Inzwischen sind wir durch Altdorf weiter nach Flüelen gekommen. Überall dasselbe

Bild, Schwerverletzte, Bebauung stark beschädigt. Keine Einsatzkräfte oder Hilfeleistenden festgestellt. Ausgeprägte Dunkelheit, auch am Tag. Wir haben jetzt neben dem total zerstörten Bahnhof ein behelfsmäßiges Quartier unter dem Dach der Terrasse des Hafencafés, das – vom Glasschaden abgesehen – ziemlich unversehrt ist. Das Bild des Sees: Auf der Wasseroberfläche schwimmen Bäume und Baumstämme, soweit wir sehen können, die hat der Wind zusammengetrieben.«

»Gibt es Strahlenbelastung oder andere Luftbelastung?«

»Wir sind inzwischen ohne Atemschutz, da nach dem Regen die Staubbelastung gering geworden ist. Der ABC-Test in Schattdorf erbrachte geringfügig erhöhte Strahlenwerte, müssen mit Frau Moseri diskutieren, welche Relevanz das hat. Jedenfalls nichts Akutes. Hier in Flüelen haben wir noch keinen Test gemacht. Wir machen jetzt eine Pause. Wie weit sollen wir vorstoßen? Kommen.«

»Hier Verena Basis, von Flüelen ganzes Frequenzspektrum auf mögliche Funksendungen prüfen und nach Möglichkeit Kontakt aufnehmen. Machen Sie ansonsten eine Pause, sie sind ja schon 24 Stunden auf den Beinen. Vorschlag: Wir sprechen uns in sechs Stunden wieder, also um 18 Uhr. Dann geben wir euch neue Befehle. Kommen.«

»Hier Verena Eins, bis in sechs Stunden. Ende.«

Zumtobel gab das Mikrofon wieder an Danzer zurück. Er blickte sich um. Sie standen draußen im Freien, es war kalt, der Boden nass, die Luft trocken, leichter Wind wehte. Es war ziemlich dunkel, etwa wie in einer Vollmondnacht bei starker Bewölkung. Er schaute auf die Uhr, Viertel nach sechs, es müsste eigentlich schon heller Tag sein. Was ging hier vor? Das sah nicht nach einer lokalen Katastrophe oder einem gezielten Angriffsschlag aus. Wieso war das gesamte Frequenzspektrum ohne Funkverkehr? Gab es in anderen Weltgegenden einen Atomkrieg, der weltweit zu Verdunkelung und Elektronikausfall geführt hatte? Zumtobel kam auf keine Antwort, ging langsam wieder zum Eingang des Bunkers zurück. Die Funker hatten inzwischen ihre Geräte abgebaut und verstauten das SE 240 wieder in einem der Rucksäcke, ebenso die Antennen und das andere Equipment, das sie in das Funkgerät gestöpselt hatten.

»Herr Hauptmann, was hat das alles zu bedeuten?«

Zumtobel schwieg erst, dann schaute er den Funker, der gefragt hatte, an und meinte: »Ich weiß es auch nicht. Hier läuft gerade einiges total schief. Wir können von Glück sagen, dass wir im Bunker waren, als die Druckwelle durch das Tal gerauscht ist.«

»Meinen Sie, Thurgau ist auch betroffen?«

Zumtobel schaute den Mann an. »Sind Sie aus Thurgau?«

»Ja, Herr Hauptmann, aus der Nähe von Amriswil, meine Frau, meine Familie, alle sind da, meinen Sie, es besteht dort Gefahr?«

»Meine Frau und meine Kinder sind im Kanton Zürich. Wir können nur hoffen, dass es woanders besser ist.«

Schweigend gingen sie durch das Tor in den Tunnel zurück. Zumtobel schlug das Herz bis zum Hals, und das lag nicht an dem anstrengenden Marsch durch den Tunnelstollen, den er gar nicht richtig wahrnahm, in den Eisenbahntunnel, in die Röhre auf der anderen Seite, am dunklen Zug vorbei zum Eingang in den Bunker, die Treppe dort hinauf. Seine Gedanken kreisten ständig nur darum: Was geht hier eigentlich vor? Was ist in Bubikon? Und da war der übermächtige Wunsch, seine Sachen zu packen und sich auf den Weg zu machen, dort nachzusehen, egal wie lange es dauerte, notfalls zu Fuß.

Der Fahrer des Elektrofahrzeugs, das sie im Bunker erwartete, schaute sie erwartungsvoll an, er fragte einen der Funker: »Und? Wie geht es unseren Leuten draußen?« Der Funker zuckte mit den Schultern und sah Zumtobel an.

Der Funker sprach ihn an: »Herr Hauptmann, Sie sollten überlegen, was Sie unseren Leuten und den Zugpassagieren erzählen. Die denken, wir wissen jetzt etwas, und hoffen, dass Rickenbach Kontakt zu Rettungsmannschaften hergestellt hat.«

Zumtobel erwachte aus seiner Trance. »Ja, was sagen wir? Wir können nur sagen, dass es immer noch keinen Kontakt gibt und draußen Zerstörungen sind. Wir können keine Hoffnung auf schnelle Evakuierung machen. Wir müssen uns weiter darauf vorbereiten, Material und Versorgungsgüter auszuliefern. Und wir müssen bis dahin versuchen, den Menschen draußen zu helfen. Es scheint viele Tote und Verletzte zu geben. Ich werde eine Ansage an alle machen. Wenn Sie gefragt werden, sagen Sie, der Chef spricht gleich zu allen. Sonst sagen Sie nichts.«

Die Gedanken an seine Frau, seine Tochter und seinen Sohn und der übermächtige Wunsch, sich nach Hause davonzumachen, waren vergessen. Nein, sie waren nur verdrängt. Er musste seine Pflicht tun. Nur: Was war seine Pflicht? Es gab keine Vorschriften dazu, was zu tun war. Ein solcher Fall war nicht vorgesehen.

15 Steppach – Das Erwachen

Das Erste, was ich wieder hörte, war ein Geräusch und dann die Durchsage, dass demnächst eine Durchsage kommen würde. Ich lag in dem Krankenzimmer des Bunkers, ein kleines blaues Licht ließ nur die Umrisse des Raumes erkennen. Es roch nach Desinfektion. Ich musste dringend auf die Toilette, mein Mund war ausgetrocknet, ich hatte bohrende Kopfschmerzen. Ich richtete mich auf und zuckte zusammen, mein Bein meldete sich mit einem stechenden Schmerz zurück.

Vorsichtig setzte ich beide Füße vor der Liege auf den Boden, stützte mich auf das gesunde Bein und hangelte mich zur Tür. Draußen war es heller, ein Sanitätssoldat saß an einer Art Klappschreibtisch und drehte sich zu mir um, es war ein anderer als der, der mich verarztet hatte. »So, wieder wach, wie geht es Ihnen? Vorsichtig mit dem Bein. Wollen Sie auf die Toilette?« Ich nickte nur, aus meinem ausgetrockneten Mund wäre wahrscheinlich ohnehin nur Gekrächze gekommen. »Ich helfe Ihnen.«

Nach dem Toilettengang gab er mir ein großes Glas Wasser, das ich gierig hinunterstürzte. Danach ging es mir besser. »Kann ich?« Ich zeigte auf einen Stuhl und stützte mich beim Setzen mit beiden Armen ab, um das Bein zu schonen.

»Ich gebe Ihnen zwei Krücken, dann können Sie leichter gehen. Und noch zwei Tabletten – die müssen Sie zweimal täglich nehmen, fünf Tage lang. Und wir werden Fieber messen.« Er steckte mir ein Thermometer ins Ohr, wartete etwas und meinte dann: »Kein Fieber, das ist gut. Wird schon wieder.«

Aus dem Lautsprecher über der Tür kam ein Knacken. »Achtung, Achtung, an alle. Der Kommandant wird jetzt über die aktuelle Lage, soweit wir sie kennen, informieren. Ich übergebe an Hauptmann Zumtobel.«

»Männer und Frauen der Schweizer Armee im Depot Verena, Gäste aus dem Zug im Tunnel. Ich weiß, Sie alle haben große Sorgen und wollen wissen, was passiert ist und wie es weitergeht. Ich will Ihnen ganz offen sagen, was wir derzeit an Informationen haben. Das ist leider nicht viel.« Es kam ein Räuspern und eine kleine Pause. Dann stammelte er etwas vom verschütteten Haupteingang des Bunkers, davon, dass man aber durch einen der anderen Ausgänge eine Erkundung durchführe, man sei schon bis Flüelen vorangekommen. Wieder eine Pause. Der Sanitäter blickte gespannt zur Decke, wo der Lautsprecher montiert war.

Der Hauptmann, das musste der sein, vor dem der Offizier Breitenbacher so viel Respekt hatte. Aber wenigstens hatte er sie hereingelassen.

Der Hauptmann setzte die Durchsage mit der Schilderung fort, dass sich draußen offenbar eine Katastrophe ereignet habe, welche genau, blieb allerdings offen. Zerstörungen, Verletzte, Tote, vorerst könnten wir nicht hinaus, nur ein Trupp der Soldaten erkundete die Lage.

Der Hauptmann fuhr fort: »Sie sind hier sicher vor Gefahren, und wir werden sehen, wann die Lage vor unserem Depot so stabil ist, dass wir nach draußen können.« Die Strom- und Wasserversorgung und die Lüftung seien unabhängig und liefen verlässlich. Er habe entschieden, einen Teil der Militärkräfte zur Hilfeleistung für mögliche Überlebende im Reusstal abzustellen. Deshalb müssten wir, die Menschen im Tunnel, uns vorerst selbst versorgen. Der Hauptmann Breitenbacher sei für uns zuständig.

Gar nichts sagte der Kommandanten-Hauptmann dazu, wie weit das Katastrophengebiet denn eigentlich reichte. Ich bekam ein flaues Gefühl: Sollte die Katastrophe auch das Gebiet um Basel und Lörrach getroffen haben? Ich versuchte den Gedanken zu verdrängen, aber es ging nicht mehr, es war wie eine blinkende gelbe Dauerwarnlampe im Gehirn: Gefahr zu Hause!

Der Hauptmann schloss seine Durchsage ab: »Eines muss ich unmissverständlich klarstellen: Diese militärische Einrichtung unterliegt militärischer Ordnung. Anweisungen der Militärangehörigen ist unverzüglich Folge zu leisten. Alle Nicht-Militärangehörigen genießen hier Schutz und Gastrecht, aber ich muss die Oberhoheit darüber beanspruchen, was Sie zu tun und zu lassen haben. Dafür bitte ich um Verständnis.« Ein Räuspern. »Ich danke für Ihre Aufmerksamkeit und versichere Ihnen, dass mir der Schutz von Ihnen allen genauso wichtig ist wie unser militärischer Auftrag.«

So eine merkwürdige Ansprache hatte ich noch nie gehört. Waren wir quasi interniert? Die blinkende innere Warnleuchte wechselte die Farbe jetzt auf Rot und ließ sich einfach nicht mehr abstellen. So schnell wie möglich weg aus dieser Gegend, die aus irgendeinem Grund derart zerstört war, raus aus dem Tunnel und dem Bunker, heim nach Lörrach, das forderte die Warnlampe. Nur: Mit dem Bein würde ich nicht weit kommen. Und dann sollte ich mich natürlich auch um meinen Zug und die Passagiere kümmern.

Der Sanitäter hielt mir die Krücken hin, ich zog mich daran hoch und stand auf, er nahm Maß und verstellte sie ein wenig. »So sollte es gehen. Sie können in die Unterkunft gehen, ich fürchte, wir brauchen den Spitalraum bald für schlimmere Fälle.« Er gab mir die Tabletten mit und meinte, ich sollte morgen zum Wechseln des Verbands vorbeikommen. Er reichte mir meine Tasche und hielt mir die Tür auf, ich humpelte hinaus, die Tasche an der Krücke auf der Seite mit dem gesunden Bein krampfhaft festhaltend, ein unbequemes Laufen, ich kam nur langsam und mühsam voran.

»Zur Unterkunft geht es durch den großen Raum, sie liegt auf der linken Seite in ungefähr hundert Metern. Fragen Sie einfach dort.«

Ich dankte dem Sanitäter, konnte ihm aber nicht die Hand geben, mit den Krücken und der Tasche. »Vielen Dank, für alles.«

»Ist gut. Bis morgen.«

Ich hatte noch immer Durst und auch Hunger und verspürte den dringenden Wunsch, zu duschen oder mich wenigstens zu waschen, soweit es mit dem Verband am Fuß möglich war. Vor allem aber wollte ich nachsehen, wie es Duber und allen anderen aus dem Zug ging.

16 Zarah – Küchendienst

Die Durchsage war vorbei. Wir hatten nicht alles verstanden. Was sollte das mit der »militärischen Ordnung«? Und wir müssten uns um uns selbst kümmern? Wer hatte sich denn bisher um uns gekümmert? Gut, Alexander hatte uns den Raum zugewiesen, und wir waren hier gut untergekommen, fast wie im Schullandheim. Das Klo und der Waschraum waren überfüllt, muffig und inzwischen auch versifft. Da hätten wir uns gar nicht so vorbereiten brauchen in Berlin, auf eine Reise in ein besonders anständiges und sauberes Land.

Wären wir doch nur in Berlin, im Wedding geblieben. Dort war jetzt am Nachmittag das Schülercafé geöffnet, lieber würde ich dort sein, Kuchen backen und Kaffee ausschenken an die alten Leute aus der Genossenschafts-Wohnsiedlung, die gern ins Schülercafé kamen. Bei uns gab es frischen selbst gebackenen Kuchen für wenig Geld.

Frau Abramovicz sagte zu uns: »Ihr bleibt jetzt alle hier im Raum und rennt nicht herum. Ich gehe mal nachfragen, was das alles für uns genau bedeutet.«

Was sie dabei erlebt hat, hat sie mir später geschildert.

Sie ging direkt zum Kommandoraum, wo alle möglichen Bildschirme und Schaltpulte waren und ein großer Plan des Bunkers, in dem wir uns befanden. Dort war der Hauptmann Breitenbacher, mit dem zusammen sie ja schon bei der Organisation unserer Unterbringung und der Essensausgabe und Küchenhilfe zusammengearbeitet hatte, zudem der Offizier, der die Durchsage gemacht hatte, und drei weitere Soldaten. Sie saßen und standen schweigend zusammen, als sie eintrat. »Frau Abramovicz, gut, dass Sie kommen. Wir müssen die Mithilfe der Zugpassagiere bei den internen Arbeiten hier in Küche und bei der Reinigung und Entsorgung neu besprechen. Sie müssen mit ihren Leuten noch mehr Aufgaben übernehmen. Wir brauchen unsere Kräfte jetzt für die Versorgung von Verletzten draußen.«

Der Plan, den Frau Abramovicz von Hauptmann Breitenbacher genannt bekam, war einfach: Unsere 10c sollte den gesamten Küchendienst übernehmen und alle Menschen hier versorgen, die im Tunnel befindlichen Soldaten mit eingeschlossen! Dabei sollten aber auch andere Leute aus dem Zug mithelfen.

»Sie haben doch diese Liste von den Reisenden im Zug, da müssen Sie eben geeignete herausfinden – oder die Leute direkt fragen.« Nur der Koch der Soldaten stünde noch zur Verfügung, um aus den Lebensmittelbeständen für Nachschub zu sorgen und Anweisungen zu geben, wie man daraus irgendwie Mahlzeiten zubereiten konnte. Wegen der beengten Küchen- und Essraumverhältnisse würden die Passagiere und die im Bunker befindlichen Soldaten nur einmal am Tag eine warme gekochte Mahlzeit bekommen, ansonsten mit abgepackten Lebensmitteln und Getränken beliefert werden. Die Verteilung der Packungen sollte ebenfalls unsere 10c übernehmen, zusammen mit weiteren Fahrgästen. Statt Kuchen im Schülercafé für ein paar ältere Leute jetzt also Vollpension für Hunderte!

Außerdem gab es die Reinigung, die Versorgung der Waschräume mit Seife und Hygieneartikeln und der Toiletten mit Klopapier zu organisieren. »Wenn unsere Klasse die Verteilung der Lebensmittel und den Küchendienst übernimmt, ist es nicht gut, wenn dieselben Schüler auch den Reinigungsdienst übernehmen, das ist ein hygienisches Problem. Wir werden andere Freiwillige finden, denke ich.«

Für diesen Schachzug konnte die Klasse Frau Abramovicz echt dankbar sein, und im Nachhinein graut mir, wenn ich an die Waschräume und Toiletten denke, die vielleicht für hundert oder zweihundert, aber nicht für vierhundert Menschen gemacht waren. Die sauber zu machen war ein ekliger Knochenjob. Es fanden sich dafür aber tatsächlich Freiwillige aus dem Zug, die das tageweise übernahmen. Wir waren für die Küche eingeteilt und damit vom Drecksdienst befreit.

Der Offizier, der offenbar der oberste Chef war und auch über den Lautsprecher gesprochen hatte, Zumtobel hieß er, schaute sie unvermittelt an, ziemlich unfreundlich. Frau Abramovicz nahm die Gelegenheit wahr, ihn direkt anzusprechen und ihm die volle Unterstützung anzubieten. Und dann kam ihr eine Idee, die sie diesem Offizier unterbreiten konnte, damit der merkte, dass die vielen Zivilisten hier auch für etwas gut waren.

17 Zumtobel – Eine überraschende Idee

Er hatte den Leuten mit seiner Durchsage das Gefühl gegeben, er würde sie vollständig informieren, genau das hatte er aber eigentlich nicht gemacht. Er hatte ein wichtiges Detail unerwähnt gelassen: Im gesamten Frequenzspektrum hatten die Funker keinen Funkverkehr oder irgendwelchen anderen Radiofunk festgestellt.

Die einzige mögliche Erklärung, die ihm einfiel, war ein »EMP«. Er versuchte, sich an die Einzelheiten zu erinnern, aber ihm fiel nicht einmal mehr ein, was damit abgekürzt wurde, irgendetwas mit »elektromagnetisch«. Bei Atomwaffenexplosionen gab es das als Nebeneffekt. Unter bestimmten Umständen wurde in weitem Umkreis alle Elektronik zerstört, wenn diese nicht besonders geschützt war. Stromausfall, Ausfall aller elektronischen Geräte, das waren die unmittelbaren Folgen. Hier im Bunker waren sie davor sicher, aber draußen könnte ein EMP einen solchen Totalausfall sämtlicher technischen Systeme bewirken, vor allem natürlich auch aller Funkgeräte, Telefone, Autos und Flugzeuge.

Die Funkgeräte ihrer Funker hatten eine große Reichweite, umso mehr müssten sie von irgendwoher in Europa Signale empfangen können oder irgendwelchen Funkverkehr oder Radiosendungen. Sie hatten aber rein gar nichts gehört, nur Rauschen.

Das hieß, dass das kein Problem nur im Reusstal oder nur in Uri oder nur am Gotthard war, sondern ein Problem in einem viel größeren Gebiet, er mochte gar nicht daran denken. Aber es war ja möglich, dass der EMP-Effekt weit über das unmittelbare Schadensgebiet hinausreichte. Sie waren hier im Zentrum einer katastrophalen Einwirkung, woanders waren vielleicht nur die Funkgeräte ausgefallen. So könnte es sein. Hoffte er. Bubikon war, er überschlug es, vielleicht sechzig Kilometer Luftlinie entfernt. Wie sah es dort aus?

Breitenbacher kam in den Kommandantenraum. »War gut, dass du den Leuten reinen Wein eingeschenkt hast. Sonst verbreiten sich nur Gerüchte. Wann sprecht ihr wieder mit dem Erkundungstrupp?«

»18 Uhr ist die nächste ausgemachte Zeit für Funkkontakt. Welche Anweisungen sollen wir denen geben? Im Moment machen sie in Flüelen eine Rast. Das muss jetzt sein, die sind ja schon bald zwei Tage auf den Beinen. Aber um sechs, wenn sie sich wieder melden, und sie haben immer noch keinen Kontakt zu Hilfskräften oder Militäreinheiten, müssen wir sie entweder zurückholen oder viel weiter vorstoßen lassen. Was meinst du?«

»Wir sollten sie herausfinden lassen, ob die Straßenverbindungen Richtung Brunnen oder über die Autobahn Richtung Luzern noch irgendwie nutzbar sind. Vielleicht ist das Reusstal ja abgeschnitten, und es kommt deswegen keiner zu uns.«

»Aber es gibt ja überhaupt keinen Funkverkehr …«, sagte Zumtobel mehr zu sich selbst, und erneut übermannte ihn die dunkle Vorahnung, dass bei Weitem nicht nur das Reusstal und das Gotthard-Gebiet betroffen waren.

»Also, was sagen wir Ihnen? Dass Sie sich trennen sollen, zwei Mann gehen Richtung Sisikon und schauen, inwieweit die Straßen rechts des Sees passierbar sind, zwei Richtung Stans auf der Autobahn, bis zum Tunneleingang? Natürlich weiter auf der Suche nach Kontakt zu anderen Kräften?«

»Also, wenn du mich fragst, die sollen sich nicht mehr lange aufhalten. Wenn sie bis jetzt keinen anderen Hilfskräften begegnet sind, ist die Wahrscheinlichkeit, dass sie ausgerechnet in Sisikon jemandem begegnen, gering. Wir sollten ab jetzt den Schwerpunkt auf die Versorgung der Verletzten draußen legen. Sie sollten sich zum Militärspital Schattdorf zurückziehen, dorthin schicken wir von hier aus eine Hilfstruppe, die das Spital in Betrieb nehmen kann.«

»Wichtig ist, zu klären, ob man im Militärspital die Stromversorgung herstellen kann, sonst kannst du da nicht viel in Betrieb nehmen.«

In dem Moment kam eine Frau in den Kommandoraum. Reto Breitenbacher begrüßte sie und unterhielt sich mit ihr, das war offenbar die deutsche Lehrerin, die im Zug mit einer Schulklasse unterwegs war. Soweit Zumtobel das mitbekam, machte er ihr klar, dass sich die Passagiere um sich selbst kümmern müssten und wie das zu organisieren sei. Hatte er doch schon in der Durchsage gesagt.

Zumtobel beschäftigte sich damit, wie ein zweiter, größerer Trupp nach draußen geschickt werden sollte, der mit der medizinischen Versorgung der Verletzten beginnen konnte. Einige Soldaten mit Sprengausbildung sollten mit nach draußen gehen, um zu sehen, ob man den Hauptausgang des Bunkers vielleicht freibekommen konnte. Dann hätten sie wieder den normalen Ausgang, auch das Militärspital wäre vom Bunker aus in einer halben Stunde zu Fuß oder mit Fahrzeugen vielleicht sogar noch schneller erreichbar, während es jetzt ein mehrstündiger Marsch durch den rückwärtigen Ausgang, über den Eisenbahntunnel und den Stollen in Amsteg und im Reusstal an Erstfeld vorbei zurück nach Schattdorf war.

Zumtobel kam die Idee: Er würde den zweiten Trupp begleiten, um sich selbst ein Bild zu verschaffen. Wenn er ehrlich war, wollte er sich auch wenigstens die theoretische Möglichkeit eröffnen, in Schattdorf seiner Wege zu gehen und sich nach Bubikon durchzuschlagen, um sicherzugehen, dass dort alles in Ordnung war. Diese Entscheidung, die Truppe zu verlassen, konnte er später treffen, aber er hatte das Gefühl, dass er sich wenigstens die Option dazu eröffnen sollte.

Zumtobel war jetzt hellwach. Sich selbst ein Bild verschaffen und dann sehen, was er weiter tun konnte. Das war es.

Er gab die Befehle zum Zusammenstellen eines weiteren Erkundungstrupps, Abmarsch sollte möglichst schon um 16 Uhr 30 Uhr sein. Für die Aufgabe brauchten sie mindestens zwölf Mann, darunter möglichst zwei Personen mit Sanitätskenntnissen und zwei Leute mit Sprengausbildung, sowie Plastiksprengstoff, Zünder, Drähte und Zündanlage, um zu versuchen, den Depot-Zugang freizusprengen.

Das würde ihnen neue Möglichkeiten eröffnen und den komplizierten Weg nach draußen über den Eisenbahntunnel verkürzen. Wenn sie um 16 Uhr 30 abmarschierten, konnte er vom Stollenausgang in Amsteg aus als Erstes die für 18 Uhr vorgesehene nächste Funkverbindung mit dem ersten Erkundungstrupp herstellen.

Die Lehrerin stand immer noch im Kommandoraum herum und hielt Reto Breitenbacher von der Beschäftigung mit wichtigeren Dingen ab.

Zumtobel sah sie missbilligend an. Doch in dem Moment wandte sie sich an ihn: »Wir werden Ihnen möglichst viel hier abnehmen, damit Sie sich um die Leute draußen kümmern können. Wenn Ihnen die Passagiere helfen können, machen wir das gerne. Kann Ihnen eigentlich die Zugmannschaft nicht helfen? Der weite Marsch im Tunnel könnte viel leichter sein, wenn die Bahnleute Sie mit ihrer Lok fahren. Die Lok kann ohne Strom fahren, sie hat es ja auch hierhergeschafft.«

Zumtobel war überrascht. Ein Zivilist, noch dazu eine Frau, wollte ihm erklären, wie man schneller aus dem Depot Verena herauskam. Aber sie hatte recht. Warum sollte ihr Trupp nicht die ersten fünf Kilometer auf bequemere Weise zurücklegen und Zeit gewinnen?

»Wir marschieren hier um 16 Uhr 30 ab. Wenn Sie eine Möglichkeit finden, dass die Eisenbahner ihre Lok wieder in Bewegung setzen können, soll mir das recht sein, wir könnten dadurch Zeit gewinnen. Bitte klären Sie das schnell ab und holen dann das Bahnpersonal, damit wir das besprechen können.«

Zumtobel wollte die Lehrerin loswerden. Ob zu Fuß oder mit der Lok im Tunnel: Er wollte jetzt schnell ins Freie, der Drang, sich auf den Weg nach Bubikon zu machen, wurde übermächtig. Was war, wenn seine Frau und seine Kinder verletzt waren? Aber: Was sollte er allein in Bubikon ausrichten? Die dunklen Gedanken blockierten ihn, er schüttelte sie ab. Er musste überhaupt erst einmal mit dem zweiten Trupp aus dem Depot heraus, sonst hatte er ohnehin keine Option Bubikon.

Die Lehrerin lächelte ihn beim Hinausgehen freundlich an, was ihn eher verwirrt zurückließ, er wollte eigentlich gar nicht freundlich zu ihr sein. Aber überraschende Ideen hatte die Frau, das musste man ihr lassen.

18 Steppach – Paolo setzt seine Lok in Bewegung

Ich humpelte mit meinen Krücken durch den Stollen in die angegebene Richtung. Es gelang mir schon ganz gut, gelegentlich auch mal den Fuß zu belasten, redete ich mir ein. Es war eng, viele Leute standen und liefen herum, ohne klares Ziel. Der Unterkunftstrakt war überfüllt, die Leute warteten an einer Essenausgabe, es roch nach billigem Dosenessen mit Tomatensoße.

Mit meinen Krücken stakste ich die Reihe von Feldbetten entlang, dann sah ich Duber, der auf einem Feldbett saß, neben ihm Paolo.

»Mensch, wie geht es dir? Ist das Bein gebrochen?«, fragte mein Lokführerkollege.

»Nein, aber ziemlich lädiert und stark entzündet, ich war im Spitalraum, der Sanitäter dort hat mich hoffentlich gut versorgt.«

Ich erklärte den beiden, dass ich Hunger und Durst hätte und meine Tasche hierlassen würde. Duber wollte mir etwas zu essen holen, aber ich wollte lieber selbst sehen, wie das so vor sich ging. Auf einem Bett herumliegen, das konnte ich immer noch.

Ich ging zurück aus dem Unterkunftsraum zu der Essensausgabe und überlegte, ob ich an der Schlange vorbei nach vorn gehen sollte, das Privileg der Krücken nutzend. In dem Moment kam Frau Abramovicz ganz aufgeregt auf mich zu: »Wo ist Ihr Kollege, der italienische, der mit der Lok?«

Sie müsste ihn wirklich dringend sprechen, erklärte sie. Anstatt umständlich mit der Krücke die Richtung zu erklären, humpelte ich voraus und zeigte ihr den Weg, es war ja nicht weit.

Duber und Paolo saßen noch immer auf der Liege. Frau Abramovicz stürmte auf Paolo zu: »Sie müssen sofort zum Bunkerkommandanten! Er braucht Ihre Lok!«

»Was? Können wir herausfahren?«

»Nein, er will mit einem Trupp Soldaten heraus aus dem Bunker, um nach dem Rechten zu sehen, und dazu muss er kilometerweit durch den Tunnel laufen. Aber das können Sie doch übernehmen, ihn bis zu dem Seitenstollen unterwegs zu bringen.«

Das wollte ich genauer wissen: »Zu dem Stollen, durch den die Gasmaskenmänner nach draußen sind?«

»Ja genau, zu dem. Das sind einige Kilometer, und die werden wohl viel Ausrüstung mitnehmen müssen.«

Paolo antwortete: »Ja, mit der Lok kann ich fahren, aber da ist nicht viel Platz auf dem Führerstand.«

»Also, es geht, Sie können fahren?«

Duber sah mich an, ich wusste, was er dachte. Im Tunnel herumfahren, ohne Signalsicherung, einfach so, das war nicht das übliche Betriebsregime. Aber andere Zugfahrten waren wohl kaum zu erwarten. Ich meinte: »Wenn uns irgendjemand sucht, wird er ohnehin vorsichtig in den Tunnel einfahren, schon wegen der defekten Weichen.« Einen schweren Verstoß gegen alle Betriebsregeln hatten wir sowieso schon begangen, als wir die Passagiere vor den Bunker gefahren hatten. »Wenn es hilft, sollten wir fahren.«

Ich meinte aber zu Duber, er sollte mitgehen und sich auf jeden Fall darum kümmern, dass der Intercity-Zug sicher gebremst sei, wenn die Lok abgekuppelt werde.

»Wie viele wollen denn eigentlich mitfahren?«

Frau Abramovicz meinte, soweit sie wüsste, wären es ungefähr zehn bis zwölf Soldaten. Sie sollten jetzt aber schnell zum Kommandanten, der wartete. Sie würde ihnen den Weg zeigen, und danach müsste sie zu ihren Schützlingen, auf die kämen auch neue Aufgaben zu.

Duber sagte zu mir: »Du kannst meine Liege haben. Ich suche mir später eine andere. Er räumte seine Sachen unter die Liege und ging los, drehte sich aber noch mal um und meinte lachend: »Wir schicken dir eine Postkarte aus Amsteg.«

Ich ging zur Essensausgabe. Der Tomatengeruch kam von Ravioli, der Soldat von der Essensausgabe begleitete mich wegen meiner Krücken sogar bis zu den Tischen und Bänken und trug dabei den Blechteller. Er stellte mir einen Krug mit Wasser hin und gab mir ein Blechbesteck. Ich fing an, die Ravioli zu löffeln, und im gleichen Augenblick entwickelte ich geradezu eine Gier, ich hatte Heißhunger und füllte mir den Magen mit der roten Pampe.

Ich bemerkte wieder das Warnlicht im Kopf: »Gefahr zu Hause.«

Frau Abramovicz schien ja den direkten Draht zum Kommandeur hier zu haben. Vielleicht wusste sie mehr, als der Kommandeur in der Durchsage gesagt hatte. Ich klammerte mich an die Hoffnung, dass meine Familie in Deutschland sicher war, dabei glaubte ich gar nicht mehr daran. Die Warnleuchte ging nicht mehr aus.

Zurück in der Unterkunft, setzte ich mich auf meine Liege. In dem Unterkunftsraum waren Feldbetten eng aneinandergestellt, in vier Reihen hintereinander. Die Fahrgäste aus dem Zug lagen oder saßen auf ihrer Liege; die, die saßen, machten mit den Füßen den schmalen Weg zwischen den Feldbetten noch enger. Andere standen herum oder gingen ziellos umher. Alle waren nervös, ungeduldig, ratlos, ärgerlich; jede und jeder auf seine Art. Vorher im Zug war man sich einig gewesen, dass das Management der Bahngesellschaft, der SBB, das Allerletzte sei, schon lange sei die Bahn nicht mehr sicher und zuverlässig, im Störungsfall überlasse man die Kunden im Tunnel sich selbst. Jetzt im Bunker fehlte die Zielscheibe für den Ärger.

Als der Zug herausgeschoben wurde aus der Station und sie umsteigen mussten in den Bunker, dachten alle, es gehe bald ins Freie. Niemand hatte damit gerechnet, dass man auf einer Pritsche sitzen und weiter warten sollte, wobei unklar war, worauf eigentlich.

Ein jüngerer Mann diskutierte mit einigen Mitreisenden über die Rolle der Militärs: Werden wir hier alle als Geiseln festgehalten? In welcher Art von Bunker sind wir eigentlich? Was wird hier gespielt?

Einige erkannten in mir den SBB-Mitarbeiter und fragten, was ich von alldem halten würde. Wann würden sie ins Freie kommen können, nach Hause, zu Ihrem Reiseziel? Einer glaubte zu wissen: Es gab einen Chemie-Unfall draußen, deshalb saßen sie hier fest. Ich widersprach nicht. Ich wusste nur: So einfach war es offenbar nicht.

Einerseits wusste ich mehr, ich hatte die Tunneleinfahrt mit dem entgleisten Güterzug gesehen, ich hatte gesehen, wie die Gasmasken-Männer hinausgingen, ich hatte den feinsplittrigen Staub gefühlt, den man besser nicht anfassen und erst recht nicht einatmen sollte. Und ich ahnte, auch wenn ich es noch nicht wahrhaben wollte, dass wohl auch in Basel und Lörrach nicht alles zum Besten stand. Ich wollte aber keinesfalls die Gerüchte und Spekulationen weiter anheizen.

Ich stand auf und ging auch hinaus, so ziellos wie alle hier. Nebenan war eine Toilette mit Waschraum. Aus Verlegenheit ging ich dort hinein, es stank, die Schlange vor den Toilettenkabinen bestand aus zwei oder drei Personen je Kabine. Nach kurzem Anstehen konnte ich mich an einem emaillierten viereckigen Waschbecken mit einfachem Wasserhahn waschen. Immerhin oberflächlich. Handtuch hatte ich keins, frische Kleidung auch nicht. Ich nutzte die dreckige Hose als Handtuch, indem ich mich damit abtupfte, und zog alles wieder an.

Ich ekelte mich vor mir selbst, wusch mir ein weiteres Mal die Hände, dann meinte ein älterer Herr: »Wie lange brauchen Sie denn noch?« Wortlos trat ich beiseite.

»He, ich war dran!« Nebenan kam es zum Streit. Ich flüchtete nach draußen, ging wieder in die »Unterkunft«, setzte mich auf meine Pritsche, nur um sofort wieder den Drang zu haben, aufzustehen und nach draußen zu gehen. Ich sah auf die Uhr: Keine halbe Stunde war vergangen, seit ich vorhin in die Unterkunft gegangen war. Die Zeit verstrich unendlich langsam, wenn man nichts zu tun hatte, aber etwas tun wollte. Ich legte mich hin, um anderen nicht mit den Füßen zum Gang den wenigen Raum zu nehmen. Über mir war die gewölbte Betondecke des Bunkers mit den Neonröhren. Ich schloss die Augen. Das Gebrabbel der

Menschen störte mit geschlossenen Augen noch mehr; unwillkürlich versuchte man mitzuhören. Ich träumte von Ruhe, von unserem Wohnzimmer in Lörrach. Ich würde eine CD einlegen, Beethoven, und entspannen, ohne lauter mir unbekannte Menschen. Ich richtete mich wieder auf, stellte die Füße wieder in den engen Gang. Der Drang, erneut aufzustehen und nach draußen zu gehen, war übermächtig, auch wenn es sinnlos war, ohne echtes Ziel herumzulaufen.

An der Tür nach draußen, zum Stollen, drängte ich mich an zwei Damen vorbei, die sich über die »untragbaren hygienischen Verhältnisse« beklagten und einig waren: Sie würden auf Schadenersatz und Schmerzensgeld klagen. Die beiden standen in einer Wolke von süßlichem Duft. Offenbar hatte eine der beiden versucht, den eigenen Mief mit übermäßigem Parfumeinsatz zu überdecken, was nur unvollständig gelungen war. Ich schlüpfte schnell nach draußen, sonst wäre mir schlecht geworden.

Ohne Ziel ging ich weiter in den Stollen, in dem einzelne Soldaten geschäftig unterwegs waren, die Zivilisten aber nur herumstanden. Ich lief weiter in der Richtung, in der ich die Sanitätsstation wusste. Ich hatte dort nichts zu tun, aber irgendwo sonst auch nicht.

Gerade kam einer der Elektrowagen aus der Richtung, in der ich den Eingang des Bunkers vermutete. Er stoppte vor dem Sanitätsbereich, der Fahrer ging nach hinten, ein weiterer Soldat kam hinzu, gemeinsam hievten sie vorsichtig eine Trage herab, ein Verletzter, nein, eine Frau, blutverkrustetes Gesicht, ihr Blick ging apathisch in die Ferne, sie musste hübsch gewesen sein, jetzt klebte eine Strähne ihrer langen blonden Haare an einem blutigen Verband. War sie überhaupt bei Bewusstsein? Wo hatten sie sie gefunden? Ich drehte mich um. Die Sanitätsleute hatten anderes zu tun. Ich ging zurück.

Aus einem Nebentrakt kam Frau Abramovicz mit einem Soldaten gelaufen. Sie erkannte mich, war aber im Gespräch. Ich wandte mich trotzdem an sie: »Kann ich irgendetwas tun? Ich sitze nutzlos herum. Würde gerne mithelfen, bei was auch immer.«

19 Zumtobel – Sprengkommando am Bunkereingang

Der zweite Erkundungstrupp stand bereit, ebenso zwei der Elektrowagen, mit denen Zumtobel und die Soldaten die erste Etappe innerhalb des Depots bis zum Übergang in den Eisenbahntunnel zurücklegen wollten.

Die Männer standen in einer Reihe, mit großen Rucksäcken und vier großen Kisten, die auf der Seite Schlaufen zum Tragen hatten. Er hatte Befehl gegeben, was sie alles mitnehmen sollten: Sprengstoff, Zünder, fünfzig Tagesrationen Verpflegung, dazu noch Notproviant, Sanitätsausrüstung und für vier Mann auch Waffen, es war ja nicht klar, ob es nicht doch einen Angriff gegeben hatte. Nur für alle Fälle.

Er selbst hatte auch einen Rucksack für sich gepackt, mit Notverpflegung für eine Woche und Sanitätsmaterial, dazu eine Wanderkarte, die er zufällig im Kommandoraum gesehen und eingesteckt hatte. Verstohlen hatte er eine mögliche Marschroute nach Bubikon abgeschätzt, zu Fuß sollte es in drei, vier Tagen zu schaffen sein. Ob man über den Seedamm nach Rapperswil kam? Um den Untersee herum, das wäre ein ziemlicher Umweg. Was war aus Flüelen berichtet worden: Baumstämme auf dem See? Er streckte sich und schüttelte kurz den Kopf, bevor er Haltung annahm und seine Männer ansah.

»Alles bereit? Aufsitzen!« Die Männer verstauten das Gepäck und die ganze Ausrüstung auf den zwei Elektrowagen und drängten sich auf dem verbleibenden Platz. »Abmarsch!« Summend fuhr das Fahrzeug in den langen Stollen.

Die Wendeltreppe hinunter zum Eisenbahntunnel war diesmal ein Problem wegen der Kisten, sechs Mann mussten zweimal gehen, bis die Ausrüstung unten war.

Sie gingen den dunklen Zug entlang, voraus der Anführer des Erkundungstrupps, danach die beiden Eisenbahner, dann die Mannschaft mit der gesamten Ausrüstung, am Ende Zumtobel. Sie erreichten die Lok. Einer der Lokführer stieg im Schein der Kopflampen hinauf zur Tür und in den Führerstand. Zunächst war nichts zu bemerken, dann erwachte die Lok summend und zischend, das Frontlicht nach vorn erhellte den Tunnel, wurde wieder abgeblendet, das Summen im Maschinenraum ließ wieder nach. Der Lokführer kletterte wieder herunter, es schien Probleme zu geben.

Die beiden Eisenbahner machten sich an der Kupplung von der Lok des Intercity-Triebwagens zu schaffen. »Es geht nicht, das klemmt, du musst aufdrücken und wieder ein ganz kleines Stück zurücksetzen, dann ist die Kupplung locker.« Es brauchte noch zwei Versuche, bis die Lok abgehängt war, schließlich konnte es losgehen.

Zumtobel war mit den Gedanken schon draußen, aus dem Tunnel. »Alle einsteigen!«

Der Lokführer schloss auch den hinteren Führerstand auf, wo die Rucksäcke und Kisten eingeladen wurden. Danach quetschten sich sieben oder acht Soldaten hinein, der Lokführer schlug die Tür zu. Die anderen drängten sich eng zusammen in den vorderen Führerstand.

Zumtobel zuckte zusammen, als der Lokführer das Signalhorn ertönen ließ, mit einem lang gezogenen tiefen Tröten und dann einem kurzen hohen Ton. »Bitte Lampen ausmachen!« Die Soldaten löschten ihre Kopflampen. Mit einem klickenden Geräusch schob der Lokführer den Fahrhebel nach vorn, ein vieltöniges Summen ertönte. Das Licht wurde aufgeblendet, man sah jetzt ziemlich weit in den runden Tunnel hinein, oben die Fahrleitung, an der Seite ein blau-gelbes Schild, dann regelmäßig Kilometerschilder. Die Fahrt wurde schneller, der Fahrhebel wurde zurückgezogen. Der Lokführer betätigte einige andere Schalter, schließlich hörte man leise einen Dieselmotor im Maschinenraum bullern.

»Jetzt werden die Batterien geladen«, erklärte der italienische Lokführer. Es war eine kurze Fahrt, denn bald bremste der Italiener – auf ein Zeichen des anderen Lokführers –, schaltete den Diesel wieder aus und hielt an einem der Querschläge, die grün gekennzeichnet waren.

»Hier sind wir an dem Querschlag, man muss durchgehen zur anderen Röhre, da ist der Amsteg-Stollen«, erklärte der SBB-Lokführer.

Wussten wir schon.

Die Soldaten kletterten nacheinander aus den Führerständen, rückwärts und die Hände an den Griffen, wie der Lokführer sie anwies. Die Ausrüstung wurde wieder ausgeladen.

»Danke für den Taxidienst! Sie können zurückfahren, die Fahrer der Elektrowagen lassen Sie wieder in das Depot und bringen Sie zurück.« Zumtobel war froh, dass sie sich den Anmarsch mit der kleinen Bahnfahrt etwas erleichtert hatten. Sie würden noch weit genug marschieren müssen. Sie schoben sich hintereinander mit der ganzen Ausrüstung durch den Querschlag in die andere Tunnelröhre; ein lang gezogener tiefer Ton der Lokhupe und ein anschließender hoher Ton waren offenbar als Abschiedsgruß gedacht; der hohe Ton hallte lange nach.

Jetzt begann der Ein-Kilometer-Marsch durch den Stollen ins Freie. Es war 17 Uhr 45, höchste Zeit, mit dem Funkgerät am Tunneleingang auf Empfang zu gehen, die Funker nahmen nur leichtes Gepäck und hasteten voraus, Zumtobel mit seinem Rucksack hinterher. Die Notrationen, mit denen er notfalls bis Bubikon marschieren konnte, waren zusätzlich zwei Kilogramm Gewicht. Er war stolz auf seine Leute, sie waren motiviert und kompetent. Konnte er sie wirklich zurücklassen, um sich um seine Familie zu kümmern?

Draußen vor dem Stollen war es immer noch dunkel, leichter Wind, kein Niederschlag, relativ kühl, wie er schnell feststellte. Die Luft schien klar zu sein, aber der grau glitzernde Staub lag auf dem Boden, zentimeterdick, an manchen Stellen vom Wind verweht. Er versuchte, im grauen Licht mehr zu sehen: Umrisse von Häusern, die Fenster leere Höhlen, abgedeckte Dächer konnte er ausmachen. Er riss sich von dem furchtbaren Anblick los und wandte sich seinen Männern zu.

Schnell kam diesmal die Verbindung zum Erkundungstrupp zustande. Die Anweisung war einfach: Sich wieder zurückziehen nach Schattdorf, sich treffen mit dem zweiten Erkundungstrupp beim Eingang zum Militärhospital in Schattdorf. Nächster Funkkontakt in drei Stunden, falls dann nicht bereits zueinandergestoßen.

Die Funker wurden wieder zurückgeschickt in den Stollen, sie sollten sich dort bereithalten, um in drei Stunden wieder auf Empfang zu gehen und eine Meldung an Hauptmann Breitenbacher, den Vertreter des Kommandeurs im Depot, zu übermitteln. Jetzt begann der wirklich beschwerliche Teil.

»Am schnellsten geht es über die Autobahn.« Helmer, der Anführer des Trupps, gab die Richtung vor, hin zur Talmitte, wo die Autobahn verlief. Auf einem Tablet hatte er die Swiss-Topo-Karte auf hohe Auflösung gestellt.

»Haben Sie etwa Empfang für Ihre Karte da?« Zumtobel deutete auf das Tablet.

»Nein, habe ich neulich schon heruntergeladen, da kamen wir ja schon mal vorbei hier, mit dem Bus.«

Richtig, die Fahrt im Bus zum Depot. Es schienen Jahre vergangen seitdem, aber es war erst drei Tage her, dass sie auf der Straße oberhalb des Stollenausgangs vorbeigefahren waren.

Sie kamen inzwischen der Besiedlung näher. Die Häuser waren dunkle Schatten in dem Einheitsgrau, leblos, Fenster ohne Glas, die Dächer abgedeckt oder zerfetzt herunterhängend. Dachziegel, Unrat, Äste lagen auf den Straßen, dazu dünenartige Haufen aus dem knirschenden Sand, der vom Regen in einen zähflüssigen Brei verwandelt worden war, an manchen Stellen zusammengebacken wie Mörtel, der bald fest wird. Der Staub war einfach überall, hellgrau, wie ein Tuch über die Landschaft gelegt. Es war vollkommen ruhig, gespenstisch ruhig. Nur das Knirschen unter den Stiefeln. Der Weg führte weiter, durch einen kurzen Tunnel, und plötzlich waren sie auf einer Autobahnraststätte. Das Toilettenhäuschen aus Beton war intakt, alles andere bizarr zerstört – kreuz und quer stehende Autos, ein umgestürzter Lastwagen, keine Menschen, doch, Zumtobel lief es kalt über den Rücken: Da lagen zwei zusammengekrümmte Körper, tot, neben einem Auto. Was war da geschehen?

Sie ließen den Schauplatz rechts liegen und marschierten weiter auf der Autobahnfahrbahn, entgegen der Fahrtrichtung auf der Überholspur, aber das störte niemanden mehr. Die Autowracks waren hier seltener, aber alle fünfzig oder hundert Meter lag eins rechts im Graben oder an der Leitplanke in der Mitte der Autobahn, auf der Gegenfahrbahn sah es nicht besser aus. Bei manchen Autos waren die Türen offen, in einem anderen war ein Toter hinter den Fetzen des Airbags auszumachen.

Die Kistenträger unter den Soldaten brauchten eine kurze Pause, wechselten die Seiten. Wenn die Stiefel nicht im Sand und Staub knirschten, hörte man ein unheimliches Brüllen in der Ferne. Was war das?

Sie gingen weiter, auf der Autobahn kamen sie gut voran, trotz der herumliegenden Äste, der Dachteile von Gebäuden in der Nähe, manchmal ganzer Bäume auf der Fahrbahn. Als sie auf der Höhe von Efibach waren, wurde das Brüllen lauter. »Ein Stall. Die Tiere sind sich selbst überlassen«, erklärte Helmer. Inzwischen hatte die Autobahn den Fluss überquert, Silenen und das Gebäude, das wohl der Stall war, waren auf der anderen Seite des Flusses. Den Fluss konnte man nicht überqueren. Zumtobel hätte sonst Befehl gegeben, die Tiere von ihrem Leiden zu erlösen. Vielleicht hatten sie auf dem Rückweg dazu Gelegenheit, oder die Sache hatte sich bis dahin erledigt.

Zumtobel graute, wie sachlich er darüber nachdenken konnte, dass in ein oder zwei Tagen die Tiere verdurstet sein könnten. Wurde man so gleichgültig, wenn die Katastrophe nur groß genug war? Ihm wurde ganz schlecht, aber er durfte sich nichts anmerken lassen. Zu Hause, was war da? Noch stimmte die Richtung, ihr Marsch brachte sie auch Bubikon näher, wie weit war es? Siebzig Kilometer?

Sie mussten weiter. Nach einem Kilometer waren sie an der Stelle, wo eine alte Militärbrücke die Reuss überquerte. Sollten sie hinüber und durch Erstfeld hindurch? Der Anführer sah Zumtobel fragend an und deutete auf die Brücke.

»Wir sollten so schnell wie möglich nach Altdorf, uns nicht in Erstfeld aufhalten. Den Status des Erstfelder Depot-Ausgangs können wir beim Rückweg genauer prüfen.« Zumtobel wollte so schnell wie möglich zum Depot-Haupteingang, vielleicht konnte man ihn freibekommen.

Also weiter auf der Autobahn, an Erstfeld vorbei, wo man sicher mit Hindernissen durch Trümmer, auch mit Opfern rechnen musste.

Die Autobahn querte wieder die Reuss, die Brücken schienen alle intakt. Auf Höhe der Autobahnausfahrt Erstfeld führte eine Brücke über die Autobahn, die durch einen halb herabhängenden Lastwagen blockiert schien. Sie wechselten die Fahrbahn, was gar nicht einfach war, da ein stabiler Zaun im Mittelstreifen die Fahrtrichtungen trennte. Endlich hatten sie die vier Kisten darübergehoben, und alle Mann waren auf der anderen Seite.

Da, große Schatten bewegten sich neben der Autobahn. Zumtobel hob erst die Hand und deutete dann in Richtung der Bewegung. Die Männer duckten sich, schauten angestrengt und sahen die Schatten auch, die sich immer wieder einzeln einige Meter vorschoben, in die gleiche Richtung wie sie. Ein Grunzen war zu hören. Wildschweine, die schienen überlebt zu haben. Die Männer lachten. Zumtobel aber graute: Sicher machten sie sich demnächst über die Leichen her.

Weiter ging es auf die Ausfahrt und die Straße Richtung Schattdorf. Jetzt sahen sie den entgleisten Güterzug dort, wo die Einfahrt in den Gotthard-Basistunnel zu sehen sein sollte. Von den markanten eckigen Tunnelportalen der beiden Röhren war nichts zu sehen, so groß war der wirre Haufen von Containern, der sich dort stapelte.

Die Straße unterquerte die Bahnlinie, hier kam man gut voran, sie waren in Rinächt, der Ortsanfang von Schattdorf. Das gewaltige Stacheldrahtlager war noch an Ort und Stelle, da konnte auch nicht viel beschädigt werden, nur dass sich jetzt allerhand herbeigewehtes Grünzeug und Gerümpel in dem Stacheldraht verfangen hatte und über allem der feine graue Staub lag. Gegenüber begann das Militärgelände, auf dem sich der Depot-Eingang befand. Der Anführer meinte: »Sollen wir wirklich den ganzen Kilometer am Zaun entlanglaufen, bis zum Eingangsportal? Oder uns hier einen Durchgang in den Zaun schneiden?«

Zumtobel war schon ziemlich fertig von den ersten acht oder zehn Kilometern Marsch. »Aufschneiden.« Einer der Soldaten kramte einen Seitenschneider aus dem Rucksack und zerschnitt knackend eine Zaunmasche nach der anderen, bis eine Art Tür aufgeklappt werden konnte. Sie schlüpften alle hindurch.

Jetzt waren sie kaum mehr hundert Meter vom Haupteingang des Depots entfernt. Sie waren an der Weiche, wo das in die Straße eingelassene Gleis zur Verena abzweigte. Zumtobel versuchte zu erkennen, wie es dort aussah. Betonteile des Daches lagen vor dem Bunkereingang, aber auch Felsstücke, die offenbar aus der Felswand weiter oben gebrochen waren. Der Felssturz hatte wohl den Beton zum Einsturz gebracht. Der Eingang selbst war unter den Betonteilen verschüttet.

Die drei Soldaten mit Sprengausbildung musterten die Lage der Trümmer aus der Nähe. Wie konnte man diese Trümmer beiseiteschaffen? »Das wird schwierig, das Zeug ist schwer. Wir könnten es versuchen, mit Ladungen hier und da.« Der Soldat deutete auf einen der Brocken. »Und dort. Dann steht zwar der Felsbrocken im Weg, aber um den kommt man herum. Wir müssen nur noch die Tür freikriegen, das machen wir mit einer Haftladung.«

Zumtobel meinte: »Gut, alles vorbereiten. Wir müssen die im Depot per Funk warnen. Sprengung nicht vor 20 Uhr, und nur auf meinen besonderen Befehl.« Er musste sicherstellen, dass niemand auf der anderen Seite im Bunkervorraum außerhalb des eigentlichen druckfesten Bunkertores war, wenn hier gesprengt wurde.

»Es ist sowieso Zeit für den Funkkontakt. Habt ihr schon die Anlage bereit?«

»Jawohl, Herr Hauptmann, Funk ist aufgebaut.«

Es war erst 17 Uhr 55 Uhr, noch fünf Minuten. Zumtobel nahm den Rucksack ab, sein Blick fiel auf die Wanderkarte »Region Zürich und Vierwaldstättersee«. Nein, jetzt würde er erst hier seine Pflicht zu Ende bringen, danach vielleicht.

»Verena Zwei, hier Verena Zwei, hören Sie mich? Kommen.«

»Hier Verena Basis, Verena Zwei, wir hören Sie. Kommen.«

Zumtobel übernahm das Mikrofon. »Hier Verena Zwei, wir sind am Haupteingang zum Depot. Wir versuchen jetzt, den Eingang freizusprengen. Erste Sprengung um 19 Uhr, bitte sicherstellen, dass das Drucktor geschlossen ist und sich niemand außerhalb des Tores aufhält. Bitte diese Nachricht sofort an den Kommandoraum weitergeben. Bitte bestätigen. Kommen.«

Die Funker bestätigten, sie würden zum Bunker eilen (vielleicht hatten sie das Lok-Taxi wieder in Betrieb) und vom Bunkereingang per Telefon die Nachricht durchgeben. Zumtobels weitere Anweisungen: Das druckfeste Tor erst öffnen, wenn ausdrücklich bestätigt war, dass keine Sprengungen mehr erfolgen. Nächster Funkkontakt um 20 Uhr.

Inzwischen waren die Sprengfachleute bei der Arbeit, kneteten Plastiksprengstoff, suchten die besten Stellen, diesen zu befestigen, der dritte Mann bereitete die Zündkabel und die Zünder vor.

Zumtobel besprach sich mit Helmer: »Gehen Sie doch voraus zum Militärhospital, dort müssten ja jetzt die anderen schon warten. Falls noch jemand lebt in Schattdorf, müssen wir mit Hilfeleistung beginnen. Sie nehmen für zwei Mann Waffen mit, die Sprengleute übernehmen die anderen Waffen. Auf jeden Fall komme ich mit einem Teil der Mannschaft nach zum Militärhospital.«

Helmer salutierte und scheuchte seine Männer auf, die sich inzwischen an die Reste eines der Barackengebäude gelehnt hatten. Sie verschwanden mit einem großen Teil der Ausrüstung im Dunkel.

»Wir sind so weit, Herr Hauptmann.«

»Gut, wir sprengen aber erst um 19 Uhr. Wir müssen sicher sein, dass die drin im Depot darauf vorbereitet sind.«

Die Minuten vergingen zäh. In einer Endlosschleife wiederholten sich die Gedanken: Was war passiert, wie weit ist der Radius der Zerstörung, wieso hilft niemand, wie ist die Lage in Bubikon, in Zürich, was ist mit der Familie?

»Es ist gleich 19 Uhr!«

Endlich. Zumtobel zog sich mit den Männern zurück, vorsichtshalber mehr als hundert Meter, hinter eine Ecke eines halbwegs unzerstörten und stabil aussehenden Gebäudes. Der Sprengmeister stöpselte die Drähte in die Auslösevorrichtung, ein kleiner viereckiger Kasten mit zwei Tasten. Das Betätigen der ersten Taste löste einen langen Sirenenton aus. Sie hielten sich die Ohren zu, der Sprengmeister hatte sich Stöpsel in die Ohren gesteckt. Die erste Taste noch zweimal kurz gedrückt, die Sirene war durch die zugehaltenen Ohren nur schwach zu hören. Dann die zweite Taste.

Ein Lichtblitz erhellte die Szenerie und ließ erkennen, dass die Bäume kaum mehr Blätter hatten, eigentlich nur noch graue Gespensterbäume waren, den Bruchteil einer Sekunde später war die Druckwelle auf dem Gesicht zu spüren und der dumpfe Knall trotz der Finger in den Ohren zu hören, gleichzeitig dumpf im Bauch zu spüren. Wieder die erste Taste, ein langer Ton.

»Ihr könnt nachsehen«, meinte der Sprengmeister.

Zumtobel ging mit zweien der Sprengleute zum Tor, die Trümmer ließen jetzt eine Lücke, Brocken waren quer über den Vorplatz geflogen und lagen vor der Baracke. »Hat nur teilweise geklappt. Aber wir kommen bis zum Tor.«

Man konnte sich an den Brocken vorbeidrücken, eine richtige Ein- und Ausfahrt war das aber noch lange nicht, da müssten die Trümmer erst gründlicher beiseitegeräumt werden.

»Sollen wir das Tor aufsprengen?«

»Kann man es von außen ohne Sprengung aufbekommen?«

»Müssen wir uns erst genau ansehen. Am zuverlässigsten wäre eine Sprengung, zum Schließen funktioniert es sowieso nicht mehr, weil man es auf jeden Fall zerstören muss.«

»Aufsprengen.«

Die Sprengladung war schnell am Schloss und den Türangeln angebracht, mit Zündern und Drähten versehen. Wieder hinter das Gebäude, wo die Auslösevorrichtung stand. Der Hupton, dann Taste zwei, diesmal kein Lichtschein, keine Druckwelle, ein dumpfer Knall und danach ein Scheppern. »Klingt gut!«, meinte der Sprengmeister.

Tatsächlich, man konnte sich nicht nur zwischen den Brocken hindurchzwängen, sondern auch gleich durch das Tor, das nur mehr an einer Angel hing. Jetzt hoffte Zumtobel, dass das Telefon im Vorraum vor dem druckfesten Tor noch funktionierte, sonst müssten sie bis zum Funkkontakt warten. Er hastete in den Stollen, der Lichtstrahl der Kopflampe wanderte suchend umher, und dann sah er das Wandtelefon. Es schien unversehrt. Er nahm den Hörer ab, drehte an dem Kurbelrad und wartete, und tatsächlich meldete sich Füglistaler aus dem Kommandoraum.

»Hier Zumtobel, der Eingang ist für Personen wieder frei. Sie können das druckfeste Tor wieder freigeben, Sprengung beendet.«

»Jawohl, Herr Hauptmann, verstanden. Wollen Sie mit Hauptmann Breitenbacher sprechen?«

»Ja, natürlich!« Zumtobel berichtete Breitenbacher kurz und meinte dann, er solle mit einigen bewaffneten Männern (man kann ja nie wissen, wir sind in einer Art Kriegsfall) zum Eingang kommen.

In diesem Moment ging das Licht an im Vorraum, ein Teil der Lampen hatte erstaunlicherweise die Sprengung überstanden. Jetzt konnten die Männer im Kommandoraum ihn vielleicht auch sehen, über die Kamera, falls die bei der Sprengung nicht beschädigt worden war. Zumtobel winkte zur Kamera hin, bevor er wieder hinausging, wo die Sprengleute ihre Ausrüstung einpackten, erleichtert um etliche Kilo Sprengstoff, die verbraucht waren.

»Ihr könnt bald auf dem direkten Weg hinein, hoffentlich. In zehn oder fünfzehn Minuten öffnen die das druckfeste Tor, ist doch dann eine schöne Abkürzung, verglichen mit dem Weg über die Autobahn hierher!«

»Das kann man wohl sagen.«

»Meldet euch noch im Kommandoraum vorher!«

Sie gingen hinein in den Seitenstollen, gespannt warteten sie vor dem druckfesten Tor, wie vor drei Tagen. Lange tat sich nichts, dann bewegte es sich ganz langsam und ging auf. Reto Breitenbacher stand in dem Spalt, der langsam breiter wurde. »Da hat sich der Feind aber getäuscht, wenn er meint, er kann uns hier so einfach einsperren.«

»Warte erst mal, was uns draußen erwartet. Ich fürchte mich schon vor dem Weg durch Schattdorf, da ist kein Haus mehr ganz.«

Breitenbacher sagte nichts mehr.

Sechs weitere Soldaten, bewaffnet und voll ausgerüstet, kamen nach Reto Breitenbacher aus dem Depot und gingen durch den Vorraum weiter ganz nach draußen.

Breitenbacher sah sich das äußere Tor an, die Trümmer, die die Einfahrt immer noch blockierten, durch die man sich jetzt aber hindurchzwängen konnte. »Gute Arbeit, aber nicht richtig zu Ende gebracht. Mit Sprengen kommt man nicht mehr weiter, wir bräuchten schweres Gerät, einen großen Bagger oder einen Räumpanzer.«

»Reto, du bleibst im Depot, nimmst das Sprengkommando mit. Vier Mann sichern den Eingang außen. Ich werde mit zweien deiner Männer weitergehen zum Militärhospital, mal sehen, wie es dort aussieht. Die Funkstation am Stolleneingang in Amsteg können wir zurückziehen.«

»Verstanden, wir funken von hier. Nächster Funkkontakt ist 22 Uhr. Schau du mal, was du am Militärhospital machen kannst, wir bleiben in Bereitschaft.«

Die Männer wurden eingeteilt, Zumtobel machte sich mit zwei Mann auf den Weg. Dort, wo der Auslöseapparat bei der Sprengung gestanden hatte, war noch sein Rucksack – die Wanderkarte und sein eigener Plan fielen ihm ein, Nachschauen in Bubikon, sich um die Familie kümmern. Beklemmung machte sich in seinem Bauch bemerkbar, er atmete kurz.

Er zweifelte immer mehr daran, dass er den Plan realisieren würde.

20 Zarah – Ahnen, was passiert ist

Ich hatte lange geschlafen, hatte mein Zeitgefühl verloren. War es früh, mittags oder schon nachmittags? Jetzt war jedenfalls nur Dämmerlicht in unserem Schlafraum, jemand hatte eine Decke vor die Neonröhre gehängt. Mehrere der Mädchen schliefen, zwei unterhielten sich leise, auf ihren Lagern am Boden hockend, eine Decke über der Schulter, denn es war kalt im Bunker.

Sicher würde mich bald jemand wach rütteln, denn wir hatten zwei Schichten beim Küchendienst, ich sollte heute Nachmittag dran sein. Geschirr spülen, Essen vorbereiten, es war unglaublich, wie viel Arbeit dreihundert Menschen machen konnten, das heißt: Es waren sogar mehr, denn die Soldaten aßen natürlich auch mit.

Ich wollte zuerst einfach noch eine Runde schlafen und nicht daran denken müssen, wie es hier weitergehen würde. Wären wir nur wieder zurück in Berlin. Aber ich musste aufs Klo und stand schließlich doch auf. Marina und Jasmin taten so, als würden sie mich gar nicht sehen. Ich wollte auch nicht angesprochen werden, jetzt noch nicht. Im Klo stank es wie immer, ich musste diesmal aber nicht warten. Es wäre die Gelegenheit, sich zu waschen, nicht viel los im Waschraum, auch das außergewöhnlich. Ich träumte von unserem Bad zu Hause in Berlin und schüttete mir nur etwas Wasser ins Gesicht und unter die Achseln, dann musste ich mir auch keine Gedanken machen, wie ich mein Handtuch wieder trocken bekommen sollte.

Als ich zurück in unseren Schlafraum kam, stand dort Alina. »Wollte dich gerade wecken, du bist dran. Ich kann nicht mehr.« Sie sah ziemlich kaputt aus.

Eine Stunde später war ich in der Küche und in dem angrenzenden großen Raum, wo wir Küchenarbeit machten und eine Essensausgabe mit entsprechenden Tischen eingerichtet war. Ich teilte Reis und Curry aus, jeweils eine Kelle voll in die bereitgestellten Teller, wobei ich gern Wünsche nach etwas mehr oder weniger erfüllte. Unter die Zugpassagiere (manche kannte ich aus »unserem« Wagen 6, in dem ich mit Jasmin die k-und-b-Liste, die Auflistung der Passagiere, gemacht hatte) mischten sich auch immer wieder Soldaten.

Eine Gruppe fiel mir gleich auf, sie kam mit ziemlich schmutziger Uniform an, abgerissen, Helme, Rucksäcke und Gewehre standen am Eingang, und stellte sich dann auch an für Reis und Curry.

»Waren Sie etwa draußen?«, fragte ich den ersten Soldaten, auf dessen Uniform der Name »Rickenbach« gestickt war.

Rickenbach nickte.

»Und? Wie ist es da? Kommen wir auch bald heraus?«

»Besser nicht, sieht nicht gut aus.«

Mehr war aus ihm nicht herauszuholen. Ich schöpfte ihm eine Extrakelle Curry auf seinen Teller und wünschte ihm guten Appetit, er antwortete gar nicht und schien total erschöpft zu sein.

Frau Abramovicz betrat den Raum, sah sich suchend um, entdeckte mich. »Zarah, du hast doch vor Kurzem den Erste-Hilfe-Kurs mitgemacht, oder?« Frau Abramovicz ging in die Küche, kam mit Ceyda und Shanti wieder und meinte zu mir: »Du bekommst jetzt eine andere Aufgabe. Ceyda übernimmt das hier. Komm mit.«

Sie führte mich zusammen mit Shanti in einen Krankenbereich, es sah aus wie in einem Krankenhaus, nur wesentlich kleiner und enger. Dort waren zwei der Soldaten, der Mann, der Röller hieß und Rettungssanitäter war, und die Frau, die im Zug angegeben hatte, früher Hebamme gewesen zu sein.

Der Soldat meinte: »Na endlich, jetzt sind wir für die erste Schicht komplett und können anfangen. Also, der Kommandant bittet Sie, sich als Helfer für die Rettung und Versorgung von Verletzten draußen in den Orten vor dem Bunker zu Verfügung zu stellen. Von außen sind noch keinerlei Hilfskräfte eingetroffen, es soll aber Überlebende und Verletzte geben, das haben uns die Trupps, die schon draußen waren, berichtet. Sind Sie dazu grundsätzlich bereit?«

»Äh, ja, natürlich, aber können wir denn helfen? Gibt es keinen Arzt?«

»Nein, wir haben keinen Arzt, und jeder, der da draußen verletzt herumliegt, ist sicher froh, wenn wir wenigstens versuchen, die Erstversorgung zu leisten.«

Er erläuterte den Plan: Wir würden in zwei Schichten pro Tag draußen in einer Art Notstation, der Verletzten-Sammelstelle, arbeiten, jeweils zwölf Stunden. Je Schicht ein Sanitätssoldat, dazu Herr Röller oder Frau Burger, die Hebamme, sowie ein oder zwei Passagiere mit kürzlich absolviertem Erste-Hilfe-Kurs. »Und die beiden Mädchen aus der Berliner Klasse sind mit dabei.« Er deutete auf Shanti und mich. »Wir werden versuchen, weitere Leute mit Kurs zu finden. Ansonsten gibt es auch Hilfskräfte, die für Nachschub an Nahrungsmitteln, Wasser und Sonstigem sorgen. Sie hier«, er deutete einen Halbkreis mit der Hand an, »sollen sich möglichst nur um die Verletzten kümmern, für alles andere setzen wir die nicht qualifizierten Kräfte ein.«

Als »qualifizierte Kraft« hatte mich noch nie jemand bezeichnet, war ich auch nicht. Hoffentlich ging das gut.

Der Soldat fuhr fort: »Die erste Schicht beginnt jetzt und dauert nur sechs Stunden, weil Sie ja schon den ganzen Tag auf den Beinen sind. Die zweite Schicht übernimmt die nächsten zwölf Stunden, die sollte jetzt versuchen zu schlafen, und dann um«, der Sanitätssoldat sah auf die Uhr, »12 Uhr, also Mitternacht, für zwölf Stunden übernehmen. Ich schlage vor: Herr Röller jetzt, und Sie …«, er zeigte auf die Hebamme, »… wie war Ihr Name noch gleich?«

»Burger.«

»Also, Sie übernehmen um Mitternacht und versuchen jetzt zu schlafen.«

Ich erwartete eine ausführlichere Einweisung, was wir denn konkret machen sollten. Stattdessen kamen nur zwei Worte: »Noch Fragen?«

Shanti und ich standen mit offenem Mund da.

»Sie kommen gleich die ersten sechs Stunden mit, für Mitternacht finden wir zwei weitere Helfer mit Kurs.«

Frau Abramovicz nickte.

»Ich werde selbst die erste Schicht übernehmen. Wir holen uns zuerst alle die Kleidung und starten sofort. Bitte folgen Sie mir zur Kleiderkammer.«

Kurz darauf standen wir in einem abgelegenen Raum, der bestimmt vier Meter hoch war, vollgestellt mit Regalen. Der junge Soldat meinte: »Ich habe schon einiges herausgesucht, was passen könnte.« Auf dem einzigen Tisch im Raum stapelten sich Parkas mit olivgrünem Tarnmuster, Stiefel, olivgrüne Hosen, Gürtel und Krimskrams. »Probieren Sie das, kleiner haben wir nicht, größer in enormer Auswahl.«

Shanti probierte sofort einen Parka, ich machte es ihr nach, na ja, ziemlich groß, das Ding, aber es ging. »Die Hosen könnt ihr hinter dem Regal anziehen, Umkleidekabinen gibt es hier nicht.«

Dann gab es noch einen Rucksack für jede von uns und ein Schweizer Taschenmesser, aber keines der bekannten roten, sondern ein grau-grünes.

Shanti sah mich an, ich erkannte sie kaum wieder. »Krass.«

»Modenschau beendet, Sachen packen, wir marschieren ab!«

Schon ging es durch die Stollen, der Sanitätssoldat ging voraus und war schnell unterwegs. Meine Stiefel waren zu groß, ich rutschte bei jedem Schritt in dem Teil herum, das würde Blasen geben, dachte ich.

Unterwegs begegnete uns Ceyda, die gerade aus dem Waschraum kam. Sie sah Shanti und mich an und meinte: »Das gibt's doch nicht. Ich glaub es nicht! Zieht ihr in den Djihad, oder was?«

»Du wolltest ja den Erste-Hilfe-Kurs nicht mitmachen, jetzt musst du in die Küche, und wir gehen raus.«

Wir kamen durch ein offen stehendes Tor, dessen Flügel bestimmt einen Meter dick waren. Dann kamen wir an den Ausgang, da hing eines der Tore schräg in der oberen Angel und gab nur einen kleinen Gang frei, draußen lagen Trümmer, an denen wir uns vorbeidrücken mussten.

Es dämmerte, war aber sehr dunkel. Zwei Soldaten warteten draußen, offenbar auf uns, und gingen jetzt voraus. Moment mal, ich dachte nach, eigentlich war es doch erst sechs Uhr abends? Dunkel wäre es doch erst in drei Stunden? Hatte ich mit der Uhrzeit etwas durcheinandergebracht?

Wir marschierten los. Einer der Soldaten meinte, wir gingen zum Sammelplatz für die Verletzten, sehr viele seien es nicht, nur wenige hätten überlebt.

Langsam schälten sich die Umrisse von Häusern aus der Dämmerung, es lagen Unrat und Schutt herum, und überall Staub. Aber die Häuser, sie waren alle kaputt, sämtliche Fenster leer und ohne Glas, manche Wände halb eingestürzt, ganze Dächer waren einfach weg. Wie die Fernsehbilder aus Syrien, ich bekam einen Riesenschreck. War hier Krieg?

Wir mussten Umwege gehen, Autowracks ausweichen oder umgestürzten Bäumen, Berge von Schutt lagen auf der Straße. Ich weiß nicht, wie weit wir in dieser Gespensterlandschaft gegangen waren. Plötzlich kamen aus einer Seitenstraße zwei Soldaten mit einer Trage, darauf ein Verletzter. Ich zwang mich wegzusehen, schaute dann doch hin: Die Arme hingen beide schlaff herab und wippten mit den Schritten der Soldaten. Die verletzte Person schien nicht bei Bewusstsein zu sein. Die Träger mit ihrer Last gingen hinter uns her.

Wir kamen in eine ganz kleine Straße, eigentlich nur ein Weg, hier war schon einiges beiseitegeräumt. Dort war eine freie Fläche, vorher vielleicht ein Sportplatz. Zwei Zelte waren aufgebaut, darin Feldbetten, auf zweien davon lagen Menschen, offenbar Überlebende, ein Sanitätssoldat kniete vor der einen Pritsche. Er hielt der Person die Hand und sprach auf sie ein.

Als ich näher kam, sah ich ein blutverkrustetes Gesicht, offenbar Schnittwunden, es war eine Frau. Sie atmete schwer, ein Auge war fast geschlossen, das Augenlid voller getrocknetem Blut, mit dem anderen blickte die Frau ausdruckslos in die Ferne.

Röller nahm mich beiseite. »Schau nicht so entsetzt. Wichtig ist, dass ihr mit den Verletzten redet, das hilft ihnen am meisten. Wirklich etwas tun können wir für Schwerverletzte nicht, Schmerzmittel, Antibiotika, Versorgung von Schnittwunden, ansonsten kann man nur beten, dass sie wieder auf die Füße kommen. Diesen Mann werden wir in den Bunker bringen, er hat vielleicht eine Chance.«

Röller ging auf das andere Feldbett zu. Dort lag ein Mann, äußerlich nicht erkennbar schwer verletzt, aber er konnte nicht mehr laufen. Auch er atmete sehr schwer, bekam kaum Luft. Röller ging weg, um etwas zu holen, und gab mir ein Zeichen, mich so lange um den Mann zu kümmern. Ich nahm seine Hand und versuchte, ihn zu beruhigen. Er bekam immer weniger Luft, hatte blaue Lippen. Röller kam mit einer Spritze wieder, er band den Arm ab, suchte eine Vene und setzte die Spritze. Ich hielt weiterhin die andere Hand des Mannes, sie zuckte etwas, als die Spritze zustach.

Ich sprach auf ihn ein, er müsse ein bisschen aushalten, wir würden uns schon um ihn kümmern. Er sah mich an, meinte dann: »Dieser Staub, ich muss ihn heraushusten, im Liegen geht das nicht. Helfen Sie mir auf?« Ich half ihm auf, er hustete heftig, es wurde aber nicht leichter mit dem Atmen.

Die nächsten Stunden verbrachte ich in einer Art Trance, mit Sterbenden, Todgeweihten, Schwerstverletzten, die von Zeit zu Zeit von den Suchtrupps gebracht wurden.

Zwei oder drei wurden in unseren Bunker transportiert, um sie dort besser versorgen zu können. Ich verdrängte den Gedanken: Die anderen würden kaum den Weg dorthin überleben.

Zwischendurch musste ich auch in das, was die Soldaten »Militärhospital« genannt hatten. Es war ein Eingang in den Untergrund, unbeleuchtet, aber es gab dort offenbar Vorräte, die die Soldaten mit ihren Lampen suchten und herausbrachten: Verbandmaterial, Tragen, Medikamente.

Irgendwann, nach unendlich langer Zeit, meinte Röller: »So, wir werden abgelöst. Wir gehen zurück.« Shanti und ich stolperten durch die Dunkelheit, jetzt war tatsächlich Nacht, Röller mit seiner Lampe voraus.

Der Staub knirschte unter den Stiefeln. Shanti und ich gingen nebeneinander, auf einem Trampelpfad durch den Dreck, wieder um Unrat, Baumstämme und herrenlose Autos herum.

Plötzlich brach es aus Shanti heraus: »Ich weiß, was passiert ist.«

»Was meinst du?«

»Ich weiß, was passiert ist, welche Art von Unglück.«

»Wieso, woher willst du was darüber wissen?«

»Du erinnerst dich an den Ausflug nach Potsdam? An die Saurier?«

»Ja, und?«

»Ich habe das alles gestern Abend noch mal nachgelesen, auf dem Tablet habe ich Artikel und Bücher dazu, da ist das alles genau so beschrieben. Und diese Frau Dr. Maar hat das auch geschildert, mit den globalen Katastrophen und so. Warum die Saurier ausgestorben sind vor zig Millionen Jahren, oder die Menschheit, aber nur fast, vor 70 000 Jahren. Ich habe das schon halb gelesen, wollte es jetzt auf der Reise zu Ende lesen. Und ich habe aus dem Internet einen Artikel von Frau Dr. Maar heruntergeladen, der ist aber auf Englisch. Da steht drin, wie es nach einer solchen Katastrophe weitergeht«, brachte sie ganz atemlos hervor.

Ich dachte nach. Shanti hatte ja manchmal ein bisschen viel Fantasie. Aber blöd war sie nicht. Dass sie sich mit so was so genau befasst hatte. Mir war eigentlich egal, warum die Saurier ausgestorben sind, war mir sogar lieber, dass sie ausgestorben waren. Aber Shanti hatte ja schon damals nach dem Ausflug nach Potsdam gesagt, sie will werden wie diese Wissenschaftlerin. Vielleicht wusste sie wirklich mehr als wir alle.

»Und was heißt das genau? Was heißt das dann für uns, ist es auf der ganzen Erde so wie hier? Auch in Berlin?«

»Ich muss das auf dem Tablet noch mal nachlesen. Aber ich glaube schon. Dass es dunkel ist, das ist, weil es ein Problem auf der ganzen Welt ist. Da ist eine Staubschicht in der Luft, überall, rund um die Welt, und das kann einige Jahre so bleiben, dann wird es kalt, ohne Sonne. Danach wird es aber umso wärmer, irgendwie so war das, glaube ich.«

»Und wie kommt das?«

»Supervulkan, Meteorit, alles hyperschlimm.«

»Ein Vulkan, in der Schweiz?«

»Frau Maar hat von einem Supervulkan in Italien gesprochen damals, daran erinnere ich mich genau!«

»Was redet ihr denn da?« Röller drehte sich zu uns um, er hatte etwas mitbekommen. Irgendwie hatte ich aber das Gefühl, dass es besser war, dem Herrn Röller das, was Shanti vermutete, nicht allzu genau auf die Nase zu binden. Rasch sagte ich deshalb: »Wir überlegen nur, ob wir in Geografie nicht etwas über Naturkatastrophen gehört haben, die so sind, wie diese hier in der Schweiz.« Röller gab sich damit zufrieden.

Ich flüsterte Shanti zu: »Wir müssen das Frau Abramovicz erzählen und dann überlegen, was zu tun ist.« Es war sicher besser, wenn jetzt noch nicht alle die Informationen erfuhren, die Shanti auf ihrem Tablet hatte.

Langsam dämmerte mir: Sollte Shanti recht haben mit ihrer Fantasie, würde das heißen, dass Berlin von der Katastrophe, die wir hier in der Schweiz erlebten, möglicherweise nicht verschont geblieben war. Ich bekam ein ganz mulmiges Gefühl im Bauch. Wir mussten möglichst schnell an die Artikel kommen, um genau nachzulesen, was da passiert sein konnte. Vor allem musste Frau Abramovicz das schnell erfahren.

21 Der Klassenausflug nach Potsdam

Corinna Abramovicz, Lehrerin der 10c der Fontane-Gesamtschule in Berlin-Wedding, wollte ihren Schülerinnen und Schülern etwas bieten, was ihnen ihr Zuhause oft nicht bieten konnte. Deshalb unternahm sie häufiger als andere Lehrkräfte Ausflüge, auf die Museumsinsel, ins Schillertheater oder neulich auch mal zu einer Start-up-Firma mit jungen Tüftlern.

Diesmal war Frau Abramovicz auf die Wahl des Ziels besonders stolz gewesen: Das PIK, das Potsdamer Institut für Klimafolgenforschung; dort forschte man bereits über den Klimawandel, als noch kaum jemand das Wort kannte.

An einem Donnerstagnachmittag ging es mit der S-Bahn von Wedding nach Potsdam, Umsteigen in Westkreuz. Die Frau am Telefon des Instituts war sehr freundlich gewesen; ein erfahrener Wissenschaftler sollte ihrer Klasse (oder denen, die mitfahren durften) die Bedeutung des Klimawandels erklären und woran das Institut genau arbeitete. Allerdings: Fast die Hälfte der Klasse war gar nicht mitgekommen, vor allem von den Mädchen hatten sich einige abgemeldet. Corinna Abramovicz vermutete, dass die zwar gern mitgefahren wären, zu Hause aber der freiwillige Nachmittags-Schulausflug nicht für gut befunden wurde. Die Mädchen sollten auf ihre kleinen Geschwister aufpassen und keine Flausen bekommen, so dachten manche Eltern. Auch die fünf Euro für die S-Bahn waren wohl bei manchen ein Grund für das »Geht nicht«.

Der Weg vom Potsdamer Hauptbahnhof führte über zwei hässliche Straßen, dann eine steile Nebenstraße einen Berg hinauf. Die Mädchen meckerten bereits »Wie weit ist es noch?«, auch die Jungs kamen schon außer Atem, als endlich das Gelände des Instituts zwischen alten Eichen hoch über Potsdam erreicht war. Die Vögel zwitscherten, ein Specht hämmerte, Eichkätzchen sprangen herum, wie im Schillerpark im Wedding.

Versprochen war eine einstündige Einführung in die Arbeit des Instituts, persönlich durchgeführt von einem der Direktoren.

Und nun das: Der Professor war mit einer Delegation aus China länger beschäftigt als geplant, der Raum, in dem sie eigentlich den Vortrag hören sollten, war damit auch blockiert. Als Ersatz bot man der 10c einen zu kleinen Besprechungsraum, es roch darin wie in der Schule, und es gab nicht mal ein richtiges Fenster. Eine Wandseite im Raum nahm ein riesiger Fernsehbildschirm ein. Zwei Wissenschaftler hatten, wie sie ehrlicherweise zugaben, gerade erst den Auftrag bekommen, der Klasse etwas zu erzählen.

Der eine, Dr. Grauert, ein blutleer wirkender Typ mit großen Geheimratsecken, schwer bestimmbar zwischen vierzig und sechzig Jahre alt, mit einer zu kurzen Hose und einem grau-gelben Pullover mit gelblichen Flecken, vielleicht vom Frühstücksei, redete schon seit fünfzehn Minuten in einem Fachchinesisch, dem Corinna Abramovicz nicht folgen konnte. Die Schülerinnen und Schüler verstanden erst recht nichts. Seine unverdaulichen Folien mit Kurven und Tabellen machten die Sache nicht besser. Der Titel seiner Präsentation war »Nachweis der Verursachung von Klimaveränderungen durch anthropogene Emission«, der stand auf jeder Seite, wahrscheinlich weil man ihn sich sonst nicht hätte merken können.

Neben ihm auf dem Podium saß eine blonde junge Frau mit honigfarbener Hornbrille, vielleicht Ende zwanzig, auf ihrem Namensschild stand »Dr. Elisa Maar«, aber sie durfte offenbar nichts sagen, obwohl sie vielleicht etwas zu sagen gehabt hätte. Dr. Maar wurde zunehmend nervös, weil sie merkte, dass die 10c nicht folgen konnte.

Die Mädchen versuchten noch, einen interessierten Eindruck zu machen, die Jungs hielten es nicht mehr aus. Jihad fing laut an zu gähnen, während der Wissenschaftler mit einschläfernder Stimme unverständliche Zahlenkolonnen erläuterte. Zwei andere Jungs begannen einen Streit, jetzt kicherten auch die Mädchen. Der Wissenschaftler warf zunehmend verstörte Blicke auf seine Zuhörer.

Corinna Abramovicz ging leise zum Podium und beugte sich zu der jungen Wissenschaftlerin herunter. »Können Sie vielleicht etwas vortragen, was die Jungs irgendwie begeistert?«

»Ja, da hätte ich schon eine Idee.«

Frau Abramovicz richtete sich auf und unterbrach den Wissenschaftler: »Entschuldigung, ich glaube, unsere Jungs brauchen mal eine kleine Verschnaufpause, bei so viel Theorie. Können wir kurz unterbrechen?«

Für Tarik war dies das Signal, aufzustehen, auf seinen Kontrahenten zuzugehen und ihn mit beiden Armen vor sich herzuschubsen.

Abramovicz ging dazwischen: »Schluss jetzt, du setzt dich dahin, du dorthin.«

Während Dr. Grauert, offenbar erleichtert, weil er seinen Part hinter sich gebracht hatte, den Raum verließ, ergriff Frau Dr. Maar das Wort: »Jungs, wisst ihr eigentlich, warum es heute keine Dinosaurier mehr gibt?«

Widerwillig brummte Jihad »Ausgestorben« in die plötzliche Stille.

»Ja, aber warum sind sie ausgestorben? Soll ich euch verraten, was wir dazu herausgefunden haben?«

Es kam zwar keine Antwort, aber auch kein Widerspruch. Sie übernahm den Präsentationscomputer, schloss das langweilige Zahlenkolonnen-Programm und öffnete eine andere Datei, deren Titelfolie auf dem großen Bildschirm giftgrün-gelb-rot auftauchte: ein sich aufbäumender T-Rex auf einer Waldlichtung, im Hintergrund ein riesiger Feuerball. Das Bild ließ sogar den schmollenden Tarik aufblicken.

»Also, stellt euch vor, damals, vor 66 Millionen Jahren, beherrschten die Saurier die Erde, doch dann ist etwas Schlimmes passiert. Diese Katastrophe haben wir Säugetiere überlebt, die Saurier aber nicht.«

Mehmet wandte sich an Najla und machte eine Handbewegung, die die Oberweite andeuten sollte: »Du Säugetier, lass mich an deine Brust.« Najla reagierte ungerührt und meinte nur: »Halt die Klappe, du Idiot.«

Das nächste Bild zeigte die Erde, fast den ganzen Bildschirm füllend, und eine leicht gebogene, auf die Erde zuführende Kurve. An deren Spitze war ein kleiner Punkt zu sehen.

»Ein fünfzehn Kilometer großer Asteroidenbrocken, eigentlich winzig wie ein Staubkorn im Vergleich zur Erde, ist damals zu nahe an die Erde geraten und in den Golf von Mexiko gestürzt. Es gab eine Detonation wie von einer Million Atombomben, und rundherum war alles total verwüstet. Das war zwar schlimm für die dortige Gegend, woanders auf der Erde hätte es aber keine so großen Auswirkungen gehabt, dass alle Saurier weltweit ausgestorben wären. Viel schlimmer noch als dieser große Knall« – auf der nächsten Folienseite war ein gelb-roter Feuerball zu sehen – »war ein blöder Zufall: Der Brocken schlug ausgerechnet da ein, wo unter dem Meeresboden riesige Mengen Schwefel lagerten, die durch den Einschlag über die gesamten Luftschichten der Erdatmosphäre verteilt wurden.«

Auf den nächsten Folien war erst eine gewaltige Wolke zu sehen, dann ein Sonnenaufgang. Die Sonne war allerdings nur als dunkelrot schimmernder Umriss auszumachen, rundherum war es dunkel. »Das Schwefeldioxid in der Luft hat etwa fünf bis zehn Jahre lang einen großen Teil der Sonnenenergie, die auf unsere Erde einstrahlt, abgehalten und in den Weltraum zurückgespiegelt. Dadurch wurde es für Jahre eiskalt auf der Erde, Dauerfrost auch in den Tropen.«

Dann war auf dem Bildschirm eine dunkle, kalte Landschaft mit kahlen Bäumen und einem am Boden liegenden, halb erfrorenen Saurier zu sehen. »Aus war es mit der Weltherrschaft der Saurier. Sie sind erfroren, wenn sie nicht vorher verhungert waren.«

Dr. Maar zeigte auf zwei kleine Mäuse, oder waren es Ratten, am unteren Rand der Folie mit dem erfrierenden Saurier. »Den merkwürdigen Gesellen da unten war zwar auch kalt, aber viele von ihnen haben diese langen Jahre von Frost in ihren Höhlen und Löchern, in denen sie sich vor den Sauriern verstecken mussten, überstanden. Vor allem gab es keine Saurier mehr, die ihnen vorher das Leben schwer gemacht hatten. So haben sich die Säugetiere ausgebreitet und vermehrt, sie mussten auch nicht mehr in Höhlen vor den Sauriern Schutz suchen, und deshalb sitzen jetzt wir hier und nicht irgendwelche Saurier. Wir stammen alle von diesen Höhlenbewohnern ab, die in ihrer Höhle eine Chance hatten zu überleben.«

Dr. Maar wandte sich lächelnd an Mehmet: »Ja, du hast recht, wir sind alle Säugetiere, und dem Zufall haben wir es zu verdanken, dass es uns überhaupt gibt.«

Mehmet meinte: »Woher wollen Sie das alles eigentlich so genau wissen? Sie waren doch nicht dabei, oder?«

»Wann die Saurier und mit ihnen übrigens auch viele andere Tiere und Pflanzenarten ausgestorben sind, konnte man schon vor hundert Jahren ausrechnen, aus der Lage der vielen auf der Welt gefundenen versteinerten Skelette und Pflanzenreste in den Gesteinsschichten. Man hat aber lange gerätselt, warum das so war. Es wurde vermutet, dass eine Katastrophe, also der Ausbruch eines Supervulkans oder ein Meteoriteneinschlag, das Aussterben verursacht hat. Doch keine solche Explosion hätte sofort alle Saurier auf der ganzen Welt töten können. Zumindest auf der anderen Seite der Erde hätten doch viele überleben müssen. Ich hatte die Idee, die Folgen eines solchen Einschlags auf das Klima zu untersuchen und zu berechnen. Und es erwies sich als plausibel, dass ein solch dramatischer Vorgang unter ungünstigen Bedingungen für viele Jahre das Weltklima zum Absturz bringt, und zwar auf der ganzen Erde, auch dort, wo man den Einschlag selbst nicht einmal bemerkt hat.«

Es war still im Raum.

»Kann so was noch mal passieren?«

»Ja, alle paar Hunderttausend Jahre bricht ein Supervulkan aus, und alle paar Millionen Jahre schlägt ein Meteorit ein. Morgen kann etwas passieren, es kann aber auch sein, dass die nächsten fünf Millionen Jahre alles ruhig bleibt.«

Die Mädchen schauten gebannt, die Jungs gaben Ruhe. Dr. Maar fuhr mit leiser Stimme fort: »Auch wenn der Knall nicht ganz so groß ist, kann es verheerende Klimafolgen haben. Vor zweihundert Jahren ist in Indonesien ein Vulkan ausgebrochen, niemand in Europa hat das besonders interessiert, die meisten Menschen haben es gar nicht erfahren. Sehr viel Schwefel wurde vom Vulkan in die oberste Luftschicht gepustet, es kam weniger Wärme von der Sonne auf der Erde an. Die nächsten zwei Jahre war es in ganz Europa eiskalt, mit Schnee im Sommer, die Nahrungsmittel gingen aus, Millionen Menschen sind gestorben, entweder verhungert oder in Kriegen umgekommen, im Kampf um die verbliebenen Vorräte. Und das ist erst zweihundert Jahre her, also zur Zeit der Großeltern unserer Großeltern unserer Großeltern.«

»Vulkane brechen doch immer mal aus, da müssten wir schon längst ausgestorben sein.«

»Die Vulkane, die wir aus dem Fernsehen kennen, sind eigentlich eher harmlos, auch der vor zweihundert Jahren. Gefährlich sind die riesigen Supervulkane, und da gibt es etliche auf der Welt, die zum Glück nur alle paar Hunderttausend Jahre ausbrechen. Wenn Supervulkane ausbrechen, gibt es einige Jahre Dauerfrost auf der Erde, wegen des Staubs und des Schwefels in den äußeren Luftschichten, danach wird es aber meist wärmer als vorher, wegen des Kohlendioxids, das langfristig als Treibhausgas wirkt. Vor 70 000 Jahren wäre übrigens um ein Haar die Menschheit ausgestorben, als in Indonesien ein Supervulkan ausgebrochen ist. Von geschätzt fünf Millionen Menschen auf der ganzen Welt damals haben nur ein paar Tausend überlebt. Und von diesen paar Leutchen stammen wir alle ab. Das wollen wir genauer erforschen, da sind wir noch auf der Suche, was damals genau passiert ist.«

»Wo gibt es denn Supervulkane?«

»Den Ausbruch eines Supervulkans haben wir Menschen zwar schon überlebt, aber das ist zu lange her, damals wurde nichts aufgeschrieben. Lange hat man gar nicht geahnt, dass es solche großen Vulkane überhaupt gibt. Wir suchen noch, wo sich welche befinden könnten. Die Kollegen haben gar nicht weit von uns einen möglichen Riesenvulkan ausgemacht, in Italien, in der Gegend um Neapel. Dort gibt es einen bekannten Vulkan, den Vesuv, aber der ist nur ein kleiner Teil eines viel größeren Vulkans, das vermuten wir jedenfalls, ein riesiger Supervulkan, die ganze Bucht von Neapel, vierzig oder fünfzig Kilometer im Durchmesser, so groß wäre dann der Krater. Das muss aber genauer erforscht werden, ob das wirklich ein Supervulkan ist und wie gefährlich er ist.«

»Was muss man studieren, um Vulkane, Saurier und das Aussterben der Menschheit zu erforschen?«, wollte Shanti, die beste Schülerin der Klasse, wissen. Corinna Abramovicz lehnte sich zurück und lächelte.

»Wir hier in Potsdam erforschen gar nicht die Saurier, und auch nicht Vulkane direkt. Wir erforschen das Komplizierteste, was es auf der Erde gibt, das ist das Klima. Sonnenstrahlung, Zusammensetzung der Luft am Boden und in zwanzig Kilometer Höhe. Dann der Einfluss von Gasen auf das Klima, die Eisbildung am Nord- und Südpol, das Ansteigen der Meere, wenn das Eis schmilzt, die Wärmeschichten im Meer. Da muss man Physik und Chemie studieren, und ganz viele Wissenschaftler müssen zusammenarbeiten, um so etwas herauszufinden. Aber wenn du fragst, wie man da mitmachen kann: Mathe, Physik und Chemie, auch Biologie und Geologie, man muss sich ein Fach aussuchen, das studieren und wirklich gut sein. Dann kann man in einem Team arbeiten, um herauszufinden, wie alles miteinander zusammenhängt. Und wie groß zum Beispiel die Gefahr der Erderwärmung wirklich ist.«

Die Heimfahrt mit der S-Bahn verlief erstaunlich ruhig. Nur Cemil konnte es nicht lassen, boxte Tarik in die Rippen und machte »Bamm!« dazu. »Das war der Brocken aus dem All!« Tarik stülpte Cemil den Anorak, den er in der Hand gehalten hatte, über den Kopf und meinte: »Und dann wurde es zehn Jahre lang dunkel. Ich sterb dich aus, du Schweine-Saurier.«

Im Bahnhof Friedrichstraße stiegen alle aus und gingen durch die Gänge hinunter in den U-Bahnhof. Es war eng, eine typische Berliner Mischung von U-Bahn-Nutzern wartete auf die Bahn in den Wedding: Krawattenträger, Frauen mit Kopftuch und Kinderwagen, zwei Handwerker in Arbeitskleidung mit unzähligen Farb- und Mörtelspritzern, eine Gruppe junger Männer, einer hatte ein Telefon in der Hand, aus dem blechern Musik dröhnte. Gleich würde die Bahn aus dem Tunnel kommen.

Shanti zeigte nach unten, Tarik schaute neugierig auf die Gleise. Eine Ratte wieselte über die Schottersteine und lief zielstrebig zu den Resten eines Döners, die dort zwischen Fetzen von Alufolie herumlagen. Tunnelratten, die Nachfahren der Höhlenbewohner, die die Saurier überlebt haben.

Mit rhythmischen Doppel-Hammerschlägen auf die Schienen fuhr der U-Bahn-Zug in die Station, die Ratte huschte davon, in irgendein schützendes Loch hinein.

22 Zumtobel – Endlich Funkkontakt!

Wieder hatte Zumtobel nur wenig geschlafen, drei, höchstens vier Stunden, dann schreckte er hoch. Seine Frau, seine Tochter, sein Sohn, sein Plan, er musste Klarheit bekommen, er musste los. Oder vielleicht war es besser, er stellte einen Trupp zusammen für die Fernerkundung bis in den Kanton Zürich, er selbst als Anführer, und marschierte mit einer ganzen Einheit nach Bubikon? Aber gab es dafür eine Begründung, außer seiner egoistischen Sorge um die eigene Familie? Müssten sie dann nicht zu allen Heimatorten von allen Menschen hier marschieren?

Er stand auf und ging nach nebenan in den Kommandoraum. Die Diensthabenden erstatteten Meldung: Insgesamt waren inzwischen sieben Verletzte aus Schattdorf in das Depot verbracht. Alle waren in schlechtem Zustand, in der Sammelstelle draußen in Schattdorf waren etliche weitere sehr schwere Fälle. Unverletzte Überlebende waren bisher nicht gefunden worden, auch Leichtverletzte gab es nicht. Seit mehreren Stunden war überhaupt niemand mehr lebend gefunden worden, nur zahlreiche Tote.

Der Wachhabende, der für die Beobachtung der technischen Systeme eingeteilt war, meldete: »Stromversorgung Turbine 1 Normalbetrieb, Turbine 2 Reserve, alles im grünen Bereich.« Die Frage nach der Kommunikation stellte Zumtobel gar nicht erst. Wenn sich jemand von außen beim Depot gemeldet hätte, wäre er sofort geweckt worden.

Breitenbacher war nicht im Kommandoraum, er schlief, und Zumtobel beneidete ihn darum. Er ging, um sich einen Kaffee zu holen.

Im Aufenthaltsraum war gerade niemand, aber es gab das übliche »Buffet« für die rund um die Uhr Tätigen: zwei Sorten Dauerbrot, Päckchen mit Margarine, Marmelade, Dosenwurst, eine geöffnete große Konserve Apfelmus zur Selbstbedienung. Auf dem Niveau konnte die Verpflegung mit den Vorräten im Depot jahrelang aufrechterhalten werden, auch für einige Hundert Menschen, wie er im Kopf schnell überschlug. Wie lange genau, das sollte er vielleicht nachrechnen, dann schüttelte er den Gedanken ab. Bald würde er in Bubikon wieder auf dem Balkon frühstücken.

Im selben Moment war ihm klar, dass diese Hoffnung vielleicht nicht in Erfüllung gehen würde.

Er nahm sich von dem dunklen Vollkornbrot aus der Folie, die andere mehlig-staubige Sorte hatte er nach drei Tagen schon satt. Beim Brotaufstrich gab es Auswahl zwischen den Geschmacksrichtungen Sauerkirsche und Erdbeere. Sauerkirsche war weniger schlimm. Kaffee gab es zum Glück auch noch, wenn auch abgestanden und lauwarm, wie man am bitteren Geruch erkennen konnte. Er dachte nach: Bald würden sie von Bohnenkaffee auf Instant umsteigen müssen, davon waren tonnenweise Vorräte da.

Die Tür zum Hauptstollen ging auf, diese Lehrerin steckte den Kopf herein. Er seufzte, die hatte ihm jetzt gerade noch gefehlt.

»Ich hatte die Jungs von Ihrem Hauptquartier gebeten, mir Bescheid zu geben, wenn Sie wach sind.« Sie schlüpfte in den Aufenthaltsraum.

»Was kann ich für Sie tun?« Es klang freundlicher als beabsichtigt.

»Ich muss Sie unter vier Augen sprechen. Ich habe hier Informationen, die uns die Situation draußen vor dem Tunnel und dem Bunker erklären könnten.« Sie hob ein grellgrünes Ding hoch. »Eine meiner Schülerinnen, sie ist nebenbei die Beste der Klasse, will Wissenschaftlerin werden und hat nach einem Besuch beim Potsdamer Institut für Klimafolgenforschung alle möglichen Artikel und Bücher zu globalen Katastrophen heruntergeladen. Die sind hier drauf.« Sie hob das grüne Ding wieder hoch, es war ein Tablet in einem schreiend hellgrünen Plastiketui, mit aufgemalten roten Herzen und Blümchen verziert und einem geflochtenen rot-grünen Bändchen dran.

Zumtobel begann, ernsthaft ärgerlich zu werden. Er war verantwortlich für einen der wichtigsten Militärstandorte der Schweiz, es gab Krieg oder was auch immer, und diese Frau ging ihm auf die Nerven.

»Hören Sie, Ihre Schülerin mag ja intelligent sein, ich habe aber jetzt keine Zeit für so was.«

Die Lehrerin ließ nicht locker. »Wissen Sie, was Weihnachten 2004 in Thailand passiert ist? Da hat ein zehnjähriges Mädchen namens Tilly über hundert Menschen das Leben gerettet, weil Tilly wusste, was als Nächstes passieren würde, wenn sich das Meer plötzlich vom Strand zurückzieht. Das hatte sie nämlich in einem Geografiebuch gelesen, kurz vor dem Thailand-Urlaub.«

Zumtobel dachte nach. Er hatte die Geschichte schon irgendwo gelesen, von dem Tsunami damals und dass manche am Strand den Kopf geschüttelt hatten über das hysterische Mädchen, das sie zum sofortigen Wegrennen aufforderte – aber zehn Minuten später wären sie alle tot gewesen, wenn sie die Warnung nicht ernst genommen hätten und fortgerannt wären.

»Und was hat das mit uns heute zu tun?«

»Shanti, so heißt meine Schülerin, hat sich mit globalen Katastrophen beschäftigt. Alles, was sie draußen gesehen hat, passt dazu. Vor allem aber«, Frau Abramovicz machte eine Pause, »man kann da nachlesen, was jetzt als Nächstes passieren wird.«

Zumtobel kaute klebriges Vollkornbrot mit Sauerkirschkonfitüre und kippte bitteren lauwarmen Kaffee hinterher. Er schluckte die Mischung hinunter, die Reste der Vollkornpampe klebten ihm noch hinter den Zähnen, und er blickte die Lehrerin an. »Also gut, ich höre mir das an. Aber eines muss zwischen uns klar sein: Wenn Sie hier irgendwelche Gerüchte verbreiten, die die Mannschaft und die …«, Zumtobel suchte nach dem richtigen Wort, »… die Gäste hier verunsichern, werde ich das nicht dulden. Haben Sie schon andere damit verrückt gemacht?«

»Nein, Herr Kommandant, mir haben zwei Schülerinnen darüber berichtet, die habe ich dazu verdonnert, zu schweigen, und ich bin direkt zu Ihnen gekommen, zu niemandem sonst. Sie haben vollkommen recht: Wir müssen erst genauer wissen, was vor sich geht, und dann müssen wir überlegen, was wir dazu wann und wie den Leuten sagen können.«

Zumtobel leerte den halb vollen Blechbecher mit dem Kaffee in einem Zug, versuchte möglichst viel von den Resten des Vollkornbrots damit herunterzuspülen. »Wir gehen in meinen Raum, hier ist nicht der richtige Platz.«

Zumtobel stand auf und ging zielstrebig Richtung Hauptstollen und Kommandoraum. Worauf hatte er sich da eingelassen? Ihm war ja selbst längst bewusst geworden, dass es vielleicht kein lokales Problem war, und das ließ ihn das Schlimmste fürchten, was seine Familie anging. Statt mit einer Lehrerin hätte er das lieber mit Fachleuten vom Stab in Bern, mit kompetenten Leuten diskutiert, und noch wichtiger war, direkt in Bubikon nachzusehen.

Die Lehrerin hatte Mühe, seinem Tempo zu folgen. Zumtobel durchquerte den Kommandoraum und stürmte in seinen dahinterliegenden Kommandantenraum. Das Aufhalten der Tür für die ihm nacheilende Lehrerin deutete er allenfalls an, ebenso die Aufforderung, an dem kleinen Blechtisch Platz zu nehmen. Die Lehrerin sah sich kurz um, Zumtobel war klar, dass sie jetzt die verknitterte Decke auf der Liege sah, in die er vor Kurzem noch eingewickelt gewesen war.

»Also, was wollen Sie da herausgefunden haben? Was steht da drin?« Zumtobel deutete auf das lächerliche hellgrüne Tablet von Shanti, und plötzlich war in ihm das Gefühl übermächtig, als erwarte er gleich ein Urteil, möglicherweise ein Todesurteil, er wusste nur noch nicht, für wen alles. Plötzlich hatte er wieder den Geschmack nach abgestandenem, bitterem Kaffee im Mund.

»Das sind ganze Bücher und hochwissenschaftliche Artikel, die meisten auf Englisch, alles verstehe ich auch nicht. Aber die Wissenschaftler haben sich mit globalen Katastrophen befasst, den Ursachen, dem Ablauf und den daraus resultierenden Klimaveränderungen. Meteoriteneinschläge oder Ausbrüche von Supervulkanen haben offenbar ganz ähnliche Auswirkungen: Viele Jahre Dunkelheit durch Staub, Dauerwinter, Absterben von 99 Prozent des Lebens durch Kälte und Lichtmangel. So wie beim Ende der Saurier.«

Zumtobel war perplex. Da wollte ihm diese Lehrerin tatsächlich etwas von Sauriern erzählen. Er blickte zur Decke des Bunkers, eine der Neonröhren begann zu blinken. Zumtobel schaltete die Schreibtischlampe an und löschte die Deckenbeleuchtung, um dem Blinken ein Ende zu machen; er musste nachher Bescheid geben, dass die Neonröhre ausgewechselt wurde. Widerwillig hörte er weiter zu, in einer nunmehr fast intim wirkenden Atmosphäre in seinem Kommandantenraum.

»Übrigens gehört zu solchen Naturkatastrophen auch der feine Staub, den man draußen sieht. Das sind kleinste Partikel aus verglastem Gestein, beim Einatmen sehr gefährlich. Man konnte nachweisen, dass auch in grauer Vorzeit schon Tiere nach heftigen Vulkanausbrüchen daran gestorben sind.«

Zumtobel war bereits berichtet worden, dass die wenigen aufgefundenen Überlebenden größte Mühe beim Atmen hatten, die Lungen waren wohl bei allen geschädigt. Erst seit dem Regen war die Luft sauberer geworden.

»Die Dunkelheit Tag und Nacht draußen deutet darauf hin, dass es ein globales Problem ist. Wenn große Mengen pulverisiertes Gestein sowie Gase in die äußeren Schichten der Atmosphäre gelangen, bleiben sie dort jahrelang und schirmen das Sonnenlicht ab, so habe ich es hier gelesen.«

»In Ordnung, angenommen, da ist was dran, was sagen denn Ihre Wissenschaftler, wie es weitergehen könnte?« Jetzt war sie heraus, die Frage nach dem Urteil über ihre Zukunft.

»Einige Jahre Dunkelheit, in dieser Zeit ein Temperatursturz. Danach wird es aber umso wärmer, weil nur noch die Treibhausgase in der Atmosphäre sind. Das Leben blüht wieder auf, manche Arten sind aber verschwunden, weil nicht ein einziges Exemplar überlebt hat. Überleben, das kann man am besten in Höhlen, wie die kleinen Säugetiere. Oder unter Wasser, wie Krokodile damals.«

»Und woher wollen diese Wissenschaftler …«, Zumtobel machte eine herablassende Bewegung in Richtung des grünen Tablets, »… das alles so genau wissen?«

»Diese Potsdamer Wissenschaftler haben die modernen Methoden aus der Klimaforschung auf das angewandt, was man über Katastrophen aus der Erdgeschichte weiß, und …«

Zumtobel wurde von einem Moment auf den anderen unfreundlich, er atmete stoßweise, seine Gesichtsfarbe wurde dunkler, mit lauter Stimme sagte er: »Wir beenden dieses Gespräch. Ich höre mir den Unsinn nicht länger an.« Er stand auf und hätte fast den Tisch umgeworfen.

Frau Abramovicz schaute ihn betroffen an. »Herr Hauptmann, Sie haben sicher einen Mann mit wissenschaftlicher Ausbildung unter Ihren Leuten. Lassen Sie das Material einen Fachmann auswerten. Und wenn es Unsinn ist, wird der das feststellen.«

Zumtobel bekam seine Gefühle wieder in den Griff. Er atmete tief durch. Der Vorschlag dieser Frau war nicht dumm, damit war er das Problem vielleicht los.

»Frau … wie war gleich Ihr Name?«

»Abramovicz.«

»Frau Abramovicz, ich lasse Frau Moseri holen, die ist im Zivilberuf Wissenschaftlerin, Chemie, glaube ich, die soll sich das Zeug ansehen. Warten Sie vor dem Kommandoraum.«

»Vielen Dank, Herr Hauptmann.« Die Lehrerin drehte sich um und setzte sich in Bewegung.

»Halt, Frau Abramovicz!«, rief Zumtobel ihr hinterher. Er ging auf sie zu, zeigte mit dem Finger auf sie: »Sie sind persönlich dafür verantwortlich, dass sonst niemand über irgendwelche Geschichten dieser Art informiert wird und dass keine Gerüchte entstehen! Behalten Sie das für sich!«

Frau Abramovicz sagte ein leises »Jawohl, Herr Hauptmann« und verließ den Kommandoraum.

Zumtobel ärgerte sich, dass er unbeherrscht reagiert hatte. Er erinnerte sich an die Schulungsvorträge, die er selbst über den »Aufenthalt in unterirdischen Anlagen im Spannungs-, Kriegs- und Katastrophenfall« gehalten hatte. »Ereignisarmut und Informationsmangel führen zu Gerüchten unter den Insassen«, den Satz hatte er noch in Erinnerung. Klar, Frau Abramovicz hatte ein Gerücht gehört, schlimmer: Sie hatte eines erfunden, noch dazu ein gefährlich plausibles Gerücht, an dem vielleicht sogar etwas dran war.

Er erinnerte sich an die Schulungen: Besonders wichtig war es, als Vorgesetzter und Bunkerkommandant Autorität zu zeigen, zu informieren und Zuversicht zu demonstrieren; wenn der Vorgesetzte Angst und Unsicherheit zeigte, war es das Schlimmste überhaupt. Er hatte falsch reagiert. Sich das Gerücht zuerst anzuhören und dann barsch zu antworten, war nicht richtig. Er musste sich konzentrieren und in den Griff bekommen.

Das Telefon auf dem Schreibtisch klingelte. Zumtobel nahm den Hörer und meldete sich, am anderen Ende war der Funker, der vor dem Bunkereingang wieder einmal alle Frequenzen durchgegangen war.

»Wir haben Verbindung bekommen!«

»*Was?!* Mit wem?«

»Ein amerikanisches Schiff, zuerst wollten die nicht mit der Sprache heraus. Es ist wohl ein U-Boot. Sie sind abgeschnitten von der Außenwelt und haben versucht, mit offenen Funksprüchen Kontakt zu irgendjemand zu bekommen. Wir haben geantwortet, und jetzt sind wir in Verbindung.«

Zumtobel erstarrte. Ein U-Boot, wieso ausgerechnet ein U-Boot? Gab es niemand sonst, der gefälligst endlich antworten konnte?

»Wie haben Sie sich gemeldet?«

»Swiss Army Unit, mehr haben wir nicht gesagt.«

»Sprechen Sie darüber mit niemandem, kommen Sie sofort auf dem schnellsten Weg zu mir. Haben Sie eine Zeit für einen neuen Funkkontakt vereinbart?«

»Ja, in zwei Stunden.«

»Gut, kommen Sie schnell.«

Ein U-Boot. Da gab es Hunderttausende Soldaten in Europa, mit allen möglichen Funkgeräten, und ausgerechnet mit einem U-Boot kam der einzige Funkkontakt zustande? Ihm kam wieder das Gespräch mit Frau Abramovicz in den Sinn. Sollte an dem Gerücht von der globalen Katastrophe doch etwas dran sein? Aber Frau Moseri würde das schon herausfinden, wenn die Erklärung ausgerechnet in diesem komischen Computer einer Schülerin zu finden wäre. In zwei Stunden würde er endlich mit jemandem außerhalb des Bunkers reden können, ein U-Boot-Kommandant konnte ihm zwar nicht vor Ort weiterhelfen, aber vielleicht wusste der mehr.

»Herr Hauptmann, Frau Moseri ist da!«

»Ja, soll hereinkommen.«

Frau Moseri betrat den Raum des Kommandanten.

»Frau Moseri, nehmen Sie Platz. Soeben war diese Lehrerin, Frau Abramovicz, hier und hat mir ein Gerücht erzählt, das ich nicht einordnen kann. Eine dieser Schülerinnen hat angebliche wissenschaftliche Unterlagen über Geschehnisse, die eine Erklärung für die Katastrophe draußen liefern könnten. Meine Bitte: Lesen Sie sich das kritisch durch, und vermeiden Sie, dass Gerüchte entstehen. Wir müssen die Gerüchtebildung unterbinden. Reden Sie also mit der Lehrerin, am besten auch mit der Schülerin, die das aufgebracht hat, schauen Sie sich meinetwegen auch deren Informationen an, aber bringen Sie mir alle Gerüchte unter Kontrolle, Ihnen wird man glauben!«

Frau Moseri schaute Zumtobel überrascht an. »Jawohl, Herr Hauptmann, können Sie mir noch eine Andeutung machen, in welche Richtung die angeblichen Informationen gehen?«

»Angeblich passen die Zustände draußen auf globale Katastrophen, wie sie beim Aussterben der Dinosaurier aufgetreten sind. Saurier, das allein zeigt schon, dass es sich hier um unsinnige Gerüchte handelt. Trotzdem, in einer Bunkersituation ist mit dem Aufkommen von irgendwelchen Gerüchten immer zu rechnen. Man muss nur versuchen, ihnen mit Klarheit entgegenzutreten. Sie können das, dazu hören Sie sich alles an. Dann entscheiden wir, wie wir damit umgehen. Bringen Sie mir die Sache unter Kontrolle, bevor sie aus dem Ruder läuft.«

23 Zarah – Wut auf die Klima-Weltuntergangsfachleute

Shanti und Frau Abramovicz waren draußen. Ich wartete in unserem Schlafraum, lag auf meiner Matratze im oberen Stockwerk der Bettenreihe, hatte mich zur Wand gedreht, den Kopf auf der zusammengerollten kratzigen Decke. Ich hörte Stimmen anderer Mädchen im Raum, stellte mich schlafend, sah aber mit offenen Augen zur Betonwand, deren Poren ich mit den Fingern ertastete. Über mir verstrahlte die Neonröhre ihr helles kaltes Licht. Ich dachte darüber nach, was Shanti da so nebenbei gesagt hatte: dass sie wüsste, was passiert sei und wie es weiterginge. Ich sollte mit niemandem darüber reden, schärfte uns Frau Abramovicz ein, aber – so weit kannte ich mich – ich konnte das nur einhalten, wenn ich allein war. Egal, mit wem ich gesprochen hätte, es wäre aus mir herausgebrochen: die Angst um Berlin, die Familie, meine Mama und meinen Baba, meinen Bruder, die Fontane-Schule, meine Straße im Wedding – ich wollte mir nicht vorstellen müssen, dass es da so aussah wie hier, in der Schweiz.

Dass Shanti als kleines indisches Mädchen wissen sollte, wie es um uns und vor allem um alle in Berlin bestellt war, war das normal? Wie locker sie davon ausging, dass überall alles kaputt war, machte mich wütend. Dass sie auf ihrem mit lauter Herzchen verzierten alten Tablet die Vorhersage für unsere Zukunft gespeichert hatte: Nur wir Höhlenbewohner könnten diese Katastrophe vielleicht überleben, alle anderen draußen wahrscheinlich nicht. Das durfte nicht wahr sein. So ein blöder Klassenausflug in dieses noch blödere Potsdam mit seinen studierten Klima-Weltuntergangsfachleuten.

Ich hatte mit den Fingernägeln am Beton gekratzt, was leise Geräusche machte.

»Du bist ja doch wach!«, sprach Najla mich an.

»Lass mich bloß in Ruhe!«, warnte ich sie. Ich war wütend auf alle und alles, am meisten auf mich selbst.

Plötzlich tauchte Shanti auf, hinter ihr kam Frau Abramovicz ins Zimmer. Sie wollten mit mir sprechen. Ich richtete mich auf, die beiden redeten nichts, hatten rote Gesichter, auch im kalten Licht sah man das. Frau Abramovicz sah sich um, außer mir waren Najla und Leyla im Schlafraum.

»Geht mal raus, ich muss mit Shanti und Zarah allein etwas besprechen.«

Die beiden guckten dumm, standen dann aber auf und gingen wortlos hinaus. Von der Tür aus sah Najla noch einmal in den Raum und zu mir hin, mit offenem Mund, bevor sie die Tür schloss.

Frau Abramovicz ging zur Tür, prüfte, ob sie geschlossen war, und wies mit einer Handbewegung in den hinteren Bereich des Schlafraums, wo sich Shanti und ich auf die Pritsche von Elif setzten. Frau Abramovicz zog einen der vierbeinigen Hocker aus Stahlrohr mit einer Holzauflage heran und kam uns ganz nahe. Leise sagte sie: »Ich bin mir selbst nicht sicher, ob diese Artikel, die du, Shanti, auf deinem Computer hast, wirklich auf unsere Situation passen. Das wäre furchtbar, aber wenn es so ist, müssen wir alle es unbedingt wissen. Der Bunkerkommandant hält es offenbar für Unsinn, aber immerhin hat er befohlen, dass eine Soldatin, die Wissenschaftlerin ist, sich das genauer ansehen soll. Da gehen wir jetzt hin, und du, Shanti, gehst mit!«

Ich hörte mit offenem Mund zu. Mir wurde heiß und kalt. »Wenn das stimmt, ist in Berlin auch alles so kaputt wie hier? Was ist mit den Menschen?« Jetzt war sie draußen. Die Frage.

»Wenn das so ist, müssen wir es wissen. Wenn sich herausstellt, dass woanders alles in Ordnung ist, umso besser. Ihr müsst die Nerven behalten, und das muss weiter unter uns bleiben. Man weiß nicht, was passiert, wenn hier wilde Gerüchte umlaufen. Ihr bleibt kurz hier, ich hoffe, wir können schnell mit der Wissenschaftlerin reden.«

Frau Abramovicz ging hinaus, ich war allein.

Mir stiegen Tränen in die Augen. Mein Baba, meine Mutter, mein Bruder, ich dachte an die Toten und Schwerverletzten draußen vor dem Bunker, war es in Berlin wirklich auch so schlimm? Lagen dort auch tote Menschen auf der Straße herum, zerstörte Häuser, umgestürzte Masten und Bäume? Hatte dort auch der gefährliche Staub die Lungen der Menschen zerstört?

Ich fuhr Shanti an: »Wie kannst du so cool tun mit deinem blöden grünen Tablet und deinem Wissenschaftsgetue? Woher willst du wissen, dass das ganze Zeug, das die da aufgeschrieben haben, stimmt?«

Shanti heulte los: »Weiß ich doch auch nicht, ich hab das heruntergeladen, weil es mich interessiert hat. Vielleicht stimmt es ja gar nicht.« Sie schien erst jetzt zu realisieren, was »globale Katastrophe« bedeutete, dabei hatte sie das alles aufgebracht.

Marina kam herein in unseren Schlafraum, sah uns und stockte. »Was heulst du so herum? Ist eine von euch schwanger, oder was?«

»Halt die Klappe, blöde Zicke. Es gibt Dinge, die sind zu wichtig, als dass ich sie ausgerechnet mit dir besprechen würde.« Mir fiel es nicht schwer, so grob zu sein. Marina ging mir wirklich auf den Wecker, sie hatte keine Ahnung und nervte eh nur. Shanti drehte sich zu mir, legte den Finger auf die Lippen, sodass es Marina nicht sah, aber ich hätte sowieso nichts gesagt, schon gar nicht zu Marina.

24 Steppach – Wassereinbruch im Tunnel

Die Schmerzen kamen wieder, als die Wirkung der Medikamente nachließ. Aber es war nicht mehr ganz so schlimm wie auf dem Marsch vom Zug in den Bunker. Einmal noch war ich im Sanitätsraum, man nahm mir den Verband ab und legte einen neuen an. Die Antibiotika nahm ich weiter, die Schmerztabletten aber nicht. Ich wollte einen klaren Kopf behalten. Ich versuchte auch schon wieder mit dem Bein aufzutreten, um mich selbst zu vergewissern, dass es besser wurde. Jedenfalls redete ich mir ein, dass es besser wurde.

Es gab nichts zu tun, ich lag auf meinem Schlafplatz in der Unterkunft und dachte nach. Von Duber hatte ich gehört, dass die Fahrt zum Querstollen in Amsteg mit der Güterzuglok gut verlaufen war. Ich hatte ihn in der Unterkunft gefunden, er saß auf einem der Stühle in der Aufenthaltsecke. Ich fragte ihn auch, ob er von den SBB-Wartungstechnikern etwas gesehen oder gehört hätte. Hatte er nicht; ich musste sie suchen.

Von den wenigen Leuten, die mit den Soldaten vor dem Bunker draußen waren, hörte man Schreckliches: Im Reusstal musste es eine schlimme Katastrophe gegeben haben, wobei nicht klar war, was eigentlich passiert war. Offenbar waren bisher keine Hilfskräfte dort angekommen, und es war weiterhin dunkel draußen. Ich machte mir viele Gedanken, wie weit dieses Katastrophengebiet reichte, inzwischen leuchteten in meinem Kopf gleich mehrere rote Warnlampen. Basel und Lörrach waren Luftlinie vielleicht 120 Kilometer von hier entfernt, das war nicht viel. Wo überall war die Katastrophe? Ich überlegte, ob in der Unwetterwarnung, die wir im Zug noch gehört hatten, irgendetwas darauf hinwies, für welche Region die Warnung galt.

Die beiden SBB-Tunneltechniker traf ich bei der Essensausgabe und fragte sie, ob sie etwas über den dritten Mann, der oben im Schacht in Sedrun saß, gehört hätten. Der saß da ja allein in der »Bergstation« des Aufzugs und konnte vielleicht immer noch nicht hinaus nach Sedrun.

Die Techniker meinten, inzwischen hätte sich doch gewiss jemand gekümmert, von Sedrun aus. Ich war mir da keineswegs sicher, das sagte ich den beiden auch. Und dann hatte ich die Idee: Wir könnten mit der Lok erneut in den Notbahnhof Sedrun zurückfahren und per Telefon versuchen, mit dem Mann Kontakt aufzunehmen. Wenn er dort weiterhin allein herumsaß und wegen des überschwemmten Zugangsstollens eingeschlossen war, und der Lift nicht dazu zu bewegen war, ohne Besetzung der Aufzug-Leitstelle nach unten zu fahren, müssten wir ihn ablösen, indem einer der beiden hochfahren und den Posten oben übernehmen sollte. Die beiden schienen nicht begeistert, aber sie wollten wohl auch nicht sagen, dass sie sich um ihren Kollegen gar nicht kümmern wollten.

Meine Hoffnung war außerdem, vielleicht mehr darüber zu erfahren, was draußen eigentlich los war. Vielleicht hatte der Mann dort oben jetzt Kontakt bekommen, zu irgendjemand, der uns allen helfen konnte.

»Ich gehe zu Hauptmann Breitenbacher, der uns hierhergebracht hat, und erkläre ihm das. Dann müsst ihr das machen, das sind wir dem Kollegen schuldig.«

Ich zog los, nur mit einer Krücke, es ging schon ganz gut. Ich hatte auf dem Weg zum Sanitätsraum gesehen, wo der Kommandoraum war. Breitenbacher saß tatsächlich in dem Raum, an einem Blechschreibtisch, ich sah ihn gleich, als ich die Tür zu dem Kommandoraum öffnete. Ein Soldat stellte sich mir in den Weg und wollte uns nicht hineinlassen, aber ich konnte Breitenbacher auf mich aufmerksam machen. Er gab dem Soldaten ein Zeichen, ich humpelte weiter.

Breitenbacher stand auf, ging mir entgegen. »Wie geht es Ihnen? Sie hatten ja eine Verletzung, habe ich gehört. Wir sind ganz schön in

Schwierigkeiten hier, es gibt noch keinen echten Plan, wie wir Sie alle wieder herausbringen. Lassen Sie uns draußen sprechen.«

Ich hatte das Gefühl, dass er mir bei Weitem nicht alles sagen konnte oder wollte. Draußen versuchte ich, mehr herauszubekommen. »Wie weit reicht denn das Gebiet mit der Katastrophe, dem Unwetter oder was da los war?«

Seine Antwort war nichtssagend, man wisse nichts. Jetzt kam mein anderer Plan zum Zuge, um etwas herauszubringen: »Es gibt da einen Mann von der SBB, der oben im Schacht von Sedrun sitzt und eigentlich den Aufzug bedienen soll. Der kommt nicht hinaus nach Sedrun, weil der Stollen oben von außen her halb vollgelaufen ist. Wir müssen den entweder herunterholen, wenn der Aufzug ohne besetzte Leitwarte funktioniert, oder ihn wenigstens ablösen oder ihm etwas zu essen mit dem Aufzug hinaufschicken. Können die SBB-Techniker dazu erneut mit der Lok in den Notbahnhof fahren?«

Breitenbacher seufzte. »Das ist derzeit das geringste Problem.«

»Der sitzt da oben, seit drei Tagen, wir können ihn doch nicht einfach sich selbst überlassen.«

Breitenbacher dachte nach. »Der sitzt da oben allein? Warum habt ihr ihn denn zurückgelassen?«

»Der Aufzug funktioniert nur, wenn oben einer sitzt. Er musste oben bleiben, als wir wieder heruntergefahren sind.«

Breitenbacher schaute nachdenklich. »Was schlagen Sie vor?«

»Der italienische Lokführer, mein Kollege Duber und die beiden Wartungstechniker fahren mit der Lok erneut zum Notbahnhof und versuchen, den Kollegen oben zu erreichen. Wenn er dort noch ist und nicht herauskommt, versorgen wir ihn oder lösen ihn ab, oder die beiden versuchen, den Aufzug so umzuprogrammieren, dass er alle nach unten bringt, ohne besetzte Schaltstelle oben.«

»Alles, was ich euch geben kann, ist ein Elektrowagen bis zum Übergang in den Tunnel. Alles andere müsst ihr allein hinbekommen.«

»Danke, Herr … äh, welchen Dienstgrad haben Sie eigentlich?«

»Hauptmann, aber sagen wir doch einfach Du, ich bin Reto.«

»Martin. Danke. An wen sollen wir uns wenden wegen des Wagens?«

»Muss ich noch organisieren. Kommt in dreißig Minuten zum Fahrzeug-Ladeplatz, da vorne. Dann wird euch jemand in Empfang nehmen und sagen, wann es losgeht. Viel Glück.«

Ich ging zurück, probehalber ganz ohne Krücken, es ging halbwegs, oder jedenfalls redete ich mir das ein. Mir war plötzlich klar: Ich würde da mitfahren. In der Unterkunft suchte ich die beiden SBB-Techniker und meinte: »Alles klar, in dreißig Minuten geht es los. Wir nehmen die Lok und fahren zurück in den Notbahnhof. Einer von euch wird den Mann oben ablösen, wenn der da noch ist. Der von euch, der die erste Ablöseschicht oben macht, nimmt Essen für drei Tage mit und Wasser. Wer von euch übernimmt die erste?«

Die beiden starrten mich an. Ich hatte sie überfahren. Keiner wollte sich freiwillig melden. »Wenn ihr nicht wisst, wer als Erster die Ablösung machen soll, würfelt einfach.«

Da gab der Jüngere der beiden nach und meinte: »Na gut, ich mache es.«

Eine halbe Stunde später saßen die beiden Wartungstechniker, Duber, Paolo und ich auf dem Elektrowagen. Ich hatte die unbestimmte Hoffnung, dass der Mann oben irgendetwas wusste, was uns mehr Klarheit geben würde.

Der Weg über die Wendeltreppe im Übergang zum Tunnel war mühsam, ich biss die Zähne zusammen. Ich hätte vielleicht doch eine Schmerztablette nehmen sollen.

Der Soldat öffnete uns den Ausgang. »Wann wollt ihr wieder abgeholt werden?«

»Eine Stunde Fahrzeit hin und zurück, dort brauchen wir sicher zwei Stunden, also in drei bis vier Stunden.«

»Gut, ich bin in drei Stunden wieder da und werde warten. Ansonsten: Hier ist ein Telefon, die 10 verbindet mit dem Kommandoraum.« Er zeigte uns einen kleinen Kasten in einer Tunnelnische neben der mächtigen Tür in den Bunker. »Die äußere Tür lasse ich auf, wir klemmen was ein. Dann kommt ihr immer zum Telefon.«

Wir gingen an dem Intercity-Zug entlang und erreichten die Güterzuglok, dort kletterten wir in den Führerstand. Paolo brauchte wieder zwei, drei Minuten, bis alles hochgefahren war. Jetzt würde es bergauf gehen in der leichten Steigung zum Bahnhof in Sedrun. Er startete den Dieselmotor, dessen Brummen war aber auf dem Führerstand nur ganz leise zu hören. Ich klappte den kleinen zweiten Sitz auf dem Führerstand heraus, die anderen drei standen. Es tat gut, das Bein leicht angewinkelt in den Hohlraum unter den Führerstand zu strecken, der Schmerz ließ nach.

Schließlich ließ Paolo die Hupe wieder ertönen, blendete das Licht auf und schob den Fahrerhebel nach vorn. Vor einigen Tagen (vor wie vielen Tagen eigentlich?) hatte ich den Intercity mit fast zweihundert Sachen in den Tunnel gefahren. Jetzt war es wieder wie damals, nur viel langsamer, die Oberleitung glänzte, im Zickzack verlegt, gelegentlich die blau-gelben Signalschilder links, wir nahmen Fahrt auf, die Lok ohne Zug beschleunigte schnell. Ich richtete mich auf und sah genauer hin aufs Gleis. Etwas war anders: In der Mitte des Tunnels, zwischen den Schienen, stand Wasser. Merkwürdig, es gab doch eine Drainage. Wieso stand hier Wasser beziehungsweise lief Wasser bergab nach draußen?

Ich wies die Kollegen auf das Wasser zwischen den Schienen hin. Sie blieben schweigsam – welche Miene sie dazu machten, konnte ich im matten Schein der Instrumentenbeleuchtung nicht sehen. »Ist nicht normal, dass da Wasser läuft, oder?«

»Nein, ist es nicht, aber was ist hier schon normal.«

Paolo fuhr diesmal etwas schneller als bei unserer Fahrt mit dem Intercity ins Dunkle, 70 Stundenkilometer, wie ich auf dem Tacho sehen konnte. Er war wohl auch ungeduldig, zu wissen, was uns in Sedrun erwartete. Er war entsetzt gewesen, als ich ihm schilderte, dass noch ein Mann oben im Schacht war und wahrscheinlich weiterhin keine Möglichkeit hatte, ins Freie zu kommen. Er hatte die Madonna und mehrere Heilige beschworen und mir sofort recht gegeben, dass wir schnellstens zurückfahren sollten. Hoffentlich hatte der Aufzug nicht inzwischen seinen Geist aufgegeben.

Das Wasser zwischen den Schienen, wo konnte das herkommen? Ich hatte einen Verdacht, den behielt ich aber noch für mich.

Paolo schaltete den Dieselmotor aus, die Batterie war fast voll, er ließ die Lok rollen, wir waren einen Kilometer vom Bahnhof Sedrun entfernt. Die Notbeleuchtung dort funktionierte weiterhin, die Scheinwerfer ließen die Bahnsteigkante sogar grell aufleuchten. Paolo bremste die Lok sanft ab, er ließ erneut die Hupe tönen, lang anhaltend. Wir hatten den Bahnhof in schlimmem Zustand verlassen. Dreck, Mülltüten und leere Wasserflachen lagen herum, das Toilettenloch des Damenklos war im Licht der Lok-Scheinwerfer erkennbar, als Strudel im Wasserstrom. Ich verfolgte den Lauf des Wassers zurück: Das Wasser lief über den Bahnsteig ins Gleis, kam aus den seitlichen Stollen, die zum parallelen Stollen führten. Mein Verdacht, wo das Wasser herkam, schien sich zu bestätigen.

Die Lok fuhr ganz langsam bis fast zum Ende des Bahnhofs und hielt dann an, genau über der früheren Männertoilette, die inzwischen auch überschwemmt war. Wir nahmen die Handlampen und stiegen ab. Als die massive Führerstandtür nach innen aufschwang, kam nicht der damals zurückgelassene Latrinengeruch herein, sondern ein Schwall schwülwarmer Luft. Es war heiß, wie vor Tagen, als wir warten mussten, aber jetzt zudem feucht, das war weit unangenehmer.

»Bleib auf der Lok, Paolo, rüste nicht ab. Besser, wir können notfalls schnell zurückfahren.« Das Wasser beunruhigte mich.

Wir gingen durch den Verbindungsgang in den parallelen Stollen, weiter in Richtung Aufzug. Das Wasser kam tatsächlich aus dieser Richtung, im Stollen war es jetzt einige Zentimeter hoch, wir wateten durch einen Bach und versuchten, trockene Stellen zum Laufen zu finden. Das Wasser floss aus der Richtung des senkrechten Stollens mit dem Aufzug, von dort war ein eigenartiges Donnern zu hören.

Wir kamen näher und näher, es wurde lauter und lauter, schließlich betrachteten wir aus sicherer Entfernung mit unseren Lampen das Inferno: Der Aufzugschacht war das Ende eines Wasserfalls! Die Wucht des Wassers, das dort herabstürzte, war unglaublich. Aus achthundert Metern Fallhöhe kam das Wasser unten an, wie zerfetzt zerstob es mit unglaublichem Getöse. In der Gischt war kaum etwas zu erkennen, der Lärm unbeschreiblich laut, wir hielten uns die Ohren zu, ein einziges Tosen, Knattern und Trommeln.

Dieser Aufzug war sicher nicht mehr benutzbar, man konnte sich nicht einmal mehr in die Nähe begeben.

Ich gab den drei anderen ein Zeichen, wir zogen uns etwas zurück, bis der Lärm nachließ. Ich schrie: »Habt ihr hier ein Telefon, mit dem man oben anrufen kann? Ob er überhaupt noch lebt?«

Die beiden Wartungstechniker sahen sich an. Es stellte sich heraus: Ja, gegenüber den beiden Wartungsschächten, im Container, da war ein Telefon, mit dem man die Leitwarte oben erreichen konnte – falls das Kabel das Trommelfeuer aus den Wasserkaskaden überstanden hatte.

Wir gingen zurück in Richtung Schacht und Wasserfall, dicht an der dem Schacht abgewandten Wand entlang, hielten uns gegenseitig fest, um in den Wasserschwaden und der schäumenden Gischt die Orientierung nicht zu verlieren. Wir waren durch und durch nass, in dem dichten Nebel fiel das Atmen schwer. Endlich waren wir an der Stelle, wo die Nische nach rechts uns einige Meter von dem Schacht wegführte. Die Techniker öffneten die Tür des Containers, alle schlüpften wir hinein, die Tür ging wieder zu.

Der Krach war nur noch gedämpft zu hören, wir standen triefend und schockiert in dem Technikraum, der sofort schwülfeucht wurde. Die beiden Techniker gingen zu dem Telefon, das auf einem

Schreibtisch stand. Aus einem Verzeichnis suchten sie die Nummer der »Leitwarte Aufzug« heraus, die Seiten des Heftchens wurden nass vom Herumfingern, sie drückten am Telefon die im Heft genannten Tasten. Das Gesicht des Technikers war bleich, Wassertropfen liefen ihm an der Nase herunter, er hielt zitternd den Telefonhörer. Gespannt warteten wir.

Es war wie ein Wunder: Der oben zurückgelassene Mann meldete sich! Der Techniker (ich wusste immer noch nicht, wie er eigentlich hieß) sagte, dass wir unten am Schacht seien. Was denn oben los sei?

Das Wasser sei höher gestiegen und laufe inzwischen aus dem Stollen in den Tunnel, so berichtete er. Sein Raum sei aber trocken, dadurch, dass das Wasser beständig in den Schacht ablief, könne der Wasserspiegel nicht mehr steigen. Wir sollten versuchen, den Wasserstau draußen vor dem Stollen zu beseitigen. Er hätte inzwischen nichts mehr zu essen. Wir sollten schnell machen.

Die Wartungstechniker beschworen ihn durchzuhalten und versprachen, wir würden ihn da herausholen. Ich glaubte durchaus eine gewisse Erleichterung herauszuhören, weil keiner der beiden auf Ablösung nach oben fahren und mit ihm tauschen musste in dieser verzweifelten Situation, mit dem überschwemmten Stollen und abhängig von einem Aufzug, der quasi nicht mehr existierte. Welche Zerstörung das Wasser hier unten anrichtete, konnte der Mann oben gar nicht ahnen.

Auf der Rückfahrt sagte niemand etwas. Wir betrachteten sorgenvoll den Wasserlauf zwischen den Schienen. Das meiste Wasser lief ja ohnehin in der Drainage, nur was dort nicht Platz hatte, lief zwischen den Schienen, und das war allein schon eine gewaltige Menge.

Zurück im Bunker, an der Tür zum Kommandoraum – diesmal hatte ich die beiden Wartungsleute mitgenommen – suchte ich Breitenbacher. Der Posten an der Tür beäugte mich kritisch. Ich konnte Breitenbacher nicht sehen, fragte nach ihm.

»Der ist beim Chef«, meinte der Posten.

»Wir müssen ihn dringend sprechen.«

»Das geht jetzt nicht.«

Ich musste es anders versuchen, verzweifelt überlegte ich, wie ich die Sache dringlich machen konnte. »Hören Sie, wir waren im Tunnel. Es droht dort ein Wassereinbruch in den Bunker, durch den Schacht Sedrun dringen Wassermassen ein, die können über den Ausgang in den Tunnel auch den ganzen Bunker überschwemmen. Wir müssen den Hauptmann sprechen.«

Das war zwar übertrieben, der Bach war noch weit davon entfernt, sich im Tunnel zu stauen und in den Bunker zu laufen, aber wer weiß, was bei Hochwasser oben passiert, vielleicht kam dann viel mehr Wasser. Ich war überzeugt, dass wir den Wassereinbruch irgendwie stoppen mussten und zudem den Mann oben befreien, und dazu mussten wir die Lage dramatisch darstellen.

Wir warteten, der Posten ging in den Raum des Kommandanten. Breitenbacher kam kurz darauf heraus. »Was, ein Wassereinbruch, wo genau?«

Ich erklärte ihm die Situation am Schacht Sedrun im Telegrammstil: Von Sedrun aus ein Stollen, einen Kilometer lang, der in den Berg hinein langsam anstieg, um etwa sechs Meter. Vom Ende dieses Stollens im Berg ein senkrechter Schacht nach unten zum Tunnel, achthundert Meter tief. Vor dem Stollen in Sedrun verläuft der Vorderrhein, der scheint gestaut zu sein, das Wasser steht inzwischen offenbar sechs Meter über dem Stolleneingang, hat jedenfalls den Schacht erreicht, und der Rhein ist jetzt in den Tunnel umgeleitet.

Breitenbacher versuchte, das alles nachzuvollziehen. »Und warum soll das gefährlich für uns sein? Das Wasser läuft doch aus dem Tunnel heraus.«

»Erstens ist noch ein Mann oben am Kopf des Stollens, der kann nicht mehr heraus, sitzt da sozusagen in einer Luftblase, und seit das Wasser da herunterstürzt, kann man den Aufzug nicht mehr benutzen. Zweitens wird sich das Wasser früher oder später am Tunnelausgang bei dem Güterzug stauen, dann überschwemmt es den Eingang zum Bunker. Das Tor mag eine Explosion aushalten, aber auf Dauer wasserdicht ist es sicher nicht. Drittens: Wir werden den Tunnel noch brauchen, vom Wasser wird der ruiniert und irgendwann unbegehbar.«

Breitenbacher zupfte sich am Ohr. So ganz überzeugt war er nicht, dass das Wasser dem Bunker gefährlich werden konnte. Er ahnte wohl, dass es uns mehr um die Rettung des Mannes oben ging.

»Habt ihr einen Plan vom Tunnel, wo man das sehen kann, wie das miteinander zusammenhängt? Eine Karte?«

»Ja, im Betriebshandbuch zum Tunnel ist eine Schemazeichnung, können wir holen. Landkarten von Sedrun haben wir keine, aber ich war da mal bei einer Baustellenbesichtigung: Der Stollen ist direkt am Vorderrhein. Da er eine Steigung nach innen hat, ist das ja normalerweise kein Problem. Jetzt scheint das Wasser aber sechs Meter höher als der Stolleneingang zu stehen.«

»Gut, ich kläre mit dem Chef, was man tun kann. Eure Vorstellung ist also, dass wir nach Sedrun marschieren und nachsehen, was das Wasser aufstaut, und versuchen, daran etwas zu ändern?« Breitenbacher schaute nachdenklich und fuhr fort: »Das ist schon unter normalen Umständen ein Marsch von zwei Tagen. Zurzeit braucht man da bestimmt vier Tage. Und dann müsste man ja an dem Problem dort erst etwas ändern, wie soll das gehen?«

»Ihr habt doch auch den verschütteten Bunkereingang freibekommen. Da werdet ihr es ebenfalls hinbekommen, dass das Wasser in Sedrun abfließen kann.«

Breitenbacher seufzte. »Wie gesagt, ich bespreche es mit dem Chef.«

Er wandte sich ab, dann kam er erneut: »Seid ihr sicher, dass der Mann da oben noch lebt? Der Schacht ist doch voll Wasser?«

»Wir haben mit ihm telefoniert. Der bekommt nicht mal nasse Füße. Das Wasser läuft ja ab in den Schacht, er sitzt in einer Luftblase, und es gibt sogar eine Entlüftung senkrecht nach oben. Er lebt, hat Hunger und wartet auf Hilfe.«

Breitenbacher blickte stumpf ins Leere, er sah müde aus. Er erwartete offenbar, dass ich jetzt den Rückzug aus dem Kommandoraum antrat. Ich blieb einfach stehen. Reto Breitenbacher seufzte, stand auf. »Na gut, dann warten Sie hier.« Er ging wieder in das Hinterzimmer.

Nach kurzer Zeit kam er zurück und bat mich dazu, in das Hinterzimmer, das sich als der Wohnraum des Kommandanten herausstellte. Der saß an einem kleinen Besprechungstisch und sah noch viel übermüdeter aus als Reto Breitenbacher.

»Was gibt es da für ein Problem?«

Ich musste die Situation in Sedrun erneut schildern und machte die Bedrohung für den Bunker noch ein bisschen dramatischer. »Draußen, vor dem Stolleneingang in Sedrun, ist das Wasser offenbar gestaut. Der Vorderrhein, der fließt jetzt einfach durch den Tunnel ab. Gefährlich für den Bunker wird es, falls es da oben größere Regenfälle geben sollte. Dann steigt der Wasserspiegel, und es dringt entsprechend mehr Wasser durch den senkrechten Schacht.«

»Welchen Durchmesser hat der Schacht?«

»Mindestens fünf Meter, da passt einiges durch. Mit dem Wasserdruck von achthundert Meter Höhenunterschied überwindet das Wasser jedes Hindernis. Am Tunnelausgang ist ja ein Güterzug entgleist – wenn das Wasser dort nicht abfließen kann, staut es sich und dringt in den Bunker, das ist gar nicht zu verhindern.«

Das war vielleicht eine Übertreibung, aber so genau verstand der Kommandant es nicht, er hörte aber »große Gefahr«.

»Und was ist Ihr Vorschlag, was können wir tun?«

»Sie müssten einen Trupp nach Sedrun schicken, der herausbekommt, was dort die Überschwemmung verursacht. Vielleicht kann man den Stau dort beseitigen, das wäre die beste Lösung, dann kann der Rhein wieder seinen normalen Weg nehmen, und der Tunnel wird wieder trocken.«

»Das sollen wir auf den bloßen Verdacht hin machen, dass man an der Überschwemmung überhaupt etwas ändern kann?«

»Herr Hauptmann, eine Überschwemmung im Bunker – das müssen Sie selbst beurteilen, was das bedeuten kann.«

»Was meinst du, Reto?«

Jetzt kam es auf den Offizier Breitenbacher an, würde er abwiegeln oder mitspielen dabei, den Wassereinbruch als Gefahr für den Bunker darzustellen? »Wenn es eine Gefahr gibt, dass das Depot mit allen seinen Vorräten überschwemmt werden könnte, ist es jede Anstrengung wert, die Lage zu erkunden und Gegenmaßnahmen zu ergreifen.«

Der Kommandant zögerte. »Was schlägst du konkret vor?«

Breitenbacher wiegte den Kopf, schließlich sagte er: »Ich suche mir die zehn besten Bergsteiger unter den Soldaten, wir nehmen hundert Kilo Sprengstoff auf Verdacht mit, und wenn es etwas gibt, das wir als Abflusshindernis für den Vorderrhein beseitigen können, dann tun wir es. Wir sollten keine Zeit verlieren. Ich muss das selbst machen, das wird bergsteigerisch nicht einfach, über den Pass. Es ist der gleiche Weg, den wir schon gekommen sind, in der anderen Richtung, aber jetzt sind die Verhältnisse wahrscheinlich viel schlechter.«

Der Kommandant dachte nach, richtete sich auf dem Bürostuhl auf, indem er sich auf die Armlehnen stützte. »Nimm fünfzehn Leute mit, und bleibt in Funkverbindung. Ich will hören, was ihr in Sedrun vorfindet. Wir ziehen die Mannschaft, die draußen in Altdorf und Erstfeld nach Überlebenden sucht, ab und sichern vorrangig das Depot. Eine Überflutung hier, das wäre das Schlimmste, damit gefährden wir die Vorräte. Und die werden noch gebraucht, so wie es aussieht.«

25 Zumtobel – Darkness during daytime

Seit vier Stunden hatte er seinen Kommandantenraum nicht verlassen. Immer wieder erreichten ihn neue Hiobsbotschaften, die es im kleinen Kreis zu besprechen gab. Draußen im Kommandoraum bekamen zu viele mit, was alles passierte.

Zuerst die Nachricht über den Funkspruch von dem U-Boot der amerikanischen Marine. Die erste Verbindung zu Menschen außerhalb von Bunker und Tunnel seit dem Geschehnis. Noch war völlig unklar, was das bedeutete. Schon bald würde hoffentlich der nächste Kontakt mit dem Schiff zustande kommen.

Dann kam die Lehrerin mit ihren Spekulationen darüber, was passiert sein konnte, und den erst recht spekulativen Informationen, was uns angeblich als Nächstes bevorstand. Im Zivilschutz-Handbuch stand: In Schutzräumen entstehen bei längerem Aufenthalt Gerüchte, denen muss man entgegentreten.

Da sollte Frau Moseri sich drum kümmern, die war wissenschaftlich gebildet, hatte draußen die Erkundung und die Messungen gemacht, die konnte diese Gerüchte zerstreuen. Ob doch was dran war an dem, was die Schülerin da auf ihrem Computer hatte? Schnell wischte Zumtobel den Gedanken weg.

In dem Moment eine Nachricht von dem Posten draußen: Mehrere Überlebende, die aus dem Gotthard-Autotunnel zu Fuß bis Schattdorf gekommen waren, hauptsächlich wohl Insassen eines Fernbusses, der sich zum Zeitpunkt der Katastrophe im Gotthard-Autobahntunnel befand. So wie wir SBB-Fahrgäste gerettet haben, müssen wir auch Bus- und Autoinsassen aus dem Autobahntunnel helfen. Dazu müssen die aber erst einmal bis zum Depot kommen – oder gebracht werden, was alles andere als einfach ist. Es galt, die notwendigen Befehle zu geben. Inzwischen waren auch etliche der Zugpassagiere in grünes Zeug eingekleidet und zur Unterstützung eingeteilt worden. Zumtobels Mannschaften hatten an allen Fronten zu tun.

Jetzt sollte es bald so weit sein mit dem neuerlichen Kontakt zu dem U-Boot. Notdürftig war ein Kabel verlegt zu dem Funkgerät draußen vor dem Depot, damit er von seinem Raum aus sprechen konnte, nur Reto Breitenbacher, der die Vorbereitungen für den Marsch nach Sedrun unterbrochen hatte, war noch mit im Raum, als sie warteten, sonst sollte niemand etwas mitbekommen, um nur keine weiteren Gerüchte zu verbreiten.

Endlich stellte der Funker draußen das Gespräch herein. Am anderen Ende stellte sich ein »Commander William Clark, USS West Virginia, Ohio-class« vor. Auf Nachfrage erläuterte er: »US Navy submarine on patrol.« Es handelte sich also offenbar um eines der U-Boote, die sich in den Weltmeeren ständig auf Schleichfahrt herumtrieben, als Abschussplattformen für alle möglichen Waffen. Deren jeweiliger genauer Aufenthaltsort war mindestens genauso geheim wie die Verena. Nachdem der U-Boot-Kommandant so offen gewesen war, wollte Zumtobel es ebenfalls sein; und da sonst niemand funkte, würde wohl eh kaum jemand mithören.

Zumtobel suchte nach den richtigen Worten auf Englisch, erklärte schließlich etwas von *»Swiss army unit, in a shelter as military storage facility for all kind of supplies, mainly food and non-weapon supply«*. Dann stellte er die wichtigste Frage: Hatte denn der Commander irgendeinen Kontakt zu anderen Stellen und Funkstationen?

»Negative, over«, kam es knapp von Commander Clark. Zumtobel wiederholte umständlich seine Frage, die Antwort fiel erneut kurz aus: *»Negative, no contact to any other station. Last outside message received May nineteenth UTC one six zero zero, over.«* Zumtobel versuchte, sich zu konzentrieren: Letzte Nachricht erhalten am 19. Mai um 16 Uhr UTC, wie war das gleich, zwei Stunden Unterschied, 18 Uhr in Mitteleuropa, nicht wahr?

Zumtobel war wieder dran. Er räusperte sich, sein Gehirn lief heiß. Der Commander hatte auch keinen Kontakt zu irgendjemand, ungefähr seit demselben Zeitpunkt, ab dem auch sie abgeschnitten waren, und war offenbar genauso ratlos. Es war kein lokales Gotthard-Problem, es war kein Schweizer Problem, es war vielleicht doch ein weltweites Problem. Zumtobels Blick ging ins Leere.

Breitenbacher übernahm das Mikro: »*Commander, what is your position?*« Die Frage ging dem Commander wohl zu weit, er antwortete nur: »*Mediterranean waters, thirty miles off North African coast, no further details.*« Erstaunlich, dass unser Funkgerät so weit reichte dachte Zumtobel. Aber das war wohl nicht das Wichtigste. Im selben Moment fragte Breitenbacher nach, welche Beobachtungen der Commander draußen machte.

»*Darkness during daytime, debris on sea surface. No maritime traffic except floating wrecks. What's going on in Europe? What the hell happened?*"

Dunkelheit auch am Tag, Unrat auf der Meeresoberfläche, keine anderen Schiffe außer treibenden Wracks. Der Commander hatte offenbar auch keine Ahnung, was passiert war. Breitenbacher begann, dem Commander ihre Situation zu schildern: Mannschaft der Militäreinrichtung mit zweihundert Personen sowie dreihundert Zivilisten, alle im Schutzraum, draußen Zerstörungen starken Ausmaßes.

»*What is the exact position of your location?*«, wollte der Commander wissen. Breitenbacher sah Zumtobel fragend an. Sollten sie es dem Mann sagen, und wenn ja, wie genau? Zumtobel übernahm jetzt wieder, machte eine nickende Kopfbewegung zu Breitenbacher und deutete auf den Kommandoraum. Breitenbacher ging nach draußen. Zumtobel erklärte dem Commander, man werde in Kürze die genauen Koordinaten schicken. Er schilderte dem Commander in umständlichem Englisch, dass es eine Druckwelle gegeben haben musste, mit großflächigen Zerstörungen, aber keine nennenswert erhöhte radioaktive Verstrahlung zu verzeichnen sei. Die Ursache der Katastrophe sei unklar, ebenso sei unklar, ob es einen militärischen Hintergrund oder eine natürliche Ursache gebe. Außerhalb von Tunneln und Bunkern gebe es kaum Überlebende, die wenigsten davon unverletzt, soweit man das aufgrund des geringen Radius, den man bisher erkundet hatte, sagen konnte. Diese nüchternen Feststellungen verursachten ihm im selben Moment Magenschmerzen, er hatte Bubikon vor Augen. Der Commander bestätigte von Zeit zu Zeit den Erhalt der Informationen, ließ aber nicht erkennen, was er davon hielt.

Inzwischen kam Breitenbacher wieder herein und zeigte Zumtobel den Zettel mit den Koordinaten. Breitenbacher war besser im Funk-Englisch und übermittelte sie an die »West Virginia«: *»Entrance of our location is at: Four six degrees, five one minutes, zero four decimal five five seconds North.«* Breitenbacher machte eine kurze Pause. *»Zero zero eight degrees, three eight minutes, four nine decimal five six seconds East.«* Der Commander wiederholte die beiden Zahlenwürmer, Breitenbacher bestätigte.

Damit hatten die Amis den Depot-Eingang auf den Meter genau. Werden schon nicht ihre Raketen mit diesen Koordinaten programmieren, schoss es Zumtobel noch durch den Kopf. Er fragte: *»What is your intention, what is your plan now?«*

»Sailing west heading for home base in Georgia, check landside situation there. Over.«

Na klar: Die Kameraden auf See wollten nach Hause, waren in Sorge um ihre Familien. Jeder im U-Boot hatte sein Bubikon. Zumtobel schwieg, grübelte.

Breitenbacher dachte praktischer und erklärte dem Commander, dass die Reichweite ihres Funkgeräts sicher nicht bis Amerika reichen würde. Trotzdem wäre die »Swiss Army Unit« äußerst interessiert zu hören, was USS West Virginia von dort zu berichten hätte.

»Okay. Every Wednesday at 12 a.m. UTC we send you a status report. We send a message with high transmitting power. Even if we cannot hear you, you should receive our message.«

Jeden Mittwoch um 12 Uhr UTC (wie war das gleich zur Schweizer Sommerzeit? Zwei Stunden früher?) würden die Kameraden auf See also auf dieser Frequenz berichten, egal ob sie ihre Antwort hören konnten oder nicht.

Breitenbacher bestätigte und fügte hinzu: »*Please accept our invitation for a visit of our location in the Swiss Alps, you have our address. Any support from your side will be welcome. If we can help you, let us know. Over.*«

Breitenbacher musste selbst jetzt seine jovialen Sprüche anbringen: eine Einladung an die Amis in die Schweizer Alpen, als hätten wir hier ein Hotel.

»*We keep you informed, whatever we find at home. Out.*« Das waren die letzten Worte des Commander.

Sie waren wieder allein im Depot. Die kurze Hoffnung auf eine dauerhafte Kommunikation mit dem Rest der Welt war wieder verpufft.

Breitenbacher verließ den Raum, um die letzten Vorbereitungen für die Zusammenstellung des Trupps und den Marsch nach Sedrun voranzutreiben. Zumtobel blieb allein in seinem Raum und seufzte. In seiner Brust spürte er eine Beklemmung, wie er sie noch nie verspürt hatte. Durchhalten war angesagt.

Er musste dringend aufs Klo, sein Bauch krampfte sich zusammen. Er stürzte hinaus. Die Diensthabenden schauten betroffen und besorgt. Er würde die Mannschaft bald wieder über den neuesten Stand informieren müssen, sonst spielten die Leute noch verrückt. Die Toiletten waren alle besetzt, es stank, eine Reihe von Männern stand vor den Kabinen. Die Türen der Kabinen waren so hoch, dass man die Schuhe der Insassen samt Hose sah. Als eine der Türen aufging, schob er sich in die Tür und wies den Wartenden ab: »Bedaure, muss sofort wieder zum Dienst, das geht vor.« Zumtobel sperrte die Kabine ab, zerrte sich die Hose hektisch herunter. Er hatte Durchfall, auch für die Wartenden wohl deutlich hörbar, es war ihm peinlich.

Zurück im Kommandoraum, gleich die nächste Hiobsbotschaft. »Herr Hauptmann, mit Marco Villiger, Fabian Widmer und Michael Roth sind drei Männer abgängig.«

»Wie, abgängig?«

»Herr Hauptmann, die drei haben sich offenbar absichtlich und ohne Befehl von hier entfernt. Es wird vermutet, sie sind auf dem Weg zu ihren Heimatorten.«

»Woher wollen Sie das wissen? Haben die das angekündigt?«

»Nein, aber sie haben Vorräte unter einem Vorwand gehortet und sind am Eingang gesehen worden, wie sie sich auf den Marsch gemacht haben.«

Fahnenflucht also. Bubikon. Auch er wäre am liebsten losgelaufen.

Er musste informieren, die Mannschaft zusammenhalten. Aber wie viel sollte er preisgeben? Wie würden die Soldaten reagieren? Die Zivilisten waren ein Risikofaktor, was würden die machen?

Er musste alle beschäftigen, dann kam keiner auf dumme Gedanken, es musste deutlich machen, dass man gemeinsam mehr erreicht, als wenn hier jeder eigene Wege geht und die Katastrophe im Alleingang beherrschen will. Sie mussten herausfinden, was im Rest der Schweiz passiert war und ob ihre Familien Hilfe brauchten.

»Wer weiß davon, dass die drei sich von der Truppe entfernt haben?«

»Ich fürchte, alle, jedenfalls die ganze Truppe. Die Zivilisten vielleicht noch nicht.«

Verdammt, er musste etwas sagen, an alle gerichtet, aber was? Zumtobel hörte ein Pfeifen in seinem rechten Ohr, atmete tief durch, das Pfeifen wurde leiser, verschwand schließlich ganz. Jetzt durfte er nicht ausfallen, alle erwarteten von ihm die Ansage, wie es weitergehen sollte. Bloß: Was sollte er ansagen?

In dem Moment kamen Annabarbara Moseri, die Lehrerin und diese neunmalkluge Schülerin mit dem Tablet in den Kommandoraum. Korporal Moseri kam sofort auf ihn zu und meinte nur:

»Können wir …«, während sie mit den Augen auf seinen Kommandantenraum deutete. Warum wollte heute nur jeder in seinen kleinen Raum? Ließ sich sowieso nicht mehr lange geheim halten, wie es um sie alle stand.

»Sie kommen mit, Frau Moseri.« Mit einer Geste bedeutete Zumtobel der Lehrerin und der Schülerin zu warten. Dann ging er voraus, setzte sich auf seinen Stammplatz, ganz nah an seinem Bett, Frau Moseri gegenüber. »Also, konnten Sie die Gerüchte eindämmen?«, fragte er.

»Herr Hauptmann, ich muss sagen, die Phänomene draußen passen in der Summe gut zu den Geschehnissen, wie sie für globale Katastrophen in den wissenschaftlichen Beiträgen beschrieben werden. Wir müssen das ernsthaft als die derzeit plausibelste Erklärung ansehen, die uns zur Verfügung steht.«

»Frau Moseri, Sie sollten den Gerüchten entgegentreten und sie widerlegen, nicht weiter verbreiten.«

Frau Moseri schaute überrascht auf. »Ich habe nichts weiterverbreitet. Ich hab noch nicht alles gelesen und nachvollzogen, was an Material zur Verfügung steht, aber – wie gesagt – es erscheint mir derzeit als die bisher plausibelste Erklärung für das, was wir draußen vorfinden. Ich weiß, dass diese Information äußerst brisant ist, deshalb komme ich zu Ihnen. Wenn es zutrifft, würde es bedeuten, dass wir hier so ziemlich auf uns allein gestellt sind.«

Zumtobel atmete tief durch, in seinem Kopf summte es. »Haben Sie niemand, um den Sie sich draußen Sorgen machen?«

Korporal Moseri sagte erst nichts, dann ganz leise: »Meine Familie lebt in Konolfingen, mein Freund in Aarau.« Beide schwiegen. Frau Moseri schluckte, verbarg ihr Gesicht hinter der Hand, drehte sich weg.

»Wir müssen diese Möglichkeit, dass es eine globale Katastrophe ist, zwar in unsere Überlegungen einbeziehen, dürfen diese Information aber nicht einfach so den Leuten vorsetzen, da es sich um alles andere als eine gesicherte Information handelt. Erst recht nicht dürfen wir zulassen, dass unkontrolliert Gerüchte entstehen hier im Depot, unter den Hunderten Menschen in dieser schwierigen Situation. Und nebenbei: Vielleicht kommen morgen schon Hilfskräfte und evakuieren die Zivilisten, und wir müssen uns wieder auf unsere Aufgabe der Versorgung der Armee, der Regierung und der Bevölkerung konzentrieren.«

Frau Moseri sagte nichts.

»Sie sorgen dafür, dass alles unter Kontrolle bleibt und keine Gerüchte in Umlauf geraten. Wer ist schon alles verrückt gemacht worden? Diese Lehrerin und die eine Schülerin? Oder wissen bereits alle möglichen Leute etwas davon? Das müssen Sie stoppen!«

»Herr Hauptmann, es verhält sich wie folgt: Erstens, wir wissen natürlich noch nicht, ob wir tatsächlich eine Lage haben, die dem entspricht, was in den wissenschaftlichen Arbeiten beschrieben wird. Wenn es aber zutrifft, können wir aus diesen Arbeiten wichtige Vorhersagen gewinnen, wie sich die Situation weiterentwickeln könnte. Zweitens, bis wir mehr Gewissheit haben, müssen wir verhindern, dass sich unkontrolliert Gerüchte unter den Menschen in unserer Obhut verbreiten aufgrund der Tatsache, dass die Lehrerin und zwei ihrer Schülerinnen diese Arbeiten kennen.«

»Ja, genau.«

»Lassen Sie mich eines hinzufügen: Wir müssen die Menschen hier beschäftigen! Das gilt natürlich insbesondere für die drei Mitwisser, wenn ich sie so bezeichnen darf. Dann haben sie weniger Gelegenheit, Gerüchte zu verbreiten.«

»Was machen wir also mit den dreien?«

Korporal Moseri neigte den Kopf: »Mir wird etwas einfallen, wenn ich freie Hand habe.« Und nach einer Pause: »Holen wir sie doch herein und informieren sie, vielleicht sogar weitgehend offen. Ich habe bisher den Eindruck, dass sie nicht zu Panikreaktionen neigen.«

»Wenn es dazu dient, die Sache unter Kontrolle zu bekommen, machen Sie. Wenn ein kurzes Gespräch hier bei mir dazu hilft und

Ihre Autorität stärkt, soll es mir recht sein. Sie sind mir aber dafür verantwortlich, dass die Sache unter Kontrolle bleibt.«

Frau Moseri bat Frau Abramovicz und die Schülerin in den Raum. Zumtobel nahm das Mädchen in den Blick. Sie war zierlich, hatte einen dunklen Teint, weiche Gesichtszüge und wache Augen, fiel ihm auf.

Annabarbara Moseri setzte sich auf seine Seite. Zumtobel begann: »Meine Damen, es gibt in dem Material, das Sie dankenswerterweise zur Verfügung gestellt haben, Informationen, die wir noch nicht einordnen können. Wir wissen schlicht nicht, ob diese Informationen für unsere Lage zutreffend und hilfreich sind. Daher wird sich bis auf Weiteres Frau Moseri der Sache annehmen. Das Wichtigste ist, dass wir in dieser schwierigen Lage, in drangvoller Enge mit vielen Menschen, keinen Anlass für ernsthafte Unruhe, Meuterei und kopfloses Handeln schaffen. Frau Moseri wird sich also um Sie und Ihre Informationen kümmern.«

Frau Moseri sprach mit der Lehrerin und dem Mädchen. Zumtobels Gedanken schweiften ab. Ihm fiel das U-Boot ein. Trümmer und treibende Wracks, keine Verbindung zu niemandem außer zu seiner Truppe. Er sollte Frau Moseri darüber informieren.

Zumtobel wandte sich an die Lehrerin: »Frau, äh …«

»Abramovicz ist mein Name.«

»Also, Frau Abramovicz, und Sie, junge Dame, ich würde Sie beide bitten, wegen einiger wichtiger militärischer Details kurz draußen auf Frau Moseri zu warten.«

Die Lehrerin und das Mädchen standen auf, verließen den Raum.

»Frau Moseri, ich muss Sie darüber informieren, dass wir Kontakt nach draußen hatten, genauer gesagt ein Funkgespräch mit einem amerikanischen U-Boot.«

Korporal Moseri stand der Mund offen.

»Die Mannschaft des U-Boots hat ebenfalls keinerlei Kontakt irgendwohin, durch Zufall beim Absuchen der Frequenzen sind sie auf uns gestoßen. Sie berichten, dass es auch am Tag dunkel ist und die Meeresoberfläche von Trümmern und Müll bedeckt ist; es gibt keine Schiffe, nur treibende Wracks.«

»Wo ist das U-Boot, in welchem Seegebiet?«

»Im Mittelmeer, die machen sich jetzt auf den Weg nach Hause, nach Amerika. Sie wollen uns von dort Nachrichten schicken. Vielleicht können wir die empfangen. Senden können wir nicht so weit.«

»Das ist ein wichtiger Hinweis darauf, dass es offenbar tatsächlich ein globales Problem ist. Ein U-Boot kann einen Impact genauso unbeschadet überstehen wie Menschen in einem Tunnel oder hier im Depot.«

»Impact?«

»Mit Impact ist eine gewaltige Energiefreisetzung, zum Beispiel durch den Ausbruch eines Supervulkans oder durch einen Meteoriteneinschlag, gemeint. Wenn ich die Situation bedenke, die wir draußen vor dem Bunkereingang beobachten, muss man sagen, dass das eine Erklärung sein könnte. Wichtig wäre, mehr Informationen und Daten zu haben zu der Situation in anderen Regionen.«

Zumtobel legte zögernd die Hand auf die Schulter von Frau Moseri und meinte: »Wir müssen unsere Pflicht tun, für die Eidgenossenschaft oder das, was davon noch übrig ist, und für die Leute, die uns hier anvertraut sind. Wir müssen nachsehen, ob jemand zu retten ist. Wir müssen Leute losschicken und nachsehen.«

»Konolfingen liegt auf dem Weg nach Bern.«

»Genau, wir müssen eine Liste machen, oder besser: eine Karte, wo überall nachzusehen ist. Mit Adressen und allem. Und diese Trupps müssen wir bald losschicken. Die meisten haben ja einen Bunker im Keller, vielleicht sind einige rechtzeitig in den Schutzraum gelangt.«

Zumtobel spürte, wie der Krampf in seinem Bauch nachließ, sein Kopf wieder klar wurde.

Moseri erinnerte ihn: »Draußen warten noch die beiden.«

»Ist das jetzt wichtig? Wir beide ahnen ja, welche Dimension die Katastrophe hat. Was helfen uns die Daten, die dieses junge Ding auf dem Computer hat?«

»Wenn wir unterstellen, dass es möglich oder vielleicht sogar wahrscheinlich ist, dass wir uns mitten in einem solchen Szenario befinden, dem Szenario eines globalen Impacts«, Frau Moseri deutete auf das hellgrüne Tablet, das noch auf dem Tisch lag, »dann sind da einige hochinteressante und schlüssige Forschungsergebnisse, wie die Zeit nach dem Impact bei früheren solchen Ereignissen abgelaufen sein dürfte. Man weiß vielleicht recht genau, was uns als Nächstes erwartet. Das könnte uns erlauben, vorbereitet zu sein. Wenn man vorbereitet ist, wird man nicht überrascht von der Entwicklung.«

»Und? Was erwartet uns?«

»Kurz zusammengefasst ist es nach den Forschungsergebnissen tatsächlich so, wie es die Schülerin schon berichtet hat: Einige Jahre totale Dunkelheit aufgrund von Staub und bestimmter Gase in der Atmosphäre, ein Temperatursturz durch die Verhinderung der Sonneneinstrahlung. Danach Rückgang der Abschattung durch den Staub, Temperaturanstieg. Starker Treibhauseffekt durch freigesetztes CO_2, Erwärmung möglicherweise deutlich über die vorherigen Temperaturverhältnisse. Das ist plausibel und lief offenbar bereits mehrfach so ab, zuletzt vermutlich vor 70 000 Jahren.«

Moseri nahm das Tablet und öffnete eine Seite mit einem Zeitungsartikel »Wie Homo sapiens eine globale Katastrophe in Höhlen überlebten«.

Sie fuhr fort: »Die gute Nachricht: Einige Menschen haben das damals überlebt, bei Weitem nicht alle, aber offenbar genug.« Frau Moseri atmete laut ein und fuhr mit ernster Miene fort: »Die Saurier haben viel, viel früher ein solches Szenario mit wohl deutlich stärkerem Impact nicht überlebt, sie starben alle komplett aus.«

Sie wischte erneut über das Tablet: »Funzel am Himmel«, ein »Spiegel«-Artikel.

»Aber die Säugetiere überlebten dasselbe Ereignis damals, zumindest einige von ihnen.«

»Das ist mir zu theoretisch. Was sollen wir tun? Ganz praktisch und konkret?«

»Herr Hauptmann, darauf gibt es keine einfache Antwort. Wir müssen diese Dokumente erst genauer studieren und dann überlegen, was das in unserer Lage bedeuten kann. Und wie wir überleben können, wenn wir hier im Depot alles aufgegessen haben.«

Zumtobel schloss die Augen und atmete tief. Jahrelang im Depot bleiben, die Vorräte, die für Zehntausende Menschen für einige Wochen gedacht waren, über Jahre hinweg selbst nutzen?

»Herr Hauptmann, das kann uns die Existenz retten, wenn wir wissen, was über frühere ähnliche Ereignisse dieser Dimension bekannt ist.«

»Dann werten Sie aus, was in dem verdammten Ding an Dokumenten gespeichert ist. An die Arbeit.« Damit beendete Zumtobel die Besprechung, Frau Moseri ging hinaus.

Zumtobel blieb in seinem Raum, dachte nach. Was bedeutete das alles für Bubikon?

Breitenbacher kam herein. »Wir marschieren morgen früh los. Alles vorbereitet. Die Rettungsaktion in Schattdorf und Altdorf haben wir heruntergefahren, da ist auch nicht mehr viel zu retten, fürchte ich. Die Überlebenden müssten wir jetzt alle gefunden haben.«

Zumtobel schilderte ihm, was er mit Frau Moseri diskutiert hatte. Breitenbacher meinte: »Wir müssen unbedingt mehr darüber wissen, wie es weiter nördlich aussieht. Wenn wir keine Kommunikation haben, müssen wir uns selbst ein Bild der Lage verschaffen.«

»Du meinst: neue Erkundungstrupps?«

»Ja, würde ich ja selbst machen, aber die Aktion Sedrun hat Vorrang und ist bergsteigerisch schwierig.«

»Zwei Erkundungstrupps, einer Stoßrichtung Bern oder Basel, einer Richtung Zürich und Ostschweiz, das wäre am besten.«

Breitenbacher wiegte den Kopf. »Die Mannschaften und die Zivilisten, sie machen sich alle große Sorgen, wie es draußen bei ihren Familien aussieht. Du musst ein Ventil aufmachen, dass sie irgendwie mit dabei sein können.«

»Gibt es schon Gerüchte, dass es eine größere Katastrophe ist?«

»Na ja, viele waren ja schon draußen und haben die Zerstörungen und die Dunkelheit gesehen. Da kommt schon Unruhe auf. Du musst was sagen.«

Zumtobel sprach mehr zu sich selbst: »Am besten wäre es, wenn jeder selbst seinen Heimatort erkunden könnte. Das geht natürlich nicht. Aber wir müssen die Mannschaft und die Zivilisten beteiligen. Wer soll die beiden Erkundungstrupps leiten? Rickenbach und Bertschinger?«

»Schon wieder Rickenbach? Der ist ja gerade zurückgekommen. Gib ihm ein wenig Ruhe. Lieber Bertschinger und Lambrecht.«

»Und außerdem – wenn du weg bist, wer soll mein Vertreter sein? Müssen wir ja regeln. Ich würde Frau Moseri vorschlagen, die Leutnants haben nicht den Überblick und sind ja zum Teil weg, was meinst du?«

»Kann die sich durchsetzen?«

»Denke schon, vor allem hat sie den Überblick und behält die Ruhe, auch wenn es kritisch wird. Die ist ziemlich kontrolliert.«

»Gut, ich bin einverstanden. Sie ist Fachoffizier, also wäre das möglich, wir müssen es nur den Leutnants erklären.«

»Also: Offiziersbesprechung. Erklären musst du aber allen hier drin etwas, du musst wieder eine Durchsage machen.«

»Mache ich.«

Als Zumtobel wieder allein im Raum war, nahm er ein leeres Blatt Papier und einen Stift aus dem Regal. Was sagt man Leuten in der Lage, in der sie sich offenbar befanden, wenn man sie beruhigen wollte, aber trotzdem informieren? Das hatte er in der Armee-Akademie nicht gelernt, und in der Bank erst recht nicht.

26 Zarah – Beschäftigungstherapie im Bunker

Enttäuscht ging ich zurück, der Dienst draußen war nicht mehr gefragt. Röller hatte mich informiert: Keiner wird heute mehr hinausgeschickt, die Suche nach Überlebenden wurde soeben eingestellt, alle Verletzten sind im Depot und versorgt, es gibt genug Helfer für zu wenig Überlebende.

Ich hätte mich gern abgelenkt, jetzt war ich wieder mit meinen Gedanken allein. Shanti war weg mit Frau Abramovicz, sie war mit ihrem blöden Tablet der Star. Hoffentlich war das alles Unsinn, was sie auf dem Ding gespeichert hatte.

Ich ging in den großen Raum neben der Küche, der als Ess- und Aufenthaltsraum diente, damit man nicht immer nur in den Schlafräumen herumsitzen musste. Er war nur spärlich beleuchtet, es war keine Essenszeit. Einige aus der Klasse saßen da. Die wollte ich nicht sehen. Ich setzte mich zu der Dame aus Wagen 6, die mit den Enkeln in Lugano. Sie hatte Platz 18 gehabt, glaubte ich mich zu erinnern.

»Sie wollten doch nach Lugano, oder? Hoffentlich sieht es auf der Südseite des Tunnels besser aus.«

»Ja, das hoffe ich auch. Lugano ist ja ein ganzes Stück südlich, da ist ein Gebirgszug dazwischen, ich hoffe, das hat einiges abgehalten. Hier scheint ja eine Menge kaputt zu sein, und viele Tote, erzählen die, die draußen waren.«

»Wo wohnen Sie? Also, außer bei Ihren Kindern und Enkeln in Lugano, meine ich.«

»In der Nähe von Olten. Seit mein Mann tot ist, fahre ich oft nach Lugano. Aber ich will auch nicht auf Dauer den Kindern zur Last fallen. Wenn hier allerdings vieles kaputt ist und auch Olten betroffen, dann bleibe ich vielleicht besser im Süden.«

In dem Moment kam über die Lautsprecher wieder eine Durchsage. Der Kommandant wurde angekündigt.

»Hier spricht der Kommandant, ich muss um Ihre Aufmerksamkeit bitten, Frauen und Männer der Schweizer Armee, Gäste im Depot. Ich muss Sie über die aktuelle Entwicklung unterrichten, und ich will das ganz offen tun.«

In dem großen Raum mit Dutzenden von Leuten erstarben die Gespräche, es war kein Mucks mehr zu hören.

»Sie alle haben durch die Berichte derjenigen, die in den letzten Tagen draußen Dienst getan haben, mitbekommen, wie es vor dem Bunker und vor dem Tunnel aussieht. Durch ein katastrophales Ereignis, dessen Art und Hintergrund wir noch nicht kennen, ist die Umgebung draußen schrecklich in Mitleidenschaft gezogen. Es gab im Reusstal unzählige Tote, nur wenige Überlebende konnten wir von unserer Einrichtung aus bergen. Wir alle fragen uns seit Tagen: Wann kommt Hilfe aus anderen Regionen zu uns in das Katastrophengebiet?«

Der Kommandant machte eine Pause in seiner Ansprache. Er hatte offenbar Mühe, die richtigen Worte zu finden.

»Sicher haben Sie jetzt die Hoffnung, ich könnte berichten, dass wir Verbindung zu Einsatzkräften bekommen haben.«

Die Zuhörer waren wie erstarrt, auch die kleineren Kinder bekamen mit, dass es wichtig und schlimm war, was da verkündet wurde. Nur das Baby fing an zu weinen.

»Um es direkt auszusprechen: Derzeit gibt es noch keine Verbindung zu irgendwelchen Stellen außerhalb unserer Einrichtung, weder über Telefonleitung noch über Funk. Wir haben alles dazu unternommen, bisher ohne Ergebnis. Es müssen alle elektronischen und elektrischen Anlagen in weitem Umkreis zerstört sein, so etwas kann unter extremen Bedingungen durch elektromagnetische Effekte geschehen. Wir wissen aber derzeit nichts über die Ursache, und vor allem wissen wir nicht, wie es außerhalb der unmittelbaren Umgebung in anderen Regionen aussieht.«

Jetzt kam Unruhe auf.

»Was erzählt der da?«

»Dann sollten wir nachsehen, worauf warten wir?«

»Hört doch zu, Ruhe!«

Als Einzige im Aufenthaltsraum wusste ich ja schon mehr, von Shanti, nur hatte ich es nicht wirklich begriffen. Keine Nachricht, aus ganz Europa? Auch nicht aus Berlin? Waren wir die Tunnelratten, und draußen war die Welt untergegangen? Sollte Shanti tatsächlich recht behalten?

»Sie alle machen sich große Sorgen um Ihre Angehörigen in vielen Orten der Schweiz, genauso wie ich. Wir können nicht alle davonlaufen, sosehr wir das auch wollen, um nach unseren Angehörigen zu sehen. Wir können nicht einfach losgehen – nur gut ausgerüstet und vorbereitet macht das Sinn. Die einzige Möglichkeit, Nachricht zu bekommen, besteht darin, dass wir gut ausgerüstete Erkundungstrupps losschicken. Das werden wir tun. Diese Trupps sollen nach Möglichkeit dort nachsehen, wo Angehörige von Ihnen sind, und notfalls helfen. Dann wissen wir alle gemeinsam mehr.«

Die Unruhe nahm zu.

»Wir werden zwei Mannschaften nach Norden schicken, eine mit der Zielrichtung Zürich und Ostschweiz, eine Richtung Bern und Basel. Wir werden zu beiden Mannschaften über Funk ständig Kontakt halten. Damit wir diesen beiden Mannschaften den richtigen Auftrag geben können, bitte ich Sie jetzt um Ihre Mithilfe.«

Es war wieder still geworden.

»Sie müssen mithelfen, indem Sie den beiden Mannschaften die Adressen geben, wo sie nach Ihren Angehörigen suchen sollen, um diese hoffentlich wohlbehalten anzutreffen und ihnen diese Nachricht übermitteln zu können. Gleichzeitig werden wir feststellen lassen, wann und wie wir Sie aus dem Bunker hier in Ihre Heimatregionen zurückbringen können, wann die Verkehrswege wiederhergestellt sind, auch wenn die Nachrichtenverbindungen offenbar dauerhaft gestört sind.«

Was erzählte der? Wenn Shanti recht hatte mit ihren Artikeln, war draußen überall alles kaputt, die Trupps würden auch woanders hauptsächlich Tote finden, dachte ich bei mir, behielt den Gedanken aber für mich. Dann fiel mir ein: Was ist überhaupt mit Berlin? Sollte da nicht auch jemand hingeschickt werden? Wie weit war das genau?

»Wir werden also Listen erstellen mit den Adressen der Angehörigen von Ihnen allen, damit wir von den beiden ausgesandten Mannschaften möglichst schnell Klarheit erhalten, wie es zu Hause aussieht. Wir alle wollen das schnellstmöglich wissen, ich auch.«

Er hatte auch jetzt nur von der Schweiz gesprochen. War in Deutschland vielleicht alles normal, zumindest so weit im Nordosten wie Berlin? Daran wollte ich glauben, daran hielt ich mich fest. Wenn es wirklich eine Shanti-Katastrophe auf der ganzen Welt war, dann hätte das der Kommandant gesagt, oder? Ich spürte aber: Der wollte uns das noch ersparen. Es gibt vielleicht doch eine Shanti-Katastrophe.

Der Kommandant fuhr fort: »Jetzt will ich Sie bitten, bei der Erstellung der Liste mitzuwirken. Bitte nennen Sie pro Person oder Familie nur eine, höchstens zwei Adressen und Personen, die unsere Mannschaften bei ihrer Erkundung aufsuchen sollen. Nach dem Abmarsch der beiden Mannschaften bleibt uns nichts anderes übrig, als hier weiter zu warten und auf alle Eventualitäten vorbereitet zu sein. Für den Aufenthalt hier gilt weiterhin: Absoluten Vorrang hat die Einhaltung der Ordnung im Depot. Wir haben ausreichend Vorräte, um nicht nur uns, sondern auch andere von hier aus zu versorgen. Die Aufrechterhaltung der Ordnung ist aber absolut notwendig und die Voraussetzung dafür, dass wir auch anderen helfen können. Diese Ordnung werde ich mit allen Mitteln durchsetzen. Den Anweisungen des militärischen Personals ist weiter unbedingt Folge zu leisten. Für Ihre Kooperation möchte ich Ihnen allen ausdrücklich danken! Sie hören von mir, sobald ich neue Informationen habe.«

Es knackte im Lautsprecher, dann war alles still.

Augenblicklich wurde es laut im Aufenthaltsraum. Ein kräftiger Mann schlug mit der Faust auf den Tisch ein und schrie irgendetwas wie: »Das darf alles nicht wahr sein!« Frauen fingen an zu schluchzen. Die neben mir sitzende Dame aus Olten blieb ganz ruhig. Ich drehte mich zu ihr, schaute ihr ins Gesicht, um zu erkennen, in welcher Verfassung sie war. Sie sah mich an und meinte: »Er hat nichts von Berlin gesagt, wo ihr zu Hause seid, und er hat nichts vom Süden gesagt. Was heißt das wohl?«

Am liebsten hätte ich ihr gesagt, was ich aus Shantis Computer wusste, behielt es aber für mich. Keine Panik bei den Passagieren auslösen, das hatte uns Frau Abramovicz eingeschärft. So antwortete ich nur: »Frau Abramovicz hat die Liste von unseren Eltern, mit Telefonnummern und Adressen, da brauchen wir gar keine Liste machen, die haben wir schon.« Stimmte ja auch.

Ich saß einfach nur da. Meine Mutter, mein Baba und mein Bruder waren vielleicht in höchster Gefahr, lagen verletzt in der Wohnung, tausend Kilometer entfernt, so schwer verletzt wie die Menschen, denen ich draußen vor dem Bunker in ihren letzten Stunden die Hand gehalten hatte, und ich saß einfach da. Ich wusste, ich konnte nichts tun, und gleichzeitig lief mein Kopf heiß beim Nachdenken, was man vielleicht doch tun könnte.

Ich lief aus dem Aufenthaltsraum hinaus, meine Augen brannten, ich spürte die Tränen herunterlaufen, schniefte laut auf. Ich war mir jetzt sicher und spürte, meine Familie war tot, und schämte mich gleichzeitig für den Gedanken und fühlte mich schuldig, dass ich so schnell bereit war, sie aufzugeben, obwohl sie vielleicht doch lebten.

Vor dem Kommandoraum war ein Tumult. Jeder wollte dort seine Daten in die Adresslisten eintragen, die Listen, die es noch gar nicht gab. Ein Soldat kam mit einem Handlautsprecher heraus und brüllte: »Treten Sie zurück! Gehen Sie zurück in Ihre Unterkunft! Ruhe, zurücktreten!« Zwei weitere Soldaten kamen heraus und drängten die Leute zurück.

Frau Abramovicz war im Kommandoraum gewesen und kam jetzt heraus. Sie drängte sich an der aufgebrachten Menge vorbei, sah mich. »Wo sind die anderen?« Ich brachte keinen Ton hervor, machte nur eine Kopfbewegung in Richtung Aufenthaltsraum und folgte ihr dorthin.

Najla und Ronahi hielten sich umschlungen und weinten beide. Ela hatte das Gesicht bedeckt und saß regungslos da. Tarik und Jihad schienen wenig beeindruckt, Tarik meinte: »Was heult ihr alle, da ist doch nur in der blöden Schweiz etwas passiert.« Ela gab zurück: »Blödmann, das ist überall. Die wissen mehr und erzählen uns nur noch nicht alles, damit wir nicht Amok laufen.«

Frau Abramovicz hatte ihre Tochter Sophie an der Hand genommen, die zwischen den Mädchen neben Ceyda gesessen hatte. Sophie schaute entsetzt auf die Mädchen. Frau Abramovicz versuchte, uns zu beruhigen: »Kinder, wir sind alle hier und in Sicherheit. Aber alle, die wir in Berlin gernhaben, sind in großer Gefahr, und wir sitzen hier und können nichts machen. Wir können uns in dieser schrecklichen Lage nur gegenseitig trösten, mehr können wir nicht tun. Nach Berlin laufen, das würde viele Wochen dauern, und ohne Wasser und Nahrung kommt man unmöglich überhaupt jemals so weit. Wir müssen abwarten, was die Soldaten herausbekommen und ob sie doch Kontakt mit anderen bekommen.«

Es knackte wieder im Lautsprecher. »Hier spricht erneut der Kommandant. Bitte bewahren Sie Ruhe und Ordnung. Ich kann verstehen, dass Sie sich große Sorgen machen, auch ich mache mir Sorgen. Aber wir müssen – auch im Sinne unserer Angehörigen, die vielleicht in Gefahr sind – alles organisiert angehen. In einer Stunde werden im Aufenthaltsraum die Listen erstellt. Sowohl für Militärpersonen als auch für Zivilisten besteht die Möglichkeit, sich mit ihren nächsten Angehörigen und deren Adressen einzutragen. Die beiden Suchtrupps, die ich gerade zusammenstellen lasse, werden diese Adressen, wenn irgend möglich, aufsuchen und sich um die Angehörigen kümmern. Bitte bewahren Sie jetzt Ordnung und Disziplin.«

Nach einer Pause fügte er hinzu: »Zivilisten, die absolut gesund, sportlich und kräftig sind, können wir die Möglichkeit geben, bei diesen Erkundungsmissionen mitzugehen, auf eigene Gefahr. Wenn Sie sich dazu in der Lage sehen und von dieser Möglichkeit Gebrauch machen wollen, melden Sie sich bitte ebenfalls in einer Stunde im Aufenthaltsraum. Danke.«

27 Breitenbacher – Der Rhein wird umgeleitet

Reto Breitenbacher wusste: Es war unabdingbar, dass er mit den fünfzehn Männern, die er selbst hatte aussuchen können, über den Berg marschierte, um die Sache in Sedrun in Ordnung zu bringen. Wassereinbruch im Depot: Das wäre das Schlimmste, was ihnen noch passieren könnte. Die Verena war ihre Lebensgrundlage geworden.

Es hatte mehrere Stunden gedauert, bis die Mannschaft aufgestellt, das Material zusammengesucht war, bis sich alle kräftig in der Küche bedient hatten. Sie mussten auf alle möglichen Schwierigkeiten unterwegs vorbereitet sein und hatten Seile dabei für einen Weg über den Pass, der unter normalen Verhältnissen eine Bergwanderung war. Zudem Sprengstoff, eine ziemliche Menge, fast hundert Kilo, denn es galt, dem Wasser, das sich dort in Sedrun zu stauen schien, mit Gewalt einen neuen Weg zu bahnen. Und Werkzeug. Bei den Waffen hatten sie Gewicht gespart, vier Mann mit je einer Pistole, für alle Fälle. Etwas Wasser hatten sie vorsichtshalber auch dabei, wenn auch nicht genug für mehrere Tage. Sie mussten Wasser unterwegs finden, notfalls mit Reinigungstabletten entkeimen. Ein Funkgerät musste ebenfalls mit. Die Rucksäcke der meisten wogen mindestens dreißig Kilo, ihnen stand ein Gewaltmarsch bevor.

Das erste Stück Weg sollte mit der Lok zurückgelegt werden, um den Anmarsch im Tunnel zu sparen. Den italienischen Lokführer mussten sie erst suchen; natürlich war er bereit, die nächste Fuhre die fünf Kilometer zum Ausgang in Amsteg zu fahren. Von dort war es noch weit genug, die Kräfte für den Anmarsch im Tunnel konnten sie sich sparen.

Als sie in Amsteg aus dem Berg marschierten – im letzten Stück des Stollens knirschte schon der feinsplittrige Sand unter ihren Stiefeln –, überkam Breitenbacher große Müdigkeit. Er hielt mit Mühe die Augen offen, sie mussten erst ein Stück vorankommen, bevor sie sich eine Rast gönnen konnten. Draußen ging jetzt ein böiger Wind, es war kalt, kein guter Vorbote für die Verhältnisse oben am Pass. Nur drei Mann hatten ihre Kopflampen angeschaltet und versuchten, den Weg auch für die anderen zu beleuchten. So sollte Strom gespart werden.

Der Weg von Amsteg hoch nach Bristen war mühsam. Quer liegende Bäume, wild ineinander verhakt, versperrten die Straße; der Trupp musste unter den Bäumen hindurch, manchmal darüber hinweg. Sie halfen sich gegenseitig. Nach vielen Stunden waren sie in Bristen, total erschöpft. Die Häuser waren dort ebenso zerstört wie überall, Zeit für eine Suche nach Überlebenden hatten sie nicht. Ein solides Hotelgebäude bot etwas Schutz vor dem einsetzenden Regen. Zwar fehlte in sämtlichen Fenstern der Hotellobby das Glas, die Inneneinrichtung war wüst durcheinandergeworfen, und überall waren Lachen von dreckigem Wasser, Alkohol aus heruntergefallenen Flaschen der Bar und auch Blut, trotzdem sollte eine Rast im Trockenen hier möglich sein.

»Vier Stunden Pause, Männer.« Sie sackten der Reihe nach zusammen, lehnten sich an die schiefen Reste einer Mauer, gekauert unter das Vordach, und rissen Überlebensrationen auf. Breitenbacher kaute auf einer Masse, die fettig und süß schmeckte. Es war kalt. Er nahm aus dem Rucksack alles an Kleidung, was er mitgenommen hatte, zog den Kampfanzug aus und alles übereinander an, dann den Kampfanzug wieder drüber. Es war trotzdem kalt. Er stellte den Wecker seiner Armbanduhr. Vier Stunden Rast, mehr war nicht drin.

Er versuchte, den Rucksack als Unterlage zu nutzen, die Haltung war unbequem, aber er musste schnell eingeschlafen sein. Marschieren bis zur Erschöpfung, die beste Methode, um nicht noch lange nachzudenken.

Breitenbacher hatte Mühe, die meisten der Kameraden wach zu bekommen. Drei Mann behaupteten, ihnen sei zu kalt zum Schlafen gewesen. Und weiter, mühsam war es zunächst, aber nach einer

Stunde kamen sie in freies Gelände. Der Weg war nicht erkennbar. In der fast totalen Dunkelheit versuchte Breitenbacher, den Weg aus der Erinnerung zu finden. Wenigstens standen jetzt keine entwurzelten Bäume mehr im Weg. Es galt nur, die Richtung zu halten, nach oben und nach Süden. Der dunkle Schatten des Bergrückens, die linke, östliche Seite des Tals, die jetzt im dunklen Dunst zu erkennen war, gab einen groben Anhalt für die Richtung. Den Kompass brauchte er noch nicht zu bemühen.

Er hatte sein privates Mobiltelefon dabei, aufgeladen, aber abgeschaltet. Dort hatte er seit dem Anmarsch die Swiss-Topo-Karten für das Gebiet geladen und konnte offline die Karten nachsehen, wenn es schwieriger werden sollte. Das GPS funktionierte. Der Elektronik der Satelliten hatte der elektromagnetische Impuls nichts anhaben können. Er grübelte: Wenn es ein Krieg wäre, wären als Erstes die GPS-Satelliten abgeschossen worden, also war es kein Krieg.

Länger als acht oder zehn Stunden würde das Telefon aber nicht schaffen, die Zeit musste er gut einteilen. Er sah sich um, noch war er sicher, wo der Weg verlief.

Sie kamen inzwischen deutlich besser voran. Der Staub machte den Weg zwar schwieriger als beim Abstieg vor einigen Tagen, aber das niedrige Buschwerk bildete, auch wenn es entwurzelt war, keine schwierigen Hindernisse.

Es wäre bald wieder Zeit für eine Rast.

»Hilfe! Hier! Hier oben!« Ein Schrei war aus der offenen Fläche über ihnen zu hören, eine brüchige Stimme, vielleicht hundert Meter entfernt. Sie blieben stehen. »Hier!«, rief die Männerstimme nochmals, jetzt konnten sie auch eine Bewegung erkennen.

»Wir kommen!«, rief Breitenbacher, nahm den Rucksack ab, wies zwei der Männer, die Pistolen mit sich führten, an, ihm zu folgen, und den Rest, zu warten. »Waffen bereithalten.«

Sie stiegen den steilen Abhang bergan. Als sie die Stufe zu der flacheren Kuhle erreichten, sahen sie, dass ein Teil der Fläche eigentlich das schräge Dach einer flach an den Berg gelehnten niedrigen Hütte war, ohne Fenster, eigentlich sogar fast ohne Wände, fast mehr eine Höhle als ein Gebäude. Die mit massiven Felsplatten verstärkte Dachfläche hatte wohl schon die eine oder andere Lawine über sich hinweggleiten lassen. Die Hütte sah unbeschädigt aus, das erste unbeschädigte Gebäude, das sie seit der Katastrophe gesehen hatten, wenn man das primitive Bauwerk überhaupt als Gebäude bezeichnen konnte. Davor stand eine Gestalt und winkte.

Sie kamen näher, konnten jetzt in der Dämmerung erkennen, dass es sich offenbar um einen alten Mann handelte, schief stand er da, einen Hut auf dem Kopf, viel mehr war nicht zu sehen. Es roch nach Tieren, nach Stall. Der Alte sagte in starkem Urner Dialekt: »Gut, dass ihr mir helfen kommt. Die Tiere halten nicht mehr ewig durch.«

»Welche Tiere hast du da drin?«

»Geißen, ich hatte sie gerade in den Stall gebracht, als mit einem gewaltigen Knall alles kaputtging. Seitdem habe ich die Tiere drin, draußen ist sowieso kein Gras mehr zu erreichen, bei dem Staub und Dreck überall. Bringt ihr uns nach unten?«

»Können wir hier Rast machen? Wie viel Platz hast du?«

Der Viehhirte hatte lange graue Haare und einen grauen Bart. Er machte eine einladende Bewegung mit der Hand, öffnete die schwere, schräg stehende Tür, die er halb nach oben aufklappen musste. Im Licht der Kopflampe sah Breitenbacher hinein. Es war Heu zu sehen, dahinter Hörner und neugierig glotzende Ziegenaugen. Die Tiere standen bewegungslos und lauschten, von weiter hinten war das Gackern von Geflügel zu hören.

»Hast du Heu für die Tiere?«

»Ja, das schon.«

»Hast du zu essen?«

»Hab meine Geißenmilch, zwei, drei Eier von meinen Hühnern am Tag, Nudeln und Mehl ist noch genug da, und ein paar andere Vorräte auch.«

Es war ausreichend Platz für die Soldaten, wenn ein Teil des Marschgepäcks draußen deponiert wurde – und die Ziegen ein bisschen beiseiterückten. »Hol alle her, wir bleiben hier für eine Rast«, befahl Breitenbacher einem seiner Begleiter.

»Wir machen Rast, und du bekommst mal zur Abwechslung was anderes zu essen!«, sagte Breitenbacher zu dem Mann. »Wie heißt du?«

»Walter.«

»Ich bin der Reto.«

Walter trieb die Ziegen weiter nach hinten, um Platz zu schaffen. Die Männer ließen sich in das Stroh und Heu fallen. Reto packte seine Rationen aus und teilte eine mit Walter. Der schaute skeptisch auf die Würfel mit Überlebensnahrung.

»Schmeckt nicht besonders, aber macht satt und gibt Kraft. Besseres haben wir nicht.« Walter riss eine der Packungen auf, schnupperte an der graubraunen Masse und biss dann hinein.

»Was macht ihr hier oben? Hattet ihr mich gesucht?«

»Wir sind unterwegs nach Sedrun, müssen dort ein Problem beheben.«

»Nach Sedrun? Über den Pass? Bei dem Wetter?«

»Ja, wir müssen es versuchen. Wir kommen aber zurück. Unsere Basis ist in Schattdorf.«

»Ach so, ihr seid aus der Verena. Mein Vater hat den Bunker mit gebaut, im Krieg, zwangsverpflichtet. War damals ganz geheim, weiß aber jeder im Tal. Wie sieht es denn eigentlich unten aus? Ist viel kaputtgegangen? Wann wird es wieder hell?«

»Das wüssten wir auch gerne. Sieht alles nicht gut aus. Wir erledigen jetzt die Sache in Sedrun, dann kommen wir zurück, und am besten kommst du dann mit uns nach unten. Hier kannst du nicht bleiben.«

»Anna, meine Enkelin wollte mich und die Tiere holen, wenn das Wetter zu schlecht wird, aber sie ist noch nicht gekommen. Meine Tiere müssen wir mitnehmen.« Eine Ziege weiter hinten schüttelte den Kopf und meckerte, als hätte sie verstanden.

»Das können wir klären, wenn wir auf dem Rückweg sind.«

Reto Breitenbacher sah auf die Uhr. »Jetzt müssen wir kurz unserem Chef berichten, was Sache ist.« Reto Breitenbacher gab dem Soldaten mit dem Funkgerät ein Zeichen, die Verbindung vorzubereiten.

Einen Tag später waren sie auf der Sedruner Seite abgestiegen. Sie waren nass, es hatte immer wieder geregnet, es war kalt. Inzwischen nutzte Reto sein Mobiltelefon zur Orientierung. Er stellte auf der Karte seinen Standort ein und versuchte die Richtung zu finden. Sie überschritten die Gleise der Bahn in der Nähe der Haltestelle, an der sie vor einigen Tagen, vor einer Woche, aus dem Zug gestiegen waren. Es war weniger als ein Kilometer Strecke bis dahin, wo der Stolleneingang zum Tunnel sein sollte, es ging bergab. Zu sehen war fast nichts. Das Telefon hatte nur noch fünfzig Prozent Ladestand. Er regelte die Helligkeit stärker herunter.

Plötzlich standen sie am Ufer eines Sees, der, soweit man in der Düsternis sehen konnte, ruhig dalag. Es war eigentlich kein Ufer, es war eine überschwemmte Wiese. Laut Karte gab es zwar eine kleine Stauanlage, aber die Wasserfläche, deren Ende man nicht sehen konnte, war viel größer als die kleine blaue Fläche auf der Karte. Breitenbacher schaltete das Telefon ab, um Strom zu sparen. Die Karte half nicht weiter, die Landschaft hatte sich stark verändert. Sie gingen das Ufer des neuen Sees entlang nach Osten. Es kam eine Bucht, die nach Norden führte, am Ende ein Zufluss von einem Bach, er hatte die Karte noch in Erinnerung, das musste der Bach sein, der zwischen Rueras und Sedrun nach unten in den Vorderrhein floss. Sie überquerten den Bach, der viel Wasser führte; Reto ging ohne Gepäck voraus und verankerte eine Seilsicherung, ging zurück, und Mann für Mann durchwateten sie das reißende Wasser mit einem schweren Rucksack auf dem Rücken. Toni, der Letzte, bot sich an, zurückzugehen und das Seil zu holen, aber Reto meinte: »Wir lassen es hier, für den Rückmarsch. Falls wir es doch brauchen, holen wir es, ist ja nicht mehr weit.«

Das Ufer wurde nun zum Steilufer, es war schwer, Halt zu finden. Sie mussten nach oben ausweichen, sahen dort die ersten Häuser von Sedrun. Toni zeigte nach unten: »Da, eine Hochspannungsleitung!« Tatsächlich: Von Osten her kommend waren die Drahtseile einer Leitung zu sehen, die einfach ins Wasser eintauchte. Reto Breitenbacher schaltete sein Telefon wieder ein, holte die gespeicherte Karte und drückte auf den Button für »Standort«. Sofort sah er: Dort, wo jetzt der See war, war eigentlich eine elektrische Umspann-Anlage, und von Osten her war eine blaue Linie zu sehen, die dort endete: Die Hochspannungsleitung. Hinter der Umspann-Anlage der Lauf des Vorderrheins, und dahinter: Ja, da war auf der Karte der Stolleneingang zu erkennen, durch eine Brücke mit der Umspann-Anlage verbunden. Sie gingen weiter und sahen kurz darauf auch die Masten der Leitung aus dem Wasser ragen. Der Stollen war jetzt der Abfluss des Sees. Das Wasser konnte nicht weiter steigen, weil es in den Tunnel ablief.

Und dann hatten sie das Ende des Sees erreicht: ein gewaltiger Erd- und Schutthaufen, der zur anderen Seite hin anstieg. Ein Erdrutsch, oder schlimmer, ein Bergsturz, der den Vorderrhein aufgestaut hatte. Die Sicht wurde im Zwielicht etwas besser, und man konnte weiter oben den hellen Abschnitt in der Bergflanke erkennen, der nach dem Abrutschen von Fels- und Erdmassen wie eine Wunde geblieben war.

Sie gingen weiter, um die Dimension des Damms erkennen zu können. Der Erdrutschkegel war dort, wo er am weitesten vorgedrungen war, also auf der Seite, wo sie standen, etwa fünfzig Meter breit, die Dammkrone lag dort nur wenige Meter über dem Wasserspiegel des Sees. Auf der anderen Seite türmten sich die Schuttmassen weit höher.

»So, Leute, jetzt überlegen wir, was da zu machen ist.« Reto Breitenbacher warf sein Gepäck ab und näherte sich dem Damm. Es war eine Mischung aus Schutt, Felsen, Erde und Baumstämmen, die da vom Berg heruntergestürzt war und den Rhein staute. »Wenn das

Wasser weiter steigen und die Dammkrone hier, am niedrigsten Punkt, überschwemmen würde, könnte das Wasser die Arbeit selbst übernehmen und den Damm nach und nach wegspülen. Da der See aber durch den Stollen und den Tunnel über einen Abfluss verfügt, ist der Damm jetzt stabil.«

»Der Damm ist bestimmt fünf Meter höher als der Seewasserspiegel«, stellte Toni resigniert fest.

»Ja, und die Lösung ist einfach: Wir müssen da ein bisschen nachhelfen und hier lang, wo es am niedrigsten ist, einen Kanal graben oder sprengen, damit das Wasser zu fließen anfängt, dann erledigt dieses Wasser den Rest der Arbeit und spült sich tiefer.«

Toni schaute auf den Damm, dann auf Reto Breitenbacher. Meinte der Hauptmann das ernst? »Fällt jemand etwas anderes ein? Wenn wir den Damm nicht wegbekommen, säuft uns das Depot ab. Damit sind wir alle geliefert. Außerdem ist da ein Mann im Berg, der nicht mehr nach unten kann. Wir müssen es probieren.«

Toni meldete sich erneut zu Wort: »Mit Sprengstoff, da lässt sich doch auch was machen, oder?«

»Ja, klar. Aber wir brauchen in jedem Fall viel mehr Werkzeug. Irgendetwas, um Bohrlöcher in den Damm zu bekommen. Sprengen hat nur Sinn, wenn man den Sprengstoff in den Damm hineinbekommt. Deshalb: Wir schauen uns erst in Sedrun um, was an Werkzeug zu holen ist, legen uns damit einen Plan zurecht und rasten noch mal, bevor es losgeht.«

Nach Sedrun waren es nur wenige Hundert Meter, der Ort lag gleich oberhalb. Ruine für Ruine durchkämmten sie, Überlebende waren nicht zu finden, nur einige Tote, um die sie sich nicht weiter kümmerten. Auf der Suche nach brauchbarem Werkzeug oder Baumaterial gingen sie in einige der Häuser, die Türen standen ohnehin meist offen, die Überlebenden waren offenbar in Panik geflüchtet, oder die Druckwelle hatte die Türen aus den Angeln gerissen. Der Coop-Laden war fast unversehrt, wenn man von den zerstörten

Scheiben absah, der Postbriefkasten davor hing schief herab, die Bodenklappe war geöffnet. Gleich im Eingang des Ladens waren Sechser-Kartons mit Mineralwasser-Plastikflaschen zu finden. In den angrenzenden Häuserruinen war nichts Brauchbares, aber ein Stück die Straße hinunter hingen an einem der Häuser die Reste eines Gerüsts.

»Das ist es, was wir brauchen! Schraubt da ein paar von den Gerüststangen ab!« Reto Breitenbacher schien plötzlich einen konkreten Plan zu haben.

Die Nacht hatten sie unter dem Vordach des Coop-Ladens verbracht. Auf der Suche nach brauchbaren Lebensmitteln waren sie in den Supermarkt eingedrungen, zwischen die umgestürzten Regale des Verkaufsraums. In einer Ecke stank es süßlich nach verdorbenem Fleisch, aber viele der verpackten Waren erwiesen sich als noch brauchbar. Schließlich hatte einer der Männer eine Handvoll verpackter Salami gefunden, in der anderen Hand hielt er eine verschweißte Packung Vollkornbrot. Sie bissen in die Salami-Stangen, nach der süß-fettigen Überlebensnahrung endlich wieder etwas Handfestes. Sie fanden auch die Käsetheke, alles Offene war durch Staub und Dreck verdorben, aber viele der Käsestücke waren zum Glück verpackt.

Einen Teil der Ausrüstung ließen sie im Laden, mit den Gerätschaften, die sie in den Ruinen gefunden hatten, ging es am nächsten Morgen (der sich nur durch eine leicht abgemilderte Dunkelheit bemerkbar machte) wieder zum Damm. Hacken und Schaufeln, alles, was man in den Resten der Gartenhäuser in Sedrun gefunden hatte, kam auf der Seeseite des Damms zu Einsatz. Acht der Männer begannen, dort eine Art Kanal zu graben. Das war mühsam und ging nur langsam voran.

Am anderen Ende, talseitig, ließ Reto Breitenbacher aus den Gerüststangen eine Vorrichtung bauen, mittels derer man eines der Rohre in die Erdmassen drücken konnte, mit der Kraft von fünf Männern. Das Rohr steckte schließlich drei, vier Meter tief im Damm.

Mit einer dünneren Stange drückten sie zwei Kilo Sprengstoff in das Rohr. Jetzt schaute nur noch der Zünddraht heraus.

»Wir versuchen es!«

Alle Mann brachten sich in Sicherheit, es gab einen dumpfen Knall, und als sie nachsahen, war da ein Krater, einige Meter tief, unten sammelte sich Wasser, und das hieß, dass man eine Chance hatte, das Wasser irgendwann zum Fließen zu bringen. Dann würde der Damm nach und nach weggespült werden. Reto Breitenbacher ließ einen Jubelschrei los. Einer der Männer begann, in die Hände zu klatschen.

Am Mittag, nach Stunden harter Arbeit, vier Sprengungen und Schaufeln bis zur Erschöpfung hatten sie vielleicht ein Drittel geschafft. Die Bucht, die in den Damm hineinragte und einmal den Abfluss bilden sollte, war noch keine zehn Meter lang. Auf der anderen Seite boten fünf Krater, die zusammen eine kleine Schlucht in die Erdmassen gerissen hatten, einen vielversprechenden Anfang, aber noch lange keinen Abfluss. Baumstämme würden im Mittelteil die Arbeit viel stärker behindern.

Die meisten Männer hatten längst üble Blasen an den Händen, einer hatte sich am Fuß verletzt, so saßen sie vor der Ruine des Coop-Ladens, mit schmerzenden Gliedern, erschöpft und niedergeschlagen, Teelichter aus dem Coop-Sortiment beleuchteten die Szene im Innern des Ladens. Was sie sich vorgenommen hatten, war kaum zu schaffen, sie hatten den Damm erst angekratzt, waren weit entfernt davon, ihn zu brechen.

Unvermittelt fragte Reto Breitenbacher: »Haben wir eigentlich auch Schläuche gesehen irgendwo hier in Sedrun?« Er hatte sich aufgerichtet und sah mit wachen Augen in die Runde.

Einer der Männer meinte: »Ja, im Feuerwehrhaus, da gibt es Schläuche.«

Reto Breitenbacher stand auf: »Dann gibt es auch eine andere Möglichkeit … ohne allzu viel Knochenarbeit.«

»Welche denn?«, wollte Toni wissen.

»Wir stauen den Bach, der durch Sedrun fließt, legen eine Schlauchleitung zu unserer Baustelle und spülen das Material weg, statt zu schaufeln!«

Tatsächlich hatten sie sich die Arbeit am Nachmittag einfacher gemacht. Durch eine Kette von Feuerwehrschläuchen kam jetzt Wasser, mit dem sie das Material bespritzten und gleichzeitig mit Hacken und Schaufeln nachhalfen, sodass es durch die Sprengkrater ins Tal abfließen konnte. Das Wasser, das sich in braune Brühe verwandelte, schaffte das Material viel schneller weg, als man es mit Schaufeln beseitigen konnte.

Auf der anderen Seite, zum See hin, kam die Sprengmethode zum Einsatz. Spät am Abend stand nur noch ein etwa zehn Meter breiter Rest des Damms, der den Kanal in zwei Hälften trennte.

»Da setzen wir morgen alles auf eine Karte!«, rief Reto Breitenbacher. »Wir graben ein Loch von oben in den Rest des Damms, packen den Rest an Sprengstoff hinein, verfüllen das Loch wieder und sprengen.«

Am späten Abend, nach einer kurzen Rast, machten sie sich wieder an die Arbeit. Nach unten zu graben war schwierig, weil immer wieder Äste und Baumstämme, die in den Erdmassen festgebacken waren, den Schaufeln das Zupacken unmöglich machten. Sie kamen niederschmetternd langsam voran. Nach drei, vier Metern war klar: So ging es nicht weiter. Sie mussten die Bohr- und Sprengmethode noch einmal zum Einsatz bringen.

Gegen Mitternacht machten sie die entscheidende Sprengung. Aus dem Loch hatten sie mit zwei Gerüststangen weiter nach unten gebohrt und dort an drei Stellen Sprengstoff deponiert. Wieder der Warnschrei, dann ein gewaltiger Schlag, Steine prasselten herab. Ein vorsichtiger Blick auf den Schauplatz: Vom See her füllte sich der Krater mit Wasser, talseitig stand ein letzter Rest des Damms im Weg, aber der war jetzt leicht zu bewältigen.

Der Schlauch mit der Wasserspülung auf der Talseite sowie die Hacken und Schaufeln auf der Seeseite bewirkten, dass nach einer halben Stunde nur noch ein kleiner, vielleicht zwanzig Zentimeter breiter Steg stand, der die beiden Kanäle trennte.

»So, Leute, halt. Alle auf die Nordseite, keiner bleibt auf der anderen Seite!«

Reto Breitenbacher zählte seine Männer ab, alle waren da. Dann nahm er die Schaufel und begann den letzten Steg abzugraben. Das erste Wasser floss langsam und träge aus dem See über die Stelle, wo eben noch der letzte Rest des Hindernisses gewesen war, in den kleinen Canyon, den sie auf der anderen Seite in den Damm gegraben und gesprengt hatten, Meter für Meter, langsam, zögerlich, füllte erst die Kuhlen, bevor es sich weitere Meter eroberte. Reto Breitenbacher machte dort, wo der Steg zuletzt gestanden hatte, den Durchfluss etwas breiter und tiefer. Jetzt kam schon etwas mehr Wasser geflossen. Es nahm mehr und mehr Material mit sich. Inzwischen war das erste Rinnsal am talseitigen Ende des Kanals angekommen und floss in die Tiefe.

Minuten später war selbst die engste Stelle einen Meter breit, das Wasser floss stärker und kräftiger, riss mehr und mehr Material mit sich und grub sich tiefer ein. Äste und Baumstämme konnten das Material nicht mehr halten und wurden umspült und unterspült, Steine rollten, vom Wasser mitgerissen, und klackten, wenn sie aufeinandertrafen. Aus dem schmalen Kanal war ein Bach geworden, der von Augenblick zu Augenblick eine größere Kraft bekam und sich selbst sein Bett erweiterte. Vom Böschungsrand des Kanals fielen Brocken und Erdmassen ins Wasser und wurden fortgerissen.

Nach einigen Minuten war es kein Bach mehr, sondern ein reißender Fluss, den man nicht mehr hätte überqueren können. Die Männer mussten zurücktreten, da jeden Moment weitere Flächen abrutschen konnten.

»Wie lange kann das dauern, bis der See ausgelaufen ist?«

»Morgen früh können wir vielleicht schon zum Stollen gehen, wenn wir irgendwie über den Fluss kommen.« Reto Breitenbacher zeigte auf das Flussbett weiter oben.

Die Nacht war unruhig. Gegen 4 Uhr am Morgen hielt es Reto Breitenbacher nicht mehr aus. Er biss in einen Schokoriegel aus dem Coop-Laden, bevor er losging, um nach dem Damm zu sehen.

Er beugte den Kopf, um mit seiner Kopflampe in den Abfluss zu leuchten, und sah ins Leere. Aus ihrer primitiven Grabung war ein Tal mit steilen Flanken geworden, weit unten immer noch der reißende Fluss, der sich tiefer und tiefer in die Erdmassen grub. Von oben kullerten Steine hinunter, ein Baumstamm lag quer und bildete eine Brücke. Der See war, soweit er mit seiner kleinen Lampe erkennen konnte, deutlich kleiner geworden, aber noch nicht ganz verschwunden. Steine klackerten im Strom des Wassers.

Der Wasserspiegel war inzwischen so tief, dass jetzt kein Wasser mehr in den Tunnel laufen sollte, die Gefahr der Überflutung für das Depot war damit gebannt. Ob der Stolleneingang auch schon freigelegt war, mussten sie am Morgen feststellen, dazu mussten sie auf die andere Seite des Flusses.

Nach dem Wecken verkündete Reto Breitenbacher die gute Nachricht. Sie hatten das Depot gerettet und sich ein gutes Frühstück verdient. Toni riss eine Plastiktüte Müsli am oberen Ende auf, goss H-Milch hinein und verschlang die Masse, wobei sich Rosinen und weiße Flocken in seinem Dreitagebart verfingen.

Als sie zusammen zurück zum Damm gingen, war die Stimmung fast feierlich. Wie sich herausstellte, war der Stausee tatsächlich bis auf einen kleinen Rest verschwunden.

Jetzt konnten sie herausfinden, was mit dem Stollen und dem Mann, der dort ausharren musste, war. Sie gingen am Ufer des verbliebenen Sees und liefen nach Westen. Das Umspannwerk war inzwischen nicht mehr überspült. Davor war eine Brücke, und auf der anderen Seite sah man den Stollenzugang, er war frei! Allerdings war der Stollen durch ein massives Drahtgeflechttor versperrt, an dem sich jede Menge Astwerk verfangen hatte. Hinter dem Drahtgeflecht, in einer Nische des Stollens, war die Figur der heiligen Barbara zu erkennen, die die Bergleute beim Bau dort hineingestellt hatten.

Das Werkzeug musste erneut zum Einsatz kommen, das Tor gab erst nach intensivem Bearbeiten nach.

Reto Breitenbacher ging mit Toni in den Stollen, ließ die anderen am Eingang warten. Was würde sie im Inneren erwarten? Lebte der Mann noch? Er musste doch mitbekommen haben, dass das Wasser sich zurückgezogen hatte?

Der Weg im Stollen stieg leicht an, nach einer Viertelstunde Marsch kamen sie ans Ende. Es war komplett dunkel, nur die Lichtkegel der Kopflampen ließen den Blick auf die Details zu. Es gab einen Drahtkäfig, der das Loch absicherte, den senkrechten Schacht nach unten, hier schien alles unversehrt. Daneben ein Container, sie öffneten die Tür, leuchteten hinein, eine Gestalt lag auf dem Boden, in orangefarbener Schutzkleidung mit dem großen SBB-Logo. War der Mann tot? Sie berührten ihn, da zuckte er zusammen, versuchte sich aufzurichten, hielt eine Hand vor die Augen, um sich vor dem Licht zu schützen, und versuchte zu sprechen, brachte aber kein Wort heraus. Er zitterte und atmete stoßweise, sein Gesicht war grau und eingefallen. »Alles gut, alles gut, wir holen dich heraus, der Ausgang ist frei!«

Die Schaltwarte war bis auf das Wasser, das an manchen Stellen noch in großen Lachen stand, völlig unversehrt, das Wasser war ja einfach nur durch den Stollen hindurch in den Schacht nach unten gelaufen, oben hatte es sich nicht stauen können. Es gab im Container einen Notfallkoffer und sogar eine Trage. Auf die legten sie den Liftwartungsmann und trugen ihn den leicht abfallenden Weg durch den Stollen nach draußen.

Im Freien wartete der Rest der Mannschaft.

»Was geben wir ihm denn als Erstes zu essen?«

»Auf keinen Fall Notrationen, viel zu fettig für den Anfang. Am besten wäre Haferschleim oder so etwas, nichts Belastendes.«

»Mal sehen, was der Coop noch zu bieten hat.«

Toni ging zurück zum Laden, stöberte zwischen den schräg herumliegenden umgestürzten Regalen. Schließlich wurde er fündig: »Das wäre doch was, als Schonkost.« Er hatte aufgeweichte Packungen Ovo Sport in der Hand, in den nassen orange-roten Kartonfetzen befanden sich in Alu verpackte Riegel. Im Schein der Lampe las er, was sich darin befand: Magermilchkonzentrat, Milchserumkonzentrat, Gerstenmalzextrakt, viel Zucker, Mineralien, wenig Fett. Vielleicht das Richtige, um wieder auf die Beine zu kommen nach einer Woche Hungern. Toni stopfte möglichst viele der Packungen in seinen Rucksack, dazu vier Tüten H-Milch.

Zurück bei den Kameraden, riss er mehrere Alu-Verpackungen auf, zerbröselte die schwarze Masse in einem Trinkbecher und verrührte sie mit Milch. Sie richteten den Mann im orangefarbenen Anzug auf und flößten ihm die dunkelbraune Flüssigkeit ein. Er verschluckte sich und hustete, aber nach und nach konnte er mehr zu sich nehmen.

»Was machen wir mit ihm? Laufen kann er nicht.« Toni sah Breitenbacher fragend an. »Wir wechseln ab, immer vier tragen ihn. Unser Gepäck ist jetzt leichter, wenn wir hierlassen, was wir nicht unbedingt für den Rückmarsch brauchen. Wir werden ihn über den Berg bringen, wir lassen niemand zurück. Schaut noch mal in den Häusern nach, ob ihr etwas findet, womit wir ihn zudecken können.«

Der nächste Funkverkehr mit dem Depot war fällig. Breitenbacher rief ins Mikro, der Funker in der Station übergab sofort an Hauptmann Zumtobel. »Reto, es fließt kein Wasser mehr im Tunnel. Habt ihr es geschafft? Kommen.«

»Ja, Paul, der Rhein fließt wieder dahin, wo er hingehört, und zwar auf Dauer. Und wir haben den Mann oben im Stollen gerade herausgebracht. Er ist halb verhungert, wir päppeln ihn wieder auf. Kommen.«

»Ich weiß gar nicht, was ich sagen soll. Gut gemacht von euch, aber sonst hier nichts Gutes … «

Von Zumtobel war ein Geräusch zu hören, war das Schluchzen? Breitenbacher konnte es nicht deuten. War Zumtobel derart überwältigt, oder hatte er sich verschluckt? Ein von Zumtobel gehauchtes »Ende« war zu hören.

»Wir werden lange brauchen, vor übermorgen werden wir nicht zurück sein. Die Wegverhältnisse sind schlecht, und wir müssen den Geretteten tragen. Ende«, erklärte Breitenbacher noch.

Das Gespräch war zu Ende. Die Gefahr für das Depot war gebannt. Jetzt galt es, die Mannschaft heil wieder zurückzubringen, aber das würde ein Gewaltmarsch.

Spät am Abend waren sie wieder bei der Ziegenhütte. Sie hämmerten an die Tür, der Alte klappte die schwere Tür auf, hatte sie schon erwartet. »Ihr wart lange unterwegs. Habt ihr es geschafft?«

Breitenbacher nickte. »Alles behoben. Und einen Mann gerettet.« Er deutete auf die vier Mann mit der Trage.

»Kommt rein!« Der alte Walter hatte, wie er erzählte, schon gestern alle seine Nudelvorräte gekocht und würde eine Nudelpfanne zubereiten, für alle, wie er sagte.

Er zündete den primitiven Küchenherd an, griff nach einer riesigen Pfanne, die über dem Herd hing. Es dauerte fast eine halbe Stunde, bis der Herd und die Pfanne richtig heiß wurden, dann kam der Rest Butter in die Pfanne, hinterher Zwiebeln. Der Duft zog durch die Hütte. Schließlich kippte Walter einen riesigen Topf Nudeln hinein, goss mit Ziegenmilch auf, streute Mehl drüber und gab etliche Eier dazu. Er hatte, wie er uns erklärte, alle Vorräte dafür verwendet, denn jetzt wolle er mit nach unten. Nachdem die Milch eingekocht war, die Masse blubberte und die Eier verrührt waren, nahm er die riesige Pfanne vom Herd und stellte sie in die Mitte des Raums auf den Boden, öffnete drei Einmachgläser mit Apfelmus und kippte den Inhalt in die Mitte der Pfanne.

»Gabeln habt ihr hoffentlich, ich habe nur drei. Heute gibt es so etwas Ähnliches wie Älpler-Makkaroni.« Die Pfanne stand am Boden, eng aneinandergedrängt saßen die Soldaten um sie herum und gabelten von den Makkaroni, die mit der gebratenen Butter, einer Masse aus Eiern, Zwiebeln und Mehl und einer wässrigen Ziegenmilchsoße nur eine sehr entfernte Ähnlichkeit mit richtigen Älpler-Makkaroni hatten, aber von den Soldaten andächtig gewürdigt wurden. Das erste richtige Essen nach vielen Tagen mit Überlebenswürfeln aus süßer Fettmasse und irgendwelchem kalten Zeug aus den Ruinen des Coop-Ladens in Sedrun.

Doch der Alte hatte noch mehr zu bieten. »Meine letzten beiden Flaschen!« Er hatte aus dem kleinen Küchenschrank zwei Flaschen Rotwein geholt und machte sich daran, die erste zu öffnen.

Die Männer hielten ihre blechernen Trinktassen hoch, damit Walter sie – vorsichtig dosiert, es sollte jeder etwas bekommen – mit dem Rotwein füllen konnte.

Auch der Mann aus dem Stollen saß inzwischen aufrecht und machte mit; nach den Aufbaurationen aus H-Milch und Ovo-Pulver war das die erste richtige Mahlzeit. Ein kleiner Schluck Rotwein wurde ihm auch genehmigt.

Eine Stunde später lagen die Männer im Stroh und im Heu, warm von innen und von außen, und waren schnell eingeschlafen. Das Schnarchen mischte sich mit dem Geraschel der Ziegen.

Am nächsten Morgen brachte der erste Blick ins Freie Ernüchterung: Es hatte über Nacht geschneit. Immer noch wirbelten die Flocken, an die zwanzig Zentimeter lagen schon.

Walter meinte: »Ich muss wirklich hinunter mit den Ziegen, nehmt ihr mich mit?«

Was blieb den Männern anderes übrig.

Es war ein merkwürdiger Almabtrieb, nicht nur was die Jahreszeit anging: Reto Breitenbacher, der an der Spitze den Weg suchte, hinter ihm erschöpfte Männer mit verdreckten Kampfanzügen, Walter mit seinem alten grünen Rucksack und einem hölzernen Stock sowie der Liftwart, der jetzt streckenweise wieder selbst hinunterhumpelte. Dazwischen muntere Ziegen, die ohne jede Schwierigkeit nach unten sprangen, ab und zu ein fröhliches Meckern hören ließen und sich über die Abwechslung freuten nach dem langen Aufenthalt in der Alphütte. Vielleicht freuten sie sich auch nur auf den heimischen Stall, den sie freilich nie wiedersehen sollten.

28 Steppach – »Würdest du für mich auch machen.«

Die Durchsage des Kommandanten aus dem Lautsprecher machte deutlich: Man hatte keine Ahnung, was passiert war, und es gab keinen Kontakt zu irgendjemandem außerhalb des Bunkers. Das hieß aber, dass es überall eine schlimme Katastrophe gegeben hatte, dass es wahrscheinlich in einem größeren Gebiet genauso aussah wie draußen vor dem Bunker und dem Tunnel. Mir wurde ganz schlecht. Lörrach, die Stadt, lag nur einige Kilometer nördlich von Basel. An der deutschen Grenze hatte das, was da passiert war, wohl kaum haltgemacht.

Das hieß, auch Lörrach war wahrscheinlich betroffen, wie schlimm, darüber grübelte ich dauernd, immer im Kreis rasten meine Gedanken, ohne neue Informationen konnte ich ja zu keinem Ergebnis kommen. Ulrike, war sie schon zu Hause gewesen, abends, als es hereingebrochen ist? Niklas, mein Sohn, lebte er noch? Ich musste selbst nachsehen. Nur gesunde, kräftige Männer durften als Zivilisten mit, so der Hauptmann. Gesund war ich eigentlich nicht, mein Fuß war noch nicht wieder in Ordnung, mit zusammengebissenen Zähnen ging das Laufen zwar, aber den ganzen Weg bis Basel und weiter nach Lörrach, über hundert Kilometer und wieder zurück?

Aber warum eigentlich laufen? Auch wenn die Straßen mit Autos unpassierbar waren, mit dem Fahrrad, das musste gehen! So konnte ich vielleicht mit.

Ich klammerte mich an die Hoffnung. Wenn ich herauskönnte, würde ich meine Frau und Niklas finden, vielleicht wohlauf, oder sie zu einer Verletzten-Sammelstelle bringen. In Deutschland musste das doch alles funktionieren, in Lörrach war ja auch ein Krankenhaus. Die waren sicher dafür ausgerüstet, auch bei schlimmen Katastrophen helfen zu können. Niklas war hoffentlich schon zu Hause oder noch zu Hause, vielleicht hatte er erst später weggehen wollen? An einem Samstag, in einen Club? So früh am Abend war es bestimmt nicht losgegangen, kurz nach sieben war es passiert, vielleicht war er da noch zu Hause gewesen.

Ich muss dahin. Ich stand auf, spürte den Schmerz im Bein sofort wieder. Zum Aufenthaltsraum, anstehen, mich melden mit der Fahrrad-Idee. Wo waren eigentlich die Räder aus dem Tunnel? In Sedrun im Bahnhof, fiel mir ein. Wir hätten sie in den Zug packen sollen, wofür gab es das Fahrradabteil. Aber es gab ja auch Fahrräder im Bunker. Die sollte man doch nehmen können.

Ich kam zum Eingang des Aufenthaltsraumes, der war jetzt abgeschlossen. Viele standen da, jeder wollte der Erste sein, sich melden oder die Adresse angeben.

Hans Duber kam vorbei, wollte weiter, ich hielt ihn fest und fragte: »Was ist? Meldest du dich?«

»Nein. Ich kann ja nicht einmal eine Adresse angeben.«

»Wieso keine Adresse?«

»Bin geschieden, meine Ex ist nach Deutschland gezogen, ich habe nur die Telefonnummer, die Adresse habe ich nicht im Kopf. Außerdem: Was soll ich der nachlaufen?«

»Andere Verwandte?«

»Die kommen klar, ich muss ja auch allein klarkommen.« Duber sah unglücklich aus, obwohl er ja einer der Glücklichen war, die sich um niemand von den nahen Angehörigen Sorgen machen mussten.

»Ich muss nach Lörrach. Ich gehe mit hinaus, melde mich dazu.«

»Aber du kannst doch kaum laufen?«

»Was meinst du: Mit dem Fahrrad, das müsste gehen? Auch wenn die Straßen teilweise blockiert sind: Man kommt aber trotzdem viel schneller vorwärts als zu Fuß. Wie wir im Tunnel.«

»Gute Idee. Aber gut zu Fuß musst du trotzdem sein, das schaffst du nicht.«

Ich sah das nicht ein, auch wenn sich gerade wieder der Fuß mit stechendem Schmerz meldete. »Ich will aber. Komm doch mit, Hans.«

Jetzt ging die Tür zum Aufenthaltsraum auf. Die Soldaten hatten eine Besprechung gehabt. Einige von ihnen kamen heraus, auch der Kommandant, andere blieben drin und rückten die Tische und bildeten eine Barriere daraus, setzten sich dahinter. Einer versperrte immer noch den Eingang für die Zivilisten. Er erklärte: »Immer der Reihe nach, einer nach dem anderen, jeder kommt dran. Wir beginnen jetzt!« Er stand in der Tür, fragte nach der Region, in der eine Adresse gemeldet werden sollte, und wies dann einen der vier Plätze zu, an dem man sich eintragen lassen konnte.

»Wo kann man sich zum Mitmarschieren melden?«, fragte ich, als ich drankam.

»Sind Sie nicht der Lokführer, sie sind doch am Fuß verletzt? Das geht auf keinen Fall.«

»Aber ich könnte ein Fahrrad nehmen, damit sind wir im Tunnel auch schnell vorangekommen.«

»Nein, nein, da muss man topfit sein. Tagelang unterwegs, ob mit oder ohne Fahrrad, mit schwerem Gepäck. Jeder, der das Tempo nicht mithalten kann, ist eine Last für die anderen. Tut mir leid, Ihre Meldung kann nicht angenommen werden.«

Sollte ich das akzeptieren oder den Vorgesetzten verlangen? Die Entscheidung nahm mir Hans Duber ab. »Du, ich geh mit und geh zu der Adresse von deiner Familie.«

Ich war sprachlos und schaute Hans Duber nur an. »Das würdest du tun?«

»Ja, warum denn nicht? Ich melde mich und gebe dabei deine Adresse an.« Nach einem Moment des Nachdenkens: »Von Basel aus, das ist doch zu Fuß nicht viel weiter als eine Stunde bis Lörrach, oder?«

Inzwischen war eine lange Schlange vor dem Aufenthaltsraum. Alle waren aufgeregt, manche weinten, manche wollten gleich drei Adressen angeben. Endlich waren wir dran. Hans Duber erklärte, er wolle mitmarschieren, und zwar Richtung Basel, wir bekamen den improvisierten Schreibtisch ganz links zugewiesen, wo ein junger Rekrut vor einem Stapel Papier saß. »Ich will mitmarschieren, Richtung Basel.«

»Sind Sie Reservist, gesund, treiben Sie Sport?«

»War nicht bei der Armee. Gelegentlich in den Bergen, Halbmarathon laufe ich zweimal im Jahr.«

»In Ordnung. Basel, sagten Sie? Welche Adresse da?«

»Genauer gesagt: Lörrach, das ist gut zu Fuß zu erreichen von Basel.«

»Aber das ist in Deutschland?«

»Es ist Agglomeration Basel, ja, kurz hinter der Grenze, aber das spielt keine Rolle, oder?« Der junge Soldat zuckte mit den Achseln. »Also, ich schreibe Basel-Lörrach, wie ist die Adresse?«

Ich schaltete mich ein: »Wiesenhalde 5, erste Etage.«

»Wer soll da wohnen?«

Wieder war es an mir, die Angaben zu liefern. »Ulrike Steppach und Niklas Steppach.«

»Alter?«

»Ulrike 48, Niklas 18.«

»Noch eine Adresse?«

»Nein, das war es für uns beide«, meinte Hans Duber. »Wann geht es denn los? Bekommen die, die mit auf den Marsch gehen, auch Ausrüstung? Ich habe nichts dabei, kein Gepäck, nur den kleinen Lokführer-Rucksack.«

»Sie bekommen Teile der Ausrüstung; Sie werden formell in die Armee aufgenommen, sind dem Befehl des Truppführers unterstellt, für alle gelten dann die gleichen Regeln während der Unternehmung.«

Hans Duber schien zu zögern.

»Sie können noch zurück, wenn Sie nicht wollen.«

»Doch, doch, ich gehe. Wo muss ich mich einfinden?«

»Einkleidung und Ausrüstung vom Trupp West heute 19 Uhr, Raum 27A, nennen Sie am Eingang nur Ihren Namen. Von dort zur Einsatzbesprechung, morgen früh geht es los.«

Damit waren wir entlassen, die Nächsten kamen dran.

Die Schlange draußen war lang geworden. Einzelne Soldaten drängten sich durch, um irgendwelche Zettel hin und her zu tragen. Die Listen würden lang werden, wie sollten die Trupps all die Adressen finden und dort nach dem Rechten sehen? Wenn es etwas zu tun und zu helfen gab, würden sie aufgehalten werden. Bis sie dann bei der letzten Adresse waren, das dauerte ja ewig.

»Hans, ich bin dir sehr dankbar. Dass du das machst. Ich kann dir gar nicht sagen …«

»Lass nur. Würdest du für mich auch machen.«

Ja, wahrscheinlich schon.

»Ich hole deine Frau und deinen Sohn.«

Wir gingen in Richtung Unterkunft. Die Stimmung hatte sich verändert. Waren vorher die meisten irgendwie zuversichtlich gewesen, dass wir demnächst evakuiert würden und alle nach Hause reisen könnten, hatte sich inzwischen alles geändert. Manche waren apathisch, manche führten Selbstgespräche, andere hatten einen irren Blick ins Leere oder ihre Gesichtsmuskeln zuckten. Würden wir hier verrückt? Was können Leute, die ausrasten, in einem Bunker anrichten? Ich erwischte mich selbst dabei, wie ich vor mich hin murmelte.

Ich begann, die anderen zu bedauern. Wahrscheinlich waren viele Angehörige dieser Leute tot, gestand ich mir zu. Dass sie merkwürdige Dinge taten oder sagten, war doch ganz normal. Mit mir hatte das nichts zu tun.

Ich versuchte, mir selbst Hoffnung zu machen. Gleichzeitig wuchs die Skepsis. Ich spürte, dass ich mich mit dem Gedanken, dass es kein Zuhause mehr gab … nein, den Gedanken erlaubte ich mir einfach nicht. Dabei wurde der Gedanke an den Tod immer vertrauter, gleichzeitig verbot ich ihn mir, so als könne ich jemand retten, indem ich ihn verdrängte.

Ich legte mich auf meine Pritsche, schaute an die Bunkerdecke. Im Beton war ein schadhaftes Schalbrett zu erkennen, deutlich sah man eine Unebenheit im Beton. Wann mochte das betoniert worden sein? War das im Krieg gewesen, oder erst später? Musste es damals schnell gehen? Hatte man Zeit für eine gründliche Abnahme der Baumaßnahme gehabt? Hatte es einen Preisnachlass für die schadhafte Stelle gegeben oder hatte die Armee selbst betoniert? Blöde Überlegungen, Unsinn, aber die Gedanken an Lörrach waren viel schlimmer, und wenn ich erst daran dachte, kam ich nicht mehr aus der Gedankenschleife heraus.

Irgendwann muss ich eingeschlafen sein, ich schreckte hoch. Nur die Nachtbeleuchtung im Schlafraum war eingeschaltet, ein Schnarchen, unterbrochen durch plusterndes Ausatmen, war einige Liegen weiter zu hören, weiter hinten ein leises Gespräch. Hier würde ich verrückt werden, ich stand ruckartig auf und schlug mir prompt den Kopf an dem Brett, das an der Tunnelwand als Ablage entlangführte. Der Schmerz ließ mich hellwach werden, und plötzlich war mir klar: Lörrach, vielleicht würde ich es nie mehr sehen, vielleicht würde ich nie erfahren, was aus Ulrike und Niklas geworden war. In Brust und Bauch spürte ich einen brennenden Schmerz, wie von einer Schnittwunde, ich zwang mich, mir die Schuhe anzuziehen.

Ich rannte zu den Toiletten. Das Neonlicht dort war grell, es stank nach Urin und Fäkalien. In der ersten Kabine war die Toilettenschüssel übergelaufen. Ich erleichterte mich in der nächsten und verließ fluchtartig den Toilettenraum. Gleichzeitig beobachtete ich an mir selbst, wie kulturelle Selbstverständlichkeiten wie das Händewaschen nach der Toilette plötzlich unwichtig waren und vernachlässigt wurden. Ich zwang mich umzukehren und wusch mir die Hände, trotz des Gestanks. War ich doch auch auf dem Weg, verrückt zu werden?

In den Schlafraum zurück wollte ich nicht. Ich ging in die andere Richtung, immer den Stollen entlang, und kam in die Nähe des Eingangs. Mein Fuß machte sich wieder bemerkbar, ich humpelte.

Den richtigen Bunkereingang kannte ich gar nicht, ich war seit der Einfahrt in den Tunnel immer im Tunnel und im Bunker gewesen. Die

Luft wurde kälter, offenbar kam ich dem Eingang tatsächlich näher. Zwei Soldaten mit Waffen standen an einem schweren Tor, das offen stand.

»Darf man hinaus?«, fragte ich die beiden.

»Wenn es sein muss, zum Rauchen oder so. Freiwillig würde ich da nicht rausgehen«, antwortete der eine.

Ich ging weiter und stand in einer größeren unterirdischen Halle, matt beleuchtet von einzelnen verlorenen Neonröhren, ein Kranhaken hing von einem Gestell an der Decke, ein Gleis war in den Betonboden eingelassen. Das Einfahrtor war verbogen und bot nur einen schmalen Ausgang nach draußen. Ich schlüpfte hindurch.

Draußen erfasste mich ein stürmischer kalter Wind, es war völlig dunkel außerhalb der letzten Lichtbündel, die durch das Tor fielen. Der Boden war mit Sand und Dreck bedeckt, obwohl hier ja eigentlich die Einfahrt sein sollte. Das Gleis war nicht zu sehen. In einer Felsnische leuchtete ein rotes Glimmen, jetzt sah ich den Schatten einer Person, ein Raucher. Der Zigarettenqualm wurde sofort verweht, war nicht zu bemerken. Ich näherte mich der Person, spürte plötzlich das Verlangen, mit jemandem zu reden, und war selbst überrascht von diesem Bedürfnis. Normalerweise vermied ich es, in Gespräche verwickelt zu werden.

Der Raucher war eine Soldatin, wie ich an der Uniformjacke erkennen konnte. Sie sprach mich an. »Sie rauchen gar nicht?«

»Nein, ich wollte mir mal ansehen, was hier draußen eigentlich los ist.«

»Nicht viel zu sehen, außer Trümmern und Leichen. Besser, Sie bleiben drin.«

Jetzt, wo ich die Frau reden hörte, erkannte ich sie wieder. Es war die Chefin der Gasmasken-Männer, die ich bei der ersten Erkundung im Tunnel getroffen hatte und durch die wir überhaupt zum ersten Mal mit den Soldaten und dem Bunker in Kontakt gekommen waren. Ich sprach sie darauf an, sie hatte mich auch an der Stimme wiedererkannt. Sehen konnte man Gesichter nicht, es war Nacht, und die war noch dunkler als eine normale Nacht. Das glimmende Rotlicht der Zigarette war weit unten, an der herabhängenden Hand. Bei jedem Windstoß wurde das glimmende Licht ein bisschen heller. Mir war plötzlich sehr kalt, ich wollte aber reden.

»Wie sieht es in Basel und nördlich davon aus? Genauso schlimm wie hier, was meinen Sie?«

Sie sagte lange nichts, dann: »Ich wüsste es auch gerne. Mein Freund lebt in Aarau, nicht weit von der Bahn. Da fahren Tag und Nacht die Güterzüge, von den Nordseehäfen Richtung Gotthard, hier durch den Tunnel. Jetzt fährt nichts mehr. Gemeldet hat sich von dort niemand. Vielleicht sind auch nur alle Telefone kaputt, und alle Radiosender.«

Ich verstand die Antwort. Es war genauso wie hier. Ich begann zu frieren. Die Soldatin – war sie Offizierin? – bemerkte das, sah zu mir hin, hob die Hand mit dem glimmenden Licht, nahm einen letzten Zug, die Glut leuchtete hellrot auf, sie warf die Zigarette auf den Boden und trat sie aus. »Gehen wir wieder hinein. Hier gibt es nichts mehr.«

Ich rätselte, was es nicht mehr geben sollte. Nichts mehr zu sehen, nichts mehr zu holen, nichts mehr zu retten? Alles zusammen?

»Gehen wir auf einen Kaffee.«

»Jetzt gibt es doch noch keinen Kaffee?«

»Für mich schon. Ich bin Diensthabende.« Sie ging voraus in den für unsere Augen grell erleuchteten Bunker, grüßte lässig die beiden Wachen und meinte zu ihnen, sie sollten im Kommandoraum Bescheid geben, sie sei kurz in der Kantine.

Ich trottete neben der Frau her, die offenbar tatsächlich Offizierin war. Ich wollte weiter die Fragen stellen, die ich mir selbst ständig stellte, und gleichzeitig wollte ich die Antworten lieber nicht wissen. Sie ging voraus in den Küchenraum, wo ein Soldatenkoch und drei Zivilisten tatsächlich schon beschäftigt waren. Es roch nach … ja, es roch nach Bäckerei!

»Guten Morgen, Frau Korporal, Kaffee?«, wurde sie gegrüßt.

»Ja, gerne, der Lokführer trinkt auch einen, oder?« Sie sah mich an.

»Ja, gerne.«

»Morgen früh gibt es zum ersten Mal richtiges Brot. Wir haben einen Teig hinbekommen. Der Kommandant hat gemeint, wir sollten das Niveau der Küche hochfahren. Es wird schwierig, mit den wenigen Öfen, wird nicht für alle reichen, aber wer früh aufsteht, bekommt richtiges Brot.«

»Prima. Weiter so«, lobte sie den Koch, der eine Kanne vor uns hinstellte, Pulverkaffee hineinschaufelte, aus einer anderen Kanne heißes Wasser hineingoss und mit einem großen Löffel umrührte. »Milch?« Der Koch deutete auf eine Glasflasche mit Milch, eine schwarz-weiße Kuh war darauf abgebildet und ein rot-weißes Schweizerkreuz.

Ich nickte. Der Koch stellte zwei Kaffeebecher, die Milchflasche, die Kanne und einen Zuckerstreuer auf ein Tablett und ging hinaus in den Speiseraum, der jetzt auch als Küchenraum hergerichtet war, aber Platz bot, um dort zu sitzen. Auf einen der Tische, auf denen tagsüber das Essen vorbereitet wurde, stellte er das Tablett hin, die Korporalin nahm einen Stuhl und machte eine einladende Geste. Dann goss sie sich Kaffee und Milch ein, wärmte ihre schlanken Hände an der heißen Tasse. Ich bemerkte: Sie hatte trotz der schlimmen Situation eine gut sitzende Uniform, die Haare korrekt verknotet, war zwar nicht geschminkt, aber sie war das, was man als »gepflegte Erscheinung« bezeichnen würde. Ganz im Gegensatz zu mir: Meine Armeekleidung, gegen die ich meine eigenen total verdreckten Sachen getauscht hatte, war schon wieder schmuddelig.

»Ich musste auch mal raus, ich habe es nicht mehr ausgehalten. Wir sitzen hier herum, haben nichts zu tun, außer zu essen, zu trinken, zu schlafen und darauf zu warten, dass alles wieder heile wird. Woanders wird gestorben. Und wir wissen nicht, ob alle unsere Angehörigen nicht auch schon längst tot sind.«

»Es ist also überall so wie da draußen?«

»Ihnen kann ich nichts vormachen. Sie haben doch auch eine technische Ausbildung. Das ist kein lokales Problem.« Und dann, nach einiger Zeit: »Natürlich ist es überall schlimm. Wir können nur hoffen, dass anderswo auch jemand in Bunkern überlebt hat und das Glück hatte, dort lange genug zu bleiben, bis sich der gefährliche Staub verzogen hat oder vom Regen weggewaschen worden ist.«

»Woran sind denn die Leute eigentlich gestorben? An dem Staub?«

»Viele auch daran, aber viele hatten Schnittwunden und viel Blut verloren. Die Druckwelle hat offenbar alles, auch Glas, Metall, ganze Gebäudeteile, durch die Gegend fliegen lassen. Andere sind durch die Druckwelle herumgeschmettert worden und haben sich die Knochen gebrochen. Nur wir hatten Glück, hier im Berg waren wir sicher.«

»Ich hätte gerne drauf verzichtet, wenn dafür meine Frau und mein Sohn hier sein dürften. Womit haben wir das verdient, dass wir an diesem Ort sitzen und die anderen nicht?«

Die Korporalin drehte die Kaffeetasse hin und her. »Schicksal oder Fügung oder was auch immer. Man kann auch sagen: Die haben es hinter sich, und wir müssen weitermachen.« Fast wäre ihr die Tasse umgekippt, gerade konnte sie sie noch auffangen.

Ich sah die Korporalin an. Hatte sie ihre Verwandtschaft, ihren Freund schon aufgegeben?

Plötzlich stellte sie die Tassen entschieden hin und meinte: »Wir müssen weitermachen, und wir machen weiter.« Sie blickte auf. »Sie kennen sich im Tunnel und mit den Zügen aus, nicht wahr?«

»Ja, schon, warum?«

»Ich habe da einen Sonderauftrag, da kann ich Sie gut gebrauchen, als Fachmann, mit guten Nerven. Kann ich auf Sie zählen?«

Ich nickte.

»Jetzt schlafen Sie sich aus, das ist wichtig. Ich habe auch bald Ablösung. Morgen sehen wir weiter. Kommen Sie in den Kommandoraum, fragen Sie nach mir, ich heiße Moseri, ich bin ab dem Vormittag wieder da.«

Wir standen auf. Ich fühlte mich befreit. Wir hatten eigentlich nicht viel geredet, aber ich war irgendwie beruhigt, obwohl ich ja umso mehr beunruhigt sein sollte. Es hatte gutgetan, sich auszutauschen und sich gegenseitig die Angst einzugestehen.

Ich legte mich wieder hin. Trotz – oder wegen? – des Kaffees schlief ich schnell ein. Nach einem langen, schweren Schlaf, traumlos, wachte ich erst viele Stunden später auf, der längste zusammenhängende Schlaf seit vielen Tagen.

Die Armeekleidung hatte ich auch schon mehrere Tage an; ich beschloss, meine eigene Kleidung zu waschen, mich selbst wieder richtig zu waschen.

29 Zumtobel – Gerüchten ist entgegenzutreten!

Frau Moseri war hinausgegangen, Zumtobel saß wieder allein in seinem kleinen Raum. Frau Moseri hatte berichtet, wie sie vorgehen wollte. Beschäftigung, das sei das beste Mittel gegen Gerüchte. Deshalb hatte sie alle »Mitwisser«, die wussten, um was es bei den Unterlagen auf dem Computer der Schülerin ging, isoliert und mit Arbeitsaufträgen eingespannt.

Zumtobel dachte nach. Frau Moseri hatte einen längeren Bericht über die mögliche »globale Katastrophe« abgeliefert, aber es ergab sich daraus zunächst nur eine Maßnahme: Aus den Ruinen von Ortschaften wie Schattdorf, Altdorf und Erstfeld draußen vor dem Depot sollte nach dem dringenden Rat von Frau Moseri sofort so viel Material wie möglich gesichert werden. Material, das schon jetzt, in jedem Fall aber später, falls es sich tatsächlich um eine globale Katastrophe handelte, dringend benötigt werden würde.

Eine lange Liste von Positionen war bereits erstellt worden, und Frau Moseri meinte, dass diese Liste noch deutlich länger werden würde. Zumtobel hatte einen Ausdruck in der Hand:

Supermärkte, Drogeriemärkte:
Waschmittel (aller Art)
Babynahrung
Windeln
Papiertaschentücher, Toilettenpapier, Küchenrollen
Shampoo, Duschgel
Gummihandschuhe
Seife

Tampons, Slip-Einlagen, Binden
Rasierschaum, Rasierklingen, Rasierer
Zahnpasta, Zahnbürsten, Zahnseide
Pflaster aller Art
Müllsäcke
Kaffee, Tee
Alle Arten haltbare und brauchbare Lebensmittel
Gewürze, Salz
Zündhölzer

Buchgeschäft:
Karten, vor allem Schweiz
Survival-Bücher, Prepper-Literatur
Biologie-Bücher, vor allem Botanik
Landwirtschafts-Literatur

Schuhladen:
Alle Arten und Größen von Stiefeln und Sportschuhen
Schuhbänder, Schuhcreme, Zubehör

Baumarkt:
Werkzeug aller Art
Sägen, Kettensägen
Schrauben, Beschläge und Installationsmaterial nach gesonderter Liste des technischen Dienstes

Apotheke:
Nahrungsergänzungsmittel (Vitamine usw.)
Gesonderte Liste nach Anforderung der Sanitäter

Zahnarztpraxen:
Zangen, Spiegel und ähnliche Instrumente

Pflanzengeschäft, Landwirtschaftshandel:
Saatgut, Saatkartoffel

Schreibwarengeschäft, Computerladen:
Papier, Umschläge, Druckerpatronen Canon 3e für BJC-3000
(Drucker Kommandoraum)

Fahrradladen:
Fahrräder
Ersatzteile, Reifen, Schläuche
Anhänger
Werkzeug

Friseurgeschäft:
Scheren, Kämme

Haushaltsgeschäft:
Töpfe, Pfannen
Küchenmesser, Essbesteck

Zumtobel hatte eingewandt: »Frau Moseri, was Sie vorhaben, ist Plünderei!«

»Wenn irgendjemand so etwas für sich allein macht, ist es vielleicht Plünderei, aber auch das kann im Notfall erlaubt sein. Wenn wir es zur Ergänzung unserer Bestände hier im Depot zur Sicherung des Überlebens der Eidgenossenschaft machen, ist es aufgrund eines übergesetzlichen Notstands gerechtfertigt, ja sogar notwendig. Im Übrigen würde ein großer Teil der nicht von uns sichergestellten Waren ohnehin verderben, wäre jedenfalls nicht mehr verkäuflich.«

Achselzuckend ließ Zumtobel sich überzeugen, auch wenn es ihm widerstrebte. Moseri schlug vor, bereits in den nächsten Tagen anzufangen und die Umgebung in den zerstörten Orten in der Nähe planmäßig zu durchsuchen, nach der »Einkaufsliste«, wie sie die Plünderliste nannte.

Bei einer Position stutzte er: Prepper-Literatur, was sollte das sein? Musste er nachfragen. Er legte die Liste beiseite.

Frau Moseri hatte gedrängt. Sie sollten sichern, was zu sichern ist, bevor vieles verdorben wäre. Wasser drang in die Ruinen ein und machte alles, was nicht besonders robust war, schnell unbrauchbar.

Es klopfte an der Tür seines Kommandantenraums. Er sollte draußen mehr Präsenz zeigen, fiel ihm ein. Es durfte nicht der Eindruck entstehen, der Chef sondere sich ab. »Ja«, rief Zumtobel laut.

»Herr Hauptmann, Nachricht von Hauptmann Breitenbacher. Sie sind in Sedrun, haben einen Bergrutsch als Ursache der Überschwemmung ausgemacht und sehen Chancen, den Stau zu beseitigen. Sie machen sich an die Arbeit, kann aber einige Tage dauern.« Einer der Adjutanten übergab ihm einen Zettel mit einem mitgeschriebenen Bericht von Reto Breitenbacher. Er war mit seinen Männern schon bei der Arbeit, auf ihn war Verlass. Wassereinbruch im Depot, nicht auszudenken, das wäre das Schlimmste. Sie mussten das Depot schützen, das war ihr Auftrag. Hoffentlich schaffte es Reto mit seinen Männern, den Rhein wieder in seinen normalen Verlauf zu bringen.

»Gibt es schon Nachricht von den beiden anderen Erkundungstrupps?«

»Nein, Herr Hauptmann, wir erwarten gegen 20 Uhr den Funkkontakt mit Trupp Ost, um 20 Uhr 30 mit Trupp West.«

Es war erst kurz vor 18 Uhr. Er stand auf und ging nach draußen. Das Kabel nach draußen zur Antennenstation war fest installiert, sie konnten die Meldungen über Funk jetzt direkt im Kommandoraum empfangen. Trupp Ost sollte übermorgen bis Bubikon kommen, wenn der Seedamm in Rapperswil begehbar war. War der Seedamm nicht begehbar, würden sie erst nach Zürich marschieren, dann waren sie vielleicht in einer Woche oder zehn Tagen in Bubikon. Mindestens noch zwei Tage Warten. Er spürte Kopfschmerzen aufsteigen.

»Um 20 Uhr bitte zwei Mann draußen postieren und den Raum abschirmen, damit wir beim Funkkontakt ungestört sind. Im Kommandoraum brauchen wir vier Mann, um die Nachrichten aufzunehmen. Bitte alles vorbereiten.«

Zumtobel ging aus dem Kommandoraum hinaus in den Hauptstollen und in Richtung der Küche und des Aufenthaltsraums. Draußen war erstaunlich viel Betrieb. Viele Zivilisten erkannten ihn inzwischen. Aus den Augenwinkeln bemerkte er, wie eine ältere Frau verhohlen auf ihn deutete. Er würde lieber nicht so viel Aufmerksamkeit erregen. So musste er sich immer zusammenreißen, obwohl ihm eigentlich überhaupt nicht danach war, Überlegenheit zu demonstrieren und den Eindruck zu erwecken, er hätte hier alles unter Kontrolle.

Er ging in den Aufenthaltsraum, wo die Leute, Zivilisten und Militärs, Frauen, Kinder, Männer und Soldaten, bunt gemischt saßen und das Abendessen löffelten. Im Essraum, der jetzt Essensausgabe war, stellte er sich an. Er hatte ja Zeit und wollte nicht zu viele Privilegien beanspruchen, wenn es nicht notwendig war.

Der Mann vor ihm, ein etwas verwahrloster Typ mit speckigen langen Haaren und einem Tattoo am Hals, rückte von ihm ab, er schien fast erschrocken. Zumtobel wollte aber leutselig sein und meinte: »Wie geht es Ihnen? Haben Sie sich auch mit einer Adresse in die Suchliste eingetragen?«

»Nein, ich bin nicht aus der Schweiz.«

»Ach so, woher kommen Sie?«

»Amsterdam.«

»Ich hoffe, wir werden bald mehr darüber erfahren, wie es in anderen Teilen Europas aussieht. Wie Sie wissen, haben wir keine Kommunikation bisher, hoffen aber, mit den Trupps, die wir losgeschickt haben, bald Kontakt zu Hilfskräften herzustellen.«

Inzwischen waren sie an der Essensausgabe angekommen. Der Holländer schaufelte sich Nudeln auf seinen Teller, dazu Soße und Reibekäse. Jeder bekam noch ein Schälchen mit Apfelmus. Hinter den Theken schufteten inzwischen tatsächlich die Zivilisten, Breitenbacher hatte das gut organisiert, bevor er aufgebrochen war. Jetzt fehlte ihm Breitenbacher, der hätte gewusst, ob es wirklich notwendig war, mit dem Plündern der Ortschaften zu beginnen, um Dinge auf den Verdacht hin zu horten, dass sie hier tatsächlich jahrelang ohne Hilfe ausharren müssten, wie es Frau Moseri in ihrem Worst-Case-Szenario befürchtete.

Eigentlich ließ die Dunkelheit draußen kaum einen anderen Schluss zu. Ihm fiel nichts ein, was zu einer Woche Dunkelheit führen könnte, außer den Vorfällen, die das Schulmädchen auf ihrem Tablet gespeichert hatte.

Als er sich hinsetzen wollte und gegen das Tischbein stieß, hätte er fast den Inhalt seines Tellers verschüttet, in Richtung auf eine am Esstisch sitzende ältere Frau. Sie war vor Schreck abgerückt. Er musste sich besser unter Kontrolle bekommen.

»Entschuldigung, hier ist doch frei?«

»Selbstverständlich! Sind Sie der Kommandant?«, fragte sie zurück.

Er nickte. »Und Sie? Wo wollten Sie hinfahren mit dem Zug?«

»Zu meiner Tochter und zu den Enkeln, ins Tessin.«

»Da müssen wir auch einen Trupp hinschicken. Wir sind jetzt zunächst nach Norden, weil wir hoffen, dort Kontakt zu bekommen. Nach Süden, das ist schwieriger.«

»Ist denn der Tunnel nicht begehbar?«

»Wissen wir noch nicht. Wir wissen noch viel zu wenig.«

Die Dame schaute stumm vor sich hin, dann meinte sie: »Sagen Sie, wie groß sind die Chancen, dass wir hier herauskommen? Also, ich meine: nach Hause kommen? Ich war draußen, bei der Versorgung der Überlebenden. So etwas habe ich noch nie gesehen. Das ist schlimmer, als man es aus den Nachrichten aus Kriegsgebieten kennt, und das bei uns in der Schweiz. Woran sind die Menschen denn alle gestorben? Meinen Sie, wir müssen alle sterben? Wie ist es auf der anderen Seite des Tunnels, im Süden?«

Zumtobel nickte bedächtig. »Wir sind hier in Sicherheit. Sobald es geht, werden wir auch nach Süden vorstoßen. Ich kann nur noch nicht sagen, wann wir dafür Kräfte frei haben. Im Moment beseitigen unsere Leute einen Damm, der durch einen Bergrutsch in Sedrun entstanden ist, um zu verhindern, dass Wasser womöglich in das Depot läuft. Zwei andere Trupps sind, wie Sie wissen, nach Norden marschiert.«

Warum erzählte er das von dem Wasser in Sedrun? Im selben Moment, als er es erwähnte, wusste er, es war falsch, es würden mehr Gerüchte entstehen. Auch die anderen am Tisch hörten nun zu und schauten erschrocken.

»Ich weiß, dass Sie alles tun, was Sie können. Ja, ich kann mir vorstellen, dass Sie viel zu tun haben. Aber vergessen Sie den Süden nicht.«

»Nein, nein«, hörte er sich sagen.

Die Frau hatte mehr auf dem Herzen: »Für die Leute mit Kindern wird die Situation unerträglich. Sie müssen dringend die sanitären Verhältnisse verbessern, es muss auch eine Möglichkeit geben, Wäsche zu waschen. Die Kinder werden sonst krank. Und die Erwachsenen auch, wenn wir nicht auf Hygiene achten.«

Zumtobel neigte den Kopf bedächtig hin und her, kräuselte die Stirn, er schloss kurze Zeit die Augen, eigentlich war er verärgert. Wäsche waschen war nicht das Wichtigste, während Tausende draußen vor dem Bunker gestorben waren. Aber dann kam ihm eine Idee.

»Wollen Sie sich darum kümmern? Um Hygiene und das Wäschewaschen, meine ich?«

»Was meinen Sie mit … kümmern?«

»Na, so wie ich es sage. Es muss jemand in die Hand nehmen. Überlegen, wie wir es am besten anstellen, ob etwa jeder einzeln seine Sachen waschen soll, ob wir es irgendwie gemeinsam bewerkstelligen, oder wie auch immer.«

»Ja, warum eigentlich nicht? An wen kann ich mich wenden, um das organisieren? Woher bekommt man Waschmittel und alles andere, Waschkörbe, Zuber, Waschbretter, wenn wir schon keine Waschmaschinen haben?«

»Sie bekommen Unterstützung, aber jemand muss es in die Hand nehmen. Kommen Sie morgen früh um 9 Uhr in den Kommandoraum, dann gehen wir das an.«

»Gut, dann bis morgen.«

Waschmittel, das stand auch auf der Liste von Frau Moseri. Am besten, sie würden gleich mit dem »Einkaufen« beginnen, in den Einkaufszentren in der Nähe war ja vielleicht tatsächlich noch einiges zu holen.

Zumtobel ging zurück zum Kommandoraum. Ein Mann, etwa fünfzig Jahre alt, in einem verknitterten Anzug und verdreckten weißen Hemd, offenbar ein Geschäftsmann, ging ihn an: »Sie sind doch hier der Chef? Wieso klappt eigentlich überhaupt nichts? Wieso können Sie die Menschen nicht evakuieren und in sicheres Gebiet bringen? Wieso müssen wir Tag um Tag warten, ohne Nachricht, ohne richtige sanitäre Anlagen? Die Schweizer Steuerbürger zahlen so viel für das Militär, da darf man auch etwas erwarten, oder etwa nicht?«

»Wir tun, was wir können. Draußen vor dem Depot sind jede Menge Leichen, wir können nicht einfach hinaus und dann ist alles wie früher. Wir müssen erst die Lage erkunden, wir haben keine Nachrichten.«

»Verstehe ich nicht, Sie müssen doch eine sichere Kommunikationsleitung haben.«

»Ja, haben wir, aber niemand meldet sich. Entweder sind die Leitungen gestört, oder …« Zumtobel zuckte mit den Schultern. Natürlich, wenn es in Bern genauso aussah wie draußen in Schattdorf, dann konnte sich auch keiner mehr melden. Aber das sollte sich der Mann im verknitterten Anzug selbst ausmalen. Vor zehn Tagen hatte er selbst noch im Anzug in der Bank gesessen, fiel ihm ein. Das war sehr lange her.

Zumtobel drehte sich um und ging weiter. Der Anzugträger hatte nichts mehr gesagt.

Zurück im Kommandoraum, fragte Zumtobel den für Personaleinteilung zuständigen Unteroffizier, Feldwebel Brunner: »Wie viele Männer können wir morgen Vormittag für einen Sonderauftrag im Außeneinsatz vor dem Depot freistellen? Etwa sechs Stunden, schätze ich.«

Brunner schaute durch seine Listen und meinte: »Die Personaldecke ist dünn, da wir drei Trupps im Außeneinsatz haben. Aber morgen früh …«, er blätterte und rechnete, »… etwa zwanzig Leute kann ich zusammenbekommen. Zwei Unteroffiziere dazu.«

»Gut, dann Einsatzbesprechung morgen um 8 Uhr mit den Unteroffizieren, Vorbereitung für Außeneinsatz ab 9 Uhr. Frau Moseri bitten Sie zur Einsatzbesprechung mit dazu. Sagen Sie ihr, es geht um den Einkauf, sie soll die Liste mitbringen morgen früh. Sie weiß dann Bescheid.«

Zumtobel zog sich in seinen kleinen Raum zurück, er musste jetzt allein sein, wenigstens kurz. Er setzte sich auf seinen Bürostuhl. Das Essen lag ihm im Magen. Er stützte den Kopf auf den Arm, schloss die brennenden Augen und war in einem Zustand zwischen totaler Verzweiflung, ganz wenig letzter Hoffnung und starkem Druck von außen, den alle hier im Depot auf ihn ausübten. Alle erwarteten von ihm, dass er wusste, wo ein Ausweg war. Wie es weiterging. Wie es den vielen, vielen Angehörigen der Menschen im Depot ging. Alle schauten auf ihn, so fühlte es sich an. Er rieb sich die Augen, das Brennen wurde nicht besser, seine Augen tränten, die Nase lief. Er schnäuzte sich in ein Papiertaschentuch, es war sein vorletztes, fiel ihm auf. Standen auf der Einkaufsliste eigentlich auch Papiertaschentücher drauf?

Es klopfte. »19 Uhr 55, Herr Hauptmann.«

»Ja, ich komme.« Er stand auf, wischte sich die tränenden Augen trocken und ging nach draußen.

Der Erkundungstrupp Ost sollte sich gleich melden. Es knisterte und knackste im Lautsprecher. »Verena Ost für Verena Basis, bitte melden.«

»Hier Verena Basis, es hören Sie hier alle im Kommandoraum. Kommen.«

»Hier Verena Ost, wir sind in einem Gewaltmarsch bis Steinen gekommen und werden bis in die frühen Morgenstunden hier Rast machen. Hier sieht es genauso schlimm aus wie in Schattdorf. Wenige Überlebende unterwegs getroffen, alle erheblich verletzt. Wir haben diese nur notdürftig versorgt; schneller Weitermarsch hatte befehlsgemäß Vorrang. Wir hoffen, morgen bis in den Raum Biberbrugg vorzustoßen. Kommen.«

Zumtobel übernahm das Mikrofon. »Dank und Anerkennung. Ruhen Sie sich über Nacht aus. Wie ist der Zustand der Straßen? Können möglicherweise Fahrräder von Nutzen sein, oder sind sie eher hinderlich? Kommen.«

»Daran haben wir auch schon gedacht. Viele Abschnitte sind sogar befahrbar, aber nicht mit richtigen Straßenfahrzeugen, wegen quer liegender Bäume und Trümmern. Fahrräder wären möglicherweise von Nutzen. Kommen.«

»Wenn Sie unterwegs die notwendige Anzahl von Fahrrädern requirieren können, dann tun Sie das, Sie haben dazu die Freigabe. Kommen.«

»Verstanden, Erlaubnis zum Requirieren von Fahrrädern zwecks besserem Vorwärtskommen. Wir melden uns morgen wieder gegen 20 Uhr. Wir bitten aber auch, vorher ab 6 Uhr morgens alle zwei Stunden zu den geraden Stunden auf Empfang zu gehen. Wir werden uns bei besonderen Feststellungen melden. Kommen.«

»Dann gute Nacht, teilen Sie Nachtwachen ein, seien Sie auf der Hut. Wir können immer noch nicht ausschließen, dass ein Angriff erfolgt ist. Ende.«

»Machen wir. Gute Nacht, Ende.«

Zumtobel atmete tief durch. Steinen, damit hatten sie ein Drittel des Weges nach Bubikon geschafft. Übermorgen Abend würde er Bescheid wissen, wenn sie weiter so gut vorankamen.

Jetzt fing das Warten wieder an. Feldwebel Brunner hatte inzwischen die Zusammenstellung der Truppe für den besonderen Außeneinsatz am nächsten Tag abgeschlossen. »Herr Hauptmann, ich würde Leutnant Rickenbach auch wieder einteilen, er hatte ja einige Tage Erholung nach der ersten Erkundung draußen.«

»Ja, Rickenbach soll das machen. Haben wir eigentlich irgendeinen Papier-Stadtplan oder einen Prospekt von Altdorf und Umgebung?«

»Ja, Herr Hauptmann.« Brunner suchte in einem Korb mit allerhand Büro-Utensilien und zog einen Faltplan »Shopping in Altdorf« heraus.

»Ja, das ist gut, das geben Sie mir mal!« Vorn aufgedruckt war grelle Werbung für das »Shoppingcenter Tellpark«. »Dieses Shoppingcenter ist doch gleich vor dem Depot da draußen, oder?«

»Ja, sieht aber nicht mehr gut aus, das Gebäude.«

»Ich schaue mal den Prospekt durch. Danke.«

Der Faltplan könnte beim »Einkaufen« helfen, denn niemand im Depot kannte sich in Schattdorf und Altdorf gut aus. Im Prospekt waren alle Geschäfte aufgelistet. Es gab tatsächlich einen Buchladen, mehrere Supermärkte, ein Schuhgeschäft, mehrere Sportgeschäfte.

Der Trupp West meldete sich und berichtete: »Wir sind zu Fuß durch den Autobahntunnel. Vor dem Tunnel haben wir drei verlassene, aber noch fahrfähige Pkw genommen und sind durch den Tunnel gefahren, bis etwa hundert Meter hinter das Tunnelende, ab da war die Autobahn durch Hindernisse blockiert. Dadurch sind wir schnell vorangekommen, bis Buochs, wir sind jetzt bei den Pilatus Flugzeugwerken, dort dasselbe Schadbild wie in Schattdorf, aber hier haben wir unverletzte Überlebende vorgefunden, die in einem der Flugzeugbunker waren, als das Ereignis eingetreten ist. Vorschlag: Wir schicken diese Überlebenden jetzt mit einem von uns als Guide zurück ins Depot. Stimmen Sie zu? Kommen.«

»In welchem Zustand sind die Überlebenden? Kommen.«

»So weit gesund, aber sehr hungrig. Wir haben sie schon versorgt. Sie können den Marsch schaffen, vor allem wenn sie wieder eines der von uns am Ausgang zurückgelassenen Autos durch den Tunnel benutzen. Kommen.«

»Kann der Flugzeugbunker später von uns nutzbar gemacht werden? Kommen.«

»Ja, Flugzeugbunker scheint intakt. Da sind sogar noch Flugzeuge drin. Kommen.«

»Dann Bunker sichern für allfällige Nutzung. Überlebende zu uns schicken. Kommen.«

Es folgten die üblichen Absprachen für die nächsten Meldungen morgen.

Zumtobel erinnerte sich: Buochs, das war ein alter Militärflugplatz, direkt zwischen Wiesen und Wohnhäusern, in letzter Zeit wohl nur von den Pilatus Flugzeugwerken genutzt. In der Bergflanke, an die sich die Werksanlagen duckten, waren für den Kriegsfall die Flugzeughangars in Bunkern in den Berg hineingebaut, so hatte er es jedenfalls in Erinnerung.

Die ersten unverletzten Überlebenden bisher außerhalb von Bunker und Tunnel. Morgen Abend könnten sie hier sein. Wichtiger war für Zumtobel aber die andere Truppe, die Richtung Zürich, hoffentlich über Bubikon, marschierte. Würde der Seedamm begehbar sein? Davon hing viel ab: Ob sie übermorgen in Bubikon sein könnten.

Ein wichtiger Auftrag für die Erkundungstruppe West war ihm noch eingefallen: »Wenn Sie hinter Luzern sind, schauen Sie in der Militäranlage Emmenbrücke nach dem Rechten. Dort ist die Transporteinheit, die im Ernstfall für die Verteilung der Waren aus der Verena zuständig ist. Die haben auch Fahrzeuge, die in Bunkern geschützt sind.« Er klammerte sich an die Hoffnung, dass die in Emmenbrücke vielleicht darauf warteten, Kontakt mit der Verena zu bekommen.

Es war eine unruhige Nacht, er konnte nicht schlafen und wälzte sich auf seinem schmalen Kommandantenbett hin und her. Er hatte die Augen geschlossen, ein weißer gezackter Blitz tauchte auf. Er öffnete die Augen, der Blitz blieb. Er richtete sich auf, schaltete das Licht an, versuchte zu lesen. Er fühlte Hitze in sich aufsteigen, würde er jetzt blind, oder war das eine Herzattacke? Schweiß brach ihm aus.

Die weiß zuckende Zickzacklinie vor den Augen verzog sich nach außen, er konnte in der Mitte des Sehfeldes normal sehen, worüber er sich durch einen Blick auf die Armbanduhr vergewisserte. Halb drei Uhr früh. An Schlaf war nicht mehr zu denken. Die zuckende Blitzlinie wanderte in seinem Blickfeld immer weiter nach außen, war fast schon verschwunden. Gott sei Dank, er war erleichtert, gleichzeitig tief beunruhigt, eine solche Sehstörung hatte er noch nicht erlebt. Stress? Oder Schlimmeres? Das Herz schlug ihm bis zum Hals. Vielleicht sollte er etwas trinken.

Er ging aus seiner Stube hinaus in den Kommandoraum. Zwei der Adjutanten hatten Dienst und blätterten in ihren Unterlagen, sahen zu ihm hin, als er die Tür öffnete.

»Irgendwelche Vorkommnisse?«, meinte er fragen zu müssen.

»Nein, Herr Hauptmann, alles ruhig. Draußen schneit es.«

»Es schneit? Im Mai?« Er musste nachdenken, welches Datum war überhaupt? »Jetzt, fast schon Juni, schneit es? Schattdorf ist doch nur fünfhundert Meter hoch.«

Dunkelheit, Kälte, Schnee Ende Mai in tiefen Regionen, das war das Worst-Case-Szenario. Er ging wieder in seinen Kommandantenraum, setzte sich an den Tisch, nahm die »Einkaufsliste« zur Hand, kramte seine Lesebrille heraus, las die Liste im matten Schein der Leselampe. Lesebrillen, ja, die sollte man vielleicht auch »einkaufen«. Wenn es kalt wurde, würde man warme Kleidung gut gebrauchen können, und Ski und Schneeschuhe gehörten auch auf die Liste. Er fügte bei »Sportgeschäft« hinzu: »Kleidung, Ski«. Und er ergänzte »Brillengeschäft« und notierte »Lesebrillen«.

Konnte man einfach aus Geschäften etwas requirieren? So etwas war nirgends vorgesehen, aber andererseits, wenn es notwendig war … Ein übergesetzlicher Notstand.

Er würde morgen mit Frau Moseri noch einmal darüber reden müssen. Wie sollte das funktionieren: Eine Truppe von seinen Leuten fiel über Ladengeschäfte her, entnahm Waren und brachte sie in Depot. Das sollte wenigstens irgendwie dokumentiert werden. Seine Leute brauchten eine Legitimation, einen schriftlichen Befehl. Und es sollte auch in den Geschäften notdürftig festgehalten sein, dass die Schweizer Armee aufgrund eines Notstands Waren entnommen hatte.

Er nahm ein leeres Blatt Papier und entwarf einen schriftlichen Befehl, den die Soldaten mitführen sollten, wenn sie auf »Einkaufstour« gingen. Und er nahm ein zweites Blatt, entwarf ein Etikett, das außen an den betreffenden Geschäften angebracht werden könnte:

> Gegenstände und Waren von diesem Ort wurden
> aufgrund eines übergesetzlichen Notstands für die
> Schweizer Armee requiriert.
> Allfällige Ersatzansprüche sind zu richten an:
> Armeelogistikcenter
> Lenzburgerstraße 86
> CH 5504 Othmarsingen

Damit müssten sie auf der sicheren Seite sein. Er ging wieder hinaus in den Kommandoraum. »Wir haben doch Blanko-Aufkleber, um Bestände markieren zu können, oder?«

»Ja, Herr Hauptmann.« Der Adjutant stand auf, trat zu dem Wandschrank hinter seinem Bürostuhl und entnahm dem unteren Regalfach einen Karton mit Folien im Format DIN A4, auf denen sich jeweils zwei Aufkleber im halben Format befanden. »Passen in unseren Drucker, damit lassen sich je Blatt zwei Ersatzetiketten für die Lagerbestände herstellen.«

Zumtobel sah sich die Etiketten an, sie waren ohne Aufdruck, nur am Rand waren fortlaufend Schweizerkreuz-Wappen abgebildet. »Genau. Ich brauche etwa fünfzig Stück, mit diesem Text hier, können Sie die bis morgen früh herstellen?«

Zumtobel gab den Adjutanten den Zettel mit dem Text. »Selbstverständlich, Herr Hauptmann. Mache ich gleich.«

Zumtobel ging zurück in seinen Raum. Er legte sich wieder hin, jetzt würde er vielleicht wieder schlafen können. Im Einschlafen hörte er den Drucker draußen vor der Tür ratschen und rattern.

Das Beschaffen der benötigten Waren und deren Einlagern im Depot durch Dienstpersonen wäre damit rechtlich abgesichert. Er war zufrieden mit seiner Idee.

Im Traum war er in der Bank, in seinem Büro, sein Urlaubsantrag war abgelehnt worden, dabei musste er dringend nach Hause. Im Nebenraum klingelte ein Telefon. Jemand fasste ihn am Arm. Zumtobel wurde wach.

»Herr Hauptmann, es ist halb acht. Ich dachte, sie wollten vielleicht aufstehen.«

Zumtobel richtete sich auf, schüttelte die Gedanken an das Büro ab. Abgelehnter Urlaubsantrag, so ein Blödsinn. Schön wär's, wenn das sein Problem wäre.

Das Telefon hatte tatsächlich geklingelt im Kommandoraum, jetzt wurde gesprochen. »Ja, wir lassen euch gleich rein.«

»Herr Hauptmann, drei unverletzte Überlebende aus Buochs mit einem unserer Leute sind soeben eingetroffen. Wollen Sie mit ihnen sprechen?«

»Ja, aber holen Sie mir vorher einen Kaffee, und ich muss mal kurz in den Waschraum. Holen Sie auch Kaffee für unsere neuen Gäste.«

Wie lange reichten die Kaffeevorräte noch? Bohnenkaffee musste bald zur Neige gehen, Instantkaffee war dann angesagt. Kaffee sollte auch auf der Einkaufsliste stehen, mal sehen, wie viel es davon zu requirieren gab.

Zehn Minuten später stand er im Kommandoraum zwei Männern und einer Frau gegenüber, ziemlich mitgenommen, aber offenkundig unverletzt. Einer der Männer noch ziemlich jung, wenig Bartwuchs. Der andere war vielleicht vierzig, klein, drahtig und mit wachen Augen. Beide trugen zwei Pullover übereinander, der junge eine Regenjacke in der Hand. Der Frau hingen nass-klebrige schwarze Haare in ihr schmales Gesicht, im Alter war sie zwischen den beiden Männern, ihre Augen gingen von einer Ecke des Raumes in die andere. Dahinter stand einer von seinen Männern, abgekämpft, der hatte wohl die drei von Buochs hierhergebracht. Zumtobel nickte ihm anerkennend zu und dankte ihm, dann wandte er sich an die drei.

»Willkommen bei uns. Wie haben unsere Leute Sie gefunden? Was wissen Sie über das Geschehen am 19. Mai, wie haben Sie überlebt? Bitte, nehmen Sie sich Kaffee.«

Die drei saßen wenig später auf Bürostühlen im Kommandoraum und wärmten sich die Hände an den Tassen, aus denen sie von Zeit zu Zeit Kaffee schlürften. Die Antworten kamen stockend und unzusammenhängend. Sie waren im Flugzeugwerk beschäftigt, hatten in einem der Bunker-Hangars an einem Flugzeug gearbeitet, das repariert werden sollte, als der Strom und damit die Beleuchtung ausfiel. Kurz darauf gab es eine Art Donner, den sie in dem im Berg gelegenen Flugzeugbunker nur gedämpft gehört hatten.

Da sie für die Reparatur der elektrischen Systeme in den Eingeweiden des Flugzeugs ohnehin Batterie-Lampen nutzten, waren sie vom Stromausfall wenig betroffen, sie hätten sogar zunächst weitergearbeitet.

Später hätten sie versucht, den Grund des Stromausfalls herauszufinden, und dann über den Ausgang hinauszukommen, das sei nicht möglich gewesen. Sie hätten den Notausgang genommen, aber festgestellt, dass draußen ein Gewitter mit Staubsturm tobte, sie hätten die Notausgangstür wieder geschlossen und abgewartet. Erst einen Tag später wäre der Staubsturm vorbei gewesen, und sie wären nach draußen gegangen, wo alles dunkel war, und hätten dort abwechselnd auf Hilfe gewartet. Sie seien so froh gewesen, als sie endlich Helfer mit Lampen näher kommen sahen.

»Wie gesagt, willkommen bei uns. Wir sind eine Armee-Einheit, die ein Depot mit Nachschub betreibt. Außer unserer Einheit sind auch viele Zivilisten hier, die Insassen eines Zuges, die die Katastrophe im Tunnel überlebt haben. Sie unterstehen unserem Kommando, den Anweisungen von Militärpersonen ist Folge zu leisten. Sie werden hier wie die anderen Zivilisten behandelt, oder sind Sie …«, Zumtobel wandte sich an die Männer, »… sind Sie Reservisten?«

Der Ältere der beiden bejahte, er sei aber inzwischen ausgemustert. »Na, dann kennen Sie den Betrieb ja. Bitte weisen Sie Ihre Kollegin und Ihren Kollegen ein, Ihr Begleiter, der Sie hierhergebracht hat, wird Ihnen das Wichtigste zeigen.«

Zumtobel sah auf die Uhr. Bald würde Frau Moseri kommen. Er machte deutlich, dass das Gespräch beendet war, die drei gingen mit dem Soldaten hinaus.

Zumtobel bat den Adjutanten, ihm die bedruckten Etiketten zu geben, und ging wieder in seinen Raum. Er zog die Decke über das Bett, damit es nicht so ungemacht aussah. Er setzte sich an den Tisch und nahm die »Einkaufsliste« zur Hand und legte die Aufkleber bereit.

Pünktlich betrat Frau Moseri den Raum. Sie war mustergültig angezogen, fast wie bei einer Stabsübung, die Haare akkurat zusammengebunden. »Also, Korporal Moseri, wir machen das wie von Ihnen vorgeschlagen. Aber …«, Zumtobel griff zu den Papieren, »… ich habe zum Ersten die Einkaufsliste noch erweitert. Draußen hat es geschneit, jetzt, fast schon im Sommer, das ist für Schattdorf nicht normal. Es könnte der Beginn der angedrohten Abkühlung sein, vielleicht aber auch nur eine Wetterkapriole. Daher habe ich auch Bekleidung mit aufgenommen.«

Frau Moseri nickte.

»Zum Zweiten: Damit das rechtlich alles in Ordnung ist, bekommt jeder vom Einkaufskommando einen ausdrücklichen schriftlichen und persönlichen Befehl, der ihn ermächtigt, entsprechend der Liste Waren zu requirieren und dem Depot zuzuführen. Dieser Befehl beinhaltet auch eine Warnung, keinesfalls andere Waren oder Waren für den persönlichen Bedarf an sich zu nehmen. Sie sind persönlich dafür verantwortlich, dass jeder weiß: Wer etwas für sich persönlich nimmt, begeht ein Eigentumsdelikt und macht sich der Plünderei schuldig.«

Frau Moseri schaute überrascht, nickte aber.

»Zum Dritten: An allen Örtlichkeiten, bei denen Sie Waren entnehmen, bringen Sie diesen Aufkleber an, am besten in zwei oder drei Exemplaren.«

Zumtobel gab ihr den Stapel mit je zwei Aufklebern auf den DIN-A4-Bögen, die der Adjutant nachts angefertigt hatte.

Frau Moseri hob die Augenbrauen und nickte auch dazu. »Jawohl Herr Hauptmann. Seien Sie sicher, dass wir das genau nehmen.«

Zumtobel stand auf. Frau Moseri verstand sofort, erhob sich ebenfalls und verließ den Raum mit den Worten: »Unsere Arbeitsgruppe beginnt gleich. Wir werden den Außeneinsatz der ausgewählten Mannschaft wie von Ihnen befohlen vorbereiten.«

Zumtobel ging hinter Frau Moseri nach draußen. Dort stand schon die ältere Dame, die das Wäschewaschen organisieren wollte, an den Namen konnte er sich nicht erinnern.

Er streckte ihr die Hand hin und meinte: »Guten Morgen, Frau …«

»Gerber.«

»Danke, Frau Gerber, ich habe einen unserer jungen aufstrebenden Korporale gebeten, ihnen zu helfen.« Zumtobel winkte den an einem der Schreibtische sitzenden Korporal Samuel Helmer heran, machte die beiden bekannt und forderte sie auf, das Thema anzugehen. »Stellen Sie notfalls eine Hilfstruppe aus den Zugfahrgästen zusammen, die das Wäschewaschen durchführt. Waschmittel werden wir hoffentlich morgen besorgt haben, das ist bereits veranlasst. Lassen Sie sich was einfallen. Und vielen Dank für Ihren Einsatz, Frau Gerber!« Damit war auch das erledigt.

Zumtobel ging wieder in seinen Raum, überlegte, wo sie sein mochten, die Männer des Erkundungstrupps Ostschweiz, ob sie heute bis zum Seedamm zwischen Pfäffikon und Rapperswil kamen?

Die Tür ging auf. »Die Leute aus dem Bus sind vor dem Depot.«

»Welcher Bus?«

»Na, die Leute aus dem Autobahntunnel, die sind jetzt angekommen, heruntermarschiert von Göschenen.«

»Ach so, ja. Wie viele sind das eigentlich?«

»Keine Ahnung. Hereinlassen, oder?«

»Na klar, Frauen, Kinder und Familien zuerst, wir müssen das nach und nach hinbekommen. Welcher Raum ist denn noch frei?«

»Der Stollen 17A, ist nicht gemütlich und weit hinten, auch keine Toilette dort. Die müssten immer hierherlaufen, einen Kilometer. Toiletten und Waschräume, das wird sowieso langsam eng.«

Wenn doch Breitenbacher hier wäre, der hatte das ja alles bei der Ankunft der Leute aus dem Zug organisiert.

»Für die Männer können wir draußen vor dem Bunker Toiletten einrichten, dann lassen wir im Depot alle Toiletten den Damen. Draußen richten wir eine Feldlatrine ein, habt ihr doch mal geübt, oder?«

Da meldete sich der Jüngste im Raum, Rekrut Otto Cina, der an einem Computer mit den Bestandslisten des Depots saß. »Da habe ich etwas gesehen, Moment, gleich habe ich es«, meinte er, hämmerte auf die Tastatur, schob die Maus hektisch hin und her. »Ja, jetzt habe ich die Position. Zehn Feldtoiletten schwedische Bauart sind im Bestand. Neu. Inventarliste 32765-1000-84037, gleich kommt, wo die Dinger versteckt sind, Moment, hier haben wir es: Raum 17B, Regal 23, ganz oben.«

Zumtobel war überrascht, wie gut die Jüngsten unter seinen Leuten mit dem Inventar-Programm umgehen konnten. Feldtoiletten, schwedische Bauart, was man sich wohl darunter vorzustellen hatte? Er kannte nur die Latrinen mit Balken und Grube, aus den Übungen. Gott sei Dank hatte er als Logistiker mit solch anrüchigen Dingen kaum zu tun gehabt, die geschützten Depots wie Depot Verena waren fast mit normalem Bürostandard ausgerüstet, mit Waschräumen und Toiletten.

»Steht da auch das Gewicht, und die Maße?«

»Edelstahl Qualität A, 440 mm hoch, 315 mm Durchmesser, 2,6 kg schwer. Da steht noch: auch bei starker Verschmutzung reinigungsfreundlich, Farbneutral: zeitlos schön, grenzenlos kombinierbar.«

Gelächter im Kommandoraum, zum ersten Mal seit Tagen eine kleine Befreiung. Eine zeitlos schöne Feldtoilette, worauf Militärlieferanten alles kommen!

»Ist da ein Bild dabei?«

»Ja, so sehen die aus.«

Es war eine Art Stahleimer mit Sockel und Plastik-Klobrille, einem Blechdeckel und einem Griff zum Tragen. »Holen Sie die Dinger, und bringen Sie sie nach draußen, vor das Depot. Wird nicht jeder begeistert sein, aber Feldklo ist besser als kein Klo.«

»Wie viele Feldbetten haben wir eigentlich noch?«

Neben den Toiletten war ja mehr zu bedenken. Schlafen, Essensmöglichkeiten, Strom, Abwasser, sie kamen langsam an ihre Grenzen.

»Wenn da jetzt alles nachgetragen ist, was wir aus dem Lager herausgenommen haben, dann sind 125 übrig.«

Das sollte genügen, ein Bus, einige Autos, das würden vielleicht fünfzig Menschen sein.

Zumtobel ging hinaus, den neuen »Gästen« aus dem Bus und den Autos im Gotthard-Straßentunnel entgegen.

Im Stollen kam ihm ein Elendszug entgegen. Menschen im Zustand totaler Erschöpfung, durchweichtes und verdrecktes Schuhwerk, meist Schlappen, die zum Flanieren in Mailand, aber nicht für Gewaltmärsche in Schnee und Dreck gemacht waren, alle möglichen

Kleidungsstücke übereinander, Frauen, die apathische kleine Kinder unter Mänteln und Decken trugen. Männer, die erkennbar selbst am Ende der Kräfte waren und kaum mehr laufen konnten, aber ältere Frauen und Männer stützten und vorwärtsschoben. Viele husteten, es waren keine Gespräche zu hören, nur ab und an dieses Husten.

Nein, diese Elendsgestalten konnten sie unmöglich in einen der hintersten Räume abschieben, mit Hunderten Metern zum Waschraum. Jetzt mussten alle zusammenrücken.

Zumtobel drehte um, hastete zurück zum Kommandoraum.

30 Zarah – Der Koffer des Holländers

Shanti kam zurück in unseren Schlafraum. Ich war wahnsinnig gespannt, was sie aus ihrer »Arbeitsgruppe« zu erzählen hatte. Zuerst wollte sie nicht heraus mit der Sprache, denn die anderen Mädchen wollten auch wissen, was Sache war, und standen um uns herum. Als sie irgendwann aufgegeben hatten, lagen wir nebeneinander auf einem Bett im Oberstock, und sie flüsterte mir zu, was sie erlebt hatte. Das Gebläse der Lüftung war laut genug, sodass die anderen nichts mitbekamen.

Die »Arbeitsgruppe«, berichtete sie, überlegte, was man tun könnte, falls es wirklich ganz, ganz schlimm war, es in Europa niemanden mehr gab, der uns helfen konnte, und wir womöglich auf Jahre mitten im Berg bleiben müssten, bis die Sonne wieder schien und wir draußen irgendwie überleben konnten.

Die Idee war, dass die Soldaten draußen in den Ruinen alles Brauchbare abschleppten. Gleichzeitig musste das Leben im und vor dem Bunker organisiert werden, Waschmöglichkeiten und Toiletten verbessert, alles, was man braucht, um Jahre zu überleben, herangeschafft werden. Essen in Dosen sei zwar genug da, aber auf Dauer ungesund, da überlege man sich noch etwas.

Noch wichtiger aber sei wohl das, was eine Biologin, die in der »Arbeitsgruppe« sei, machen soll: das Leben im Freien, für später, vorzubereiten. Lebensmittel anbauen, wenn die Sonne wieder scheint, das geht nur mit Samen von Pflanzen, mit Werkzeug und allem anderen, was man dazu braucht. Es sollen Listen geschrieben werden, was wir uns alles besorgen müssen, damit wir eines Tages irgendwie wieder anfangen können.

Ich fragte: »Aber das ist doch nicht sicher, dass wirklich alles kaputt ist, auch in Deutschland, oder?«

Shanti sagte erst nichts, dann sprach sie noch leiser, ich verstand sie kaum: »Es ist alles wie in dem Artikel. Das ist nicht nur in der Schweiz so. Das ist überall.«

Shanti war still, sie drehte sich weg. Ich legte den Arm um sie. Alles kam mir total unwirklich vor, die Beschäftigung mit irgendwelchen Details hier, und wir wussten gar nicht, was in Berlin los war.

Shanti drehte sich wieder zu mir, sie wollte mehr loswerden. »Erst in einigen Jahren wird es so weit sein, dass es wieder hell wird und etwas wächst. Die Zeit bis dahin wird erst recht schwierig. Zu essen gibt es wohl in den Vorräten genug, aber nur dann, wenn wir nicht zu viele werden. Und wenn man jahrelang nur von Dosen lebt, wird man krank. Wir bräuchten dringend frische Sachen, Salat und so.«

»Darüber unterhaltet ihr euch da? Und was machen die, die nicht im Bunker sind? Denen fehlt nicht nur Salat.«

»Wer die Katastrophe überlebt, aber nichts zu essen hat für die nächsten paar Jahre, hat keine Chance.«

»Auch in Berlin?«

Shanti sagte erst nichts, dann meinte sie: »Es wird schwer genug, hier gesund zu bleiben. Wir brauchen frische Lebensmittel. Vielleicht könnten wir Pilze züchten, aber trotzdem fehlen Salat und Gemüse.«

»Sag mal, hältst du es wirklich für das größte Problem, ob wir hier Salat haben? Ich finde es wichtiger, dass wir wissen, was in Berlin los ist.«

Shanti vergrub ihr Gesicht im Kissen, stieß undeutlich hervor: »Meinst du, ich mach mir nicht wahnsinnig Sorgen darüber, was in Berlin los ist?«

Dann war sie still. Wir weinten beide leise. Irgendwann waren wir wohl eingeschlafen.

Am nächsten Morgen lagen wir immer noch in einem Bett, jede in Gedanken an Berlin. Mit einem Mal wurden wir aufgeschreckt: »Alle mithelfen, Einquartierung!« Frau Abramovicz stand neben der Tür zu unserem Raum. Zwei Soldaten trugen etliche Feldbetten herein, die in die Gänge zwischen den Reihen von Doppelstockbetten gestellt wurden. Jetzt konnte man kaum mehr irgendwo stehen. Dann kamen diejenigen, für die die Betten aufgestellt worden waren: Fünf Menschen, in alle möglichen Kleidungsstücke gehüllt, total verdreckt, die Haare hingen den Frauen verfilzt herunter, die Gesichter waren eingefallen und grau. Was am meisten auffiel: Sie husteten ständig.

»Zeigt unseren neuen Gästen alles, was sie wissen müssen. Im Aufenthaltsraum wird etwas zu essen gemacht.« Frau Abramovicz ließ uns mit den neu Angekommenen allein.

»Wo kommt ihr her?«

Eine jüngere Frau, die ein Kind, vielleicht vier, an der Hand hielt, antwortete: »Aus dem Tunnel.«

»Wart ihr auch im Zug?«

»Nein, im Autobahntunnel. Wir sind hierhergelaufen, waren ewig unterwegs.« Sie ließ sich auf eines der Feldbetten fallen und nahm das Kind, ein Mädchen mit strähnigen, verfilzten Haaren, auf den Schoß. »Unser Auto fuhr zwar noch, aber wir sind nicht weit gekommen. Zum Glück waren wir im Tunnel, als es passiert ist. Die Leute in den Autos, die nicht im Tunnel waren, sind alle tot, oder so gut wie tot. So viele Menschen ...«

Die Frau schluchzte, wir waren still. Wir wussten nicht recht, was wir jetzt tun sollten. »Haben Sie nicht Hunger?«, erkundigte sich Najla freundlich.

Die Frau strich ihrer Tochter über den Kopf und meinte: »Sollen wir was essen?«

Die Tochter schaute aus großen Augen in die Runde und nickte nur.

Najla schaute auch die anderen drei an, eine ältere Dame und zwei sehr junge Frauen. Eine schien sie nicht zu verstehen. Najla versuchte es auf Englisch, dann auf Arabisch, da leuchteten ihre Augen, sie antwortete etwas, sie schien auch Hunger zu haben. Die Neuankömmlinge ließen ihre Bündel, die sie dabeihatten, auf den Feldbetten liegen und folgten Najla.

Wir anderen Mädchen blieben im Raum, keine sagte etwas, bis Leyla meinte: »Oje, da ging es uns ja richtig gut, wir wurden hierhergefahren.«

»Sonst fällt dir dazu nichts ein?«, fuhr ich sie an. »Du weißt schon, dass es in Berlin wahrscheinlich nicht besser aussieht! Und wir hier vielleicht jahrelang im Dunkeln herumsitzen müssen, bevor wir wieder die Sonne sehen werden.«

Ich konnte plötzlich die Anwesenheit der anderen nicht mehr ertragen, stürmte hinaus. Draußen standen mehr von den abgerissenen und verdreckten Leuten. Ich lief in Richtung Aufenthalts- und Essbereich, wo ich Najla mit den Neuankömmlingen vermutete.

Dort war alles voll, die einen wollten Frühstück, die anderen zum ersten Mal seit Tagen etwas zu essen. Viele von denjenigen, die sich schon länger hier aufhielten, waren empört, weil die Feldbetten noch enger zusammengerückt worden waren in dem großen Schlafraum. Der Holländer sprach mich an, Pieter, der mit dem großen Gepäck. Lampen seien da drin, hatte er erzählt. »Wird voll hier, was?«, sagte er.

Er hatte Lampen in seinem Koffer, um Hanfpflanzen bei künstlichem Sonnenschein wachsen zu lassen. Mir fiel es wie Schuppen von den Augen: Der blöde Koffer konnte plötzlich nützlich sein. Ich muss ihn ziemlich entgeistert angesehen haben, denn er sagte: »Hallo? Was starrst du mich an?«

»Sagtest du nicht, dass du in deinem Koffer Lampen hast, mit denen man Pflanzen wachsen lassen kann? Hast du den Koffer noch?«

»Psst, nicht so laut, geht niemand was an. Der Koffer ist unter meinem Bett.«

»Pass gut darauf auf, die Lampen können wir vielleicht gut gebrauchen.«

»Glaube nicht, dass das jetzt ein Geschäft ist. Habe das ganze Zeug umsonst herumgeschleppt.«

Ich sah ihn an und forderte ihn erneut auf: »Pass bloß gut auf den Koffer auf!« Dann ließ ich ihn stehen. Von der Idee musste ich unbedingt Shanti erzählen.

31 Zumtobel – Der Zusammenbruch

Die Truppe Ost war schnell vorangekommen, der Seedamm war begehbar. Sie waren wohl schon auf der anderen Seite und auf dem Weg nach Bubikon. Vor dem Seedamm hatten sie in Pfäffikon eine der Adressen aufgesucht, wo die Eltern eines der im Bunker zurückgebliebenen Soldaten lebten. Es gab keine gute Nachricht: Niemanden angetroffen, das Haus leer, auch in der Nachbarschaft keine Überlebenden, nur ein Toter, allem Anschein nach verblutet, aber offenbar nicht der Vater des Soldaten.

Dem Soldaten hatten wir schonend beigebracht, dass es keine Spur von seinen Angehörigen gab.

Zumtobel fieberte dem Abend entgegen, dann sollte es Nachricht vom Trupp Ost geben. Von Pfäffikon über den Damm nach Rapperswil und weiter nach Bubikon: unter normalen Umständen ein Marsch von vielleicht drei Stunden, bei den chaotischen Verhältnissen, mit unpassierbaren Wegstrecken, die mühsam umgangen werden mussten, möglicherweise ein ganzer Tag. Trotzdem: Sie sollten heute noch ankommen. Er hielt sich verzweifelt an der Hoffnung fest, es könnte eine gute Nachricht geben. Vielleicht war Annegret klug genug gewesen, beim ersten Anzeichen der Katastrophe in den Bunker im Keller zu gehen und die Kinder mitzunehmen? Die Kinder mussten ja schon zu Hause gewesen sein, um halb acht abends, wie oft hatte er das jetzt schon beschworen.

Zumtobel ging nach draußen. Er wollte die Errichtung der Außenanlagen mit den Toiletten inspizieren.

Er passierte das druckfeste Haupttor, das jetzt meist offen stand, und ging durch den Ladestollen mit den Kränen zum Blechtor, das immer noch schief in den Angeln hing, inzwischen aber wenigstens für die Handwagen passierbar war. Am Tor salutierte ein bewaffneter Posten. Draußen war eine lange Antenne, das war die Funkstation, über die hoffentlich bald aus Bubikon Nachricht einging.

Es war eigentlich Tag, trotzdem war es dunkel, nicht dunkel wie in einer mondlosen Nacht, eher wie in der allerersten Morgendämmerung oder dem allerletzten Abendlicht, man konnte Umrisse erkennen, aber es war kein normales Tageslicht. Immer noch nicht. Das Tablet der Schülerin fiel ihm ein.

Gegenüber dem Eingang standen die Ruinen eines Lagergebäudes, hier baute eine Gruppe von Männern, nur zwei Soldaten, sonst Zivilisten aus dem Zug, zeltartige Sichtblenden auf, dazwischen waren die Feldtoiletten für Frauen aufgestellt. Dahinter lag eine Grube, von den Soldaten gestern von Hand ausgehoben, dort sollte der Inhalt der Feldtoiletten entsorgt werden. Für Männer gab es weiter hinten eine ähnliche Anlage, mit dem Unterschied, dass dort nur drei Feldtoiletten aufgestellt waren, und eine lange Rinne, die ebenfalls in eine Grube führte.

Noch war keine der beiden Anlagen in Betrieb, daher war auch noch keine Geruchsentwicklung zu verzeichnen. Es gab auch einen Wasseranschluss, der mit einem hebelähnlichen Ventil zu bedienen war, daneben, auf einem kleinen Gestell, war schon Seife bereitgestellt.

Zumtobel wandte sich an die Soldaten: »Wo habt ihr eigentlich das Wasser her?«

»Kommt noch aus dem Depot, aber wir werden das ändern, damit wir unabhängig sind von der Wasserversorgung im Berg.«

Zumtobel nickte. Er hatte gute Leute – wie schnell die das hinbekommen hatten. Und sie hatten das bestausgestattete Lager der Schweizer Armee, das war jetzt ihr riesiger Vorteil. »Gut so, weitermachen, Leute!«

Er ging weiter, aus dem Militärgelände hinaus auf die Straße, oder das, was mal eine Straße gewesen war, und auf die gegenüberliegende Gebäuderuine zu. Von dort kamen ihm mehrere Soldaten entgegen, die Einkaufswagen schoben und über die herumliegenden Äste und Hindernisse zerrten.

In den Einkaufswagen stapelten sich die Dinge, die sie als dringend benötigt klassifiziert hatten. Berge von Toilettenpapier, Lebensmitteln und anderes. Er grüßte die Männer und ging weiter. Das Einkaufsgebäude war nur auf einer Seite stark mitgenommen, auf der anderen Seite konnte man durch zersplitterte Scheiben ganz einfach hinein. Im Schein von Handlampen waren dort seine Männer zugange und stapelten die Waren, die von den anderen nach und nach ins Depot transportiert werden sollten.

Von der anderen Seite kamen jetzt zwei, die Werkzeug aus dem Baumarkt anschleppten, Schaufeln, Hacken, Packungen mit Kleinteilen, Äxte und Sägen, alles auf zwei Schubkarren, die sie offenbar auch unversehrt vorgefunden hatten.

Zumtobel fand aufmunternde Worte für die Männer. Dann nahm er aus dem Stapel der zum Transport vorbereiteten Waren eine Dreißigerpackung Papiertaschentücher an sich. Sein letztes Taschentuch hatte er heute früh benutzt, aber noch nicht weggeworfen, um es notfalls erneut verwenden zu können. Dann fiel ihm ein: Entnahmen für eigene Zwecke waren verboten und als Plünderung zu bestrafen. Hatte er selbst befohlen. Er legte die Taschentücher wieder hin und zog die Nase hoch.

Zumtobel ging zurück zum Bunkereingang. Er sah auf die Uhr, noch zwei Stunden, bis Trupp Ost sich melden sollte. Hier gab es nichts mehr zu tun.

In dem Ladebereich zwischen dem Blechtor und dem druckfesten Bunkertor stapelten sich die Waren. Alessandro, der Koch, stand auch dabei, sortierte aus, was in die Küchen-Lagerräume kommen sollte, und salutierte, als er ihn kommen sah. »Herr Hauptmann, jetzt kommt wieder mehr Abwechslung in den Speiseplan. Die haben ja doch einiges sicherstellen können.«

»Ist das genießbar?«

»Ich mache schon was draus. Frische Ware fehlt natürlich. Aber so schnell werden wir kein frisches Gemüse mehr bekommen, wie es aussieht.«

»Haben Sie auch Kaffee bekommen?«

»Ja, Kaffee wurde auch gefunden, wir haben genug für drei, vier Wochen. Alles gut verpackt.« Alessandro kramte herum und zog dann eine Kilo-Packung Kaffee heraus, »Crema Bohnen« stand drauf.

»Na, da kann ich mir ja noch einen Kaffee genehmigen.« Zumtobel ging weiter in das Depot hinein, ein heißer Kaffee wäre jetzt tatsächlich eine gute Sache, er fror. Draußen war es kalt, zwar kein Schneefall mehr wie vorgestern, aber viel zu kalt für Anfang Juni. Die Klima-Vorhersage mit den sinkenden Temperaturen aufgrund des fehlenden Sonnenlichts schien bereits einzutreten; hoffentlich würde sich der dunkelgraue Vorhang, der sich auf alles gelegt hatte, bald wieder verziehen.

Anderthalb Stunden später trat er in den Kommandoraum, um auf die Funkmeldung des Trupps Ost zu warten. Er erhielt die normalen Meldungen der Diensthabenden, er nahm sie aber gar nicht zur Kenntnis. Er spürte sein Herz schlagen, in seinem rechten Ohr begann es plötzlich zu pfeifen, er setzte sich, atmete tief durch. Langsam verging das Pfeifen wieder.

Der Wachhabende beendete soeben eine Frage: »… was sollen wir also tun?«

Zumtobel sah ihn an, meinte dann, ohne mitbekommen zu haben, was der Wachhabende von ihm wollte: »Was ist Ihr Vorschlag?«

Der Wachhabende ahnte, dass Zumtobel gar nicht zugehört hatte, und wiederholte das Problem. »Herr Hauptmann, wir haben festgestellt, dass die dringend benötigten Waren, die wir draußen beschafft haben, sofort von den Leuten gehortet werden und wir gar nicht so viel heranschaffen können, wie sofort wieder versteckt wird. Wir müssen uns etwas überlegen, wie wir die Zuteilung von Nachschub besser organisieren.«

»Was horten denn die Leute?«

»Alles, egal ob sie es unmittelbar brauchen oder nicht. Das bedeutet aber, dass die, die zum Arbeitseinsatz eingeteilt sind, nichts abbekommen, weil sie sich nicht an der Ausgabe anstellen können.«

»Und was könnte man anders machen?«

»Wir haben noch keine Lösung. Vielleicht Bezugsscheine ausgeben, vor allem auch für diejenigen, die zur Arbeit eingeteilt sind.«

Zumtobel hörte sich sagen: »Dann schließt vorerst die Ausgabe, nur besonders dringend benötigte Waren etwa für Kinder werden ausgegeben. Wir müssen uns etwas überlegen.«

Noch fünf Minuten.

Zumtobel sah den Wachhabenden an und deutete auf das Funkgerät. Das Einschalten ging schnell wie immer, dann das Warten. Genau zur vereinbarten Zeit sprach der Wachhabende hinein: »Hier Verena Basis. Hört ihr uns? Kommen.«

Nichts.

Nach der Wiederholung die Antwort. »Hier Verena Drei für Verena Basis. Hören euch gut. Kommen.«

»Verena Drei, bitte um Lagemeldung. Kommen.«

»Verena Basis, hört der Kommandant zu? Kommen.«

Zumtobel griff nach dem Mikrofon. »Ja. Hier der Kommandant. Kommen.«

»Kann ich Sie vertraulich sprechen?«

Zumtobel sah den Funker fragend an, der wies auf Kopfhörer, reichte sie ihm und schaltete den Lautsprecher aus. »Verena Drei, hier Kommandant. Was gibt es? Sprechen Sie. Kommen.«

»Verena Basis, wir haben in Bubikon die genannte Adresse aufgesucht. Herr Hauptmann, ich muss Ihnen die traurige Mitteilung machen, dass Ihre Frau verstorben ist, wir haben sie gefunden und begraben. Es tut mir sehr leid. Von Ihren Kindern haben wir keine Spur. Es tut mir sehr leid, Ihnen keine andere Nachricht überbringen zu können. Kommen.«

Zumtobel öffnete den Mund, brachte zunächst nichts heraus. Dann krächzte er ins Mikrofon: »Keine Spur gefunden, waren Sie auch im Schulhaus?«

Zumtobel vergaß das »Kommen«, der Trupp antwortete trotzdem. »Wir waren dort, leider keine Überlebenden und keine Erkenntnisse, wohin etwaige Überlebende gegangen sein könnten. Kommen.«

Zumtobel nickte, gab Ohrhörer und Mikrofon zurück an den Wachhabenden, er erinnerte sich später nicht mehr an den Rest des wieder auf laut gestellten Funkgesprächs, obwohl er weiter interessiert zugehört hatte.

Nach dem Ende des Gesprächs stand er auf, ging in Richtung seines Kommandantenraums. An der Ecke des Schreibtischs versagten ihm die Beine den Dienst, er sackte in sich zusammen, stieß polternd gegen das Blechregal mit den Inventarlisten und riss einen Stapel Unterlagen mit zu Boden. Er sah das Regal und einen Drehstuhl aus der ungewohnten Perspektive von unten, sah die Neonröhre an der Decke, wunderte sich, dass er am Boden lag, und versuchte zu verstehen, was seine Männer, die sich über ihn beugten, von ihm wollten, was sie durcheinanderriefen und warum sie hektisch den Reißverschluss seiner Jacke öffneten.

32 Steppach – Gärtner im Bunker

Die »Arbeitsgruppe« war eine gute Ablenkung. Wenn ich nur herumgesessen und darüber nachgedacht hätte, wie weit Hans Duber bereits gekommen war, bevor er endlich in Lörrach nachschauen konnte, ich wäre verrückt geworden. So beschäftigte uns Frau Moseri in dieser Arbeitsgruppe mit Fragen, auf die ich nie gekommen wäre.

Es ging eigentlich im Kern um Folgendes: Wie funktioniert Steinzeit, bei der man vorher noch ein bisschen was einkaufen und mitnehmen kann? Wir wurden verdonnert, nichts weiterzuerzählen, aber es gab inzwischen Hinweise darauf, dass wir uns auf Jahre ohne Sonnenlicht vorbereiten und danach irgendwie überleben mussten. »Zurück in die Steinzeit«, das hatte ich spontan gesagt, als uns das Frau Moseri erklärt hat. Sie hatte nicht widersprochen. Dabei hoffte ich inständig, dass es gar nicht so schlimm sei, dass wir uns nur wie in einer Art Übung für alle Fälle vorsorglich für einen gar nicht eintretenden Fall vorbereiteten. Andererseits klang das alles einleuchtend.

Oft war ich nicht bei der Sache, die anderen wohl auch nicht immer. Es war ziemlich irreal: Wir überlegten, wie so ein Fall aussehen würde, und hofften dabei, dass es ihn gar nicht gab. Ich hoffte, dass wenigstens ausgerechnet rund um Lörrach alles war wie bisher.

Frau Moseri brachte uns immer wieder auf den Punkt zurück: Was musste man tun, wenn es wirklich Jahre dauern sollte, bis wieder normales Wetter und Helligkeit draußen herrschten. Sie hatte, so erzählten mir die anderen, über alles auch den Kommandanten informiert und ihn beschworen, alles möglich zu machen, damit wir uns vorbereiten konnten. Der aber hatte gemeint, man solle noch warten, es war nur nicht klar, auf was. Wir sollten lediglich theoretische Vorbereitungen treffen. Frau Moseri konnte ihn dann wohl überzeugen, wenigstens den »Einkauf« draußen in Schattdorf zu genehmigen.

Heute hatten wir »dienstfrei«, wobei uns ja nur Frau Moseri zum Dienst eingeteilt hatte. Der Bunker war jetzt tagsüber hauptsächlich von Frauen mit Kindern und älteren Leuten bevölkert, die Männer waren draußen zu Arbeiten eingeteilt. Ich konnte mich nicht ablenken, Hans Duber war mit der Truppe unterwegs, Ruedi und der andere Wartungstechniker von der SBB und Paolo, der italienische Lokführer, waren bei einem Bautrupp, der draußen irgendwelche Toiletten aufbauen sollte, um das Toiletten-Problem zu lösen. Viele der Frauen und der Schulmädchen von Frau Abramovicz waren inzwischen zu allen möglichen Arbeiten eingeteilt, hatten Küchen- oder Wäschedienst oder waren beim Bautrupp draußen.

Als Mitglied der »Arbeitsgruppe« von Frau Moseri war ich von solcher Dienstleistung befreit; die Arbeit draußen hätte ich mit meinem Bein sowieso nicht leisten können.

Ich saß im Aufenthaltsraum herum, der gleichzeitig so eine Art Kindergarten war, die Kinder mussten sich tagsüber schließlich irgendwo aufhalten. Ich war mit den Gedanken allein, und die wanderten immer wieder nach Lörrach.

Doch dann kam Frau Moseri auf mich zu. »Helfen Sie mit? Ich will einige Pflanzkübel für Tomaten und Kräuter aufstellen, mit künstlichem Licht sollen die wachsen.«

»Was? Pflanzkübel? Ist doch überall zu dunkel?«

»Sie werden staunen, es gab jemand im Zug, der hat die Ausrüstung dabei, um mit Lampen und künstlichem Licht Pflanzen wachsen zu lassen. Das nutzen wir jetzt mal probeweise, der versucht gerade, etwas aufzubauen. Da brauchen wir aber noch die Töpfe dafür.«

»Und wo nehmen wir Pflanzen her?«

»Vor dem Bunker draußen ist ein Baumarkt, ein Stück weiter auch ein Gartencenter, da werden unsere Leute schon was finden. Pflanztöpfe habe ich auch schon organisiert, der Koch hat im Müll jede Menge große Konservendosen. Jetzt müssen wir nur Erde holen und dann die Töpfe mit Licht bestrahlen, bis hoffentlich etwas wächst. Sie könnten mir die Erde holen, einige Dosen stehen schon vor der Küche.«

Ich stand gerade auf, als Frau Abramovicz hereingestürmt kam. »Frau Moseri, haben Sie schon gehört? Der Hauptmann ist zusammengebrochen, nachdem er erfahren hat, dass seine Frau tot ist.«

Frau Moseri stand sofort auf und lief aus dem Raum und Richtung Kommandoraum, Frau Abramovicz hinterher, daraufhin setzte ich mich auch in Bewegung. Die Frau des Kommandanten war also offenbar tot aufgefunden worden. Würde ich auch eine solche Nachricht erhalten? Oder noch schlimmer: Gab es gar keine Spur mehr von meiner Familie?

Mit uns zusammen kam gerade der Sanitäter zum Kommandoraum. Der Hauptmann war inzwischen in einen Nebenraum gebracht worden. Der Sanitäter rannte hinein, in der Hand einen Metallkoffer. Die Wachhabenden im Kommandoraum schauten betroffen und ratlos.

»Wer hat denn jetzt das Kommando?«, fragte Frau Abramovicz, an Frau Moseri gewandt.

»Hauptmann Breitenbacher, aber der ist nicht da. Dessen Vertreterin bin ich.«

»Dann sind Sie jetzt der Chef, oder?«

Frau Moseri nickte nachdenklich, streckte sich und meinte zu den beiden Wachhabenden: »Ich übernehme das Kommando bis auf Weiteres. Bitte um Lagemeldungen.«

Die Wachhabenden nahmen Haltung an und berichteten von dem Gespräch mit der Truppe Ost, nach dem der Kommandant zusammengebrochen sei. In wenigen Minuten sei mit dem planmäßigen Funkkontakt zur Truppe West zu rechnen, die Richtung Basel und Bern unterwegs war und inzwischen bis hinter Luzern vorgerückt sein sollte.

»Gut, stellen Sie den Kontakt her. Wer ist in der Truppe West?«

»Leutnant Rickenbach und zehn Mann.«

Monoton rief der Wachhabende immer wieder ins Mikrofon: »Hier Verena Basis, Verena Vier bitte melden. Kommen.« Nach zehn Minuten meinte er: »Hat wohl keinen Sinn. Ausweichzeit ist eine Stunde später. Vielleicht haben sie ein technisches Problem.«

Im Kommandoraum machten sich Betroffenheit und Ratlosigkeit breit. Der Kommandant ausgefallen, kein Kontakt zum Trupp West. »Was ist mit dem Trupp Ost, habt ihr Kontakt, wo sind die?«

»Ein Mann mit Gehbeschwerden noch in Bubikon. Er wartet dort, ob die Kinder des Kommandanten auftauchen, die anderen dürften bereits ein ganzes Stück nördlich, vielleicht kurz vor Zürich sein, nächster Funkkontakt erst morgen.«

Inzwischen kam der Sanitäter aus dem Schlafraum des Kommandanten. Er meinte nur: »Er ist ruhiggestellt und wird eine Zeit lang schlafen. Bis auf Weiteres nicht dienstfähig. Wer übernimmt die Vertretung?«

Frau Moseri meldete sich: »Ich habe das Kommando, bis Hauptmann Breitenbacher zurück ist.«

Der Sanitäter winkte Frau Moseri heran und zeigte mit dem Kopf Richtung Kommandanten-Schlafraum. Sie ging hinein, der Sanitäter schloss die Tür. Nach einiger Zeit kamen beide wieder heraus.

Es war Zeit für den zweiten Versuch, Funkkontakt mit der Truppe West aufzunehmen. Wieder der wiederholte Ruf nach »Verena West«, wieder keine Antwort.

»Was ist die Vereinbarung für den Ausfall des Kontakts?«, wollte Frau Moseri wissen.

»Nächster planmäßiger Funkkontakt ist morgen um die gleiche Zeit.«

»Und wenn sie sich dann wieder nicht melden?«

»Keine Anweisungen, bei Ausfall der Kommunikation muss der Truppführer entscheiden, ob er die Operation abbricht und zurückkehrt oder ohne Kommunikation weitermacht.«

Frau Moseri stellte fest: »Also, wir können und sollten nichts von uns aus tun, richtig?«

Die Wachhabenden nickten.

Danach ließ sich Frau Moseri den Status der technischen Anlagen im Depot melden. Hier war noch alles in stabilem Betrieb. »Wie stabil ist die Stromversorgung? Oder, anders gefragt, können wir 10 Kilowatt weitere Verbraucher zuschalten, ohne das Netz zum Zusammenbruch zu bringen?«

»10 kW, das müsste gehen, solange beide Turbinen laufen. Das ist ja nur der Verbrauch der Lampen von zwei Kilometer Stollen ungefähr. Wenn wir wartungsbedingt nur eine Turbine haben, müssen wir aber Last abwerfen, also von den jetzt angeschlossenen Verbrauchern einiges abschalten, und auch diese zusätzlichen Verbraucher.«

Frau Moseri wandte sich wieder an mich: »Machen Sie das mit den Pflanzkübeln. Die 10 Kilowatt sind offenbar kein so großes Problem, wie ich befürchtet hatte. Holen Sie sich einen oder zwei Helfer aus der Berliner Klasse.«

»Wohin soll ich die Kübel bringen? Wo wird das Licht aufgebaut?«

»In dem Bereich hinter dem Turbinenraum, da ist Platz und es ist etwas wärmer.« Sie befahl dem Techniker, mir zu zeigen, wo das Projekt »Lampe« laufen sollte. Danach ging ich zum Aufenthaltsraum und griff mir einen der Jungen aus der Berliner Klasse, fragte ihn, ob er schon eingeteilt sei, und ein Mädchen, das auch dort herumstand. Es gäbe einen kleinen Außeneinsatz zu erledigen. Der Junge zögerte, meldete sich dann aber ab und kam mit, er wollte wohl gern nach draußen. Das Mädchen, es stellte sich als Zarah vor, wollte genauer wissen, was es zu tun gäbe, ich erklärte es ihr. Sie wusste schon von dem Projekt mit den Lampen und den Pflanzen, woher, war mir zuerst nicht ganz klar.

Draußen vor dem Bunker, ein Stück hinter den Feldtoiletten, war eine Grube ausgehoben, dahinein sollten die Abwässer kommen. Der Erdhaufen daneben gab uns die Gelegenheit, die großen Fünf-Liter-

Konservendosen aus der Küche mit Erde zu füllen. Im Licht der Handlampe versuchte ich, die etwas dunkleren und damit hoffentlich humusreicheren Schichten zu erwischen, und füllte sie mit bloßen Händen in die Dosen. Der Junge und das Mädchen aus Berlin taten es mir nach. Dann brachten wir die Dosen mit einem Handwagen nacheinander in den Turbinenraum. Dort war ein etwas merkwürdiger Typ, ungesunde Gesichtshaut, tätowiert und mit strähnigen langen Haaren, damit beschäftigt, an einem Holzgestell große viereckige Lampen anzubringen und zu verkabeln. Das Mädchen begrüßte ihn, die beiden schienen sich zu kennen. Sie sagte: »Na, hatte ich doch gesagt, passen Sie gut auf die Lampen auf!«

Auf meine skeptischen Blicke, mit denen ich sein Gestell musterte, meinte der Typ: »Die Lampen sind für Pflanzen besser als Sonne. Ist LED, ohne UV, ohne gelbes Licht, gibt gutes Aroma bei den Pflanzen. Was bei Hanf funktioniert, wird auch bei Tomaten und so funktionieren.«

»Fehlen nur noch Pflanzen oder Samen für Pflanzen. Ich hoffe, die finden was, das man einpflanzen kann.« Ich wollte gehen, um mir die Hände zu waschen nach der Gartenarbeit, da wandte sich der Schüler an den Holländer: »Wollten Sie mit den Lampen wirklich Hanf anbauen, für Gras?«

»Geht dich nix an.«

Ich besänftigte ihn: »Hauptsache, wir haben Ihre Lampen, die helfen uns. Frische Ware wäre schon was Feines, nicht immer nur Dosenfutter.« Dann lief ich zurück zum Kommandoraum, um Frau Moseri den Vollzug der Anweisungen zu melden, vor allem um zu erfahren, ob sich der Erkundungstrupp schon gemeldet hatte. Hatte er nicht: Jetzt wurde offen davon gesprochen, dass kein Kontakt mehr bestand, eine Meldung seit über einem Tag überfällig und der Aufenthaltsort des Trupps derzeit unbekannt war. Ich dachte an Hans Duber. Wie weit war er schon gekommen auf dem Weg nach Lörrach? War ihm etwas zugestoßen? Warum meldete sich der Trupp nicht?

Mir lief es kalt den Rücken herunter: Ich stemmte mich gegen den Gedanken, aber ich war mir mit einer Gehirnhälfte plötzlich sicher, dass ich aus Lörrach gar nichts mehr hören würde, vor allem niemanden lebend wiedersehen würde; die andere Gehirnhälfte wehrte sich mit aller Kraft gegen den Gedanken. Ich hatte Angst, verrückt zu werden. Ich musste weiter funktionieren.

33 Zarah – Große Liebe

Zunächst war ich ausgerechnet bei der Wäscherei gelandet. Jeder musste ja jetzt mithelfen, die Abramovicz war auch dahinter her, dass wir alle etwas zu tun hatten. Küche war schon vergeben, für die harte Arbeit draußen kamen als Erstes die Jungs dran, für mich blieb der Job, die Klamotten der Leute zu sammeln, Stofffähnchen dranzubinden, auf die mit Filzstift eine Nummer aufgeschrieben wurde, damit die Leute nach dem Waschen wieder ihre eigenen Kleider erhielten.

Abwechselnd mussten wir nach draußen gehen, dort gab es eine Wasserstelle, die vom Bunker aus versorgt wurde und wo mit flüssigem Waschmittel, das irgendwoher besorgt worden war, mehr schlecht als recht »gewaschen« wurde, eigentlich nur in der Lauge geschwenkt, ein bisschen daran herumgerieben und dann wieder im kalten Wasser ausgewaschen. Die Wäsche roch danach total nach Waschmittel, war aber einigermaßen sauber. Besser Waschmittelgeruch, als vor sich hin stinken.

Dann bekam ich noch eine andere Aufgabe: Ich sollte dem Holländer helfen, der war zuständig für die Pflanzen, die jetzt mit seinen Lampen wachsen sollten. Irgendwer hatte draußen Saatgut aufgetrieben, jedenfalls waren kurze Zeit später viele Pflanzkübel schon unter den blauen und roten Lampen, die die Samen zum Keimen und die Pflanzen zum Wachsen bringen sollten. Der Holländer zeigte mir, wie man am besten gießen sollte, das Wasser sollte nicht zu kalt sein, immer wieder eine kleine Menge, ich half ihm dabei.

Ich war wieder zurück an der Wäschestation, als es plötzlich von einem Soldaten hieß: »Die Helden kommen!« Auf die Frage, was die denn Heldenhaftes gemacht hätten, meinte er nur: »Die haben uns alle gerettet, wir wären elend abgesoffen. Die haben einen Riesenerdrutsch weggeschaufelt, der einen ganzen Fluss aufgestaut hatte. Das Wasser lief schon in den Tunnel!«

Die Wäscheausgabe war ganz in der Nähe des Eingangs. Wenig später tauchten sie tatsächlich auf: Allen voran der Offizier, der ganz am Anfang schon im Zug zu uns gekommen war, dann eine Reihe von Soldaten mit total verdreckten Kampfanzügen, völlig fertig, dreckig, mit einem trotz allem stolzen Gesichtsausdruck. Wie Helden schienen sie sich zu fühlen, und wenn es wirklich stimmte, dass sie unseren Bunker gerettet hatten, waren sie wohl auch Helden.

Ich stand hinter ihm, als der Offizier die Truppe in einer Reihe aufstellen ließ, einen Schritt vortrat und sagte: »Männer, das war gute Arbeit. Auftrag erfüllt, unter schwierigsten Bedingungen, und gesund wieder zurück in der Verena. Das bringt euch allen eine Belobigung ein. Jetzt zum Waschen und Rasieren abtreten, in einer Stunde vor der Küche wieder einfinden, und dann gibt es was Anständiges zu essen, ein Bier und nette Gesellschaft! Abtreten!«

Jetzt sah ich ihn: Alexander war unter ihnen, unrasiert und verdreckt hatte ich ihn nicht gleich erkannt. Er war also dabei gewesen, deshalb hatte ich in den vergangenen Tagen immer vergeblich nach ihm Ausschau gehalten. Er sah mich auch an, ich hielt dem Blick stand, ich spürte, wie mir ganz heiß wurde, und er kam auf mich zu. »Ach, ihr habt einen Wäschedienst eingerichtet? Mein Zeug ist dermaßen dreckig, muss dringend in die Wäsche. Mache das gerne selbst, kann ich ja niemandem zumuten, so viel Dreck. Zeigst du mir morgen, wo man waschen kann?«

Ich nickte. »Gerne, ich helf dir«, brachte ich noch hervor, als er sich gerade wegbewegen wollte.

Er wandte sich wieder zu mir und lächelte. »Komm doch mit zu der Feier, die uns der Chef versprochen hat, wenn du hier fertig bist!« Dann drehte er sich um und ging, seine Stiefel knarrten. Er ging etwas schief, und die Ausrüstung, die er am Gürtel befestigt hatte, schepperte. Ein Held, und er hatte mich, Zarah aus der 10c, angesprochen! Nein, er hatte mich sogar eingeladen, ging mir erst richtig auf!

Eine halbe Stunde später waren zwei Bündel Wäsche übrig, ich ließ sie einfach stehen und ging zurück in unseren Schlafraum, der inzwischen mit den Leuten aus dem Autobahntunnel überbelegt war. Shanti lag auf dem Bett, ich suchte mir die saubere Wäsche und mein Waschzeug heraus und ging in den Waschraum, jetzt war es hoffentlich gerade günstig. Am Waschbecken machte ich mich frisch und zog frische Sachen an. Dann schaute ich mich um, keiner sah mir zu, ich holte meine Schminksachen heraus und legte etwas Lidschatten auf, dazu ganz wenig Rouge auf die Wangen, bloß nicht zu viel. Alexander sollte mich wahrnehmen, aber natürlich nicht merken, dass ich mich für ihn hübsch gemacht hatte. Wie auf Wolken ging ich aus dem Waschraum hinaus – und lief ausgerechnet Marina in die Arme.

»Gehst du jetzt auf den Strich, oder was?«

Ich hätte die Bitch erwürgen können und strafte sie mit einem giftigen Blick. Abstreiten war auch doof. Musste das Miststück auch gleich merken, dass ich geschminkt war? Oder hatte ich doch zu viel draufgetan?

Der Essraum war gedrängt voll, an einem langen Tisch saßen die »Helden«, zusammen mit einigen der anderen Soldaten, darunter Frau Moseri. Frau Abramovicz saß neben dem Offizier und daneben ein alter Mann mit langem Bart, den ich noch nie gesehen hatte. Viele der Leute aus dem Zug standen und saßen herum, ich drängelte mich in die Nähe von Alexander. Die Soldaten waren jetzt alle wieder rasiert, aber die Erschöpfung konnten sie nicht verbergen. Der Offizier sagte noch etwas, es war aber nur eine kurze Ansprache. Dann meldete sich Frau Abramowicz zu Wort.

»Es ist an der Zeit, Ihnen und euch allen zu danken, dafür, dass ihr uns hier aufgenommen habt, und dafür, dass ihr uns jetzt schon zum zweiten Mal gerettet habt. Danke, Hauptmann Breitenbacher, danke euch allen!«

Der ganze Raum jubelte wie verrückt.

Der Offizier stand wieder auf und dämpfte den Beifall mit einer Handbewegung. »Es gibt – wie ihr alle wisst – nicht nur gute Nachrichten. Draußen sieht es überall furchtbar aus, und von unseren Erkundungstrupps hat sich einer schon seit zwei Tagen nicht mehr gemeldet, wie ich gerade gehört habe, der andere hatte keine guten Nachrichten. Wir müssen hier zusammenhalten, egal was auf uns zukommt und egal wie lange es dauert, bis Hilfe von außen kommt. So wie es aussieht, müssen wir uns selbst organisieren. Dazu werden wir morgen Regeln aufstellen. Aber jetzt«, er griff nach einer Bierflasche, die vor ihm stand, »und heute Abend gibt es ordentlich zu essen und zu trinken, und dann dürfen sich vor allem diejenigen, die beim Marsch nach Sedrun dabei waren, richtig ausschlafen.«

Mir war warm. Die Soldaten, die mitmarschiert waren, hatten Bier bekommen. Mir schmeckte Bier nicht. Alexander drehte sich um und sah in den Raum, ich setzte mich aufrecht und bemühte mich, ihn nicht anzustarren, tat es aber doch. Er sah mich, mir wurde noch wärmer, und er winkte mich zu sich. Er rückte auf der Bank und machte eine einladende Bewegung, ich sollte mich neben ihn setzen. Ich versuchte, einigermaßen elegant über die Bank zu steigen, er stand auf und half mir. Wir setzten uns hin und mussten dabei eng zusammenrücken.

Alexander hatte kein Bier vor sich, sondern eine fast leere Colaflasche. Das fand ich gut, er würde nicht nach Bier riechen. Es ging laut zu, die anderen übertrumpften sich mit Schilderungen, wie sie den Bergrutsch gesprengt hatten und wie das Wasser aus dem aufgestauten See gelaufen war, es musste eine heftige Strömung gegeben haben, aber ich hörte gar nicht richtig zu. Alexander redete nicht mit den anderen mit, er sah mich von Zeit zu Zeit an. Dann fragte er mich, was wir eigentlich genau in der Schweiz wollten, wieso wir unterwegs waren mit dem Zug. Ich weiß nicht, ob er meine Erklärung bei dem Lärm genau verstanden hat. Ich konnte auch gar nicht so richtig im Zusammenhang erklären, seine Nähe brachte mich ganz durcheinander. Ich fragte ihn, ob er schon lange Soldat sei, ob in der Schweiz jeder zum Militär müsse, wie in der Türkei, und er erklärte mir das mit dem Militärsystem, dass viele Männer mit normalen Berufen auch noch das Gewehr und die Uniform zu Hause hätten; ich habe aber nicht ganz verstanden, wie das in der Schweiz genau funktionierte.

Es gab Essen, für die Soldaten am Ehrentisch gab es heute Bedienung. Alexander stellte seinen Teller zu mir hin, ich sollte essen. Ich hatte eigentlich keinen Hunger, tat ihm aber den Gefallen und nahm ein paar Bissen. Dann wischte ich die Gabel an der Serviette ab und reichte sie ihm. Er nahm auch ein paar weitere Bissen und meinte, er hätte jetzt Durst, ob ich mitkäme, etwas zu trinken zu holen. Wir standen auf und stiegen wieder über die Bank. Ich wollte mit Alexander zusammen sein, aber nicht in dem Gedränge. Aufstehen war gut.

Ich wurde ganz mutig. »Soll ich dir was zeigen?«

»Was denn?«

»Ich habe noch einen Auftrag heute, du kannst mitkommen, das wird dich interessieren.«

Wir gingen in den langen Gang nach hinten in die Tiefen des Lagerbereichs des Bunkers, bis wir den Turbinenraum erreichten. Ich schloss auf, die Turbinen summten, es war angenehm warm, ich nahm ihn an der Hand und führte ihn zu der Tür des dahinterliegenden Raums. Alexander war erstaunt, dass ich mich da auskannte, aber er war noch überraschter, als ich die Tür zum Nebenraum öffnete, wo ein intensives Licht aus etlichen blauen und roten Lampen strahlte. Es war sehr warm von den Lampen, und es roch nach Erde, so wie es im Mai sein sollte, fiel mir ein.

Ich nahm die volle Gießkanne, die neben der Tür abgestellt war, und tröpfelte jeweils eine kleine Menge Wasser auf die genau markierte Stelle in den Pflanzkübeln, wie es mir der Holländer gezeigt hatte. »Frische Lebensmittel, sonst fallen uns hier irgendwann die Zähne aus.«

»Wow, ich wusste gar nicht, dass du dich schon so gut auskennst. Woher kommen denn die Lampen, so was hatten wir hier doch gar nicht?«

»Ich wusste, dass einer der Reisenden im Zug die Lampen dabeihatte, der wollte Gras anbauen im Tessin, und als ich mitbekommen habe, dass wir hier wahrscheinlich noch länger sitzen, habe ich unserer Frau Abramovicz den Tipp gegeben. Ja, und sie hat es Frau Moseri gesagt, die war begeistert und hat uns das alles aufbauen lassen.«

»Du warst das alles?«

»Nein, nein, ich hatte nur die Idee, dass uns das Gepäck von dem Holländer helfen könnte.«

Alexander sah mich an, ich spürte, er hatte mich unterschätzt.

Die Kübel waren alle bald gegossen. »Schön warm hier, lass uns bleiben«, meinte Alexander. Wir legten die grauen Decken, mit denen der Holländer seine Lampen im Koffer gepolstert hatte, auf den Boden, lehnten uns an seinen Koffer und redeten. Alexander konnte gut erzählen, und ich hörte ihm gern zu. Er wollte alles von mir wissen, ich sagte ihm Sachen, die ich noch nie jemandem erzählt hatte. Ich verstand mich selbst nicht, ich kannte ihn doch erst seit Kurzem.

Dann nahm er mich in den Arm, strich mir über den Kopf. Seine Augen spiegelten das blaue und rote Licht, das war eigenartig, ich konnte gar nicht wegsehen. Sein Gesicht kam ganz nah zu mir. Ich umarmte ihn.

Später hatten wir uns zugedeckt mit seiner Armeejacke, aber irgendwann wurde es auf dem Boden zu unbequem.

Ohne etwas zu reden, standen wir auf, zogen uns wieder an, hielten uns an den Händen und gingen Arm in Arm zurück, vorbei am Rest der Menschenmenge, die immer noch feierte. Es war Zeit, Abschied zu nehmen, er musste jetzt wirklich schlafen, das war nicht mehr zu übersehen. Ich war mir sicher, dass ich nicht schlafen konnte.

Wir kamen an der Offiziersunterkunft vorbei, da ging eine Tür zu dem Raum auf, in den ich den Offizier Breitenbacher schon einmal hatte hineingehen sehen. Heraus kam – ich konnte es kaum glauben – Frau Abramovicz, mit zerzausten Haaren, ihre Jacke hielt sie vorn mit der Hand zusammen, sie hatte sie wohl gerade erst angezogen. War sie bei Breitenbacher in der Kammer gewesen? Sie sah uns, es war ihr sichtlich unangenehm, wir sahen beide weg, und sie ging schnell voraus zu unserer Unterkunft.

Alexander flüsterte lächelnd: »Jetzt kennen wir noch ein Staatsgeheimnis.« Und er legte seinen Finger auf meinen Mund: Darüber reden wir nicht. Hatte ich auch nicht vor.

Vor unserer Unterkunft umarmte mich Alexander, ich musste mich strecken, er war doch fast einen Kopf größer, dann drehte ich mich um und schlüpfte in die Tür unserer Unterkunft.

Ich flüsterte ein »Gute Nacht« in Richtung der Liege von Frau Abramovicz, sie antwortete beiläufig und leise. Ich zog nur einen Teil meiner Kleidung aus und legte mich auf die Liege, mit offenen Augen schaute ich auf den Beton der gewölbten Decke, deren Poren in dem Halbdunkel der Nachtbeleuchtung nur zu erahnen waren. Ich fühlte mich so wohl wie noch nie, und gleichzeitig fühlte ich mich schuldig an meiner Familie. Wie konnte ich glücklich sein, wenn sie in Gefahr war? Oder schon tot? Ich dachte lange nach. Irgendwann musste ich eingeschlafen sein.

34 Steppach – Plastikmüll im Container nach China

Gab es etwas zu feiern? Natürlich nicht, wenn man sich überlegte, wo wir waren und was draußen vor dem Bunkereingang los war. Trotzdem feierten die Männer, die in Sedrun den Stau des Vorderrheins beseitigt hatten, den ganzen Abend. Oder war das gar keine Feier? Sie bekamen Bier, erzählten von den wahnwitzigen Anstrengungen und dem Erfolg, blieben aber ernst. Die Männer waren alle frisch gewaschen und rasiert, darauf hatte Breitenbacher Wert gelegt. Hat mir einer der Offiziere verraten: Zu den Führungsanweisungen gehörte, »in Kampfpausen bewusst persönliche Hygiene und Körperpflege (Waschen, Rasieren) anordnen, damit die Truppe sich nicht selbst aufgibt. Kameradschaftliches Zusammensein erleichtert das Verarbeiten des Erlebten und beugt psychischen Problemen vor.«

Am nächsten Morgen hatte unsere neue Führung, nämlich Hauptmann Breitenbacher, sich lange mit Frau Moseri und Frau Abramovicz beraten. Vieles war geschehen, seitdem Breitenbacher mit seiner Truppe nach Sedrun aufgebrochen war, er musste erst auf den letzten Stand gebracht werden.

Was dann an Befehlen kam, war ein überraschender Auftrag für uns Eisenbahner. Wir sollten sofort eine Bestandsaufnahme machen, welche Ladung der Güterzug im Tunnelbahnhof in Sedrun hatte, den wir dort ohne Lok abgestellt hatten. Das Pellegrino-Wasser hatten wir ja schon geplündert, aber da waren noch andere Dinge zu sichern und zu holen, die für uns nützlich waren oder nützlich werden konnten. Auch die Reste des entgleisten Zuges sollten wir uns ansehen.

Also fuhren wir wieder mit der Lok zurück zum Notbahnhof Sedrun, diesmal bis zu dem Güterzug auf der anderen Seite. Wir waren zu sechst, die beiden Güterzug-Lokführer Paolo und Bertschi, ich und drei Soldaten mit Werkzeug, um die Container und die Lastwagen-Auflieger aufzubrechen, die auf die Wagen verladen waren.

Ich hatte eine Liste vorbereitet, beginnend mit Wagen 1, ich nahm auf: 2 Container, chinesische Aufschriften. Die Soldaten brachen den ersten Containerverschluss auf, und wir sahen in dem Licht unserer Lampen Ballen mit Plastik. Wir stocherten in den Ballen herum. Es war Altplastik, zusammengepresste Getränkeflaschen, Tüten und anderes Zeug, ich sah sogar eine platt gequetschte gelbe Badewannen-Ente.

»Ausgerechnet Altplastik. Was ist das für ein Blödsinn, Müll durch die Gegend zu fahren. Wer kommt denn auf so eine Idee?«

Paolo kannte sich aus: »Leere Container zurück nach China ganz billig. China kauft altes Plastik auf, Transport kost' fast nix. In Italien Problem mit Müll.«

Ich schüttelte den Kopf, verrückte Folgen des globalen Welthandels.

Also zum Wagen 2. Mit einer Sprühdose markierten die Soldaten eine »2« auf dem ersten der zwei dort verladenen Container. Der erste war ein Tankcontainer, ohne Gefahrgut-Kennzeichnung, wie ich gleich sah. Der Lokführer hantierte am Hahn und öffnete ihn ganz kurz, ein Schwall von Öl kam heraus, dieser unverkennbare Geruch … Olivenöl! Auf der Liste notiert. Der Koch würde sich freuen, jetzt mussten wir nur noch Behälter finden, in die wir Öl abfüllen konnten. Der zweite Container des Wagens 2 war schwer zu öffnen, wir hofften schon auf besonders wertvolle Beute. Als die Tür endlich aufgeschwenkt war, sah man Kartons, deren Aufschrift lautete: »Ceramiche Dordini, Distribuzione Bagnolo San Vito«. Sagte mir gar nichts, aber der Italiener malte ein Viereck mit den Händen und meinte »Ceramiche, wie sagt man, für Boden und Bad und so«. Wir verstanden: Fliesen. Enttäuschung machte sich breit. Sollte das so weitergehen, fast nur Müll und Steinzeug?

Zum nächsten Wagen, Nummer 3. Ein Wagen, auf den ein Lastwagen-Trailer verladen war, mit blauer Plane, »Lkw Wolter« stand darauf.

Die Soldaten schnitten die Befestigungen der seitlichen Plane unten auf und spähten ins Innere, Paletten mit Kartons, die Aufschriften enthielten die Wörter »organic« und »made in Egypt«. Die Soldaten schnitten einen der Kartons auf, drin waren Plastiknetze mit Kartoffeln, fertig verpackt für den Supermarkt. Noch dazu Bio-Kartoffeln! Das war ein toller Fund, ich schrieb es in die Liste. »Wie viel ist das ungefähr?« Der Italiener schätzte die Zahl der Paletten, wiegte den Kopf hin und her und meinte dann: »Zehn Tonnen«, ich notierte: »ca. zehn Tonnen«.

Der nächste Wagen, inzwischen waren wir bei Nummer 4, genau derselbe Typ Lastwagen-Auflieger, wieder Kartoffeln. Jetzt hatten wir schon zwanzig Tonnen.

Es folgten zwei Tankcontainer mit Rotwein, mehrere Container mit Textilien, es war Damenmode, hauchdünner Stoff, Sommerware, teilweise aufgehängt in Kartons mit Kleiderstange, wie im Schrank. Im nächsten Container waren Handtaschen, Hunderte Handtaschen aus einem blauen Plastikmaterial, das aussah wie wiederverwendete U-Bahn-Sitzbezüge, das war es vielleicht auch. War alles Plunder.

Einen wichtigen Fund machten wir aber doch noch: In einem Lastwagen-Trailer mit der Aufschrift ECON waren Kartons, bezeichnet mit »Foggia Semente«. Aus der umständlichen Erklärung des Italieners schlossen wir, dass es sich wohl um Saatgut handelte. Interessant, wir schnitten einen der Kartons auf. Es waren fertige Verkaufsständer mit Samentüten drin, mit Abbildungen von Tomaten, Salat und Gemüse.

Wir fuhren mit der Lok zurück in die Verena, im Kommandoraum erstatteten wir Bericht. Frau Moseri ließ den Logistik-Offizier holen und erzählte ihm, was wir gefunden hatten. »Kartoffeln? Um Gottes willen, wie warm ist es da? Die Leute aus dem Zug haben doch von Hitze gesprochen?« Wir zuckten mit den Schultern, warm war es schon. »Dann keimen die Kartoffeln und werden unbrauchbar!« Wir sahen uns an. Ob die Kartoffeln keimten, da hatten wir nicht drauf geachtet. »Auf jeden Fall sofort in einen kühlen Tunnelabschnitt bringen, am besten wären 5 Grad.«

Wir diskutierten, dann war die Lösung gefunden: Wir würden die doppelte Gleisverbindung im Notbahnhof Sedrun nutzen, um die Lok hinter den Güterzug zu rangieren und diesen in die Nähe der Einfahrt zu bringen, dort war es kühler. Dann wäre der Zug wegen des kürzeren Weges auch leichter auszuräumen.

Das Rangieren beschäftigte uns fast einen halben Tag, schließlich ließen wir den Zug mit der Lok hinten in den kühlen Abschnitt vor dem Tunneleingang rollen. Bei der Gelegenheit erfassten wir auch die ersten Wagen des anderen Güterzugs, des entgleisten Zuges, dessen erste Wagen in der anderen Röhre auf den Schienen standen. Der Inhalt der Container dort war enttäuschend: Turnschuhe, Textilien, Elektronikzeug, irgendwelche Plastikteile, alles aus China.

Am nächsten Tag kam der Außeneinsatz, wir gingen zum Tunneleingang und sahen uns die Trümmer der entgleisten Wagen des Zuges näher an. Viele Container und Lastwagen-Anhänger waren aufgerissen und lagen verbogen herum, andere waren äußerlich unversehrt. Wir fanden unter anderem einen Lastwagen mit Alu-Profilen, einen mit Kabel, einen Container mit etwa zehn Tonnen eingeschweißten Fünfhundert-Gramm-Packungen Vollkornbrot, leider teilweise aufgerissen und damit verdorben und verdreckt, außerdem zwei Container mit Medikamenten, von denen wir die Bezeichnungen aufschrieben und einige der Beipackzettel herausnahmen.

Als wir mit unserer Ausbeute vom Außeneinsatz zurückkamen, war helle Aufregung im Kommandoraum, keiner interessierte sich für unsere tollen Funde in dem Güterzug. Zwei Mann des Erkundungstrupps West waren zurückgekommen, mit einer niederschmetternden Nachricht: Sie hatten einen Zusammenstoß mit Bewaffneten, es hatte Tote gegeben, der Rest ihrer Truppe war versprengt und verschollen!

Ich stand mit den Listen von den erfassten Waren herum, aber Hauptmann Breitenbacher hatte ganz andere Sorgen, er wollte von den beiden zurückgekehrten Männern wissen, was passiert war. Das wollte ich auch, vor allem wie es um Hans Duber stand, und blieb einfach stehen.

»Wir kamen bis kurz hinter Luzern gut voran, wir haben uns allerdings nicht um die Orte und möglicherweise dort überlebende Personen gekümmert, Auftrag war, Richtung Bern oder Basel vorzustoßen und Kontakt zu unserem Hauptquartier zu bekommen. Dass wir in Emmenbrücke dann auf andere offenbar Unverletzte gestoßen sind, hielten wir erst für einen Glücksfall.«

»Was war in Emmenbrücke?«

»Schon kurz hinter dem Ortseingang kamen uns Bewaffnete entgegen. Sie hatten ihre Basis offenbar im Armeestandort, aber es war keine Einheit der Schweizer Armee, wie wir herausgefunden haben. Wir haben mit denen diskutiert; dann wollten die, dass wir uns ihnen anschließen und unterstellen. Wir haben versucht, uns zurückzuziehen, aber wir wurden bei der Absetzbewegung beschossen, Helmer und Rickenbach wurden getroffen, Helmer war sofort tot. Rickenbach haben wir mitgeschleppt, als wir geflüchtet sind. Wir konnten uns in Ruinen verstecken und nachts aus Emmenbrücke entkommen. Wo die anderen geblieben sind, wissen wir nicht. Rickenbach wurde immer schwächer, hat Fieber bekommen. Wir konnten nicht weitermarschieren, haben abgewartet. Von den anderen haben wir auch später nichts mehr gesehen oder gehört. Bei Rickenbach wurde das Fieber schlimmer, er hat halluziniert und ist kurz darauf gestorben. Dann sind wir so schnell wie möglich zurück.«

Frau Abramovicz mischte sich ein: »Diese Bewaffneten, wissen die, woher Sie gekommen sind, wissen die vom Bunker hier, wissen die, wo wir sind?«

»Ja, Schattdorf haben wir erwähnt, und da war einer auf der anderen Seite, der meinte, dass wir hier ja gut versorgt seien.«

Schweigen im Raum.

Breitenbacher fragte nach: »Wie waren die Leute ausgerüstet?«

»Geländegängige Fahrzeuge, mit denen sie sogar fahren konnten, keine Ahnung, wie sie an die gekommen sind, vielleicht auch aus einem Bunker, und leichte Waffen.«

Breitenbacher rief in die Runde: »Offiziersbesprechung, Frau Moseri, holen Sie die anderen abkömmlichen Offiziere. Corinna, du bleibst auch hier. Alle anderen verlassen den Raum.«

Ich wunderte mich, dass er Frau Abramovicz plötzlich mit Corinna ansprach.

Ich ging hinaus. Soldaten, die keinem Kommando unterstanden, nur auf eigene Rechnung ihr Leben sicherten oder Beute machten, um das Überleben zu gewährleisten. Klar, da hatten auch andere per Zufall überlebt, in Bunkern oder Tiefgaragen, und kämpften jetzt um die letzten Vorräte. Ein zentrales Kommando der Armee gab es wohl nicht mehr, keinen Staat mehr, jeder war auf sich gestellt, so reimte ich mir das zusammen.

Was war aus Hans Duber geworden? War er gefangen genommen worden, auf eigene Faust nach Basel unterwegs, oder war er tot? Sollte ihm etwas zugestoßen sein, wäre ich schuld daran. Vor allem würde ich nicht erfahren, was in Lörrach los war.

35 Breitenbacher – Wie in der Kriegsschule

Breitenbacher rieb sich die Augen. Er war von selbst wach geworden, es war 6 Uhr 15, um 6 Uhr 30 wollte er geweckt werden. Er setzte die Füße vor seiner Liege auf den Boden und fühlte mit der Sohle einen Gegenstand. Er sah nach, hob einen Haarreif auf und lächelte.

Von den Strapazen des Gewaltmarschs nach Sedrun und zurück hatte er sich halbwegs erholt. Ihm wurde bewusst: Der Ausfall von Zumtobel, der wohl einen Herzinfarkt hatte, bedeutete die volle Verantwortung für ihn. Zumtobel war von den Sanitätern ruhiggestellt worden, das sei das Einzige, was man für ihn tun könne. Wann er wieder auf die Beine käme, sei unklar, frühestens in zwei Wochen, meinten die Sanitäter. Frau Moseri hatte zwar in der Zwischenzeit das unbedingt Nötigste veranlasst, aber sie war keine ausgebildete Armeeführerin. Er musste die ihm so plötzlich zugefallene Führungsrolle übernehmen.

Er ließ sich von Frau Moseri und den Offizieren berichten, er ließ auch Corinna Abramovicz dazukommen. Ein kurzer Blickwechsel, ein Lächeln mit den Augen, mehr ließ er sich nicht anmerken.

Frau Moseri und auch Corinna hatten schon viel Richtiges getan. Man musste jetzt wohl an die Zukunft denken, alles sichern, was helfen könnte.

Dann das plötzliche Auftauchen der beiden Überlebenden des Erkundungstrupps West.

Wie sich schnell herausstellte, war die Situation alarmierend. Was waren das für Leute, die den Erkundungstrupp West in Emmenbrücke beschossen und Helmer und Rickenbach getötet hatten? Die beiden Überlebenden, die es zurück in die Verena geschafft hatten, hatten berichtet, dass diese Bewaffneten keinen ordnungsgemäßen Befehlshaber hatten, sondern auf eigene Faust »Eroberungszüge« durchführten. Brach der Kampf um die verbliebenen Vorräte aus? Wer hatte das Recht auf seiner Seite?

Er musste sich im Kreis der Offiziere beraten; die Wachhabenden wurden hinausgeschickt, Frau Moseri, der Fachoffizier für die Technik und Corinna sollten dabeibleiben. Breitenbacher fasste kurz den Bericht der Überlebenden zusammen.

Corinna meldete sich als Erste: »Diese Bande kennt unseren Bunker, und wir müssen annehmen, dass sie auch weiß, dass hier etwas zu holen ist. Es ist dringend: Ihr müsst uns verteidigen! Ich habe Angst davor, dass wir hier alle in die Hände von irgendwelchen Verbrechern fallen, die Leute von uns erschossen haben. Dass die uns vorschreiben, was wir zu tun haben, und dass die unsere Vorräte plündern.«

Breitenbacher neigte den Kopf und meinte dann: »Niemand hat vor, dass wir uns einer solchen Truppe unterstellen.« Und dann, an die Offiziere gewandt: »Was halten Sie von der Sache?«

»Wir sollten die Kerle auf jeden Fall auf Abstand halten. Wenn wir erst Bewaffnete, denen wir nicht vertrauen, in der unmittelbaren Umgebung des Eingangs der Verena haben, haben wir verloren. Die dürfen gar nicht in die nähere Umgebung gelangen!«

Ein anderer: »Die haben Männer von uns erschossen. Die sind gefährlich!«

Um genauer zu erfahren, wie viel die Fremden über den Verena-Standort wussten, ließ Breitenbacher die Überlebenden holen. Die bestätigten, es sei nicht nur der Ortsname Schattdorf gefallen, sondern Verena als Bezeichnung sei denen wohl auch bekannt gewesen. Offenbar seien Soldaten aus dem Standort Emmenbrücke oder von anderen Logistikstandorten bei dieser gewalttätigen Gruppe, die möglicherweise wüssten, was in der Verena zu holen sei.

Breitenbacher hatte aber noch Skrupel: »Wir können nicht einfach Teile der Schweiz zu unserem Gebiet erklären. Wenn es Einheiten der Schweizer Armee gibt, die hierherkommen wollen, können wir ihnen das nicht automatisch verwehren, schon gar nicht mit Waffengewalt. Wir müssen erst herausbekommen, wem sie unterstehen und welchen Auftrag sie haben.« Jetzt meldete sich Di Carlo, einer der Überlebenden: »Die Schweine haben auf uns geschossen. Das waren keine Soldaten mit einem Auftrag oder dergleichen, das war eine Bande, die rücksichtslos vorgeht. Die wollten unsere Truppe einfach übernehmen und uns dazu veranlassen, fahnenflüchtig zu werden. Und vor allem haben sie zwei von unseren Leuten auf dem Gewissen!«

Breitenbacher fasste zusammen: »Also, erstens, es gibt eine Bedrohung. Sind wir uns einig?«

Alle nickten.

»Zweitens: Wir sollten mögliche Eindringlinge auf Abstand halten. Wenn sie am Eingang stehen, ist es zu spät, da können wir uns nicht mehr sinnvoll verteidigen. Auch darüber sind wir uns einig?«

Alle nickten wieder.

»Dann stellt sich die Frage: Wo stellen wir etwaige Eindringlinge bei der Annäherung, um zu klären, welche Absichten sie haben?« Breitenbacher nahm eine Umgebungskarte von Schattdorf, Altdorf und Flüelen zur Hand.

Bertschinger meldete sich, es war wie in der Kriegsschule: »Wir könnten die beiden Flüsse, Schächen und Reuss, zu Verteidigungslinien machen. Die Brücken lassen sich noch am ehesten kontrollieren, die Flüsse sind so reißend, dass man sie nicht ohne Weiteres überraschend überschreiten kann. Ich schlage vor: Wir bauen hier«, Bertschinger wies auf die Karte, »und hier ein Maschinengewehrnest. Dazu jeweils eine weitere Stellung, zum Schutz der MG-Stellung, vielleicht hier … und hier. Ganz wichtig ist, dass wir das Eindringen von wem auch immer rechtzeitig bemerken. Deshalb der Vorschlag für einen getarnten Beobachtungsposten im Raum Flüelen, da ist das Tal eng genug, sodass man erkennen kann, wenn sich Eindringlinge nähern. Dann brauchen wir auch die Verteidigungsstellungen nur für den Fall voll besetzen, wenn Gefahr droht.«

Breitenbacher fragte in die Runde: »Haben wir Nachtsichtgeräte? Bei der Dunkelheit draußen könnte uns das einen wesentlichen Vorteil verschaffen.«

»Ja, haben wir, wir sind sogar ziemlich gut ausgestattet.«

»Gut, sind wir uns einig, dass wir eine solche Vorne-Verteidigung vorbereiten und den Plan umsetzen?«

Allseitiges Nicken. Di Carlo und Bertschinger sollten den Plan genauer ausarbeiten.

»Erste Priorität: Aufbau des vorgeschobenen Beobachtungspostens mit zwei Mann rund um die Uhr im Raum Flüelen, mit halbstündlicher Lagemeldung. Dieser sollte ab jetzt in drei oder vier Stunden besetzt sein, alle zwölf Stunden abgelöst werden und sich halbstündlich melden. Bei Gefahrenmeldung von dort oder bei Ausbleiben der Meldung erfolgt Alarm; die Verteidigungspositionen entlang von Reuss und Schächen werden dann voll bemannt. Bei Überschreiten der Flüsse durch Bewaffnete ein Warnschuss, beim Eindringen gezieltes Sperrfeuer. Ich selbst werde möglichen Eindringlingen entgegengehen und erkunden, was sie wollen und ob es sich nicht doch um offizielle Einheiten mit einem legitimen Auftrag, der sie zur Verena führt, handelt.«

»Schlage außerdem Stacheldraht vor, um das Flussufer und die Brücken abzuriegeln.«

»Ja, machen wir auch, aber erst im zweiten Schritt. Erste Priorität hat die Einrichtung des Beobachtungspostens, zweite die Verteidigungsstellungen und dritte die zusätzliche Abriegelung mit Stacheldraht entlang der Flüsse und auf den Brücken. Stacheldraht haben wir genug in dem Lager in der Nähe unseres Eingangs. Der Transport wird allerdings nicht ganz einfach, ohne richtige Fahrzeuge. Wir fangen an mit den Brücken, die riegeln wir sofort mit Stacheldraht ab, die anderen Sperren der Flüsse erst später, das ist ein ziemlicher Aufwand.«

Im Anschluss an die Besprechung wurde die Arbeit aufgeteilt. Bertschinger sollte in drei Stunden den Beobachtungsposten in Flüelen eingerichtet haben.

Breitenbacher war wieder mit den Wachhabenden und Frau Moseri im Kommandoraum. »Was ist eigentlich aus der U-Boot-Sache geworden? Haben die sich noch mal gemeldet?«

»Termin ist morgen, 14 Uhr, Herr Hauptmann. Da wollen die sich wieder melden, oder es wenigstens versuchen.«

»Aha. Frau Moseri soll dann mit im Raum sein. Ach ja, und auch Corinna Abramovicz, die kann vielleicht am besten Englisch.«

36 Zarah – Die Verteidigung der Verena

Frau Abramovicz hat mir erzählt, wie die »Offiziersbesprechung«, bei der sie dabei war, ablief. Es sollte die erste und letzte sein, die Reto leitete. Sie nannte ihn Reto.

Schnell wurde dort allen klar: Offenbar gab es Banden, marodierende Gruppen von Soldaten, die von niemandem kontrolliert wurden und schlicht alles nahmen, was sie meinten brauchen zu können, aufgefundene Vorräte horteten, vielleicht sogar überlebende Zivilisten terrorisierten, statt sie zu schützen oder zu versorgen. Eine solche Bande hatte zwei von unseren Leuten erschossen, zwei waren zurückgekommen, die anderen waren verschollen, und wir konnten nur hoffen, dass sie auf dem Weg zurück waren.

Das Schlimmste: Diese Bande wusste, wo wir waren und welchen »Schatz« wir hüteten. Würden sie kommen und versuchen, die Vorräte zu übernehmen? Wie sollten wir uns verhalten? Wir mussten uns wohl verteidigen. Das wurde vorbereitet.

Wir Mädchen haben nur mitbekommen, dass die Soldaten plötzlich zusammengerufen wurden. Dann ging alles ganz schnell, sie liefen mit allen möglichen Waffen und Material nach draußen. Alexander war natürlich auch dabei, er musste schon wieder in den Einsatz, obwohl er ja gerade erst von dieser Helden-Aktion zurückgekommen war.

Wir Zivilisten mussten vorerst drin bleiben. Im Bunker steigerte das die Nervosität der vielen Menschen, die jetzt wieder eng zusammengepfercht und auf die wenigen Toiletten angewiesen waren. Von dem Alarm, der am nächsten Morgen kam, haben wir aber nichts mitbekommen. Es waren nur plötzlich fast alle Soldaten weg, das Gedränge beim Frühstück hatte sich damit etwas entspannt.

Was draußen geschah, habe ich von Alexander gehört. Der Vorposten in Flüelen hatte Annäherung von Personen gemeldet, es waren Angreifer unterwegs, die in Richtung unseres Eingangs marschierten, oder fuhren, das weiß ich nicht so genau. Alexander war bei denen, die hinausmussten und die Stellungen besetzten, von denen aus sie die Bande aufhalten wollten. Alexanders Platz war am Maschinengewehr. Sie warteten eine Stunde gespannt darauf, dass die Angreifer kamen.

Hauptmann Breitenbacher war auch in der Stellung, als die ersten Gestalten am Stacheldrahtzaun auf der Brücke auftauchten. Breitenbacher stand auf, schaltete seine Helm-Kommunikation ein und schärfte allen, die mithören konnten, ein: »Ich gehe jetzt zur Stacheldrahtsperre und versuche herauszufinden, wer das ist und was die wollen. Wenn ich das Wort ›okay‹ sage, nicht schießen, sobald ich sage ›Feuer‹, schießt ihr, was das Zeug hält, auf alles, was sich am Stacheldraht oder auf der Brücke bewegt, ich versuche in Deckung zu gehen, aber ihr schießt auf jeden Fall. Ist das klar?«

Im Helm hörten sie das Geraschel und seine Atemzüge, als Breitenbacher zur Brücke ging. Durch eine Art Fernglas, mit dem man auch in der Dunkelheit sehen kann, konnte Alexander mehr und mehr Eindringlinge an der Brücke beobachten, in Armeekleidung und mit Waffen. Breitenbacher kam zur Brücke, Alexander hörte seine Stimme, zuerst leise »Okay«, dann laut zu den Eindringlingen: »Dies ist die Absicherung eines Militärgeländes. Überschreiten untersagt. Wer sind Sie, welche Einheit, welcher Auftrag?« Die Antwort der anderen war nicht zu verstehen. Breitenbacher stand breitbeinig hinter dem Stacheldraht, die Arme in die Hüfte gestützt, ohne Waffe.

Alexander hörte erst wieder, wie Breitenbacher antwortete: »Okay, ich kann nicht erkennen, dass sie einer regulären Einheit angehören. Sie haben keinen Auftrag. Sie können sich hier nicht weiter nähern. Ich muss Sie auffordern, zu Ihrer Einheit zurückzukehren.«

Die Angreifer scherten sich nicht um das, was er sagte, machten sich am Stacheldraht zu schaffen, der erste war schon durch, Breitenbacher packte ihn und versuchte, ihn durch die Lücke zurückzuschieben. Mehrere Leute drängten nach, eine unklare Situation. Jetzt war Geschrei von anderen Leuten zu hören, dann die sich überschlagende Stimme von Breitenbacher: »Feuer, Feuer!« Breitenbacher stürzte zu Boden, vielleicht ließ er sich auch zu Boden fallen. Di Carlo schrie Alexander an: »Los, Feuer, habt ihr nicht gehört?« Da schoss Alexander mit den anderen Soldaten auf die Eindringlinge, von denen nach den Salven mehrere in ihrem Blut vor und hinter dem Stacheldraht lagen. Alexander hatte Menschen getötet, es waren Verbrecher, die uns an den Kragen wollten. Von Breitenbacher war nichts mehr zu hören.

Leutnant Di Carlo ließ zwei der Soldaten aus der Stellung zur Brücke vorrücken und ihnen Feuerschutz geben; sie sollten den Stacheldraht wieder zu schließen versuchen und Hauptmann Reto Breitenbacher schützen und zurückbringen.

Sie fanden ihn aber nur noch tot vor, Reto, den Mann, der uns allen das Leben zweimal gerettet hatte, einmal, als er uns in den Bunker ließ, und das andere Mal, als er den gestauten Fluss wieder freisprengte und die Überschwemmung unserer Höhle verhinderte. Er hatte sich für uns geopfert. Frau Abramovicz sprach oft von ihm. Sie sagte zum Beispiel »Das sind wir Reto schuldig!« oder »Was hätte Reto dazu gesagt?«.

Irgendwie lebte er in uns allen weiter. In Frau Abramovicz ganz besonders.

37 Viele, viele Tausend Jahre später: Die Überlieferungen der oropäischen Ureinwohner

Staatsanwalt Kopano Shamong

Seit mehr als zwei Jahren war Kopano Shamong bei der Staatsanwaltschaft Mabukoma, der Stadt im Süden des Schwarzen Kontinents, für Kapitalverbrechen zuständig. Es war einer der schwierigen Gerichtsbezirke, mit dem Hafen Gayelisha und den Vierteln in der Unterstadt von Mabukoma, in denen sich allerhand zwielichtige Leute herumtrieben, viele Weiße, besonders berüchtigt die halb weißen Mischlinge und andere weniger gesetzestreue Zeitgenossen.

Die Stadtbezirke in Ober-Mabukoma auf der Hügelkette hinter der Hafenregion unterschieden sich da wohltuend. Diese Gegend war geprägt von Regierungsgebäuden, der Universität Mabukoma und den Wohnvierteln der wohlhabenden Bürger. Weiße sah man dort nur als Hilfskräfte, nach Einbruch der Dunkelheit mussten sie diese Viertel verlassen haben. In Ober-Mabukoma hatte Staatsanwalt Kopano Shamong dienstlich bisher nur ganz selten zu tun gehabt.

Am Abend war Shamong mit seiner Frau in einem Konzert im neuen städtischen Musiktheater gewesen, das die Unterstadt aufwerten sollte. Es gab die gewohnten klassischen rhythmischen Tänze mit viel Schlagzeugeinsatz, als experimentellen Kontrapunkt an diesem Abend heute aber die melodischen Stücke der neumodischen »weißen« Musik, die oft sogar ganz ohne Schlagzeug auskamen.

Nicht jeder Zuhörer war mit der Erweiterung des Repertoires einverstanden; die »neue weiße Musik« wurde als »weißes Gedudel« verunglimpft, einige »Pfui«-Rufe wurden laut, andere riefen »Bravo« und klatschten umso begeisterter Beifall. Kopano Shamongs Frau liebte die weiße Musik; beim Nachhauseweg vom Musiktheater hörte er sie die eingängigen Melodien noch summen, als sich die beiden Pferde der Droschke langsam und mühsam im nächtlichen Dunkel den Berg hinaufquälten; die letztes Jahr eröffnete elektrische Tram fuhr zu so später Stunde nicht mehr.

Kopano Shamong hörte lächelnd dem Summen seiner Frau zu. Sie lehnte sich an ihn, er spürte den erwartungsvollen Blick ihrer großen, runden schwarzen Augen mehr, als dass er ihn sah. Ein warmes Gefühl stieg in ihm auf.

Ein schöner Abend. Die Schwüle des Tages war durch ein Gewitter beendet worden, von den Bäumen tropfte es noch, die Sterne tauchten hinter den abziehenden Wolkenfetzen auf. Je höher sie mit der Droschke hinauffuhren, desto weiter reichte der Blick über den Hafen hinaus auf das offene Meer im blassen Licht des halben Mondes, der hinter den Wolken hervorkam.

Angekommen am Eingang des gepflegten Bürgerhauses, in dem seine Wohnung war, trat ein Polizist an die Droschke heran. »Herr Staatsanwalt, ich habe Sie erwartet. Sie müssen sofort zu einem Tatort fahren!«

Kopano Shamongs Frau seufzte. »Sieh zu, dass es nicht zu spät wird.« Es war nicht das erste Mal, dass der Beruf ihres Mannes eine abrupte Unterbrechung ihres Privatlebens verursachte. Jetzt musste er wieder zu irgendeinem blutigen Tatort, wahrscheinlich in den Slums unten am Hafen, ihr graute bei dem Gedanken.

»Wir haben es nicht weit, wir müssen zur Universität!«, erklärte der Polizist, nachdem er mit dem Staatsanwalt allein in der Droschke war.

»Zur Universität? Geht das jetzt auch schon bei uns hier oben los?«

»Ein Professor soll ermordet worden sein.«

Schweigend fuhren sie los. Die Universität lag gleich hinter einem Park, es war ein weitläufiges Gelände. Der Polizist dirigierte den Kutscher in einen der Campus-Wege, sie hielten vor einem der lang gestreckten Hörsaalgebäude. Auf dem Fußweg waren Polizisten und

Sicherheitsleute der Universität zu sehen, einige Schaulustige wurden auf Abstand gehalten. In der hellen Gasbeleuchtung störte die Blutlache das Bild des makellos gepflegten Rasens und des weißlichen Sands, mit dem der Fußweg bestreut war.

Staatsanwalt Kopano Shamong stieg aus, drängte sich durch die Herumstehenden und wandte sich an den Polizisten, den er für den Ranghöchsten hielt. »Staatsanwalt Shamong. Was ist passiert?«

Diese Frage sollte ihn noch länger beschäftigen. Dabei war der Sachverhalt eigentlich klar, der Täter bekannte sich zur Tat. Es war ein bisher unbescholtener schwarzer Bürger, der Professor Samo Uagu, einen Forscher der Universität Mabukoma, erstochen hatte, als dieser soeben auf dem Weg zum Hörsaalgebäude war, um dort einen Vortrag zu halten. Unklar war, welche Rolle ein Weißer dabei spielte, der offenbar als Hilfskraft des Professors tätig war; dieser Weiße, den der Professor nach Zeugenaussagen als »Assistenten« bezeichnet hatte, war zum Zeitpunkt der Tat am Tatort gewesen. Kopano Shamong ließ den Mann sicherheitshalber in Haft nehmen. Dem Haftrichter hatte er als Grund angegeben, es gelte, einen möglichen Tatbeitrag herauszufinden; bei einem Weißen wurde so etwas von Haftrichtern immer ohne Nachfrage als Haftgrund akzeptiert. Der eigentliche Grund für Kopano Shamong, ihn in Haft zunehmen, war aber, diesen dubiosen »Assistenten« des Professors als Zeugen zu sichern; er hielt es nicht für ausgeschlossen, dass er tatsächlich das eigentliche Ziel des Anschlags und daher in Freiheit gefährdet war, oder dass er dies ahnte und deswegen aus Angst die Flucht ergriff.

Der schwarze Messerstecher wurde wegen des Geständnisses und der Tatsache, dass er einen festen Wohnsitz sowie eine bürgerliche Existenz vorweisen konnte und keine Fluchtgefahr bestand, wieder auf freien Fuß gesetzt.

Bekannt war damit also der Täter. Schwierig zu bewerten waren das Motiv und die Frage, ob der Professor tatsächlich von Anfang an das Ziel des Messerüberfalls gewesen war. Der Täter hob nämlich darauf ab, er habe eigentlich den Weißen töten wollen, und berief sich dabei auf einen alten Paragrafen des »Gesetzes zur Wiederherstellung des Rechtsfriedens«, der die Tötung eines Nicht-Schwarzen, der der Rebellion gegen die allfällige Ordnung verdächtigt wurde, ausdrücklich straffrei und sogar frei von weiteren Ermittlungen stellte. Der Professor habe sich eingemischt und sei dabei im Gerangel mit anderen Personen »versehentlich« zum Opfer geworden. Leider, so die selbstbewusst vorgetragene Einlassung des Täters, habe er die Absicht, den Weißen umzubringen, nicht umsetzen können, daran trage der Professor mit seiner Einmischung die »Hauptschuld«. So hatte er es bei der Polizei zu Protokoll gegeben.

Kopano Shamong saß in seinem Büro, das neben dem Kriminalgericht und der gefürchteten Haftanstalt für weiße Täter und Beschuldigte in der Unterstadt gelegen war. Ein nagelneuer elektrischer Ventilator an der Decke rührte die stickige, schwüle Luft um, brachte aber wenig Linderung. Tatortskizzen, Zeugenaussagen und andere Unterlagen der ermittelnden Polizeibeamten zum »Fall Professor Uagu« füllten bereits mehrere Ordner.

Diese Unterlagen brachten Kopano Shamong aber nicht weiter, was die Motivlage des Täters anging. Dazu musste er mehr herausfinden zu dem Forschungsgebiet des Professors und dazu, warum die Forschungsergebnisse für manche offenbar derart empörend waren, dass sie gewalttätig wurden. Diese Gewaltbereitschaft in bürgerlichen Kreisen sah Kopano Shamong als eine neue und bedenkliche Entwicklung, die viel Unfrieden bringen konnte. Er wollte versuchen, diesen Fall auf eine Art und Weise zu bearbeiten und zur Anklage zu bringen, dass wieder Ruhe und Sicherheit einkehrte in Mabukoma.

Das Spezialgebiet von Professor Samo Uagu war seit vielen Jahren die Erforschung der weißen Ureinwohner im nördlichen Kontinent Oropa. Staatsanwalt Shamong erinnerte sich daran, dass er bereits vor ein oder zwei Jahren in den »Mabukoma Nachrichten« im

Zusammenhang mit einem »Universitäts-Skandal« von dem Professor gelesen hatte. Der Professor war damals von Kollegen beschuldigt worden, Forschungsergebnisse gefälscht zu haben.

Damals hatte es in Fachkreisen Aufsehen erregt, dass Professor Uagu bei Ausgrabungen im Siedlungsgebiet der weißen Ureinwohner in Oropa ein Trinkgefäß aufgefunden hatte, das exakt den gleichen handwerklichen Stil aufwies wie die Trinkgefäße auf dem schwarzen Kontinent, die bei Ausgrabungen uralter schwarzer Siedlungen gelegentlich schon gefunden wurden. Professor Samo Uagu wurde von Kollegen beschuldigt, das Trinkgefäß selbst in der Ausgrabungsstätte in Oropa platziert zu haben, um es dann dort spektakulär auffinden zu können. Es galt unter Experten als zu unwahrscheinlich, dass die Ureinwohner in Oropa so etwas wie eine höhere Kultur und fortgeschrittene Handwerkstechnik entwickelt haben könnten. Die Anschuldigungen der missgünstigen Kollegen konnten indessen ebenso wenig bewiesen werden wie die Behauptung von Professor Uagu, dass das Trinkgefäß tatsächlich bei Ausgrabungen in Oropa gefunden worden war.

Den Zeitungsartikel von damals hatte Shamongs Assistentin aus dem Archiv erhalten; dort war er penibel abgeheftet worden, mit Angaben zum Autor, einem gewissen M. Ogobo, Investigativ-Journalist der »Mabukoma Nachrichten«. Die Überschrift lautete: »Skandal um Ausgrabungsfund«. Ein Bild zeigte das urzeitliche Trinkgefäß nach der Ausgrabung. Charakteristisch waren die ganz kleine Trinköffnung und die geschwungene Form im Mittelteil, die sich der menschlichen Hand gut anzupassen schien. Ausgehend von der Form der Flasche mussten die Nutzer so große Hände gehabt haben wie heutige Menschen.

Die Ureinwohner von Oropa, die mit ihrer Körpergröße von kaum mehr als ein Meter vierzig und der entsprechend kleineren Hand das Gefäß nicht gut hätten halten können, kamen also als Nutzer solcher Gefäße eigentlich gar nicht in Betracht, das war eines der Argumente der Skeptiker, die den Fund infrage stellten.

Das Gefäß gefiel Kopano Shamong; er wunderte sich nur, dass die Ureinwohner mit ihren geringen handwerklichen Fähigkeiten so etwas Schönes hergestellt haben sollten. Daher konnte er die Skepsis der wissenschaftlichen Kollegen von Professor Uagu verstehen.

Trotzdem war die ganze Aufregung in Fachkreisen über das Trinkgefäß für ihn schwer nachvollziehbar. Aber es schien unter den Professoren ganz erhebliche Kämpfe zu geben, Konkurrenz um Fördermittel, Aufträge, Mitarbeiterstellen und Lehrmeinungen. Ein Sensationsfund in Oropa war in diesem Umfeld etwas, das Professor Uagu Aufmerksamkeit brachte – und die Missgunst bei Wissenschaftskollegen erregen konnte.

Kopano Shamong schlug das gerade neu erschienene Vorlesungsverzeichnis der Universität Mabukoma auf. Der Professor war dort im hinteren Teil mit etlichen Vorlesungen und Veranstaltungen vermerkt, die alle mit den weißen Ureinwohnern in Oropa zu tun hatten. Das war eigentlich ein abseitiges Forschungsgebiet; die Universität war stolz auf ihren naturwissenschaftlich-technischen Zweig, die frühgeschichtlichen Forschungen fanden weniger Aufmerksamkeit, die Beschäftigung mit weißen Ureinwohnern war bislang ein absolutes Randthema.

Die Veranstaltung am Abend der Tat, als Professor Uagu ein so tragisches Ende fand, war im Vorlesungsverzeichnis erwähnt als »Vorab-Vorstellung des neuen Buchs von Professor Samo Uagu«, und es wurden »sensationelle Forschungsergebnisse zu den Ureinwohnern in Oropa« angekündigt. Aus den Unterlagen ging zudem hervor, dass das Buch bereits einige Tage später erscheinen sollte. Es wurde aber vom Verlag am Tag nach dem Tod des Professors zurückgezogen.

Kopano Shamong war klar: Er brauchte dieses nie erschienene Buch, um den Fall beurteilen zu können. Was hatte Professor Uagu herausgefunden?

Der Verlag reagierte auf die Aufforderung der Staatsanwaltschaft, ein Exemplar des nicht erschienenen Buches herauszugeben, zunächst gar nicht, auf Anmahnung schließlich mit der Antwort, die gesamte Auflage sei bereits vernichtet worden, das Manuskript ebenfalls nicht mehr existent. Eine solche Antwort reizte Shamong erst recht, der Sache auf den Grund zu gehen.

Am Vormittag nachdem er die Antwort des Verlags erhalten hatte, erschien der Staatsanwalt in Begleitung von zwei ihm gut bekannten Polizeibeamten der nahe gelegenen Polizeiwache von Ober-Mabukoma auf dem Universitäts-Campus und stürmte direkt in das Büro des Rektors. Shamong sagte dem Rektor auf den Kopf zu, ein Vorabexemplar des Buches in seinem Büro zu haben, er werde hier alles auf den Kopf stellen lassen, wenn er es nicht auf der Stelle hier und jetzt freiwillig herausgebe. Der Überraschungscoup gelang, der Rektor zog eine Schublade seines Schreibtischs auf und reichte Shamong das Buch, dessen gesamte Auflage angeblich eingestampft worden sei.

Shamong steckte das Buch in seine Manteltasche, bedankte sich bei den Polizisten der örtlichen Wache für die Amtshilfe und nahm die nächste elektrische Tram in die Unterstadt, wo er in einem der ebenso guten wie preiswerten Fischlokale in der Hafengegend ein Mittagsgericht einnahm. Von dort ging er zum Gerichtsgebäude und begab sich in sein Büro. Es war schwül, er öffnete das Fenster und ließ damit auch das Geklapper der Pferdefuhrwerke und das Schrillen der Tram in den Kurven vor der Hafen-Endstation herein.

Shamong blätterte in Uagus Werk, es umfasste 240 eng bedruckte Seiten. Die Widmung ganz am Anfang lautete: »Meinem treuen Assistenten Redo vom Stamm Balin«. Bei diesem Redo handelte es sich offenbar um den weißen Helfer, der hundert Meter weiter in Einzelhaft in dem »weißen Gefängnis« untergebracht war. Shamong sah sich in dem Gefühl bestätigt, dass dieser Redo dort fürs Erste gut aufgehoben war, er schien eine Schlüsselfigur zu sein.

Kopano Shamong blätterte weiter im Buch. Die ersten zehn Seiten des Buchs beschäftigten sich mit der Vorbereitung der letzten Expedition von Professor Samo Uagu nach Oropa. Er war von einem Hafen, Ganao, im südlichen Oropa am mittleren Meer wie schon mehrfach vorher mit einer Expeditionsmannschaft ohne militärischen Schutz in das Stammesgebiet der Ureinwohner vorgedrungen. Unterwegs hatte er mithilfe des sprachkundigen Assistenten Redo mit den jeweiligen Stammesführern (das waren meist Frauen!) Kontakt aufgenommen und war dort meist sehr freundlich empfangen worden. Das allein war schon bemerkenswert, weil diese Stämme als ausgesprochen misstrauisch, ja geradezu als hinterhältig galten und schon viele Schwarze ihr Leben dort gelassen hatten. Allerdings kamen schwarze Reisende auch meist nicht in friedlicher Absicht, sondern machten meist Jagd auf billige »Arbeitskräfte«, die sie mit Gewalt auf die Plantagen auf dem Schwarzen Kontinent verschleppten.

Der Professor schien aber das Vertrauen dieser Stammesführerinnen gewonnen zu haben.

Dann beschrieb Uagu in einem weiteren Kapitel, wie er schließlich weit in den Bergen in einem abgelegenen Seitental in ein »heiliges Dorf« geführt wurde, wo er mit den »Hüterinnen der Überlieferung« der Eingeborenen sprechen konnte. Er behauptete, überhaupt als erster Schwarzer Zugang zu dieser tempelartigen Anlage erhalten zu haben, die bei den Eingeborenen in ganz Oropa als sagenumwobenes Heiligtum galt.

Mit seinem Assistenten hatte er während mehrerer langer Sitzungen die Überlieferungen der eingeborenen weisen Frauen festgehalten. Diese seien eine wissenschaftliche Sensation, weil die Überlieferung einen Blick weit zurück in die Vergangenheit dieser weißen Menschen erlaubte – mit interessanten Parallelen zur Kultur des Schwarzen Kontinents.

Staatsanwalt Shamong dachte unablässig über die Frage nach, ob es Kreise geben mochte, die die Tätigkeit von Professor Uagu und das Erscheinen dieses Buchs dermaßen störte, dass sie zu Mördern wurden. Dazu musste er den dritten Teil lesen, das weitaus längste Kapitel des Buches, das die Überlieferungen der Eingeborenen im Detail schilderte. Kopano Shamong vertiefte sich in dieses Kapitel. Erst als es zu dämmern begann, bemerkte er, dass darüber der ganze Nachmittag vergangen war. Nachdenklich seufzte er tief, rieb sich die brennenden Augen, packte seine Sachen zusammen und schloss sein Büro ab.

Meist sprach Kopano Shamong nicht mit seiner Frau über seine Arbeit; die Aufklärung von Gewaltverbrechen war kein geeignetes Thema für ein schönes Abendessen oder einen gepflegten Frühstückstisch. Heute war es anders. Er war aufgewühlt von dem, was er gelesen hatte, und wollte sich mit ihr darüber austauschen. Er hatte sogar das Buch des Professors mitgenommen, um ihr Passagen daraus vorzulesen. Es wurde ein langer Abend.

Als Staatsanwalt Kopano Shamong am nächsten Morgen sein Büro betreten wollte, war die Tür geöffnet, ein Polizist stand im Raum.

»Sind Sie Staatsanwalt Shamong?«

»Ja, was ist hier los?«

»In Ihr Büro wurde heute Nacht eingebrochen!«

»Wie, hier im Gerichtsgebäude?«

»Ja, alles wurde durchwühlt. Sie müssen nachsehen, was genau fehlt. Gerade war übrigens der Generalstaatsanwalt da. Sie sollen gleich in sein Büro kommen, es klang, als sei es sehr eilig.«

Kopano Shamong behielt den leichten Regenmantel an, in der Tasche fühlte er das Buch des Professors. Besser, er behielt das Buch bei sich. Er meldete sich im Sekretariat des Generalstaatsanwalts und musste keine halbe Minute warten.

»Mein lieber Shamong, kommen Sie herein. Die Bescherung in Ihrem Büro haben Sie ja bereits gesehen, unerhört, so etwas. Wir müssen die Sicherheit verstärken. Wir müssen diese weißen Banden zerschlagen, oder besser: alle Weißen wieder hinauswerfen, wenn sie nicht in festen Händen sind. Unglaublich. Man gibt ihnen ein bisschen Freiheit, und sie nutzen es schamlos aus.« Er schüttelte den Kopf. »Übrigens: Nehmen Sie einen Tee?«

Nachdem die Sekretärin zwei Teegläser auf den Tisch gestellt hatte und sie Platz genommen hatten, fuhr der Generalstaatsanwalt fort: »Ich habe eine gute Nachricht für Sie. Sie haben sich schon fast drei Jahre mit Kapitalverbrechen befassen müssen und gute Arbeit geleistet. Jetzt haben Sie Besseres verdient. Sie werden in die Hauptstadt versetzt, auf die Position des Leitenden Staatsanwalts für Wirtschaftskriminalität. Ich gratuliere!«

Shamong war sprachlos.

Der Generalstaatsanwalt reagierte unsicher angesichts des Schweigens. »Ich hoffe, der Umzug ist kein Problem für Sie? Gerade zu dieser Jahreszeit sollte das Klima dort deutlich vorteilhafter sein. Ihre Frau wird es zu schätzen wissen.«

Kopano Shamong stammelte etwas von »großer Ehre« und »Herausforderung«, seine wichtigste Frage aber war: Wann solle er denn die neue Stelle antreten?

»Sofort, Shamong, sofort! Sie werden dort schnell gebraucht! Bis Sie eine neue Bleibe gefunden haben und mit Ihrem Haushalt umgezogen sind, werden Sie im Gästehaus der Regierung untergebracht, gleich neben der Hauptstadt-Staatsanwaltschaft.« Versonnen lächelnd fuhr er fort: »Ich kann es immer noch kaum glauben, dass einer von meinen Leuten dort derart begehrt ist!«

Der Generalstaatsanwalt schien sich ehrlich zu freuen – oder was wurde hier gespielt?

Shamong griff nach dem Mantel auf dem Stuhl neben ihm, vergewisserte sich, dass das Buch da war.

»Wann muss ich abreisen? Kann ich heute noch einige Dinge regeln?«

»Sie sollten morgen früh den Acht-Uhr-Express nehmen, das ist schon vorbereitet, dann kommen Sie noch zur Bürozeit in der Hauptstadt an. Man wird Sie dort gleich begrüßen wollen. Ihr altes Büro hier, das regeln wir alles, Sie sollten nur Ihre persönlichen Dinge mitnehmen, ich hoffe, davon ist nichts entwendet worden. Das Chaos in Ihrem Zimmer lassen Sie einfach zurück, ich lasse einen Assessor alles aufräumen und sortieren.«

Beim Hinausgehen erhielt er einen dicken Umschlag, darin sollten sich das Ernennungsschreiben zum Leitenden Staatsanwalt und die Unterlagen für die Dienstantrittsreise befinden. Staatsanwalt Shamong war sich inzwischen sicher: Man wollte ihn hier so schnell wie irgend möglich loswerden.

In seinem Dienstzimmer hatte er nicht viele private Habseligkeiten. Alles war schnell zusammengepackt und in einem Beutel verstaut, den Mantel hatte er vorher schon angezogen, das Buch spürte er immer noch in dessen Tasche. Dem Assessor, der gerade begann, die auf dem Boden herumliegenden Akten zu sortieren, wünschte er gutes Gelingen; nach einem kurzen Abschied von den Mitarbeitern des Schreibbüros und von zwei Kollegen, die sich dort gerade aufhielten, verließ er das Gerichtsgebäude und trat auf die Straße.

Das vergitterte Tor des gegenüberliegenden Geländes, auf dem das »weiße Gefängnis« war, öffnete sich quietschend, ein schwarzes Fuhrwerk wartete auf die Ausfahrt vom Hof. Der Staatsanwalt Shamong, nein, ab jetzt: der Leitende Staatsanwalt Shamong, bog um die Ecke und blickte nicht mehr zurück.

Zu Hause angekommen, verließ Shamong die Wohnung an diesem Tag nicht mehr. Seine Frau übernahm es später, einige Besorgungen zu erledigen. Am späten Nachmittag ging sie nochmals aus dem Haus, um ihre beste Freundin, die ganz in der Nähe wohnte, aufzusuchen. Bemerkenswert war, dass Frau Shamong das Anwesen anschließend nicht über den normalen Eingang verließ, sondern durch den Hintereingang, der in eine andere Straße führte und sonst meist nur von weißen Hilfskräften benutzt wurde, die tagsüber in Ober-Mabukoma tätig sein durften. Einem aufmerksamen Beobachter wäre es nicht entgangen, dass Frau Shamong kurz darauf das Verlagsgebäude der »Mabukoma Nachrichten« betrat; warum hätte man dem auch große Bedeutung beimessen sollen.

Am nächsten Tag begleitete Frau Shamong ihren Mann zum Hauptbahnhof in der Nähe des Hafens, der neuerdings bequem mit der Tram erreichbar war. Die große Reisetasche enthielt auch einige warme Sachen, in der Hauptstadt sollte es abends deutlich kühler werden, und so war das Gepäckstück unförmig und schwer. Shamong verabschiedete sich von seiner Frau, zeigte an der Sperre seine Reiseunterlagen vor und betrat die rußige Halle mit den Zügen. Der Acht-Uhr-Express ging gleich vom ersten Gleis, das den Schnellzügen und damit den schwarzen Reisenden vorbehalten war.

Shamong stieg in den Wagen der Komfortklasse und wurde von einem Schaffner empfangen. »Möchten Sie Ihr Frühstück an Ihrem Platz einnehmen?« Shamong zögerte einen Augenblick, dachte nach und meinte dann: »Ach nein, danke, ich werde mich nach der Abfahrt lieber in das Zugrestaurant begeben. Eine Tasse Tee genügt mir fürs Erste.«

»Ganz wie Sie wünschen. Möchten Sie eine Zeitung?«

»Ja, bitte die ›Mabukoma Nachrichten‹.«

Shamong machte es sich bequem. Es würde eine Reise von immerhin sieben Stunden werden.

Ein lang gezogener Pfiff ertönte, der Wagen stöhnte und klirrte, als er mit einem harten Ruck nach vorn gezerrt wurde. Einige Wartende am Bahnsteig sahen der Abfahrt zu, Shamong brachte sein Gesicht ganz nahe an die Fensterscheibe, tat so, als würde er noch einen Blick auf seine Frau erhaschen wollen. Die hatte aber den Bahnhof schon verlassen. Zwei der draußen Herumstehenden winkten, ein unscheinbarer junger Mann sah schnell in die andere Richtung. Shamong war sich plötzlich sicher: Er hatte ihn beobachtet.

Der Wagen schrammte über eine Weiche nach links, vor der rumpelnden Bewegung zurück in die ursprüngliche Richtung war einen Augenblick lang vorn am Zug eine gewaltige Dampf- und Rauchwolke zu sehen, die die Lokomotive einhüllte und in den klaren Himmel stieg; für die lange Steigung hinauf auf das Hochland würde die Maschine all ihre Kraft benötigen. Nach der Vorbeifahrt am Bahngelände mit seinen Kohlebergen, Aschegruben, Lokschuppen und Gleisen mit langen Güterzügen nahm der Zug Fahrt auf und ratterte durch das Gebiet mit den trostlosen Siedlungen der mittellosen Weißen, die es in die Hafenstadt verschlagen hatte.

Nach einem schnellen Griff in die Innentasche seines leichten Mantels, den er neben sich abgelegt hatte, verließ Shamong mit der Zeitung unter dem Arm den Wagen. Über die nur mit Gittern gesicherten Einstiegsbühnen der schlingernden Wagen ging er durch den Zug in Richtung des Zugrestaurants. Dabei hielt er sich nur mit der einen freien Hand an den Griffen fest, die Zeitung weiterhin krampfhaft fest unter den Arm geklemmt.

»Gestatten Sie, ist hier noch frei?«

Shamong stand vor einem etwas abseits gelegenen Tisch im Restaurantwagen, der aber eine schöne Aussicht bot und an dem bereits ein leicht nachlässig gekleideter, etwa dreißigjähriger Mann mit Brille saß.

»Bitte, gerne!«

Der Kellner nahm Shamongs Bestellung auf. Shamong legte Wert darauf, dass das Frühstücksei hart gekocht sein sollte. Die Zeitung legte Shamong an das Fenster. Er schob sie unauffällig noch etwas weiter in Richtung des anderen Gasts, um Platz zu schaffen, als der Kellner das Ei, weitere Frühstückswaren, Tee und Saft in dem schaukelnden Wagen heranbalanciert hatte und der Platz auf dem Tisch knapp wurde.

Inzwischen war der Zug auf halber Höhe in Richtung Hochland unterwegs. Das rhythmische Fauchen der Lokomotive war für die beiden wortkargen Zugpassagiere im Restaurant immer dann etwas lauter zu hören, wenn der Zug eine Rechtskurve nahm. Die beiden schweigsamen Fahrgäste nahmen betont gelangweilt die spektakuläre Panoramasicht auf die fruchtbare Küstenebene und das Meer zur Kenntnis, ganz so, als würden sie jeden Tag diese Strecke fahren. Draußen auf dem Meer war eine Rauchwolke zu sehen; dort, wo die unten spitz zulaufende Wolke ihren Ursprung hatte, war auch das Dampfschiff auszumachen.

Ein lang gezogener Pfiff der Lokomotive kündigte die Einfahrt in den einzigen Tunnel der Strecke an. Es galt, sich einen sicheren Halt zu verschaffen, denn es wurde dunkel, komplett schwarz ohne den kleinsten Lichtschein; die Gasbeleuchtung im Wagen wurde wegen des einzigen Tunnels auf der Strecke nicht extra angestellt.

Die Räder des Wagens donnerten den ohrenbetäubenden Takt in der Dunkelheit, Zugluft mit Kohlenrauch reizte die Nase. Shamong tastete vorsichtig nach der Teetasse, um sie nicht umzustoßen, und beugte sich nach vorn, so weit es ging.

»In der Zeitung«, flüsterte Shamong.

»Dachte ich mir schon. Wie alt war der Assistent des Professors? Könnte er 25 Jahre alt gewesen sein?«

Shamong versuchte, sich an die Aktenvermerke zu Redo zu erinnern. »Ja, das könnte hinkommen. Warum?«

»Gestern früh wurde ein 25-jähriger weißer Häftling im Gefängnis in der Unterstadt erhängt aufgefunden, vermutlich Selbstmord, stand gestern Abend im Polizeibericht.«

»Diese Schweine …«, zischte Shamong, der sonst nie Kraftausdrücke benutzte. »Passen Sie auf, Sie müssen einen günstigen Tag erwischen und die Sache bis dahin unter der Decke halten.«

»Ich versuche es. Wenn es gedruckt ist, wissen es alle. Mir kann man nichts vorwerfen, und Sie wissen sowieso nichts, Sie sind ja versetzt worden und weit weg.«

Es begann zu dämmern. Shamong lehnte sich schnell wieder zurück, schloss die Augen. Als der Lärm nachließ und helles Sonnenlicht erstrahlte, öffnete er betont gelangweilt die Augen und sah nach draußen; auf der anderen Wagenseite öffnete sich der Blick auf die weite Hochebene mit ihren Feldern und Plantagen. Einzelne Trupps von weißen Erntearbeitern waren zu sehen, bewacht von schwarzen Aufsehern mit Hunden, fast glaubte man, den melodisch-wehmütigen Gesang der Arbeiter zu hören, was bei dem schneller werdenden Stakkato des Räderwerks natürlich gar nicht möglich war. Der Zug nahm jetzt deutlich Fahrt auf, die lange Steigung war überwunden, und er lief wie von selbst in Richtung Norden. Shamong nahm einen letzten Schluck des lau gewordenen Tees und winkte dann dem Kellner, um seine Rechnung zu begleichen. Er verließ das Zugrestaurant mit einer knappen Grußgeste an seinen Tischgenossen, die Zeitung schien er vergessen zu haben.

Wider Erwarten machte dem neuen Leitenden Staatsanwalt die Tätigkeit in der Abteilung Wirtschaftskriminalität sogar Spaß. Zwar fehlte ihm seine Frau, aber andererseits hatte er so an den Abenden in der Hauptstadt genug Zeit, um sich gründlich auf den nächsten Tag vorzubereiten. Seine Mitarbeiter und den neuen Vorgesetzten konnte er innerhalb kürzester Zeit mit Fachkunde und Aktenkenntnis beeindrucken.

Die Atmosphäre in der Hauptstadt war anders. Es wurde offen diskutiert, es gab keine Slums, keine Stadtviertel, in die sich anständige schwarze Bürger nachts nicht vorwagen sollten.

Das Gästehaus der Regierung bot hervorragenden Service. Als Leitender Staatsanwalt war er zwar nicht einer der Premiumgäste, aber mit seiner Freundlichkeit brachte er das Servicepersonal auf seine Seite. Das Frühstück war sehr üppig, einziger Nachteil: Es gab als morgendliche Lektüre nur die »Hauptstadt-Depesche«. Doch bekam er mit, dass die Premiumgäste auch andere Zeitungen erhielten, die der Boy des Gästehauses vom Bahnhofskiosk holte. Bei einem Spaziergang stellte er fest, dass dort am Morgen bereits die »Mabukoma Nachrichten« desselben Tages erhältlich waren; der Kurierzug, der über Nacht fuhr, brachte offenbar auch einen Packen Zeitungen aus der Hafenmetropole.

Ein kleines Handgeld für den Boy war gut investiert, von nun an erhielt er ebenso wie die besonders wichtigen Gäste jeden Morgen seine Wunschzeitung direkt vom Bahnhofskiosk.

Die Geschehnisse, die ihm seine einflussreiche und besser bezahlte Position in der Hauptstadt eingebracht hatten, begann er langsam zu verdrängen. Und in der Zeitung fand er seit Wochen nichts, was ihn aufrührte. Hatte er das alles womöglich nur geträumt? Oder war er einfach zu anfällig für abstruse Verschwörungstheorien? War dem Journalisten Ogobo die Geschichte doch zu heiß gewesen? Oder zu langweilig und unglaubwürdig?

Es war ein kühler und verregneter Morgen mehr als vier Wochen später, als Shamong beim Frühstück ein Exemplar der »Mabukoma Nachrichten« in Händen hielt. Er starrte auf die Titelseite.

»Heute mit großem Wissenschaftsteil zu Oropa!«, kündigte eine Headline über dem Kopf der Zeitung an, und unter den altmodischen Lettern »Mabukoma Nachrichten« stand eine fette Schlagzeile: »*Universität Mabukoma im Zwielicht*«. Und direkt darunter: »Mord an Wissenschaftler wegen unliebsamer Forschung?«

Shamongs Hände zitterten. Es dauerte eine kleine Ewigkeit, bis es ihm gelang, die Seiten voneinander zu trennen und umzublättern.

Universität Mabukoma im Zwielicht

Mord an Wissenschaftler wegen unliebsamer Forschung?

Von unserem Redakteur M. Ogobo, Investigativ-Team

Vor einigen Wochen war es nur eine Randnotiz im Polizeibericht: Der gewaltsame Tod von Professor Uagu von der Universität Mabukoma, angeblich aus Versehen verursacht von einem bisher nicht straffällig gewordenen Bürger, der bis heute auf freiem Fuß ist und der nach eigener Bekundung den weißen Helfer des Professors hatte angreifen wollen.
Was waren die wirklichen Hintergründe dieses Verbrechens? Wer hat den Täter angestiftet, und was sind die wahren Ziele der Tat gewesen? Die »Mabukoma Nachrichten« haben den Fall recherchiert und Anhaltspunkte für einen handfesten Skandal gefunden, der unser Land erschüttern wird.
Wer war Professor Uagu? Dieser Wissenschaftler hat viele Jahre lang die weißen Ureinwohner in Oropa erforscht; er war überhaupt der erste Wissenschaftler, der diesen körperlich kleinen Urmenschen nahe gekommen ist, die schwierig im Umgang, aber auf Plantagen und in Bergwerken wegen ihrer Ausdauer begehrt und deshalb seit Jahrzehnten im Visier der nicht gerade zimperlichen »Anwerbe-Trupps« der Leiharbeiter-Konzerne waren. So nahe ist Uagu diesen Stämmen gekommen, dass es ihm als Erstem gelang, etwas über ihre Geschichten und Überlieferungen in Erfahrung zu bringen.
Nach dem, was wir von Insidern der Universität erfahren haben, war der Tod von Professor Uagu kein Unfall, sondern offenbar bewusst geplant. Es ging den Hintermännern des Verbrechens nicht (nur) darum, einen unliebsamen Menschen

zu töten, Ziel des Verbrechens waren die Forschungsergebnisse dieses herausragenden Wissenschaftlers, die für immer vernichtet werden sollten.
Im Schatten des Todes von Professor Uagu, bei dem es sich mutmaßlich um Mord handelt, kam es zu einem weiteren dubiosen Todesfall, das Opfer war der wichtigste Helfer von Professor Uagu, einem weißen Ureinwohner aus Oropa. Dieser Mann sei das Ziel des Angriffs gewesen, so der Täter. Dieser Weiße wurde – obwohl selbst das Anschlagsziel – von der Polizei in Gewahrsam genommen. Im Gefängnis kam er zu Tode, er soll sich erhängt haben. Unklar ist, wieso er überhaupt in Haft war und was man ihm konkret vorwarf. Nun ist hinlänglich bekannt, wie leicht ein Weißer in Haft kommen kann und dass die Zustände in den weißen Gefängnissen nicht eben gesundheitsfördernd sind. Bekannt ist auch, dass dort immer wieder missliebige Gefangene einem Streit unter Gefangenen zum Opfer fallen können. Tatsache ist jedenfalls, dass diejenigen, die den weißen Helfer von Professor Uagu kannten, sich an einen eifrigen, klugen und kenntnisreichen Assistenten erinnern, dem niemals ein Gedanke an Selbstmord anzumerken war.
Doch damit ist die Reihe der Merkwürdigkeiten rund um diese Todesfälle an der Universität nicht abgeschlossen: Nach dem Tod des Professors erklärte die Universität eilig, es werde keinen Nachfolger für den Lehrstuhl des getöteten Hochschullehrers geben, angeblich »weil kein anderer dieses Forschungsgebiet ausfüllen kann und will«.
Ebenfalls merkwürdig: Eilfertig erklärte der Verlag, in dem dieser Tage die Forschungsergebnisse des Professors als Buch erscheinen sollten, dass dieses Buch (jetzt vielleicht besser: Ver-

mächtnis?) nicht erscheinen wird. Begründet wurde das mit dem »Respekt vor Professor Uagu«. Auch dies wirft Fragen nach dem wahren Hintergrund auf; der Verlag war nicht bereit, auf diese Fragen gegenüber unserer Zeitung zu antworten und die Respektsbekundung näher zu erläutern. Wir sprechen dabei nicht von einem Hinterhof-Unternehmen, sondern von dem angesehenen Verlag »Wissenschaften aktuell«.
Sieht man sich einer derartigen Fülle von Merkwürdigkeiten rund um einen ungeklärten Kriminalfall gegenüber, so hilft es oft, die Frage zu stellen: Wem nutzt das Verbrechen? Wer könnte ein Interesse daran haben, die Tätigkeit des Professors und seines weißen Assistenten zu sabotieren und das Erscheinen des Buches zu verhindern? Tatsache ist, dass es gleich mehrere Gruppen gibt, die – auch wenn sie es nicht offen zugeben werden – großes Interesse daran haben, dass die Forschungsergebnisse von Professor Uagu in der Mülltonne landen, und das ganze Forschungsgebiet gleich mit.
Zu nennen sind religiöse Eiferer, denen es gegen den Strich geht, dass Professor Uagu in seinem nicht erschienenen Buch provokante Thesen darüber aufgestellt hat, dass unsere Kultur, Geschichte und Religion nicht so einmalig auf der Welt sind, wie es bisher den Anschein hatte. Und Professor Uagu hat nicht nur Thesen aufgestellt, sondern diese auch mit Forschungsergebnissen untermauert.
Zu nennen sind überdies Wirtschaftskreise, die an den weißen Leiharbeitern und den Ergebnissen von deren Arbeit verdienen. Nur wenn wir diese Menschen (ja, es sind Menschen!) weiter als Halbmenschen, nicht kulturfähig und nicht ebenbürtig, begreifen, kann das Geschäftsmodell der systematischen Ausbeutung auf den Plantagen und in den Kohle-

minen weiter funktionieren. Über Spenden und Zuwendungen im politischen Raum haben diese Kreise einen Einfluss, der über ihre tatsächliche wirtschaftliche Bedeutung weit hinausgeht.

Zu nennen sind drittens militärische Kreise, die den bisher unbedeutend erscheinenden Kontinent Oropa im Zentrum der sich abzeichnenden Konfrontation der beiden rivalisierenden Lager Ost und West unseres Schwarzen Kontinents sehen. Möglichen Bestrebungen von Weißen, sich selbstständig zu organisieren und kulturell zu emanzipieren, soll von vornherein ein Riegel vorgeschoben werden.

Es gibt demnach wie dargelegt einflussreiche Kreise, die als mögliche Drahtzieher in Verdacht stehen, weil sie schlicht Nutznießer des Verbrechens sind.

Das Investigativ-Team der »Mabukoma Nachrichten« hält vielleicht das letzte Exemplar des Buches von Professor Uagu in Händen. Es entging knapp der Vernichtungsaktion gegen das von ihm zusammengetragene Wissen. Wir veröffentlichen Auszüge aus diesem Buch in dieser Ausgabe. Wichtig ist nun, dass die staatlichen Organe endlich ihrer Verantwortung nachkommen und die Hintergründe dieses Falles schonungslos aufklären.

Lesen Sie auch den Kommentar des Herausgebers (Seite 8) und exklusive Auszüge aus dem Buch von Professor Uagu im Wissenschaftsteil (Seite 23–25).

Kommentar
Absal Salire, Herausgeber

Bisher war die Universität Mabukoma dem Erkenntnisgewinn und der Wissenschaft verpflichtet. Ergebnisse und Fakten wurden zusammengetragen, ohne vorher auszusondern, was als Erkenntnis erwünscht war oder nicht. Es ist zu befürchten: In Zukunft werden die Wissenschaftler vorsichtiger sein.
Professor Uagu glaubte an die Wissenschaft, und er hat seine Unbedarftheit mit dem Tod bezahlt. Er glaubte, seine sorgfältig zusammengetragenen Erkenntnisse über die Weißen in Oropa würden alle davon überzeugen, dass wir Teile unserer eigenen Geschichte überdenken müssen. Einige Eiferer hat er nicht überzeugt, und einem sind die Schlussfolgerungen des Professors derart gegen den Strich gegangen, dass er glaubte, zur Waffe greifen zu müssen. Das ist ein unglaublicher Verfall der Kultur an einer unserer wichtigsten Universitäten.
Warum der Verlag, der die Erkenntnisse einer breiten Öffentlichkeit bekannt machen sollte, das Buch des Professors zurückgezogen hat (oder zurückziehen musste?), bedarf noch der Aufklärung. Die Auskunft des Verlags, »aus Respekt vor Professor Uagu« habe man auf eine Veröffentlichung seines Buches verzichtet, kann auch als posthume Verhöhnung dieses herausragenden Wissenschaftlers verstanden werden.
Es kann nicht sein, dass die Wissenschaft sich wie auch immer gearteten geschäftlichen oder politischen Interessen unterordnen muss, dass Wissenschaftler gar um ihr Leben fürchten müssen. Wir werden die Freiheit der Wissenschaft verteidigen müssen, oder vielleicht: sie überhaupt erst herstellen müssen. Der Universität Mabukoma stehen unruhige Zeiten

bevor, und nicht nur ihr, sondern gewiss auch anderen Institutionen unserer stolzen Nation.

Sprengstoff pur – die Forschungsergebnisse von Professor Uagu

Was niemand je erfahren sollte
Über ein Buch, das nicht erscheinen durfte

Von unserem Redakteur M. Ogobo, Investigativ-Team

Vor etwa zwei Wochen hielt die Redaktion der »Mabukoma Nachrichten« das Buch, das nie erscheinen sollte, zum ersten Mal in Händen.

Shamong rechnete nach: Die Bahnfahrt, bei der er dem Journalisten das Buch zugeschoben hatte, lag fast fünf Wochen zurück. Offenkundig wollte der Journalist mit der falschen Zeitangabe seine Quelle verschleiern. Shamong atmete tief durch.

Dieses Buch hätte nach seinem Erscheinen Aufsehen erregt, vielleicht die Welt verändert. Wer auch immer ein Interesse daran hatte, dies zu verhindern: Wir müssen durch diesen Bericht über den Inhalt des Buches dafür sorgen, dass wissenschaftliche Ergebnisse nie mehr bewusst unterdrückt werden. Öffentlichkeit ist heute wichtiger denn je.
Unsere Verlagsjuristen haben die Sachlage geprüft: Es ist uns leider nicht erlaubt, das nicht erschienene Buch komplett ab-

zudrucken, da wir damit die Rechte des Verlags »Wissenschaften aktuell« verletzen würden. Aber: Wir dürfen im Rahmen unserer Berichterstattung über den Inhalt berichten und einzelne Stellen daraus zitieren. Und genau das sehen wir als unsere Pflicht an, aus wohlverstandenem Respekt für Professor Uagu und seinen Assistenten Redo.

Wie kam Professor Uagu zu seinen Forschungsergebnissen?

Professor Uagu erforschte die primitiven Ureinwohner von Oropa – und damit die Frage: Wie primitiv sind sie wirklich? Seit Jahren hat Professor Uagu die Gebiete von Oropa bereist. Er kam auch in die Gebiete, die sonst kein zivilisierter Mensch, vor allem kein Schwarzer, je vor ihm betreten hat. Der Professor konnte das tun, weil er einen weißen Assistenten hatte, mit dem er das Vertrauen der Stammesältesten gewinnen konnte. Die Stammesältesten sind bei den weißen Ureinwohnern ausschließlich Frauen. Sie bestimmen, was geschieht, die Männer ziehen mit – führen aber, so Professor Uagus Erkenntnisse, kein defensives Leben im Hintergrund. Vielmehr gehen sie für ihre weiblichen Häuptlinge jedes Risiko ein, wenn es denn so befohlen wird. Unsere Truppen haben größten Respekt, um nicht zu sagen Angst, vor dem Geschick der Pfeilschützen und der Ausdauer der Urwaldkrieger in Oropa. In seinem Buch beschreibt Professor Uagu, wie er vor fast zwölf Jahren zu seinem weißen Helfer kam. Er hatte ihn als etwa zehnjähriges Kind in einem Eingeborenendorf in den Bergen von Oropa verletzt aufgefunden; das Dorf war Stunden vorher von den Mitarbeitern einer großen, heute noch tätigen Leiharbeitsfirma und den sie unterstützenden Ordnungskräften angegriffen und niedergebrannt worden. Einige Mitglieder des Stammes waren verschleppt worden, die meisten konnten sich in Höhlen in dem unzugänglichen Berggebiet zurückziehen. Redo, so war der Name des Jungen, war schwer verletzt im Kampfgebiet zurückgeblieben. Professor Uagu versorgte ihn notdürftig und brachte ihn unter Mühen mit seinen Trägern nach Milane, dem kargen Außenposten unserer zivilisierten Welt.

Weiße haben bis heute eigentlich keinen Zugang zum dortigen Krankenhaus, das den schwarzen Kolonisten vorbehalten war. Professor Uagu erklärte aber den jungen Redo gegenüber dem Direktor des Krankenhauses zu einem wissenschaftlich bedeutsamen »Fundstück«, das unbedingt am Leben gehalten werden sollte, ungeachtet seiner hellen Hautfarbe. So erhielt Redo die notwendige ärztliche Unterstützung unseres Vorpostens und blieb am Leben. Der Professor brachte Redo im Lauf der nächsten Jahre unsere Sprache und Kultur nahe; Redo erwies sich als gelehriger Schüler.

Auf der nächsten Expedition suchte der Professor mit Redo das Stammesgebiet erneut auf, kam dabei mit dem Stamm in Kontakt. Redo wurde von seiner Familie, die in den Bergen den Überfall überlebt hatte, begeistert empfangen. Der Professor erhielt als Redos Lebensretter Zugang zu einem der in vorzeitlichen Verhältnissen lebenden Weißenstämme und erwarb sich das Vertrauen der »weisen Frauen«, der weiblichen Stammesältesten.

Professor Uagu erhielt so nach und nach Einblick in Lebensweise und Traditionen der weißen Ureinwohner in Oropa, als erster und einziger Forscher und wohl als erster und einziger Schwarzer überhaupt.

Alle anderen, mit denen die Weißen zuvor zu tun hatten, waren entweder Missionare, die mehr oder weniger gewalttätig unterwegs waren, oder die Kolonnen der Leiharbeitsfirmen, die die arbeitsfähigen Männer meist mit Gewalt als Arbeiter anwarben und sich zu diesem Zweck die Stämme mit brutalen Methoden gefügig machten. Wehrten sie sich, bekamen sie es mit unserer Staatsmacht zu tun; Gegenwehr wurde in der oropäischen Kolonie als Aufruhr gewertet.

Wie leben die weißen Ureinwohner in Oropa?

Dem täglichen Leben der weißen Ureinwohner in Oropa widmet Professor Uagu den zweiten Teil seines Buches.
Der Familienverband prägt die Stammesgesellschaft. Die Frauen in den Familien haben in aller Regel das letzte Wort und die letzte Entscheidung. Jeder Stamm, den man sich als Ansiedlung mehrerer Dörfer vorstellen muss, hat einen »Rat der weisen Frauen«. So eigenartig und unnatürlich uns diese starke Stellung der Frauen vorkommt, so selbstverständlich ist sie für die Weißen in Oropa. Es gehen zwar mehr Männer auf die Jagd als Frauen, und der Kampf im Krieg ist überwiegend Männersache, aber bei der Frage, wann die Männer auf die Jagd gehen und ob es Krieg gibt oder der Stamm Konflikten lieber ausweicht (was sie meistens tun), haben die Frauen das letzte Wort. Die »weisen Frauen« gehören überwiegend der Generation der Großmütter an und werden von den Männern und den jüngeren Frauen ganz selbstverständlich als Autoritäten akzeptiert.
Ausweichen statt Krieg führen, diese Strategie beherrschen die weißen Stämme in Oropa perfekt. Professor Uagu beschreibt, dass die Stämme in den Bergen Höhlen vorbereitet haben, in denen sie – bestens getarnt und gut verteidigt – notfalls auch längere Zeit überleben können. Bei den Raub-

zügen unserer Kolonisten war diese Fähigkeit zum Rückzug ein großer Vorteil, aber auch in früheren Epochen, in denen andere Völker, etwa aus Aasia, in Oropa einfielen, kam es selten zu großen Verlusten, das Ausweichen und der Rückzug der Frauen und Kinder in Höhlenverstecke war auch dabei das wichtigste taktische Manöver.
In den Dörfern der Weißen in Oropa gibt es keine Gotteshäuser. Die Heiligtümer dieser Stämme sind in den Höhlen oder sogar die Höhlensysteme selbst. Heilige Höhlen sind das wichtigste Element in der Naturreligion dieser Stämme. Es ist eine Merkwürdigkeit dieser Kultur, dass sie stark auf unterirdische Hohlräume geprägt ist; vielleicht ist dieses Phänomen als Reaktion auf den Druck durch Bedrohungen aller Art entstanden. Jedenfalls hat die »Höhle« eine tiefe Bedeutung für die Weißen.

Hauptgegenstand der Forschung:
Die Überlieferungen der Weißen

Die Weißen in Oropa haben eine festgefügte Ordnung, die auf ihren Überlieferungen basiert. In seinem Buch geht Professor Uagu der Frage nach, ob dieses Ordnungssystem als Religion aufzufassen ist, und kommt dabei zu interessanten Feststellungen (Zitat aus dem nicht erschienenen Buch):
»Ob es sich überhaupt um eine Religion im engeren Sinn handelt, sei dahingestellt. Einerseits kennen die Stämme aus Oropa das Wirken von zwei Kräften, die miteinander im Widerstreit stehen, nämlich der Göttin Natur (das Wort ›Göttin‹ ist identisch mit dem Wort für Natur in dem von uns gebrauchten Sinn) und der Göttin Verena. Während die Göttin Natur den Menschen eher gefährlich ist, jedenfalls besänftigt werden will, nimmt

Verena die Menschen in Schutz. Die beiden Göttinnen werden indessen oft als Einheit beschrieben, mitunter aber auch nicht als Göttinnen, sondern als höhere Instanz, als das natürliche Koordinatensystem der Welt. Insgesamt ist eine erstaunlich differenzierte Auseinandersetzung der weißen Menschen mit der Umwelt und höheren Mächten festzustellen, die man diesen primitiven Bewohnern Oropas bisher nicht zugetraut hat.«

Erstaunlich auch, was Professor Uagu zu den Kenntnissen der weißen Menschen über Astronomie und andere Wissenschaften zu berichten weiß. So ist den Weißen in Oropa offenbar schon seit alters her klar, dass die Erde um die Sonne kreist; eine Erkenntnis, die unseren Vorfahren auf dem Schwarzen Kontinent erst vor einigen Hundert Jahren dämmerte. Ebenso verfügen sie über exaktes Wissen über den Winkel der Rotationsachse der Erde und der Ebene, auf der die Erde sich um die Sonne dreht, als Ursache von Jahreszeiten. Auch die Zeitrechnung bereitet den »weisen Frauen« der Weißen offenbar keine Mühe. Wie und woher diese weißen Ureinwohner solche erstaunlichen Erkenntnisse gewonnen haben, vermag auch Professor Uagu nicht zu erklären. Allerdings legt er Indizien dafür vor, dass es sich nicht um jüngst von den Kolonisten erworbene Erkenntnisse handelt, sondern dass dieses Wissen tatsächlich Teil der eigenen Kultur dieser Ureinwohner ist.

Den dritten Teil seines Buches mit etlichen farbigen Darstellungen widmete Professor Uagu den Überlieferungen und Mythen der weißen Ureinwohner in Oropa im Detail.

Diese Überlieferungen wurden nicht nur mündlich übermittelt, sondern von den Gelehrten unter den Frauen auch schriftlich festgehalten. Schrift, auch diese neuzeitliche Errungenschaft hatte man diesen urzeitlichen Menschen bis-

lang nicht zugetraut. Bei der Schrift der Weißen handelt sich nicht um eine Bilderschrift, wie sie unsere Vorfahren benutzten, sondern um eine »moderne« abstrakte Schrift, die mit weniger als dreißig Buchstaben auskommt.
Die damit festgehaltenen ältesten Mythen und Geschichten sind viele Jahrhunderte, wenn nicht gar Jahrtausende alt. Sensationell ist, dass einzelne dieser Geschichten auffällige Parallelen zu unserer eigenen Heiligen Schrift in unserer hochstehenden schwarzen Kultur aufweisen.
Dieser Teil des Buches von Professor Uagu ist damit der brisanteste überhaupt: Wenn die Ureinwohner eine Schrift haben und uralte Mythen, die Parallelen aufweisen zu unseren ältesten Schriften und Überlieferungen, dann ist unsere Kultur womöglich gar nicht so einmalig, wie wir uns selbst glauben machen. Dann müssen diese Ureinwohner als vollgültige Menschen akzeptiert und es können ihnen nicht auf Dauer die Rechte normaler Individuen vorenthalten werden.

Das »erste Buch«
Nach diesem ersten Teil der Überlieferung hätten die Menschen »vor aller Zeit«, wie es wörtlich heißt, in einer Art Paradies gelebt, und zwar im Überfluss. Dieses erste Buch schildert eine Vorzeit, in der Menschen sogar fliegen konnten, in der sie nicht arbeiten und sich nicht körperlich plagen mussten. Sie wohnten in Hütten, die das Licht der Sonne hereinließen und trotzdem Schutz boten vor Regen und Sturm. Sie mussten nicht jagen und nichts anbauen, kein Vieh hüten und hatten doch Fleisch und Früchte im Überfluss. Sie lebten nur für das Vergnügen oder für das Zusammentreffen in großen Hütten und Höhlen, in denen sie den Tag verbrachten.

Am Abend kehrten sie in die Hütten und Höhlen ihrer Familien zurück, wo sie weiter der fröhlichen Unterhaltung frönten. Weite Wege trennten oft die Orte; die Überwindung dieser Wege erforderte aber keine mühsamen Fußmärsche, vielmehr gab es kleine und große Vehikel, mit denen viele Menschen große Strecken ohne Mühe zurücklegen konnten. Dabei waren die Menschen untereinander ständig verbunden und konnten sich jederzeit austauschen.
Allerdings tat ihnen all der Überfluss nicht gut, sie wurden maßlos und nahmen sich zum Ärger der Naturgöttin immer mehr, als sie brauchten, obwohl sie schon genug hatten. Die Natur war zuerst geduldig und sah dem üblen Treiben der Menschen zu.

Das »zweite Buch«
Im zweiten Buch verlangt die Göttin Natur von den Menschen mehr Rücksicht. Die Menschen debattieren darüber, doch kaum einer ist bereit, sein Verhalten zu ändern. Daraufhin beschließt die Göttin Natur, das Leben der Menschen zu beenden. In einem großen Feuersturm lässt sie einen Großteil der Menschen ein schreckliches Ende finden, es regnet Feuer und Asche, die Hütten sind dem nicht gewachsen und stürzen ein oder zerbersten in einem tödlichen Splitterregen. Ein »Leichentuch aus tödlichem Staub« soll anderen Überlebenden den Garaus machen, die Sonne wird sieben Jahre verdunkelt und kann nicht mehr Wärme und Kraft schenken, um das Ende der Menschheit aufzuhalten.

Das »dritte Buch«
Doch die Göttin Natur hat eine Gegenspielerin. Das dritte Buch schildert, wie Verena, die Schutzmacht der Menschen, einige auserwählte Menschen rechtzeitig in tiefen Höhlen vor dem Wü-

ten der Naturgöttin Schutz finden lässt und ihnen so ein Überleben ermöglicht. Diese Menschen hatten es aber sehr schwer: Sie mussten sieben Jahre im Dunkel ohne Sonne vegetieren und danach im Schweiße ihres Angesichts ein karges Leben fristen.

Das sind die ersten drei Teile der Überlieferungen der Weißen in Oropa. In diesen drei Büchern überraschen die Parallelen zu unserer Kultur auf dem Schwarzen Kontinent. Auch wir kennen den Anfang der Menschheitsgeschichte als Vertreibung aus dem Paradies, das durch ein Eingreifen göttlicher Macht erzwungen wurde, die Legende von »dunklen Jahren« und den mühsamen Aufbau einer Lebensgrundlage nach einer Vertreibung. Sollte es »vor aller Zeit« eine Weltkatastrophe als gemeinsamen Ursprung dieser Mythen gegeben haben? Wann war das genau? Was ist genau geschehen, gibt es eine natürliche Erklärung?
Das Aufzeigen dieser Parallelen war eine Provokation für religiöse Eiferer. Professor Uagu kannte die Fanatiker, für die wir Schwarze als menschliche Wesen und unsere Kultur auf dem Schwarzen Kontinent einmalig sind – und vor allem jeder anderen Spielart (in der Diktion der Eiferer sind das nur »menschenähnliche Wesen«) weit überlegen. Vielleicht war es das, was den Professor schließlich das Leben gekostet hat. Vielleicht war es leichtfertig von ihm, eine solche Provokation zu veröffentlichen, ohne sich vorher um ausreichenden Schutz bemüht zu haben. Das ist womöglich das Einzige, was man ihm vorwerfen mag.
Nach dem »dritten Buch« folgen in der Aufbereitung von Professor Uagu und seinem Übersetzer und Assistenten Redo einzelne Texte und Geschichten aus den Überlieferungen der Ureinwohner Oropas, die Geschehnisse rund um die von den Weißen geglaubte Entstehungsgeschichte schildern.

Der wichtigste dieser Texte ist das »Buch Abram«, in dem das Wirken der mythischen Urfrau Abram, der Mutter aller weißen Menschen, dargestellt wird. Abram soll es gewesen sein, die von der Göttin Verena in die Höhle geschickt wurde, dort das Wüten der Göttin Natur überlebt hat und mit ihren vielen Kindern auch die weiteren Prüfungen bestanden hat.
Dazu gibt es weitere Texte und Überlieferungen, die schildern, wie anderen Menschen ebenfalls der Weg in die schützenden Höhlen gewiesen wurde.
Die Rolle der Männer wurde dort so definiert: »Jeder aufrechten Frau sei ein Mann als Gefährte, tapferer Kämpfer und ausdauernder Arbeiter zugewiesen, und als Vater der Kinder, auf dass die Menschen noch lange weiter die Gärten und Felder der Erde bestellen, die Herden von Ziegen hüten und das Wild jagen können.«
Die weiteren Texte und Überlieferungen beschäftigen sich mit der Familiengeschichte und Abstammung der einzelnen Stämme. Abram soll die sagenhafte Zahl von vierundzwanzig Töchtern und fünf Söhnen gehabt haben. Die meisten dieser Töchter wiederum geben vielen der heute existierenden Stämme der Weißen in Oropa den Namen. Einige dieser Stämme sind wohl ausgestorben, durch Krankheiten oder das unselige Wirken der Siedler und Kolonisten. Zweien der Kinder, einer Tochter und einem Sohn, kam dabei eine herausgehobene Rolle zu.
Der größte Stamm, der heute noch existiert, ist nach der Abram-Tochter Shantai benannt; es gibt zudem einen Stamm namens Zara und einen Stamm der Eline, beide Töchter der Abram.
Redo, der ums Leben gekommene Helfer und Übersetzer von Professor Uagu, war vom Stamm der Zara. Sein Name gleicht dem des größten Helden aus den Geschichten der Überlieferung. Helden, das sind in der Erzählwelt der Weißen die Män-

ner, die Gefahren bestehen, Kämpfe gewinnen oder sich für die anderen opfern.
In einer der Geschichten, die von Redo überliefert sind, erkennt die Göttin Natur, dass Menschen von Verena in einer Höhle Schutz geboten wurde, und beschließt daraufhin, die Menschen dort zu ertränken. Die Göttin lenkt dazu einen Fluss um und lässt ihn in die Höhle fließen. Doch Redo hat auf Geheiß von Verena diesem Fluss ein neues Bett gegraben und lenkte ihn wieder zurück in seinen früheren Lauf.
Redo soll zudem eine Herde Ziegen aus höchster Bedrängnis gerettet und selbst in die rettende Höhle gebracht haben. Ziegen haben in der weißen Kultur bis heute eine große Bedeutung. Bevor man eines der Tiere aus den großen Herden schlachtet, bitten die Weißen bis heute jedes Mal Verena rituell um Erlaubnis.
Seine letzte Heldentat vollbrachte Redo, als die Göttin Natur erkannte, dass sie die Menschen nicht ausrotten konnte. Sie schickte eine Horde Teufel, die die überlebenden Menschen umbringen sollten. Redo stellte sich ihnen entgegen und schlug sie in die Flucht, er selbst kam dabei aber ums Leben. Er opferte sich für das Überleben der anderen; vor seiner letzten Heldentat und seinem Tod soll er noch mit Abram einen Sohn gezeugt haben. Der unscheinbare Helfer von Professor Uagu trug also den Namen eines bedeutenden Helden aus der Überlieferungswelt der Weißen.
Solche jahrtausendealten Geschichten erscheinen sehr weit hergeholt; die Verfasser dieser Überlieferungen haben offenkundig frei fabuliert; gewiss wurden die Geschichten zudem über viele Generationen hinweg immer weiter ausgeschmückt und ins Fantastische verschoben.

Eine andere Überlieferung schildert, wie eine Gruppe der weißen Menschen, die es nicht schnell genug bis in die Höhle geschafft hatte, die ersten Tage des Infernos in einem Boot unter Wasser überlebte und erst später in die Höhle gelangte, um die sieben Jahre Dunkelheit zusammen mit den von Verena Geretteten zu verbringen. Auch diese Geschichte ist freilich fantastisch, und es geht wohl weniger um Wahrheit als um Legenden.

Des Weiteren gibt es eine weibliche Führungsfigur der Ahnen der weißen Ureinwohner, von der man sich bis heute erzählt. Es ist eine Frau namens Mose. Sie stellte in der Höhle, in der die Menschen überlebten, die zwölf Regeln auf, nach denen die weißen Ureinwohner bis heute leben.

Sieben Jahre lang war nach dem Vernichtungsschlag der Göttin Natur gegen die Menschen die Sonne verdüstert, bei Tag soll es fast so dunkel gewesen sein wie bei Nacht. Nach den sieben Jahren zeigte sich die Sonne wieder, ihre alte Kraft gewann sie aber erst nach und nach zurück.

Aus Freude über das Wiedersehen mit den Menschen zeigte sich die Sonne in ihren schönsten Farben. Jeden Abend gab es ein prächtiges Feuerwerk mit einem rot erleuchteten Himmel. Abram und Mose, so die Überlieferung, haben eines Tages, als es einen besonders prächtigen Sonnenuntergang gab, bei dem die Sonne all ihre Pracht zeigte, beschlossen, die schützende Höhle zu verlassen, das erste Dorf zu gründen und die Ziegen wieder auf die langsam grünende Weide zu führen, so heißt es.

Ob es zu allen diesen Geschichten einen wahren Kern gibt und was dieser wahre Kern sein könnte, werden wir wohl vorerst nicht erfahren. Es gibt nach dem Tod von Professor Uagu

und seinem Assistenten zunächst niemanden, der die Forschungen weiterführen könnte.
Unsere Zeitung hat es übernommen, das Lebenswerk von Professor Uagu öffentlich zu machen. Das ist der einzige Dienst, den wir ihm noch erweisen können. Wir hoffen, dass in nicht zu ferner Zukunft die Erforschung Oropas und der in vielen Belangen so rätselhaften weißen Menschen, die dort leben, vorangetrieben werden kann.
M. Ogobo

Kopano Shamong legte die Zeitung beiseite, sah aus dem Fenster des Frühstücksraumes hinaus in den Regen und atmete tief durch. Er spürte Dankbarkeit gegenüber diesem Journalisten Ogobo, den er nur kurz im Zug getroffen hatte. Aber sie hatten etwas Bedeutsames auf den Weg gebracht. Shamong fühlte Genugtuung. Er hatte das Richtige getan und ein uraltes Recht verteidigt, wenn auch mit ein wenig unkonventionellen Mitteln.